Zu diesem Buch

«Die Verfasserin spannender Altertumsromane hat sich diesmal selbst übertroffen: Ihr Gruselroman aus der Zeit Pharao Ramses des Zweiten kann sich an Nervenkitzel mit jedem Psychothriller messen. Denn was Khamwaset, Prinz von Ägypten und begeisterter Erforscher alter Gräber und Schriften, in Bewegung setzt, als er nichtsahnend einen Zauberspruch laut vor sich hinliest, das ist so aufregend, daß einem beim Lesen die Haare zu Berge stehen.» («Brigitte»)

Pauline Gedge, geboren 1945 in Auckland/Neuseeland, lebte zwischen ihrem sechsten und vierzehnten Lebensjahr in England, wo ihr Vater – eigentlich Küstenpolizist – das Anglikanische Priesterseminar besuchte. Sie absolvierte zunächst die Central Girl's School in Oxford, später, nachdem die Familie nach Kanada übergesiedelt war, die High School. Pauline Gedge hat zwei Söhne und ist geschieden.

Von Pauline Gedge erschienen außerdem in der Reihe der rororo-Taschenbücher: «Die Herrin vom Nil» (Nr. 5360), «Pharao» (Nr. 12335) und «Die Herren von Rensby Hall» (Nr. 13430).

PAULINE GEDGE

Der Sohn des Pharao

Roman

Deutsch von
Helmut Mennicken

rororo

Rowohlt

Die Originalausgabe erschien 1990 unter dem Titel
«Scroll of Saqqara»
bei Viking Penguin Books Canada Ltd.
Umschlaggestaltung Barbara Hanke

Veröffentlicht im Rowohlt Taschenbuch Verlag GmbH,
Reinbek bei Hamburg, Dezember 1994

Gesamtherstellung Clausen & Bosse, Leck
Printed in Germany
1690 ISBN 3 499 13527 2

Der Sohn des Pharao

Für Bella in Liebe und tiefer Verehrung

Danksagung

Die Verse am Anfang eines jeden Kapitels sind den Büchern von Margaret Murry «Egyptian Religious Poetry» und Leonard Cottrell «Life Under the Pharaohs» entnommen.

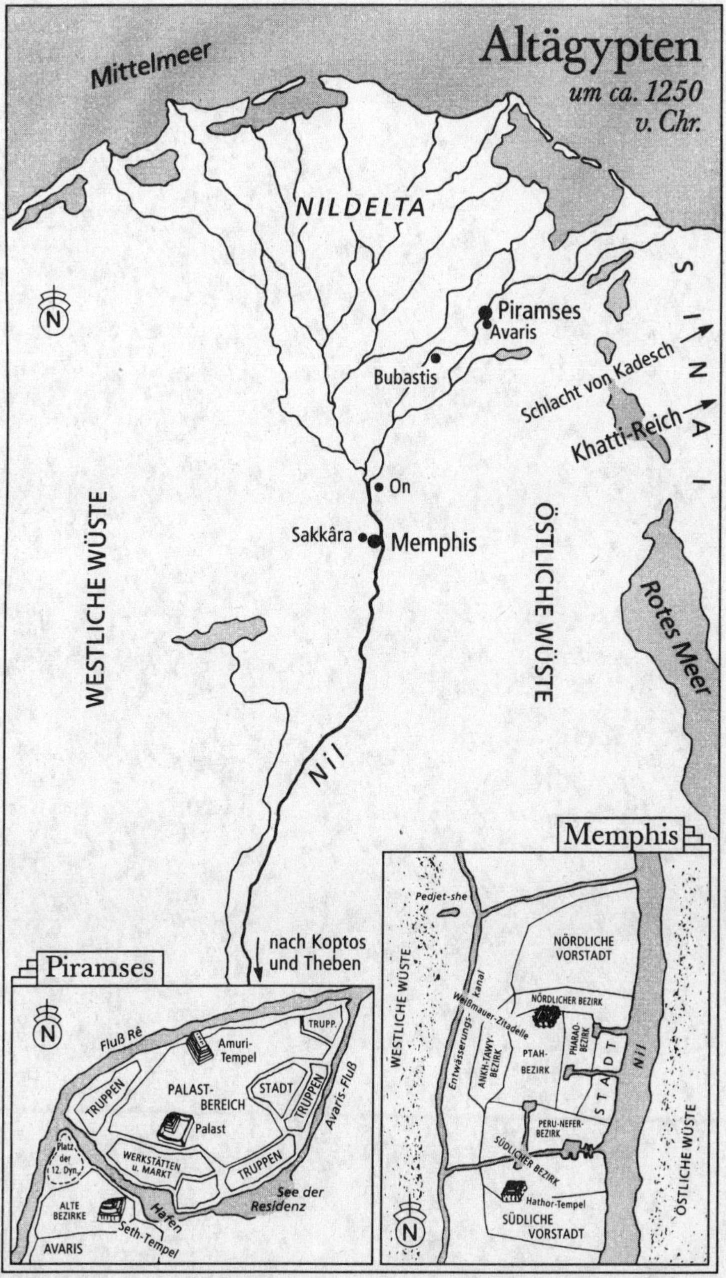
Altägypten
um ca. 1250
v. Chr.
Mittelmeer
NILDELTA
Piramses
Avaris
Bubastis
Schlacht von Kadesch
Khatti-Reich
SINAI
On
Sakkâra
Memphis
WESTLICHE WÜSTE
ÖSTLICHE WÜSTE
Rotes Meer
Nil
nach Koptos
und Theben
N
Piramses
Fluß Rê
Amuri-
Tempel
TRUPP.
TRUPPEN
PALAST-
BEREICH
STADT
TRUPPEN
Avaris-Fluß
Palast
Platz
der
12. Dyn.
WERKSTÄTTEN
u. MARKT
TRUPPEN
See der
Residenz
ALTE
BEZIRKE
Hafen
Seth-Tempel
AVARIS
Memphis
Pedjet-she
NÖRDLICHE
VORSTADT
WESTLICHE WÜSTE
Entwässerungs-
kanal
Weißmauer-Zitadelle
NÖRDLICHER BEZIRK
ANKH-TAWY-
BEZIRK
PTAH-
BEZIRK
PHARAO-
BEZIRK
STADT
STADT
Nil
PERU-NEFER-
BEZIRK
SÜDLICHER BEZIRK
Hathor-Tempel
SÜDLICHE
VORSTADT
ÖSTLICHE WÜSTE

1. Kapitel

«Gegrüßet seid ihr Götter all aus dem Tempel der Seele,
die ihr Himmel und Erde auf den Waagen wiegt,
und gute Gaben den Toten gebt.»

Die kühle Luft erfrischte ihn. Behutsam betrat Khamwaset das Grabgewölbe und war sich stets bewußt, daß er der erste war, der seinen Fuß in den grauen Sand setzte, seit jenem Augenblick vor vielen Jahrhunderten, da die selbst inzwischen längst verstorbenen Trauernden die Stufen hochgestiegen und erleichtert ins Freie getreten waren, wo das grelle Sonnenlicht und der heiße Wüstenwind sie empfingen. In diesem besonderen Fall, so dachte Khamwaset, als er sich vorsichtig durch den engen Eingangsschacht zwängte, war das Grab vor über fünfzehn Hentis versiegelt worden. Das waren demnach tausend Jahre, so errechnete er; ich bin also das erste Lebewesen seit tausend Jahren, das diese Luft einatmet. «Ib», rief er barsch, «was stehst du da oben und träumst? Bring lieber die Fakkeln her!» Sein Haushofmeister murmelte eine leise Entschuldigung. Ein Hagel kleiner Steine traf nun Khamwasets nackte und staubige Knöchel, und Ib schlitterte, bis er neben ihm zum Halten kam. Unterdessen eilten Sklaven, die die qualmenden Flammen trugen, sichtlich widerwillig vorbei.

«Ist dir auch nichts passiert, Vater?» Horis helle Stimme hallte von den dunklen Wänden wider. «Müssen wir irgend etwas abstützen?»

Khamwaset blickte sich rasch um und rief ihm zu, dies sei unnötig. Seine anfängliche Begeisterung schlug in Enttäuschung um. Er war nämlich doch nicht das erste Lebewesen, so stellte er fest, das die geweihte Erde der letzten Ruhestätte dieses Prinzen aus längst vergangenen Zeiten betrat. Als er den Schacht hinter sich gelassen und sich wieder aufgerichtet hatte, erkannte er im Widerschein des flackernden Fackellichts die eindeutigen und schmerzhaften Beweise für einen Grabraub. Behälter, in denen die irdischen Besitztümer des Toten aufbewahrt worden waren, lagen wild verstreut herum und waren leer. Die Amphoren mit den kostbaren Ölen und den Weinen der besten Jahrgänge der Zeit waren nicht mehr vorhanden; die einzigen Überbleibsel waren einige wenige Bruchstücke des dünnen Siegellacks und ein zerbrochener Pfropfen. Möbelstücke lagen kunterbunt durcheinandergewürfelt am Boden – ein schlichter Schemel, ein geschnitzter Holzstuhl mit Beinen aus eingeschnürten Enten, deren leere Augen und schlaffe Nacken einen geschwungenen Sitz hielten, und einer Rückenlehne, die Huh, die Zunge des Ptah darstellte, kniend und lächelnd, zwei niedrige Eßtische, aus denen die feinen Intarsien herausgebrochen waren, und ein Bett in zwei ungleichmäßigen Hälften, das achtlos gegen eine verputzte Mauer geschoben worden war. Nur die sechs Uschebtis, die regungslos und finster in ihren Wandnischen standen, waren unberührt geblieben. Diese mannshohen Figuren aus schwarz lackiertem Holz warteten noch immer auf das Zauberwort, das sie zum Leben erwecken würde, damit sie ihrem Herrn im Totenreich dienten. Es handelte sich um einfache Holzschnitzarbeiten von klarer und gefälliger Linie, die elegant und dennoch stark wirkten. Seufzend dachte Khamwaset an sein eigenes Haus, das mit so vielen glitzernden, reichverzierten Plumpheiten angefüllt war, die er nicht mochte, seine Frau dagegen als neueste Mode der Innenausstattung so sehr bewunderte.

«Pentawer», sagte er, sich an seinen Schreiber wendend, der inzwischen unaufdringlich neben ihm stand und die Schreibpalette und den Pinselköcher bereits in der Hand hielt, «du kannst damit beginnen, alles aufzuzeichnen, was auf den Wänden geschrieben steht. Arbeite aber so genau wie möglich, und achte darauf, daß du die fehlenden Schriftzeichen nicht nach eigener Vermutung ergänzt. Wo steckt der Sklave mit dem Spiegel?» Es ist doch immer wieder, als würde man widerborstiges Vieh treiben, dachte er, als er sich umwandte, um den schweren Sarkophag aus Granit, dessen Deckel schief auflag, näher in Augenschein zu nehmen. Die Sklaven fürchten die Gräber, und auch wenn meine Diener nicht zu murren wagen, so hängen sie sich doch Amulette um und murmeln Gebete von dem Augenblick an, da die Siegel aufgebrochen werden, bis zu jenem Moment, da die beschwichtigenden Opfergaben abgestellt werden. Nun, heute brauchen sie sich nicht zu ängstigen, dachte er, indem er sich vorbeugte, um die Inschriften auf dem Sarkophag zu lesen, während ein Sklave ihm mit der Fackel leuchtete. Jedes Drittel dieses Tages ist glücklich, jedenfalls für sie. Ein glücklicher Tag für mich wäre jener Tag, an dem ich auf ein unberührtes, mit Schriftrollen angefülltes Grab stoßen würde. Er lächelte in sich hinein und richtete sich auf. «Ib, hol die Zimmerleute her! Laß die Möbel reparieren und wieder an Ort und Stelle bringen! Laß ebenfalls frisches Öl in die Amphoren füllen und auch Parfüm herbringen. Hier gibt es nichts Interessantes zu holen. Daher können wir bei Sonnenuntergang wieder auf dem Heimweg sein.» Sein Haushofmeister verbeugte sich, ließ den Prinzen vorangehen und folgte ihm den atemraubenden Schacht entlang und die wenigen Stufen hinauf ans Tageslicht. Blinzelnd trat Khamwaset neben dem Schotterhaufen, den die Erdarbeiter aufgeworfen hatten, als sie den Eingang zum Grabmal freilegten, ins Freie. Er wartete, bis sich seine Augen an das gleißende Licht gewöhnt hatten. Der Himmel war von einem strahlenden Blau und traf sich am Horizont mit dem reinen Gelb der endlosen Wüste, die in der Mittagssonne flimmerte.

Zu seiner Rechten erblickte er auf dem Plateau von Sakkâra die nackten Säulen, die eingestürzten Mauern und das zusammengefallene Mauerwerk einer Totenstadt, die vor langer Zeit schon verfallen war und deren fein behauene Steine in blassem Beige eine einsame und feierliche Schönheit ausstrahlten. Ihre glatten Kanten und die langen Ritzungen erinnerten Khamwaset an manches seltsame Gebilde aus der Wüste, das so nackt und trostlos war wie der Sand selbst. Die als Stumpf erhalten gebliebene Stufenpyramide von Pharao Unas ragte aus der Ödnis hervor. Khamwaset hatte sie einige Jahre zuvor inspiziert. Am liebsten hätte er sie restaurieren lassen, die seitlichen Stufen zu einem gefälligen Ganzen ausgebaut und ihre symmetrische Front mit weißem Kalkstein eingekleidet, aber dieses Vorhaben hätte zuviel Zeit, zu viele Sklaven und zu viele zwangsverpflichtete Bauern erfordert sowie eine erhebliche Menge an Gold gekostet, da die Arbeiter mit Brot, Bier und Gemüse zu versorgen waren. Doch selbst als Ruine blieb diese Pyramide noch beeindruckend. Da Khamwaset trotz seiner sorgfältigen Suche am Bau des Großen Pharaos keinen einzigen in Stein gemeißelten Namen entdecken konnte, hatte er Unas durch die Hand seiner eigenen Handwerker mit erneuerter Macht und Leben versehen und natürlich folgende Inschrift einmeißeln lassen: «Der Herrscher hat befohlen, daß verkündet werde, der Herr der Handwerksmeister, der Sem-Priester Khamwaset, hat den Namen des Königs Unas von Ober- und Unter-Ägypten hinzugefügt, der auf der Pyramide nicht zu finden war, da der Sem-Priester Khamwaset gerne die Bauten der Könige von Ober- und Unter-Ägypten restaurierte.» Der Herrscher, so erinnerte sich Khamwaset, als er in der Hitze zu schwitzen begann und sein Baldachinträger zu ihm eilte, um ihm Schatten zu spenden, hatte nichts gegen die seltsame Leidenschaft seines vierten Sohnes einzuwenden, solange es Ramses II., User-Maat-Rê, Setepen-Rê, als Verdienst angerechnet wurde. Dankbar nahm Khamwaset wahr, wie der Schatten des Baldachins sich auf ihn legte, und zusammen mit seinen Dienern machte er sich auf den Weg zu den roten Zelten, vor denen seine Leibgarde sich erhob, um sich vor ihm zu verneigen. Sein Stuhl wurde in den Schatten gestellt. Bier und ein frischer Salat standen für ihn bereit. Unter dem mit Quasten geschmückten Vorzelt ließ er sich auf den Stuhl fallen, nahm einen kräftigen Schluck von dem dunklen, erfrischenden Bier und beobachtete, wie sein Sohn Hori in dem dunklen Schacht verschwand, dem er selbst vor kurzem entstiegen war. Kurz darauf erschien Hori wieder und begann, die Reihe der Diener zu beaufsichtigen, die bereits mit Werkzeugen ausgerüstet waren und Tonkrüge auf den Schultern trugen.

Khamwaset wußte, daß die Augen eines jeden aus seinem Gefolge gleichfalls auf Hori gerichtet waren. Zweifelsohne war er das schönste Familienmitglied. Er war großgewachsen, besaß einen leichtfüßigen, anmutigen Gang und eine aufrechte Körperhaltung, die auf ihre Weise weder arrogant noch reserviert wirkte. Seine großen Augen mit den schwarzen Wimpern waren der Spiegel seiner Seele, so daß Enthusiasmus, Humor und jedes andere starke Gefühl sie zum Strahlen brachten. Seine zartbraune Haut spannte sich über hochstehenden Backenknochen, und unter diesen unwiderstehlichen Augen tauchten häufig lilafarbene Höhlen von scheinbarer Verletzlichkeit auf. Horis Antlitz dagegen war jugendlich und nachdenklich, doch wenn er lächelte, zerfloß es in Strömen von Fältchen reiner Freude, die seine neunzehn Jahre verwischten und ihm ein unbestimmbares Alter verliehen. Seine großen und geschickten Hände wirkten auf natürliche Weise anziehend. Mechanische Dinge mochte er sehr, und als Kind hatte er seine Erzieher und Ammen mit seinen Fragen und seiner unglücklichen Gewohnheit, jegliches Gerät auseinanderzunehmen, dessen er habhaft werden konnte, bis zur Raserei getrieben. Khamwaset wußte sehr zu schätzen, daß Hori sich ebenfalls für das Studium alter Gräber und Bauten und in einem geringeren Ausmaß auch für das Entziffern der Steininschriften oder der wertvollen Schriftrollen interessierte, die sein Vater sammelte. Er war der vollkommene Assistent, lernbegierig, geschickt im Organisieren und stets willig, Khamwaset viele der Lasten während ihrer gemeinsamen Erkundungen abzunehmen.

Doch es waren nicht diese Eigenschaften, die dazu führten, daß die Augen eines jeden in seiner Umgebung auf dem jungen Mann ruhten. In seiner Unschuld war Hori sich glücklicherweise nicht darüber im klaren, daß er eine starke sexuelle Anziehungskraft ausübte, gegen die niemand gefeit war. Mit bitterem, stillem Gefallen, unter das sich Bedauern mischte, hatte Khamwaset immer wieder diese Wirkung beobachtet. Arme Sheritra, dachte er wohl zum tausendstenmal, als er den letzten Schluck Bier hinunterstürzte und die berauschende, feuchte Kühle des Salats genoß. Oh, meine arme, kleine unbeholfene Tochter, immer folgst du dem Schatten deines Bruders, und immer übersieht man dich. Wie kannst du ihn bloß so lieben, so rückhaltlos, so ohne Eifersucht oder Schmerz lieben? Die

Antwort, ihm ebenso vertraut, stellte sich unmittelbar ein. Weil die Götter dir ein reines und großzügiges Herz geschenkt haben, so wie sie Hori ein geringes Maß an Selbstbewußtsein mitgegeben haben, das ihn vor übertriebener Eigenliebe bewahrte.

Die Diener traten aus dem Rachen des Grabes, um eine weitere Fracht zu holen. Hori tauchte erneut in die Dunkelheit ein. Hoch oben am Himmel kreisten zwei Adler. Khamwaset nickte ein.

Einige Stunden später wachte er auf dem Lager in seinem Zelt auf, erhob sich, während sein Leibdiener Kasa ihn mit Wasser benetzte und sofort wieder trockentupfte, und ging vors Zelt, um nach dem Fortgang der Arbeiten zu sehen. Der Wall aus Erde, Sand und Schotter neben dem Grabeingang war zusammengeschrumpft, und Männer waren immer noch damit beschäftigt, den Rest an Ort und Stelle zu schaufeln. Hori hockte mit Antef, seinem Diener und Gefährten, im Schatten eines Steins und unterhielt sich mit ihm; ihre Stimmen klangen zwar klar, aber nur unverständlich herüber. Ib und Kasa zogen gemeinsam die Schriftrolle zu Rate, welche die Liste der Grabbeigaben verzeichnete, die um den toten Prinzen herum aufzustellen waren, und Pentawer, der sah, daß sein Herr die Zeltplane beiseite schob, eilte herbei, ein Bündel Schriftrollen unter dem Arm. Noch mehr Bier und ein Teller mit Honigkuchen wurden aufgetragen, doch Khamwaset machte eine abweisende Geste.

«Geh und sag Ib, daß ich zur Opferung der Gaben für das Ka des Prinzen bereit bin, sowie ich einen letzten Blick hineingeworfen habe», sagte er. Pentawer folgte ihm in respektvollem Abstand unter dem bronzefarben gewölbten Himmel zurück zum nunmehr kleinen Eingangsschacht. Die Wüste leuchtete im Abendlicht rosafarben auf, und lange Schatten legten sich über sie.

Als Khamwaset sich den Arbeitern näherte, wichen diese zurück und verneigten sich. Khamwaset schenkte ihnen keine Beachtung. «Du kommst mit, falls ich noch irgendwelche Kommentare zu machen gedenke», warf er seinem Schreiber zu, und schon zwängte er sich durch den halbgeschlossenen Eingang und tastete sich vorwärts.

Das letzte Licht der Sonne folgte ihm und umzüngelte seine Füße mit farbigen Flammen von einer solchen Dichte, daß Khamwaset glaubte, sie greifen zu können. Sie drangen jedoch nicht bis zum Sarkophag vor, der tief in dem beengten kleinen Raum stand, und Pentawer blieb dort stehen, wo immer noch Licht auf seine Palette fiel. Khamwaset überschritt die nahezu greifbare Grenzlinie zwischen dem matten Schein der untergehenden Sonne und dem ewigen Schatten der Ruhe, hielt inne und blickte sich um. Die Sklaven hatten gute Arbeit geleistet. Der Schemel, der Stuhl, die Tische und das Bett hatten ihre ursprüngliche Form und ihren Platz wiedergewonnen. Neue Amphoren standen ordentlich an den Wänden entlang aufgereiht. Die Uschebtis waren gesäubert worden. Der Boden war von dem Unrat, den die unbekannten Grabräuber hinterlassen hatten, befreit und danach gefegt worden.

Khamwaset nickte, ging zum Sarkophag vor und steckte einen Finger unter den geöffneten Deckel. Er bildete sich ein, daß die Luft, die daran vorbeistrich, kälter war als jene im übrigen Grab, und zog seinen Finger hastig zurück, wobei er mit den Ringen an seiner Hand über den harten Granitstein kratzte. Beobachtest du mich? fragte er sich. Versuchen deine alten Augen vergebens, die dichte Dunkelheit über dir zu durchdringen, um mich zu finden? Mit der Hand fuhr er langsam über die dünne Staubschicht, die sich im Laufe der Äonen angesammelt hatte, unsichtbar und sanft von der Decke herabgeschwebt war, um sich dort, bis heute ungestört, abzulagern. Keiner seiner Diener würde je einen Sarkophag säubern, und dieses Mal hatte er vergessen, es selber zu übernehmen. Was ist das wohl für ein Gefühl, dereinst mit vertrockneter, runzliger Haut und mit bandagierten Knochen unbeweglich dort unten zu liegen, in der Obhut der blicklosen Augen meiner eigenen Uschebtis, nichts zu hören und nichts zu sehen?

Eine ganze Weile stand Khamwaset versonnen da und versuchte, jene Atmosphäre aus Pathos, Fremdheit und der Unerreichbarkeit einer Vergangenheit, die ihn stets verspottete und ihm etwas von einfacheren, größeren Zeiten zuraunte, in sich aufzunehmen, während die letzten roten Strahlen der Sonne sich zu einem dunklen Violett verfärbten und immer schwächer wurden. Ihm war nicht klar, wonach er bei seinen Streifzügen zwischen den stummen Überresten aus der Vergangenheit eigentlich suchte. Vielleicht suchte er nach dem Sinn des Atems in seiner Brust oder seines Herzschlags, nach einem Sinn, der die Offenbarungen der Götter übertraf, die er gleichwohl liebte und verehrte. Gewiß war dies das Bedürfnis, jenen namenlosen Durst zu stillen, der seit seiner Kindheit nicht nachgelassen hatte und der, als er noch jünger war, Tränen aus irgendeiner geheimnisvollen Quelle in ihm hervorbrechen ließ, die von Einsamkeit und Verlassenheit sprach. Aber selbstverständlich bin ich nicht einsam, ich bin nicht unglücklich, sagte er sich, während Pentawer zwar höflich, doch ermahnend hinter ihm hüstelte. Khamwaset spürte, wie die Botschaft des Vergänglichen ihn gefangennahm, und versuchte dagegen anzukämpfen. Ich liebe meine Familie, meinen Pharao, mein schönes und gesegnetes Ägypten. Ich bin reich, erfolgreich und führe ein erfülltes Leben. Es stimmt nicht, daß... Es hat nie gestimmt, daß... Abrupt drehte er sich um, bevor eine Woge der Niedergeschlagenheit ihn überwältigen konnte.

«Nun gut, Pentawer. Laß das Grab versiegeln», sagte er brüsk. «Ich mag den Geruch dieser Luft nicht. Du etwa?» Pentawer schüttelte den Kopf und stieg hastig den Schacht hinauf, während Khamwaset ihm langsam folgte. Das ganze Unternehmen hatte einen bitteren Nachgeschmack hinterlassen, ein Gefühl der Sinnlosigkeit. Die Schriftrollen und die Grabmalereien bringen mir nur totes Wissen, dachte er, als er aus der Grabstätte ins Freie trat, an den sich verneigenden Sklaven vorbeiging und wiederum das Knirschen ihrer Schaufeln im Sand vernahm. Alte Gebete, alter Zauber, vergessene Details zur Abrundung meiner Geschichte des ägyptischen Adels, doch nichts, was mich dem Geheimnis des Lebens näher bringen könnte. Wo steckt die Schriftrolle des Gottes Thoth? Welche dunkle, verstaubte Nische verbirgt diesen Schatz?

Die Nacht war hereingebrochen. Am milden, samtenen Himmel waren inzwischen einige Sterne aufgegangen, und das Geplapper und Gelächter seines Gefolges belebte sich im Schein der entzündeten Fackeln. Khamwaset hätte am liebsten alles sofort stehen- und liegengelassen. Nachdem er Ib einen Wink gegeben hatte, betrat er sein Zelt. Eine Öllampe, die einen sanften gelben Schein verbreitete, flackerte nun neben seinem Feldbett, und er bemerkte den Duft von frischem Parfüm. Ib trat näher und verbeugte sich. «Sag Hori, er soll sich nun ankleiden», sagte Khamwaset, «und bring mir mein Priestergewand des Sem. Die Altardiener sollen die Weihrauchgefäße holen und sich bereithalten. Sind die Opfergaben eingesegnet worden?»

«Ja», antwortete Ib. «Prinz Hori hat die Gebete verrichtet. Möchtest du dich vor dem Einkleiden noch einmal waschen, Hoheit?» Von einer plötzlichen Erschöpfung ergriffen, schüttelte Khamwaset sein Haupt.

«Nein. Ruf einen Altardiener her, und dann vollziehe ich die rituelle Reinigung. Das wird reichen.»

Er wartete schweigend. Kasa erschien mit dem weiten, gelbschwarz gestreiften Priestergewand des Sem, das er ehrfurchtsvoll auf seinen ausgestreckten Armen trug. Er wartete mit gesenktem Blick, als der Altardiener dem Prinzen einen silbernen Krug mit parfümiertem Wasser hinhielt und ihm beim Auskleiden behilflich war. Khamwaset begann feierlich mit der rituellen Waschung, wobei er die entsprechenden Gebete murmelte, auf die der Junge im Wechsel antwortete, und die süßlich duftenden Weihrauchfähnchen begannen sich zwischen den Zeltwänden zu kräuseln.

Schließlich war Khamwaset bereit. Der Altardiener verbeugte sich, nahm den Wasserkrug und entfernte sich, und Khamwaset streckte seine Arme aus, während Kasa ihm das lange Gewand überwarf. Beide Männer traten vor das Zelt. Dort wartete Hori in seiner Rolle als Priester des Ptah; in der Hand hielt er die längliche Weihrauchschale, aus der graue Fähnchen emporstiegen, und die als Opfergaben vorgesehenen Nahrungsmittel für das Ka des Prinzen, in dessen Grabstätte sie höflich eingedrungen waren, lagen auf flachen Serviertellern aus Gold.

Die kleine Prozession formierte sich und schritt mit würdevoller Anmut zum inzwischen unsichtbaren Grabeingang. Die Sklaven hatten sich in den Staub geworfen. Khamwaset schritt aus, übernahm von seinem Sohn die Weihrauchschale und stimmte die Gebete zum Schutz des Toten und zur Anweisung an das Ka an, jene nicht zu strafen, die es gewagt hatten, die geheiligte Ruhestätte aufzustören. Inzwischen war es finster geworden. Khamwaset beobachtete, wie seine beringten langen Finger im Schein der Fackeln glitzerten, während sie die altehrwürdigen Worte mit respektvollen und beschwichtigenden Gesten ehrfürchtig unterstrichen. Eine solche Zeremonie hatte er schon mehr als hundertmal ausgeführt, und nicht einmal hatte ihn der Fluch eines Toten getroffen. Vielmehr glaubte Khamwaset, diese umsichtige Wiederherstellung der Ordnung und die Opfergaben hätten bewirkt, daß ihm und jenen, für die er sorgte, der Segen des Kas der bereits vor langer Zeit verstorbenen prinzlichen Wesen zuteil wurde.

Die Zeremonie war bald zu Ende. Die Schlußworte fielen flach in die warme Dunkelheit. Schließlich kniete Khamwaset neben Hori nieder, um entkleidet zu werden, und erhob sich, während Kasa ihm den weißen Rock um die Taille wickelte und ihm sein aus Lapislazuli und Jaspis gearbeitetes Lieblingspektoral auf die Brust legte. Seine Augen waren schlaftrunken. «Kommst du heim?» fragte er Hori, nachdem Kasa gegangen war, um die Sänftenträger zu rufen.

Hori schüttelte das Haupt. «Nur wenn du möchtest, daß ich Pentawer bei der Durchsicht unseres heutigen Fundes helfe, Vater», antwortete er. «Die Nacht ist so lau, und Antef und ich möchten gern angeln gehen.»

«Nimm einen Leibwächter mit», sagte Khamwaset, ihn unwillkürlich ermahnend. Hori lächelte und entfernte sich.

Vom Plateau in Sakkâra bis in die Stadt Memphis war es ein langer Weg. Er führte hinunter zu den imposanten Palmenhainen und über den Bewässerungskanal, der nun wenig mehr war als ein glattes, tiefschwarzes Band aus tiefer Dunkelheit, das hin und wieder die Lichter der prinzlichen Eskorte zurückwarf. Khamwaset, der in seiner gepolsterten, mit Quasten geschmückten Sänfte schaukelte, drehte sich um, damit er in die sanfte Nacht hinaussehen konnte, und dachte wie so oft über den besonderen Charakter dieser Stadt, seiner Stadt nach. Memphis war eine der ältesten Städte Ägyptens und ihre heiligste. Hier wurde der Gott Ptah, der Schöpfer des Universums, bereits seit zweitausend Jahren verehrt. Hier hatte eine lange, ununterbrochene Folge von Königen ihr unantastbares Leben verbracht, so daß jeder Stein eine Aura von Anmut und Würde ausstrahlte.

Die Weiße Mauer des Menes, die das alte Herz der Stadt umschloß, war noch zu erkennen, doch bot sie kaum eine Oase der Ruhe, da Reiche und Arme aus dem ganzen Land sie aufsuchten.

Reisen war ein nationales Freizeitvergnügen, dem man nachging, wenn man es sich leisten konnte. Khamwaset lächelte vor sich hin, als die Sänftenträger die Palmenpflanzungen betraten und der Himmel von einem Wald aus steifen, federnartigen Wedeln verdunkelt wurde, die sanft im Dunkeln rauschten. Die Geschichte war lebendig geworden – nicht etwa die Geschichte, in die er sich selbst mit solch zielstrebiger Entschlossenheit vertiefte, sondern die Geschichten von Eroberungen und Herrschern, von Wundern und Tragödien der alten Könige. Reiseführer tummelten sich auf den Marktplätzen von Memphis und bemühten sich, Vornehme vom Lande wie auch wohlhabende Händler gleichermaßen zu schröpfen im Austausch gegen ebenso prickelnde wie fragwürdige Geschichten aus der Vergangenheit, die sie mit den saftigen, wenn auch höchst dubiosen Palastskandalen der letzten tausend Jahre garnierten. Männer hoben Steinsplitter auf und ritzen damit ihren Namen und häufig genug auch ihre Kommentare in die Weiße Mauer, in den Außenhof des Ptah-Tempels, ja sogar in die Tempeltore der Könige im alten Ankh-Tawy-Bezirk.

Khamwaset hatte seit kurzem stämmigen Hurritern die Überwachung der Denkmäler in der Stadt übertragen. Er hatte befohlen, daß sie den Missetätern, die sie erwischten, eine leichte Prügelstrafe verabreichten, und sein Vater, der erhabene Ramses, hatte nichts dagegen einzuwenden gehabt. Vermutlich deswegen, weil Ramses sich nicht übermäßig darum kümmert, mutmaßte Khamwaset, als sich die Palmenreihen lichteten und der dunkle Nachthimmel über ihm wieder auftauchte. Zu sehr ist Ramses damit beschäftigt, seine eigenen Monolithe für die Nachwelt zu errichten und sich das Werk seiner Vorfahren zu seinem eigenen Ruhm anzueignen.

Lieber Vater, dachte Khamwaset, wobei er stillvergnügt in sich hineinlachte, du bist unbarmherzig, arrogant und hinterlistig, kannst aber auch von einer vornehmen Großzügigkeit sein, wenn es dir beliebt. Mir gegenüber hast du dich mehr als großzügig gezeigt. Ich möchte gerne wissen, wie viele Beschwerden du seitens der edlen fremdländischen Verunstalter unserer Wunder erhalten hast. Das gemeine Volk in Memphis besteht zu drei Vierteln aus Fremden, die von unserer starken Wirtschaft und unserer leistungsfähigen Verwaltung angetan sind. Ich wünschte mir, daß du sie nicht so sehr mögen würdest.

Er bemerkte, daß die barfüßigen Sänftenträger harten Grund erreichten, und bald darauf wurde die Nacht vom orangenfarbenen Leuchten der Stadt erhellt. Sie befanden sich hinter dem ruhigen Ankh-Tawy-Bezirk. Die dunkel aufragenden Tempel wurden nur gelegentlich von dem winzigen Punkt der Fackel eines Priesters belebt, der zu seinen nächtlichen Verrichtungen ging. Hinter den rückwärtigen Eingangstoren und den aufsteigenden Säulen lag der Bezirk des Ptah, vom mächtigen Haus des Gottes überragt, und dahinter lag der Bezirk des Pharaos mit dem Palast, der häufig vernachlässigt, häufig von nachfolgenden Pharaonen seit undenklichen Zeiten wiederaufgebaut worden war und den Ramses zur Zeit prächtig erneuern und erweitern ließ. Vom Bezirk des Pharaos führten zwei Kanäle zum Nil. Zwischen den lärmenden Kais und Lagerhäusern hatten sich die Baracken der Ärmsten ausgebreitet.

Die Weißmauer-Zitadelle erhob sich nun zur Rechten, und Khamwaset erhaschte mit flüchtigem Blick ihre mächtige Erscheinung, bevor die Träger aus ihrem Schatten hervortraten und sich zum nördlichen Bezirk begaben, wo sein Anwesen und das vieler anderer Vornehmer lag. Bei diesem Bezirk handelte es sich um eine abgeschlossene Stadt, die vom Lärm und Gestank der südlichen Vorstadt weit entfernt war, in der die Fremden – Kanaaniter, Hurriter, Keftiu, Khatti und andere Barbaren – vor den Schreinen von Baal und Astarte beteten und lärmend ihren Geschäften nachgingen.

Khamwaset besuchte die fremdländischen Vornehmen häufig auf deren Domänen, welche die anmutigen, friedvollen Enklaven des nördlichen Bezirks widerspiegelten. Sein Vater betraute ihn mit vielen Regierungsgeschäften, besonders hier in Memphis, wo Khamwaset sich niedergelassen hatte. In seiner Eigenschaft als höchst geschätzter Arzt des Landes wurde er oft zu den Semiten gerufen, doch er mochte sie nicht. In seinen Augen waren sie wie schmutziges Wasser, das sich im klaren, reinen Fluß der Gesellschaft seines Landes ausbreitete, indem sie seltsame Götter anbeteten und die Verehrung untergruben, die den treuen und mächtigen Gottheiten Ägyptens zustand, und das Gift exotischer Kulturen, eine verderbte Moral sowie billige Geschäfte mit sich brachten. Baal und Astarte waren bei Hofe in Mode gekommen, und semitische Namen gab es im Überfluß, sogar in rein ägyptischen Familien aller Schichten. Gemischte Heiraten waren an der Tagesordnung. Der liebste und engste Freund des Pharaos, ein stiller, hagerer Mann namens Ashahebsed, war Semit. Khamwaset war daran gewöhnt, seine wahren Gefühle zu verstellen, und daher fiel ihm dies nicht schwer. Mit diesem Mann, der es nunmehr vorzog, daß man ihn unter dem Namen Ramses-Ashahebsed kannte, hatte er häufig geschäftlich verhandelt und nichts anderes getan, als ihn milde zu beleidigen, indem er sich weigerte – ausgenommen bei Schriftstücken – den Vornamen «Ramses» zu verwenden.

Der Tempel der Neret versank hinter ihm in der Finsternis, und seine offensichtlich ermüdeten Träger wurden langsamer. Das Licht der Fackeln strahlte jetzt heller, denn die Bewohner des nördlichen Bezirks konnten es sich leisten, Lichtträger einzustellen, die ihre Runde durch die Straßen machten. Khamwaset rückte seine Polster zurecht und hörte auf die Anrufe der Nachtwächter sowie die Antworten der Soldaten. Gelegentlich schickte sein Herold Ramoses eine Warnung voraus, und Khamwaset konnte beobachten, wie die Entgegenkommenden sich in den Staub der Straße warfen, um den Boden mit der Stirn so lange zu berühren, bis die Sänfte vorübergezogen war. Doch nur wenige Menschen waren unterwegs. Die meisten waren zu Hause, saßen zu Tisch oder schickten sich an, am Abend Freunde zu besuchen. Das Nachtleben der Stadt war noch nicht erwacht.

Khamwaset vernahm die Stimme eines seiner eigenen Träger, und quietschend öffnete sich die Eingangspforte. Die Männer seiner Leibwache salutierten an ihrem Posten vor der hohen Mauer aus Lehmziegeln, als er an ihnen vorüberzog, und die Pforte fiel dumpf ins Schloß. «Setzt mich hier ab», rief er. «Ich will zu Fuß gehen.» Die Sänfte wurde zu Boden gelassen, und er stieg aus, nickte Ramoses und seinen Soldaten zu und ging den Weg hoch, der den hinteren Garten säumte und wiederum andere Wege kreuzte – einer führte zu den Gebüschen und zu den Fischteichen, von denen lediglich dunkle Flecken zur Linken zu sehen waren, einer zu den Küchen, Getreidespeichern und Arbeitshütten seiner Diener, und einer zu dem kleinen, aber komfortabel eingerichteten Haus, in dem Khamwasets Konkubinen lebten. Es gab nicht viele, und nur selten suchte er ihr Reich auf oder beorderte eine von ihnen an sein Lager. Seine Frau Nubnefret organisierte deren Leben so, wie sie den Familienhaushalt führte, mit strenger Tüchtigkeit, und Khamwaset ließ sie gewähren.

Der Weg verlief nun im Schatten einer Hauswand, bog um die Ecke und verweilte an der Vorderseite unter den weißen Eingangssäulen mit den hellrot und hellblau gemalten Vögeln, die Palmwedel und Flußgras in ihren spitzen Schnäbeln hielten. Der Weg schlängelte sich weiter über Khamwasets sorgfältig gepflegten Rasen und zwischen den Sykomoren hindurch bis hin zu den weißen Wasserstufen und dem stillen, geschwind dahinschießenden Fluß. An der Kreuzung hielt Khamwaset einen Augenblick inne, sog die Luft ein und wandte seinen Blick zum Nil. Die Überschwemmungszeit Echet ging zu Ende. Der Fluß, ein rollender brauner Strom der Fruchtbarkeit, führte noch immer viel Wasser, doch nach der alljährlichen Überschwemmung war er wieder in sein Bett zurückgekehrt, und die Bauern hatten damit begonnen, auf dem gesättigten Schlammboden die Saat auszubringen. Die wiegenden Palmen, welche die Entwässerungskanäle säumten, die dornigen Akaziensträucher und die Sykomoren glänzten im Kleid ihrer neuen, hellgrünen Blätter, und in Khamwasets Gärten hatten die lebhaften Blumenbüschel in einer betörenden Fülle zu blühen begonnen. Khamwaset vermochte sie im Moment zwar nicht zu sehen, doch ihr Duft hüllte ihn ein.

Er beobachtete das frühe Licht des Neumonds, das gereizt auf dem Fluß funkelte und silberne Splitter in die Dunkelheit streute, während die Nachtbrise die erstickten Triebe am Ufer bewegte und die Äste emporhob. Die Stufen zum Wasser lagen verlassen und einladend da, und er beneidete Hori, seinen Sohn. Gewiß lehnte der sich jetzt auf dem Boden seines Ruderbootes zurück, mit Antef an seiner Seite, die Angelruten am Boot befestigt, während sie zu den Sternen emporblickten und schwatzten. «Heute abend würde ich mich gerne auf dem Fluß treiben lassen», sagte Khamwaset zu seinem geduldigen Gefolge, «doch ich nehme an, ich muß nach meiner Abwesenheit erst einmal nach dem Rechten sehen.» Insgeheim dachte er, daß ihm eine Fahrt auf dem Fluß nicht gut bekommen würde. Er war unerklärlicherweise erschöpft. In den Lungen spürte er noch immer die stickige Luft und den Staub der Grabkammer, und auch seine Hüften schmerzten ihn. Eine Massage würde ihm guttun. «Ramoses», wies er seinen Herold an, «sag meiner Gemahlin, daß ich heimgekommen bin und meine Gemächer aufgesucht habe. Sobald Pentawer auch eingetroffen ist, möchte ich sämtliche Briefe aus dem Delta durchsehen, die während meiner Abwesenheit eingetroffen sind. Bestelle Ib, daß ich sofort zu essen wünsche, und Kasa kann mit der Massage so lange warten, bis ich mit Pentawer zu Ende bin. – Amek?» Der Oberst seiner Leibgarde trat näher und verbeugte sich. «Ich gehe heute abend nicht mehr aus. Du kannst die Soldaten abtreten lassen.» Ohne irgendeine Antwort abzuwarten, drehte er sich um und ging ins Haus.

Die weite Eingangshalle empfing ihn mit wohltuender Kühle. Der Boden war mit schwarzen und weißen Platten gefliest, die verputzten Wände zeigten Malereien, die ihn und seine Familie bei der Vogeljagd in den Sümpfen, beim Angeln oder beim Ruhen unter Sonnenschirmen im Garten darstellten. Die Farben – darauf hatte er beim Ausmalen seines Hauses bestanden – beschränkten sich auf das traditionelle Weiß, Schwarz, Gelb, Blau und Rot, und die wenigen Möbelstücke, die für seine Gäste bereitstanden, waren schlicht, doch solide aus libanesischem Zedernholz gefertigt und mit Intarsien aus Gold, Elfenbein und Lapislazuli verziert.

Es war ihm gelungen, sich hierbei über die Proteste seiner Frau hinwegzusetzen. Sie hatte es nicht zulassen wollen, daß ihre Gäste den Eindruck gewannen, der mächtige Prinz und Sem-Priester Khamwaset, Sohn des Pharaos, in Wahrheit aber inoffizieller Herrscher über Ägypten, lege einen ärmlichen Geschmack an den Tag, doch nach einer heftigen Auseinandersetzung war sie ihm ausnahmsweise einmal unterlegen.

«Ich bin ein königlicher Sohn Ägyptens», hatte Khamwaset ihr schließlich entgegengeschleudert, «und Ägypten hat seit unzähligen Hentis der Welt in sämtlichen Angelegenheiten der Mode, der Verwaltung und der Diplomatie ein Beispiel gegeben! Meine Diener sind ausnahmslos Ägypter, und meine Familie wird von ägyptischen Soldaten bewacht, nicht etwa von fremden Söldnern! Mein Heim ist ein ägyptisches Heiligtum und kein semitisches Bordell!»

«Dein Heim ist ein ägyptisches Mausoleum», hatte Nubnefret kühl geantwortet, unbeeindruckt von der überraschenden Gereiztheit ihres Gatten, «und ich mag es nicht, als Gattin von Khamwaset, der Mumie, bekannt zu sein. Der Eindruck, den wir auf fremdländische Würdenträger machen, ist wunderlich und vielleicht sogar beleidigend.» Mit einem Achselzucken hatte sie ihr Kleid höher auf ihre starken Schultern geschoben und eine Hand zu den gelb emaillierten Blumen aus massivem Gold an ihrem Hals geführt.

«Und ich mag nicht, daß man sieht, wie meine Frau mit der polyglotten Kloake protzt, zu der Ägypten verkommen ist!» hatte Khamwaset aufbrausend zurückgeworfen. «Sieh dich nur selbst an, Nubnefret! Du bist eine Prinzessin aus reinstem, vornehmem Geblüt, und doch trippelst du in so vielen Rüschen und Volants umher, daß du einer jener Mohnblumen gleichst, die jedermann eilends in seinem Garten anpflanzt, bloß weil sie aus Syrien kommen. Und dann diese Farbe! Purpurrot! Einfach gräßlich!»

«Du bist ein alter, quakender Frosch», hatte Nubnefret spitz erwidert. «Ich trage, was mir gefällt. *Irgendeiner* muß ja schließlich auf die äußere Erscheinungsform achten. Und bevor du sagst, daß du aus königlichem Geblüt und daher über solch kleinliche Erwägungen erhaben seist, möchte ich dich daran erinnern, daß ich schließlich die Frauen der Khatti, Syrier und Libyer unterhalten muß, während du mit ihren Männern Geschäfte machst. Ägypten ist ein internationales Zentrum und kein provinzielles Notstandsgebiet. Wenn diese Frauen mein Haus verlassen, sollen sie wissen, daß du eine Macht besitzt, die man nicht unterschätzen sollte.»

«Das wissen sie längst», hatte Khamwaset barsch zurückgegeben, wenngleich er sich beruhigt hatte. «Ohne mein Wohlwollen könnten sie nichts erreichen.»

«Und ohne meine hervorragenden Organisationskünste erreichst du nichts.» Wie gewöhnlich hatte Nubnefret das letzte Wort behalten. Mit königlich wiegenden Hüften und ihren hoch aufgerichteten herrlichen Brüsten war sie aus dem Raum hinausgesegelt, und Khamwaset hatte das Rascheln ihres plissierten Kleides und das Klappern ihrer goldenen Sandalen mit deprimierter Belustigung vernommen. Sie war furchteinflößend, zärtlich und die eigensinnigste Frau, die er je kennengelernt hatte.

Grübelnd ließ er die Empfangshalle hinter sich und schlug den rechten Gang zu seinen Gemächern ein. Was die Empfangshalle betraf, so hatte seine Frau zwar stillschweigend eingewilligt, sich dafür aber im übrigen Haus schadlos gehalten, so daß Khamwaset sich manchmal vorkam, als lebte er in einem Kaufmannsladen. Kostbarkeiten, Nippsachen und seltsame, nutzlose Dinge aus aller Herren Ländern verschandelten die Zimmer; selbstverständlich waren sie geschmackvoll arrangiert, denn Nubnefret war im besten aller Haushalte groß geworden. Ihrem Gatten jedoch, der von stillen inneren Räumen und der kühlen Nüchternheit der Vergangenheit träumte, verschafften diese Dinge ein Gefühl der Platzangst.

Nur sein Arbeitszimmer war ihrem Zugriff entzogen. Hier regierte seine eigene Unordnung, wenn auch das angrenzende Archiv der Schriftrollen von Pentawer gewissenhaft geführt wurde. Hierhin konnte Khamwaset flüchten, und hier konnte er Frieden finden. Er schritt an den geschlossenen Türen vorbei und auf seine Schlafgemächer zu, wo ein schläfriger Diener auf seinem kleinen Schemel hockte, und ging weiter in sein Arbeitszimmer. Mehrere Lampen aus feinstem Honigalabaster verbreiteten dort ein goldenes Licht.

Sein Stuhl, unter dem Schreibtisch hervorgezogen, erwartete ihn, und er wollte sich gerade mit einem hörbaren Seufzer der Erleichterung darauf niederlassen, als Ib anklopfte, eintrat und sich verneigte. Er stellte ein Tablett auf dem Schreibtisch ab und nahm das Leinentuch ab, das die Speisen bedeckte. Zum Vorschein kamen dampfende farcierte Gans, gebratener Inet-Fisch, frische Gurken und eine bauchige Weinflasche, die Khamwasets eigener Winzer versiegelt hatte und die aus seinem Weinberg vor den Toren von Memphis stammte. Khamwaset machte ihm ein Zeichen, daß er allein zu sein wünsche, und griff herzhaft zu. Er war beinahe mit dem Essen fertig, als man ihm Pentawer meldete. Beklommen sah Khamwaset dem Schreiber zu, der mehrere Rollen auf den Schreibtisch legte. «Sag mir nichts», sagte er aufstöhnend. «Die Heiratsverhandlungen sind wieder mal abgebrochen worden.»

Während seiner Verbeugung gelang es Pentawer irgendwie, noch zu nicken. Behende setzte er sich auf den Boden, kreuzte die Beine und legte seine Palette quer über die Knie. «Ich befürchte, daß dem so ist, Hoheit! Soll ich dir die Schriftrollen verlesen, während du zu Ende ißt?» Statt einer Antwort schob Khamwaset ihm eine Schriftrolle zu und widmete sich wieder dem Stapel warmer Pinienkuchen.

«Beginne!» befahl er.

Pentawer entrollte sie. «Vom Erhabenen Stier des Maat, Sohn des Seth, User-Maat-Rê, Setep-en-Rê Ramses, Grüße an seinen Lieblingssohn Khamwaset. Deine Anwesenheit im Palast in Piramses ist umgehend erforderlich. Einem Brief unseres Abgesandten Hui zufolge, der sich noch immer am Hofe Hattusils aufhält, bedarf die Tributangelegenheit der Khatti deiner sofortigen Aufmerksamkeit. Eile nordwärts auf den Schwingen des Shu.» Pentawer blickte auf. «Sie ist mit dem königlichen Siegel versiegelt», fügte er hinzu und ließ die Rolle sich mit einem leichten Rascheln aufrollen. Er legte sie neben sich ab und nahm seinen Pinsel. «Möchtest du antworten, Hoheit?»

Khamwaset tauchte seine Finger in die Wasserschale, lehnte sich zurück und verschränkte die Arme. Der Krieg zwischen den Khatti und Ägypten war vor mehr als achtundzwanzig Jahren beendet und der offizielle Friedensvertrag vor zwölf Jahren unterzeichnet worden. Die letzte, in Kadesch ausgetragene Schlacht hätte beinahe das Ende Ägyptens bedeutet. Infolge falsch informierter Spione, schlecht aufgestellter Militärdivisionen und unfähiger Befehlshaber hatte sie aus einer Abfolge kleiner, doch gehäufter Katastrophen bestanden. Indes ließ Ramses nicht davon ab, sie auf all seinen Bauten und schamloserweise auch auf all seinen Tempeln als glänzenden Erfolg für Ägypten und einen vernichtenden Schlag gegen die Khatti darstellen zu lassen. In Wirklichkeit aber hatten die Khatti die geballte Macht der ägyptischen Armee aus einem geschickt gestellten Hinterhalt heraus angegriffen. Aus der Schlacht war kein Sieger hervorgegangen. Keine der beiden Seiten hatte einen Streifen Boden dazugewonnen.

Als sich nach vierzehn Jahren die Gemüter abgekühlt hatten, war das Große Abkommen unterzeichnet, versiegelt und in Karnak ausgestellt worden. Noch immer beharrte Ramses darauf, Kadesch als einen Sieg Ägyptens und eine Niederlage der Khatti zu betrachten und das Abkommen daher als einen Akt der verzweifelten Unterwerfung von seiten Muwattalis'.

Muwattalis' Sohn Hattusil bot Ramses nun eine seiner Töchter an, um die freundlichen Beziehungen zwischen den beiden großen Mächten zu festigen, doch für den arroganten Ramses – der nie irgend etwas anzuerkennen bereit war, das nach der Schwäche eines Herrschers aussah, der ebenfalls als Gott galt – war diese Geste lediglich ein Zeichen der Beschwichtigung und der Unterwerfung. Die Khatti hatten vor kurzem unter einer katastrophalen Trockenheit gelitten und waren geschwächt. Sie befürchteten, Ägypten könnte ihre vorübergehend mißliche Lage ausnutzen und beginnen, ihr Land auszuplündern. Aus diesem Grund waren sie mehr als begierig, Ramses mit einer diplomatischen Heirat an das Abkommen zu binden.

Schlimmer noch war, so überlegte Khamwaset, als er in Gedanken eine Antwort an seinen Vater zu formulieren begann, daß Hattusil in seinem Drang, seinem königlichen Bruder die Hand zu reichen, Ramses eine schier unermeßliche Mitgift – Gold, Silber, verschiedene Erze, Pferde ohne Zahl, Vieh, Ziegen und Schafe zu Zehntausenden – versprochen hatte. In der Tat war es Khamwaset und dem kichernden ägyptischen Hof so vorgekommen, als wäre Hattusil bereit, mit ganz Khatti und seiner schönen Tochter in Ägypten einzuziehen. Ramses hatte zugestimmt. Dies war ein Tribut für die Niederlage des Vaters in Kadesch.

«Hoheit?» sagte Pentawer leise.

Khamwaset besann sich wieder. «Verzeih mir, Pentawer. Du kannst beginnen. Die übliche Grußformel, denn ich kann mich nicht damit abgeben, hier die gesamte Liste der Titel meines Vaters korrekt wiederzugeben. Danach: ‹In Angelegenheiten der Aufforderung meines gnädigen Herrn werde ich so rasch wie möglich in Piramses erscheinen, um beim Vorantreiben der beabsichtigten Hochzeit deiner Majestät behilflich zu sein. Falls deine Majestät mir, deinem unwürdigen Sohn, den offiziellen Austausch gegenseitigen Vertrauens und die Verhandlungen über die Mitgift überläßt und damit aufhört, die Schleimsuppe mit deinen eigenen heiligen, doch unzweifelhaft streitsüchtigen Meinungen weiter aufzuwärmen, so kann bald eine leidliche Suppe aufgetischt werden. Meine Liebe und Verehrung gilt dir, Sohn des Seth, mit dieser Schriftrolle.›» Khamwaset lehnte sich zurück. «Gib sie Ramoses, damit er sie einem Kurier übergibt. Am besten einem langsamen und unfähigen.» Pentawer lächelte kühl, während er mit seinem Pinsel noch über den Papyrus fuhr. «Wirklich, Hoheit, mußt du wirklich so schreiben, so… so…»

«Freimütig?» sagte Khamwaset, die Frage ergänzend. «Du wirst nicht dafür bezahlt, den Ton meiner Briefe zu kritisieren, du Unverschämter, sondern nur dafür, sie zu schreiben, und zwar Zeichen für Zeichen. Jetzt wollen wir ihn versiegeln.»

Pentawer erhob sich, verneigte sich steif und legte die Schriftrolle auf den Schreibtisch.

Khamwaset hatte soeben das Siegel vom Wachs gelöst, als sich die Tür ohne Ankündigung öffnete und Nubnefret in den Raum stürmte. Pentawer verneigte sich sofort und zog sich zurück. Nubnefret beachtete ihn nicht, ging auf ihren Gatten zu und setzte ihm einen nichtssagenden Kuß auf die Wange. Wernuro, ihre Leibdienerin, hielt sich demütig im Hintergrund, den Kopf gesenkt. Nubnefret weiß, wie sie die Angehörigen ihres Personals im Zaum hält, dachte Khamwaset zum hundertstenmal, als er ein Lächeln verbarg und sich erhob.

«Ich sehe, daß du schon gegessen hast», bemerkte seine Gemahlin. Sie trug eines jener weiten Kleider, die sie gerne am Abend anlegte, wenn keine Gäste anwesend waren; das bauschig gefaltete, scharlachrote Leinentuch hatte sie um ihren wohlgeformten Körper drapiert und auf einer Seite an einem Gürtel mit Goldquasten befestigt. Ein schweres Ankh baumelte an ihrem rechten Ohrläppchen und stieß sanft gegen ihr exquisit geschminktes Gesicht, als sie zu Khamwaset hochblickte. Ihre Perücke hatte sie abgelegt, und ihr rötlichbraunes, kinnlanges Haar rahmte ihren großen, mit orangenfarbener Henna geschminkten Mund und ihre grün bestäubten Augenlider auf eine vollkommene Weise ein.

Sie war fünfunddreißig Jahre alt und stand noch immer in der Blüte ihrer Schönheit, trotz der feinen Fältchen, die – wie Khamwaset wußte – sich unter dem schwarzen Kohol fächerförmig über ihre Schläfen ausbreiteten, und trotz der leichten Furchen zu beiden Seiten ihrer einladenden Lippen. Aber ihre Üppigkeit war etwas, das sie als unwesentlich abgetan hätte, wäre sie sich dessen bewußt gewesen. Energisch, tüchtig und voll gesunden Menschenverstands, umsegelte Nubnefret die Riffe und Untiefen der Haushaltsführung, bildete Diener aus, führte für ihren Ehemann ein gastliches Haus und zog die Kinder mit der vollendeten Leichtigkeit einer Frau groß, die mitten im Leben steht. Khamwaset gegenüber verhielt sie sich äußerst loyal, und dafür war er ihr dankbar. Er wußte, daß sie ihn von ganzem Herzen liebte, wenngleich sie über eine scharfe Zunge verfügte und ihn bei dem von ihr choreographierten Familientanz vorsichtig in Bewegung hielt. Zweiundzwanzig Jahre lang waren sie nun schon sicher und angenehm verheiratet.

«Hattest du heute Glück, Khamwaset?»

Er schüttelte seinen Kopf, da er wußte, daß sie ihn aus schierer Höflichkeit und nicht etwa aus Interesse gefragt hatte. In ihren Augen handelte es sich bei seinem Steckenpferd um einen für einen Prinzen aus königlichem Geblüt unwürdigen Zeitvertreib. «Ganz und gar nicht», antwortete er, indem er die Stelle berührte, auf die sie ihn geküßt hatte. Sie kam ihm von ihrer frisch aufgetragenen Henna feucht vor. «Das Grab war zwar alt, aber sowohl eingesickertes Wasser wie auch die Verwüstungen der Grabräuber haben Schaden angerichtet. Es ist unmöglich abzuschätzen, wann diese beiden Katastrophen geschehen sind. Pentawer hat ein paar Schriftrollen näher in Augenschein genommen und sie inzwischen bestimmt schon in das Archiv aufgenommen, aber ich bin so klug wie zuvor.»

«Das tut mir leid», antwortete sie mit aufrichtigem Bedauern, wobei sie einen Blick auf die Schriftrolle in Khamwasets Hand warf. «Gibt es eine Nachricht vom Delta? Ärger im Hochzeitsparadies?» Sie grinsten einander an. «Vielleicht sollten wir nach Piramses ziehen, bis die Pläne des Pharaos vollendet sind. Mit deinem vielen Hin und Her hast du unsere Barke arg strapaziert.»

Khamwaset empfand plötzlich eine große Zärtlichkeit für sie. Der kaum erkennbare sehnsüchtige Unterton in ihrer Stimme war ihm nicht entgangen. «Das würde dir gefallen, nicht wahr?» sagte er freundlich. «Weshalb nimmst du Hori und Sheritra nicht für einen oder zwei Monate mit nach Norden? Mein Vater braucht mich nicht die ganze Zeit über, Nubnefret. Die Angelegenheiten Ägyptens sind – bis auf die Heiratsverhandlungen – im Augenblick reine Routinesache, und ich kann mir erlauben, einige der Projekte weiterzuverfolgen, die ich in Sakkâra begonnen habe.» Er wies auf seinen Stuhl, und sie sank darauf nieder und begann, die Essensreste durchzusehen. Ihm fiel ihr starrsinniger Gesichtsausdruck auf. «Meine Architekten und ich arbeiten an neuen Plänen für den Friedhof der Apis-Stiere», fuhr er fort, «und ich habe zwei Restaurierungen in Arbeit, die eine an der Pyramide des Osiris Sahurê und die andere am Sonnentempel des Neuser-Rê. Ich...»

Sie hob ihre Hand, in der sie ein Stück der inzwischen kalten Gans hielt, winkte ihm zu und steckte es schnell in ihren Mund. «Seit langem schon habe ich es mir abgewöhnt, mich über die Beharrlichkeit zu empören, mit der du tote Steine deiner lebenden Familie vorziehst», sagte sie beherrscht. «Wenn du nicht nach Piramses gehst, dann bleiben wir mit dir hier. Du weißt, daß du dich sehr einsam fühltest, wenn wir dich deinen Dienern überlassen würden.»

Das traf zu. Khamwaset ging auf seinen Schreibtisch zu und hockte sich auf die Kante. Er kreuzte die Arme vor der Brust. «Dann laß die Diener ein paar Sachen packen, und komm morgen mit mir. Vater braucht noch einen Diplomaten, der die verworrene Lage, die ohne Zweifel nur er zu verantworten hat, wieder ins Lot bringt. Ebenso zweifellos wird er mich bitten, ihn zu untersuchen und ihm Heilkräuter zu verabreichen, und auch alle anderen, die er mag, werden meine Dienste beanspruchen. Übrigens möchte ich gerne Mutter besuchen.»

Nubnefret kaute nachdenklich. «Nun gut», sagte sie schließlich. «Hori möchte sicher auch mitkommen, doch Sheritra mag nicht bei Hof verkehren. Was sollen wir mit ihr machen, Khamwaset?»

«Sie ist nur schüchtern», antwortete er. «Das vergeht mit dem Alter. Wir müssen ihr Zeit lassen und nett zu ihr sein.»

«Nett!» schnaubte Nubnefret. «Sie ist bereits zu sehr verwöhnt worden, sowohl von Hori wie auch von dir. Sogar jetzt wartet sie darauf, daß sie dir gute Nacht sagen kann, aber ich habe ihr gesagt, sie solle nicht damit rechnen, daß du heute abend noch bei ihr vorbeikommst.» Sie leckte die Finger ab und schnippte dann mit ihnen. Sofort erwachte Wernuro zum Leben, huschte zum Schreibtisch, tauchte das Leinentuch, das zuvor die Speisen abgedeckt hatte, in die Wasserschale und begann damit, die fettigen Finger ihrer Herrin vorsichtig abzuwischen.

«Wieso denn nicht?»

«Weil eine Nachricht aus dem Frauenhaus des Pharaos hier eingetroffen ist. Eine der Konkubinen ist erkrankt und verlangt nach deiner Visite.» Sie erhob sich aus dem Stuhl und ging auf die Tür zu. «Gute Nacht, mein Gemahl.»

«Gute Nacht, Nubnefret. Schlaf gut.» Nach einem kurzen Befehl von ihr wurde die Tür aufgerissen, der Türdiener geleitete sie unter Verbeugungen hinaus, während Wernuro ihr in drei Schritten Abstand folgte. Nun war Khamwaset allein.

Widerwillig verließ er sein Arbeitszimmer und ging in sein Archiv. Vor einer großen Truhe blieb er stehen und öffnete den schweren Deckel. Ein angenehmer Dufthauch von getrockneten Kräutern durchwehte den Raum. Er trug einen kleinen Kasten in sein Büro zurück und rief nach Kasa und Pentawer. «Ramoses», ermahnte er den obersten Herold, der auf seine Rufe hin herbeigeeilt war, «überbringe Amek meine Entschuldigung, falls er sich bereits zur Ruhe begeben hat, aber ich brauche dringend zwei Leibwächter. Ich muß in die Stadt gehen.»

Eine Stunde später wurde er in Memphis unter Verbeugungen respektvoll in das Frauenhaus des Pharaos geleitet. Es war groß, aber luxuriös eingerichtet und bestand aus eleganten Zimmerfluchten für die vielen Frauen, an denen Ramses einen Gefallen gefunden, die er erworben und ebenso häufig vergessen hatte. Während der überwiegenden Zeit führten sie ein müßiges Leben, hielten sich verfügbar und hatten keine andere Beschäftigung als zu tratschen, zu zanken, sich um ihre Luxuskörper zu kümmern und die Eigenschaften ihrer fernen Herren miteinander zu vergleichen, doch einige von ihnen führten ihre eigenen Geschäfte in Memphis und Umgebung. In Begleitung einer ordnungsgemäßen Eskorte durften sie das Haus verlassen und konnten ihren eigenen Besitz hegen oder einem Kleingewerbe nachgehen. Manche überwachten das Weben von Flachs zu Leinen, manch einer gehörte ein Weinberg oder ein Bauernhof, und einige wenige trieben einen blühenden Handel über Land und über See mit fremdländischen Exotika.

Khamwaset interessierte sich für keine einzige von ihnen, er hatte nur die ärztliche Heilkunde im Sinn.

Er grüßte den Hüter des Hauses in einem barscheren Ton als beabsichtigt, und der Mann warf sich sofort zu Boden und drückte seine Stirn auf Khamwasets Sandalen, eine jahrhundertealte Geste, die als Zeichen höchster Unterwerfung galt, während er sich wortreich dafür entschuldigte, dem großen Prinzen Ungemach zu bereiten. Khamwaset bedeutete ihm unwirsch, er solle sich aufrichten.

«Der Pharao will nicht, daß ein Lehrling eine seiner Frauen untersucht», sagte er, als sie einen Gang entlangschritten, der in regelmäßigen Abständen von fein gegliederten Holztüren mit delikaten Verzierungen unterteilt war, die sämtlich fest verschlossen waren.

«Wer ist meine Patientin?» fragte Khamwaset. Der Hüter hielt vor der letzten Tür an, und Khamwaset blieb stehen, Pentawer und Kasa befanden sich hinter ihm. Die beiden Soldaten Ameks hatten sich getrennt, ein jeder hatte an einem Ende des Korridors Stellung bezogen.

«Eine junge Tänzerin der Hurriter. Der Mächtige Stier hatte sie vor einem Jahr tanzen gesehen und sie eingeladen, hierher zu kommen. Sie ist eine zierliche Person, sehr schön, und hat den anderen Frauen einige ihrer Tanzschritte beigebracht.» Er öffnete die Tür und zog sich respektvoll zurück. «Sie unterhält die Frauen ein wenig und verschafft ihnen zudem etwas Bewegung. Die meisten sind sehr träge.»

Khamwaset entließ ihn und betrat das Zimmer. Es war behaglich eingerichtet, ohne vollgestellt zu sein: Es gab ein gutes Ruhebett, ein paar Stühle und vereinzelte Kissen, einen verschlossenen Schrein sowie mehrere Garderobenkisten, die zweifellos die grellen Kleider der Tänzerin enthielten, und es gab eine weitere Tür, die offenbar zum Gemeinschaftsgarten hinausführte. Eine Sklavin saß auf einem Hocker beim Ruhebett und erzählte in einer fremden Sprache – in Hurritisch, wie Khamwaset vermutete – mit einer hohen, eintönig singenden Stimme eine Geschichte, und die kleine Patientin unter den Leinendecken lauschte ihr verzückt, wobei ihre schwarzen Augen das milde Licht der Öllampe widerspiegelten.

Als Khamwaset näher trat, gab sie der Dienerin einen knappen Befehl und versuchte, sich zu erheben, doch Khamwaset bedeutete ihr, sie solle liegenbleiben. «Förmlichkeiten im Krankenzimmer sind überflüssig, es sei denn, es handelt sich um ein Gesuch an die Götter», sagte er freundlich, während die Sklavin sich in eine Ecke zurückzog und Pentawer und Kasa ihre Posten einnahmen. «Nun, wo fehlt es denn?»

Das Mädchen starrte ihn eine ganze Weile an, so als hätte sie ihn nicht verstanden, und Khamwaset fragte sich, wie gut sie wohl Ägyptisch sprach, doch dann, nach einem Seitenblick auf seine Begleiter, warf sie ihre Decken zurück. Ihr zierlicher kleiner Körper war vom Hals bis zu den fein geschwungenen Knöcheln über und über von einem schlimmen roten Hautausschlag überzogen. Nach einem aufmerksamen Blick entspannte Khamwaset sich zwar erleichtert, aber auch enttäuscht – erleichtert, da er nicht über Gebühr in diesem Haus verweilen mußte, und enttäuscht, da es sich keineswegs um einen unüblichen oder interessanten Fall handelte. Mit einem Kopfnicken rief er den Hüter des Hauses zu sich. «Weist irgendeine der anderen Frauen ebenfalls Anzeichen eines solchen Hautausschlags auf?»

Der Mann schüttelte den Kopf. «Nein, Hoheit.»

Diese Krankheit war also nicht ansteckend. «Und was ist mit ihrer Ernährung ? Bekommt sie dasselbe zu essen wie alle anderen?»

«Viele der Frauen lassen sich ihr Essen getrennt zubereiten, so wie sie es mögen», antwortete der Hüter sogleich. «Das Mädchen ißt die Speisen aus der Küche des Frauenhauses, und ich versichere dir, Hoheit, daß die Mahlzeiten aus den besten Lebensmitteln und immer frisch zubereitet werden.» Khamwaset gab Pentawer mit einem Wink zu verstehen, daß es nicht erforderlich sei, irgend etwas aufzuzeichnen. «Das versteht sich von selbst», sagte er schroffer als beabsichtigt, da er auf einmal keine Lust verspürte, auf die Besorgnis des Mannes taktvoll einzugehen. «Der Ausschlag ist einfach zu behandeln. Rühre einen Balsam aus gleichen Teilen Zypressengras, Zwiebelklein, Weihrauch und Saft aus wilden Datteln an. Die Sklavin soll ihn zweimal am Tag auf dem ganzen Körper auftragen, und dann müßte der Juckreiz und die Rötung nach einer Woche verschwunden sein. Falls nicht, so gib mir Bescheid.» Er wollte sich gerade abwenden, als er spürte, wie eine Hand an seinem Rock zerrte. Er blickte nach unten. «Brauche ich nicht auch noch einen Zauberspruch, großer Prinz?» fragte die Tänzerin mit heller Stimme. «Willst du keine Zauberei bei mir anwenden?»

Khamwaset erwiderte den Blick aus diesen wachen schwarzen Augen mit einem Lächeln, und indem er ihre zarte Hand in die seine nahm, ließ er sich auf das Ruhebett nieder. «Nein, meine Beste, das ist nicht nötig», versicherte er ihr. «Es liegt keinerlei Hinweis auf eine von Dämonen verursachte Erkrankung vor. Vielleicht hast du zu lange in der Sonne gelegen oder bist in schmutzigem Wasser geschwommen, oder womöglich hast du auch nur eine Pflanze berührt, die dein Körper nicht mag. Keine Bange. Die Rezeptur, die ich dem Hüter gegeben habe, hat man vor vielen Jahren unter den erprobten Arzneimitteln im Osiris-Tempel in Abydos gefunden, sie wird mit Sicherheit helfen.»

Statt einer Antwort preßte sie seine Hand gegen ihre warmen weichen Lippen. Die sanfte Berührung durchfuhr seinen Körper. Er zog seine Hand hastig zurück und stand auf. «Sieh zu, daß du sofort eingesalbt wirst, damit du schlafen kannst», befahl er zuletzt, bevor er in den Gang verschwand, durch die Türen und den Garten zu seiner Sänfte stürmte.

Nachdem er Pentawer und die Soldaten entlassen und sich schließlich hinter die geschlossenen und bewachten Türen seines inneren Zimmers zurückgezogen hatte, ließ er sich von Kasa die schulterlange schwarze Perücke abnehmen, seine Lieblingsohrringe aus Türkis abschrauben und die Ringe und Armreife von Armen und Fingern abstreifen. Der Rock wurde abgewickelt und beiseite gelegt. Mit einem tiefen Seufzer der Müdigkeit und der Vorfreude ließ Khamwaset sich auf sein Ruhebett sinken, grub das Gesicht zwischen die weichen Kissen und spürte das warme parfümierte Olivenöl von Kasas Schüssel auf seinen Rücken tropfen. Er schloß die Augen. Eine lange Weile überließ er sich der Wohltat von Kasas kräftigen Händen, die ihm seine durch die Spannungen des Tages verhärteten Muskeln lockerten und fest über seine Gesäßbacken und seine Schenkel hinwegglitten. Dann sagte Kasa: «Verzeihung, Hoheit, aber du siehst weder gut aus, noch fühlst du dich gut an. Deine Haut kommt mir heute abend so vor wie Ziegenkäse. Und die Muskeln darunter werden schlaff und unansehnlich. Darf ich dir etwas verschreiben?»

Khamwaset kicherte, den Mund in die Kissen vergraben. «Der Arzt sollte also seinen eigenen Ratschlag annehmen?» sagte er. «Verschreibe mir etwas, wenn du willst, mein Freund, und dann werde ich dir sagen, ob ich Zeit oder Lust habe, deinen Ratschlag zu befolgen. Wie du weißt, bin ich siebenunddreißig Jahre alt. Auch Nubnefret nörgelt an meinem älter werdenden Körper herum, aber, offen gesagt, ich möchte ihm lieber keine Umstände machen, solange er mir bei der Verrichtung meiner Aufgaben dient und mir bei meinen Vergnügungen nicht in die Quere kommt.» Kasas zähe Finger gruben sich plötzlich in seine Muskeln, und Khamwaset konnte die Mißbilligung des Mannes fühlen.

«In alte Gräber hinein- und aus ihnen wieder herauszusteigen und auf die Pyramiden zu klettern verlangt von einem Mann Kraft und Geschmeidigkeit, die deine Hoheit nicht mehr hat», wandte er salbungsvoll ein. «Ich, der ich dich liebe, bitte dich, Amek zu befehlen, dich regelmäßig im Ringkampf, Bogenschießen und Schwimmen zu üben. Du weißt, Hoheit, daß du eine gute Verfassung vernachlässigst.»

Khamwaset war drauf und dran, eine barsche Antwort zu formulieren, als ihm plötzlich das Bild seiner kleinen Patientin, der Tänzerin, durch den Kopf schoß. Er hatte nicht bewußt ihren Körper abgeschätzt, sondern lediglich ihre Beschwerden, doch nun erinnerte er sich auf einmal an ihren flachen, straffen Bauch, die sanfte Zeichnung der Muskeln unter der Haut ihrer Schenkel und die sparsame Wölbung der Hüften. Das Bild bewirkte, daß er sich alt fühlte und melancholisch wurde. Ich bin müde, sagte er sich selbst. «Danke, genug, Kasa», brachte er heraus. «Stell das Öl beiseite. Schmink mir Gesicht und Hände ab und bring die Nachtlampe her. Und bestell bitte Ib, daß ich morgen früh durch keinerlei Geräusche gestört werden möchte, wenn er packt.» Er überließ sich den ruhigen, fachkundigen Diensten seines Leibdieners, bis er schließlich sah, wie die Tür geschlossen wurde. Nun war er allein mit dem freundlichen Flackern der winzigen Flamme, die in ihrem Krug aus Alabaster eingeschlossen war.

Während er die Kissen auf den Boden schob, langte er nach der Kopfstütze aus Ebenholz – Shu, der den Himmel stützt – und schob sie unter seinen Kopf. Er schloß wieder die Augen und begann, sich treiben zu lassen, immer noch gefangengenommen von der seltsamen Traurigkeit, die ihn mit der Erinnerung an die kleine Konkubine seines Vaters und deren ebenmäßigen Körper überkommen hatte. Weshalb setzt sie mir so zu? fragte er sich matt. Was besitzt dieses Mädchen, daß sie eine solche Quelle der Gedanken in mir heute abend zum Sprudeln gebracht hat?

Dann wußte er es auf einmal und war hellwach. Natürlich. Irgendwie hatte sie ihn an die erste Frau erinnert, die er gehabt hatte, ein Mädchen, nicht älter als dreizehn Jahre, mit langen, flinken Beinen und einem Ansatz fester Brüste, kaum mehr als dunkle Knospen, die unter dem Einfluß seiner fordernden Zunge faszinierend hart geworden waren. Er konnte sie jetzt schmecken, als hätte er sie eben erst besessen. Sie war eine der vielen kleinen Sklavinnen gewesen, die von den erlauchteren Dienern des Pharaos mit leichten Arbeiten beschäftigt wurden. Khamwaset, selbst kaum erst fünfzehn, war in die Festhalle des Palastes gegangen, um mit den mehr als dreihundert Gästen seines Vaters zu speisen. Er erinnerte sich noch an den unwiderstehlichen Duft der schmelzenden parfümierten Wachskegel, an den Geruch der schweren Büschel aus Lotosblumen überall und an das dröhnende Gelächter, welches die gefälligen Klänge der Musiker übertönte.

Das Mädchen hatte sich ihm genähert, verbeugt und auf die Zehenspitzen gestellt, um sein Haupt mit einem Gebinde aus Kornblumen zu bekränzen, und Khamwaset hatte gespürt, wie ihre nackten Brüste sanft über seine Brust strichen und wie ihr warmer Atem sein Gesicht einhüllte, bevor sie zurücktrat und sich wiederum verbeugte. Leicht berauscht hatte er sie später am Abend mit einem Tablett voll goldener Festgeschenke zwischen den Gästen hindurchhuschen sehen. Er war zu ihr gegangen, hatte ihr das Tablett weggenommen, es einem vorübergehenden Diener in die Hand gedrückt und sie ungeduldig in den Garten hinausgeführt.

Die Nacht war sehr nah und sehr schwarz gewesen, genau wie ihre Augen und ihr Dreieck aus seidenem Haar, das seine tastenden Finger unter ihrem dünnen Leinenrock heftig erkundet hatten. Hinter einem Busch hatten sie sich geliebt, gerade außerhalb der Hörweite eines Shardana-Soldaten der Palastwache, dann hatte sie gekichert, ihre Kleider wieder festgezurrt und war fortgerannt.

Sie hatten kein einziges Wort gewechselt, erinnerte sich Khamwaset, der die stillen Schatten an der Decke anstarrte und schwer atmete, als die Erinnerung sich breitmachte. Ganz bestimmt hatte sie gewußt, wer er war, aber er hatte sie weder gekannt noch sich um sie gesorgt. Mit den Sinnen zu empfinden war sein Ziel in jener Nacht, und nun ließ seine Erinnerung die Bewegung ihrer Muskeln unter seinen Händen wieder gegenwärtig werden, den leicht herben Geschmack ihrer Zunge an der seinen, ihre schwarzen, schwarzen Augen mit den von der Leidenschaft schweren Lidern, welche ihn tief anblickten, bevor er in den Strudel seiner eigenen Lust gerissen wurde.

Er hatte sie vergessen. Er hatte andere Mädchen gehabt – abends beim Fluß, in der Hitze trunkener Sommernachmittage hinter den Getreidespeichern und in seinen eigenen Räumen. Im Alter von sechzehn hatte er dann Nubnefret geheiratet, und vier Jahre später wurde er in das Amt des Sem-Priesters des Ptah in Memphis berufen. Er widmete sich seinem Lebenswerk, und die fordernden Botschaften seiner Sinne waren in jenem Maße seltener und schwächer geworden, wie stärkere Leidenschaften sie verdrängten. Trauer über das Vergangene, ja, das verstehe ich, dachte er, als er erneut versuchte, Schlaf zu finden. Doch die Leere? Der Verlust? Weshalb? Die einzige Leere, die ich wahrlich zu füllen trachte, ist diejenige, die auf die Schriftrolle des Thoth wartet, und wenn es den Göttern gefällt, dann finde ich sie und die Macht, die damit verbunden ist. Arme, kleine Hurriter-Tänzerin. Wie oft hat mein Vater ein Verlangen in dir geweckt? Sehnst du dich tagtäglich nach ihm, oder verscheuchst du das Feuer? Er glitt in einen Dämmerschlaf, und die Erinnerung folgte ihm nicht.

2. *Kapitel*

«Wie innig geliebt ist unser siegreicher Herrscher!
Wie groß ist unser König unter den Göttern!
Wie glücklich ist er, der achtunggebietende Herr!»

Am nächsten Morgen wachte er spät auf. Ib hatte sich an seinen Befehl gehalten und die Geschäftigkeit der Reisevorbereitungen von seiner Tür ferngehalten, so daß er ungestört sein übliches leichtes Frühstück aus Obst, Brot und Bier zu sich nehmen und sich zum Badehaus begeben konnte. Unmut stieg bereits in ihm auf, als er vom steinernen Sockel hinuntertrat und seine Arme ausstreckte, damit Kasa ihn abtrocknen konnte. Er verspürte weder Lust, nach Norden zu fahren, noch Lust, behutsam die Klippen der Verhandlungen zu umschiffen, noch Lust, seinen Vater wiederzusehen. Immerhin würde seine Mutter ihn überschwenglich begrüßen, und er könnte sich auch die Zeit nehmen, den hervorragenden Archiven von Ramses einen Besuch abzustatten.

Nachdem er wieder in seine Gemächer zurückgekehrt war, setzte er sich so, daß sein Kosmetiker unter Kasas aufmerksamem Auge seine Fußsohlen und seine Handflächen mit Henna bemalen konnte, und während der orangenfarbene Auftrag trocknete, hörte er Pentawer zu, der ihm die Nachrichten des Tages vortrug. Es gab nur wenige. Einer der Briefe stammte von seinem Viehverwalter im Delta, der ihm mitteilte, daß zwanzig Kälber geboren und registriert worden seien. Die Schriftrolle, die ihm das Wasser im Munde zusammenlaufen ließ, war ein großes Exemplar, das Pentawer ehrerbietig auf den Tisch neben dem Ruhebett legte. «Die Pläne für den Bestattungsplatz der nachfolgenden Apis-Stiere sind fertiggestellt und warten auf deine Zustimmung, Hoheit», sagte er und lächelte, als er Khamwasets offensichtliches Wohlgefallen bemerkte, doch dieser ließ sie, nachdem er mit der Hand über die warme Papyrusrolle gefahren war, mit Bedauern ungelesen. Die Lektüre war ein Genuß, auf den er sich freuen könnte, wenn er heimkehrte.

Die Henna war getrocknet, und der Kosmetiker begann, das schwarze Kohol aufzutragen, während sein Juwelier den Schmuckkasten mit seinen Halsbändern öffnete. Khamwaset nahm einen kupfernen Spiegel in die Hand und prüfte kritisch das Werk des Mannes, wobei seine Augen die Umrisse seines Gesichts abtasteten. Was er erblickte, beruhigte ihn. Vielleicht bin ich ein wenig schlaff, dachte er, und nachdem ich darüber geschlafen habe, will ich Kasas Ratschlag befolgen, aber als Mann kann ich mich immer noch sehen lassen. Mit dem Zeigefinger fuhr er nachdenklich über die Linie seines straffen Kinns, und der Kosmetiker schrie protestierend auf. Die Nase habe ich von meinem Vater. Sie ist fein geschnitten und gerade gewachsen. Nubnefret hat ständig etwas an meiner Nase zu mäkeln. Mein Mund ist vielleicht etwas zu kräftig, aber dank meiner Mutter doch voll gezeichnet. Gute, klare Augen. Ja, ich kann bei Hof immer noch jeder Frau den Kopf verdrehen...

Amüsiert und verwundert legte er den Spiegel nieder. Was für seltsame Gedanken, dachte er und lächelte insgeheim. Khamwaset, mächtiger Prinz von Ägypten, das Kind in dir heischt heute Aufmerksamkeit. Seit langem hast du diese Stimme nicht mehr vernommen. Als der Juwelier sich ihm näherte, vergaß er sein jugendliches Selbst, und er wählte Armreife in Gold-Silber-Legierung, ein Pektoral aus kostbarem Silber und blauer Keramik und mehrere Goldringe aus. Der Juwelier steckte ihm gerade den letzten der Ringe auf seine Finger, als die volltönende Stimme seines Herolds Ramoses an der Tür ausrief: «Prinzessin Sheritra.» Khamwaset drehte sich lächelnd um, als seine Tochter eilig den Raum durchquerte und auf ihn zukam.

«Gestern abend habe ich dich vermißt, Vater», sagte Sheritra, als sie ihn schnell und unbeholfen an sich drückte und errötend ihre Hände hinter dem Rücken verschränkte. «Mutter hatte mir zwar gesagt, daß du mir vermutlich nicht gute Nacht sagen könntest, aber ich habe sowieso eine Weile auf dich gewartet. Wie geht's der Konkubine?»

Khamwaset erwiderte ihre Umarmung und ließ sich nicht seine Bestürzung anmerken, die ihn oft befiel, wenn er sie länger nicht mehr gesehen hatte. Sein fünfzehn Jahre alter Schatz besaß plumpe Glieder und wenig anmutige Linien. Ihre Beine waren im Verhältnis zu ihrem Körperbau viel zu lang geraten, und oft stolperte sie aus Versehen über ihre eigenen Füße. Als sie klein war, hatten die Diener sie wegen ihres unbewußten Gekaspers milde ausgelacht, aber aus Zuneigung zu ihr lachten sie sie nicht mehr aus. Ihre kantigen Hüftknochen zeichneten sich schmerzlich scharf gegen die enganliegenden Leinenkleider ab, die sie hartnäckig anlegte, auch wenn Nubnefret sie ständig davon zu überzeugen versuchte, daß sie lieber etwas elegantere und sicherlich schmeichelhaftere Kleider mit Falten und Volants anziehen solle. Es war, als hätte sie, da sie ihre zahlreichen körperlichen Unvollkommenheiten kannte, aus schierem Stolz heraus beschlossen, versuchsweise nicht in der Welt der weiblichen Eitelkeiten zu konkurrieren, da sie sich ansonsten unter ihr Niveau herabsetzte.

Nubnefret lag ihr beständig in den Ohren, sie solle sich gerade halten, da ihre Schultern sich über einem Brustkorb krümmten, der genauso flach war wie der Bauch darunter, und sie bemühte sich, so hoch aufgerichtet wie möglich und anmutig einherzugehen, um von dem oft bissig geäußerten Begehren ihrer Mutter abzulenken, aber es fruchtete nichts. Ihr Antlitz war von einem angenehmen Oval, mit einem ausdrucksvollen, großzügigen Mund und großen, strahlenden Augen, aber ihre Ramessidennase war ausgewuchert und beherrschte ihre Gesichtszüge.

Ein forscheres Mädchen als sie, das mehr aus sich herausging, hätte womöglich solche Nachteile in Triumphe umgemünzt, doch Sheritra war schüchtern, feinfühlig und zurückhaltend. Wer sie näher kannte – ihr Vater, Hori, ihre Dienerin und Gesellschafterin Bakmut, die anderen Mitglieder der Dienerschaft und die wenigen lebenslangen Familienfreunde –, schätzte sie wegen ihrer Klugheit und Hochherzigkeit, ihrer Sanftmut und Liebenswürdigkeit.

O Amun, dachte Khamwaset, als er seine Bestürzung überwunden hatte und sie auf die Stirn küßte, die von der Fülle ihres welligen braunen Haars eingerahmt war, sie errötet ja aus dem nichtigsten Anlaß, meine süße Außenseiterin. Wo ist der Prinz, der sie nehmen will?

«Ich weiß nicht, wie es dem Mädchen heute geht», antwortete er, «doch da ich vom Hüter des Hauses nichts gehört habe, nehme ich an, daß es ihr besser geht. Hast du dich entschlossen, mit mir zu kommen, um deinen Großvater zu besuchen und die Märkte von Piramses zu durchstöbern?»

Sheritra schüttelte nur einmal ihren Kopf, eine eindeutige Verneinung. «Ich glaube nicht, Vater. Bakmut und ich ziehen es vor, das Haus ganz für uns allein zu haben. Dann kann ich lange ausschlafen und mir alle meine liebsten Schriftrollen während des Essens vorlesen lassen, und ich kann schwimmen und mit den Gärtnern die Blumenbeete pflegen.» Sie sprach zu hastig und sah weg. Khamwaset packte ihr Kinn, drehte ihren Kopf zu sich und begegnete ihren bangen braunen Augen.

«Es würde dir nicht schaden, ein paar Stunden bei Hofe zu verbringen», sagte er sanft. «Wenn du jenen begegnest, die du fürchtest, würde deine Schüchternheit nachlassen, mein Herz. Bald wird deine Mutter damit beginnen, mehr zu tun, als nur über deine Verlobung zu reden, und dann solltest du wenigstens wissen, wie die jungen Leute aussehen, deren Namen man dir nennt.»

Sie löste sich aus seinem warmen Griff. «Das ist nicht nötig», sagte sie standhaft. «Du weißt, daß du eine höhere Mitgift als gewöhnlich aufbringen mußt, um mich loszuwerden, Vater, und es ist mir vollkommen gleichgültig, ob ich heirate oder nicht. Niemand wird mich lieben, und deshalb ist es mir egal, in wessen Bett ich schließlich liegen werde.»

Ihre ungeschminkte Offenheit bedrückte ihn. «Hori kommt mit», drängte Khamwaset sie, da er sie noch immer überzeugen und nicht abreisen wollte, ohne diese Wunde zu schließen. Sie grinste.

«Natürlich fährt er mit! Die Frauen werden ihm schöne Augen machen, aber er wird's nicht einmal bemerken. Die jungen Männer flüstern hinter seinem Rücken über ihn, aber er beachtet sie nicht. Er und Antef werden die Märkte nach neuen und wunderbaren ausländischen Erfindungen durchstöbern, und nach der Unterhaltung mit Großvater, der in ihn vernarrt ist, verschwindet er im Haus des Lebens, so wie du im Haus der Schriftrollen verschwindest und daraus erst wieder auftauchst, um mir ein sehr kostbares Geschenk zu kaufen.» Ihre Augen glänzten, doch hinter ihrem Schimmern erkannte Khamwaset ihre Enttäuschung über sich selbst. Er küßte sie noch einmal.

«Tut mir leid, meine Kleine Sonne», entschuldigte er sich. «Ich will dich nicht zu etwas zwingen, das dir Verdruß bereitet.»

Sie schnitt eine Grimasse. «Mutter drängt für euch beide. Amüsier dich gut in der magischen Stadt des Pharaos, Vater. Ich nehme an, Hori ist bereits an Bord der *Amun ist Herr*. Beeile dich also lieber.» Sie verließ den Raum, und Khamwaset, dessen Herz blutete, öffnete den Schrein des Thoth, entzündete selbst den Weihrauch im Gefäß und verrichtete seine Morgengebete.

Eine Stunde nach Mittag legte seine kleine Flotte von den Wasserstufen ab. *Amun ist Herr* beförderte Khamwaset, Nubnefret und Hori, während vor ihnen ihre Leibgarde und hinter ihnen die Hausdiener segelten. Im Palast von Ramses, dem Großen Sieger, wurde für Khamwaset eine Zimmerflucht bereitgehalten, und ein Aufgebot von Palastsklaven stand ihm zur Verfügung, doch er zog es vor, von seinen eigenen Leuten bedient zu werden.

Der Tag lag heiß und klar vor ihnen. Khamwaset stand an Deck beobachtete, wie die fruchtbaren Palmengärten und die gestochene Silhouette der Pyramiden von Sakkâra langsam vorbeiglitten und schließlich aus dem Gesichtsfeld verschwanden. Nubnefret hatte es sich bereits unter einem Sonnensegel, das an der kleinen Kabine mittschiffs befestigt worden war, bequem gemacht. Sie lag ausgestreckt auf einem Berg aus Kissen und hielt ein Glas Wasser in der einen und einen Fächer in der anderen Hand. Hori stand neben seinem Vater, sein Ellbogen berührte den Khamwasets, die Hände hatte er lose verschränkt. «Memphis ist eine richtige Sehenswürdigkeit, nicht wahr?» sagte er. «Manchmal wünschte ich mir, Großvater hätte die Hauptstadt nicht nach Norden verlegt. Ich sehe ein, daß ein Regierungssitz nahe an der Grenze nach Osten und an einem Fluß, der sich ins Meer, in das Große Grün, hinein ergießt, für Handel und Strategie Vorteile bietet, aber Memphis besitzt die Würde und Schönheit der alten Herrscher.»

Khamwasets Augen ruhten auf dem Uferstreifen, als die grüne Verwirrung des Frühlings heranglitt. Hinter dem fruchtbaren, leuchtenden Leben am Ufer mit seinem wuchernden Wachstum, seinen pfeilschnellen, schrillen Vögeln, seinen emsigen Insekten und seinen schläfrig grinsenden Krokodilen erstreckte sich die schwere, duftende schwarze Erde, auf der die Fellachen die frische Saat ausbrachten. In den Bewässerungskanälen stand ruhig das Wasser und spiegelte den tiefblauen Himmel wider, nur gesprenkelt vom Schatten mächtiger Palmen, welche die Durchstiche säumten. Sowie das Schiff die Stadt hinter sich gelassen hatte, boten die Dörfer sich dem Anblick dar wie eine Schimäre, eine menschenleere verwunschene Traumlandschaft in der flirrenden Hitze des Nachmittags. Nur gelegentlich sah man den einen oder anderen Esel, der lässig mit dem Schwanz nach den Fliegen schlug, oder eine Meute kleiner Kinder, die einem Schwarm weißer Gänse hinterherjagte.

«Ich würde es gar nicht gerne sehen, wenn der Nil vom Delta bis nach Memphis mit den Schiffen und Booten von Händlern und Diplomaten vollgestopft wäre», antwortete er Hori, «und Memphis selbst würde zunehmend schmutziger, lauter und so aus den Fugen geraten, wie das kaiserliche Theben zur Zeit der letzten Thutmosiden. Nein, Hori. Laß Memphis eine Stadt des Friedens bleiben, die meine Vision nährt.» Die beiden Männer lächelten sich zu.

Während des übrigen Nachmittags segelten sie glücklich mit der starken Strömung des späten Frühlings, vorbei an Rês Haus, an der Stadt des On, in der Khamwaset auch manchmal als Priester tätig war, und endlich in den östlichen Arm des Nil hinein.

Nördlich von On teilte sich der Fluß, bislang ein mächtiger Strom, in drei breite Bänder und zwei oder drei kleinere Nebenflüsse, die sich zum Großen Grün dahinschlängelten. Der westliche Strom grenzte an die Wüste. An seinem nördlichsten Punkt versorgte er die berühmtesten Weingärten Äygptens, in denen der begehrte Wein des westlichen Flusses gekeltert wurde. In Khamwasets Kellerräumen lagerte eine große Menge davon, und während seine Landsleute sich oftmals dazu verführen ließen, die exotischen Weine zu probieren, die unter großem Aufwand aus Orten wie Keftiu oder Alashia herangeschafft wurden, blieb er der dunkelroten Gabe des Deltas treu.

Durch seine Mitte floß der große Strom, vorbei an Buto, der ältesten aller Hauptstädte, von der unterdessen nicht viel mehr als ein Tempel und eine kleine Stadt übriggeblieben waren, und weiter nach Tjeb-nuter und hinaus ins Große Grün. Khamwasets Boote eilten nordostwärts in die Gewässer des Rê, die sie an ihren Bestimmungsort geleiten würden.

Abends machten sie im Süßwasserkanal fest, der als Verbindung nach Osten zu den Bitterseen gebaut worden war. Der trockene Geruch der Wüste, der in der Abendbrise kaum noch auszumachen war, wurde von den schwereren Gerüchen des fruchtbaren Deltas überlagert. Papyrusdickicht wucherte und wisperte, die dunkelgrünen Stengel und beigefarbenen Federn verloren nun Kontur und Farbe, während die glühende Scheibe des Sonnengottes Rê sich dem westlichen Horizont zuneigte. Das köstliche Aroma blühender Obstbäume lastete in den Lüften, obwohl die Gärten selbst noch nicht zu sehen waren. Grünendes Wachstum, gehegt oder auch wild, wucherte überall.

Den ganzen nächsten Tag über segelten sie durch die verschwenderische Vielfalt der Pflanzen- und Vogelwelt des Deltas, hielten an, um sich zu Mittag Horis frisch gefangenen Inet-Fisch munden zu lassen, und segelten dann gemächlich weiter, während die Sonne ihr Farbspiel von Weiß zu Gold und dann nach Rosarot fortsetzte. Als die Dämmerung erneut hereingebrochen war und sie die Gewässer des Avaris erreichten, hatten sie den Tempel der Katzengöttin Bastet in Bubastis bereits hinter sich gelassen, und der Bootsverkehr auf dem Fluß nahm wieder zu.

In jener Nacht fanden sie nur wenig Schlaf. Boote fuhren unablässig vorüber, und lärmende Rufe schallten von einem Ufer ans andere. Khamwaset verbrachte unruhige Stunden, und peinigende Träume ließen ihn immer wieder aus dem Schlaf aufschrecken, bis ihn schließlich schallendes Gebrüll vollends aus dem Schlaf riß. Sein Kopf schmerzte. Um Nubnefret nicht zu wecken, rief er so leise wie möglich Kasa herbei, ließ sich von ihm beim Waschen und Ankleiden helfen und gab Befehl, die Reise fortzusetzen, noch bevor die Sonne sich ganz über den Horizont erhoben hatte.

Kurz vor der Mittagsstunde kam rechter Hand die Stadt Piramses in Sicht – zuerst die schäbigen Hütten der Ärmsten, die nun das Areal der ursprünglichen Stadt Avaris einnahmen und sich rund um die braunen Säulen und steilen Mauern des Seth-Tempels zusammenzudrängen schienen, und dann ein trostloses Geröllfeld, das – so wußte Khamwaset – von der Stadt der zwölften Dynastie übriggeblieben war. Hori und Nubnefret beobachteten eine Eselkarawane, die am Ufer entlangzog. Tiere, Händler und Reiter waren gleichermaßen staubbedeckt, und die hellen Decken, welche die Lasten schützten, waren voller Sand. Handelsgüter vom Sinai, so nahm Khamwaset an, vielleicht sogar Gold aus den Minen meines Vaters auf dem Weg nach Piramses.

Er richtete seinen Blick auf die Ruinen, die nun sanft vorüberglitten, und der große Kanal, den sein Vater um die Stadt hatte bauen lassen, lag vor ihm und war bereits mit Booten jeglicher Form und Größe so eng gedrängt belebt, daß deren Schiffsführer einander beschimpften und sich um die Liegeplätze stritten. Khamwaset gab seiner Frau und seinem Sohn einen Wink, und sie zogen sich hinter die luftigen Sonnenvorhänge zurück. Stille senkte sich über den Fluß, und da wußte Khamwaset, daß sein Schiffsführer gerade die Flagge mit den königlichen Farben Blau und Weiß hißte. Nachdem das lärmende Treiben verstummt war, setzte ihre Barke die Fahrt fort. Das gemeine Volk machte dem großem Sohn des Pharaos Platz, und Khamwaset segelte in die Gewässer von Avaris hinein, während die Boote respektvoll Abstand hielten. Nubnefret äußerte sich mißbilligend.

«Mit jeder Reise, die wir unternehmen, werden sie dreister und gewalttätiger», bemerkte sie. «Ramses sollte eine Patrouille der

Medjay an den Knotenpunkt schicken; die könnten den Verkehr regeln. Hori, zieh jetzt den Vorhang ein wenig hoch. Ich möchte sehen, was draußen vor sich geht.»

Hori gehorchte, und Khamwaset mußte im stillen lächeln. Nubnefret wollte immer erfahren, was vor sich ging.

Sein Schiffsführer rief dieses Mal den Ruderern einen scharfen Befehl zu, und *Amun ist Herr* begann seine langsame Halse nach rechts. Bald waren die Ruinen und der Seth-Tempel außer Sicht, und an ihrer Stelle tauchten üppig wuchernde Bäume auf, die den Stadtbewohnern auf der Suche nach Unterhaltung gastlich Schatten spendeten. Zur Linken aber grünte kein einziger Halm. Hier drängten sich dicht an dicht unansehnliche Werkstätten, Lagerhäuser, Getreidesilos und andere Speicher, und in den Gassen pulsierte das mittägliche Leben. Dahinter lagen, das war Khamwaset bekannt, die Werkstätten für Töpfereiglasuren, derentwegen Piramses berühmt war, und entlang des Kanals lag der größere Teil der Stadt, gediegenere Reihen bescheidener, weiß gestrichener Häuser von Händlern und – zwischen Gärten und Blumenbeeten versteckt – kleinere Besitztümer, die den Vornehmen niederen Ranges gehörten. Die Apfelbäume standen in voller Blüte, und ihr berauschender Duft nahm die Reisegesellschaft gefangen. Blasse, fast opake Blütenblätter tanzten auf der glitzernden Wasseroberfläche und sammelten sich am Ufer zu weißen Matten.

Der Kanal hatte sich zu einem großen Becken erweitert, und ihre kleine Flotte bahnte sich ihren Weg durch den regen Schiffsverkehr des Hafens. An den Kais hatten sich Matrosen zum Spiel versammelt, und kleine Jungen riefen einander etwas zu oder tauchten in dem aufgewühlten Wasser nach dem Glitzerkram, den die Müßiggänger hineinwarfen.

Doch bald lichtete sich das Gewimmel. *Amun ist Herr* verlangsamte ihre Fahrt, als sie sich dem See der Residenz näherten, dem Privatbereich des Pharaos, und die Soldaten, welche die Zufahrt zu bewachen hatten, riefen Khamwasets Leute an. Dann lag die enge Durchfahrt hinter ihnen, welche die wachsamen, bewaffneten Boote freigelassen hatten, und die Barke fuhr an der südlichen

Mauer vorbei, welche die Gemächer von Ramses wehrhaft schützten. Lautlos glitt die königliche Reisegesellschaft im Schatten der Blumengärten dahin, die in voller Blüte standen, bis sie vor der glänzenden Anlegetreppe aus Marmor zum Halten kam, gegen die die schaukelnde und in Gold und Silber funkelnde Barke des Pharaos wippte. Drei weitere Boote hatten an den blauweißen Vertäuungspfosten festgemacht. Khamwasets Schiffsführer erteilte seine Befehle, und *Amun ist Herr* manövrierte umsichtig an den vorgesehenen Anleger.

Nubnefret stieß einen Seufzer der Erleichterung aus. Die Stadt ließ ein gedämpftes Summen vernehmen, und nur der liebliche Gesang der Vögel unterbrach den heiligen Frieden. «Ich hoffe, die Sänften stehen für uns bereit», bemerkte sie, als sie sich mit der ihr eigenen flinken Grazie erhob, und ihre Leinenkleider hinter sich zusammenraffte. Hori und Khamwaset folgten ihr. Die beiden anderen Boote waren bereits vertäut, und Khamwasets Wachen waren zum Anlegeplatz geeilt und hatten sich dort postiert. Oben an der Anlegetreppe erwartete sie eine kleine Delegation, deren Mitglieder sich zu Boden warfen, während die Familie die Laufplanke, die man ausgelegt hatte, hinabging. Seti, der Wesir des Südens, ein eleganter und würdiger Mann, verbeugte sich so tief, daß der steife Saum seines wadenlangen weißen Leibrocks über den gleißenden Marmor wischte. «Willkommen, Hoheit, im Hause von Ramses, dem Großen Sieger», sagte er lächelnd. Seinen goldenen Amtsstab mit der Papyrusspitze hielt er aufrecht in der Hand. Die goldenen Armreifen blitzten auf, als er den Arm hob, und seine sorgfältig manikürten Hände wurden vom Glanz des Goldes und des Karneos belebt. Khamwaset begegnete seinem festen Blick und erwiderte das Lächeln. «Es ist schön, dich wiederzusehen, Seti», gab er zurück, während Hori und Nubnefret von der Umgebung des Wesirs, die aus Schreibern, Herolden und Kurieren bestand, erneut gehuldigt wurde, und hinter ihnen wurde die Laufplanke wieder eingezogen. «Ich vermute, der König der Könige erfreut sich bester Gesundheit?»

Seti neigte seinen schwarzgelockten Kopf. «Dein Vater ist wohlauf und brennt darauf, dich zu sehen. Deine Gemächer sind hergerichtet, Prinz, gewiß bist du nach dieser Reise erschöpft.» Auf sein Zeichen wurden augenblicks drei Sänften herbeigetragen. «Der Pharao hat die Besprechung über den Heiratsvertrag auf morgen früh festgesetzt, und er besteht nicht darauf, daß du heute abend beim Abendessen anwesend bist. Es steht dir allerdings frei, mit ihm gemeinsam zu speisen. Falls du dies nicht möchtest, du andererseits aber nicht zu müde bist, so bittet er dich, die soeben eingetroffenen Steuerschätzungen für das nächste Jahr zu bewerten sowie den Anteil, der an Amun und Seth verteilt werden soll.»

Khamwaset nickte, war aber insgeheim verärgert. Sein Vater hatte ihm den Großteil der Regierungsgeschäfte übertragen. Weshalb ließ er ihn nicht einfach gewähren, sondern versuchte, ihn indirekt zu steuern und auf bestimmte Schwerpunkte zu stoßen, so wie man etwa ein Kind in den Erwerb von Selbstdisziplin einübt? Auf einen Wink Khamwasets wurde seine Sänfte abgesetzt, und er schwang sich in die seidenen Polster. «Sehr gut», sagte er, als seine Träger ihn anhoben. «Schickt mir Suti, Paser, den Hohenpriester des Amun, und Piai eine Stunde nach dem Abendessen. Ein Schreiber ist nicht notwendig. Dazu nehme ich dann Pentawer. Grüß meinen Vater und bestell ihm, daß ich heute abend allein speise.» Er gab Ib einen knappen Befehl, der mit den übrigen Dienern wartete. «Das Mittagessen so bald als möglich, und bereite es selbst zu», sagte er. «Danach möchte ich ruhen.» Seti und die übrigen Anwesenden machten ihm Platz. Die Wachen bildeten einen Kreis um die drei Sänften, und Ramoses ging voraus und begann den Warnruf auszugeben: «Der große Prinz Khamwaset von Memphis naht. Auf euer Antlitz!»

Khamwaset lehnte zurück und versuchte, seinen Verdruß zu unterdrücken: Er war verärgert über die Manipulationen seitens seines Vaters, über seinen eigennützigen Wunsch, wieder in seinem Arbeitsraum in Memphis zu sein und über seine Ungeduld allem gegenüber, was ihn von seinen nur langsam fortschreitenden Forschungen abhielt. Ich entwickle mich zu einem gereizten Mann, sagte er sich, während er die Geräusche der Schritte und das plötzliche, barsche Bellen eines Befehlshabers jenseits der nördlichen Einfriedung vernahm, wo sich das riesige Militärlager und die Truppenübungsplätze befanden, die sich bis an den See der Residenz erstreckten. Es gab eine Zeit, da waren mir die Anfragen vom Palast und vom Tempel wichtig, als ich meine Pflichten meinem Vater gegenüber noch hoch erfreut über alles stellte, doch nun fallen sie mir lästig, und ich wünschte, man würde mir gestatten, nur noch an meinem Vermächtnis für Ägypten zu arbeiten, an meiner Krypta für den heiligen Apisstier und an meinem großen Projekt der Restaurierung, ohne daß dieser verschlagene alte Mann mich dabei unterbricht. Warum? Unruhig rutschte er hin und her, sah die müßigen Gruppen weißgekleideter Höflinge und starrte durch sie hindurch, als wären sie vom Winde verwehte Blütenzweige, die in seinen Weg getrieben worden waren und den Schatten der Baumgruppen vor dem mächtigen Haus des Pharaos tüpfelten. Es gab keine Antwort auf seine Frage, soviel erkannte er, und diese Erkenntnis verstärkte seine gereizte Stimmung nur noch. Die Worte «Ich werde alt» gingen ihm einfach nicht mehr aus dem Sinn.

Sie waren angekommen. Nubnefret steckte den Kopf in seine Sänfte. «Khamwaset, schläfst du schon?» fragte sie, und er schaute in ihr hübsches, erlesen geschminktes Antlitz und nahm plötzlich den Ansatz ihrer schweren, gelb drapierten Brüste wahr, als sie sich zu ihm niederbeugte. Murrend stieg er aus der Sänfte, Nubnefret war an seiner Seite, Hori hinter ihm, und so begannen sie, die breiten Stufen hinaufzuschreiten, die sie fast unmittelbar in den kühlen, angenehmen Schatten führte, den die palmenbekränzten Säulen warfen, die sich so in die Höhe erhoben, als wollten sie sich hoch droben verlieren.

Der Palast des Ramses, so ausufernd und verblüffend wie eine Stadt für sich, war von dessen Vater Sethos I. erbaut und vom Sohn durch Erweiterungen in den jetzigen Zustand verschwenderischer Pracht versetzt worden. Die Fassade hinter den furchteinflößenden Säulen wurde von türkisfarbenen Kacheln geschmückt, die dicht an dicht mit Lapislazuli verlegt waren und ein glänzendes Geflecht aus Dunkel- und Hellblau bildeten. Die Gänge und Wände zierten entweder glasierte Fliesen mit ausgeklügelten Mustern, welche die überreiche Pflanzen- und Tierwelt des Deltas darstellten, oder blendendweißer Gips, der mit leuchtenden Farben besprenkelt war. Die Pforten, die zu öffnen es der Kraft von zwei Männern bedurfte, verströmten in der Residenz das schwere Aroma von teuren Libanonzedern und waren kunstvoll ziseliert und mit Intarsien aus Gold-Silber-Legierung und Silber versehen oder mit getriebenem Gold beschlagen.

Überall gab es Blumen – sie waren über den Boden verstreut, hingen zu Bündeln an den Wänden und bekränzten Säulen und Menschen gleichermaßen wie in einem ewigen Frühling. In der lichten Weite des Palastes konnte ein Mann tagelang herumirren, und Ramses achtete sehr darauf, daß dienstbare Sklaven zur Stelle waren, deren Aufgabe einzig darin bestand, Besucher und Gäste durch die endlosen Hallen ohne Zahl zu führen und zu leiten. Seine Archive – das Haus des Lebens, in dem Karten, offizielle Gewichte und Maße, Himmelskarten und Traumschlüssel aufbewahrt und sämtliche wissenschaftlichen Arbeiten ausgeführt wurden, und das Haus der Schriftrollen mit dem Archiv – waren weit über die Grenzen des Reiches berühmt und stets von Gelehrten aus fernen fremden Landen belagert. Der Palast und seine Feste, seine Musiker und Tänzer waren gleichermaßen berühmt und geschätzt wegen des schieren Überflusses erlesener Speisen, der hohen Kunst seiner Musiker sowie der Schönheit und Grazie der Tänzer.

In seinem Herzen saß Ramses, König der Könige, Sohn des Amun, Sohn des Seth, wohlhabend bis weit über die Vorstellungen der meisten seiner Untertanen hinaus, allmächtig und entrückt, der lebendige Gott im einzigen Land unter der Sonne, auf das es ankam. Khamwaset, der hinter dem Echo des immer noch ausrufenden Ramoses einherschritt, fühlte sich erneut genötigt, sich seine Bewunderung für den Palast einzugestehen. Er kannte sich gut in ihm aus, war er doch hier groß geworden, und betrachtete ihn nicht mehr, wie noch zu seiner Kinderzeit, als ein märchenhaftes Wunder, denn er wußte um das pyramidenförmige Gewicht der vollendeten Organisation, die dafür sorgte, daß die Blumen frisch, die Speisen überreichlich vorhanden und seine Diener stets verfügbar waren; dennoch versetzte der Gedanke daran ihn unweigerlich in Erstaunen.

Ramoses hielt schließlich vor zwei mächtigen, silberbeschlagenen Türen an, die von zwei sitzenden Götterstatuen eingerahmt wurden und fast so hoch waren, wie der Querbalken breit war. Amun mit seinen Federn blickte gelassen den glänzenden Korridor entlang, während zu seiner Linken ein Seth aus Granitstein finster auf die kleine Gesellschaft herabblickte und seine lange, wölfische Nase angriffslustig vorschob. Khamwaset gab ein Zeichen, und die Türen schwangen einwärts auf und gaben den Blick frei auf einen breiten Boden mit einem Säulenwald, der mit türkisfarbenen Fliesen ausgelegt war, die im Innern einen sanften blauen Schimmer verbreiteten. Die Familie trat ein, und die Türen wurden ehrfurchtsvoll geschlossen.

Als erste sprach Nubnefret. «Ich mache mich erst einmal frisch, und dann mache ich der Kaiserin und der königlichen Hauptfrau meine Aufwartung», sagte sie zu Khamwaset. «Du weißt also, wo du mich findest, wenn du mich brauchst. Hoffentlich haben sie nicht wie letztes Mal mein Wasser mit der stark duftenden Blütenessenz parfümiert. Ich kann den Duft einfach nicht ertragen und hab es ihnen auch gesagt, doch bestimmt haben sie es wieder vergessen...» Mitten in ihrem Redefluß drückte sie Khamwaset einen Kuß auf den Nacken und verschwand mit ihrem Gefolge in ihre eigenen Gemächer. Kasa und Ib waren bereits anwesend und warteten.

«Was hast du vor?» fragte Khamwaset seinen Sohn. Der junge Mann lächelte, wobei sein Antlitz sich in jene Falten legte, die das Herz einer jeden Frau am Hof schneller schlagen ließen, und seine leuchtenden, vom Kohol umrandeten Augen verengten sich.

«Ich gehe zu den Ställen und sehe mich mal etwas bei den Pferden um», antwortete er seinem Vater, «und dann wollen Antef und ich sehen, mit wem wir ein paar Becher Wein zusammen trinken können. Darf ich heute abend mit Großvater essen?»

«Selbstverständlich. Wenn du dich betrinkst, sieh aber zu, daß wenigstens zwei meiner Soldaten dich in deine Gemächer begleiten. Ich treffe dich dann später, Hori.»

Einen Augenblick lang sah er seinem Sohn nach, der durch die

Halle schlenderte, nahm seine strammen braunen Beine sowie den weißen, vom steten Widerschein des türkisfarbenen Bodens getönten Leibrock wahr und wandte sich dann Ib zu. «Steht das Essen bereit?» Der Mann nickte. «Dann laß uns hineingehen. Ich will ein wenig zu mir nehmen, bevor ich mich hinlege.» Die Türen zu seinen Gemächern schwangen weit auf, und er betrat den Teil des Palastes, der ihm für eine solch lange Zeit zum zweiten Zuhause geworden war, daß ihm die Zahl der Jahre einerlei war.

Der erste Raum war klein und zweckmäßig eingerichtet, denn er war Geschäfts- und Arbeitsempfängen vorbehalten. Einst, als Khamwaset sehr viel jünger und weitaus leichtsinniger war, hatte er der Unterhaltung gedient, doch nunmehr strahlte er die unnachgiebige Atmosphäre von Arbeit aus und war peinlich sauber. Dahinter lagen die Schlafgemächer mit einem riesigen Ruhebett mit Löwenfüßen, goldenen Weihrauchgefäßen vor dem Schrein des Amun, einem Tisch mit einer elfenbeinernen Platte und Stühlen mit Einlegearbeiten aus Elfenbein. Der Duft der dampfenden Speisen vermischte sich angenehm mit dem feinen Geruch von frischem Bienenwachs.

Khamwaset mochte den Raum allein wegen der Tatsache, daß die Stimmen nur schwach widerhallten, so daß er den Eindruck hatte, er würde in einem Tempel schlafen. Doch Piramses als Ganzes ist ein Tempel, dachte er, als er sich auf einem Kissen am Boden niederließ und Ib ihm einen kleinen Tisch ganz nah heranschob. Ein Tempel für die Göttlichkeit meines Vaters, für seine göttliche Weisheit und für eine immerwährende Lobpreisung seiner Erfolge als oberster Kriegsherr. Das duftende Brot, das aus der Küche gebracht wurde, war noch warm. «Es ist bereits vorgekostet», meldete Ib. Khamwaset machte sich genußvoll ans Essen. Später legte er sich auf die weiche Matratze seines Ruhebetts, zog die weiche Decke bis ans Kinn hoch und schlief augenblicks ein.

Vier Stunden später empfing er, frisch gewaschen und in das lange Gewand eines Wesirs gekleidet, den obersten Schatzmeister des Königreichs, den Hohenpriester des Amun sowie den Herrn aller Tempelschreiber, und lauschte ihren monoton vorgetragenen

Zahlen über die Steuerzuteilungen für die fremden und auch die einheimischen Götter. Es dauerte nicht lange, da lagen sich die Beamten darüber in den Haaren, welche Tempel einen Anspruch auf die höchsten Fördersummen hatten; insgeheim seufzend und mit einem verstohlenen Blick zur Wasseruhr machte Khamwaset sich daran, als Schiedsrichter ihre Forderungen so taktvoll wie möglich zu verhandeln. Diese Aufgabe nahm er sehr ernst, denn die Kränkung eines fremden Gottes konnte diplomatische Verwicklungen nach sich ziehen, und daher strengte er sich an, dieser Frage seine volle Aufmerksamkeit zu widmen, doch atmete er erleichtert auf, als diese Männer schließlich seinen Entscheidungen zustimmten und er sie, nachdem sie sich unverbindlich unterhalten und am Wein genippt hatten, einige Augenblicke später entlassen konnte.

Auf dem Weg in seine Schlafgemächer nahm er ein paar Weihrauchkörner, zündete die Holzkohle in dem hohen Weihrauchständer an und streute die Myrrhe auf die glühende Schwärze. Sofort begannen herbe, süßlich-graue Rauchfähnchen aufzusteigen. Khamwaset öffnete die Türen des Schreins, warf sich vor Amuns gütigem Lächeln auf den Boden und verrichtete seine Gebete.

Zuerst sprach er die formelhafte Abendlitanei, die Nacht für Nacht in den weit entfernten Tempeln in Theben aufgesagt wurde, wo Amun im Herzen des Tempels in Karnak thronte und über diese Stadt herrschte, wie er dies seit Jahrhunderten getan hatte, doch bald ging die feierliche Melodie des Rituals in ein paar gestammelte persönliche Bitten und dann in ein Schweigen über. Khamwaset lag mit fest verschlossenen Augen da, spürte den festen Widerstand des Bodens an seinen Knien, seinen Schenkeln, seinen Ellbogen, und atmete den Geruch von Bienenwachs ein.

Halb dachte er, halb betete er: Amun, mit mir stimmt etwas nicht. In Wirklichkeit weiß ich nicht, was es ist; der Aufruhr der Unzufriedenheit und etwas anderes, etwas Fremdes und Alarmierendes, taucht so schwach in den tiefen Schlupfwinkeln meines Kas auf, daß ich mich frage, ob ich mich nicht irre. Ist es der Beginn einer Krankheit? Brauche ich eine Darmentleerung, eine Woche Fasten oder ein Elixier? Macht sich das Fehlen der körperlichen Betätigung bemerkbar? Er blieb sehr ruhig, während er sich selbst erforschte. Ein widerstrebender Abscheu vor seinem Vater, dem Palast, der prunkvollen Arroganz von Piramses und dem Papierrascheln wichtiger Minister begann sich auszudehnen wie der feuerrote Hautausschlag auf dem Körper der kleinen Tänzerin, und er ließ ihn wachsen. Ich bin der größte Magier und Arzt in Ägypten, dachte er wieder nicht ohne Bitterkeit, und dennoch werde ich von Ehrfurcht ergriffen, bloß weil ich meinerseits die Zügel der Regierungsgewalt in diesen Händen halte, in diesen Händen, die graben, suchen und nur zu gerne die trockenen, dummen Kleinigkeiten der Verwaltung aufgeben würden, wenn sie dafür einmal nur die Schriftrolle des Gottes Thoth halten könnten, den Schlüssel zur Macht und zum Leben. Manchmal denke ich, daß ich sogar mein eigenes Ka hingeben würde für die Gelegenheit, die beiden Zaubersprüche zu besitzen, die diese Schriftrolle dem Sagen nach enthalten soll. Der eine Zauberspruch verleiht demjenigen die Macht zur körperlichen Auferstehung, der befugt ist, ihn auszusprechen, und der andere verleiht ihm die Fähigkeit, die Sprache jedes lebenden Wesens unter der Sonne zu verstehen. Ich gebiete allen Menschen im Königreich außer meinem Vater, doch gebiete ich nicht den Vögeln, den Tieren... oder den Toten. Ich werde älter, meine Wege engen mich zunehmend ein, und mir wird angst und bange. Meine Zeit verrinnt, während irgendwo tief in der Erde oder im Fels oder in der Brust eines Magiers, der mächtiger war, als ich es bin, die Worte begraben liegen, die mich zum mächtigsten Mann machen würden, den Ägypten je gesehen hat.

Er seufzte, setzte sich mit gekreuzten Beinen aufrecht hin und ließ seine Augen nicht von den Goldsandalen Amuns. Einst war die Suche wie ein Spiel, das Ideal eines jungen Mannes, voller Anspannung und der vielen Möglichkeiten schwanger. Ich spielte glücklich damit, während ich Medizin studierte, eine Familie gründete, mit meinem Vater zusammenarbeitete und das sichere Gefühl hatte, daß ich der am meisten begünstigte Mann auf der Welt war und die Schriftrolle mir als Geschenk der bewundernden Götter in den Schoß fallen werde. Dann begann ich meine große Restaurierungs-

und Forschungsarbeit, und das Spiel wurde zum unterschwelligen Anlaß für alles, was ich tat, ein dunkler, ständiger Impuls aus schwindender Hoffnung und zunehmender Enttäuschung, der allmählich aufhörte, ein Spiel zu sein. Siebzehn Jahre lang habe ich nach ihr gesucht. Mein Wissen ist mächtig angewachsen, doch gefunden habe ich sie nicht.

Sein Rücken begann zu schmerzen, und er erhob sich vom Lager und reckte sich, dann beugte er sich nach unten, um den Schrein zu verschließen. Thoth, Gott der Weisheit, den ich anbete, dachte er verärgert, warum gewährst du mir diese Schriftrolle nicht? Ich bin der einzige Mensch, der würdig wäre, sie zu besitzen, und dennoch versteckst du sie vor mir, als wäre ich ein ungebildeter Bauer, der sie beschädigen würde.

Der Raum kam ihm kalt vor. Als er zur Wasseruhr hinüberging, beobachtete er das langsame Tropfen und wurde gewahr, daß es bereits spät geworden war. Trotzdem war er unruhig. Er schnappte sich einen wollenen Umhang, ging hinaus und – nachdem er den Wachen an seiner Tür befohlen hatte, ihm zu folgen – machte einen langen Spaziergang durch den stillen Palast bis zum Haus der Schriftrollen. Hinter den riesigen Doppeltüren döste der Archivar vor sich hin. Er wachte auf, und als er sah, wen er vor sich hatte, erwies er seine Reverenz und gewährte Khamwaset Einlaß.

In den beiden nächsten Stunden wanderte Khamwaset an den Reihen der sorgsam katalogisierten Schriftrollen entlang, zog hier eine heraus, dort eine andere, wechselte ein paar flüchtige Worte mit den wenigen Forschern, die lieber studierten, als ein Nickerchen zu machen. Doch das Berühren der alten Papyrusrollen wirkte an diesem Nachmittag nicht so beruhigend auf ihn wie sonst, und die Inhalte kamen ihm so trocken und leblos vor wie die Atmosphäre im Archiv.

Kurzerhand verließ er den Saal, denn er wollte noch etwas Ruhe suchen, da er wußte, daß der morgige Tag anstrengend werden würde, doch an der Tür zu seinen Gemächern zögerte er. Er konnte Horis Stimme hören, die mit einem Strahl gelben Lichtes aus der Tiefe der Halle kam, und diejenige Antefs, der Hori antwortete.

Spontan wandte Khamwaset sich nach links und ging auf die Gemächer seiner Frau zu. Der Wächter an ihrer Tür salutierte und klopfte für ihn, und im Handumdrehen erschien eine verschlafene und zerzauste Wernuro vor ihm und verneigte sich tief. «Ist deine Herrin noch wach?» fragte Khamwaset kurz und bündig.

«Aber nein, Hoheit», antwortete die Frau, einen Gähnanfall unterdrückend. «Die Prinzessin hat sich vor über einer Stunde zur Ruhe begeben.»

Wiederum zögerte Khamwaset, dann drang er in Nubnefrets Empfangszimmer vor. Eine Lampe brannte auf dem Tisch in der Ecke, doch reichte ihr Licht aus, um ihm das Durcheinander aus Kissen, Kosmetikschachteln, verwelkenden Blumen und abgestellten Weinbechern vor Augen zu führen, das darauf hindeutete, daß sie mit ihren Freundinnen einen vergnüglichen Abend verbracht und ihren zweifellos erschöpften Dienerinnen ausnahmsweise einmal gestattet hatte, die Unordnung bis morgen unberührt zu lassen. «Ich danke dir, Wernuro», sagte er. «Leg dich in der Nähe zum Schlafen nieder. Ich wecke dich, wenn ich fortgehe.»

Wernuro nickte ihm bestätigend zu, doch er bahnte sich längst den Weg zur nächsten Tür. Die Dienerin hatte sie angelehnt gelassen. In dem größeren Raum dahinter lag Nubnefret erhaben in den Laken auf ihrem Ruhebett. Khamwaset konnte erkennen, wie sich ihr Brustkorb im Rhythmus ihres Atems langsam hob und senkte. Die Luft war geschwängert vom Duft der büschelförmigen Apfelblüten, die jemand in eine Vase auf dem Tisch neben ihr hingestellt hatte. Ihm war seltsam zumute, als er langsam auf das Ruhebett zuging und sich auf die Kante hockte, jede Frühlingsreise heraufbeschwörend, die er in die Stadt des Pharaos gemacht hatte, und damit vermischt eine Kaskade längst schlummernder, alter Gefühle aus seiner Kinder- und Jugendzeit, die er als Bewohner im Palast verbracht hatte. «Nubnefret», flüsterte er, «bist du wach?»

Ihre Antwort bestand aus einem unverständlichen Gemurmel. Nubnefret wälzte sich herum, und dabei rutschte ihr das Laken von der Hüfte. Ihr Nachtgewand war sehr dünn, und Khamwasets Blick blieb an den großen, weich dahinfließenden Brüsten haften. Die

Wärme und der Geruch ihres Körpers schwebten ihm entgegen, während er dort saß, ihn leicht fröstelte und er den Umhang enger um die Schultern zog. Ihr Haar, nun mit fingerdicken grauen Strähnen durchsetzt, lag wirr durcheinander auf ihren Kissen, und im Schlaf war ihr Antlitz sanft und ruhig.

Khamwaset dachte an die ersten Tage ihrer Ehe zurück, da sie sich häufig geliebt hatten, manchmal eher aus dem Bemühen heraus, einander kennenzulernen, denn aus Leidenschaft, doch es war schön gewesen. Keiner von uns beiden könnte den unbefangen handelnden Menschen zugerechnet werden, dachte er grübelnd, doch hin und wieder überfiel uns eine Freudigkeit, und wir kundschafteten einander aus wie Kinder, die zum Spiel drängen. Kann sie sich daran erinnern, so fragte er sich, und wünschte sie sich, daß wir einander noch einmal so nahestehen, oder hatte sie an ihren vielen Aufgaben Geschmack gefunden und betrachtete jene Tage als einen Teil ihrer Jugend, der zum Glück inzwischen der Vergangenheit angehörte? Sie weiß, daß ich selten meine Konkubinen besuche. Liegt sie je zu Hause auf ihrem Lager und sehnt sich nach meinem Körper? Wir lieben uns noch immer, doch in aller Form, etwa so, wie man sich bei einem gelegentlichen Juckreiz eben kratzt. O du reife und strenge Nubnefret, wo ist die Zeit geblieben? Sein Impuls war verraucht. Als er sich erhob, rührte sie sich und murmelte etwas, und er hielt inne, aber sie schlief noch weiter. Er schickte Wernuro zurück in ihre Ecke und suchte seine eigenen Gemächer auf.

Am nächsten Morgen zog er sich allein an, legte seinen Schmuck an und schminkte sich sorgfältig, und mit Amek, Ramoses und Ib im Gefolge machte er sich auf, seine Mutter zu besuchen. Astnefert trug noch immer den Titel einer Kaiserin, der ihr nach dem Tod der glorreichen Nefertari verliehen worden war, die zwanzig Jahre lang die Lieblingsfrau Ramses' gewesen war. Nefertari war die leibliche Schwester von Ramses gewesen und also Khamwasets Tante, doch Astnefert war seine Halbschwester. Da sie krank und bettlägerig war, stand sie mit ihren neunundfünfzig Jahren als herrschende Königin nicht mehr an der Seite ihres Gemahls. Ramses hatte ebenfalls ihre gemeinsame Tochter geheiratet, Khamwasets jüngere Schwester Bint-Anath, die in den vergangenen zehn Jahren die königliche Hauptfrau gewesen war und die mit ihren sechsunddreißig Jahren eine unheimliche Ähnlichkeit mit der verblichenen Nefertari hatte. Merit-Amun, Tochter Nefertaris und eine weitere Königin, teilte das Bett ihres Vaters, doch die ganze Zuneigung von Ramses galt Bint-Anath. Wenngleich Khamwaset ihren semitischen Namen überhaupt nicht mochte, so mochte er sie selbst um so mehr, denn sie war aufgeweckt, intelligent und auch hinreißend schön. Sie trafen sich nicht oft und schrieben sich auch nicht, aber ihre seltenen Treffen waren stets äußerst herzlich.

Während Khamwaset mit seinem Gefolge auf seinem Weg zu den Frauengemächern, in denen Astnefert in einsamer Pracht lag, gesetzten Schrittes den Palast durchquerte, hielt er nach ihr Ausschau. Obwohl er Merit-Amun flüchtig erspähte, die von Wächtern und von aufgeregt schnatternden Hofdamen umgeben war, deren hochmütiges Profil an ihm vorüberschwebte, konnte er seine Schwester nirgends erblicken. Am Eingang der Frauengemächer ließ er Amek und Ramoses zurück und ging mit Ib weiter.

Die Zimmerflucht seiner Mutter befand sich am Rand des Frauenhauses. Sie öffnete sich hinter den gewöhnlichen Schutztüren des langen Ganges zu vier Räumen von erhabener Größe und luxuriöser Ausstattung. Der letzte Raum, kleiner und anheimelnder als die anderen, führte geradewegs zu einem überdachten Spazierweg in den Garten. Astnefert ließ sich tagsüber gerne dorthin auf eine Liege bringen, so daß sie dort ruhen und dem Spiel des Windes in den Bäumen und den Frauen zusehen konnte, die auf dem Rasen ihren Freizeitvergnügungen nachgingen und mit Plaudern und Klatschen die Zeit totschlugen.

Dort fand Khamwaset sie auf ihrem Lager mit Kissen abgestützt, eine grauhaarige, schlanke Dame, die ihr gelbliches, ungeschminktes Gesicht den einfallenden Sonnenstrahlen entgegenhielt. In einer Ecke des Raums zupfte ein Harfenspieler eine wehmütige Weise, und als Khamwaset sich ihr näherte, begann eine Dienerin damit, die Kegel und Rollen des Sennetbrettspiels einzusammeln, mit dem sie der Kaiserin die Zeit vertrieben hatte. Astneferts Kopf wandte sich ihm zum Zeichen des Grußes zu, und trotz ihrer Körperschwäche war die Bewegung immer noch voller Anmut und königlicher Würde, derentwegen sie in ihrer Jugend als berühmte Schönheit galt. Mit Mühe rang sie sich ein Lächeln ab, und Khamwaset beugte sich zu ihr nieder, um ihr erst die runzlige Hand und dann die Lippen zu küssen.

«So, Khamwaset», sagte sie, indem sie die Wörter hart und präzise aussprach. «Ich habe gehört, daß du hierher zitiert wurdest, um Ramses aus einem weiteren ehelichen Dornenbusch zu befreien. Sieht ganz so aus, als würde er die Stacheln mögen, nicht wahr?»

Eine andere Dienerin hatte diskret einen Stuhl für den Prinzen gebracht, und er sank darauf nieder, lehnte sich vornüber und erforschte aufmerksam das Aussehen seiner Mutter. Ihm entging nicht das Zittern ihrer Finger, während sie sprach, und auch nicht die zunehmende Trübung ihrer Augen.

«Ich glaube, er lädt sich den ganzen Ärger auf, nur weil er hinterher Vergnügen findet am diplomatischen Spiel», antwortete er kichernd. «Wie geht es dir, Mutter? Hast du mehr Schmerzen?»

«Nein, aber du kannst gerne mit meinem Arzt über den Mohnbrei reden, den du mir verschrieben hast.» Mit einem langsamen Wink ihrer Hand entließ sie ihre Dienerin, die sich entfernte und das Sennetspielbrett mitnahm, dann wandte sich wieder ihrem Sohn zu. «Das widerliche Gemisch betäubt die stechenden Schmerzen nicht mehr so wie anfangs, und ich befürchte, daß er womöglich das Rezept verloren hat, das du ihm gegeben hast.»

Khamwaset überlegte kurz, ob er sie anlügen sollte, doch schließlich verzichtete er darauf. Sie starb einen langsamen Tod und wußte es. «Es liegt nicht am Rezept und auch nicht an deinem Arzt», antwortete er ihr ruhig. «Wenn du den Mohn tagtäglich einnimmst, verliert er seine Wirkung oder, besser gesagt, der Körper gewöhnt sich daran und braucht eine höhere Dosis, damit der Mohn dieselbe Wirkung hat.» Sie nickte; ihre feuchten Augen blickten ihn offen an. «Wie du weißt, Kaiserin, ist vieles, was aus Syrien kommt, in meinen Augen ein Greuel, aber der Mohn ist ein großer Segen. Wenn du an vorübergehenden Beschwerden leiden oder unter dem Einfluß eines Bannfluchs stehen würdest, den ich aufzuheben versuchte, dann würde ich nicht zulassen, daß du noch mehr zu dir nimmst.» Hier zögerte er, doch da diese grauen Augen mit ihrem von der Krankheit braun gefärbten Weiß nicht zusammenzuckten, fuhr er fort: «Aber du stirbst, liebe Mutter. Ich werde dem Arzt sagen, er soll dir soviel Mohn geben, wie du möchtest.»

«Ich danke dir», sagte sie, indem sie ihren Mund zu einem halben Lächeln verzog. «Wir sind immer ehrlich zueinander gewesen, mein Liebster. Nachdem wir nun über meinen Gesundheitszustand geredet und ihn abgehandelt haben, so verrate mir doch, aus welchem Grunde du so abgespannt aussiehst.»

Unsicher starrte er sie an. Draußen gab es unvermittelt einen Ausbruch schrillen weiblichen Gelächters, als eine Gruppe junger Konkubinen mit drei frisch gewaschenen Klammeraffen vorbeischlenderte, die sich vergebens hinzusetzen und selbst zu striegeln suchten, und gerade als Khamwaset Atem schöpfte, um Astnefert zu antworten, kamen zwei Rotkehlchen im Sturzflug trillernd in den Raum hereingeflogen, drehten ein paar Runden und schossen wie ein Blitz schillernder Farben in die Bäume. Völlig unerwartet wurde er von der heftig stechenden Sehnsucht ergriffen, mit diesen Vögeln eins zu sein, frei und achtlos in die Weite des warmen Himmels hinaufzusteigen, fort aus diesem Raum, in dem unsichtbar der Tod auf die Frau lauerte, die ihm das Leben geschenkt hatte. «Ich weiß es wirklich nicht», sagte er endlich. «Der Familie geht es gut...»

«Ja. Nubnefret hat mich gestern abend eine Weile unterhalten.»

«Und meine Güter gedeihen. Vater verlangt von mir nicht mehr als sonst...»

Sie lachte. Ein trockenes, verzerrtes Lachen, das dennoch voller Humor war. «Was natürlich heißt, daß er alles verlangt!»

«Genauso ist es!» Khamwaset zwang sich zu einem Lächeln und wurde dann wieder sachlich. «Aber...» Er war unfähig, seinen Satz zu vollenden, und schließlich versuchte sie, die Achseln zu zucken.

«Bemühe dich, einen Ehemann für die kleine Sheritra zu finden», riet sie ihm. «Du brauchst eine neue Beschäftigung, und da liegt geradewegs eine vor deiner Nase.»

Er ließ sich von ihr nicht ködern. Seine Mutter und er waren in allen Fragen einer Meinung, außer darüber, wie seine Tochter zu behandeln sei, und in diesem Fall ergriff sie ganz entschieden Partei für Nubnefret. «Ich habe eine neue Beschäftigung, die auf mich zu Hause auf dem Plateau von Sakkâra wartet», sagte er trübselig, «falls ich je dazu komme. Hast du Vater in letzter Zeit gesehen?»

Sie wollte die Angelegenheit von Sheritra nicht weiter verfolgen. «Er besucht mich einmal pro Woche», antwortete sie. «Und wir unterhalten uns über belanglose Dinge. Er teilt mir mit, daß die Stele, die man in den Steinbrüchen von Silsila aufgestellt hat und die dich und mich, Bint-Anath und ihn und Ramses als Erben zeigt, fertiggestellt worden sei. Ich wünschte, ich könnte an ihrer feierlichen Einweihung teilnehmen.»

Du kannst aber Gift darauf nehmen, daß mein teurer Bruder Ramses daran teilnehmen wird, wollte Khamwaset mürrisch sagen, hielt sich jedoch zurück. Unter den wenigen seiner Mutter noch verbliebenen Freuden zählte die Aussicht, daß einer ihrer Söhne an Stelle von Nefertari in Zukunft den Thron von Ägypten besteigen wird, zu der allergrößten. «Hält sich mein Bruder Merenptah am Hof auf?» erkundigte er sich.

«Nein, ich glaube nicht. Er reist im Süden herum, wo er einige seiner Bauprojekte inspiziert. Er wird vermutlich bei dir hereinschauen, wenn er auf seinem Heimweg durch Memphis kommt.»

«Hoffentlich.»

Der Gesprächsstoff ging ihnen langsam aus. Nachdem sie sich noch eine kleine Weile nichtssagend miteinander unterhalten hatten, erhob Khamwaset sich, küßte seine Mutter und verabschiedete sich von ihr. Ihre Hand fühlte sich kalt und ledrig an, als er sie kurz in die seine nahm, und unversehens drängte es ihn, die warme Sonne auf seiner Haut zu spüren, sein Gesicht zum Himmel zu wenden und seine Augen vor Rês blendendem Ruhm zu verschließen.

Nachdem er das Frauenhaus verlassen hatte, nahm er die Abkürzung zu den Gärten der Familie. Dort hielt sich niemand auf. Es ging auf die Mittagszeit zu, und die Schatten unter den Sykomoren waren dünn und kurz. Die Wasseroberfläche des blau ausgefliesten

Fischweihers war so glatt wie Email, und das Wasser plätscherte eintönig in die Becken der Springbrunnen. Khamwaset hielt seine Finger unter den glitzernden Wasserstrahl, der ihm seidenweich und warm vorkam. Er spürte, wie das Feuer der Sonne sich langsam durch die steifen Leinenstreifen seiner Kopfbedeckung hindurchfraß, und das tat gut. Er hatte die seltsame und durch nichts begründete Gewißheit, daß ihm eine Gnadenfrist gewährt worden war, und spürte, daß seine Sinne – wie bei einem Gefangenen, dessen Hinrichtung ausgesetzt worden war – weit offenstanden für jedwede süße Attacke aus seiner Umgebung. Und dennoch fühlte er sich vom Schicksal gezeichnet, nachdem er den leicht unangenehmen, trockenen Atem seiner Mutter eingeatmet hatte, und er spürte immer noch ihre eiskalte Berührung. Er bückte sich und tauchte beide Hände unter den Wasserschwall des Brunnens, und dann lehnte er sich so weit vornüber, bis das Wasser fast seine Schultern benetzte. Ich liebe sie, dachte er. Nein, das ist es nicht. Ich möchte nur nicht in dem Bewußtsein sterben, daß alle meine Träume sich als Illusion herausstellen. Obwohl er eine lange Zeit so dastand, während der er seine Hände durch die Brechung des fließenden Wassers hindurch betrachtete, gelang es ihm nicht, sich wieder rein zu fühlen.

Gemeinsam mit Hori und Nubnefret nahm er ein leichtes Mittagsmahl ein. Hori, der spät aufgestanden war, wollte mit Antef ins Haus der Schriftrollen und danach mit einer Sänfte zu den Märkten in der Stadt, und Nubnefret war von der königlichen Gemahlin Merit-Amun eingeladen worden, sie am Nachmittag zu einer Segelpartie auf den kleineren Nebenflüssen des Nils zu begleiten. Khamwaset vernahm ihre Pläne nur mit halber Aufmerksamkeit, in seinem Geiste beschäftigte ihn bereits die bevorstehende Begegnung mit seinem Vater. Er aß mit Maßen, ließ sich von Kasa sein Leinen wechseln und brach mit seiner Eskorte zu den Arbeitsräumen des Pharaos auf.

Je mehr er sich dem Machtzentrum im Palast näherte, um so mehr Leute waren in den Hallen und den Wartesälen zu sehen. Häufig mußte er seinen Schritt verlangsamen, während Ramoses' Stimme noch um einen Grad lauter wurde und untergeordnete Beamte und Vornehme, Sklaven, Diener und Fremde sich zum Zeichen der Ehrerbietung auf den Boden warfen. Doch schließlich stand er vor jener Oase der Stille, dem Arbeitsraum von Ramses hinter dem geräumigen Thronsaal, in dem dieser die Huldigungen seiner Untertanen wie die von Botschaftern entgegennahm.

Khamwaset wartete, während der Oberherold ihn anmeldete. Er wurde sofort vorgelassen, und als er auf den riesigen Tisch zuging, hinter dem sich sein Vater bereits erhob, nahm er von den anderen Anwesenden Notiz. Da waren der königliche Schreiber, ein wortkarger Mann, jedoch mit einer starken und stillen Persönlichkeit ausgestattet, der mehr von den Gedanken seines Herrn wußte und den wahren Zustand der Gesundheit Ägyptens besser kannte als jeder andere. Zum Zeichen der Ehrerbietung hatte er sich bereits hingekniet und seine Schreibpalette auf den dunkelblauen, golden schimmernden Fliesen aus Lapislazuli neben sich abgelegt. Urhi-Teshub, der Botschafter der Khatti, dessen eindrucksvolles Gesicht von einem schwarzgelockten Bart und einem kegelförmigen roten Hut eingerahmt wurde, geriet bei seiner Verneigung in das weiße Bündel aus Sonnenstrahlen hinein, das vom Fenstergeschoß hoch über ihm zu Boden fiel. Ashahebsed lächelte eisig, als er sich der Länge nach auf den Boden legte.

Nur mit einer Geste seiner Hand bat er sie alle, sich wieder aufzurichten. Er ging auf Ramses zu, fiel vor ihm auf die Knie, um dessen juwelenbesetzte Füße und die langen, unbekümmert hingehaltenen Finger zu küssen, erhob sich dann und umarmte seinen Vater. Die Diener, die regungslos an den Wänden gestanden hatten, wurden wieder lebendig, und einen Augenblick lang wurden die Männer am Tisch von einem Wirbel stiller Geschäftigkeit erfaßt. Weinkrüge wurden geöffnet, von Ashahebsed vorgekostet und ausgeschenkt. Tischtücher aus Leinen tauchten in einem tadellosen Stapel an der Ecke des Tisches auf. Kleine Becken mit parfümiertem Wasser zum Säubern der Finger, rosafarben und warm, wurden diskret abgestellt, in ausreichender Entfernung von dem Stoß Schriftrollen, der sich vor Ramses auftürmte, und ein Aroma aus Kardamom und Zimt, das von mehreren Platten mit verschiedenen Delikatessen aufstieg, stach Khamwaset in die Nase. Die Diener entfernten sich rückwärts und verneigten sich zweimal. Ramses nahm keine Notiz von ihnen.

«Khamwaset, du siehst nicht gut aus», bemerkte er mit lakonischer, doch modulierter Stimme. «Ein Arzt verschreibt sich selbst nur ungern eine Arznei. Das trifft doch zu, nicht wahr? Nimm etwas Wein und schärfe deine Sinne, Prinz. Ich freue mich, dich zu sehen.»

Steckte hinter diesem honigsüßen Ton ein Vorwurf? Khamwaset sah liebevoll in die klaren, hellen Augen, die dick von Kohol umrandet waren. Der Pharao trug lange, aus Jaspis und Gold gearbeitete Ohrringe, die gegen seinen schlanken Nacken schaukelten und fast bis an seine goldbehängten Schultern reichten. Kobra und Geier, Zeichen allerhöchsten Königtums, erhoben sich über seiner Stirn an dem goldenen Band, das den Helm aus rotem Leinen hielt. Die ausgeprägte Hakennase und die zierlich dünnen Lippen riefen bei Khamwaset erneut den Eindruck hervor, sein Vater sei der mächtige Falkengott Horus. Er war auf das erlesenste herausgeputzt, von den beringten und mit Henna rotgefärbten Händen bis zu den frisch geschnittenen Zehennägeln. Khamwaset, der zusah, wie Ramses sich hinsetzte, sein wallendes Leinentuch drapierte und seine Hände auf die Tischplatte legte, bewunderte jede seiner bewußt ausgeführten Bewegungen und amüsierte sich darüber.

Ramses war eitel und durchtrieben, und sogar mit vierundsechzig Jahren besaß er immer noch eine unbestreitbare Ausstrahlung. «Obgleich du gestern abend nicht mit mir zu Abend gespeist hast», begann der Pharao, wobei er einen Finger nach dem anderen verschränkte, «so weiß ich doch, daß es dir möglich war, die kleine Aufgabe zu lösen, um die ich dich gebeten hatte. Sutekh wird in diesem Jahr wiederum das ihm Gebührende erhalten. Ich werde in deinem Namen eine Opferung veranlassen, so daß er ausschließlich deine Taten und nicht die aufwieglerischen Gedanken in Betracht zieht, die gewiß dein Herz erfüllt haben, als du die Anordnung über die Subventionen versiegelt hast.»

Nun lachte Khamwaset, und als die Beamten dies vernahmen, stimmten sie ebenfalls höflich und kurz in das Lachen ein. «Ich werde heute abend mit dir speisen, Mächtiger Stier», versprach Khamwaset und nahm auf dem Stuhl Platz, den Ramses ihm zugewiesen hatte, «und was den mächtigen Seth angeht, nun, er hat keinen Anlaß, seinen Zorn an mir auszulassen. Stehen wir denn nicht in Verbindung, wenn ich meine Zaubersprüche mache?»

Ramses neigte den Kopf zur Seite, wobei die Kristallaugen der Kobra funkelten. «Aber sicher. Doch jetzt ans Werk.»

Urhi-Teshub rührte und räusperte sich hinter Khamwasets Rükken, dann ging er nach vorn. Tehuti-Emheb klapperte mit seinen Pinseln.

«Wo liegen die Schwierigkeiten bei den neuesten Verhandlungen, Vater?» fragte Khamwaset.

Ramses rollte seine Augen ‹gen Himmel, fixierte den unglücklichen Botschafter der Khatti mit einem kalten Blick und winkte seinem Schreiber. Khamwaset drehte sich um.

«Hattusil, König der Khatti, will nun durchsetzen, daß die Mitgift der Prinzessin zugleich mit ihrem Eintreffen statt vorher abgeliefert wird», sagte Tehuti-Emheb. «Er hatte große Schmerzen in den Füßen, und daher ging das Zusammenstellen der Mitgift nur langsam vonstatten. Die Dürre in seinem Land hat zudem seinen guten Absichten einen Strich durch die Rechnung gemacht.»

«Gute Absichten», rief Ramses sarkastisch aus und fiel ihm ins Wort. «In seinem Bestreben, sich mit dem mächtigsten Königshaus unter der Sonne zu verbünden, verspricht er mir erst die höchste je bezahlte Mitgift. Dann verstreichen Monate, und ich sehe nichts davon. Schließlich erhalte ich einen Brief von Königin Pudukhepa, wohlgemerkt nicht von Hattusil selbst, in dem sie mir ohne den Anflug einer Entschuldigung mitteilt, daß ein Teil des Palastes niedergebrannt sei» – an dieser Stelle schniefte er leicht – «und sich die Zahlung der ersten Rate aus diesem Grund verzögert hat.»

«Majestät», unterbrach Urhi-Teshub protestierend, «ich war selbst dabei, als das Feuer ausbrach. Es hat furchtbar gewütet und alles zerstört! Meine Königin ist sehr geprüft worden, während mein König fort war, um die Zeremonien für die Götter abzuhalten, aber immerhin hat sie dir sofort geschrieben. Ägypten ist nicht vergessen worden!» Er sprach mit gutturalem Akzent, sein Gesichtsausdruck war gequält.

«Vielleicht nicht», warf Ramses zurück, «aber das Feuer war die willkommenste Gelegenheit, um die Bedingungen unserer Vereinbarung abzuändern. Nunmehr jammert mein lieber Bruder aus Khatti über seine wehen Füße, als ob er sich selbst von seiner Zitadelle aus auf den Weg machen müßte, um höchstpersönlich jede Ziege und jedes Pferd zusammenzutreiben. Gibt es denn keine Wesire in deinem Land? Keine fähigen Verwalter? Oder muß sein Weib das Kommando über alles übernehmen?»

Der Botschafter der Khatti war offenbar an solch verletzende Ausfälle gewöhnt. Mit den Händen in seinem Talar aus Brokat wartete er in Ruhe ab, bis Ramses zu Ende geredet hatte. Dann sagte er: «Zieht Majestät etwa die Redlichkeit seines Bruders in Zweifel? Überhäuft er den König mit Schmähungen, der das Abkommen von Kadesch eingehalten hat, das sein berühmter Vater ungeachtet des Drucks des babylonischen Königs Kadashman-Enlil vor ihm abgeschlossen hat und der ein neues Abkommen mit ihm abschließen wollte?»

«Kadashman-Enlil bleibt ein schlüpfriges kleines Wiesel», brummte Ramses, «ungeachtet unserer erneuerten diplomatischen Beziehungen. Und zufällig weiß ich, Urhi-Teshub, daß dein König sich tatsächlich mit dem Babylonier zankt.» Er biß in einen Honigkuchen mit Mandeln, kaute nachdenklich und benetzte dann wie nebenbei elegant seine Finger im Wasserbecken. «Weshalb sollte ich Hattusil vertrauen?» fragte er mürrisch. «Er lehnte es ab, auf meine Bitte hin den Vertrag zu revidieren und mir mehr von Syrien zu geben, und dann höre ich, daß er selbst genau den Teil für sich beansprucht, den ich haben wollte.»

«Dieser Teil stand zuerst den Khatti zu, o Göttlicher», antwortete der Botschafter mit Bestimmtheit. «Das ältere Abkommen zwischen den Khatti und deinem Vater, dem Osiris geweihten Sethos, besagt eindeutig, daß...»

Khamwaset seufzte im stillen. Indem Urhi-Teshub den Namen Sethos erwähnte, hatte er einen taktischen Fehler begangen. Der

Vater von Ramses war diesem ein wunder Punkt. Sethos hatte sich als ein Mann mit Geschmack und Visionen erwiesen. Seine Monumente und sein größtes Werk, der Tempel des Osiris in Abydos, zeugten von einer Kunstfertigkeit, von solcher Vollendung und Schönheit, daß deren Anblick einem den Atem verschlug. Doch ärger war, daß Sethos in seinen Schlachten erfolgreich war, wogegen Ramses trotz seiner gegenteiligen Behauptungen eher schimpflich versagt hatte. Khamwaset hörte den beiden Männern zu, die vor- und rückwärts diskutierten, und nippte nachdenklich an seinem Wein. Als er damit fertig war, unterbrach er den Disput, wobei er sorgsam darauf achtete, den Botschafter, nicht jedoch seinen Vater zu unterbrechen.

«Ich kann nicht ganz einsehen, wo dies alles uns hinführen soll», sagte er entschieden. «Wir sind hier versammelt, um die Heiratsverhandlungen zu einem erfolgreichen Abschluß zu bringen, und bei allem Respekt, Urhi-Teshub, wenn du wünschst, über die Gültigkeit alter Abkommen zu diskutieren, so magst du eine andere Zeit dazu verabreden.» Der Botschafter verbeugte sich und lächelte offensichtlich erleichtert. Khamwaset widmete nun seine ganze Aufmerksamkeit Ramses, der mürrisch, wenn auch graziös, mit seinem Weinbecher spielte. «Unser eigener Botschafter Hui hält sich in Hattusas auf», sagte er zur Erinnerung. «Überbringe ihm die Nachricht, daß wir damit einverstanden sind, die Mitgift sogleich beim Eintreffen der Prinzessin zu erhalten, unter der Voraussetzung, daß Hui persönlich dafür sorgt, daß alle Geschenke zum Zeitpunkt der Abreise beisammen sind. Hattusil kann nicht für Feuer und Krankheit getadelt werden, wohl aber für seine Säumigkeit.»

«Er hat zu lange und zu laut geprahlt», bemerkte Ramses. «Ich schlage vor, daß wir eine Erhöhung des geforderten Betrages um fünf von hundert verlangen, um uns für die ganze Verzögerung schadlos zu halten. Schließlich steht uns Tribut zu.» Er warf Khamwaset einen verschlagenen Blick von der Seite zu. «Ich weiß nicht, ob die Prinzessin all die Strapazen aufwiegt, die durch diese Verhandlungen meinem königlichen Herzen zugemutet werden. Ich könnte ebensogut beschließen, sie abzubrechen und statt dessen noch eine Babylonierin zu heiraten.»

«Hattusil selbst könnte dasselbe tun, wenn wir unnötigen Druck auf ihn ausüben», widersprach Khamwaset. «Vater, wie du sehr wohl weißt, ist hier die Rede von Mitgift und nicht von Tribut. Entscheide beim König der Khatti im Zweifel zu seinen Gunsten, aber mach ihm deutlich, daß du erwartest, daß er seine Abmachungen vollständig einhält. Du möchtest doch nicht, daß man dich als gierig oder habgierig ansieht, oder?»

«Ich möchte nur, was mir zusteht», sagte Ramses mit Nachdruck. Er lehnte sich zurück, seine vornübergebeugten Schultern krümmten sich unter dem Gewicht des Goldes und Silbers. «Oh, sehr gut. Tehuti-Emheb, schreib diesen verdammten Brief an Hui und einen an Hattusil, in dem mein Mißvergnügen über die Verzögerung zum Ausdruck kommt sowie mein Verdacht, daß er einfach zu arm ist, um seiner Prahlerei zu entsprechen. Sag ihm aber, daß ich in meiner Großmut auf die Früchte dieser äußerst nervenaufreibenden Verhandlungen zu warten bereit bin.»

«Seine Majestät hat in Eile gesprochen», sagte Khamwaset bedächtig zum Schreiber. «Streiche den Verdacht Seiner Majestät.» Der Mann nickte und beugte sich über seine Palette. Ramses gluckste stillvergnügt. «Die Unterredung ist beendet», erklärte er. «Raus mit allen. Khamwaset, du bleibst.» Der Botschafter verneigte sich und entfernte sich zusammen mit dem Schreiber. Ramses wartete nicht, bis sie außer Sicht waren. Er stand auf und winkte Khamwaset heran. «Ruf deinen Verwalter mit deinem Medizinbeutel», befahl er. «Ashahebsed, erledige du dies für ihn. Komm mit in den inneren Raum, Khamwaset, und untersuche mich. Beim Atmen habe ich manchmal Schmerzen in der Brust, und ab und zu gerate ich außer Atem. Auch brauche ich einen Trank gegen Erschöpfung.» Er wartete nicht erst die Bestätigung seines Sohnes ab, sondern ging ihm voraus. Khamwaset folgte ihm. Der Zustand seines Vaters war nicht mehr heilbar, aber er hatte sich nie getraut, Ramses dies zu sagen, auch wenn er wußte, daß der Pharao seine Worte unbekümmert in den Wind schlagen würde. Ramses war vielmehr davon überzeugt, er werde ewig leben.

3. Kapitel

«Gelobt sei Thoth...
der Mond, herrlich bei seinem Aufgang...
er, der die Wahrheit sichtet,
der die böse Tat wendet gegen ihren Täter,
der über alle Menschen richtet.»

Zu der Zeit, da Khamwaset die Untersuchung seines Vaters beendete, wobei er keine Veränderung seines Gesundheitszustandes festgestellt und ihm daher ein harmloses Stärkungsmittel gegen seine Erschöpfung verschrieben hatte, war es bereits später Nachmittag. Er war nun selbst müde, mehr von der Anspannung der Verhandlung als von körperlicher Betätigung. Sein Horoskop, das er als Magier zu Beginn eines jeden Monats für sich selbst und seine übrige Familie erstellte, machte ihn darauf aufmerksam, daß das letzte Drittel des Tages einen ungeheuren, seinen eigenen Handlungen entsprechend, entweder äußerst glücklichen oder schrecklich unglücklichen Verlauf nehmen werde. Die Zweideutigkeit der Vorhersage hatte ihn geärgert, und sie fiel ihm wieder ein, als er auf dem Weg zu seinen Gemächern war, wo er bis zum Abendessen schlafen wollte. Häufig gefielen ihm die großen Feste, zu denen der Pharao einlud. Jedesmal waren Gäste aus aller Herren Ländern anwesend sowie Kollegen von ihm, Forscher, Magier und Ärzte, mit denen er fachsimpeln und debattieren konnte. Doch heute würde die seltsame Aussage des Horoskops hinter jedem möglichen Kontakt mit seinen Geistesverwandten lauern.

Die Gemächer der Familie waren leer. Khamwaset verzichtete darauf, Kasa zu rufen, um sich entkleiden zu lassen. Er streifte seine Kleider ab, nahm einen kräftigen Schluck Wasser aus dem großen, stets wohlgefüllten Krug in der gutbelüfteten Eingangshalle und ließ sich erleichtert auf sein Ruhebett sinken.

Eine Stunde nach Sonnenuntergang wurden Khamwaset, Nubnefret und Hori angekündigt und betraten mit Gefolge die größte Empfangshalle des Palastes. Nachdem der Oberherold mit seinem Stab auf den Boden geklopft hatte, waren alle Unterhaltungen so lange verstummt, bis Khamwasets Titel aufgezählt waren, doch als er und die anderen in den Raum hineinschritten, lebte das Stimmengewirr wieder auf.

Hunderte von Menschen standen in bunt gekleideten Gruppen zusammen oder irrten ziellos mit Weinbechern in den Händen umher, unterhielten sich und lachten, während ihre Stimmen von den vielen Papyrusbündelsäulen und der silberbestäubten Decke vielfältig widerhallten.

Ein Sklavenmädchen, das bis auf ein blauweißes Band um ihre Hüfte unbekleidet war, näherte sich mit Verbeugungen und legte ihnen Girlanden aus rosafarbenen Lotos- und blauen Kornblumen um den Kopf. Ein anderes bot ihnen parfümierte Wachskegel an, die mit Bändern an die Perücken geknüpft wurden. Khamwaset neigte sich gut gelaunt dem Mädchen zu, und während dessen sanfte Hände ungeschickt mit dem Festbinden beschäftigt waren, beobachteten seine Augen bereits das Treiben der Menge.

Bint-Anath näherte sich ihm, während ihr faltenreicher, bodenlanger Umhang sie scharlachrot umwehte. Ihre schlanken Schultern zeichneten sich unter einem weit fallenden Gewand mit weißem Besatz ab, und die langen schwarzen Locken ihrer Perücke glänzten bereits vom geschmolzenen Wachs. Die Sklavin entfernte sich, und Khamwaset verneigte sich vor der ersten Frau Ägyptens.

«Sei mir gegrüßt, Bruder», sagte Bint-Anath vergnügt. «Ich würde gerne bleiben und mich mit dir unterhalten, aber, offen gesagt, ich würde noch lieber mit Nubnefret tratschen, denn ich habe sie seit ewigen Zeiten nicht mehr gesehen. Bitte entschuldige mich.» Sie war wie eine Göttin, wie Hathor selbst, bewegte sich leichtfüßig in dem Kreis, den die Gäste aus Ehrerbietung um sie herum freigelassen hatten; die beiden robusten Shardana-Wächter hatten sich neben ihr aufgebaut und das erlesen gekleidete und kunstvoll geschminkte Gefolge hinter ihr.

«Jedesmal, wenn wir uns treffen, kommst du mir schöner vor, Bint-Anath», sagte Khamwaset feierlich. «Selbstverständlich nehme ich deine Entschuldigung an. Schreib mir einen Brief statt dessen.»

Sie schenkte ihm ein verwirrendes Lächeln und wandte sich Nubnefret zu. Ihre weiblichen Begleiterinnen plapperten nicht mehr untereinander. Ihre Blicke huschten verstohlen zu Hori, von ihm weg, dann wieder zurück und musterten das makellose Antlitz und den braunen, gutgebauten Körper des jungen Mannes. Er grinste ihnen gewinnend zu, und Khamwaset, der Antefs Blick erhaschte, gab ihm ein Zeichen.

Ein Mädchen, kecker als die übrigen, ging auf Hori zu und, nachdem es sich vor Khamwaset verneigt hatte, sprach ihn direkt an. «Da du erst zwei Tage in Piramses bist, Prinz, ist es sehr wahrscheinlich, daß du noch keine Tischpartnerin hast», begann sie. «Ich bin Nefert-khay, Tochter des May, des Baumeisters des Pharaos. Es wäre mir ein Vergnügen, dich während des Essens zu unterhalten und später vielleicht für dich zu singen.»

Khamwaset bemerkte belustigt, wie Horis anfänglich abschätzender Blick nun einem erwachenden Interesse wich, nachdem er Nefert-khays hohe Brüste und geschmeidige Taille unter dem gelben Gewand, ihre vom Kohol verdunkelten Augen und ihren feuchten Mund wahrgenommen hatte. Hori neigte seinen Kopf zur Seite.

«Als Tochter des May müßtest du auch das Vorrecht haben, in der Nähe der Podeste in der ersten Reihe zu speisen», sagte er. «Führe mich also dorthin, Nefert-khay, und dann warten wir auf die Speisen, sobald der Pharao angekündigt wird. Ich bin hungrig.»

Sie schritten weiter, bahnten sich ohne Schwierigkeiten einen Weg durch die Menge, und Khamwaset beobachtete sie dabei. Antef war diskret verschwunden, doch Khamwaset wußte, daß Hori – obwohl er vergnügt mit dem Mädchen speisen, sich mit ihr zusammen betrinken, sie küssen, ihr Komplimente machen und in der Abgeschiedenheit der wuchernden Gärten vielleicht gar dringendere Zärtlichkeiten erproben würde – seinen Abend am Fluß entlangschlendernd oder in seinen Gemächern mit Antef beschließen würde.

Khamwaset wußte, daß sein Sohn sich nicht zu Männern hingezogen fühlte, obwohl hin und wieder ein Mann sich von ihm sexuell angezogen fühlte. Er mochte und schätzte die jungen Frauen, die um ihn herum kreisten, doch seine Gefühle blieben ebenso unbeteiligt wie sein Körper. Für Hori konnte das eine nicht ohne das andere wirksam werden.

Khamwaset empfand einen Augenblick lang Mitleid für die gutentwickelte Tochter des May, dann machte er sich daran, seinen eigenen kleinen Tisch bei den Podesten ausfindig zu machen, an dem bereits die Mitglieder der königlichen Familie versammelt waren. Er ließ sich auf die bereitgestellten Kissen nieder, wechselte ein paar höfliche, kühle Worte mit seinem Bruder Kronprinz Ramses, der bereits zu tief ins Glas geschaut hatte, sowie mit der zweiten Frau und Königin Merit-Amun, bevor der Oberherold mit seinem Stab dreimal dumpf widerhallend auf den Boden stampfte und die mehreren hundert Stimmen verstummten. «Der Lobpreiser Thebens, Sohn des Seth, Sohn des Amun, Sohn des Ptah-Tenen, Herr der beiden Länder, der Mächtige der zwiefachen Stärke, heldenhafter Krieger und Vernichter der gemeinen Asiaten» – die Stimme des Herolds leierte die Namen herunter, und hier lächelte Khamwaset ein wenig grimmig –, «Herr der Feste, König der Könige, Stier der Prinzen...» Khamwaset hatte aufgehört zuzuhören. Jede Stirn in der Halle berührte den Boden, und die seine hatte er tief in den Kissen vergraben, auf denen er einen Augenblick zuvor noch gesessen hatte.

Der Herold verstummte schließlich. Khamwaset vernahm das trockene Klappern der Sandalen seines Vaters auf dem Podest in seiner Nähe, gefolgt vom leichteren Schritt seiner Schwester. Bint-Anath setzte sich mit einem Seufzer neben ihn hin, Ramses bat die Gäste aufzustehen, und Khamwaset setzte sich wieder auf seine Kissen und zog den niedrigen Tisch näher zu sich heran.

Der Pharao lehnte sich hinter dem Rücken seiner Tochter-Frau zu Khamwaset hinüber, prächtig geschmückt mit seinem blauweiß gestreiften Helm mit Kobra und Geier aus Gold an der Spitze, seine scharfen Augen dick mit Kohol umrandet, die Augenlider glänzend grün geschminkt. An jedem seiner Finger glänzten Ringe, und Ankh-Anhänger sowie Augen des Horus glitzerten auf seinem eingefallenen Brustkorb. «Ich habe etwas von dem Trank eingenommen, den du mir verschrieben hast, Khamwaset», sagte er. «Er schmeckte widerlich, und ich glaube nicht, daß er mir gut bekommen ist, es sei denn, er ist für meinen großen Appetit heute abend verantwortlich.» Am Fuß des Podiums wurden die Symbole seines göttlichen Königtums – Krummstab, Geißel und Krummsäbel – von deren Trägern in die entsprechenden Ständer gestellt, und ein Trupp Shardana-Wachsoldaten bezog zwischen dem Podest und den übrigen Gästen in einer Reihe Stellung. Auf ein Zeichen Ashahebseds, der sich diskret hinter der königlichen Tafel aufhielt, begannen mit Speisen beladene Diener aus dem Schatten hervorzuströmen, und ein appetitliches Aroma stahl sich in die Duftmischung aus parfümiertem Wachs, Blumen und Parfüm. Ashahebsed begann, Ramses Speisen vorzulegen.

«Du erwartest Wunder von allen aus deiner Umgebung, mich eingeschlossen», antwortete Khamwaset ihm herzlich. «Gib der Arznei erst mal die Möglichkeit zu wirken, Vater. Du könntest auch mal versuchen, dich früher zur Ruhe zu begeben.»

Ashahebsed kostete die Speisen vor. Ramses beobachtete ihn ungeduldig dabei. «Im Bett bin ich genauso beschäftigt wie außerhalb», gab er schalkhaft zurück. «Meine Frauen bringen mich um, Khamwaset. Ich habe so viele, und alle wollen befriedigt werden! Was soll ich da tun?»

«Hör einfach damit auf, dir noch weitere zuzulegen», fiel Bint-Anath lachend ein. «Und höre Suty aufmerksamer zu, wenn er dir mitzuteilen versucht, wieviel Gold wegen deines Frauenhauses tagtäglich aus dem königlichen Schatz abfließt. Das würde dich von weiteren Zukäufen und Verträgen abhalten.»

«Hmmm», war alles, was Ramses darauf antwortete. Er hatte mit der ihm eigenen Grazie angefangen zu essen.

Die Tischbedienung hatte Khamwasets Teller ebenfalls gefüllt, und er aß und trank, wobei er das Werk der ausgezeichneten Köche seines Vaters zu würdigen wußte. Er sah Nubnefret in der Nähe des Podests im Kreis einiger ihrer Freundinnen sitzen, und unweit von ihr erspähte er Hori und Nefert-khay. Sie hatte beide Hände auf seine nackten Schultern gelegt und liebkoste sein Ohrläppchen, während er aß. Mit einem stechenden Schmerz dachte Khamwaset an seine Sheritra. Womit war sie wohl im Augenblick beschäftigt? Sagte sie ihre Gebete auf, oder spazierte sie im fackelerhellten Garten in Bakmuts anspruchsloser Begleitung? Vielleicht saß sie auch auf ihrem Zimmer, die Knie bis ans Kinn herangezogen, und fragte sich, womit *er* gerade beschäftigt war, und machte sich Vorwürfe wegen ihrer Schüchternheit, die sie daran hinderte, sich ins Leben zu stürzen. Er hätte viel darum gegeben, sie hier zu sehen, mit Augen glühend vom Wein und vor Aufregung, ihre Hand auf der Schulter irgendeines vornehmen jungen Mannes und ihren Mund gegen irgendein bewundertes Ohr gepreßt. Der Pharao warf ihm eine andere Bemerkung zu. Sein Bruder Ramses saß in sich zusammengefallen über sein Essen gebeugt und summte unmelodisch vor sich hin. Khamwaset gab sich selbst den Vergnügungen des Abends hin.

Mehrere Stunden später, nachdem Khamwaset der gestopften Gans, dem Gurkensalat, verschiedenen Kuchen und dem Alkohol zugesprochen hatte, befand er sich leicht angetrunken in der Nähe der nördlichen Hallentüren im Gespräch mit seinem Freund Wennufer, dem Hohenpriester des Osiris in Abydos. Der Lärm hatte sich nicht etwa gelegt, sondern die Menge war um so lauter geworden, je mehr Weinkrüge geleert worden waren, zumal, nachdem die Vorführungen begonnen hatten. Schreie und Wortfetzen waren hier und da zu vernehmen, als die Gäste die Feuerschlucker, die Jongleure, Akrobaten und nackten Tänzer anfeuerten, deren Haar über den Boden streifte und deren goldene Fingerzimbeln im Verbund mit ihren schweißglänzenden Hüften eine spöttische Einladung aussprachen.

Khamwaset und Wennufer hatten sich an einen relativ ruhigen

Ort begeben, wo sie sich ungestört unterhalten und den Nachtwind genießen konnten, der vom Garten aus durch die offenen Doppeltüren hereinwehte. Der Pharao hatte bereits vor einiger Zeit das Fest verlassen. Hori war nirgends zu sehen, und Nubnefret war zuvor zu Khamwaset gekommen, um ihm mitzuteilen, daß sie den größten Teil der Nacht in Bint-Anaths Gemächern verbringen werde. Geistesabwesend hatte er sie geküßt und sich dann wieder Wennufers Erörterungen über die eigentlichen Ursprünge des Heb-Sed-Festes zugewandt, und die beiden Männern hatten bald den Lärm um sich herum vergessen.

Khamwaset war gerade im Begriff, seinen Standpunkt zu vertreten, wobei er sein Gesicht dem Wennufers genähert hatte und seinen Weinbecher so ausgestreckt hielt, daß der nächste Sklave ihn auffüllen konnte, als er spürte, wie sein Arm berührt wurde. Er maß dem keine weitere Bedeutung bei, da er vage vermutete, daß jemand ihn angerempelt hatte, doch dann verspürte er die Berührung erneut. Verärgert drehte er sich um.

Vor ihm stand ein alter Mann, der hüstelte und zugleich versuchte, aus Höflichkeit diesen Husten zu unterdrücken. An seinem Husten erkannte Khamwaset, daß er es mit einem chronisch Lungenkranken zu tun hatte. Dieser stand leicht vornübergebeugt, und seine Hand, jene, die Khamwaset belästigt hatte, schwang zu seiner eingefallenen Brust zurück und umklammerte ein dort baumelndes Amulett des Thoth. Sonst trug er keinen Schmuck. Sein rasierter Kopf war unbedeckt, ebenso seine gelblichen Füße. Mit seinen zerfurchten Wangen und seinem kränklichen Äußeren sah er eigentlich häßlich aus, wären da nicht seine Augen gewesen. Sie blickten lebhaft drein und fixierten Khamwaset mit festem Blick. Der Mann trug einen altmodischen schenkelhohen Leibrock, und in seinem Gürtel steckte eine Schriftrolle.

Khamwaset erwiderte seinen Blick mit einer Ungeduld, die sich schnell in Verwirrung verwandelte. Diese Augen kamen ihm bekannt vor. Ist das etwa ein Priesterkollege aus On oder aus Memphis? fragte er sich. Weshalb ist er dann so ärmlich gekleidet? Man könnte ihn für einen Bauern halten. Oder ist es einer meiner Diener aus den hinteren Räumen, auf die ich mich verlasse, die ich aber selten zu Gesicht bekomme? Was hat er dann aber hier in Piramses zu suchen, und wie hat er es in diesem Fall geschafft, überhaupt vorgelassen zu werden? Wenn es sich um einen häufig gesehenen, aber bewußt kaum wahrgenommenen Diener handelt, dann sollte ich lieber einmal mit Nubnefret darüber sprechen, daß er sich zur Ruhe setzt. Der arme Mann sieht ja aus, als stünde er bereits mit einem Fuß im Grabe. Khamwaset unterdrückte seinen Impuls, den Fremden zu umarmen; unmittelbar darauf wurde er von einem kalten Schauder ergriffen. Wennufer, dem die Zerstreutheit seines Freundes aufgefallen war, verstummte, nippte an seinem Wein, starrte in die Menge und nahm den Bittsteller überhaupt nicht wahr – denn auch Khamwaset war sicher, daß es sich bei dem Mann um einen solchen handelte. Womöglich will er mich um eine Arznei bitten, dachte er.

Unter dem gleichmäßigen festen Blick des Fremden wurde Khamwaset zunehmend nüchterner, dennoch konnte er nicht wegblicken, und allmählich entdeckte er etwas in diesen Tiefen, eine schnell verdeckte, lauernde Angst. Schließlich sprach der Mann. «Prinz Khamwaset?»

Die Frage war eine reine Höflichkeit, soviel wußte Khamwaset. Dieser Mann wußte genau, wen er vor sich hatte. Es gelang ihm irgendwie zu nicken. «Zu dieser späten Stunde ist es mir nicht möglich, dich zu untersuchen oder zu behandeln», brachte er heraus und war selbst verwundert, daß er flüsterte. «Bitte meinen Herold um einen Termin.»

«Ich komme nicht wegen einer Behandlung», antwortete der Fremde. «Ich sterbe, und mir bleibt nur wenig Zeit. Ich komme, um dich um einen Gefallen zu bitten.»

Ein Gefallen? Khamwaset sah, daß die vollen Lippen zitterten. «Um welchen denn?» sagte er drängend.

«Es handelt sich um eine sehr ernste Angelegenheit», fuhr der Mann fort. «Ich muß dich bitten, sie nicht auf die leichte Schulter zu nehmen. Das Schicksal meines Kas steht auf Messers Schneide.»

Demnach mußte es sich also um eine Angelegenheit in Sachen

Magie handeln. Khamwaset entspannte sich. Der alte Mann wollte ihn sicher um irgendeinen Zauberspruch bitten, den er entweder über ihn sprechen oder für ihn niederschreiben sollte, damit er ihn nach Hause tragen konnte, doch bei dem bloßen Gedanken schüttelte der Mann seinen Kopf.

«Nein, Prinz», sagte er mit rauher Stimme. «Es geht hierum.» Er blickte an sich hinab, nestelte an seiner Hüfte und zog die Schriftrolle hervor. Er streckte sie vorsichtig Khamwaset entgegen, und dieser, da sein Interesse geweckt war, nahm sie in seine erfahrenen Hände.

Die Schriftrolle war offensichtlich sehr alt. Der Papyrus war von spröder Zerbrechlichkeit, weshalb seine Finger sie sofort sehr sanft behandelten. Die Rolle war ziemlich dünn, vielleicht nicht mehr als drei Umwicklungen lang und eigenartigerweise dennoch schwer.

Um sie herum wirbelte das Fest. Die Musiker gaben ihr Bestes, und die Nachtschwärmer kreischten und tanzten. Doch die beiden Männer, die abseits des Treibens standen, hüllte eine Aura von Zeitlosigkeit ein.

«Was ist das?» fragte Khamwaset.

Der alte Mann hustete wieder. «Es ist ein gefährlicher Gegenstand, Prinz», sagte er. «Gefährlich für mein Ka, gefährlich für dich. Du bist ein Liebhaber der Weisheit, ein großer und sehr geachteter Mann, ein Anhänger Thoths, des Gottes aller Weisheit und allen Wissens. Ich bitte dich, eine Aufgabe zu erledigen, die ich in meiner Arroganz und Dummheit nicht ausführen darf.» Seine Augen hatten sich dunkel umwölkt, und Khamwaset konnte in ihnen eine Bitte erkennen, die fast schmerzlich war. «Mir bleibt nicht mehr viel Zeit», bat der Mann. «Zerstöre diese Schriftrolle für mich, und in der nächsten Welt werde ich mich selbst tausendmal tausend Jahre lang vor dem mächtigen Thoth für dich auf den Boden werfen! Bitte, Khamwaset! Verbrenne sie! Verbrenne sie zu unser beider Nutzen! Mehr kann ich nicht sagen!»

Khamwaset blickte von dem gepeinigten Gesicht auf die aufgerollte Schriftrolle in seinen Händen, und als er wieder hochblickte, war der Mann verschwunden. Verärgert und dennoch seltsam fiebrig, jagte er mit seinen Blicken den Menschen hinterher, konnte jedoch weder einen kahlen Schädel noch einen gebeugten Rücken ausfindig machen. Erst als Wennufer ihn ansprach, wurde er wieder gewahr, daß dieser neben ihm stand. «Khamwaset, was tust du denn da?» hatte der Priester ihn unwirsch gefragt. «Bist du vielleicht zu beschwipst, um weiter zu diskutieren?» Doch Khamwaset murmelte eine schnelle Entschuldigung und verließ ihn, ging durch die Türen, an den überrascht salutierenden Wächtern vorbei und auf die taubenetzte Dunkelheit des Rasens zu.

Der Tumult versank hinter ihm. Er nahm den Pfad, der an der Nordmauer des Palastes entlangführte und an einer Stelle abknickte, von der aus er seine Gemächer schnell erreichen konnte. Während er ausschritt, hielt er die Rolle behutsam in seiner Hand, da er befürchtete, sie könnte zerbröckeln, wenn er fester zupackte.

Welch ein Unsinn, dachte er. Da stirbt ein alter Mann und wünscht sich ein paar Augenblicke der Anerkennung, bevor er abtritt. Er spielt ein törichtes Spiel mit mir, weil er weiß, daß ich trotz des heiligen Bluts in meinen Adern in meiner Familie der Zugänglichste bin. Die Schriftrolle verzeichnet womöglich nur die Namen seiner Diener und deren Löhne. Ist das ein Scherz? Ein Spaß von Hori? Nein. Von Wennufer etwa? Natürlich nicht. Handelt es sich vielleicht um einen Test, den mein Vater für mich vorbereitet hat? Einige Augenblicke lang erwog er diese Möglichkeit, die Augen auf den dunklen Pfad gerichtet, der unter seinen Füßen verschwamm. Unerwartet und auf eigenartige Weise stellte Ramses gelegentlich die Loyalität seiner Untergebenen auf die Probe. Dies war ihm zu einer Gewohnheit geworden, seit er nach dem Debakel von Kadesch die oberste Führungsspitze der Armee entlassen hatte. Khamwaset war bislang jedoch noch nie Ziel einer solchen Prüfung gewesen, wie auch die anderen Mitglieder seiner Familie nicht.

Ja, hätten wir's denn erfahren? fragte er sich, als er um die Ecke bog und in den grellen Schein aus einem Dutzend Fackeln geriet, die vor dem östlichen Tor aufgereiht standen. Was, wenn wir wiederholt überprüft und wiederholt bestanden hätten, ohne daß uns eine solch berechnete Sache aufgefallen wäre? Wenn dies heute abend ein Test für mich war, was sollte damit bezweckt werden? Und wozu? Erwartet man von mir, daß ich die Schriftrolle verbrenne, ohne sie vorher zu lesen, um dadurch unter Beweis zu stellen, daß meine Loyalität zu meinem König größer ist als mein Wissensdrang? Angenommen, ich lese sie und verfüge erst dann über sie. Niemand würde erfahren, daß ich sie zuerst auseinandergerollt habe. Er blickte schnell hinter sich, doch die Gärten lagen in vollkommener Dunkelheit, die Büsche hoben sich als undeutliche Kleckse von der hochragenden Masse der Mauer ab, die Bäume hatten schwarze Arme und waren undurchdringbar. Nein, das ist unmöglich, dachte er und kam sich töricht vor. Vater würde mich nicht verfolgen und beobachten lassen. Ich mache mich lächerlich. Dann... was dann?

Er hatte die ersten Fackeln erreicht und seine Schritte verlangsamt, dann hielt er inne. Nun stand er genau unter einer Fackel. Hätte er eine Hand gehoben, so hätte er in die aufspringenden orangenfarbenen Flammen greifen können, die in der Nachtluft tanzten. Er nahm die Schriftrolle zwischen die Fingerspitzen und hielt sie hoch in das Licht in der unklaren Erwartung, er könnte sie möglicherweise lesen, ohne sie auszurollen, doch natürlich blieb sie undurchsichtig. Er hielt sie höher. Das ist reiner Irrsinn, sagte er sich. Der ganze Vorfall riecht nach Wahnsinn. Er spürte die Wärme der Fackel auf seinem Antlitz und auf seiner bebenden Hand. Die Papyrusrolle fing an, unmerklich dunkel zu werden, und er konnte spüren, wie sie sich nach innen verzog und einrollte. Sie ist sehr alt, dachte er. Es besteht die Möglichkeit, daß sie tatsächlich wertvoll ist. Hastig zog er sie vom Feuer weg und nahm sie näher in Augenschein. Eine Ecke war angesengt, und gerade als er sie anfaßte, brach ein winziges Stück davon ab und fiel auf den Boden. Laut Horoskop zieht das entweder ein großes Glück oder ein entsetzliches Unglück nach sich, je nach meinen Handlungen vom heutigen Abend, dachte er. Doch welche der Handlungen brachte Glück, das Verbrennen oder das Aufheben der Rolle? Auf einmal wußte er ganz bestimmt, daß dies der Augenblick war, den sein Horoskop meinte, und in beiden Fällen waren die Folgen schwerwiegend.

Eine lange Zeit stand er unentschlossen da, erinnerte sich an den alten Mann, an dessen flehende Augen und eindringliche Worte. Er wollte von diesem Druck befreit werden, der auf ihm lastete, dennoch versicherte er sich zur gleichen Zeit, daß sein Urteil vom Wein und der späten Stunde beeinträchtigt war, daß er einer bedeutungslosen Begegnung etwas Unheilvolles und Schicksalhaftes beimaß. Leise stöhnend steckte er die Rolle in seinen verschwenderisch gefältelten Bund, trat langsam aus dem Kreis des Fackellichts heraus und ging auf den Palasteingang zu, wo zwei Wächter salutierten und sich verbeugten. Er wünschte ihnen eine gute Nacht und fand bald darauf Einlaß in die Familiengemächer. Ib und Kasa eilten ihm entgegen.

«Wo warst du, Hoheit?» fragte Ib. Ungeduld und Erleichterung standen ihm ins Gesicht geschrieben. «In einem Augenblick hast du dich mit dem Hohenpriester unterhalten und im nächsten warst du verschwunden. Amek hat sich sofort auf die Suche nach dir gemacht und ist vermutlich noch immer dabei, dich zu suchen. Du machst uns unsere Aufgabe sehr schwierig.»

«Ich bin nicht der Gefangene meiner Diener, Ib», gab Khamwaset gereizt zurück. «Ich bin durch den Garten gegangen und durch das östliche Palasttor hereingekommen. Ich verlange von meinem Leibwächter, daß er jederzeit Kenntnis von all meinen Schritten hat.» Ich bin ungerecht, dachte er, als er sah, wie Ib errötete, doch er fühlte sich plötzlich so erschöpft, daß er sich kaum noch auf den Beinen halten konnte. «Kasa, bring mir heißes Wasser und wasch mir die Henna von Händen und Füßen ab», sagte er in befehlendem Ton, «und bitte beeil dich. Ich möchte schlafengehen. Bin ich allein hier?» Kasa verbeugte sich kurz und ging hinaus, und Ib antwortete.

«Ihre Hoheit ist noch nicht zurück und Prinz Hori auch noch nicht. Auch keiner von deinen Dienern.»

Ich werde milde und angemessen zurechtgewiesen, dachte Khamwaset und lächelte in sich hinein. Beschwichtigend legte er eine Hand auf Ibs Schulter. «Vielen Dank», sagte er. «Du kannst gehen, Ib.» Der Mann verbeugte sich, und Khamwaset schlurfte in sein Schlafgemach.

Frische Blumen standen in den Vasen in den vier Zimmerecken.

Zwei Lampen brannten, eine in einem goldenen Halter in der Mitte des Zimmers und eine kleinere nahe beim Ruhebett, dessen Laken einladend aufgeschlagen worden waren. Der Raum strahlte eine leise, ungestörte Ruhe aus. Mit einem Seufzer ließ Khamwaset sich auf einen Stuhl sinken und tastete nach seiner Schriftrolle. Sie war nicht mehr da. Er untersuchte seinen Gürtel, tastete den Leibrock ab, sah auf dem Boden nach, aber nirgends war eine Spur davon zu entdecken. Kasa klopfte und trat ein, hinter ihm trug ein Junge ein Becken mit dampfendem Wasser herein, und Khamwaset erhob sich.

«Hat einer von euch beiden etwa auf dem Boden bei der Tür oder in der Halle eine Schriftrolle gesehen?» fragte er. Der Bursche, der den Blick gesenkt hielt, schüttelte den Kopf und stellte die Wasserschüssel hastig auf dem Halteständer ab und zog sich zurück. Auch Kasa schüttelte den Kopf.

«Nein, Hoheit», antwortete er.

«Nun, dann geh hinaus und sieh nach», sagte Khamwaset aufbrausend. Seine Müdigkeit war wie verflogen. «Und sieh genau nach.»

Einige Augenblicke später war sein Leibdiener wieder da. «Es gibt nicht das geringste Anzeichen einer Schriftrolle.»

Khamwaset schlüpfte in seine Sandalen, die er erst vor kurzem abgestreift hatte. «Komm mit», sagte er, und stürzte auf den Korridor hinaus, während er mit den Augen den Boden absuchte. Und wirklich, nichts war zu sehen. Er verließ die Gemächer, Kasa immer hinter ihm, und rekonstruierte seine Schritte mit unendlicher Sorgfalt, doch die nunmehr leeren Korridore des Palastes schimmerten jungfräulich im schwachen Licht der Fackeln, die fast abgebrannt waren.

Khamwaset ging nach draußen. Dieselben beiden Wächter stützten sich schläfrig auf ihren Speeren ab. Beide rissen sich zusammen. «Hat einer von euch eine Schriftrolle in meinem Gürtel gesehen, als ich zuvor hier vorbeigegangen bin?» fragte er sie gebieterisch. Die beiden verneinten dies. «Hättet ihr das überhaupt bemerkt?» hakte er nach. «Seid ihr da ganz sicher?»

Der größere der beiden meldete sich zu Wort. «Wir sind geübt im Beobachten», sagte er. «Niemand gelangt in den Palast mit einem verdächtigen Gegenstand an seinem Körper. Wir haben dich natürlich nicht in Verdacht, aber wir tasten jeden unwillkürlich mit unseren Augen ab, und ich kann dir versichern, daß du ohne Schriftrolle an unserer Ehrenbezeigung vorbeigegangen bist.» Das stimmte, dachte Khamwaset verärgert. Die Shardana waren flink mit den Augen und würden jedermann aufhalten, den sie in Verdacht hatten, eine Waffe zu verbergen.

Zum Zeichen seines Dankes nickte er ihnen zu, nahm eine Fackel an der Türschwelle aus ihrer Halterung und kämmte in tief gebeugter Haltung jeden Flecken seiner kurzen Reise vom Garten bis zu den Korridortüren ab. Nichts war zu sehen. Auf den Knien suchte er die Steine nach dem winzigen verkohlten Papyrusfetzen ab, der unter der Fackel abgebröckelt war, aber es fand sich nichts. Leise fluchend untersuchte er das Gras zu beiden Seiten des Pfads, indem er es sorgfältig zerteilte, während Kasa ihn mit offensichtlicher Verwirrung beobachtete. Doch wieder stand er mit leeren Händen da.

Schließlich ging er in seine Gemächer zurück. Sein Herz pochte wie wild.

«Wecke Ramoses auf», sagte er Kasa. «Führe ihn unverzüglich her.» Kasa öffnete seinen Mund, wollte widersprechen, besann sich jedoch und schlüpfte nach draußen.

Khamwaset begann, unruhig hin und her zu laufen. Das ist unmöglich, dachte er. Ich bin niemandem begegnet. Ich habe sie in meinen Gürtel gesteckt, fünf Schritte bis an die Tür gemacht und bin dann sogleich hierhergekommen. Unmöglich. Furcht beschlich ihn, doch er kämpfte sie nieder. Gefährlich, hatte der alte Mann gesagt. Für mich und für dich. Habe ich versagt? Oder habe ich an irgendeiner geheimnisvollen Prüfung teilgenommen? Er legte seine Hand auf seine Brust und fühlte, daß sein Herz wie rasend schlug. Kalter Schweiß stand ihm auf der Stirn.

Als Ramoses sich schlaftrunken und leicht zerzaust vor ihm verneigte, rannte er fast zu ihm hin. «Ich habe eine wertvolle Schriftrolle verloren», sagte er. «Sie muß irgendwo im Palast gewesen sein oder vielleicht in den Gärten. Derjenige, der sie findet und sie mir sofort bringt, erhält drei Goldstücke. Herold, gib das sofort jedem kund, der noch im Palast herumspaziert.» Der Schlaf in Ramoses' Augen war verflogen. Er verbeugte sich zum Zeichen, daß er verstanden hatte, und eilte hinaus, wobei er seinen Leibrock glattstrich. Kaum hatte er die Tür hinter sich geschlossen, da ging sie wieder auf, und Nubnefret trat ein. Ein Geruch von abgestandenem Wein und ausgedrückten Lotosblüten schwebte ihr voraus.

«Was geht hier eigentlich vor, Khamwaset?» wollte sie wissen. «Fast wäre ich mit Ramoses zusammengestoßen, als er aus den Gemächern stürzte. Bist du krank?» Sie kam näher und sah ihn forschend an. «Du siehst wirklich krank aus! Oh, mein Liebster, du bist ganz blaß. Setz dich hin.» Er ließ es zu, daß sie ihn auf seinen Stuhl niederdrückte. Er spürte, wie sie ihm mit ihrer kühlen Hand leicht über die Stirn fuhr. «Khamwaset, du hast Fieber», befand sie. «Du haßt Piramses tatsächlich, nicht wahr, und die Stadt haßt dich, denn ihre Dämonen machen dich immer leicht krank. Ich lasse einen Priester rufen. Du brauchst einen Zauberspruch, der sie verscheucht.»

Khamwaset ergriff sie am Arm. Die Behandlung von Fieber gehörte tatsächlich in den Bereich der Magie, da es von Dämonen verursacht wurde, die in den Körper gefahren waren, doch er wußte, daß er sich diese Krankheit selbst zugezogen hatte und daß keine böse Macht seinen Körper bewohnte. Oder etwa doch? fragte er sich plötzlich verwirrt. War mein Entschluß, die Schriftrolle zu behalten, etwa doch falsch gewesen, weil sie dadurch die Macht gewann, sich langsam zu verwandeln und in mich zu fahren? Wohnt in mir jetzt etwas Böses, etwas Zerstörerisches? Nubnefret wartete mit fragendem Gesichtsausdruck, ihren Arm noch immer in seinem Griff. Ihn schauderte, und er fing an, unkontrolliert zu zittern.

«Khamwaset, du machst mir angst.» Nubnefrets Stimme drang wie aus weiter Ferne an sein Ohr. «Bitte laß mich gehen.» Er kam zu sich und stammelte mit zusammengekniffenen Lippen eine Entschuldigung, während er ihren Arm losließ.

«Kasa!» rief Nubnefret. «Bring ihn zu Bett. Und kümmere dich um ihn!» Kasa kam herbeigerannt und half Khamwaset, aus dem Stuhl heraus und ins Bett zu kommen.

«Aber bitte keinen Priester», murmelte Khamwaset. Er lag auf dem Ruhebett, zitterte noch immer und zog die Knie an. «Es tut mir leid, Nubnefret. Geh zu Bett und mach dir keine Sorgen. Alles, was ich brauche, ist ein bißchen Schlaf. Ich habe soeben eine wertvolle Schriftrolle verloren, das ist alles.» Nubnefret war offensichtlich erleichtert. «In diesem Fall ist mir alles klar», sagte sie spöttisch. «Andere Männer leiden vielleicht so, nachdem sie ein Kind verloren haben, aber du schwitzt und zitterst wegen eines Stückchens Papyrus.»

«Ich weiß», antwortete er und preßte die Zähne zusammen. «Ich bin ein Narr. Gute Nacht, Nubnefret.»

«Gute Nacht, Prinz.» Und ohne ein weiteres Wort war sie aus dem Raum hinausgeschwebt.

«Hast du noch einen Wunsch, Hoheit?» fragte Kasa unsicher.

Nur mühsam erhob Khamwaset den Kopf vom Kissen und blickte in das ängstliche Gesicht seines Dieners. Diese Anstrengung war beinahe zuviel für ihn. Bleierne Schwere hatte ihn überfallen und lastete auf seinen Augenlidern, die von selber zufielen. «Nein», konnte er gerade noch flüstern. «Weck mich nicht allzu früh, Kasa.» Der Mann verbeugte sich und verließ ihn, so wenigstens dachte Khamwaset. Hätte Ptah in diesem Moment das Ende der Welt verfügt, so wäre Khamwaset unfähig gewesen, seine Augen aufzuschlagen. Wie aus weiter Ferne vernahm er die stille Verbeugung von Kasa, die federleichten Schritte und das höfliche Klicken der sich schließenden Tür. Er fiel in den Schlaf wie ein Mann, der seinen Halt verliert und in einen tiefen dunklen Brunnen stürzt, und sofort begann er zu träumen.

Es war Mittag, ein Sommertag, über dem eine erbarmungslose Hitze lastete. Er wanderte mit gesenktem Kopf durch den Staub der Straße, welche die stechende Hitze der Sonne auf ihn zurückwarf. Vor ihm ging eine Frau. Sein gesenkter Blick nahm nur die nackten Knöchel wahr, die mit dem feinen Staub gepudert waren, den sie beim Gehen in kleinen Wolken hochwirbelte, und das rhythmische Enthüllen und Verdecken ihrer starken braunen Waden, wenn ihr scharlachrotes Leinenkleid bei jedem ihrer Schritte wallte.

Trotz seiner zunehmenden Erschöpfung und obwohl ihm der Schweiß in die Augen sickerte, war er es eine ganze Weile lang zufrieden, das Spiel ihrer Muskeln beobachten zu können, die sich langsam und fast ohne Unterlaß spannten und entspannten. Doch bald ergriff ihn der Wunsch, ihren übrigen Körper zu sehen. Er versuchte seinen Kopf zu heben und stellte fest, daß er es nicht konnte. Er spannte seine Nackenmuskeln, zog sie zusammen, drückte, wollte es erzwingen, doch sein Blick blieb weiter schwer auf der Straße haften, die unter diesen anmutigen Schritten hinwegglitt. Nun wünschte er, sie möge anhalten. In der Hitze des Mittags war er außer Atem geraten und begann, vor Erschöpfung zu stolpern. Halt! dachte er verzweifelt, bitte anhalten! Doch sie schritt unaufhaltsam aus.

Khamwaset erwachte beim ersten, zögernden Licht der Morgendämmerung mit dem frühen Gesang der Vögel. Seine Nachtlampe war bereits seit langem erloschen, und er nahm den schwachen, abgestandenen Duft des abgebrannten Dochts wahr. Er zitterte unter den Nachwirkungen seines Alptraums, und seine Bettücher waren verschwitzt. Ein Fiebertraum, dachte er, als er sich mühsam aufrichtete. Nichts sonst. Mit seiner Hand berührte er den Rahmen seines Ruhebettes und die Umrisse seines Gesichts in dem unbewußten Verlangen, sich seiner selbst zu versichern, daß er nunmehr aufgewacht war und sich in einer materiellen Welt befand. Währenddessen bemerkte er, daß sein Penis erigiert war und aufrecht stand, und eine Art sexueller Erregung, die er seit Jahren nicht mehr verspürt hatte, durchströmte ihn.

Während er ruhig und aufrecht auf seinem Lager saß, beruhigte er seinen Atem und seinen Geist, dann rief er leise nach Kasa und bestellte sein Morgenbad und sein Frühstück. Im Palast um ihn herum herrschte bereits emsige Betriebsamkeit.

Kasa band gerade Khamwasets Sandalen, als Ramoses vorgelassen wurde. Khamwaset bat ihn zu sprechen, wobei sein Herz plötzlich stolperte, doch sein Herold hatte ihm keinerlei Neuigkeiten zu melden. «Meine Helfer berichten, daß keiner der Befragten eine Schriftrolle gesehen oder von ihr gehört habe, Hoheit», meldete er. «Aber wir werden dein Begehren sowie die ausgesetzte Belohnung weiter bekanntgeben. Es tut mir leid.»

«Dich trifft keine Schuld, Ramoses.» Khamwaset entließ ihn und schickte zugleich nach Amek. Während er auf seinen Leibwächter wartete, konnte er seinem Drang nicht widerstehen, auf dem Fußboden, in seinem Empfangsraum und in der Eingangshalle zu seinen Gemächern schnell nachzusehen, doch er fand nichts. Amek trat ein und salutierte. «Hole meine Sänfte», befahl Khamwaset ihm. «Heute morgen möchte ich mich zum Haus des Rê begeben und meine Gebete mit den anderen Priestern sprechen.» Er wußte nicht, was er sagen wollte oder warum er einen solch starken Drang verspürte, in den Tempel zu gehen und den Weihrauch einzuatmen, die Aura der Macht und des Friedens, doch er wußte, daß es ihm leidtäte, wenn er anderen Sinnes würde.

Die wenigen verbleibenden Tage in Piramses waren ausgefüllt von Diskussionen mit den Wesiren des Nordens und des Südens, verschiedenen ausländischen Botschaftern, Tempelverwaltern und seinem Vater. Er besuchte ein weiteres Mal seine Mutter, schlenderte am Nachmittag mit angemessener Bewachung über die farbenprächtigen Märkte der Stadt auf der Suche nach einem Geschenk für Sheritra und ging im Sumpfland mit dem Botschafter aus Khatti jagen, der sich als weniger aufgeregt herausstellte als die unglücklichen Enten, die er mit seinem Wurfholz vom Himmel herunterholte.

Nubnefret hatte wie stets ihren Zorn vergessen. Khamwaset bekam sie und Hori bis zu dem Tag, an dem sie sich wieder nach Memphis einschifften, kaum je zu Gesicht. Er selbst schien wieder vollständig von dem seltsamen Anfall in jener Nacht, da er die Schriftrolle verloren hatte, genesen zu sein. Zu seinem Kummer war sie nicht aufgefunden worden, und er glaubte auch nicht daran, daß sie jemals wiederauftauchen werde. Tief in seinem Innern war er mehr und mehr davon überzeugt, daß Geister unterwegs gewesen waren und sie aus irgendeinem ihnen eigenen Grund einen Augenblick lang die Grenze zwischen den Lebenden und sich selbst aufgehoben hatten. Der alte Mann war entweder ein großer Magier, der mit unsichtbaren Mächten in Verbindung stand, was Khamwaset bezweifelte, oder er selbst war ein Geist und seine Schriftrolle ein Gegenstand aus Rauch und Asche, der sich mit der nahenden Dämmerung in nichts aufgelöst hatte.

Die Warnungen in seinem Horoskop, die lebhafte Erinnerung an die Ecke der Schriftrolle, die sich unter der Fackel gekräuselt und verdunkelt hatte, sowie die dringende Bitte des alten Mannes tauchten vor Khamwasets geistigem Auge wieder auf. Er wollte nach Hause fahren, sich die Pläne für die Begräbnisstätte von Apis ansehen, die Grabungen in Sakkâra wiederaufnehmen und sein starkes Selbstbewußtsein wieder zurückgewinnen. Nur der Traum verfolgte ihn wirklich. Er vergaß keines seiner Details, und lange Zeit über verschaffte ihm der Anblick einer barfüßigen Frau im Staub der Straße ein unerwartetes Gefühl der Erschöpfung und der Begierde.

Er und seine Familie segelten heim, beladen mit Einkäufen für den Haushalt und Geschenken für Sheritra und Freunde in Memphis. Der Fluß war während der Zeit, die sie fort gewesen waren, noch weiter gesunken und strömte nun langsam dahin. Obwohl eine stete Brise aus Norden wehte, nahm die Rückreise mehr Zeit in Anspruch, weil sie stromaufwärts segelten und die Riemen zu Hilfe genommen werden mußten.

Khamwaset, der ungeduldig darauf wartete, den stillen Palmenwald vor dem Hintergrund der Pyramiden und der Wüste zu sehen, der seine Stadt ankündigte, saß unter einem Sonnensegel an Deck der *Amun ist Herr*, in Gedanken bereits mit seinem kommenden Projekt beschäftigt. Nubnefret döste in der Abgeschiedenheit ihrer Kajüte mit einer Kosmetikmaske aus Nährcremes auf dem Gesicht, damit ihre Haut den Übergang zur trockenen Wüstenluft besser verkrafte, oder unterhielt sich bei Brettspielen mit Wernuro. Hori und Antef belegten die von der Sonne erhitzten Bootsplanken mit Zusammensetzspielen, die sie auf den Märkten erstanden hatten. Bestimmt sind wir, dachte Khamwaset, als die Riemen Wasser hochspritzten und das Sonnensegel im Wind knatterte, die am meisten begnadete, harmonischste und glücklichste Familie in ganz Ägypten.

4. Kapitel

«Der Tod ruft alle zu sich,
sie gehen zu ihm mit bebendem Herzen
und sind entsetzt aus Furcht vor ihm.»

Kurz nach dem Frühstück legten sie an den Stufen des Anlegeplatzes von Khamwasets Besitztum an, die Sklaven machten sich sofort an ihre Arbeit. Sheritra, die den Aufruhr gehört hatte, kam herbeigelaufen, um sie zu begrüßen, und es gab Umarmungen und Versicherungen, bevor sie sich in den Garten zurückzogen. Die Boote wurden bereits entladen, und Khamwaset wußte, daß sie später aus dem Wasser gehievt und auf eventuell vorzunehmende Reparaturen hin untersucht wurden. Er ließ sich im Schatten der Sykomoren ins Gras fallen, Sheritra setzte sich freudestrahlend neben ihn. Sein Springbrunnen plätscherte noch immer glasklares Wasser in das Steinbecken. Sein behagliches altes Haus mit den sonnengetränkten Mauern und den wohlgeordneten Blumen hieß ihn noch immer willkommen. Er vernahm, wie im Innern die Geschäftigkeit mit lebhafter Emsigkeit einsetzte. In einer Weile würde Ib ihn fragen, ob er das Mittagsmahl im Garten oder in der Kühle seines kleinen Speisesaals einzunehmen wünsche, und der frisch gewaschene Pentawer würde in seinem Arbeitsraum auf ihn warten. Er beobachtete, wie seine Tochter angesichts ihrer Geschenke in Freudenrufe ausbrach und ihr offenes Gesicht vor lauter Aufregung errötete, und ausnahmsweise einmal hielt Nubnefret ihr keine mit Ermahnungen und Ratschlägen gespickte Predigt, als das Mädchen sich über die glitzernden Juwelen und kaskadenartig fallenden Leinentücher und Nippsachen in ihrem Schoß beugte.

Kurz darauf zeigte sich Ib, der sich gewohnt würdevollen und gemessenen Schrittes vom hinteren Haus her näherte. Pentawer kam mit ihm, und sogar aus dieser Entfernung ahnte Khamwaset, daß der Mann nur mit Mühe eine gewaltige Erregung zurückhielt. Nubnefret, die gewöhnlich solche Sachen nicht bemerkte, blickte auf, und Hori erhob sich.

«Hoheit, ißt die Familie hier draußen oder im Speisesaal?» fragte Ib. Khamwaset antwortete nicht, in Wirklichkeit vernahm er die Frage fast nicht. Seine ganze Aufmerksamkeit war auf seinen Schreiber gerichtet. Pentawer zitterte, und seine Augen glühten.

«Sprich!» sagte Khamwaset. Pentawer brauchte keine weitere Aufforderung.

«Hoheit, ein neues Grab ist auf dem Plateau von Sakkâra entdeckt worden!» platzte er heraus. «Die Arbeiter hatten damit begonnen, den Bauplatz von Osiris Neuser-Rês Tempel vorzubereiten in Erwartung deiner Befehle zu dessen Restaurierung, und siehe da, dabei stießen sie auf einen riesigen Stein. Der Aufseher brauchte drei Tage, um ihn zu entfernen, und darunter tauchten auf einmal mehrere Stufen auf!»

Trotz seines rascher schlagenden Pulses lächelte Khamwaset über Pentawers ungewöhnlichen Verlust an Sicherheit in seinem Auftreten. «Sind die Stufen freigelegt worden?»

«Ja. Und an ihrem Ende...» Hier machte er eine Kunstpause, und Hori rief aus: «Nun fahr schon in deinem Bericht fort, Pentawer! Wir hören dir bereits aufmerksam zu. Wir sind deine Gefangenen!»

«An ihrem Ende befindet sich eine versiegelte Tür!» beendete Pentawer triumphierend seine Meldung.

«Es ist wohl zuviel verlangt zu hoffen, daß die Siegel unversehrt sind», bemerkte Hori, allerdings in einem fragenden Tonfall. Er sah Khamwaset an, der sich erhob.

«Was glaubst du?» fragte er seinen Schreiber. Pentawer zuckte die Achseln, er hatte bereits wieder seine übliche beherrschte Haltung wiedergefunden.

«Die Siegel scheinen unberührt geblieben zu sein», antwortete er, «aber wir sind schon früher auf gekonnt gemachte Fälschungen gestoßen, Prinz. Die Aufregung des Augenblicks hatte mich überwältigt. Ich bitte um Vergebung. Dein Aufseher über die Arbeiten ist der Meinung, daß wir auf ein unberührtes Grab gestoßen sind.»

Nubnefret seufzte demonstrativ. «Du packst besser die Mahlzeit des Prinzen ein und gibst sie den Dienern mit, die ihn begleiten werden, Ib», sagte sie, und Khamwaset warf ihr einen dankbaren Blick zu.

«Es tut mir leid, liebe Schwester», sagte er entschuldigend. «Ich muß diesen Fund heute wenigstens inspizieren. Ib, laß die Sänften herbringen. Hori, kommst du mit?» Der junge Mann nickte.

«Aber ich bitte dich, Vater, heute keine Öffnung! Ich hatte nicht mal die Zeit, mich zu waschen!»

«Es hängt davon ab, was wir finden.» Khamwaset war bereits besorgt, und seine Worte waren unaufmerksam dahingesprochen. Ein neues Grab, neue Inschriften, neues Wissen, neue Schriftrollen, neue Schriftrollen... Erwarte lieber nichts, sagte er streng zu sich selbst. Die Aussichten, etwas Neues zu finden, sind gering. Mein Horoskop für das letzte Drittel dieses Tages ist sehr schlecht. Und um das Horoskop meiner Familie ist es auch nicht besser bestellt. Deshalb bezweifle ich, ob dieser Fund etwas ergibt, das sich lohnt. Unvermittelt überfiel ihn der Wunsch, Pentawer zu sagen: «Laß die Erde und den Sand zurück in den Zugang schaufeln. Mein drängendstes Vorhaben ist die Arbeit für Osiris' Neuser-Rê, und er soll seine Restaurierung bekommen», doch seine Neugierde und zunehmende Erregung obsiegten. Neuser-Rê konnte warten. Er hatte seit Hunderten von Hentis gewartet und würde sich bestimmt noch einen oder zwei Tage länger gedulden. Amek näherte sich, gefolgt von den Sänftenträgern.

«Warten auf meinem Schreibtisch dringend zu erledigende Arbeiten auf mich?» fragte Khamwaset. Pentawer schüttelte den Kopf. «Gut. Ich werde das irgendwie wiedergutmachen, Sheritra», fuhr er fort, als er sich zu ihr wandte, doch sie grinste ihn an und hielt das hauchdünne blaue Leinentuch, das er ihr geschenkt hatte, an ihr Gesicht. «Daran bin ich gewöhnt», sagte sie lachend. «Amüsier dich gut, Vater. Finde etwas Wunderschönes.»

Etwas Wunderschönes. Plötzlich wurde Khamwaset von einer knabenhaften Vorfreude ergriffen. Nachdem er Hori zugewinkt und Nubnefret auf den kühlen Nacken geküßt hatte, bestieg er seine Sänfte und schwankte bald darauf in Richtung des Neith-Tempels und des Ankh-Tawy-Bezirks. Sein Magen knurrte vor Hunger, und der gestärkte Leibrock, den er am Morgen auf dem Boot angezogen hatte, war vom Schweiß zusammengefallen und kratzte, aber es kümmerte ihn nicht. Die Jagd war wieder eröffnet.

Zu dem Zeitpunkt, da er auf dem flimmernden Plateau von Sakkâra, das in der brütenden Nachmittagssonne lag, von seiner Sänfte herunterstieg, war er zudem noch durstig geworden. Seine Diener waren im Hintergrund emsig tätig, einige bauten das kleine Zelt auf, das er immer benutzte, andere entzündeten ein Feuer zum Kochen, und der geduldig leidende Ib gab bereits Anweisungen zur Aufstellung von Khamwasets Feldtisch, damit dieser sein verspätetes Mittagsmahl einnehmen konnte. Hori kämpfte sich durch den Sand zu seinem Vater hin.

«Puh!» sagte er. «Gleich, zu welcher Jahreszeit, in Sakkâra verschmachtet man immer! Bitte stell deine Begierde eine Stunde lang zurück, Vater, und hab Erbarmen mit mir! Ich muß einfach essen, aber ich möchte auch neben dir stehen, wenn du die Siegel überprüfst. Ich nehme an, dort hinten ist der Zugang.» Er zeigte quer über die heiße Fläche mit Schutt auf die Tempelruinen des Osiris Neuser-Rê. Daneben, genau vor dem gezackten äußeren Mauerstumpf, lagen ein gigantischer Felsbrocken und ein unordentlicher Haufen aus dunklem Sand und Kies. Widerwillig wandte Khamwaset sich zum Zelt und zum Tisch um, der jetzt im Schatten eines flatternden Sonnensegels stand und mit Speisen beladen war. Ib stand dort mit verschränkten Armen hinter seinem Stuhl.

Khamwaset und Hori setzten sich und aßen und tranken mit Appetit. Im Moment war die Unterhaltung verstummt. Hori versank in eine geistesabwesende Stimmung. Das Kinn in einer Hand abgestützt und den Blick gesenkt, zog er mit einem Messer die Falten im Tischtuch nach. Khamwasets Hochstimmung war nach und nach einem zunehmenden Unwohlsein gewichen. Er saß zurückgelehnt und hielt seine Augen auf ein vorübergehend verlassenes Loch im Wüstenboden gerichtet, und es erschien ihm als Verlockung und Warnung zugleich. Innerlich grauste ihn, und er wandte sich ab, leerte das letzte Bier und säuberte seine Finger, doch bald weilte sein Blick wieder auf diesem unheilvollen Einschnitt in die sonnige Wirklichkeit der Wüste, und unwillkürlich stellte er es sich als ein Tor zur Unterwelt vor, aus dem ein kalter Wind wehte.

Früher war er bei Graböffnungen abergläubisch ängstlich gewesen. Die Toten mochten es nicht, gestört zu werden. Doch er hatte stets dafür gesorgt, daß geeignete Opfergaben für die Kas der Verstorbenen neben den Särgen abgestellt und deren persönliche Besitztümer repariert wurden, und mit Genugtuung hatte er zugesehen, wie die Erde über den Ruhestätten ersetzt wurde, da er die Dankbarkeit jener kannte, die Osiris gehörten.

Das hier verhielt sich anders. Furcht beschlich ihn, und er war versucht, den Befehl zu geben, den Zugang zuschütten zu lassen. Statt dessen erhob er sich, gab Hori einen Klaps auf die Schulter und trat aus dem angenehmen Schatten des Sonnensegels hinaus.

Mit Hori an seiner Seite und Ib und Pentawer im Gefolge erreichte er bald die Stufen. Unter den Sohlen seiner Sandalen fühlten sie sich noch warm an, obwohl der Stein an manchen Stellen tiefdunkel und von der Ablagerung der Jahrhunderte verdreckt war. Khamwaset hielt vor einer kleinen, viereckigen Steintür an, die glatt und einst mit Gips verputzt war. Zu seiner Linken war ein vermodertes braunes Seil zu sehen, das um metallene Haken, die sowohl in die Tür wie in den sie umgebenden Stein tief eingelassen waren, ausgeklügelt verknotet war.

Der dicke Knoten war mit einer verklumpten Kruste aus trockenem und zerbröselndem Lehm und Wachs überzogen. Khamwaset beugte sich näher darüber und nahm den leichten Atem Horis in seinem Nacken wahr. Der junge Mann pfiff. «Beim Schakal und den neun Gefangenen!» rief er aus. «Vater, wäre das Grab geschändet und neu versiegelt worden, dann wäre der Aufdruck ein grobes Imitat des Zeichens vom Haus der Toten oder auch nur ein einfacher Klumpen Lehm. Aber sieh dir mal das Seil an. Es ist so alt, daß es zerbröselt, wenn du es nur berührst!»

Khamwaset nickte, sein Blick schweifte gespannt über die Tür. Es gab keinen Hinweis auf eine gewaltsame Öffnung, obwohl der Gips an verschiedenen Stellen abgeblättert und an anderen Stellen von einem ungesunden Braun war. Natürlich konnte man aus einer unberührten Eingangstür nicht schließen, daß das Grab nicht ausgeraubt worden war. Bei ihrem Bemühen, an die Schätze zu kommen, mit denen die Vornehmen bestattet wurden, waren Grabräuber stets erfinderisch gewesen. Plötzlich stellte Khamwaset fest, daß er selbst hoffte, das Innere sei *nicht* mehr intakt, daß unehrlichere und verwegenere Männer als er den Zorn der Toten auf sich gezogen und den Bann der alten Zaubersprüche gebrochen hatten.

«Prinz, ich habe Angst», sagte Ib. «Ich mag diesen Ort nicht. Wir haben noch nie ein nicht erbrochenes Siegel gesehen. Wir sollten uns nicht der ersten Verfehlung schuldig machen.»

Khamwaset antwortete, während er die rauhe Oberfläche sorgfältig prüfte. «Wir sind keine Grabräuber, und Grabschänder sind wir auch nicht. Ich habe noch nie ein Sakrileg an jenen Toten verübt, die ich studiere. Du weißt, daß wir den Eingang wieder versiegeln, viele Opfergaben für das Ka dalassen und Priester bezahlen, damit sie für den Eigentümer beten. Das tun wir doch immer.» Nun wandte er sich dem Haushofmeister zu. Ibs Augen hatten sich verfinstert, sein Gesichtsausdruck war verbissen. «Ich habe dich zuvor noch nie so gesehen, Ib. Was ist denn los?» Es war nicht Ib allein, soviel sah Khamwaset. Pentawer umklammerte seine Palette, drückte sie an seine bloße Brust und biß sich auf die Lippen.

«Dieses Mal ist es anders als sonst, Hoheit», stieß er heraus. «Vergangene Nacht, als wir mit dem Boot nach Hause segelten, träumte mir, daß ich warmes Bier trank. Das ist ein furchtbares Omen. Großes Leid wird über uns kommen.» Khamwaset wollte ihn barsch unterbrechen und ihm sagen, er solle kein Narr sein, doch solch einen Traum mußte man wirklich ernst nehmen. Ibs Worte hatten wieder Furcht in ihm ausgelöst, und er bemühte sich, sich nichts anmerken zu lassen.

«Vergib mir, Prinz», warf Pentawer nun ein, «aber ich habe bei diesem Grab auch so meine Zweifel. Als ich heute vor meiner Morgenandacht zu meinem Schutzpatron Thoth den Weihrauch anzündete, wollte er nicht brennen. Ich gab frische Körner ins Gefäß, weil ich dachte, die alten wären vielleicht feucht geworden, doch nichts, was ich auch unternahm, brachte sie zum Brennen. Darauf überfiel mich ein Zittern, und eine Zeitlang konnte ich mich nicht bewegen.» Er trat näher, seine Miene war angespannt. «Laß dieses Grab aus, ich bitte dich darum! Es kommen noch andere!»

Khamwasets Gefühl des Unwohlseins verstärkte sich. «Hori?» sagte er fragend.

Hori lächelte. «Ich habe gut geschlafen und meine Gebete in Frieden verrichtet», antwortete er. «Ich will diese bösen Omen nicht bagatellisieren, Freunde, doch der Tag ist erst halb vorüber, und sie könnten ebensogut nichts mit diesem Grab zu schaffen haben. Willst du dich von einem solchen Fund abwenden?» drängte er seinen Vater. «Erzähl mir nicht, daß du auch gewarnt worden bist!»

Vor Khamwasets geistigem Auge tauchte langsam die Vision von dem alten Mann mit der Schriftrolle in den zitternden Händen auf... Nein, das war keine Warnung, dachte er, sondern eine Vorahnung, ein Zittern des Begreifens in meinem Ka. «Nein», sagte er langsam, «und natürlich werde ich dieses Geschenk der Götter nicht zurückweisen. Ich bin ein ehrlicher Mann. Ich tue Gutes in Ägypten. Ich werde dem Ka der Bewohner hier viele kostbare Dinge schenken im Austausch für das, was wir einzusammeln hoffen.» Er richtete sich auf, berührte das Seil und spürte, wie winzige Teile davon wie feiner Streusand in seine Hand rieselten. «Ib, ruf den Obermaurer und laß diese Eingangstür aufstemmen.» Er zog ruckartig an dem Seil, und es gab nach. Das Siegel zerbrach mit einem leisen Knacken und fiel zu seinen Füßen als Staub nieder. Verwundert machte er einen Schritt zurück. Ib hatte sich ohne einen Laut verbeugt und war die Stufen hochgegangen, während Hori die Rille zwischen der Tür und dem Stein in Augenschein nahm. Khamwaset und Pentawer hatten sich nebeneinander auf eine Stufe gesetzt und warteten auf den Maurer mit seinen Gehilfen.

«Es ist ungewöhnlich, auf eine Tür zu stoßen und nicht nur auf ein Loch, das mit Bruchsteinen einfach zugestopft wurde», merkte Pentawer an, doch Khamwaset reagierte nicht darauf. Er kämpfte nun gegen sein eigenes Angstgefühl an.

Als der Maurer mit seinen Gehilfen kam, zogen die anderen sich unter die Sonnensegel zurück. Von der Stelle aus, an der Khamwaset saß, halb betäubt von der Hitze des späten Nachmittags, konnte er die dunkle Linie sehen, welche die Meißel in die Umrisse der Tür zeichneten. Eine Stunde darauf kam der Maurer und kniete vor ihm nieder. Sein schweißüberströmter Brustkorb, seine Beine und seine groben Hände waren mit weißem Staub überzogen.

«Hoheit, die Tür kann jetzt aufgestemmt werden», sagte er. «Wünschst du, daß ich sie öffne?» Khamwaset nickte. Der Mann ging weg, und bald darauf hörte man das Knirschen, das die Brechstangen verursachten.

Hori kam und hockte sich vor seinem Vater hin. Wortlos beobachteten sie, wie das große Viereck sich langsam nach außen bewegte und einen immer größer werdenden Spalt freigab. Sofort rührte Hori sich.

«Da kommt sie», sagte er mit ruhiger Stimme, und Khamwaset verkrampfte sich.

Eine dünne Luftfahne zog langsam aus der Öffnung hinaus und stieg in den klaren Himmel empor. Sie war ganz schwach grau. Khamwaset beobachtete, wie sie den Horizont durchschnitt, und bildete sich ein, daß ihr Geruch ihn erreichte, ein dumpfer und unerträglich abgestandener Geruch mit einem fast unmerklichen Anflug von Leichenhaus. Der Geruch war ihm vertraut, da er bei zahllosen ähnlichen Gelegenheiten in seine Nase gestiegen war, doch er hatte den Eindruck, daß der stete Strom diesmal eine besonders bösartige Schärfe besaß.

«Sieh mal!» rief Hori aus und wies mit der Hand in den Himmel. «Die Wolke scheint in Spiralen hochzusteigen!» Tatsächlich schien sie merkwürdige Formen anzunehmen, als sie ihren Scheitelpunkt erreicht hatte. Khamwaset dachte, er hätte Bilder danach zeichnen können, wenn die Wolke sich nicht so schnell aufgelöst hätte. Die stinkende Luftsäule wehte fort, und er erhob sich aus seinem Stuhl. Hori heftete sich an seine Fersen.

«Nimm dich vor Fallen in acht, Vater», ermahnte er Khamwaset, der kurz angebunden nickte. Manchmal waren die Gräber mit listig abgedeckten Schächten ausgestattet, die geradewegs in die Tiefe hinabfielen, oder mit Scheintüren, um Eindringlinge in dunkle Abgründe stürzen zu lassen.

Khamwaset war an den Stufen angekommen, zögerte, atmete tief ein und zwängte sich durch den Spalt hindurch, den die Maurer aufgestemmt hatten. Diener mit brennenden Fackeln drängten sich hinter ihm, und Khamwaset hielt genau hinter dem kurzen Durchgang an, damit sie in das Innere des Grabes vortraten, um es zu beleuchten. Offensichtlich taten sie dies nur widerstrebend. Das haben sie, dachte er in den wenigen Sekunden, in denen sie ausschwärmten, noch nie gerne gemacht. Die orangenfarbenen Flammen flackerten und warfen Schattenbänder bis in die Ecken hinein. Pentawer klapperte mit seiner Palette, als er einen Pinsel aus dem Köcher holte. Hori schnaufte leise. Khamwaset griff nach dem Arm seines Sohnes, ohne sich dessen bewußt zu sein, und gemeinsam gingen sie weiter in das Grab hinein.

Obwohl die stickige Luft entwichen war, lastete ein Geruch von Feuchtigkeit und Verfall in der Grabstätte. Pentawer begann zu husten, und Hori rümpfte die Nase. Khamwaset kümmerte sich nicht weiter darum. Der Vorraum der Grabkammer war, obgleich klein, dennoch verschwenderisch verziert und peinlich aufgeräumt. Mit einem aus lauter Aufregung genährten prickelnden Gefühl bemerkte Khamwaset, daß die Garderobenkisten sauber übereinandergestapelt, die Möbel an Ort und Stelle und ohne den leisesten Kratzer, die robusten Tonkrüge mit ihrem wertvollen Inhalt aus Ölen, Weinen und Parfüm noch versiegelt waren. Sechs streng dreinblickende Uschebtis standen starr in ihren Nischen und warteten darauf, daß ihre Herren sie zur Feldarbeit oder an den Webstuhl riefen, und um sie herum glänzten die Wände vor Leben. Auf dem Gips waren Szenen aus dem Alltag abgebildet.

Langsam umherschreitend staunte Khamwaset über die Zartheit

und das Schwingen in der Darstellungsweise, welche die toten Künstler erzielt hatten. Da saßen der tote Mann und seine Ehefrau beim Mahl, mit rosafarbenen Lotosblüten in der einen und Wein in der anderen Hand, sich zueinander hinneigend und lächelnd. Ein junger Mann, offenbar ihr Sohn, in einem kurzen weißen Leibrock und mit vielen um seinen roten Brustkorb geflochtenen Halsbändern, opferte dem zu seinen Füßen hockenden Pavian eine Frucht. Überall waren Paviane gemalt – sie machten Luftsprünge im Garten, wo die kleine Familie entspannt am Fischteich lagerte, sie rannten hinter dem Mann her, der mit dem Speer in der Hand einem Löwen durch die Wüste hinterherjagte, oder sie hockten am Boden mit ihren um die pelzigen Hüften geringelten Schwänzen, während die drei Menschen auf der Suche nach Enten ihr schmales Boot durch ein üppig grünes Sumpfland stakten. Die Friese und die offenbarten Wonnen der irdischen Existenz dieser Familie waren durchsetzt mit schwarzen Schriftzeichen, die die Götter ermahnten, ihre Anhänger im Paradies willkommen zu heißen, ihnen im nächsten Leben jegliche Wohltat zu gewähren und über deren Grab zu wachen. Hori, der mit Pentawer gesprochen hatte, als dieser sich daranmachte, alle Inschriften abzuschreiben, kam zu Khamwaset herüber. «Haben all diese Bilder nicht etwas Merkwürdiges an sich?» bemerkte er.

Khamwaset sah ihn an. «Die Paviane?»

Hori schüttelte den Kopf. «Nein, nicht die Paviane, obwohl die wirklich ungewöhnlich sind. Der Mann, der in der anderen Kammer liegt, muß ein großer Verehrer von Thoth gewesen sein. Nein, ich meine das Wasser. Sieh mal genauer hin.»

Neugierig geworden, entdeckte nun auch Khamwaset: Wo immer der Mann, seine Frau und ihr Sohn auftauchten, befanden sich ihre Füße im Wasser. Mal kräuselte es sich in kleinen weißen Wellen, mal tummelten sich verschiedene Fischarten darin, mal badeten die Figuren ihre Füße in Wasser – doch gleich was sie auch taten, immer geschah es in Verbindung mit Wasser. «Diese Menschen müssen den Nil leidenschaftlich geliebt haben, wenn sie ihr Grab mit so vielen seiner Segnungen ausgeschmückt haben», flüsterte Khamwaset. «Und da ist noch etwas anders, Hori. Ich glaube, der Mann war Arzt wie ich auch. Sieh mal.» Er deutete auf mehrere Operationsbestecke, die neben der langen Tafel mit den Schriftzeichen abgebildet waren. «Die Schriftzeichen sind ein Rezept für eine unbesiegbare Plage, und zudem ist es ein Katalog der Zaubersprüche zur Vertreibung von Krankheitsdämonen.»

Zusammen gingen sie an den Wänden entlang, wobei Pentawer, dessen Pinsel eifrig hin und her fuhr, ihnen langsamer folgte. Dann hielt Khamwaset mit einem Ausruf der Befriedigung inne. In einer großen Vertiefung, genau vor der Tür, die sich zur inneren Grabkammer öffnete, standen zwei Statuen. Die Frau war groß und graziös, unter ihrer kurzen Perücke aus Granit und dem blaubemalten Stirnband lächelten ihre Augen Khamwaset an. Ein Arm hing seitlich herab, den anderen hatte sie um die Hüfte ihres Ehemannes gelegt, ein hagerer Mann mit viereckigem Gesicht und sanftem Ausdruck, der ebenfalls lächelte und der lediglich mit einem kurzen Leibrock und Sandalen bekleidet war. Ein Bein war schreitend ausgestreckt, und in der Hand hielt er eine steinerne Schriftrolle. Die Skulptur, ein wahres Meisterwerk, war von einer Zartheit, wie Khamwaset sie selten gesehen hatte. Die Augen der Statuen glühten dunkel. Die Juwelen um den Hals der Frau hoben sich in Blau und Rot ab, und die Quasten ihres Gewands glänzten in goldener Farbe.

Khamwaset neigte sich zum Sockel. «So», sagte er kurz darauf, «wir haben also eine Prinzessin und vermutlich einen Prinzen vor uns, obwohl ich den Namen des Prinzen nicht lesen kann. Der Stein ist dort ausgekratzt, wo er stehen müßte.»

Hori ließ seine Finger über die Kerbe gleiten. «Das ist nicht das Werk von Wandalen», sagte er. «Ich glaube, der Sockel ist beschädigt worden, als er hier aufgestellt wurde, und die Arbeiter hatten einfach nicht mehr die Zeit, ihn zu reparieren.» Er richtete sich auf. «Sein Name steht bestimmt auf dem Sarkophag.»

«Das nehme ich auch an», sagte Khamwaset. «Die Prinzessin trägt den betörenden Namen Ahurê. Wirklich sehr ungewöhnlich. Hori, können wir diesen Fund datieren?»

Hori lachte. Der Schall hallte durch die Grabkammer, und die

Schatten schienen unter seiner Stärke zusammenzuzucken. Einer der Diener schrie vor Entsetzen auf, und Khamwaset verspürte das Verlangen, eine Hand über den Mund seines Sohns zu schlagen. «Weshalb fragst du mich das?» sagte Hori kichernd. «O du Weiser, ich kann dir bloß assistieren. Eine Zeitbestimmung ist fast unmöglich, meine ich. Die Möbel sind schmucklos und schlicht, vielleicht gehören sie zum Zeitalter der Großen Pyramiden, aber die Verzierungen ähneln sehr den Verschönerungen, wie sie zur Regierungszeit meines Großvaters Sethos üblich waren. Vielleicht geben uns die Sarkophage genauere Hinweise.»

Khamwaset wollte die andere Kammer nicht betreten, und seine Diener ebenfalls nicht. Dicht zusammengedrängt standen sie beieinander. Pentawer war in seine Arbeit vertieft. «Die Statue des Prinzen hält eine Schriftrolle in der Hand», sagte Khamwaset zu Hori. «Wenigstens sieht sie nach einem Symbol für die Autorität dieses Pharaos aus. Dies ist sehr eigenartig und könnte sogar als blasphemisch angesehen werden, da lediglich die Könige mit dem Zeichen der zeitlichen Macht dargestellt werden dürfen.»

Doch Hori nickte nur und bedeutete den Dienern, sie sollten sich in die Grabkammer begeben. Sie zögerten, die Augen weit aufgerissen und die Gesichter bleich im Schein der flackernden Lichter. Khamwaset, der auf sie zuging, fragte sich, ob sein Gesichtsausdruck dieselbe nervöse Anspannung widerspiegelte. «Es ist schon in Ordnung», sprach er freundlich zu ihnen. «Bin ich denn nicht der größte Magier in Ägypten? Übersteigt meine Macht denn nicht die der Toten? Gebt mir eine Fackel.» Er ergriff eine aus der zitternden Hand eines Dieners, nahm seinen ganzen Willen zusammen und schritt in die nächste Kammer.

Fast hätte er die Fackel fallen lassen. Er mußte einen Schrei unterdrücken. Erhellt vom Schein der Fackel in seiner ganzen gewaltigen Größe, stand Thoth selbst unmittelbar vor ihm. Sein gekrümmter Ibisschnabel deutete auf Khamwaset, und die weisen Vogelaugen funkelten ihn an. In der rechten Hand hielt er einen Pinsel, und in der linken ruhte die Palette eines Schreibers. Die lebensgroße Statue strahlte eine beseelte Wärme aus, und als Khamwasets Pulsschlag sich normalisiert hatte, bemerkte er, daß sie mit purem Gold überzogen war. «Thoth», flüsterte er, und nachdem er auf den Gott zugegangen war, sank er nieder auf die Knie und warf sich zu Boden, um die glänzenden Füße zu küssen. Hinter ihm hatte sich der eingeschüchterte Hori ebenfalls zu Boden geworfen, um auch seine Ehrerbietung zu bezeigen, und die Diener, deren Furcht vorübergehend verflogen war, standen in der Türschwelle und stießen Schreie der Bewunderung aus.

Zitternd erhob Khamwaset sich, und erst dabei fielen ihm die Sargdeckel auf. Sie standen zu beiden Seiten der Gottesstatue an die glatte, weißgetünchte Wand gelehnt, zwei kompakte und matt polierte Platten aus Quarzit. «Das ist doch unmöglich!» platzte er heraus. «Grabräuber sind nicht hiergewesen. Weshalb wollte der Prinz unbedeckt ruhen?»

«Vielleicht ist er überhaupt nicht hier.» Horis Stimme fiel in dem winzigen Raum dünn aus. Übereinstimmend blickten sich Vater und Sohn um, und während er sich umdrehte, verspürte Khamwaset den Sog des Grauens, das ihn bereits beschlichen hatte, seit er zum erstenmal den feuchten Schutthaufen seiner Arbeiter und die klaffende Öffnung daneben erblickt hatte. Seine Handflächen wurden klamm, und er umfaßte die Fackel noch fester. «Nein», flüsterte er, «er liegt hier. Beide sind hier.»

Die Sarkophage standen Seite an Seite auf einem Steinfundament. Fackellicht strich über sie hinweg, und die Schatten darin verdichteten sich. Horis glückliche Stimmung war verflogen. Unauffällig schob er sich näher an seinen Vater heran. Wiederum mußte Khamwaset seinen ganzen Willen aufbringen, um sich zu bewegen. Was ist denn mit mir los? dachte er verärgert. Schon mehr als hundertmal habe ich Tote gesehen. Schließlich bin ich Priester des Seth und Arzt. Nein, die böswillige Magie, die ich hierbei spüre, läßt mir das Blut in den Adern gefrieren. Weshalb, um Amuns willen, stehen diese Särge offen?

Beim ersten bandagierten Körper lag der rechte Arm seitlich am Körper an, und der linke war über der Brust gekreuzt. Demnach eine Frau. Die Prinzessin Ahurê. Khamwaset starrte eine Zeitlang auf sie hinab. Unter den verstaubten Wickelbinden, die nunmehr durch die bei der Einbalsamierung verwendeten Salze, welche die Feuchtigkeit im Körper aufgesaugt hatten, braun geworden waren, vermochte er die Formen vieler Amulette zu erkennen, und im Geiste zählte er sie ab. Einige lagen direkt auf der Haut selbst, aber er erkannte die Schnalle des Irisgürtels, der jede Widerwärtigkeit von der Toten fernhielt, und ebenso am Hals das Amulett des Tet, das Rückgrat des Osiris, das einem Leichnam die Kraft verlieh, sich in der nächsten Welt als Körper und Geist wieder neu zusammenzusetzen. Genau unter diesen vertrauten Ausbuchtungen befand sich ein riesengroßes Amulett des Kragens, eine Platte aus Gold und Türkis, die den welken Brustkorb bedeckte und Khamwaset höhnisch anfunkelte. Ihn schauderte. Das Amulett des Kragens verlieh dem Träger die Kraft, sich selbst von den Beerdigungsbinden zu befreien, die ihn gefangenhielten. «Es ist schön», meinte Hori. Khamwaset nickte mit zusammengekniffenen Lippen.

Behutsam begab er sich zum zweiten Sarkophag, wobei sich angesichts der Geheimnisse, die sie entdeckt hatten, einiges von seiner Furcht verflüchtigte. Der Prinz lag mit beiden Armen am Körper entlang in der Haltung eines Mannes und war ebenso einfach gebunden wie seine Frau. Sein Amulett des Kragens paßte zu dem ihrigen und war ebenfalls aus Gold und Türkis gearbeitet. Im ersten Augenblick hatte Khamwaset den Gegenstand in dessen rechter Hand nicht wahrgenommen. Dann beugte er sich tiefer und stieß einen Ruf des Erstaunens aus.

«Hori! Hier ist eine Schriftrolle», sagte er. Nachdem er sich über den Rand des Sarkophags geneigt hatte, berührte er sie sanft. Sie gab unter dem Druck seiner Finger nicht nach und war ziemlich vertrocknet. Er drückte etwas stärker, und die Hand selbst erzitterte.

«Eigentlich hält der Prinz sie nicht in seiner Faust», bemerkte Hori. «Er wurde ordentlich verbunden.»

«Richtig», antwortete Khamwaset. «Ich glaube, daß man ihm die Schriftrolle angenäht hat. Sieh nur, wie sich seine Hand bewegt, wenn ich an der Schriftrolle zerre.» Sie richteten sich auf und blickten einander an.

«Ein Dilemma», sagte Hori leise. «Es ist eine Sache, Schriftrollen aus einem Grab zu entfernen, um sie kopieren zu lassen, und sie danach wieder zurückzulegen, aber willst du sie wirklich von seiner Hand abschneiden, Vater? Noch nie haben wir einem Sarkophag etwas entnommen, sondern immer nur den Kisten in den Vorräumen.»

«Das weiß ich», gab Khamwaset gereizt zurück. Schon stieg die vertraute Begierde in ihm hoch. Er konnte seinen Blick von der Schriftrolle nicht losreißen. «Wenn die Sarkophage mit den richtigen Zaubersprüchen verziert und beschriftet wären, könnten wir eine Erklärung finden, aber sie fehlen vollständig. Es gibt nicht einmal Augen für die Körper, damit sie in die Kammer sehen können. Was kann so wichtig sein, daß der Prinz befohlen hat, die Schriftrolle müsse ihm angenäht werden?»

«Das ist ein ernstes Problem.» Pentawer war hinter sie getreten und lugte in den Sarkophag hinein. «Die Inschriften sagen mir nichts, nichts über Paviane, auch nichts über das Wasser, das überall zu sehen ist, und wo, Hoheit, befindet sich der junge Prinz, der Sohn? Ist er anderswo gestorben, und wurde er deshalb auch anderswo begraben?» Er machte eine Pause, und da er keine Antwort erhielt, fuhr er fort. «Demütig unterbreite ich dir meine Zweifel, Prinz. Schließ dieses Grab und laß die Toten ruhen in Frieden. Nimm die Schriftrolle nicht. Die Luft hier drinnen ist mir zuwider.»

Khamwaset wußte, daß sein Schreiber damit nicht den modrigen Geruch gemeint hatte. Er mochte die Luft ebenfalls nicht, doch stärker als sein Widerwille, als seine Besorgnis schlug der Puls der Begierde. Eine wertvolle Schriftrolle, so wertvoll, daß der Prinz dafür gesorgt hatte, daß sie mit ihm zusammen bestattet wurde. Ein großes Geheimnis inmitten vieler kleiner. Während seiner Grabungen hatte er viele Schriftrollen gefunden, welche die Grabräuber für gewöhnlich unberührt ließen, da sie nur für Gelehrte einen Wert besaßen. Darunter befanden sich die Lieblingsgeschichten oder -gedichte derjenigen, die sie zu Lebzeiten genossen hatten und weiterhin zu Füßen des Osiris genießen wollten. Manchmal handelte es sich um stolze Lektionen, die in Jugendzeiten gemeistert und liebevoll erhalten worden waren. Manchmal handelte es sich um Prahlereien – eine Auflistung der Reichtümer, die irgendein Vornehmer zusammengerafft, der Geschenke, die er zu Neujahr irgendeinem Pharao gemacht oder der Anzahl Sklaven, die er von den Feldzügen heimgebracht hatte.

Aber diese hier... Khamwaset strich nachdenklich über die Schriftrolle. Sie gehörte zum Bereich des Dringenden, des Heiligen, des für den Prinzen Lebenswichtigen, dessen morsche Knochen und verwelkte Haut so besitzergreifend daran festhielten. Wenigstens ein Blick darauf steht mir zu, dachte Khamwaset, in einem Anflug von Aufruhr gegen seine angeborene Tugendhaftigkeit. Schließlich ehre ich die Toten mit meinen Restaurierungen. Soll dieser tote Mann mich doch ausnahmsweise einmal für mein Streben nach dem Wissen ehren.

«Osiris Neuser-Rês Tempel wartet auf deine Expertenhand», warf Pentawer hoffnungsvoll ein. «Du willst ihn doch sicherlich nicht verärgern, Hoheit.»

Khamwaset achtete nicht auf den unbeholfenen Einwand seines Schreibers. «Hori, gib mir ein Messer», befahl er.

Die Diener, die an der Türschwelle zusammengedrängt standen, begannen auf einmal aufgeregt zu flüstern. Hori zog ein kurzes Kupfermesser aus dem Gürtel seines Leibrocks und reichte es seinem Vater. Khamwaset beugte sich vor. Einen Augenblick lang zögerte er, die Augen auf das Gesicht des Prinzen gerichtet, und dachte an seine eigenen Amulette – da war das Auge des Horus für Glück und Kraft, das an seiner Brust baumelte, und das Amulett der Isisschnalle, das zwischen seinen Schulterblättern ruhte, um ihn vor dämonischen Angriffen von hinterrücks zu schützen. Während er den Atem anhielt, faßte er in den Sarkophag hinein, und indem er vorsichtig nach der Schriftrolle griff, zog er sie straff, so daß er den Faden der Naht sah, mit dem sie an der Hand befestigt war. Das Kupfermesser war sehr scharf. Nach und nach durchtrennte Khamwaset die Fäden, wobei er sich wunderte, daß sie so stark waren. Die Hand bewegte sich ruckartig und steif. Pentawer war zurückgetreten, doch Hori beobachtete gespannt die Unternehmungen seines Vaters.

Khamwaset stieß einen Seufzer der Erleichterung aus und hielt seinen Fund hoch. Die Schriftrolle war nicht sehr dick. Er überreichte sie Pentawer. «Wickle sie vorsichtig in Leinen ein», sagte er, «und bring sie selbst heim, Pentawer. Gib sie keinem deiner Assistenten. Lege sie auf meinen Schreibtisch im Arbeitsraum und sage dem Wächter, er solle niemanden hineinlassen. Ich will sie lesen, du kannst sie kopieren, und dann werde ich sie zurücklegen.» Es sei denn, sie ist von unschätzbarem Wert, fuhr er in Gedanken fort. Dann werde ich sie behalten, sie meinem eigenen Archiv eingliedern oder sie vielleicht dem Haus der Schriftrollen in Piramses vermachen. Dieser Prinz kann jetzt doch nichts mit ihr anfangen.

«Damit bin ich nicht einverstanden», sagte Pentawer offen, der die Schriftrolle mit Widerwillen in der Hand hielt, und Khamwaset ging um ihn herum.

«Deine Zustimmung oder Verweigerung ist mir völlig einerlei!» sagte er kühl. «Du bist mein Diener, nichts weiter. Vergiß das nicht, Pentawer, oder du könntest deine Stellung in meinem Haushalt verlieren!» Pentawer erblaßte, verbeugte sich und verließ den Raum ohne ein Wort. Hori blickte feierlich drein.

«Bist du nicht etwas hart mit ihm umgegangen, Vater?» wandte er ein. Khamwaset funkelte ihn an.

«Das geht dich nichts an, Hori», erwiderte er nur.

Die rote Flut des Sonnenuntergangs überfiel sie mit einem Schlag, als sie ins Freie hinaustraten. Khamwaset und Hori standen oben an den Stufen und atmeten in wohltuenden Zügen die reine Wüstenluft ein. Eine Abendbrise war aufgekommen, warm und beruhigend, fuhr in ihre verschmutzten Leibröcke und trocknete den kalten Schweiß auf ihrer Haut. Hori sprach für sie beide, als er sagte: «Wie schön das Leben doch ist! Ich bin noch nicht bereit, mich in mein Grab zu legen, Vater. Dafür ist Ägypten zu reizend und schön!»

«Niemand ist je dazu bereit», antwortete Khamwaset bedächtig. Er fühlte sich benommen, leicht verrückt, als wäre, während er sich im Grab aufgehalten hatte, ein ganzes Zeitalter und nicht bloß ein

Nachmittag vergangen. «Hori, laß uns essen, was noch an Speisen und Bier vorhanden ist, während die Zelte abgebrochen werden, und dann gehen wir heim und schließen mit deiner Mutter und Sheritra Frieden.» Als sie sich von der klaffenden Öffnung entfernten, rief Khamwaset seinem wartenden Diener zu: «Ib, überlaß das Organisieren hier dem Unterverwalter. Geh heim und sage Amek, daß ich zwei Soldaten brauche, um diesen Ort zu bewachen. Ich warte hier so lange auf sie, bis sie eingetroffen sind.»

Hori sah ihn neugierig an. «Warum zwei Soldaten, Vater?» sagte er, als sie am Tisch angekommen waren und sich auf ihre Stühle niedergelassen hatten. «Gewöhnlich verlangst du überhaupt keine Soldaten, sondern höchstens ein paar Arbeiter.»

«Aber dieses Grab ist unberührt», sagte Khamwaset mit besonderer Betonung. «Wir haben die Truhen und Kisten nicht weiter untersucht. Wer weiß, welche Reichtümer sie bergen! Wir lassen sie allein, und wenn sich die Neuigkeit von unserem Fund erst verbreitet, so könnte sie jede Art Mob anziehen, der gewaltsam eindringt und das Grab ausraubt. Es ist schon besser, wenn Ameks Männer mit Speeren und Messern bewaffnet am Eingang wachen.»

Doch er fürchtete nicht etwa die Grabräuber. Nein, überhaupt nicht. Er trank das Bier, das man vor ihn hingestellt hatte, und beobachtete, wie die Schatten der Nacht sich über die Wüste legten, und wünschte, Ameks Männer würden sich beeilen.

Die Nacht war bereits eingebrochen, als er und Hori von ihrer Sänfte stiegen und ihr Haus betraten. Khamwaset war ungeheuer erleichtert. Das Geplapper und die trappelnden Füße seiner Diener, der aromatische Duft seines Abendmahls, das sanfte Flackern der angezündeten Lampen, das alles gab ihm ein Gefühl der Sicherheit und Selbstverständlichkeit zurück. Hori ging in seine Gemächer, und Khamwaset betrat gerade seinen Speisesaal, wo Nubnefret bereits saß, als Sheritra und Bakmut eintraten. Die Dienerin zog sich an die Wand zurück und wartete darauf, ihre Herrin zu bedienen. Sheritra umarmte ihren Vater. «Du bist gerade rechtzeitig zurück, um mir eine Gutenachtgeschichte zu erzählen», sagte sie. «Das machst du doch, oder? Du bist heute aber schmutzig!»

Khamwaset erwiderte gut gelaunt ihre Umarmung, küßte Nubnefret und, während er zu seinem niedrigen Tisch ging, verlangte Wasser, um sich die Hände zu waschen. «Ich hatte noch keine Zeit, mich umzuziehen», sagte er entschuldigend zu seiner Frau. «Sonst hätte ich dich noch länger warten lassen müssen.»

Sie schien nicht verärgert zu sein. «Während du weg warst, hatte ich eine Menge zu tun», war alles, was sie darauf zu sagen hatte. «Hast du irgend etwas Interessantes gefunden, Khamwaset?»

In diesem Augenblick trat Hori ein. Khamwaset gab ein Zeichen, daß man ihnen das Essen auftragen solle, und eine allgemeine Unterhaltung setzte ein. Die Musiker der Familie, ein Harfenspieler, ein Lautenspieler und ein Trommler, untermalten das sprunghafte Hin und Her des Gesprächs. Nubnefret hatte nicht wirklich mit einer Antwort auf ihre Frage gerechnet, und Khamwaset war erleichtert, daß sie dieses Thema nicht weiter verfolgte. Er befürchtete, daß Hori ausplappern könnte, was sein Vater gemacht hatte, doch Hori und Sheritra, deren Tische aneinanderstießen, waren selbst in irgendeine Unterhaltung vertieft.

Khamwaset bemerkte, daß er nichts zu sich nehmen konnte, obwohl er hungrig war. Während die Nacht sich vertiefte und ein sanfter Hauch durch die Fenster hereinwehte, deren Flachsmatten noch nicht heruntergelassen worden waren, drehten sich seine Gedanken um die Schriftrolle, die bestimmt auf seinem Schreibtisch lag und auf ihn wartete. Er riß sich zusammen, um sich auf Nubnefrets Worte konzentrieren zu können.

«Dein Bruder Si-Montu kam heute vorbei, während du außer Haus warst», sagte sie gerade, während sie ihre üppigen Arme über Kreuz auf ihren Tisch gelegt hatte und mit ihren beringten Händen einen Weinbecher umklammert hielt. «Er war enttäuscht, daß du nicht zu Hause warst. Ich habe ihm Bier und Honigkuchen angeboten, und danach ist er fortgegangen.»

Khamwaset unterdrückte einen Seufzer. Er wußte, daß sie Si-Montu nicht mochte, da er in ihren Augen laut und grob war, aber der wahre Grund ihrer Kritik an ihm war darin zu suchen, daß er unter seinem Stand geheiratet hatte. «Was wollte er denn?» fragte er sanft. «Ich hoffe, du hast ihm das Gefühl gegeben, willkommen zu sein, Nubnefret.»

Hier entstand eine kleine Pause. Nubnefret zog ihre Ringe ab, betrachtete sie eingehend und zog sie bedachtsam wieder über. Hori verlangte nach mehr Brot.

«Ich habe doch keine schlechten Umgangsformen, Khamwaset», gab sie tadelnd zurück. «Dein Bruder wollte einen Nachmittag in deiner Gesellschaft verbringen und im Garten trinken. Das war alles.»

Khamwaset spürte, wie ein seltsamer Aufruhr in ihm aufloderte. «Er hat zwar die Tochter eines syrischen Schiffsführers geheiratet und sich dadurch selbst als Prinz von der Thronfolge ausgeschlossen», sagte er gelassen, «aber er bleibt ein guter und aufrechter Mensch, und ich mag ihn. Ich hätte seine Gesellschaft genossen.»

«Ich mag Onkel Si-Montu», fiel Sheritra ein, mit einem Unterton aus untypischem Trotz in ihrer hellen Stimme. Mit hochrotem Gesicht sah sie offen ihre Mutter an, ihre Hände spielten mit dem Leinentuch. «Wenn er kommt, bringt er mir immer etwas Ungewöhnliches mit, und er redet mit mir, als ob ich besonders intelligent wäre. Ben-Anath ist eine Schönheit und genauso schüchtern wie ich. Ich finde, die Geschichte ihrer Begegnung, ihrer Liebe und ihrer Heirat gegen den ausdrücklichen Willen von Großvater ist wunderbar.»

«Nun, wenn du hoffst, jemandem zu begegnen, der sich in dich verlieben soll, mein Mädchen, so mußt du das selbst in Angriff nehmen!» erwiderte Nubnefret auf grausame Art, wobei sie allerdings den sehnsüchtigen Unterton bei ihrer Tochter richtig interpretierte. «Männer werden nicht von reizlosen Frauen angezogen, wie gescheit auch immer diese sein mögen.»

Sheritra errötete noch mehr. Ihre Hand suchte verstohlen nach Horis Hand, und den Blick hatte sie gesenkt. Khamwaset machte ein Zeichen, und die Diener begannen, die Überreste des Mahls wegzuräumen.

«Schick Bakmut zu mir, wenn du schlafen gehst», sagte er seiner Tochter, «dann komme ich und erzähle dir was. Weshalb drehst du nicht mit Hori noch eine Runde im Garten?»

«Danke, Vater», antwortete sie, stand auf, hielt mit ihrer Hand noch immer Horis Hand umklammert und wandte sich dann an Nubnefret. «Ich entschuldige mich, daß ich dir erneut mißfallen habe, Mutter», sagte sie steif. «Wenn du es möchtest, werde ich morgen mein Abendessen in meinen Räumen allein einnehmen, so daß ich deine Verdauung nicht beeinträchtige.» Hori und Sheritra waren gegangen, bevor Nubnefret einen Kommentar dazu abgeben konnte.

Khamwaset lächelte insgeheim trotz seines Mitgefühls. Sheritra besaß einen Anflug von Starrsinn und hatte es geschafft, das letzte Wort zu behalten. Dennoch wies er Nubnefret zurecht. «Wenn du Sheritra nicht so akzeptieren kannst, wie sie nun mal ist», sagte er kühl, «muß ich mir überlegen, ob ich sie nicht für eine Weile zu unserem Haus in Ninsu schicke. Du verletzt sie mehr, als sie zugeben will. Im Faijum ist sie in der Nähe des Frauenhauses des Pharaos, in dem zweifellos Frauen zu finden sind, die mehr Mitgefühl für sie haben als ihre eigene Mutter. Sunero ist ein guter Agent. Seine Familie würde sich glücklich schätzen, Sheritra für eine Weile bei sich aufzunehmen.»

Nubnefrets Schulter fiel zusammen. «Tut mir leid, Bruder», sagte sie. «Sie hat etwas an sich, das mich wahnsinnig macht, wie sehr ich auch versuche, mich zusammenzureißen. Ich möchte, daß sie schön erscheint, daß man sie begehrt...» Sie schlug die Handflächen flach auf den Tisch und stand auf, wobei sie ihr wallendes gelbes Leinentuch hinter sich herzog. «Ich bin vielleicht nicht wie Si-Montu mit seinen ungeschlachten Manieren, aber ich stimme meiner Tochter zu. Seine Romanze mit Ben-Anath hat auch mein Herz gerührt. Weshalb kann ich denn eigentlich nie meine Zustimmung eingestehen?» Sie zögerte, und Khamwaset hatte den Eindruck, daß sie den Wunsch verspürte, sich vor ihn hinzuknien und die Arme um ihn zu legen, doch statt dessen lächelte sie nur schwach, schnippte mit den Fingern nach einer jungen Dienerin, die ein paar Brocken hatte fallen lassen, und schwebte aus dem Speisesaal hinaus.

Khamwaset saß noch eine Weile entrückt an seinem Tisch und

hatte eine Zeitlang die Musiker vergessen, die zu musizieren aufgehört hatten und darauf warteten, entlassen zu werden. Ich werde die Schriftrolle erst untersuchen, nachdem ich bei Sheritra gewesen bin, nahm er sich vor. Ich will gar nicht erst mit der Untersuchung beginnen, wenn ich weiß, daß ich sie unterbrechen muß. Vielleicht kann ich mir erlauben, eine Runde um den Brunnen zu drehen, und dann muß ich die Nachrichten aus dem Delta noch schnell durchgehen. Baden kommt im Augenblick nicht in Frage. Er erhob sich, und sein Harfenspieler hüstelte. Überrascht blickte Khamwaset auf, entließ die Musiker und durchquerte dann auf seinem Weg in den Garten die Empfangshalle. Doch irgendwie lenkten seine Füße ihn statt dessen zur Seitentür zum Gang hin, der hinter der Zimmerflucht zu den Schlafgemächern verlief, und von dort in seine persönlichen Gemächer.

Die Schriftrolle lag auf der glänzenden Tischplatte in sicherer Entfernung von der Lampe aus Alabaster, die üblicherweise Khamwasets Arbeit am Abend beleuchtete. Pentawer war gründlich und vorsichtig gewesen. Auf sein Wort hin schloß der Wächter die Tür, an der er wachte, und Khamwaset stand seinem Fund allein gegenüber.

Mit verschränkten Armen näherte er sich dem Tisch, hielt inne und begann, ihn zu umkreisen, wobei er den delikaten Gegenstand, der in ein frisches weißes Leinentuch eingehüllt war, keinen Augenblick lang aus den Augen ließ. Könnte er sie leicht auseinanderrollen? Oder würde sie brechen, wenn er versuchte, sie glattzustreichen? Es juckte ihn in seinen Fingern, dennoch widerstrebte es ihm, der Versuchung nachzugeben; eine Scheu davor, was jener Augenblick wohl bringen mochte, da er vor ihr saß und sie berührte, hatte ihn befallen. Es war ein stiller Abend. Dann und wann drang ein wenig Gelächter schwach an sein Ohr, das vom Garten seines Nachbarn herübergeweht kam, wo man, wie er vermutete, Gäste empfing. Durch eine kleine Verunreinigung im Öl der größeren Lampe, die in ihrer Halterung in der fernen Ecke stand, spuckte und knackte die Flamme, bevor sie wieder einen gleichmäßigen Feuerkegel bildete. Wenn ich noch länger warte, dann stehe ich noch in der Morgendämmerung hier, sagte Khamwaset in gereizter Stimmung zu sich selbst. Setz dich hin, du Narr! Doch noch einige Sekunden lang konnte er sich nicht entscheiden, da er gegen seine Furcht vor einer Enttäuschung ankämpfte, falls die Schriftrolle sich als prosaisch entpuppen sollte. Aber er verspürte auch Angst vor etwas anderem, etwas Undefinierbarem. Dann zog er seinen Stuhl hervor und entfernte Pentawers schützende Leinenhülle.

Er wunderte sich erneut über den guten Zustand der Schriftrolle. Sowohl der Prinz wie seine Einbalsamierer waren offensichtlich beispielhaft vorsichtig mit ihr umgegangen. Khamwaset berührte sie mit derselben Ehrfurcht. Langsam öffnete er sie. Sie ließ sich elastisch auseinanderrollen, ohne daß sie eine Neigung dazu gehabt hätte zu brechen. Unerwartet war Khamwaset an ihr Ende gekommen, ließ sie los und beobachtete mit angehaltenem Atem, wie sie von selbst wieder aufrollte. Er befürchtete, sein Fehler führe dazu, daß er den Inhalt nicht erführe. Doch sie raschelte einfach auf dem Tisch und lag dann ruhig da.

Eine so kurze Rolle! dachte Khamwaset, und die Schrift leuchtet immer noch so schwarz. Er zog die Lampe näher zu sich heran. Ich brauche Pentawer und seine Palette, damit er das aufzeichnet, was ich lese. Ich werde ihn morgen rufen lassen. Heute abend will ich sie nur mal kurz überfliegen.

Er begann damit, sie erneut auseinanderzurollen, beide Hände unter den tiefschwarzen Zeichen, und war bald darauf verwirrt. Diese Schriftzeichen ähnelten keinen, die er zuvor gesehen hatte. Sie schienen die primitiven Vorläufer der gegenwärtigen offiziellen Schrift in Ägypten zu sein, dabei so alt, daß ihre entfernte Vertrautheit ihn enttäuschte. Der Text stand in zwei Hälften geschrieben, und als er die erste Hälfte sorgfältig durchgegangen war, kehrte er an den Anfang zurück, doch erst einmal ging er in sein Archiv, um sein Schreibzeug, bestehend aus Palette, Pinsel und Tinte, zu holen. Sorgfältig kopierte er jedes Zeichen, und darunter schrieb er eine mögliche Bedeutung. Die Arbeit war mühselig, und seine Konzentration steigerte sich so sehr, daß er darüber seine Umgebung vollkommen vergaß. Seit langem schon war er nicht mehr so herausgefordert worden, und die Aufregung durchströmte ihn wie guter Wein.

Jemand klopfte an seine Tür. Er hörte es nicht. Das Klopfen machte sich erneut vernehmbar, und ohne seinen Kopf zu heben rief er: «Geh fort!» Bakmut öffnete die Tür und verbeugte sich.

«Ich bitte um Entschuldigung, Prinz», sagte sie, «aber die Prinzessin ist jetzt zu Bett gegangen und bittet dich, zu ihr zu kommen, um ihr gute Nacht zu sagen.»

Überrascht blickte Khamwaset auf die Wasseruhr neben seinem Stuhl. Sie zeigte ihm an, daß zwei Stunden vergangen waren, seit er mit seiner Arbeit begonnen hatte.

«Ich kann nicht sofort kommen, Bakmut», antwortete er. «In einer halben Stunde bin ich da. Sag Sheritra, sie möge warten.»

Bakmut verbeugte sich wieder und ging, doch Khamwaset bemerkte es nicht einmal. Sein Kopf war über die Schriftrolle geneigt.

Kurz darauf hatte er sich durch mehrere Sätze durchgearbeitet, doch noch immer entglitt ihm deren Sinn. Ein Schriftzeichen kann die Silbe eines Wortes darstellen oder das vollständige Wort selbst, oder einen vollständigen Begriff, der in ein Zeichen eingeschlossen ist, und die Zeichen selbst waren zweideutig, wenn auch oberflächlich zu erkennen. Er versuchte es mit Kombinationen, indem er den Papyrus auf seiner Palette mit seiner eigenen klaren Niederschrift bedeckte, doch als er sämtliche Möglichkeiten durchgespielt hatte, konnte er sich immer noch kein Bild davon machen, was er sah.

Er begann die Schriftzeichen zu flüstern, indem er mit dem Ende seines Pinsels daran entlangfuhr, und dachte, daß er – bei dem Sinn, den sie ergaben – ebensogut ein alter Assyrer hätte sein können. Dennoch verfügte der Text über einen vertrauten Rhythmus, über den er sich den Kopf zerbrach. Er begann von vorn, diesmal halb rezitierend. Tatsächlich wohnte den Sätzen ein Rhythmus inne. Bei der ersten Hälfte des Textes, der kurz unterbrochen war, bevor die feine schwarze Schrift wieder einsetzte, hatte er nun alles versucht, was ihm möglich war.

Nachdem er in Schweigen verfallen war, ging ihm plötzlich auf, daß ihm der Rhythmus der Wörter vertraut war, weil es sich um die

Bausteine eines Zauberspruchs handelte, und wie jeder Magier wußte, war den Zaubersprüchen, wenn man sie sang, ein besonderer Fluß zu eigen, den die Poesie nicht besaß. Ich habe also irgendeinen Zauberspruch gesummt, dachte er, als er sich mit einem Schauder der Besorgnis auf seinem Stuhl zurücklehnte. Es war dumm von mir, ihn zu summen und ihm auf diese Weise die Kraft zu verleihen, etwas zu tun, das ich nicht verstehe. Ich habe keinerlei Vorstellung, was ich da gesummt habe.

Er wartete einen Augenblick ab, und während er wieder ganz zu sich selbst kam, ließ er seinen Blick durch den stillen Raum schweifen. Die kleine Lampe auf dem Schreibtisch tropfte leicht, das Öl war fast aufgebraucht. Die größere brannte immer noch mit steter Flamme, jedoch nicht mehr lange, wenn der Docht nicht zurechtgestutzt wurde. Die tiefe, friedliche Stille der Nacht hatte sich über das Haus gelegt, und Khamwaset befragte wiederum die Wasseruhr und erschrak. In drei Stunden würde es dämmern.

Hastig wickelte er die Schriftrolle in das saubere Leinentuch ein, stürmte aus dem Zimmer und eilte zu Sheritras Gemächern. Die Tür stand offen; die Lampe drinnen brannte noch und warf ein fahles Licht auf den Gang hinaus. Khamwaset stieß die Tür weit auf. Bakmut, die über dem Warten auf ihn eingeschlafen war, lag gleich hinter der Schwelle auf einem Kissen. Er trat über sie hinweg und ging tiefer ins Zimmer hinein. Sheritra lag zusammengerollt in einem Bündel Laken und atmete leicht. Die Schriftrolle, die sie gelesen hatte, während sie auf ihn wartete, war auf den Fußboden gerutscht. Khamwaset stand über sie gebeugt und schämte sich. Dies ist binnen kurzer Zeit das zweite Mal, daß ich dich enttäusche, meine Kleine Sonne, dachte er betrübt. Trotz all meiner Versprechungen bin ich nicht viel besser als deine Mutter. Es tut mir ja so leid.

Er ging in seinen Arbeitsraum zurück. Die Schriftrolle lag noch dort, wo er sie hatte liegenlassen, ein harmloser, beigefarbener Zylinder inmitten der Unordnung seiner Übersetzungsversuche. Nichts in seinem Raum war verändert. Nun, welchen Zauberspruch auch immer ich unvorsichtigerweise gesummt habe, so übt er doch keinerlei Wirkung auf mich oder meine Umgebung aus, sagte er sich erleichtert. Es handelt sich wahrscheinlich lediglich um eine Rezeptur für ein Abführmittel, das man einem Mann an die Hand genäht hatte, der sein ganzes Leben lang an Verstopfung gelitten hatte und befürchtete, daß er in der nächsten Welt ebenso darunter leiden würde, wenn er diese kostbare Aufzeichnung nicht bei sich trüge.

Khamwaset lächelte in sich hinein, doch der unausgesprochene Scherz verscheuchte nicht das Gefühl aus Niedergeschlagenheit und Schuld, das wie ein Gewicht auf seinem Herzen lastete. Ich bin der größte Historiker Ägyptens, dachte er ernüchtert. Ich vermag diese Schriftrolle nicht zu übersetzen, niemand vermag es. Es ist zwecklos, sie irgendeinem meiner Kollegen zu zeigen, da ihr Wissen nicht so umfassend wie meines ist, dennoch könnte ich es versuchen. Übrigens... Er nahm die Schriftrolle in die Hand, griff nach der Lampe und ging zum Archiv hinüber. Übrigens möchten sie dann erfahren, wo ich sie gefunden habe. Pentawer hatte recht. Ich bin ein Dieb, wenn auch einer mit ehrenhaften Beweggründen. Er soll sie geschwind kopieren, und dann will ich sie dem Prinzen wieder annähen. Ich lasse die Arbeit an der zweiten Hälfte so lange ruhen, bis er die Kopie fertiggestellt hat. Ich bin zu müde und zu enttäuscht, um es jetzt noch einmal zu versuchen. Und vielleicht auch zu ängstlich? spotteten seine Gedanken, als er den Deckel der Truhe schloß, in die er die Schriftrolle gelegt hatte. Dabei habe ich noch Glück gehabt, als ich einen Zauberspruch gesummt habe, den ich nicht verstand. Die zweite Hälfte könnte einen Dämon herbeirufen oder zu einem Todesfall in meiner Familie führen, wenn ich noch einmal so dumm bin.

Er brauchte dringend Schlaf, doch ihm blieb noch eine Arbeit zu erledigen, bevor er sich auf seinem Ruhebett ausstrecken und in der Bewußtlosigkeit Zuflucht suchen konnte. Der Zauberspruch, den er gesummt hatte, verfolgte ihn mit seinen unbekannten Folgen, und er wußte, daß er sich selbst vor jeglichem Schaden schützen mußte, den er angerichtet haben könnte. Er verschloß die Tür zum Archiv hinter sich und öffnete die Truhe, in der er seine Arzneimittel aufbewahrte. Sie war mit sorgfältig beschrifteten Dosen und Krügen gefüllt. Er entnahm ihr eine Dose und daraus wiederum einen getrockneten Skarabäuskäfer. Die dunklen Skarabäen erwiesen sich bei gewissen gewöhnlichen Krankheiten als hilfreich, und er hatte Dutzende davon vorrätig, doch für den Zweck in dieser Nacht benötigte er einen glänzenden, irisierenden goldenen Skarabäus, wie er in seiner Handfläche lag und das Licht widerspiegelte.

Er nahm ein Messer zur Hand, trennte Kopf und Flügel behutsam ab und legte den Körper in eine kleine Urne aus Kupfer. Unbeholfen, da für gewöhnlich ein Helfer solche Dinge für ihn erledigte, zündete er ein Stück Holzkohle auf dem tragbaren Rost an und goß Wasser über den trockenen Körper, bis er bedeckt war. Während er das Wasser zum Kochen brachte, öffnete er eine andere Truhe und entnahm ihr einen kleinen versiegelten Krug, dessen hartes Siegel aus rotem Wachs er nur widerwillig aufbrach. Das Öl der Apnentschlange war sündhaft teuer und nur schwer zu bekommen.

Er nahm eine Alabasterschale und legte Kopf und Flügel hinein, und indem er die entsprechenden Zaubersprüche murmelte, bedeckte er sie mit dem Öl. Inzwischen kochte das Wasser. Einige Augenblicke lang beobachtete er, wie der beinahe gewichtslose Körper des Insekts herumhüpfte und tanzte, dann nahm er ihn mit einer Zange heraus und legte ihn in ein Bad aus Olivenöl. Über die Holzkohlen goß er vorsichtig das Wasser aus, das zischend verdampfte. Am Morgen wollte er den Zauberspruch vervollständigen, der jegliche Zauberei oder böse Zauberformel vertreiben sollte, indem er die beiden Öle mit ihren Inhalten vermischte und die auf solche Weise entstandene Mischung trank. So unmittelbar war seine Angst, daß er dies auf der Stelle erledigt hätte, doch die Teile des Skarabäus mußten eine vorgeschriebene Zeit lang eingeweicht werden, bevor man sie einnahm, damit sie den erforderlichen Schutz gewährten.

Khamwaset war inzwischen so erschöpft, daß er die Truhen und schließlich die Tür zum Archiv wie in einem Nebel wieder verschloß, und fast taumelte er, als er sich in seine Schlafgemächer begab. Sie lagen im Dunkeln. Er wußte, daß der Nachtsklave draußen auf einer Strohmatte auf dem Flurboden vor der Korridortür lag, aber er machte sich nicht die Mühe, ihn wachzurütteln. Sich vorwärts tastend gelangte Khamwaset zu seinem Ruhebett, legte seinen Leibrock ab, streifte seine Sandalen ab und ließ sich in die Laken sinken, die mild nach dem Lotos dufteten. Sofort fiel er in Schlaf.

Nach seinen Waschungen, Gebeten und einem in der gesegneten Stille seiner eigenen Gemächer eingenommenen Frühstück ging er am Morgen in sein Archiv. Er nahm neue Holzkohle und entzündete erneut ein kleines Feuer, und indem er den in der Nacht zuvor begonnenen Zauberspruch auswendig fortführte, kippte er den Körper des Skarabäus mitsamt seinem Ölbad in die Schale, in der sich Kopf und Flügel befanden. Khamwaset fühlte sich nicht mehr gehetzt oder verängstigt. Er stellte die Schale auf der Holzkohle ab und wartete darauf, daß das Öl siedete. Er erinnerte sich daran, daß er sich sieben Tage lang des Geschlechtsverkehrs enthalten mußte, damit der Zauberspruch seine größte Schutzwirkung entfaltete. Die Ausübung der Magie verlangte häufig solch einengende Vorschriften, und viele seiner Kollegen empfanden sie als lästig, doch es fiel Khamwaset nicht schwer, eine Woche lang sexuell enthaltsam zu leben.

Das Öl siedete nunmehr und gab ein bitteres Aroma der Apnentschlange an die Luft ab. Er ergriff die Zange, nahm die Schale vom Feuer und stellte sie auf einem Sims ab, damit das Öl ein wenig abkühlte, und überließ die Holzkohle sich selbst. Das Gebräu mußte sehr heiß getrunken werden, und er behielt es fest im Auge, damit es nicht zu sehr abkühlte.

Dann, nachdem er den Rest des Zauberspruchs laut gesungen hatte, hob er die Schale an den Mund und leerte sie schnell, wobei er spürte, wie der nun schwere Körper des Skarabäus im Öl seine Kehle hinunterglitt. Ich habe meine Dummheit vom Vorabend ungeschehen gemacht, dachte er erleichtert, während er in seinen Arbeitsraum zurückging und begann, den Stoß von Papyrusblättern einzusammeln, die er beschrieben hatte. Pentawer kann diese Kritzeleien durchsehen, wenn er mit dem Kopieren der Schriftrolle beschäftigt ist, aber ich will meine Übersetzungsversuche deshalb nicht aufgeben. Bisher habe ich noch jede alte Schrift entziffert, und diese hier wird keine Ausnahme machen. «Pentawer!» rief er, da er wußte, daß sein Schreiber inzwischen vor der Tür wartete, damit die Tagesarbeit erledigt würde. «Du kannst hereinkommen. Was für Briefe sind aus dem Delta eingegangen?»

Nachdem er die notwendigen Antworten diktiert hatte, erinnerte Khamwaset sich daran, daß er mit seiner Tochter Frieden schließen mußte, und machte sich auf die Suche nach ihr. Er traf sie in dem kleinen Vorzimmer, das zum Hinterausgang des Hauses führte, dabei an, wie sie die Hausschlange beim Trinken der Milch beobachtete, die immer für sie bereitgestellt wurde. Zum Gruß schenkte sie ihm ein Lächeln.

«Ich glaube, sie ist dankbar», meinte sie. «Wenn sie fertig ist, macht sie eine Pause und sieht sich um, ob jemand in der Nähe ist. Wenn nicht, kriecht sie einfach fort. Das weiß ich, weil ich mich manchmal verstecke, wenn ich sie beobachte.»

Khamwaset küßte sie auf die Stirn. «Ich muß mich noch für gestern abend bei dir entschuldigen», sagte er zerknirscht. «Ich war so sehr in meine Arbeit vertieft, daß ich dich darüber ganz vergessen habe. Ich bin wirklich ein Rabenvater, nicht wahr?»

«Ich vergebe dir», sagte sie mit neckender Feierlichkeit, wobei sie einen Finger gegen ihn erhob, «doch um das wiedergutzumachen, mußt du mir heute abend zweimal so lange vorlesen. Oh, Vater», fuhr sie fort, «ich bin doch kein Kind mehr, das in Wut gerät oder sich in den Schlaf weint, wenn man mich mal vernachlässigt. Das verstehe ich doch gut.»

Aber manchmal weinst du dich dennoch in den Schlaf, dachte er, als er sie ansah und sie ihre Aufmerksamkeit wieder der Schlange zugewandt hatte, die immer noch bewegungslos ihr Maul in den weißen Schaum hielt. Bakmut hat es mir gegenüber in einem ihrer Berichte über deine Fortschritte erwähnt. Du weinst über deine eigene Unzulänglichkeit und aus Wut über dich selbst. Ich verstehe dich sehr wohl. «Heute beabsichtige ich, ein wenig auszuspannen», sagte er. «Ich habe vor, mich ein paar Stunden von hier fortzustehlen und erst wieder pünktlich zum ersten Gericht beim Abendessen aufzutauchen. Kommst du mit?»

Sie grinste ihm verschwörerisch zu. «Mutter wünscht, daß ich ihr meine Lautenlektion vorspiele», antwortete sie. «Wenn sie mich nicht findet, dann muß ich damit rechnen, daß sie mir morgen mehrere deftige Sachen an den Kopf wirft.» Sie schürzte die Lippen. «Nun, daran bin ich gewöhnt. Ich komme gerne mit dir, Vater.»

«Gut. Dann treffen wir uns nach dem Mittagsschlaf im hinteren Garten.»

Sie nickte und hockte sich hin, denn die Schlange hatte den Kopf gehoben und sah sie träge mit einem schwarzen, starren Blick an. Khamwaset ließ sie allein.

Kurz nach dem Mittagsschlaf bestiegen Khamwaset und Sheritra am Gartentor ihre Sänften und machten sich in Begleitung von Amek und vier Soldaten zum Ort der Grabstätte auf. Während sie schwankend durch die nördlichen Stadtbezirke getragen wurden, unterhielten sie sich über belanglose Themen, ein jeder fühlte sich in Gesellschaft des anderen glücklich. Sie scherzten und lachten, und Khamwaset fand, daß Sheritra mit ihren glänzenden Armreifen aus Karneol und mit den schwarzen Haarflechten in ihrer Perücke, die beim Sprechen gegen ihren graziösen Nacken schlugen, sehr hübsch aussah.

Kurz darauf wurden sie vom grauen Schatten der Dattelpalmen gesprenkelt, deren winzige grüne Früchte sich gerade erst entwickelt hatten, und danach breitete sich Sakkâra oberhalb des kurzen Hügels vor ihnen aus, der die Ruinen so erhaben erscheinen ließ.

Als sie am Grab angekommen und abgestiegen waren, erblickte Hori sie und winkte ihnen zu. Khamwaset befahl den Sänftenträgern, im Schatten des Sonnendachs zu warten, und er stieg mit seinen Kindern die Stufen hinunter und trat in das willkommene Halbdunkel des Vorraums. Pentawer, der seine Aufgaben im Arbeitszimmer erledigt hatte, war bereits dabei, die Inschriften abzuschreiben. Khamwasets Künstler hatten ihre Staffeleien aufgestellt und kopierten die herrlichen Malereien, die fast jeden Flecken an den Wänden bedeckten. Andere wiederum saßen auf dem sandigen Boden mit geöffneten Truhen neben sich und waren emsig damit beschäftigt, deren Inhalt aufzulisten. An der Tür standen drei Männer, die geduldig die Kupferspiegel in ihren Händen so gewinkelt hielten, daß das Sonnenlicht eingefangen und in den Vorraum geworfen wurde.

Sheritra hielt den Atem an. «Das ist aber hübsch!» rief sie aus. «So viele Details! Großvater müßte herkommen, um sich das anzusehen!»

«Es würde ihm lediglich die Grobschlächtigkeit seiner eigenen Künstler vor Augen führen», betonte Hori zu Recht. «Du wirst ihm doch Kopien der ausgeführten Arbeiten schicken, Vater, oder?»

«Das halte ich immer so.» Khamwaset faßte Sheritra am Ellbogen. «Möchtest du die Toten sehen, meine Liebste?»

Sheritra war nicht überempfindlich. Sie nickte begierig, und mit ihrem Vater an einer und Hori an der anderen Seite zog sie ihren Kopf unter dem tiefen Sturz der inneren Tür ein.

Drinnen war das Licht sanfter und diffuser. Die beiden Sarkophage zeichneten sich nur schwach ab, und Thoth strahlte eine düstere, autoritäre Präsenz aus. Die drei näherten sich den Leichnamen. Sheritra schwieg. Sie beugte sich lediglich über einen Leichnam und studierte ihn.

«Das ist Prinzessin Ahurê», erklärte Khamwaset ihr. «Wir wissen nicht, wie der Prinz heißt. Der Sohn der beiden liegt offenbar nicht hier begraben. Wir wissen vielleicht mehr, wenn sämtliche Arbeiten abgeschlossen sind.»

«Arme Leute», sagte Sheritra leise. «Bestimmt ist es wunderbar, mit den gesegneten Toten unter einer heiligen Sykomore im Reich des Osiris zu sitzen, Vater, aber ich bin mehr als froh, daß wir bald unsere Sänften besteigen und heimgehen zu Mutters überragendem Festessen.»

«Sheritra, du bist ein so gieriges kleines Ding!» sagte Hori. Sie antwortete leichthin, und Khamwaset hörte ihrem neckischen Geplänkel zu, ohne ihren Worten eine große Bedeutung beizumessen. Sein Blick hatte die beiden Leichname sorgfältig abgetastet. Nichts war verändert. Sogar die Enden des Fadens, mit denen man die Schriftrolle an der Hand des Prinzen angenäht hatte, waren noch genauso zusammengerollt wie am Tag zuvor. Er war sich im klaren darüber, daß eine Welle der Erleichterung ihn erfaßte, und wäre um eine Erklärung dennoch verlegen gewesen. Er fühlte sich glücklich, jungenhaft und voller Freude.

«Wie lange etwa wird es dauern, bis die Arbeiten abgeschlossen sind und das Grab neu versiegelt werden kann?» fragte er Hori.

Der junge Mann überlegte. «Schwer zu sagen», antwortete er. «Das hängt natürlich von den Künstlern ab. Reparaturen sind nicht erforderlich, so daß in Kürze alles für die Opferungen bereit sein dürfte.»

«Ich meine, wir sollten die Deckel auf die Sarkophage stellen», sagte Khamwaset langsam. «Es ist nicht gut, daß diese beiden nicht vor Staub geschützt sind, und zudem, falls in Zukunft Grabräuber eindringen sollten, werden die Deckel sie eher davon abhalten, die Leichname auf der Suche nach Amuletten zu plündern.»

Hori sah ihn neugierig an, und Khamwaset fragte sich, ob sein Gesicht irgend etwas Merkwürdiges ausdrücke oder seine Stimme ihn verrate.

«Sehr gut», sagte Hori beipflichtend. «Wir gehen ein Risiko ein, da wir nicht wissen, aus welchem Grund sie sich ursprünglich nicht an Ort und Stelle befanden, aber unsere Absichten sind rein und werden uns bestimmt vor jeder Vergeltung seitens der Toten beschützen.»

Khamwasets Hochstimmung begann zu schwinden. «Wir überlassen dich deiner Arbeit», sagte er zu seinem Sohn. «Hori, erinnerst du Amek bitte daran, daß er das Grab so lange bewacht, bis es wieder geschlossen ist? Und sorge dafür, daß die Fellachen genug Bier und Gemüse bekommen. Ihre Arbeit ist am schwersten.» Er ging zurück zum helleren Licht im Vorraum und dem gesegneten, lebendigen weißen Licht, das die Sonne direkt die Stufen hinunterschickte. «Sheritra», rief er nach hinten, «es ist noch zu früh, um heimzugehen. Möchtest du gerne einen Ausflug in die Stadt machen? Wir könnten ja mal sehen, was es Neues auf den Märkten gibt.»

«Wenn schon, dann können wir es ja auch richtig ausnutzen», rief sie zurück, und zusammen gingen sie zu ihren Sänften.

Statt sich nach Norden zu wenden, entlang der Tempel der Könige im Ankh-Tawy-Bezirk, befahl Khamwaset den Trägern, nach Süden zu schwenken und eine Abkürzung durch das Viertel der südlichen

Vorstadt zu nehmen, in dem die Mehrzahl der gewöhnlichen Ausländer wohnte, und den Kanal zu überqueren, der von den Wassern des Nils gespeist wurde und den Tempel des Hathor im Süden mit dem des Ptah im Norden verband. Khamwaset hatte sich nicht die Mühe gemacht, dafür zu sorgen, daß Ramoses zu seinen Begleitern gehörte, und daher hatte der robuste Amek die Aufgabe übernommen, der immer dichter werdenden Menge die Warnungen zuzurufen, sie solle Platz machen und dem Sohn des Pharaos ihren Respekt bezeigen.

Bald nahmen der Lärm und das rege Treiben des Peru-nefer-Bezirks ihre Sinne gefangen, denn in ihrer unmittelbaren Nachbarschaft kreuzten sich die engen Straßen des flußnahen Memphis, gesäumt von zwei- und dreistöckigen Lehmhäusern und Geschäften und von Buden mit Sonnensegeln, deren Besitzer ihr Warenangebot lauthals anpriesen. Trotz des Menschengedränges, der schreienden Esel und der kreischenden nackten Kinder, die sich im Staub der Straße tollten, schaffte Amek es irgendwie, für einen ehrfurchtsvollen Abstand zu seiner königlichen Ladung zu sorgen.

Sheritra hatte etwas entdeckt, und Khamwaset befahl den Trägern anzuhalten. Er beobachtete sie, wie sie auf die Straße hinabkletterte; ihr Leinentuch war verrutscht, und ihre Sandalen hatte sie auf dem Boden der Sänfte vergessen. Sheritra eilte über die Straße zu einem Stand, auf dem Vasen und seltsam geschnitzte Dosen gestapelt waren, die, den Abbildungen mit sonderbaren Seegeschöpfen nach zu urteilen, aus Alashia stammen mußten.

Doch kaum vor dem Stand eingetroffen, hatte ihre Schüchternheit wieder die Oberhand über sie gewonnen; sie zögerte, verschränkte die Arme und starrte die Auslagen an. Khamwaset gab Amek ein Zeichen, der zu ihr hinging und sich diskret danach erkundigte, wofür sie sich interessierte, und während sie flüsterte und Amek feilschte, blickte Khamwaset zwischen die wogende Menge hindurch auf den Fluß und erhaschte einen kurzen Blick darauf, der ihm jedoch wieder verstellt war, sobald die Menschen sich weiterbewegten.

Er genoß seinen Ausflug. Nubnefret würde entgeistert sein, wenn sie erfuhr, daß ihre Tochter sich an einem öffentlichen Ort inmitten von Staub und Abfällen aufgehalten hatte, um einen Kauf von beleidigender Billigkeit zu tätigen, während neben ihr drei betrunkene Männer aus der einladenden Kühle einer Bierschenke auf die Straße wankten.

Kurz darauf kam Sheritra mit einem breiten Lächeln zu ihm hoch und hielt einen häßlichen giftgrünen Topf in den Armen. «Es ist ein ekelhaftes Ding», sagte sie außer Atem, «aber ich mag es und werde Bakmut bitten, Blumen hineinzustellen. Wohin gehen wir nun?»

Mit einem gewissen Bedauern befahl Khamwaset den Trägern, über die Flußstraße nach Hause zu gehen. Der Nachmittag wog die Beschimpfungen Nubnefrets auf, die sie ihnen an den Kopf werfen würde. Die Straße am Flußufer entlang war breiter als die Straßen in der Stadt, und daher war es ihnen möglich, Seite an Seite in ihren Sänften zu schwanken. Noch immer waren viele Menschen unterwegs, doch bewegten sie sich gleichmäßiger, und daher kamen sie schneller voran.

Sie hatten die Brücke über den Kanal überquert, der vom Fluß zu den Stufen des Anlegeplatzes am Ptah-Tempel führte, als Khamwaset, der die Passanten müßig beobachtete, plötzlich erstarrte. Vor ihm schritt eine Frau aus, wobei ihre unbekleideten Füße kleine Staubwolken aufwirbelten. Sie war großgewachsen und elastisch, und sie bewegte sich mit einem selbstsicheren, lockeren Schwung ihrer Hüften, was die Leute in unmittelbarer Nähe dazu veranlaßte, ihr Platz zu machen. Khamwaset konnte ihr Gesicht nicht sehen. Sie hielt ihren Kopf mit der Kappe aus glänzendschwarzem Haar sehr hoch und drehte ihn weder nach rechts noch nach links. Ihre Arme schwangen locker aus und streiften dabei ihre weißbekleideten Hüften; an ihren beiden Handgelenken trug sie gewundene Silberarmreifen, die Schlangen glichen.

«Sieh dir diese Frau an!» rief Sheritra ihm zu und wies auf sie. «Die da, dort hinten! Welch eine Erscheinung, nicht wahr, Vater? Ihr Gang ist fast arrogant, trotz der Tatsache, daß sie ein sehr altmodisches Gewand trägt und barfuß geht.»

«Ja, ich sehe sie», rief Khamwaset zurück, die Hände in seinem Schoß aneinandergepreßt, den Kopf gereckt, um sie nicht aus den Augen zu verlieren. Ihr Gewand war wirklich altmodisch. Es schmiegte sich den Umrissen ihres geschmeidigen Körpers an. Khamwasets Augen erkundeten ihre Gestalt, und er bemerkte, wie sich ihre strammen Muskeln unter dem leuchtenden Leinen anspannten... Eine Seite ihres Gewandes war hoch aufgeschlitzt, damit sie besser gehen konnte, und er beobachtete, wie ihr braunes Bein auftauchte, sich langsam spannte, darauf verschwand und dann wieder in Erscheinung trat.

«Was meinst du? Trägt sie eine Perücke, oder ist das ihr eigenes Haar?» fragte Sheritra. «Jedenfalls trägt keiner mehr die Locken so. Mutter würde *sie* nicht akzeptieren!»

Ja, das würde sie nicht, dachte Khamwaset mit zugeschnürter Kehle. In ihrem Gang liegt eine gezügelte Wildheit, die Nubnefret sofort gegen sie aufbringen würde. «Schneller vorwärts!» rief er seinen Trägern zu. «Ich möchte diese Person einholen. Amek, lauf voraus und halte sie an!» Weshalb starren nicht alle sie an? fragte er sich. Er sah, wie Amek sich durch die Menschenmenge vorkämpfte, während die Träger ihren Schritt beschleunigten, doch mit einem flauen Gefühl im Magen erkannte er, daß sein Oberst sie nicht einholen würde. Gerade als ihm bewußt wurde, daß er seine Fingernägel in die eigenen Handflächen preßte, und er den frenetischen Druck lockerte, hatte sie sich in Luft aufgelöst und blieb verschwunden. Amek kehrte zurück. «Tut mir leid, Prinz», sagte er. «Bei all ihrer Anmut, der Erdboden hat sie verschluckt.»

Es war Amek also auch aufgefallen. Khamwaset zuckte die Achseln. «Macht nichts», erwiderte er. «War nur so eine flüchtige Laune von mir, aber wir müssen jetzt heim.» Sheritra schaute ihn nachdenklich an. Er sah auf die weißen Einkerbungen in seinen Handflächen und blickte dann zu ihr hinüber. «Ich war mehr neugierig als umsichtig», sagte er und lächelte.

«Man kann doch eine Schönheit würdigen, ohne sich zu schämen», sagte sie, ihn tröstend. «Auch ich habe bemerkt, daß sie wunderbar war.»

Ausnahmsweise einmal stimmte der Unterton von Selbstverachtung in der Stimme seiner Tochter ihn ärgerlich. Khamwaset brummte etwas, rief bellend einen lauten Befehl und zupfte an den Quasten seiner Sänfte. Er näherte sich dem Vordereingang seines Hauses mit geschlossenen Augen und einem zunehmenden Gefühl des Verlustes.

5. Kapitel

«O Mensch, der du dich überläßt deinen Leidenschaften,
welches ist deine Verfassung?
Er schreit auf, seine Stimme reicht bis an den Himmel.
O Mond, klage ihn seiner Verbrechen an.»

Während Sheritra und Khamwaset sich verstohlen auf das Haus zu bewegten, konnte er hören, wie die Diener beim Anzünden der Lampen im Garten plapperten. «Wir beide sind schmutzig und riechen noch nach Basar», flüsterte Sheritra. «Sollen wir in diesem Aufzug beim Abendessen pünktlich aufkreuzen, oder waschen wir uns und kommen dann lieber zu spät?»

«Wir waschen uns lieber», antwortete Khamwaset mit fester Stimme. «In den Augen deiner Mutter ist es ein geringeres Verbrechen, unpünktlich zum Abendessen zu erscheinen als schmutzig, Sheritra.»

Sie trennten sich. In Khamwasets Gemächern wartete Kasa. Er hielt Handtücher bereit und hatte saubere Leinenkleidung und passenden Schmuck auf der Liege ausgebreitet. «Die Prinzessin ist wütend», gab er als Antwort auf Khamwasets barsche Anfrage. «Sie wollte wissen, wohin du gegangen bist. Prinzessin Sheritra hat heute nicht auf der Laute geübt.» Khamwaset war bereits auf dem Weg zum Badehaus, und Kasa trottete hinter ihm her. «Ich weiß», sagte er. «Diese kleinen Ausflüge von mir sind kaum der Mühe wert, Kasa. Nubnefrets Zorn ist fürchterlich, wenn man ihn einmal hervorgerufen hat. Wasch mich schnell.»

Kurz darauf trat er aus dem Dämmer des Hauses in den warmen abendlichen Schein des Gartens hinaus. Sheritra war schon da; unter einem einfachen blauen Kleid hatte sie die Knie bis ans Kinn angezogen und hielt sie mit ihren Armen umschlossen, an denen mehrere Armreifen aus Lapislazuli hingen sowie ein Diadem ebenfalls aus Lapislazuli, das am Ellbogen ruhte. Sie war ungeschminkt. Sie unterhielt sich mit Hori, der sich auf dem Rasen neben ihr rekelte und dessen Haar vom Baden noch feucht war. Khamwaset näherte sich ihnen durch das sanfte Zwielicht und setzte sich auf den Stuhl, hinter dem ein Diener sich verbeugte. Er fand soeben noch die Zeit, seinen Sohn zu grüßen, bevor zwischen den Säulen Nubnefret erschien, hinter der ein Diener ein Tablett mit Delikatessen hertrug. Khamwaset nahm eine in Honig eingelegte Knoblauchzehe und erhaschte einen Blick auf Nubnefrets versteinertes Gesicht, als sie sich anmutig auf den Stuhl neben ihm niederließ.

Sheritra erzählte Hori lebhaft, was sie an diesem Tag erlebt hatten. «Und wir haben eine höchst außergewöhnliche Frau gesehen!» sagte sie. «War sie nicht toll, Vater? Zwar irgendwie arrogant, aber zugleich ungezwungen, wenn du weißt, was ich meine.» Nubnefret wandte sich mit spöttischen und eher zu scharfen Augen ihrem Gemahl zu, und Khamwaset widerstrebte es auf einmal, über dieses Geschöpf zu reden, das vor ihm hergegangen war, groß und geschmeidig und anziehend, und das einen winzigen, blutenden Kratzer, wie von der Tatze einer Katze verursacht, in seinem Geist hinterlassen hatte. «Sie war wirklich ungewöhnlich», sagte er zustimmend. «Nubnefret, wann essen wir denn endlich zu Abend?»

«In ein paar Minuten», antwortete seine Gemahlin, offensichtlich verärgert, «obwohl ich mich doch wundern muß, daß du so schnell zu deinem Abendessen kommen möchtest, wo du doch so spät nach Hause gekommen bist.»

Noch eine Weile teilte die Familie in der herabsinkenden Dämmerung des Gartens ihre Neuigkeiten aus, während die Lichter im Haus fahle Strahlen auf die purpurnen Blumen warfen und die kristallene Bewegung im Brunnen sich in einen grauen Wasserfall verwandelte.

Schließlich gab Nubnefret nach. Sie nickte Ib zu, dem Haushofmeister, stand auf, und die anderen folgten ihrem Beispiel.

Ich möchte zu gerne wissen, was diese Frau heute abend tut. Dieser Gedanke überfiel Khamwaset unvermittelt, als er die wenigen breiten Stufen zwischen den Säulen hinanstieg und sich zu der wunderbaren Mischung aus Aromen hinwandte, die aus dem Speisesaal herüberwehten, wo die Musiker bereits aufspielten. Hat sie einen Ehemann und spazieren die beiden in ihrem Garten, um die Abendbrise zu genießen? Oder lebt sie, eine Person von unerforschlicher Zurückhaltung, welche die Männer verachtet, vielleicht bei ihren Eltern und hält sich sogar jetzt allein in ihren Räumen auf, während ihre Familie irgendeinen ungeduldigen Anwärter unterhält, dem niemals das Vorrecht gewährt wird, sie zu berühren? Nein, seine Gedanken spulten weiter ab, als er auf seinem Kissenstoß Platz nahm. Sie ist kein Mädchen mehr. Viele Anwärter sind gekommen und gegangen, aber sie ist nicht interessiert. Sie ist eine Gemeine, die weiß, daß sie mehr wert ist als alle Anwärter zusammengenommen, und sie wartet auf einen Prinzen.

Nubnefret setzte sich neben ihn, und einen Augenblick lang fühlte Khamwaset ihre peitschende Zunge. «Ich bin daran gewöhnt, daß du mich bei jeder Gelegenheit verläßt, die dir langweilig oder für gute Regierungsbeziehungen überflüssig erscheint», sprach sie zischend, «aber ich lasse es nicht zu, daß du meine Autorität Sheritra gegenüber untergräbst oder sie dabei ermutigst, sich vor ihren Aufgaben in diesem Hause zu drücken! Ich möchte nicht, daß du ihr beibringst, daß es annehmbar sei, sich gehen zu lassen.»

Als er in ihre feurigen Augen blickte, wollte er ihr erklären, er habe sich bei Sheritra nur dafür entschuldigen wollen, daß er sie am Abend zuvor enttäuscht hatte, aber es gelang ihm einfach nicht. Nicht in diesem Moment. «Es tut mir aufrichtig leid, Nubnefret», sagte er ruhig, «und du hast recht. Ich will mit dir darüber nicht streiten.» Sie blinzelte und lehnte sich zurück, wobei sich ihr Gesichtsausdruck entspannte. Offenbar hatte sie mit einer schärferen Entgegnung seinerseits gerechnet. Er küßte sie sanft auf die Wange, und plötzlich nahm sie sein Gesicht in beide Hände und drückte ihre vollen Lippen gegen die seinen.

«Du machst mich wahnsinnig», sagte sie mit heiserer Stimme, «aber ich liebe dich trotzdem.» Sie hatte nach süßem Honigwein geschmeckt, und ihre Zunge hatte die seine gekostet.

Entgegen seiner Absicht, den Rest des Abends aufmerksam seiner Familie zu widmen, stellte Khamwaset fest, daß seine Gedanken um die geheimnisvolle Frau kreisten, während sein Mund über unverfängliche Themen sprach. Er sah, wie sich ihre Fersen hoben und ihre Waden beim Ausschreiten verhärteten. Er sah, wie ihr weißes Gewand sich an ihrem äußeren Schenkel rieb. Es ist lächerlich, sagte er sich. Ägypten ist voll schöner Frauen aller Nationalitäten. Ich sehe sie jedesmal, wenn ich aus dem Hause gehe, einen Tempel besuche und durch den Palast in Piramses gehe. Weshalb diese Frau? Darauf fand er keine Antwort und verbannte sie schließlich mit eiserner Selbstdisziplin aus seinen Gedanken. Er ließ sich zum viertenmal seinen Becher nachfüllen und hatte bemerkt, daß Nubnefret ausnahmsweise einmal mitzog. Er tat sein Bestes, um sich an der unbeschwerten Unterhaltung seiner Kinder zu beteiligen, doch der schwere und kühle Wein stieg ihm zu Kopf, und schließlich verstummte er und überließ sich ganz und gar seiner Stimmung.

Als er später schnell in den Schlaf glitt, wußte er, daß er mehr Wein getrunken hatte, als ihm guttat. Das Trinken war ein vergnüglicher Zeitvertreib. Ein jeder ließ sich treiben, aber Khamwaset war bewußt, daß er mit siebenunddreißig Jahren zu alt war, um am Tag danach noch auf der Höhe zu sein, wenn er dem Alkohol am Vorabend allzusehr zugesprochen hatte. Nubnefret hat morgen auch einen Katzenjammer, dachte er und war milde böse auf sich, als er die Augen schloß und die Laken bis über seine Schultern hochzog. Ich habe getrunken, weil ich mich schuldig gefühlt habe, und sie, weil sie verwirrt war, nehme ich an. Man sollte nur aus Freude trinken. Das war sein letzter zusammenhängender Gedanke.

Er träumte, und in diesem Traum saß er in einem Obstgarten im Delta auf dem Rasen, die volle Mittagssonne schien auf ihn herab, doch es gab kein Unbehagen, nur ein Gefühl eines allumfassenden Wohlseins. Gut, dachte er in diesem Traum, schloß seine Augen und hob sein Gesicht. Dies ist ein Omen für zukünftige Freuden. Die Früchte auf den Bäumen um ihn herum waren reif, und hin und wieder konnte er den dumpfen Aufschlag eines Apfels vernehmen, der sich von selbst gelöst hatte. Einen Augenblick lang durchströmte ihn vollkommene Zufriedenheit.

Dann begann ein anderer Bewußtseinsstrom von ihm Besitz zu ergreifen. Sein Glied rührte sich und schwoll unter seinem einfachen Leinenrock so sehr an, daß es vollkommen steif wurde. Ein weiteres gutes Omen, dachte sein Traum-Ich beglückt, und er öffnete die Augen. Meine Besitztümer werden sich vermehren. Durch den grellen Schein des Sonnenlichts hindurch vermeinte er, das Huschen einer Bewegung im Schatten wahrzunehmen, dort wo die Bäume standen. Weißes Leinen, die Ahnung eines braunen Beins mit einem angewinkelten Fuß, eine Hand, die um den Stamm herumglitt, mit langen und anmutigen Fingern, die die Rinde streichelten. Ich bin so hart wie das Holz, flüsterte er, und voller Saft. Voller Saft... Er war benommen von seiner Lust und der Spannung seiner Erektion, seine Augen blieben an diesen streichelnden, drückenden und erkundenden Fingern haften... Er wachte mit angezogenen Knien auf, mit beiden Händen hielt er sein Glied umfaßt. Er war schweißgebadet. Seine Laken lagen zu einem Haufen zusammengeknüllt auf dem Fußboden.

Abgespannt und mit einem unangenehmen Taumeln im Kopf kämpfte er sich hoch. Verdammter Wein, dachte er, schnappte sich ein Leinentuch und wickelte es sich um die Hüfte. Im Dunkeln tastete er sich bis zur Tür vor und trat auf den Korridor hinaus. Er hatte keine Ahnung, wie spät es war, doch schien es sehr spät zu sein. Im Haus war es still. Leicht wankend begab er sich zu Nubnefrets Gemächern und betrat sie, indem er über den schnarchenden Wächter hinwegstieg. Wernuro lag auf ihrer Matte auf dem Fußboden und schlief tief. Khamwaset ging um sie herum und geradewegs ins Schlafzimmer seiner Gemahlin hinein.

Sie schnarchte ebenfalls leicht, ihr Schlafkleid war bis zur Taille offen, die Laken lagen um ihre Knie gebündelt. Dies ist nicht Nubnefret, dachte er betrübt, als er sich über sie beugte. Das ist nicht meine anspruchsvolle Frau, das ist Nubnefret, meine trunkene Frau. Diese Gedanken erhöhten den sexuellen Druck, der ihn hierhergetrieben hatte. Ungeschickt legte er sich neben sie auf das Ruhebett, zog das dünne Laken weg, und seine Lippen küßten ihre Brüste. Er spürte, wie ihre Beine sich lösten und ihre Schenkel sich öffneten.

«Khamwaset?» fragte sie murmelnd.

«Ja», flüsterte er. «Bist du wach? Bin ich willkommen, Nubnefret?»

Statt einer Antwort nahm sie seine Hand und führte sie zwischen ihre Schenkel; sie hob ihren Kopf, um seinen Kuß zu empfangen. Ihr Körper duftete nach dem schweren Parfüm, das sie bevorzugte, und ihr Fleisch war heiß und weich. Er liebte sie in der Benommenheit seines Traums und seines Verlangens und hörte, wie sie im Augenblick ihres Höhepunktes laut aufschrie, bevor er seinen eigenen erreichte. Zitternd, schweißtriefend und schwer sank er auf ihr nieder, doch der Schrei verstummte nicht. «Nubnefret?» sagte er brummend, verwundert und verwirrt.

«Das ist Sheritra», sagte sie kurz angebunden, schlüpfte unter ihm weg und griff nach ihrem Umhang. Betäubt suchte er nach seinem Leinen, um es sich erneut um die Hüfte zu wickeln, und beide stürzten auf den Gang hinaus.

Wernuro und der Wächter waren nunmehr wach, und die verschlafene Wernuro quälte sich damit ab, eine Lampe anzuzünden. Nubnefret schob beide beiseite. Khamwasets Augen ruhten auf ihrem üppigen, rostbraunen Haar, das den Rücken hinunterfiel; ihre nackten Füße unter ihrem fließenden, weißen Kleid tappten flink über den Fußboden. Nackte Füße, dachte er plötzlich verwirrt. Nackte Füße. Sonnenschein. Ein Apfelgarten. Mein Traum. Mit einem Schlag war ihm bewußt, daß jene Frau, die sich in seinem Traum hinter dem schwerbeladenen Baum versteckt gehalten hatte, dieselbe war, die Sheritra und er am Nachmittag verfolgt hatten, und er hatte soeben den Bann des schützenden Zauberspruchs gebrochen, als er mit Nubnefret geschlafen hatte. Wie konnte so etwas geschehen? fragte er sich selbst entgeistert. Und dies ausgerechnet mir! Ein solcher Verlust der Selbstkontrolle läßt sich nicht entschuldigen. Ich bin ungeschützt, wir alle sind wehrlos.

Nubnefret betrat Sheritras Gemächer gerade, als Bakmut herauskam. Die Dienerin verbeugte sich. «Was gibt es denn?» fragte Nubnefret harsch. «Ein Alptraum, glaube ich», antwortete das Mädchen. «Ich wollte gerade etwas Wein für die Prinzessin holen gehen, damit sie sich beruhigt. Sie ist jetzt ganz wach.»

Khamwaset wartete nicht, ging an den beiden Frauen vorbei und trat auf Sheritras Ruhebett zu. Seine Tochter saß aufrecht, war kreidebleich und hielt, wie sie dies häufig tat, ihre Knie mit den beiden Armen umschlungen. Als sie ihn erblickte, streckte sie ihm beide Arme entgegen, und er ließ sich auf ihr Ruhebett nieder, während sie ihr Gesicht an seiner Schulter verbarg.

«Was hast du denn, meine Kleine Sonne?» sprach er besänftigend. «Jetzt ist es wieder gut. Ich bin bei dir.»

«Ich weiß nicht so recht», antwortete Sheritra mit einem Zittern in der Stimme, obwohl sie versuchte, sich zu beherrschen. «Ich hatte noch nie Alpträume, Vater, du weißt das, aber heute nacht, gerade eben...» Sie schauderte und hob den Kopf. «Es war irgend etwas Schreckliches, Furchtbares, keine Person oder ein Tier, sondern ein Gefühl, wie etwas, das hinter meinem Rücken ohne Augen oder Ohren heranwächst, mich jedoch als Beute erkennt, etwas Böswilliges, das mich zerreißen will.»

Nubnefret hatte sich gesetzt und Sheritras Hand ergriffen. «Bakmut ist gleich hier mit dem Wein», sagte sie tröstend, «und den trinkst du, und danach legst du dich wieder schlafen. Es war nur ein Traum, meine Liebste. Sieh nur, dein Vater und ich sind hier, und all deine Dinge sind nach wie vor da. Hörst du die jagende Eule? Du bist zu Hause in deinem eigenen Bett, und alles ist in Ordnung.» Sie streichelte die blasse Hand, während sie sprach, und lächelte beiden zu. Khamwaset überkam eine große Zärtlichkeit für sie. Er legte seinen freien Arm um ihre Schulter.

«Tut mir leid, daß ich euch gestört habe», sagte Sheritra. «Heute habe ich mich nicht wohl verhalten, Mutter, und dies ist vielleicht die Strafe meines Gewissens.»

Ausnahmsweise einmal nutzte Nubnefret diese Äußerung nicht aus. «Das glaube ich nicht», sagte sie. «Hier kommt Bakmut. Trink den Wein, und dann bleiben wir bei dir, bis du eingeschlafen bist.»

Die Züge in Sheritras offenem Gesicht entspannten sich. Sie

nahm den Becher entgegen, leerte ihn und vergrub sich dann in ihre Kissen. «Erzählst du mir eine Geschichte, Vater?» fragte sie schläfrig, und nach einem amüsierten Seitenblick auf seine Gemahlin begann Khamwaset zu erzählen, doch kaum hatte er ein paar Sätze gesagt, als Sheritra bereits tief und regelmäßig atmete und ihre Augen aufhörten, unter den blassen Lidern zu zucken. Nubnefret und er schlichen sich davon, und Bakmut schloß hinter ihnen die Tür.

«Als unsere Kinder noch klein waren, haben wir das regelmäßig so gemacht», sagte Nubnefret zu Khamwaset, als sie durch den Flur zurückgingen. «Obwohl Sheritra sich erschreckt hatte, kam ich mir wieder jung vor.» Unter dem Wirrwarr ihrer unordentlichen Haare lächelte sie ihm versonnen zu.

«Kommst du dir alt vor, Nubnefret?» fragte er sie verwundert. «Aber du hast nie...»

«Nie etwas auf mein Alter gegeben?» ergänzte sie seine Frage. «Das heißt nicht, daß ich es nicht spüre, Khamwaset. Ich bin nicht ganz und gar die kühl organisierende Hausherrin des königlichen Haushalts, weißt du.» Khamwaset suchte nach dem Zeichen einer Anschuldigung in ihrem Antlitz, doch es gab keines. Wie ein junges Mädchen, das sich nach einem Kuß sehnt, aber zu ängstlich ist, den ersten Schritt zu tun, starrte sie unschlüssig und mit ihren vom Schlaf noch verquollenen Augen voller Liebe zu ihm hoch. Er nahm sie in seine Arme. «Bleibst du heute nacht bei mir?» fragte sie bittend. «Schon seit langem habe ich die Wärme deines Körpers nicht mehr neben mir gespürt.» Wieder suchte er nach einem Vorwurf und fand keinen.

«Das möchte ich auch gerne», sagte er zustimmend und dachte bei sich, daß der Bann des Zauberspruchs gebrochen war. Welchen Schaden konnte er also anrichten? Erst als er unter ihren Laken auf der Seite lag und spürte, wie sich ihr Körper an seinen anschmiegte, sah er wieder die Frau auf der Straße vor sich, und urplötzlich schien das dunkle Haus um ihn herum erfüllt zu sein von jenen bösen Vorahnungen aus Sheritras Alptraum. Mit einem Gebet auf den Lippen schlief er ein.

Am Morgen verspürte er hartnäckige Kopfschmerzen und eine große Müdigkeit. Er traf sich kurz mit seiner Familie, nunmehr gebändigt und beruhigt, in der kühlen Empfangshalle, bevor ein jeder sich an sein Tagewerk begab.

«Ich sehe mir die lange vernachlässigten Pläne für die Apis-Bestattungsplätze an, und danach verbringe ich einige Zeit im Tempel des Ptah», sagte Khamwaset. Statt eines Kommentars runzelte Nubnefret lediglich ihre Stirn. Sie küßte ihn auf den Nacken und ging weg. Belustigt bemerkte Khamwaset, daß Sheritra ihr gehorsam auf dem Fuße folgte.

«Ich verbringe den Tag am Grab», teilte Hori ihm mit, «aber heute abend bin ich zu einem Fest im Viertel der Fremden eingeladen. Wir treffen uns dann beim Abendessen, Vater.»

Khamwasets Augen folgten Horis federndem Gang und den perfekt entwickelten Muskeln seiner Beine, dann drehte er sich mit einem Seufzer weg. Wie schön es doch war, jung und hübsch, reich und begehrt zu sein. Er war sicher, daß alle Drittel in allen von Horis Tageshoroskopen ihm viel Glück voraussagten, während sein eigenes zunehmend zweideutiger wurde.

Wieder in seinem Arbeitsraum zurück, legte Pentawer einen Stoß offizieller Korrespondenz auf den Schreibtisch und hockte sich auf den Fußboden, zum Diktat bereit. Nach einem Blick des Bedauerns auf den Strahl des hellen frühlingshaften Sonnenlichts, das vom hohen Fenstergeschoß auf den Fußboden fiel, öffnete Khamwaset mit einem trotzigen Ruck das erste Schreiben. Wenn ich Ptah eine besondere Opfergabe dargebracht und ihn um den wohltätigen Schutz für dieses Haus gebeten habe, will ich einen Bootsausflug auf dem Fluß machen, versprach er sich selbst. Dann will ich an nichts anderes denken als an den Wind auf meiner Haut und die Vögel in den Dickichten.

Als die Korrespondenz erledigt war, ließ er seinen Architekten zu sich rufen, und zusammen verbrachten sie einige Stunden über den Plänen für die Apis-Stiere. Die Entwürfe des Architekten waren sehr befriedigend, und Khamwaset gab den Befehl zum Beginn der Ausgrabungen, bevor er sich zu einem leichten Mahl, einer sorgfältigen

Wäsche und zum Umkleiden in seine Gemächer zurückzog. Dann ging er mit Amek und Ib auf sein Boot und wurde die kurze Strecke bis zum Kanal gerudert, die auch Ptahs heiliges Boot während der Festtage vom Tempel aus nahm.

An dieser Stelle ging Khamwaset an Land und spazierte unter Ptahs heiligen Sykomoren den Kanal entlang bis hin zum Anlegeplatz des Gottes und von dort aus das heiße Pflaster aus Granit entlang zwischen den zwei massiven Säulen in den Vorhof hinein, sein kleines Gefolge aus Dienern stets einige Schritte hinter ihm.

Der Hof wurde von den Andächtigen recht gut besucht. In kaum sichtbaren Wolken stieg Weihrauch vom Innenhof bis über die Säulen hoch, und man vernahm den Lobpreis der Sänger und das Rasseln ihrer Sistren. Khamwaset streifte seine Sandalen ab und übergab sie Ib. Er hatte seine liebste Halskette aus Türkis mit dem Gegengewicht in Form des Horusauges als Opfergabe für den Gott mitgebracht, dem er drei Monate im Jahr ganztägig als Priester diente. Auf seinem Weg zum Innenhof hielt er sie an seine nackte Brust und ging auf den Innenhof zu, wobei er es sorgfältig vermied, die gemeinen Leute anzustoßen, die mit geschlossenen Augen und ausgestreckten Händen herumstanden und beteten. Amek und Ib hatten sich in den Schatten der Mauer zurückgezogen.

Khamwaset durchquerte den Innenhof. Hier gab es ausschließlich Priester und Musiker. Die Anbetung Ptahs vollzog sich den ganzen Tag über, von dem Zeitpunkt an, da das Heiligtum in der Morgendämmerung geöffnet und der Gott gespeist und eingekleidet wurde, bis zum Sonnenuntergang, wenn das kleine, dunkle Geheimnis seiner Heimstätte geschlossen und verriegelt wurde. Einen Augenblick lang hielt Khamwaset inne, ergriffen von dem rituellen Gesang und der Lobpreisung durch die Körper der Tänzer, bevor er einen Platz fand und sich niederwarf.

Sowohl der Vorhof als auch der Innenhof waren unbedacht, und die Sonne brannte auf Khamwaset nieder, als er sich erhob und sich wiederum mit dem Gesicht nach unten auf den sandigen Boden warf. Zuerst sprach er die traditionellen Worte, indem er den lächelnden Gott rühmte, der alle Dinge erschaffen hatte, und dann stand er auf und flehte Ptah an, sich daran zu erinnern, daß er, Khamwaset, ihm ein ergebener und treuer Diener war, der aus Gründen der eigenen Dummheit darauf angewiesen war, daß das Auge des Gottes über seinen Haushalt wachte. Er betete lange und ernsthaft, doch eine Beruhigung stellte sich nicht ein. Statt dessen spürte er nach und nach, daß er einen Fehler begangen hatte, daß er besser anderswo gebetet hätte, obwohl dieser Gott sein Geschenk annehmen würde. Ihm kam der Gedanke, es sei Thoth, dem man in jenen Dingen diente, die dem Herzen am nächsten standen. Es ist Thoth, dem du mit deiner Gier nach Wissen und nach immer mehr Wissen, nach der Macht, die ausschließlich den Göttern zusteht, Unrecht zugefügt hast. Hast du Angst, deine Seele auf diese Weise vor Thoth statt vor Ptah zu enthüllen? Denn Thoth zeigt mehr Verständnis, dafür aber weniger Vergebung. Seine Diener sind die einzigen, welche die Verzückung und den Schrecken seiner Weisheit kennen.

Schließlich gab Khamwaset auf. Er näherte sich dem geschlossenen Heiligtum und überreichte dem diensthabenden Priester dort feierlich sein Geschenk und machte sich auf den Weg zurück zu den schweren offenen Toren, die auf den Vorhof hinausgingen. Er war gerade dabei, durch ihren dunklen Schatten hindurchzuschreiten, als er die Frau erblickte.

Sie hatte hinter einer Gruppe Bittsteller gestanden und wandte sich gerade ab, um auf die Säulen zuzugehen. Khamwaset erhaschte einen flüchtigen Blick auf ihr Gesicht – selbstsicher, in sich gekehrt, eine gerade Nase, große, mit Kohol geschminkte Augen unter glänzenden Haarfransen –, bevor sie ihm den Rücken zugekehrt hatte und mit diesem leichten und dennoch zielbewußten Schritt davoneilte. Sie war in ein gelbes Gewand gehüllt, wie zuvor von körpernahem, altmodischem Zuschnitt, der die Rundungen betonte, doch darüber bauschte sich ein durchscheinender knöchellanger, mit Gold eingefaßter Umhang.

Khamwaset beobachtete noch, wie der Umhang hinter ihren Füßen herschwebte, dann setzte er ihr nach. Die Menschenmenge war dichter geworden, und es kam ihm vor, als hätte sich jedermann, der in der brennendheißen Luft ziellos umherstreifte, plötzlich in Bewegung gesetzt, um sich aus einem böswilligen Grund zwischen ihn und seine Beute zu stellen. «Aus dem Weg!» rief er, während er rempelte und wegstieß, ohne darauf zu achten, ob jemand betete oder einfach nur das mächtige Gebäude des Ptah bewunderte. «Geh mir aus dem Weg!» Ein Murmeln der Entrüstung kam auf, und die Tempelwächter, welche die Wand säumten, begannen sich zu nähern. «Seht ihr sie nicht?» rief Khamwaset Ib und Amek zu, die sich auf den Ort der Unruhe zu bewegten. «Du, Amek, du hast sie gestern gesehen. Lauf ihr nach! Lauf!»

Die Wächter hatten ihn erkannt und unschlüssig angehalten. Khamwaset tauchte in den Säulengang ein und lief auf den großen Hof vor dem Anlegeplatz hinaus. Er sah sich um. Doch sie war nirgends zu erblicken. Er lief an den Rand des Hofs und spähte die Südseite der Mauer entlang, aber die weite Fläche war menschenleer. Die Nordseite lag ebenfalls verlassen da. Das Wasser im Kanal kräuselte sich blau und klar in der Hitze des Nachmittags. Mit einer Wut, die er selten verspürte, fühlte Khamwaset, daß seine Beute entwichen war. Ib und Amek schlossen zu ihm auf, keuchend und konfus, und Khamwaset hielt grimmig an sich, da er wußte, daß es nicht ihre Schuld war.

«Habt ihr sie gesehen?» fragte er Amek. Amek blickte ihn an, als wäre er wahnsinnig geworden.

«Ja, Hoheit», sagte er, «aber es war uns nicht möglich, sie einzuholen. Du warst näher dran als wir.»

«Schon gut.» Khamwaset schloß die Augen und zuckte zusammen. «Schon gut. Ich möchte, daß ihr nach Hause geht und alle Soldaten zusammentreibt, die ihr entbehren könnt. Steckt sie in Zivil. Beschreibt ihnen die Frau und sagt ihnen, sie sollen Memphis durchsuchen, und zwar diskret. Und kein Wort davon an meine Familie. Verstanden?» Sie nickten, noch immer verwirrt, doch er achtete nicht darauf. Er war wild entschlossen, diesem Geschöpf, das in seine Träume eingedrungen war, von Angesicht zu Angesicht gegenüberzutreten. Es ist, so sagte er sich, als hätte jemand einen Zaubertrank in meinen Wein gekippt oder ohne mein Wissen über mich einen Zauberbann ausgesprochen. Ich fühle mich von ihr wie betäubt. Jedesmal, wenn ich sie erblicke, ergreift mich ein Verlangen nach mehr, sie wirkt auf mich wie der Mohn bei jenen, die unter Schmerzen leiden. Erprobt etwa irgendein Magier an mir zum Spaß seine Kraft?

Seine Diener starrten ihn noch immer unentschlossen an, und er wandte sich von ihnen ab, lief beinahe am Kanal entlang, suchte mit den Augen nach dem willkommenen tiefen Schatten unter dem Wald von Bäumen und dem kurzgeschnittenen Rasen zu seiner Rechten, wohl wissend, daß sie nicht dort war. Seine Barke schaukelte nach wie vor friedlich an der Stelle, wo der Kanal sich in den Nil ergoß. Sein Schiffsführer hockte neben der Laufplanke und unterhielt sich mit dem Steuermann, und beide Männer erhoben und verbeugten sich, als er sich ihnen näherte.

Kaum ihre Ehrerbietung erwidernd, eilte er an Deck. «Bringt mich nach Hause!» befahl er. «Schnell!» Sie beeilten sich, seinem Geheiß Genüge zu tun.

Während der kurzen Fahrt zum Anlegeplatz saß er gespannt in der kleinen, stickigen Kajüte und bemühte sich, die fiebrige Ungeduld, die ihn gepackt hatte, unter Kontrolle zu bringen. Sein Plan, den übrigen Nachmittag auf dem Fluß zu verbringen, war vergessen. Er verspürte keinen anderen Wunsch, als die Zeit auf die bestmögliche Art totzuschlagen, bis seine Diener mit den ersten Nachrichten bei ihm eintrafen.

Kaum hatte er seine Barke verlassen, ging er geradewegs in sein Arbeitszimmer. Pentawer hielt sich mit einem seiner rangjüngeren Schreiber darin auf, um makellose Kopien jener flüchtigen Aufzeichnungen herzustellen, die sie im Grab anfertigten, und Khamwaset bat sie darum, diese Tätigkeit anderswo fortzusetzen. Pentawer warf ihm einen neugierigen Blick zu, gehorchte jedoch wie selbstverständlich, und die Tür schloß sich leise hinter ihnen. Khamwaset begann, im Zimmer hin und her zu gehen. Es gab ein Dutzend Aufgaben, denen er sich widmen konnte, und er wußte, daß in ihnen die heilende Wirkung der Zerstreuung lag, doch fehlte ihm die Kraft, das zu tun, was für ihn am besten war. Ich zweifle nicht daran, daß ich diese unbekannte Frau schließlich aufspüren werde, dachte er, als er mit verschränkten Armen durch den großen, ruhigen Raum schritt. Falls erforderlich, werde ich die Sicherheitskräfte in Memphis einsetzen. Und ich zweifle ebenfalls nicht daran, daß sie sich, wenn ich sie denn einmal gefunden habe, als enttäuschend entpuppen wird. Träume, die Wirklichkeit werden, sind immer enttäuschend. Entweder ist sie einfältig, eine ungebildete Gemeine ohne jeden Funken von Intelligenz, ungeschlacht und großmäulig, oder ein verdorbenes Weib aus dem Haushalt irgendeines niederen Vornehmen, eine Frau mit gesellschaftlichem Ehrgeiz, schrill und geschmacklos.

Er ging hin und her, bis er ermüdete, dann verließ er das Arbeitszimmer und ging in den Garten hinaus, legte sich in den Schatten auf eine Flachsmatte, schob ein Kissen unter den Kopf und versuchte, ein Nickerchen zu machen. Sein Gärtner war in der Nähe des Anlegeplatzes an der Vorderfront des Hauses zu hören, wie er zu seinem Lehrling sprach, während sie sich um die Sträucher kümmerten, die den Weg säumten. Vögel tauchten in den Brunnen hinein und erfrischt wieder daraus hervor, schlugen mit ihren Flügeln und piepsten wie irrsinnig im schläfrigen Frieden des nicht enden wollenden Nachmittags.

Nach einer Weile hörte Khamwaset, daß sich ihm jemand näherte, und er setzte sich aufrecht, und jeder Nerv spannte sich an, aber es war nur Sheritra. Sie ließ sich neben ihm zu Boden, auf ihrer Haut perlten Wassertropfen, ihr langes Haar fiel ihr in dunklen Strähnen auf die Schulter. Bakmut war ihr gefolgt und stand in einiger Entfernung abseits. «Mutter hat mir heute morgen alles aufgetragen, was ihr eingefallen ist», sagte Sheritra, deren Hände damit beschäftigt waren, das Wasser aus dem Haar zu wringen, «aber schließlich mußte sie mich gehen lassen, und daher war ich schwimmen. Der Frühling ist endgültig vorbei, nicht wahr, Vater? Die Tage werden langsam unangenehm. Was machst du denn hier draußen?»

Khamwaset stützte sich auf einen Ellbogen auf und beobachtete, wie das Wasser in kleinen Bächlein ihren Nacken hinablief. Er hatte es zwar nicht beabsichtigt, doch sagte er: «Ich habe die Frau wiedergesehen. Im Tempel des Ptah.»

Sheritra brauchte sich nicht zu erkundigen, welche Frau er denn meine. Ihre flinken Finger glitten weiter an ihrer Haarrolle hinunter. «Hast du mit ihr gesprochen?»

«Nein.» Khamwaset begann, müßig das Gras auszurupfen. «Sie verließ gerade den Vorhof, als ich sie bemerkte. Ich hatte Amek und Ib dabei, doch keiner von uns konnte sie einholen. Ich habe nach ihr suchen lassen, und ich warte auf eine Nachricht.»

Sheritra rief Bakmut, und diese näherte sich ihr mit einem Kamm in der Hand. Bakmut zog sich außer Hörweite zurück, und Sheritra führte ihn durch ihren dicken Haarschopf. Einige Strähnen waren schon angetrocknet, hatten sich gekräuselt und wehten vor ihrem Gesicht. Während sie ihre Augen auf die badenden Vögel gerichtet hielt, fragte sie: «Weshalb bist du so begierig darauf, sie zu finden?»

Khamwaset vermeinte, eine sanfte Berührung an seinem Handrücken zu spüren, und blickte zu Boden. Doch es war nichts, dafür aber tauchte ungebeten die Erinnerung an die kleine Tänzerin mit dem Hautausschlag auf, die plötzliche Wärme ihrer Lippen, die sie aus Dankbarkeit auf seine Hand gedrückt hatte. «Ich weiß es nicht», gab er offen zu, «und das ist die reine Wahrheit, Sheritra. Ich weiß nur, daß ich ihr in die Augen sehen und ihre Stimme hören muß, bevor ich meinen Frieden wiederfinde.»

Sheritra nickte verständnisvoll und machte sich daran, die schnell trocknenden Tröpfchen an ihrem Bein abzuschöpfen. «Ich hoffe, daß du enttäuscht sein wirst», sagte sie unvermittelt. Khamwaset sah, wie sich die Röte von ihrem Nacken aus verbreitete und ihren braunen Wangen einen kupfernen Ton verlieh. «Weshalb?» erkundigte er sich, obwohl er es wußte, und wunderte sich über ihre Wahrnehmung. «Denn wenn du nicht enttäuscht bist, wenn sie irgendwie deinem Bild von ihr entspricht, dann wirst du dich noch mehr für sie interessieren.» Khamwaset war vom Nachdruck in ihrer Stimme verwirrt.

«Aber selbst wenn es so wäre», widersprach er, «was wäre daran denn so schlimm? Viele Männer haben Konkubinen und führen ein sehr glückliches Familienleben. Welche Gefahren siehst du denn, meine Kleine Sonne?»

Weder auf seinen Versuch, ihr damit zu schmeicheln, daß er sie mit der wortwörtlichen Bedeutung ihres Vornamens anredete, noch auf seinen absichtlich neckenden Unterton reagierte sie in einer mädchenhaften Weise. Mit einemmal drehte sie sich zu ihm herum und, obwohl ihre Wangen gerötet waren, sah ihm direkt in die Augen. «Als Mann reagierst du nicht emotional, Vater», sagte sie. «Sondern du verhältst dich stets ruhig, stets höflich und stets freundlich. Ich kann mir nicht vorstellen, daß du eine andere Frau liebst als Mutter, obwohl ich sehe, daß du dir ganz selten noch eine Konkubine mehr zulegst.» Nun blickte sie auf den Boden. «Doch nur um der Abwechslung willen, verstehst du, nicht um in deinem Herzen Mutter untreu zu sein. Diese Frau...» Sie schluckte und zwang sich weiterzusprechen. «Diese Frau hat sich in deine Gedanken eingenistet. Das erkenne ich. Ich mag das nicht.»

Er war versucht, über ihre Beschreibung seiner Person, über ihre Einschätzung der Lage zu lachen. Alle Töchter sahen in ihren Vätern wohlwollende Götter, um die sich der Haushalt mit der Rechtmäßigkeit des Maat drehte, als reine und furchteinflößend weise Wesen. In Sheritras Meinung über ihn steckte ein wenig von dieser Haltung. Dennoch fürchtete sie etwas anderes, etwas, das eine reife Frau spüren konnte, die Gefahr eines überwältigenden Sandsturms, der die Höflichkeit und die Freundlichkeit zu vertreiben sowie die lauernde Hemmungslosigkeit freizusetzen vermochte, die sie darunter vermutete. Nun, steckt denn eine solche Unbekümmertheit in mir, fragte er sich, während er ihr sanft zulächelte, die sogar mir selbst verborgen ist? Er wußte keine Antwort, und er wußte nicht, was es bedeutete zu lieben.

«Sie ist geheimnisvoll, das ist alles», entgegnete er nach einer Weile. «Ähnlich wie die Schriftrollen in den Gräbern oder die Inschriften, die darauf warten, daß man sie entschlüsselt. Nachdem ich sie entschlüsselt und sie enttäuschend gefunden habe, wie das bei so vielen alten Inschriften der Fall ist, werde ich im Frieden mit mir sein. Du siehst also, Sheritra, es gibt nichts, worüber du dir Sorgen machen müßtest.»

Sie grinste ihn an, ihre feierliche Stimmung war verflogen. «Das habe ich noch nicht unter diesem Gesichtspunkt betrachtet», sagte sie. «Gut. In diesem Fall gönne ich dir das Abenteuer, Vater, und erzähl mir, welche Fortschritte es gibt. Ich muß gestehen, daß ich selbst ein ganz klein wenig gespannt bin.» Sie hob ihren Kamm auf, wickelte das Handtuch um ihre Hüfte und stand auf. «Eine neue Schlange ist durch die Hintertür hereingekrochen», fuhr sie fort, «und ich versuche es so einzurichten, daß sie sich wohl fühlt. Unser bisheriger Gast liegt zusammengerollt in einer kühlen Ecke der Empfangshalle, aber ich muß die andere noch von irgendeinem Stein im Garten weglocken, unter den sie sich gewöhnlich verkriecht. Viele Schlangen im Haus bringen doch Glück, oder?»

Er stimmte zu und blickte ihr nach, wie sie durch den Garten schlenderte. Bakmut folgte ihr, und der Garten war wieder menschenleer.

Khamwaset stand auf, tauchte seinen Kopf in das kalte Naß des Brunnens und drehte eine Runde um das Haus, grüßte die Hausdiener, die er traf, doch war es ihm weder möglich, seinen verspäteten Ausflug auf dem Fluß anzutreten noch in seine Gemächer zu gehen. Er kehrte zu seiner Stelle auf dem Rasen zurück und saß empfindungslos da.

Endlich, nachdem die Sonne sich dem Westen zugewandt hatte und das Licht im Garten weicher geworden war, kam Ib zu ihm. Der Mann war verschwitzt und erschöpft, er verbeugte sich flüchtig; seine Lippen waren von grauem Staub umrandet, an seinen Nasenflügeln klebten Sand und Schweiß. Khamwaset lud ihn ein, sich hinzusetzen, und Ib sank dankbar auf den Rasen. «Du zeigst dich besser nicht vor Nubnefret in diesem Zustand», sagte Khamwaset. «Was für Nachrichten bringst du?»

Ib schüttelte den Kopf, und Khamwasets Zuversicht schwand dahin. «Sehr wenige, Prinz», sagte der Haushofmeister kleinlaut. «Dreißig Leute von uns haben die Straßen und öffentlichen Plätze der Stadt den ganzen Nachmittag lang durchkämmt. Viele Leute haben diese Frau zwar gesehen, doch von allen, die sie gesehen haben, hat keiner mit ihr gesprochen.» Er lockerte seinen Leibrock und wischte daran sein Gesicht ab. «Und niemand weiß, wo sie lebt.»

Khamwaset grübelte eine Weile. «Danke, Ib», sagte er schließlich. «Laß dir soviel Zeit, wie du benötigst, um dich zu waschen. Dann bilde aus den dreißig Männern Gruppen von je fünf. Teile jede Gruppe abwechselnd zu einer Wache à vier Stunden ein, und morgen können sie dann erneut anfangen. Einer von ihnen wird dann schließlich etwas sehen oder hören.» Er spürte Ibs Mißbilligung und schickte ihn ins Haus, aber er selbst blieb sitzen. Ich habe fast einen ganzen Tag verplempert, dachte er betrübt. Ich habe hier gesessen wie einer dieser Verrückten. Welche Antwort habe ich denn von Ib erwartet? Ja, Prinz, wir haben sie gefunden, sie wartet auf dich in der Empfangshalle? Khamwaset rappelte sich mühsam hoch und stakste hinter Ib drein. Der Haushofmeister war nirgends zu sehen, und Khamwaset ließ Kasa rufen, verbrachte eine köstliche halbe Stunde im Badehaus, während sein Diener ihn abschrubbte und mit Lotoswasser einrieb, danach machte er sich in frischen Kleidern auf die Suche nach seiner Gemahlin.

Er traf sie in ihren Gemächern mit ihrer Kosmetikerin an, als sie sich gerade nach ihrem Nachmittagsschlaf neu schminken ließ. Sie war offensichtlich erfreut und keineswegs überrascht, als sie sah, daß er es war, der vorgelassen wurde, und sie drehte sich auf ihrem Schemel um. Um ihre wunderbaren Augen herum glänzte Kohol. Die Lider waren mit grüner Schminke bestrichen und ihre Lippen frisch mit Henna belegt. Sie trug ein lockeres Kleid, vorn offen und an den Knien locker verknotet, und er war von ihren üppigen Rundungen beeindruckt wie schon seit Jahren nicht mehr. «Dies ist eine merkwürdige Zeit für dich, mich aufzusuchen!» rief sie lächelnd aus. «Ist etwas nicht in Ordnung, Khamwaset?» Er hatte sich auf die Kante ihres unordentlichen Ruhebetts gesetzt. «Überhaupt nicht», sagte er. «Bist du jetzt sehr beschäftigt, Nubnefret? Möchtest du nicht vor dem Abendessen eine kleine Bootsfahrt mit mir machen, nur bis Peru-nefer, und an Deck sitzen? Wir könnten den Sonnenuntergang genießen und ein wenig Sennet spielen.»

«Das sollte ich eigentlich nicht tun», sagte sie zögernd. «In einen der Kornspeicher im hinteren Hof sind nämlich Mäuse eingefallen und haben Getreide geplündert, und bald wird bei uns das Brot knapp. Unser Hofverwalter wird kommen, um meine Bestellung für mehr Getreide aus dem großen Kornspeicher entgegenzunehmen, und ich muß noch das Auslegen von Gazellendung zum Vertreiben der Mäuse beaufsichtigen.» Sie brachte diese Entschuldigungen mit Bedauern vor, soviel erkannte Khamwaset.

«Wozu haben wir denn einen Küchenverwalter?» wandte er ein. «Laß ihn diese Angelegenheit regeln. Du hast sie alle gut ausgebildet, Nubnefret. Mach doch einmal eine Ausnahme.»

Sie dachte nach. «Du hast recht», sagte sie dann zustimmend. «Gib mir noch etwas Zeit, mich anzuziehen, mein Liebster, und dann gehe ich mit dir zum Anlegeplatz.»

Eigentlich wollte er nicht wirklich mit ihr einen Ausflug auf dem Fluß machen. Er wollte einen einsamen Ort für sich allein finden und sich dorthin zurückziehen, bis zu jenem Augenblick, da Ib zu ihm kam, um ihm zu melden, daß die Frau aufgestöbert worden war. Doch er wußte um die gefährliche Irrationalität dieses Drangs und kämpfte entschlossen dagegen an. Der Fluß würde schön sein, wenn Rê in den Mund der Nut hinabstieg, und Nubnefret würde es glücklich machen. Der Gedanke daran, daß er Nubnefret mit diesem Ausflug erfreuen würde, weckte in ihm das Gefühl einer überwältigenden Schuld ihr gegenüber, und er lächelte, nickte und verließ schnell ihre Gemächer.

In den folgenden Wochen erledigte Khamwaset seine Pflichten mit grimmiger und eiserner Entschlossenheit, während seine Leibgarde die Straßen von Memphis durchkämmte. Khamwaset zwang sich dazu, die bis dahin kaum in Angriff genommenen Ausgrabungen für die Apis-Begräbnisstätten in der Wüste zu inspizieren und die Aushubarbeiten für mehrere Kanäle auf seinen Landgütern zu besichtigen. Vom Delta drangen keine Nachrichten über die verwikkelten Heiratsverhandlungen des Pharaos mit den Khatti bis zu Khamwaset vor, und er war erleichtert. Das letzte, was er sich wünschte, war die Aufforderung, seinen Vater in Piramses aufzusuchen, wenn seine ganze, nach innen gerichtete Aufmerksamkeit auf die allabendlichen Berichte der Soldaten gelenkt war.

Er schlief unruhig. Er träumte von kräftigen Winden, welche die Oberfläche der Wüste zu einem heulenden Sandwirbel hochpeitschten; er träumte von einem über die Ufer tretenden Nil, der Ägypten überschwemmte und nicht aufhörte, das Land auszuhöhlen, aufzuschlecken und unerbittlich Kilometer für Kilometer aufzufressen; er träumte von den Kochstellen in seinen eigenen Küchen, von wo sich das Feuer ausbreitete und anwuchs, bis es sich über der ganzen Stadt gefräßig und drohend auftürmte und diese mit einem unheilvollen orangenfarbenen Glühen erleuchtete.

Als es an der Zeit war, sein Horoskop und das seiner Familie für den Folgemonat zu erstellen, erledigte er ängstlich diese Aufgabe, wobei er jeder Kleinigkeit mehr als nur seine gewöhnliche akribische Aufmerksamkeit widmete. Die Aussichten für ihn selbst standen schlecht. Demnach, so dachte er, als er die Resultate an seinem Tisch sitzend eintrug, sollte ich mich am besten auf mein Ruhebett legen und mich nicht rühren, bis der Monat Athyr vorüber ist. Ich kann keinen Todesfall hier erkennen, auch keinen Unfall mit Körperverletzung, sondern lediglich Pech. Lediglich. Er gluckste, ohne jeden Anflug von Humor. Nubnefrets Voraussagen für den Monat waren so wie üblich – kaum mehr als leichte Wellen in einem gleichmäßigen Fluß, der sich selten veränderte –, und Horis Horoskop, das immer so eindeutig glücklich war, zeigte einen kleinen Einbruch in der Anzahl der Tage. Sheritras Horoskop war fast so schlecht wie das seine.

Als er die Arbeit beendet hatte, die ihn einen vollen Tag kostete, verschloß er sie hastig und lehnte sich verzweifelt zurück. Ich kann Sheritra zu Suneros Haus in Ninsu schicken, wenn sie dorthin möchte, dachte er. Ich habe mich mit Nubnefret schon darüber unterhalten. Aber hieße dies, sie an einen Ort zu schicken, an dem ihr das Glück weniger hold ist, oder stürzen die Katastrophen, die ich voraussehe, über sie herein, wenn sie zu Hause bleibt? Darauf gibt es keine Antwort. Wir haben Krankheiten sowie Todesfälle und Intrigen im Königshaus überlebt, dachte er wieder, als er aufstand und seinen Arbeitsraum verließ. Alles wies im voraus auf Tage des

Unglücks hin. Die eigentlichen Überraschungen lieferten die Vorfälle selbst. Wir werden diesen Monat überstehen, wie wir alles überstehen. Als er aber den Flur hinunterging und in das schwindende Tageslicht hinaustrat, wußte er, daß sein Vertrauen hohl war. Etwas Fremdes lag in der Luft, und er erkannte es mit großem Argwohn.

Seltsamerweise widerstrebte es ihm, das Grab in Sakkâra zu besuchen. Pentawer und seine anderen Schreiber sowie die Kunsthandwerker waren nach wie vor dort beschäftigt, und jeden Tag verbrachte Hori mehrere Stunden damit, ihre Arbeiten zu beaufsichtigen, doch Khamwaset blieb fern. Am liebsten hätte er das Grab verschlossen und versiegelt gesehen. Die Schriftrolle wollte er Pentawer zum Kopieren geben, damit das Original zurückerstattet werden konnte, doch so groß war seine Abneigung, genau dies zu tun, daß er sie dort liegen ließ, wo der Schreiber sie weggeschlossen hatte. Schließlich mußte er, das war ihm klar, entweder mit der Arbeit an der Entschlüsselung des rätselhaften Textes fortfahren oder die Rolle dorthin zurückbringen, woher sie stammte, doch bisher brauchte Khamwaset nichts zu entscheiden. Tag für Tag legte Hori ihm die verworrenen, heiter ausgelassenen Szenen und Schriftzeichen vor, die getreu den Vorlagen auf den verputzten Grabwänden kopiert worden waren und über die er gerne mit seinem Vater geredet hätte, doch Khamwaset fand immer einen Vorwand, weshalb er ihnen einfach keine Beachtung schenken konnte. «Sie sind zwar schön, aber nicht besonders informativ», erklärte er seinem Sohn. «Wir können sie uns noch einmal vornehmen, nachdem das Grab verschlossen wurde, doch im Augenblick nehmen die Apis-Stiere meine Aufmerksamkeit sehr stark in Anspruch.» Das war gelogen, und Hori wußte es. Khamwaset blickte zu seinem Sohn hinüber, der auf der Tischecke hockte und seinen Fuß mit der Sandale schaukeln ließ. Er war versucht zu sagen: Laß mich allein, Hori – denn Ib hatte ihn vor kaum einer Stunde mit einem erneuten Kopfschütteln aufgesucht, doch er hielt an sich. «Pentawer soll sie zu den Akten legen, ich will versuchen, sie mir in einer ruhigen Minute morgen oder übermorgen vorzunehmen.» Hori warf ihm einen stechenden Blick zu, rutschte vom Tisch hinunter und ging fort.

Khamwaset saß wie blind da und starrte ins Leere. Wann hat dies alles begonnen? dachte er, doch er war nicht einmal sicher, was «dies» bedeuten sollte. Langsam richtete er sich gedanklich darauf ein, das Abendessen wiederum im Kreis seiner Familie einzunehmen, noch einen Abend in der Kühle des Gartens zu verbringen oder Nubnefrets nicht unerfreulichen Bemerkungen zu lauschen, danach ein gesegnetes Unbewußtsein, an das sich wiederum eine Folge langer, heißer Stunden reihte, die er totschlagen mußte, wenn er nicht wahnsinnig werden wollte. Eine Obsession. Ja, das war es fast. Dann soll der Augenblick der Begegnung endlich stattfinden, dessen mächtige Enttäuschung mich erschüttern wird, und dann, o Thoth, bitte, o Ptah, bitte, Hathor, Göttin der Schönheit, bitte, laßt mein Leben in seine normalen Bahnen zurückkehren!

Nachdem eine Woche im Monat Athyr verstrichen war, begann Khamwaset die Hoffnung aufzugeben, die Frau aufzufinden. Widerwillig zog er seine Soldaten ab. Zu seiner Erleichterung stellte er fest, daß von dem Augenblick an, da er seine Niederlage eingestand, sich die erste Andeutung eines inneren Friedens einstellte, und seine Gedanken beruhigten sich langsam. Er kehrte zu seinen Forschungen, den wenigen ausgesuchten Patienten und seinen Pflichten mit dem Anflug eines ernsthaften Interesses zurück. Sein Horoskop jagte ihm noch immer Angst ein, doch er hatte sich damit beruhigt, das Horoskop nicht ordnungsgemäß erstellt zu haben, weil er zum Zeitpunkt der Erstellung sehr aufgewühlt gewesen war.

Am dritten Tag der zweiten Woche im Athyr machte er sich auf den Weg, um sich mit Si-Montu über die bevorstehende Weinlese im königlichen Weinberg zu beraten, den sein Bruder vor den Toren von Memphis beaufsichtigte. Der Pharao hatte eine Anfrage mit der Bitte um Angaben über die zu erwartende Erntemenge geschickt, und Si-Montu seinerseits hatte Khamwaset eine Nachricht zukommen lassen, daß er über das Auftauchen von Mehltau auf einigen der Reben beunruhigt sei. Er war jedoch auch mehr als glücklich darüber, eine Ausrede gefunden zu haben, um sich an einem heißen Nachmittag die Zeit mit Biertrinken und Geplauder über dies und das vertreiben zu können. Khamwaset war diese Einladung gelegen gekommen. Nun war er auf seinem Boot mit Kasa, Amek und zwei Leibwächtern unterwegs, um sich bis jenseits der nördlichen Stadtgrenze rudern zu lassen, wo die Weingärten seines Vaters üppig gediehen.

Khamwaset saß an Deck unter einem kleinen Sonnensegel und genoß die Morgenbrise, die sich in nur wenigen Stunden in den sengenden Atem Rês verwandeln würde, der zum Hochsommer hin an Macht und Stärke zunahm. Je weiter nach Norden er gerudert wurde, um so sorgfältiger war das Flußufer bebaut. Ein Landgut eines Vornehmen löste das nächste ab, eine Reihe sauberer weißer Anlegeplätze, an denen Fluß- und Ruderboote vertäut waren, ging über in Rasen, Sträucher, Bäume, eine Mauer, und dann tauchte erneut eine Reihe Anlegeplätze auf. Die Flußstraße verlief jenseits dieser privaten Einfriedungen, umschloß die Vorstadt nördlich der Mauer und schlängelte sich neben dem Nil her, bis sie den nördlichsten Kanal kreuzte. Die Weingärten von Ramses, die Si-Montus einladendes Haus umgaben, wuchsen jenseits des Kanals und wurden von Bewässerungskanälen gespeist, die von der Straße überbrückt wurden.

Khamwaset verfolgte, wie das letzte der gepflegten Landgüter an seinen Augen vorbeizog, dann kreuzte ein Gewirr von Flußgewächsen seinen Blick, bevor die Straße wiederauftauchte, die wie stets mit beladenen Eseln, barfüßigen Passanten und zahlreichen staubbedeckten Sklaven belebt war. Die Wiederkehr ihres Geplappers nahm er mit Gleichmut hin. Heute fühlte er sich friedlich und zuversichtlich. Die feuchte Luft kühlte den Schweiß an den Augenbrauen unter seinem schwarzweiß gestreiften Leinenhelm. Der Nil war von einem glitzerndem Blau, strömte ruhig und rhythmisch gegen sein Boot. Sein Schiffsführer gab den Ruderern den Schlag vor, sein Singsang schien zu verschmelzen mit dem Lärm vom Ufer, den schrillen Schreien der Vögel, die auf der Suche nach weggeworfener Nahrung über Khamwasets Kopf hinwegstürzten, und dem Tapptapp von Kasas Schritt, der aus der Kajüte trat, um kühles Wasser mit Pfefferminzgeschmack und getrocknete Datteln aufzutischen. Amek stand am Bug und behielt wie immer das Ufer im Auge, die anderen Schiffe, die das Wasser teilten, und die Fellachen, die mit Hilfe der Schadûfs das nasse Leben aus dem Fluß zu den weiter entfernten Feldern beförderten.

Khamwaset hatte sich soeben bei Kasa bedankt und seinen goldenen Becher zum Mund geführt, als ein glänzend scharlachrotes Aufleuchten inmitten des gedrängten Wirrwarrs aus Tieren und Menschen auf der Straße seinen Blick fesselte. Seine Hand erstarrte. Seine Kehle schnürte sich zu. Dann ergriff ihn ein Rasen, wie er es nie zuvor erlebt hatte, reizte seine Glieder und überflutete seine Lungen. Sie bahnte sich ihren Weg durch die Menge mit einer leichten Grazie, die er so gut kennengelernt und so aufreizend häufig in seiner verwünschten Vorstellung gesehen hatte, ein weißes Stirnband flatterte an ihrem geraden Rücken hinab, die Sonne spiegelte sich auf dem einfachen Reif aus Silber um den Hals und spielte mit den Silberarmbändern, die locker zwischen Handgelenk und Ellbogen hin und her glitten. Er sprang auf und hielt Ausschau nach ihr, während diese entsetzliche Raserei in ihm pulsierte, und sah, wie sie lässig eine Hand hob, um eine Strähne ihres vom Winde verwehten schwarzen Haars von ihrer Wange zu streichen. Ihre Handfläche war mit Henna in einem hellen Orange gefärbt. Du Weibsstück, dachte er zitternd, während die Gedanken an die Wochen des Elends und des rastlosen, unwiderstehlichen Drangs auflebten und in seinem Kopf herumschwirrten, an Ibs entmutigtes Gesicht Abend für Abend, an Sheritras Stillschweigen, an Horis Enttäuschungen, sogar an die Erschöpfung seiner Diener, von der er zwar wußte, die sie aber nicht hatten erkennen lassen. All dies schoß ihm durch den Kopf und brachte ihn zur Raserei. Mistweib, Mistweib, o du Mistweib! «Schiffsführer!» rief er. «Sofort zum Ufer steuern! Amek!» Der Becher war ihm aus der Hand gefallen, und verschwommen nahm er Kasa wahr, der sich gebückt hatte, um ihn aufzuheben, als Amek quer über das Deck auf ihn zukam. «Sowie das Boot ans Ufer stößt, möchte ich, daß du diese Frau anhältst.» Er zeigte auf sie, und Ameks Augen folgten seinem zitternden Arm. Der Mann nickte. Sie kam auf der Straße auf sie zu und befand sich auf dem Weg in die Stadt; ihnen blieb reichlich Zeit, ihr den Weg abzuschneiden. Dieses Mal, so dachte Khamwaset grimmig, dieses Mal entkommst du mir nicht. «Wenn du sie angehalten hast, erkundigst du dich nach ihrem Preis.»

Amek hob seine schwarzen Augenbrauen. «Nach ihrem Preis, Prinz?»

«Ja, nach ihrem Preis. Ich möchte eine Nacht mit ihr verbringen und wissen, wieviel sie dafür verlangt.»

Der Oberst seiner Leibgarde verbeugte sich und streifte seine Sandalen ohne weitere Umstände ab, ging zur Reling und machte sich daran, ans schlammige Ufer zu springen, sobald das Boot anlegte. Khamwaset begab sich unter das Sonnensegel zurück und war sich seiner Worte kaum bewußt. Das Zittern ließ nach, doch sein Zorn war noch nicht verraucht.

Das Boot stieß ans Ufer, und noch bevor es zu erbeben aufgehört hatte, war Amek schon über die Reling gesprungen, watete knietief im Schlamm und bespritzte sich bis ans Kinn. Die Frau war fast auf gleicher Höhe mit ihm; sie ahnte nichts, sie sah nichts. Beeilung, dachte Khamwaset. Gespannt sah er zu, wie sein Mann seine starken Soldatenbeine, eins nach dem anderen, aus dem Schlamm zog, nach den wuchernden Flußgewächsen griff und sich daran hochzog, stolperte und dann auf die Straße rannte. Amek stieß die Menschen grob zur Seite, und eine Sekunde bevor die Frau an ihm vorbeigegangen wäre, sprang er breitbeinig vor sie hin, zückte sein kurzes Schwert und zwang sie stehenzubleiben.

Sie hielt mitten im Schritt an, ein Knie noch angewinkelt unter dem engen Gewand, das im Farbton irgendeines exotischen Vogels gehalten war, ihre Arme baumelten locker am Körper, und Khamwaset, dessen Zorn in Besorgnis umschlug, hatte Muße, ihr augenscheinlich unerschütterliches Auftreten zu bewundern. Er sah, wie Amek sie ansprach, sein Schwert hatte er auf einem seiner schlammbespritzten Schenkel abgestützt, und hatte eigentlich erwartet, daß die Frau zum Boot hinübersah, nachdem die Frage gestellt worden war, doch sie machte überhaupt keine Anstalten, ihren Kopf zu drehen. Ihre Lippen öffneten sich. Sie sprach kurz und tat so, als wollte sie an Amek vorbeigehen, doch dieser verstellte ihr wiederum den

Weg und redete schnell auf sie ein. Dieses Mal hob sie das Kinn, und ihr Mund bewegte sich flink und energisch. Amek beugte sich nach vorn, sie ebenso. Sie starrten einander an. Dann steckte Amek plötzlich sein Schwert in die Scheide, und die Frau gliederte sich in den Strom der Passanten ein, ging an Khamwaset und dem Boot vorbei und geriet mit aufreizender Gelassenheit außer Sicht. Khamwaset bemerkte, daß er nicht schlucken konnte und das Atmen ihm schwerfiel.

Der Schiffsführer hatte die Laufplanke auslegen lassen, und Khamwaset beobachtete mit immer noch fest ineinander verschränkten Fingern, wie Amek sie hochstieg, das Deck überquerte und zu ihm in den Schatten des Sonnensegels kam. Er verbeugte sich. Khamwaset schnappte nach Luft.

«Nun?» krächzte er.

Amek verzog das Gesicht. Trockener Schlamm blätterte hier und da von seinen Schenkeln ab, und er wischte sich eine Schlammsträhne von der Wange. «Ich habe die Frage gestellt», sagte er. «Und ich habe sie mit großem Takt formuliert, Hoheit.»

«Selbstverständlich hast du das!» erwiderte Khamwaset ungeduldig. «Ich kenne dich doch, Amek. Was hat sie dir geantwortet?»

Der Mann machte einen beunruhigten Eindruck, und er vermied es, Khamwaset direkt in die Augen zu sehen. «Sie erwiderte: ‹Sag diesem anmaßenden Mann, deinem Herrn, daß ich zu den Vornehmen gehöre und keine gemeine Person bin. Mich kann man nicht kaufen.›»

Khamwaset fand seine Sprache wieder. «Du hast auf sie eingeredet. Ich hab's gesehen!»

«Ja, Prinz, ich habe auf sie eingeredet.» Amek schüttelte den Kopf. «Sie hat einfach wiederholt: ‹Ich gehöre zu den Vornehmen und bin keine gemeine Person. Sag das deinem groben und arroganten Herrn.›»

Grob und arrogant. Im Geiste hörte Khamwaset einen Schwall von Flüchen. «Hast du wenigstens versucht herauszufinden, wo sie wohnt?»

Amek nickte. «Ich habe ihr gesagt, mein Herr sei ein sehr reicher und mächtiger Mann, der schon seit langer Zeit nach ihr suche. Ich dachte, dies würde ihr schmeicheln und könne sie freundlicher stimmen. Doch meine Worte zeigten keinerlei Wirkung, vielmehr lächelte sie mir kühl ins Gesicht. ‹Gold vermag mich nicht zu kaufen und Macht nicht, mich zu ängstigen›, sagte sie. Ich wollte meine Anweisungen nicht überschreiten und sie verhaften, Hoheit. Deshalb mußte ich sie ziehen lassen.»

Khamwasets Faust schnellte hoch und traf Amek unvorbereitet seitlich am Kinn. Amek ging zu Boden und blieb wie betäubt einen Augenblick lang dort liegen. Dann bewegte er den Kopf und tastete seinen Mund ab. Verhaften! brüllte Khamwaset im Geiste. Verhafte sie, verprügle sie, du hättest sie an Bord zerren und mir vor die Füße werfen sollen! Dann überfiel ihn jählings die Wirklichkeit, und er kniete nieder, bestürzt darüber, was er angerichtet hatte. «Amek!» sagte er eindringlich, während er seinem Leibwächter auf die Beine half. «Es tut mir so leid. Ich wollte dich nicht schlagen... Bei Amun, ich wollte dich nicht...»

Amek gelang ein schwaches Lächeln. «Ich habe ihr Gesicht gesehen», sagte er. «Ich kann meinen Prinzen nicht dafür tadeln, daß er mich geschlagen hat. Sie ist sehr schön. Ich bin es, der sich entschuldigen müßte. Denn ich habe meinen Prinzen enttäuscht.»

Jawohl, du hast ihr Gesicht gesehen, dachte Khamwaset todunglücklich. Du hast ihren Atem auf deiner Haut gespürt, du hast ihren Augenaufschlag gesehen und gesehen, wie ihre Brust sich hob, als sie Atem schöpfte, um dir mit einer solchen Verachtung zu entgegnen. Am liebsten möchte dich noch einmal schlagen. «Nein», sagte er kurz angebunden. «Nein, das hast du nicht.» Und mit diesen Worten drehte er sich auf dem Absatz um, verschwand in seine Kajüte und zog wütend die Vorhänge hinter sich zu.

Er hatte dem Schiffsführer keine weiteren Instruktionen erteilt. Er saß im blaugetönten Halbdunkel der Kajüte mit angezogenen Knien und zusammengekniffenen Augen, gedemütigt und voller Wut, die er nunmehr gegen sich selbst richtete. Noch nie habe ich einen Angehörigen meiner Dienerschaft geschlagen, dachte er gepeinigt. Ich habe schon mal jemanden gemaßregelt, ich habe schon mal jemanden angebrüllt. Und häufig stand ich kurz davor, meine Beherrschung zu verlieren, doch nie, nie habe ich auf jemanden eingeprügelt. Und dazu auch noch Amek! Ein Mann, der mir still ergeben ist, äußerst tüchtig, ein Mann, der mich seit vielen Jahre schon beschirmt und beschützt. Er biß auf seine Lippe, bemerkte, wie das Boot sich mit einem leichten Ruck aus dem Schlamm des Ufers befreite, und hörte den Schiffsführer einen Befehl rufen. Es hat keinen Zweck, daß ich mich noch einmal entschuldige, grübelte Khamwaset weiter. Das Unrecht ist nun einmal geschehen. Diesen zornigen Augenblick reinsten Wahnsinns kann ich nicht rückgängig machen. Und was nun? Er lehnte sich gegen die nach Zedernholz duftende Wandtäfelung der Kajüte und öffnete die Augen. Eine Frau. Eine Frau, die von mir wegging. Amek hat nur seine Pflicht getan, dann hat er sich geweigert, das Gesetz der Maat zu übertreten und sie gewaltsam zu mir zu führen.

Er vernahm Kasas zögerndes Klopfen an der Wand draußen und riß sich zusammen. «Tritt ein!» Der Mann schob den Vorhang beiseite, trat ein und verbeugte sich. «In Ermangelung irgendeines gegenteiligen Befehls fährt der Schiffsführer weiter zum Anlegeplatz meines Gebieters Si-Montu, Hoheit», sagte er. «Wünschst du irgend etwas?»

Khamwaset unterdrückte einen hysterischen Lachkrampf. Ich begehre dieses aufreizende Trugbild einer Frau. Ich möchte die letzte Stunde ausradieren. Ich wünsche den Seelenbalsam, den ich als vollkommen selbstverständlich angesehen habe. «Bring mir Wasser», sagte er, «und auch Datteln.» Er war kurz davor zu befehlen, das Boot solle wenden und heimkehren, doch unversehens war die Vorstellung, seinem Lieblingsbruder alles in die Ohren zu träufeln, für ihn unwiderstehlich. Er trank von dem Wasser, das Kasa ihm gebracht hatte, knabberte an ein paar Datteln und brütete dumpf vor sich hin.

Ben-Anath begrüßte ihren Schwager mit einer herzlichen Umarmung und brachte ihn im Garten im Schatten einer riesigen Sykomore unter. Nachdem sie ihm einen Diener zugeteilt und sich dafür entschuldigt hatte, daß sie ihn zeitweilig allein lassen müsse, verbeugte sie sich und ging ins Haus zurück. Khamwaset war erleichtert. Ben-Anath war zwar eine angenehme Gesellschaft, doch er glaubte, daß er zu einer höflichen Konversation über Familienangelegenheiten in seinem gegenwärtigen Gemütszustand einfach nicht in der Lage war. Er bat den Diener um ein Bier, und als dieser es ihm servierte, achtete er darauf, es schluckweise zu trinken. Am liebsten hätte er es hinuntergekippt und noch mehr Bier bestellt. An diesem heißen, vollkommen enttäuschend verlaufenen Nachmittag wollte er sich betrinken. Doch sein Bedürfnis, mit Si-Montu zu reden, gewann die Oberhand.

Bald darauf kam sein Bruder über den Rasen auf ihn zu. Offenbar hatte er im Weingarten gearbeitet und sich dann kurz gewaschen und den Leibrock gewechselt, doch bis auf den um seine dicke Hüfte gewickelten weißen Leinenstreifen war er nackt. Sein sonnengebräunter Körper war untersetzt und eindrucksvoll, nicht etwa vom Bogenschießen, Ringen oder Streitwagenrennen, sondern vom Zupacken und Schwitzen im Kreise seiner Arbeiter; seine Gesellschaft war Khamwaset ein Trost. Er stand auf und küßte Si-Montu auf die feuchte, bärtige Wange. Si-Montu bedeutete ihm, er solle sich wieder auf die Kissen setzen, die auf einer Strohmatte verstreut lagen, und ließ sich neben ihm nieder. «Wie?» sagte er, ihn zurechtweisend. «Du trinkst Bier mitten im schönsten Weingarten Ägyptens? Das könnten die Reben wittern und vor Kummer sterben, Khamwaset. Wie geht es dir? Bring einen Krug von dem Fünfjährigen!» rief er seinem Diener zu, darauf blickte er Khamwaset aus großen, allzu durchdringenden Augen an. Si-Montu sieht womöglich wie ein Bauer aus und dröhnt wie ein Matrose, überlegte Khamwaset, doch er ist weder das eine noch das andere. Er ist ein königlich erzogener Prinz des Landes, und zu viele Leute vergessen dies.

«Si-Montu, wenn ich heute mit dem Weintrinken anfange, kann ich nicht mehr aufhören», gestand er. «Und was deine Frage nach meinem Befinden angeht, so laß uns erst über die Geschäfte des Pharaos sprechen, und danach möchte ich mit dir reden.»

Si-Montu nickte gleichmütig. Khamwaset war immer schon für

die prompte Anerkennung seines Bruders und auch für dessen Abneigung gegen das Herumschnüffeln dankbar gewesen. «Sehr gut», sagte Si-Montu lächelnd. «Vaters Anfrage können wir sehr schnell abhandeln. Die diesjährige Weinernte wird gewaltig ausfallen, wenn es mir gelingt, die Anfänge von Mehltau in den Griff zu bekommen. Die Trauben wachsen sehr schön heran, sind zwar noch winzig, dafür aber in riesigen Dolden vorhanden. Aber die Blätter und einige Trauben selbst werden schwarz. Du als Arzt könntest sie dir einmal ansehen und mir vielleicht ein Mittel empfehlen, das ich ausprobieren sollte. Ah!» Er winkte dem Diener zu, der mit einem Tablett, einem verstaubten und versiegelten Krug sowie zwei Alabasterschalen aufgetaucht war. Der Mann hielt den Krug derart, daß Si-Montu das Siegel begutachten konnte; er brach es und schenkte den Wein ein. Khamwaset sah zu, wie die tiefdunkle Flüssigkeit, vom Sonnenlicht blitzartig durchflutet, sich in die Schalen ergoß. Si-Montu erhob einen Finger zur Warnung. «Jetzt nur eine Schale, dann inspizierst du die Reben und schickst Vater die Rechnung für deine Dienste, dann noch eine Schale oder auch den restlichen Krug, ganz wie du möchtest.» Er grinste, und Khamwaset lächelte zurück, obwohl ihm nicht danach zumute war. «Wenn du es möchtest, lasse ich den Wein wegbringen, nachdem du zwei Schalen geleert hast.» Er reichte Khamwaset den Wein und erhob seine Schale. «Auf Ägypten! Lang möge es herrschen über die einzigen Gebiete, auf die es wirklich ankommt!»

Khamwaset trank auf diesen Trinkspruch. Der Wein schmeichelte seinem Gaumen, herbsüß und kühl, in der Tat ein großartiger Jahrgang. Kurz darauf breitete sich dessen edle Wärme langsam in seinen Adern aus, und zum erstenmal an diesem Tag entspannte er sich, unterhielt sich mit seinem Bruder über ihre Familien, ihre Feinde, auswärtige Angelegenheiten – von denen Si-Montu herzlich wenig verstand und noch weniger hielt – und über ihre unterschiedlichen Landwirtschaftsgüter.

Schließlich stand Si-Montu auf, und aufmerksam wanderten sie zusammen durch den Weingarten. Khamwaset bemerkte mit gequältem Humor, daß sein Bruder sich nicht einmal darum gekümmert hatte, ihnen einen Sonnenschirm holen zu lassen. So standen sie in der betäubenden Hitze, befühlten Weinblätter und diskutierten über das Problem des Befalls. Khamwaset machte ein paar Vorschläge. Si-Montu seinerseits trug ebenfalls welche bei. Niemand kannte sich auf dem Gebiet der Pflege und des Anbaus von Reben besser aus als er, doch immerhin war Khamwaset in der Lage, ihm zu helfen.

Danach schlenderten sie zum Garten zurück und leerten die zweite Schale Wein. «So», sagte Si-Montu einladend, sowie er sich hingesetzt hatte, «du siehst aus, als hättest du dir gerade den Weg aus der Unterwelt freigekämpft und dazu die Große Schlange erschlagen müssen. Was ist denn los mit dir?»

Khamwaset erzählte ihm alles. Kaum war die Wunde aufgerissen, strömte es reichlich daraus hervor, und die Sonne war bereits im Sinken begriffen, als er schließlich verstummte. Si-Montu hatte ihn die ganze Zeit über nicht aus den Augen gelassen, sich mit Kommentaren zurückgehalten, hier und da gebrummt, und als Khamwasets Stimme abbrach, leerte er seine Schale und füllte ihre beiden Schalen nach. Dann zupfte er abwesend an seinem Bart.

Ben-Anath kam und zuckte die Achseln. Si-Montu hielt zwei Finger in die Höhe, und sie lächelte und entschwand wieder in die länger werdenden Schatten, die das Haus warf. Khamwaset beneidete die beiden um ihre vollkommene Harmonie.

«Als ich mich in Ben-Anath verliebt habe», äußerte Si-Montu, «versuchte der ganze Hof mich davon zu überzeugen, daß ich verrückt geworden sei. Vater hat stundenlang auf mich eingeredet. Und Mutter hat mir jede knackige Frau, die sie beschwatzen oder bedrohen konnte, vor die Füße geworfen. Schließlich wurde ich von der Thronfolge ausgeschlossen. Aber habe ich mich darum geschert?» Er lachte. «Nicht im geringsten. Keinen Augenblick lang. All meine Energie habe ich darauf verwandt, meine Frau zu freien.» Insgeheim mußte Khamwaset lächeln. Si-Montus Energie war nicht zu verachten, wenn er sich auf eine Sache konzentrierte. «Sie war die einzige Tochter eines syrischen Schiffsführers, aber – bei Gott! – war die vielleicht hochnäsig! Dann befürchtete sie, daß ich meinen Entschluß, sie zu heiraten, bereuen würde, da er mich von fast jedem königlichen Privileg ausschloß und sie später darunter zu leiden habe. Aber meine Entscheidung habe ich nie bereut.» Er sah seinen Bruder mit einem unversehens nüchternen Blick an. «Liebst du Nubnefret auch so sehr?»

«Du weißt doch, daß das nicht der Fall ist», antwortete Khamwaset wahrheitsgemäß. «Ich liebe sie in dem Maße, wie ich dazu fähig bin...»

«In dem Maße, wie du die Liebe siehst», sagte Si-Montu, ihm ins Wort fallend, «was heißt, nur in soweit es dir sicher vorkommt. Und wer könnte sagen, wer von uns beiden glücklicher oder weiser ist? Du mußt es einmal vernünftig betrachten, Khamwaset. Du hast eine dich liebende Frau und eine nette Familie. Du fieberst verzweifelt danach, vermutlich zum erstenmal in deinem Leben, mit einer Frau zu schlafen, die du auf der Straße gesehen hast. Na, wenn schon!» Khamwaset hielt seine Schale zum Nachfüllen hin, und Si-Montu zögerte. Khamwaset nickte kurz. Si-Montu seufzte und füllte sie bis an den Rand. Dann fuhr er mit seiner Rede fort. «Viele Männer haben denselben Kummer durchgemacht. Es handelt sich um die Begierde, mein gelehrter Bruder. Um die Begierde und nichts anderes. Du erleidest Höllenqualen, als bedeutete es die Zerstörung von allem, dich eingeschlossen, aber natürlich ist dem nicht so. Du hast die Wahl zwischen zwei Lösungen.» Mit seinen stumpfen, schwieligen Fingern, die er bedächtig bewegte, strich er über seinen Schnurrbart, um ein paar Tröpfchen der blutroten Flüssigkeit wegzuwischen. «Entweder suchst du weiter nach ihr – und du weißt, daß du sie letzten Endes finden wirst – und bietest ihr so lange verschiedene gute Dinge an, bis du den Schlüssel gefunden hast, mit dem du Zugang zu ihrer Tugend findest. In diesem Fall kannst du deine Begierde bei ihr stillen. Oder du verjagst die Begierde jedesmal, wenn sie sich in deine edlen Teile einschleicht, und nach einem halben Jahr fragst du dich, was diese ganze Aufregung sollte.» Er sah herausfordernd zu Khamwaset hinüber. «Natürlich könntest du dich genausogut fragen, was dir entgangen ist, doch dies, lieber Bruder, ist nicht deine Art.»

In gewissen Zeiten war dies nicht meine Art, dachte Khamwaset, aber ich verändere mich. Ich mag es zwar nicht, und vielleicht kann ich mich nicht verständlich machen, Si-Montu, aber ich glaube nicht, daß ich diesen Drang noch länger beherrschen kann. «Was würdest du tun?» fragte er laut.

«Ich würde Ben-Anath davon erzählen», antwortete Si-Montu prompt, «und sie würde sagen: ‹Du mieser Sohn eines vertrockneten Pharaos, wenn ich dir als Frau nicht genüge, dann geh hinaus und still deine Begierde auf der Straße. Wenn du dann zurückgekrochen kommst, um mir zu gestehen, daß es keine zweite Frau wie mich auf der Welt gibt, dann kannst du in der Küche bei den kleinen Sklavinnen schlafen, die du alsdann deinesgleichen zu nennen gewohnt sein wirst.› Aber eigentlich», sagte Si-Montu abschließend, «habe ich bei keiner Frau ein solches Verlangen wie bei meiner Frau. Möchtest du meinen Rat hören?» Khamwaset nickte stumm. «Hör auf, diesem Trugbild nachzujagen, schenke Nubnefret das, was ihr als Schönheit und höchst gefälliger Gemahlin gebührt, und schließ dieses Grab.»

Khamwaset blinzelte. Sogar durch die leichten Weinschwaden hindurch, die angenehm in seinem Hirn schwebten, wurde er sich des Schocks bewußt. Si-Montu starrte ihn weiter an. «Das Grab? Ich habe dir über meine Befürchtungen berichtet, aber das hat mit meinem gegenwärtigen Dilemma nichts zu schaffen.»

«Nichts?» sagte Si-Montu. «Da bin ich mir nicht so sicher. Du behandelst die Toten auf eine sehr arrogante Weise in deiner zwar höflichen, dennoch aber unbarmherzigen Suche nach Wissen, Khamwaset. Du stellst dir selbst vor, du könntest dich sicher fühlen, weil du restaurierst und Opfergaben darbringst. Aber dir ist es nie in den Sinn gekommen, daß die Toten einfach in Ruhe gelassen werden möchten, oder daß das, was du herausnimmst, in Wirklichkeit nicht dem entspricht, was du zu geben vorgibst? Ich nehme deinen letzten Versuch nicht auf die leichte Schulter. Schließ das Grab.»

Khamwaset fühlte, wie die nackte Angst sein Herz umklammerte. Si-Montu, der wie üblich unbewußt den Nagel auf den Kopf traf, hatte Khamwasets eigene Befürchtungen mit einer Leichtigkeit in

Worte gefaßt, die ihm selbst abging. «Ich glaube, da besteht keinerlei Zusammenhang», erwiderte er, indem er die Wörter sorgfältig aussprach, weil er zunehmend trunkener wurde und weil sie gelogen waren.

Si-Montu zuckte die Achseln. «Vermutlich hast du recht», meinte er gleichgültig. «Jetzt ist es Zeit fürs Abendessen. Du bleibst doch selbstverständlich? Heute abend habe ich keine langweiligen Gäste, im Gegensatz zu den zahlreichen Abendessen bei dir zu Hause, die ich gähnend überstehen muß!»

Dann erhoben sie sich und gingen durch die Dämmerung ins Haus. Khamwaset fühlte sich sehr viel wohler, doch zehrte das Gift der Aufsässigkeit in ihm. Si-Montu hatte nicht das Recht, ihn einer Art Vergewaltigung zu zeihen – ausgerechnet Si-Montu, der nichts von Geschichte oder der Kostbarkeit seltener Dinge verstand und auch nie ein Priesteramt ausgeübt hatte. Er, Khamwaset, übte keine Gewalt aus. Was nun die Frau anging... Er betrat den Speisesaal im Haus seines Bruders, wo Ben-Anath ihn lächelnd willkommen hieß, und er setzte sich an den kleinen Tisch, der für ihn gedeckt worden war. Was jene Frau betraf, so würde er sie schließlich doch finden, genauso wie sein Bruder es gesagt hatte. Begierde oder nicht, sie beschwor in ihm ein Gefühl herauf, das er bisher noch nicht kennengelernt hatte, und er war entschlossen, es auszuloten. Er hatte nicht die Absicht, Nubnefret davon zu erzählen. Sie würde ihn nicht verstehen. Und die Götter? Schließlich gab er der einladenden Wirkung des Weins nach. Hätten die Götter gewünscht, ihn zu bestrafen oder darauf hinzuweisen, daß sie seine Forschungen als beleidigend empfanden, sie hätten ihn das längst wissen lassen. Denn war er schließlich nicht ihr Freund? Er hielt seine Schale hoch und ließ sich Wein nachschenken, dann machte er sich an den ersten Gang des ausgezeichneten Abendessens, das Ben-Anaths Köche gezaubert hatten. Ein Harfenspieler spielte auf. Khamwaset genoß den Abend und fühlte sich vollkommen wohl in seiner Haut, zum erstenmal seit Monaten.

Am folgenden Morgen wachte er in Si-Montus Gästeraum spät auf und erinnerte sich kaum an den Abend zuvor. Der Diener, den sein Bruder ihm zum Baden, Ankleiden und für die Beköstigung abgestellt hatte, berichtete ihm, daß seine Gemahlin bereits während des Abendessens benachrichtigt und seine eigene Begleitung versorgt worden sei.

Khamwaset suchte Ben-Anath auf, bedankte sich für die Gastfreundschaft, sammelte seine Begleiter ein und machte sich auf den Heimweg. Si-Montu arbeitete bereits in den Weingärten. Ich kann mich nicht daran erinnern, wann ich zum letztenmal so ausgiebig gezecht habe, dachte Khamwaset, als er sich gegen die Außenwand seiner Kajüte lehnte, aber der Wein, den Si-Montu keltert, ist wirklich ausgezeichnet. Ich habe keine Kopfschmerzen, fühle mich eher beschwingt und habe nur etwas Mühe mit meinem Gleichgewicht.

Aber dann erinnerte er sich wieder. Er hatte zuviel getrunken, obwohl nicht annähernd soviel wie beim letztenmal, und zwar auf dem Fest seines Vaters im Palast, als der alte Mann mit der Schriftrolle auf ihn zugekommen war. Das war eine seltsame Angelegenheit. Er hing seinen Gedanken nach, während die Riemen seiner Ruderer ins Wasser eintauchten und gegen den Strom gezogen wurden, wobei sie Wirbel glitzernden Wassers ins helle Sonnenlicht hoben. Ich habe die Schriftrolle verloren. Eine Schande. Angesichts einer solchen Nachlässigkeit hatte ich Schuldgefühle. Nun, die Angelegenheit ist vorbei und abgeschlossen. Ich darf nicht wieder zuviel trinken.

Während er sinnend an Deck saß, ruhte sein Blick auf dem Ufer, und er blieb dort, bis der Fluß scharf nach Westen schwenkte und die Landgüter der Vornehmen auftauchten. Doch heute gab es kein Flattern scharlachroten Leinens, das seinen Herzschlag beschleunigte, und Amek stand unerschütterlich an seinem gewohnten Platz am Bug. Khamwaset wußte nicht, ob er sich danach sehnte, sie zu sehen, oder Angst davor hatte, daß sie tatsächlich auf magische Weise erscheinen und ihn dazu bringen könnte, erneut seine Beherrschung zu verlieren. Doch der Anlegeplatz kam in Sicht, einer von Ameks Wächtern stand dort auf seinem Posten, und Khamwaset war eine weitere Begegnung erspart geblieben.

Nachdem er das Boot verlassen hatte, ging er sogleich zu seiner

Frau. Nubnefret war in ihren Gemächern und diktierte einen Brief an eine ihrer Freundinnen bei Hofe. Sie blickte auf und lächelte, als Khamwaset vorgelassen wurde.

«Na, hat es dir gutgetan, dich zu betrinken, mein Bruder?» fragte sie. «Du siehst gut erholt aus.»

«Ja, es war schön», sagte Khamwaset und erwiderte die gebeugte Kopfhaltung von Nubnefrets Schreiber mit einem Nicken. «Ich hatte nicht vor wegzubleiben, Nubnefret. Ich entschuldige mich dafür, falls ich den Haushalt durcheinandergebracht haben sollte.»

«Nein, das hast du nicht.» Sie stand auf und ging auf ihn zu, strich ihm sanft über die Wange und küßte ihn auf seine nackte Brust. Ihr Mund war weich, und Khamwaset verspürte keinen Vorwurf in ihrem Verhalten oder in ihrem warmherzigen Blick. Inzwischen würde sich die Neuigkeit, daß er erstaunlicherweise seine Beherrschung verloren und Amek geschlagen hatte, unter den Dienern verbreiten, die gerne Klatsch hörten, doch war es Nubnefret zu verdanken, daß sie sich nicht trauten, Angelegenheiten aus seiner Familie an die Diener anderer Haushalte weiterzugeben. Zum erstenmal fragte er sich, ob Nubnefret es Wernuro gestattete, ihr derartigen Klatsch ins Ohr zu flüstern, und war sich über seinen Zweifel im klaren. Ich kann nicht damit rechnen, daß meine Taten vor den übrigen Familienmitgliedern verborgen bleiben, dachte er, während er das Lächeln seiner Frau erwiderte. O wie zermürbend ist die betrügerische Täuschung, o wie zerstörerisch wirkt sie auf die Seele!

«Vom Delta ist nichts von Bedeutung gekommen, so berichtete mir jedenfalls Pentawer», sagte Nubnefret gerade, «und unangemeldete Gäste gab es auch keine. Vergiß aber nicht, daß May in einer Woche auf seinem Rückweg von den Steinbrüchen in Assuan bei uns übernachtet. Und nun mußt du mich entschuldigen, Khamwaset, ich muß meinen Brief zu Ende diktieren. Ich habe heute eine Menge zu erledigen.» Ihre glänzendschwarzen Augen sagten ihm, daß sie ihre Arbeiten flink erledigen und ihm so bald wie möglich zur Verfügung stehen werde. Den Besuch des Oberarchitekten seines Vaters hatte er tatsächlich vergessen, und ihn verließ der Mut. Zu einer anderen Zeit wäre ihm ein solch erlesener und kultivierter

Gast willkommen gewesen, doch im Augenblick wünschte er, daß sie alle, sein Vater, seine Brüder, seine Regierungskontakte, verschwänden, damit er allein sein und sich konzentrieren konnte auf... Abrupt drehte er sich um. «Laß mich wissen, wenn du frei bist», sagte er. «Wir können später zusammen schwimmen gehen.»

Er entfloh in seinen Arbeitsraum, wo er sah, daß Hori das Werk vom Vortage sauber auf den Tisch gestapelt hatte. Khamwaset ging es flüchtig durch. Genug Unsinn, dachte er. Je eher ich das hier durchgearbeitet habe, um so früher kann das Grab geschlossen werden. Ich habe genug Zeit und Mühe vergeudet, die besser den Arbeiten meiner eigenen Architekten zugute gekommen wären. Doch ehe er sich hinsetzte, bestellte er Ib zu sich. «Laß die Suchmannschaften wieder ausschwärmen», befahl er. «Mir ist egal, wie lange es dauert, aber ich muß diese Frau finden.»

6. Kapitel

«Komm, Gesänge und Musik sind vor dir.
All deinen Kummer lasse zurück;
nur an die Freude denke, bis der Tag kommt,
an dem du gelangst
in das Land, welches die Stille liebt.»

Der Monat Athyr ging vorüber, und der Choiak begann. May stellte sich als ein unterhaltsamer Gast heraus und ließ Geschenke für sie alle zurück, bevor er in seiner vergoldeten, blumenbedeckten Barke davonglitt. Khamwaset erstellte die Horoskope für den neuen Monat und bemerkte keine Unterschiede zum Vormonat. Dieses Mal jedoch war er merkwürdig uninteressiert bei der Arbeit und sah dem Ergebnis mit einem Gefühl entgegen, das der Gleichgültigkeit zum Verwechseln ähnlich war. Was herauskam, mußte eben herauskommen. Insgesamt gesehen waren die Ägypter vergnügte und zuversichtliche Menschen, das wußte er, aber sie mißachteten nicht die Macht des Schicksals, dessen Fingerzeig in ihren Leben manchmal für Aufregung sorgte, und Khamwaset selbst wurde das Gefühl nicht los, daß die unnachgiebige Hand des Schicksals ihn im Laufe der Zeit mehr und mehr in den Griff bekam. In diesem Bewußtsein lag beinahe ein perverser Trost. Er untersuchte seine Patienten und erledigte seine anderen Aufgaben; die regelmäßigen Berichte Ibs und Ameks über die ergebnislos verlaufende Suche nahm er mit Gleichmut entgegen. Morgen, nächsten Monat, nächstes Jahr, es spielte keine Rolle. Er wußte, daß sie kommen würde, und er wartete auf sie.

Die Tage des Choiak wurden zunehmend wärmer, und das Getreide stand schon hoch im Halm, wenngleich es noch immer grün war. Hori verbrachte die meiste Zeit in der Kühle der Grabstätte, deren Geheimnisse ihn verärgerten, und Sheritra schwamm, las und zog sich in das Schneckenhaus ihrer eigenen Welt zurück. Im Haus wurde weiterhin gebetet, manchmal auch in den Tempeln, wo die Familie sich gemeinsam vor Ptah oder Rê oder Neith zu Boden warf. Khamwaset wußte, daß man ihn bald wieder zum Palast rufen würde, da fest damit zu rechnen war, daß der Botschafter Hui bald wieder in Ägypten eintraf, doch er verscheuchte die Gedanken über die teils langweiligen, teils belustigenden Verhandlungen seines Vaters. Der Sommer stand vor der Tür, eine Zeit lähmender Hitze und unendlicher Stunden, wenn die Wirklichkeit ständig unterschiedliche Dimensionen anzunehmen und die Ewigkeit aus brennender Luft und gleißendem Licht das sterbliche Ägypten mit dem unsterblichen Binsengefilde des Osiris zu verschmelzen schien.

Eines Tages, da Khamwaset gerade Pentawer einige seiner Notizen über die Herrschaft von Osiris Tuthmosis I. diktiert hatte, trat Ib in den Arbeitsraum und verneigte sich. Khamwaset sah zu seinem Haushofmeister hinüber, glaubte, eine weitere Aufgabe müsse erledigt werden, und war verärgert. Eigentlich hatte er vor, sich auf seinem Ruhebett unter dem sanften Luftzug der Fächer auszuruhen und ein Nickerchen zu machen. «Nun?» sagte er barsch. Pentawer sammelte bereits Pinsel, Tinte und Schriftrollen ein. Auf Khamwasets Zeichen hin verließ er den Raum.

«Bitte um Verzeihung, Prinz», sagte Ib, «aber draußen wartet ein junger Mann, der dich einen kurzen Augenblick zu sprechen wünscht. Seine Mutter braucht ärztliche Versorgung.»

«Was für ein junger Mann?» fragte Khamwaset unwirsch. «Die Stadt steckt voll guter Ärzte. Hast du ihm gesagt, daß ich nur Vornehme behandle oder Fälle, die für mich von besonderem Interesse sind?»

«Das habe ich ihm gesagt», fuhr Ib fort. «Er sagt, seine Mutter sei eine Vornehme und keine Gemeine. Er wäre dir dankbar für eine persönliche Behandlung, und sein Onkel werde dich für deine Bemühungen gut entlohnen.»

Khamwaset starrte ihn an, fand dann aber seine Fassung wieder. «Noch mehr Gold anzuhäufen interessiert mich nicht», sagte er brummend. «Davon habe ich bereits genug. Was fehlt der Frau denn?»

«Offenbar steckte ein langer Holzsplitter in ihrem Fuß. Der Splitter ist zwar entfernt worden, aber der Fuß eitert.»

«Dann brauche ich mich nicht selbst zu bemühen. Ich kann die Arznei sofort aufschreiben.» Er war erleichtert. «Schick den Jungen herein.»

Ib zog sich zurück, und Khamwaset wartete. Bald darauf fiel ein Schatten auf den Gang. Khamwaset blickte auf. Ein junger Mann etwa in Horis Alter verneigte sich tief mit ausgestreckten Armen. Khamwaset fiel sofort ins Auge, daß er feine, etwas spitz zulaufende und sehr gepflegte Hände hatte und die Handflächen mit Henna bestrichen, die Fingernägel kurz geschnitten und die Haut weich waren. Er trug gute Ledersandalen mit goldenen Riemchen, und sein leinener Leibrock war gewiß vom zehnten oder elften Grad der Transparenz. Er richtete sich wieder auf, blieb stehen, wo er sich befand, und blickte Khamwaset direkt in die Augen, weder unterwürfig noch stolz, sondern einfach erwartungsvoll. Er trug das eigene Haar, wie Khamwaset bemerkte. Es fiel schwarz und vollkommen glatt bis auf seine vierschrötigen Schultern. Ein dickes Goldband umgab seinen Hals, und ein großes Ankh, das Symbol des Lebens, baumelte auf seiner schlanken, aber muskulösen Brust. Verglich man seine Augen mit seinem Haar, so kamen sie einem grau vor. Sie verfolgten Khamwasets abschätzende Blicke genau, jedoch uninteressiert. Er hatte etwas Vertrautes an sich, vielleicht seine aufrechte Haltung oder die Art, in der er seine Mundwinkel auf natürliche Weise nach oben zog. Khamwaset kam zu dem Schluß, daß dieser junge Mann unter den Jünglingen, Hori ausgenommen, der vollkommenste Vertreter des männlichen Geschlechts war, dem er je begegnet war.

«Wie ist dein Name?» fragte er.

Der junge Mann neigte sein Haupt. Das schwarze Haar fiel matt glänzend nach vorn. «Ich bin Harmin», antwortete er, seine Stimme war so fest und kühl wie seine Augen.

«Mein Haushofmeister hat mir von den Beschwerden deiner

Mutter berichtet», sagte Khamwaset. «Er hat mir ebenfalls berichtet, daß du aus einer vornehmen Familie stammst. Ich glaubte allerdings, alle vornehmen Familien in Ägypten wenigstens vom Sehen her zu kennen; aber ich habe dich zuvor weder gesehen noch deinen Namen gehört. Wie kommt das?»

Der junge Mann lächelte. Es war ein so gewinnendes, freundliches Lächeln, daß es Khamwaset schwerfiel, es nicht zu erwidern. «Die bescheidenen Güter meiner Familie befinden sich in Koptos, genau im Norden des gesegneten Theben», sagte er. «Wir gehören zu einem alten Geschlecht und können unseren Stammbaum bis in die Zeit des Prinzen Sekenenrê zurückverfolgen, und obwohl wir Vornehme niederen Ranges sind und nie hohe Ämter innegehabt haben, sind wir dennoch stolz auf unser Blut. Es ist rein. Kein fremdes Blut hat sich mit ihm vermischt. In der Zeit des wiederauflebenden Handels mit Punt, nachdem die große Königin Hatschepsut dieses Land wiederentdeckt hatte, war ein Vorfahre von mir Aufseher über ihre Karawanen auf der Strecke zwischen Koptos und dem Östlichen Meer.»

Khamwaset blinzelte. Wenige Historiker, von einfachen Ägyptern ganz zu schweigen, wußten etwas über jene sagenhafte Königin, von der es hieß, daß sie wie ein König geherrscht und am Westufer von Theben einen Totentempel von unübertroffener Schönheit gebaut habe. Diejenigen, welche diesen Ort untersucht hatten, waren geneigt, ihn dem Kriegerpharao Tuthmosis III. zuzuschreiben, doch Khamwaset war immer schon anderer Meinung gewesen. Sein Interesse war geweckt. Trotzdem sagte er: «Ich müßte von dir gehört haben, wenn du auch nur eine Zeitlang in Memphis gelebt hättest.»

Harmin lächelte jetzt über das ganze Gesicht. «Meine Mutter, mein Onkel und ich sind vor etwa zwei Monaten hierhergezogen. In Koptos gibt es nicht mehr viel für uns zu tun, Hoheit, und wir haben einen guten Verwalter, der sich dort um unser kleines Landgut kümmert.»

Khamwasets Neugier war immer noch nicht befriedigt, doch weiter in den jungen Mann zu dringen wäre ein Verstoß gegen die guten Sitten gewesen. Von der vornehmen Erziehung des jungen Mannes war er jedoch überzeugt. «Ich brauche deine Mutter nicht zu untersuchen», sagte er freundlich. «Ich verschreibe ihr aber etwas.»

Harmin trat schnell einen Schritt auf ihn zu. «Vergebt mir, Prinz, aber wir haben den Per-Baibait-Vogel mit Honig aufgetragen, und das hat den Splitter herausgetrieben, und dann haben wir die Wunde mit einer Breipackung aus menschlichen Exkrementen umwickelt, vermischt mit süßer Bierhefe, Sefetöl und Honig, aber die Infektion breitet sich weiter aus.»

«Ihr habt also bereits einen anderen Arzt aufgesucht?»

Harmin sah überrascht drein. «Wieso denn? Meine Mutter kennt sich in Heilmitteln selbst gut aus, aber diesmal kann sie sich nicht mehr selbst helfen. Sie würde sich mehr als geehrt fühlen, wenn du, Hoheit, ihren Fuß untersuchen würdest.»

Vielleicht wäre das besser, dachte Khamwaset widerstrebend. Diese Breipackung wählte man gewöhnlich für offene Wunden, aber er selbst setzte kein allzu großes Vertrauen in deren Heilkraft. Häufig schien sie nur das Problem zu verschlimmern. Innerlich seufzend entließ er den jungen Mann. «Ich werde kommen», sagte er. «Bitte warte in der Vorhalle.»

Harmin bedankte sich nicht. Er machte nicht einmal einen zufriedenen Eindruck. Er verneigte sich erneut, drehte sich auf seinem Absatz um und verschwand, seine Sandalen schleiften über den gefliesten Boden, sein Schritt war langsam und leicht.

Khamwaset ging in sein Archiv, schloß die Truhe auf, in der er seine Heilkräuter aufhob, und holte einen Lederbeutel heraus, der Verbandmull und andere Dinge enthielt, die er bei Patienten häufig benötigte. Sein Kopf brummte vor Verlangen, sich auf ein Kissen zu betten, und seine Augen brannten. Schnell verschloß er die Truhe wieder und folgte Harmin.

Ib saß auf seinem Schemel im Flur. Er stand auf. «Soll ich mitkommen, Prinz?» fragte er.

«Nein», antwortete Khamwaset. «Diesmal brauche ich dich nicht, Ib. Dafür nehme ich Amek mit.»

Auf dem Flur war von Harmin keine Spur. Khamwaset traf ihn am Vordereingang des Hauses an; er wartete genau dort, im Schatten einer Säule. Regungslos stand er da, mit leicht geneigtem Kopf, und lauschte dem Wohlklang einer Stimme, die über dem dichten Strauchwerk schwebte, das den gepflasterten Weg vom hinteren Garten abtrennte.

Khamwaset hielt erschrocken an. Sheritras Stimme, hoch und rein, erfüllte die warme Luft. Sie sang selten, und wenn sie es tat, so waren es immer Kinderlieder gewesen, doch heute trafen die Worte eines alten Liebesliedes Khamwaset bis ins Mark. «Nach deiner Liebe sehn' ich mich wie nach Butter und Honig. Du gehörst zu mir, wie das kostbare Öl auf den Gliedern der Vornehmen, wie das feinste Leinen auf den Gliedern der Götter, wie Weihrauch vor dem Allermächtigsten...»

Harmin wandte sich zu Khamwaset hin. «Eine schöne Stimme», meinte er.

«Ja, wirklich schön», antwortete Khamwaset knapp. Sheritra wäre verlegen geworden und hätte sich bei dem bloßen Gedanken, daß jemand ihr zuhörte, geschämt. Er wandte Harmin ruckartig sein Gesicht zu, und sie machten sich auf den Weg zum Fluß. «Aus welcher Richtung bist du gekommen?» fragte er. «Wo wohnt ihr?»

«Jenseits der nördlichen Vorstadt», erwiderte Harmin, der an Khamwasets Seite ging. «Ich habe mit einem Ruderboot den Fluß überquert und bin dann zu Fuß weitergegangen, Hoheit. Es war ein schöner Morgen.»

Ansonsten wechselten sie kein Wort miteinander. Khamwaset lud den jungen Mann auf sein Boot ein, Amek und ein Soldat folgten ihnen, und der Schiffsführer gab den Befehl zum Ablegen. Zu dieser Tageszeit verkehrten nur wenige Schiffe auf dem Nil. Wer es sich erlauben konnte, legte nach dem Mittagessen eine Ruhepause ein, und die Anlegeplätze der Vornehmen waren verlassen. Aus irgendeinem Grund hatte er angenommen, daß seine Patientin in einem dieser Landgüter lebte, obwohl ihm die meisten ihrer Bewohner persönlich bekannt waren. Doch Harmin machte keinerlei Anstalten, ihnen zu bedeuten, sie sollten zum Ufer beidrehen.

Die nunmehr fast menschenleere Uferstraße kam in Sicht. Wer nicht vermeiden konnte, zu dieser Stunde auf ihr unterwegs zu sein, den hatte die Hitze stumm gemacht.

Sie fuhren am Kanal mit der Brücke vorüber, in dessen Nähe Khamwaset dieses abscheuliche scharlachrote Aufleuchten wahrgenommen hatte, doch die Straße war menschenleer. Es gab einige ansehnliche Häuser, bescheiden zwar, jedoch ordentlich. Mit der Vorderfront waren sie zur Westseite der Straße hin ausgerichtet und von Feldern umgeben, in denen das Getreide hoch stand. Dann war nichts anderes als Getreide zu sehen, das in der Hitze ermattet die Ähren hängenließ, und das Wasser floß rhythmisch in die schmalen, freigeharkten Bewässerungskanäle hinein, wenn die Fellachen die Wassereimer an den langen hölzernen Hebebäumen der Schadûfs in den Nil eintauchten und dann an den Seilen zogen, um sie wieder auf die Ebene der Kanäle hochzuziehen, welche die Felder kreuz und quer durchzogen.

Khamwaset dachte an seine Tochter und an die geheimen, schmerzvollen Stellen in ihrer Seele. Falls jemand es verdient, geliebt zu werden, dann ist sie es, dachte er traurig. Sie muß sich allein im Garten aufgehalten haben, denn nicht einmal Bakmut ist es gestattet, sie singen zu hören.

Genau in diesem Augenblick rührte Harmin sich und zeigte auf etwas. «Prinz, sag deinem Schiffsführer bitte, er möge auf das Ufer zuhalten», sagte er. «Auf den Anlegeplatz, dort hinten.» Er deutete nicht auf das westliche, sondern auf das östliche Ufer, wo es nur wenige menschliche Behausungen gab und die Vegetation sich an einem erbärmlich schmalen Streifen Land festklammerte, bevor die Wüste überhandnahm. Khamwaset hatte ihm nie viel Beachtung geschenkt. Doch tatsächlich führte eine Reihe sehr schmaler Stufen an diesem Anlegeplatz vom Fluß in ein Palmenwäldchen hinein, und Khamwaset sah flüchtig den weißen Klecks einer Mauer weit entfernt im Hintergrund. Er rief ein Kommando, und das Boot begann schwerfällig beizudrehen.

Das Haus lag wirklich sehr einsam. Die Entfernung zwischen diesem Haus und den anderen Lehmhäusern, in denen die Verwalter der Felder lebten und für ihre vornehmen Herren arbeiteten, betrug mindestens tausend Meter. Palmen standen in unregelmäßigen Abständen entlang des Ufers, das fiel auf, und ihr plötzlich sich ergebendes Muster konnte man leicht übersehen, wenn man kein Auge dafür hatte.

Am Anlegeplatz stand ein Pfosten zum Vertäuen, an dem die weiße Farbe abblätterte. Das Boot stieß leicht dagegen, ein Bootsmann sprang hin, zurrte die Halteseile fest, und Khamwaset stand auf. Er gab Amek ein Zeichen und bat Harmin, ihm voranzugehen, und ohne ein Wort zu sagen, führte Harmin sie die Stufen hoch und einen Pfad entlang, der sich geschickt durch den gesprenkelten Schatten der Bäume hindurchschlängelte, deren große, glatte Stämme süß dufteten und deren steife Wedel hoch über ihren Köpfen flüsterten.

Das Haus lag wie in einem Nest inmitten einer kleinen Lichtung. Khamwaset bemerkte sofort, daß es aus Lehmziegeln gemauert war, und es schien sich vollkommen harmonisch an seine Umgebung anzuschmiegen. Der weiß gestrichene Putz, den man auf der Maueroberfläche aufgetragen hatte, war an einigen Stellen abgesprungen. Fünf oder sechs Arbeiter waren damit beschäftigt, die schadhaften Stellen neu zu verputzen und zu tünchen. Harmin entschuldigte sich. «Das Haus stand lange leer, und niemand hat sich darum gekümmert, bevor wir eingezogen sind», erklärte er. «Lehm ist zwar ein gutes Baumaterial, es muß aber ständig unterhalten werden.»

Ich kenne keinen Vornehmen, der sich trauen würde, wie ein Bauer in einem Lehmhaus zu wohnen, dachte Khamwaset interessiert. Jedenfalls heutzutage nicht mehr. Falls einer meiner Freunde oder aus meiner Familie dieses Haus gekauft hätte, so hätten sie es abgerissen und Zedernholz aus dem Libanon, Sandstein und Granit aus Assuan und Gold aus Nubien bestellt, um etwas Schickliches bauen zu lassen. Hier mußte ein Geheimnis dahinterstecken.

Doch das, was er sah, als er sich dem Eingang näherte, gefiel ihm. Er wußte, daß Lehmziegel ein Haus sehr gut gegen die Wärme isolierten, und tatsächlich strömte ihm ein Hauch erfrischender Luft zur Begrüßung aus der Empfangshalle entgegen.

Harmin drehte sich um und verneigte sich. «Willkommen, großer Prinz», sagte er. Er klatschte in die Hände, und ein Diener erschien, barfuß und nur mit einem Lendenschurz bekleidet. «Möchtest du etwas Wein oder Bier und vielleicht ein Stück vom Pinienkuchen, bevor du meine Mutter untersuchst?»

Khamwaset sah sich geschwind in der Halle um – eine viereckige, türlose Öffnung auf den hinteren Flur sowie breite, einfache Bodenfliesen. So als würde sich ein heilender Balsam über ihn ergießen, spürte er, daß im Haus eine wohltuende Ruhe herrschte. Das ständig dumpfe Dröhnen der Stadt, das sich am Westufer entwickelte, war hier nicht mehr zu vernehmen. Kein Nachbar störte diesen gesegneten Ort durch Musik oder Gelächter. Sogar die tiefen, leisen Stimmen der Palmen drangen nicht mehr durch. Er fühlte, wie er lockerer wurde und alle Spannung aus seinem Magen und seinen Schultern wich.

Khamwasets abschätzende Blicke waren Harmin nicht entgangen. Mit einer Geste bat er ihn in den Raum. «Wie du siehst, folgen wir den alten Gepflogenheiten», sagte er ihm, «und wir entschuldigen uns bei niemandem dafür, Prinz.»

Es war, als hätte er Khamwasets Gedanken gelesen. Die Wände waren weiß, jedoch sorgfältig mit Szenen vom Nil, Tieren aus der Wüste und Darstellungen der Götter ausgemalt. Die Darstellung einer Dattelpalme, die vom Boden bis an die blaugetönte Decke reichte, trennte eine Szene von der nächsten. In den Ecken lagen viele Kissen. Drei storchbeinige und fein gearbeitete Stühle aus aromatischem Zedernholz mit Goldstäben standen herum sowie ein langer, niedriger Tisch in derselben Ausführung, auf dem für Gäste ein einfacher Alabasterkrug mit Salbe zum Einreiben und eine Tonvase standen, in der ein dichter Strauß mit späten Frühlingsblumen steckte. Zwei Weihrauchständer, die in ihrer Einfachheit streng aufragten, standen zu beiden Seiten des inneren Durchgangs, und in den Nischen daneben residierten Amun und Thoth, deren Gold auf den Körpern in dem angenehmen, kühlen Halbdunkel dumpf glänzte.

Hier gab es nichts, was überladen, was übermäßig verziert oder importiert gewesen wäre. Sogar die Luft, die schwach nach einer Duftmischung aus Lotosblumen und Myrrhe roch, schien ganz und gar ägyptisch zu sein. Khamwaset sog sie mit einem tiefen Atemzug ein. «Nein, danke schön, Harmin», sagte er lächelnd. «Ich möchte erst deine Mutter sehen. Amek, komm mit mir ins Zimmer. Stell eine Wache vor der Tür auf.»

Er sah, wie Harmins Blick über Ameks massige Gestalt huschte, bevor der junge Mann sich zur Hinterseite des Hause wandte und vorausging. Khamwaset folgte ihm mit dem Lederbeutel in der Hand. Ewig könnte ich an diesem Ort leben, dachte er, als sich ein Gefühl des Wohlbefindens in seinem Körper verbreitete. Was für Arbeiten könnte ich hier erledigen! Was für Träume könnte ich träumen! Aber vielleicht wäre das gefährlich. O ja, das wäre es. Nach und nach würde ich mich der Pflichten meinem Vater und Ägypten gegenüber entledigen und in die Vergangenheit versinken wie eine Blume, die man in den Busen des Nils wirft. Was für Menschen leben hier?

Der Durchgang war eng, dunkel und äußerst schlicht gehalten. Doch am entfernten Ende durchschnitt die Helligkeit des Nachmittags das Halbdunkel, und Khamwaset konnte ein kleines Rechteck mit Rasen, einige Blumenbeete mit einer prächtigen Farbenvielfalt und einen Teich erkennen, der über und über mit wachsweißen und rosafarbenen Lotosblumen bedeckt war, über denen die Bienen schwebten. Harmin ging unversehens nach links, trat beiseite und verneigte sich. «Mutter, Prinz Khamwaset», sagte er. «Hoheit, das ist meine Mutter Tbubui.»

Khamwaset betrat das Zimmer mit Worten der Beruhigung auf der Zunge. Sie hatte einen verletzten Fuß. Sie würde nicht aufstehen können, um sich vor ihm zu verneigen, wie die kleine Tänzerin dies versucht hatte. Merkwürdig, dachte er, merkwürdig, daß sie mir gerade jetzt in den Sinn kommt. Er wollte gerade zu sprechen anheben, um dieser Frau zu sagen, sie solle gar nicht erst versuchen, sich zu bewegen, als er hörte, wie Amek hinter ihm tief Atem holte. Es war ein winziges Geräusch, das innerhalb nur einer Sekunde eingesetzt und aufgehört hatte, doch Khamwaset hielt gleichzeitig inne. Er fühlte, wie das Blut aus seinem Gesicht wich. Die weißen Wände dieses freundlichen Zimmers gerieten ins Wanken, und er mußte an sich halten, um seine Fassung nicht zu verlieren. Er war sich im klaren über Ameks beruhigende Anwesenheit in seinem Rücken, über Harmins graue Augen, die mit einem gewissen Ausdruck auf ihm ruhten, der gewiß seiner Verwirrung entsprach, über die eigenen Finger, die den Lederbeutel umklammerten, als müßte er sterben, wenn er ihn fallen ließe; dann kam er wieder zu Sinnen, und es gelang ihm, Haltung zu bewahren.

«Sei gegrüßt, Tbubui», sagte er und wunderte sich, daß seine Stimme so normal klang.

Die Frau saß in einem großen Sessel neben einem Ruhebett, das mit glänzenden Laken bedeckt war, ihr Bein lag in Kissen eingebettet auf einem Schemel. Ihre Arme ruhten locker auf den Armlehnen, und schwere Silberringe blinkten an ihren schlanken Fingern auf. Sie lächelte ihm über einem Durcheinander aus weißem Leinen zu – ob Laken oder Gewand, vermochte er nicht zu unterscheiden –, sie hatte geschwungene Lippen, die mit Henna geschminkt waren. Ihre schwarzen, mit Kohol umrandeten Augen blickten ihn ruhig an. Schwarz, schwarz, dachte er benommen, und ihr Haar ist schwarz wie die Nacht, schwarz wie Ruß stach es ab gegen dieses exquisite Schlüsselbein, schwarz wie der Zorn, den sie in mir hervorrief, da ich sie zuletzt auf der Uferstraße nach Memphis sah, als sie scharlachrot durch die Menschenmenge schritt. Ich habe sie gefunden. Kein Wunder, daß meine Diener es nicht geschafft haben, wo sie doch hier am Ostufer lebt!

Aber nicht doch. Er bewegte sich vorsichtig auf sie zu, als könnte ihr Bild in einem jähen Augenblick erzittern und sich auflösen. Ich habe sie nicht gefunden. Das Schicksal hat sie für mich gefunden und mich an ihren Strand gespült wie einen ertrinkenden Matrosen, der an einen Küstenstreifen gespien wird. Erkennt sie mich wieder? Oder nur Amek? Amek sicherlich! Er sah, wie ihr gleichmütiger Blick erst zum Oberst seiner Leibgarde, dann wieder zu ihm wechselte. Ihr Lächeln wurde breiter, und Khamwaset fürchtete sich plötzlich vor dem Klang ihrer Stimme.

«Sei gegrüßt, Prinz, und willkommen in meinem Hause», sagte sie. «Ich fühle mich in der Tat geehrt, daß du dich entschlossen hast, zu mir zu kommen und mich persönlich zu untersuchen, und ich entschuldige mich für jegliche Unannehmlichkeit, die ich dir verursachen könnte.» Ihre Stimme war kultiviert und besaß einen schönen Tonfall, eine Stimme, die es gewohnt war, Befehle zu erteilen, Gäste zu begrüßen, Besucher zu unterhalten. Khamwaset fragte sich, wie sie wohl klingen mochte, wenn die Leidenschaft sie heiser machte. Sie hatte einen kaum merklichen Akzent. Jetzt erst, wo ihm dies auffiel, stellte er fest, daß dies auch bei ihrem Sohn der Fall war, jedoch ähnelte er keinerlei Akzent irgendeines Fremdländers, den er kannte. Indem er seinen Lederbeutel ablegte und sich über ihren Fuß beugte, biß er die Zähne zusammen und zwang sich selbst zu antworten.

«Du verursachst mir keine Unannehmlichkeiten», sagte er. «Harmin hat mir von deinen Bemühungen berichtet, dich selbst zu kurieren, und da konnte ich nicht anders, als herzukommen und dich zu unterstützen.» Er löste langsam die Fußwickel und achtete dabei darauf, daß seine Hände nicht zitterten. In einem Augenblick berühre ich ihr Fleisch, dachte er. Beherrsche dich, du Arzt! Dies ist deine Patientin! Seine Lungen waren erfüllt von ihrem Parfüm, ein leichter, aber moschusartiger Anflug von Myrrhe, vermischt mit etwas, das er nicht ausmachen konnte. Seinen Blick konzentrierte er auf das Lösen der Wickel.

Schließlich fielen die Wickel auf den Fußboden, und Khamwaset zwang sich dazu weiterzumachen. Sanft preßte er das geschwollene, lilafarbene Fleisch um die Wunde herum, die keinerlei Anzeichen einer Infektion zeigte, die sich aber, auch wenn sie trocken war, noch nicht geschlossen hatte. Ihre Haut fühlte sich kühl, beinahe kalt an. «Der Fuß ist nicht entzündet», teilte er ihr mit, indem er aus seiner hockenden Haltung hochblickte. «Verspürst du kein Brennen in der Leistengegend?»

«Nein, nichts. Harmin war vielleicht übereifrig in seinen Bemühungen, dich zu überzeugen, Hoheit. Das tut mir leid. Aber die Wunde schließt sich wirklich nicht.»

Mit beiden Händen schob sie ihr Haar hinter ihre kleinen Ohren, und Khamwaset sah, daß sie schwere Ohrringe aus Silber und Türkis trug, die in Form zweier Ankhs gearbeitet und mit winzigen Skarabäen behängt waren. Der Anblick der Skarabäen erinnerte ihn an die Mühen, denen er sich unterzogen hatte, um den Zauberspruch aus der unsäglichen Schriftrolle abzuwenden, sowie an die Nacht, die er in Nubnefrets Bett verbracht hatte, als er dessen Schutz auf unüberlegte Weise unwirksam gemacht hatte.

«Wie lange ist der Fuß schon so geschwollen?» fragte er. Sie zuckte mit den Achseln, und das Leinen rutschte an ihrem Busen herunter und offenbarte den aufreizenden Schatten ihres Brustansatzes.

«Seit zwei Wochen etwa. Ich bade die Wunde zweimal am Tag und lege einen Umschlag aus Milch, Honig und Weihrauchpulver auf, damit sie sich schließt, aber wie du sehen kannst» – sie zeigte auf ihr Bein, und Khamwaset fühlte, wie ihre Fingerspitzen über seinen Helm wischten –, «ist meine Behandlung erfolglos geblieben.»

Der Zustand des Fleisches verwirrte Khamwaset. Dessen Farbe ließ auf ein bereits abgestorbenes Gewebe schließen. «Ich fürchte, da muß ich Nadel und Faden nehmen und sie zunähen», sagte er schließlich, als er sich erhob. «Das wird weh tun, Tbubui, aber ich kann dir einen Mohntrunk geben, damit du die Schmerzen besser ertragen kannst.»

«Sehr gut», sagte sie fast gleichgültig. «Selbstverständlich bin ich selber schuld. Ich laufe zuviel barfuß.»

Nackte Fersen fielen Khamwaset wieder ein. Nubnefret, die im Flur vor mir herging in jener Nacht, da Sheritra ihren Alptraum hatte. Und du, Tbubui, barfuß in deinem weißen, altmodischen Gewand, spöttisch... Bestimmt hast du Amek erkannt!

Er hatte alles mitgebracht, was er benötigte. Er bat um Feuer, und als es ihm in einem kleinen Brenner gebracht wurde, bereitete er den Mohntrunk vor. Tbubui beobachtete ihn ruhig, als er sich in der seltsamen, einhüllenden Stille dieses außergewöhnlichen Hauses an sein Werk machte.

Als der Trunk zubereitet war, reichte er ihn ihr, und gehorsam trank sie ihn. Er wartete ab, bis der Trunk seine Wirkung zeigte, dann wählte er Nadel und Faden aus.

Harmin war bereits seit langem fort, und Amek hatte am Türeingang Stellung bezogen. Khamwaset spürte Ameks Groll, obwohl dieser sich nicht rührte. Dies war die Frau, derentwegen sein Herr ihn geschlagen hatte.

Khamwaset riß sich zusammen, um sich auf seine Aufgabe zu konzentrieren. Vorsichtig und säuberlich nähte er die klaffende Wunde zu. Tbubui zuckte nicht zusammen, noch stöhnte sie auf. Als er von seiner kunstvollen Arbeit kurz aufblickte, bemerkte er, daß ihre Augen auf ihn gerichtet waren. Es war jedoch nicht etwa ein von der Wirkung des Mohntrunks umflorter, sondern vielmehr ein wacher Blick, in dem etwas Gewisses lag, das er als Humor verstand. Aber natürlich war das nicht möglich. Er nähte den letzten Stich, schlug ihren Fuß in ein sauberes Leinentuch ein und empfahl ihr, den Heilmittelbrei weiterhin aufzutragen. «In ein paar Tagen komme ich wieder und untersuche sie noch einmal, und dann sehen wir weiter», sagte er. Sie nickte ziemlich gelassen. «Schmerzen machen mir nicht viel aus», entgegnete sie, «und leider auch der Mohntrunk nicht. Nun, Prinz, trinkst du jetzt einen Wein mit mir?» Er nickte, und sie klatschte einmal laut in die Hände. Eine Dienerin huschte herbei, und während sie befahl, man möge einen Stuhl bringen und einen Krug Wein öffnen, sah Khamwaset sich zum erstenmal in ihrem Zimmer um.

Es war klein und kühl, die Wände waren nicht bemalt. Ein Tisch mit einer Lampe stand neben dem Ruhebett, das im Gegensatz zur übrigen Umgebung erhaben und verschwenderisch vergoldet war. Darauf angehäuft lagen Kissen und Laken kunterbunt durcheinander. Khamwaset sah weg, und ein Dutzend Fragen wirbelten in seinem Kopf herum. Ist dein Ehemann hier? Was suchst du hier in Memphis? Wußtest du, daß ich es war, der Amek zu dir geschickt hat? Und hast du Harmin zu mir geschickt? Warum? Wein und Fleisch wurden aufgetragen. Dankbar wandte er sich den Speisen zu und nahm seinen Becher entgegen, während er sich noch fragte, wie er diese Dinge zur Sprache bringen könne, doch sie kam ihm zuvor.

«Ich muß dir etwas beichten, Prinz», sagte sie. «Ich habe deinen Leibwächter in dem Augenblick erkannt, da er das Zimmer betrat, und da wußte ich natürlich, wer es war, der mir durch seinen Mund eine solch unverschämte Einladung zukommen ließ.» Khamwaset errötete und zwang sich, ihrem nunmehr spöttischen Lächeln zu begegnen. Unverschämt. Er kam sich vor wie ein getadeltes Kind.

«Selbstverständlich habe ich sie zurückgewiesen», fuhr sie ernüchternd fort, «und obwohl ich mich vorübergehend geschmeichelt fühlte, habe ich nicht mehr daran gedacht. Dann habe ich mich verletzt. Du bist der beste Arzt in ganz Ägypten...» Sie zuckte mit den Achseln, als würde sie eine peinliche Dummheit gestehen. «Ich habe mich an den Vorfall erst erinnert, als dein Mann in mein Zimmer trat. Ich bedaure meine Grobheit.»

Khamwaset protestierte sofort. «Deine Grobheit! Ich vielmehr bin es, der sich bei dir entschuldigen muß. Nie zuvor habe ich eine solch spontane Sache gemacht, aber, verstehst du, ich hatte dich auf dem Markt und auch im Tempel des Ptah kurz gesehen. Ich habe nach dir suchen lassen, konnte dich aber nicht finden. Meine Absichten...»

Sie erhob eine Hand, die Handfläche ihm zugewandt. «Die Absichten des Sohnes des Pharaos und des mächtigsten Prinzen im Land sind über jeden Tadel erhaben», ergänzte sie seinen Satz. «Ich habe gehört, daß du nicht nur die Geschichte erforschst, Hoheit, sondern auch ein Bewunderer der traditionellen Moralvorschriften bist. Hätte dein Wächter mir deine Identität preisgegeben, so wäre ich beiseite getreten, um mich vor dir zu verneigen. Ich bin ebenfalls in Ägyptens Vergangenheit zu Hause, und ich würde mich liebend gern mit dir über bestimmte Themen unterhalten. Daher kann ich dir nur für deine Geduld heute danken.»

Sie war freundlich und leicht beschämt; ihre unbestreitbare Anziehungskraft wurde von der Angst gemildert, ob sie wohl Verzeihung und Verständnis fände. Khamwaset hätte gerne ihre Hände gestreichelt, die sie in ihren Schoß hatte sinken lassen, um sie zu besänftigen und zu beruhigen.

«Ich möchte dich gerne für meine Gefühllosigkeit entschädigen», sagte er. «Ich lade dich binnen zwei Wochen zu einem Essen im Kreis meiner Familie ein. Bitte nimm meine Einladung an. Bring Harmin und selbstverständlich auch deinen Gatten mit.»

«Ich bin Witwe», erklärte sie ihm, und Khamwaset kämpfte gegen den Zwang zu schlucken an. «Mein Ehemann ist vor einigen Jahren gestorben. Harmin und ich leben mit meinem Bruder Sisenet zusammen. Er ist heute früh in die Stadt gegangen und müßte bald zurück sein. Möchtest du, Hoheit, seine Bekanntschaft machen?» Khamwaset nickte. Tbubui sah zur Tür. «Harmin, geh und such deinen Onkel», sagte sie bittend, und Khamwaset bemerkte, daß der schöne junge Mann schon vor längerer Zeit geräuschlos hereingekommen sein mußte und im Zimmer stand, die Arme verschränkt und breitbeinig in der Haltung eines Wächters. Khamwaset fragte sich etwas unangenehm berührt, wie lange er dort wohl schon gestanden und wieviel er von ihrem Gespräch mitbekommen haben mochte.

Harmin ging sofort hinaus. Khamwaset nippte an seinem Wein und genoß den ausgezeichneten Jahrgang. Er erwähnte es Tbubui gegenüber, und sie lächelte.

«Hoheit hat einen kritischen Gaumen», bemerkte sie. «Es ist guter Wein vom Westlichen Fluß aus dem Jahr fünf.»

«Der Regierung meines Vaters?»

Sie zögerte. «In der Tat.»

Der Wein war demnach achtundzwanzig Jahre alt. Er mußte Tbubui oder ihren Bruder ein kleines Vermögen gekostet haben, es sei denn, sie hatten ihn seit dem Jahr fünf der Regierung Ramses' irgendwo eingelagert. Dies war die wahrscheinlichste Erklärung. Guter Wein war noch immer das beste und bei den Vornehmen sehr beliebt, und dies sogar, so vermutete er, im weit entfernten Koptos. Er kostete mit Bedacht.

Kurz darauf kehrte Harmin zurück. Er kam in Begleitung eines kleinen, hageren Mannes, der sich ebenso graziös bewegte wie seine Schwester. Sisenets Kopf war, im Gegensatz zu dem seines Neffen, glatt rasiert, und er trug eine einfache Perücke mit einem weißen Band.

Khamwaset, der sitzen blieb, um die Ehrenbezeigung des Mannes entgegenzunehmen, hatte den deutlichen Eindruck, daß er ihm zuvor bereits irgendwo begegnet war. Es lag nicht nur daran, daß ihm und Tbubui die Form der dunklen Augen oder der angenehme Zug des Mundes gemeinsam war. Khamwaset, der Sisenet beobachtete, während dieser sich ihm mit gebeugtem Oberkörper und ausgestreckten Armen in der traditionellen Haltung der Unterwürfigkeit und des Respektes näherte, dachte vielmehr, das Gefühl des Wiedererkennens stamme von einer gänzlich anderen Gelegenheit, dann verwarf er diesen Gedanken. Er bat den Mann, sich wieder aufzurichten, und begegnete dessen verhaltenem Blick. Das ganze Gebaren, wiewohl ihn willkommen heißend, war von einer leicht argwöhnischen Zurückhaltung, von der Khamwaset annahm, daß er sie zu allen Zeiten an den Tag legte. Khamwaset sprach als erster, wie es angesichts seines höheren Ranges der Gepflogenheit entsprach.

«Ich freue mich, dich zu sehen, Sisenet. Ich bewundere dein Haus sehr und beneide dich um dessen seltene Ruhe. Bitte nimm doch Platz.»

Mit gekreuzten Beinen setzte sich der Mann ihm und Tbubui gegenüber hin. Langsam erschien ein Lächeln auf seinem Gesicht. «Vielen Dank, Hoheit. Wir ziehen unsere Zurückgezogenheit der Unruhe in der Stadt vor, obwohl wir manchmal mit dem Ruderboot über den Fluß setzen. Darf ich dich fragen, welche Fortschritte die Verletzung meiner Schwester macht?»

Sie unterhielten sich eine Weile, bis Khamwaset den Wein ausgetrunken hatte, dann stand er auf, um zu gehen. Sisenet war sofort auf den Beinen. «Ich erwarte euch alle in zwei Wochen zum Abendessen», wiederholte Khamwaset, «doch vorher komme ich wieder, um mir die Wunde anzusehen, Tbubui. Danke für eure Gastfreundschaft.» Harmin zeigte ihm den Weg zurück; zwischen den Palmen hindurch bis an die Stufen zum Wasser ging er neben ihm her und wünschte ihm eine freundliche, gute Nacht.

Khamwaset war entsetzt, als er bemerkte, wieviel Zeit verronnen war, seitdem er dieselben Stufen hochgestiegen war. Die Sonne war bereits hinter Memphis untergegangen und zeichnete die Pyramiden, die sich auf dem Plateau von Sakkâra erhoben, als Schattenrisse. Die Oberfläche des Nil hatte an Tiefe verloren und spiegelte nun den tiefblauen, fast schwarzen Himmel wider. Zu Hause waren sie bereits mit dem Abendessen beschäftigt. «Die Bootsmannschaft soll die Fakkeln anzünden», befahl er Amek und lehnte sich gegen die Reling, als das Boot von den Wasserstufen ablegte und Kurs auf das Westufer nahm. Unvermittelt fühlte er sich erschöpft, sowohl geistig wie auch körperlich. Er hatte den Eindruck, als wäre er unter der heißen Sonne im widerlichen Wüstensand zwanzig Kilometer weit gelaufen oder einen Nachmittag lang mit einer endlosen, besonders schwer zu entschlüsselnden Schriftrolle beschäftigt gewesen.

Ich habe sie gefunden, sagte er sich, aber er war zu ermattet, um den Triumph zu beschwören, der diesen Gedanken hätte begleiten sollen. Sie ist keine Enttäuschung. Sie ist nicht großmäulig und gewöhnlich oder arrogant und kühl, sondern eine intelligente und höfliche vornehme Frau. In mancher Hinsicht erinnert sie mich an Sheritra. Er glaubte, den Klang ihrer Stimme zu vernehmen, wehmütig und flehend, doch nun schien sie eine merkwürdige Wildheit zu verkörpern, als würde Sheritra sich bei ihrem leisen Gesang in einem Kurtisanentanz drehen und winden. Khamwaset lehnte sich noch stärker an die vergoldete Reling und kannte nur noch das Bedürfnis zu schlafen.

Er betrat den Speisesaal, gerüstet mit Entschuldigungen, doch Nubnefret winkte ihn mit gebieterischer Geste an seinen Tisch heran. Die drei hatten bereits zwei Gänge hinter sich und begannen mit dem dritten, während Khamwasets Harfenist spielte. Seine Frau legte den Fisch ab, den sie gerade zum Mund hatte führen wollen, und tauchte ihre Finger in das Wasserbecken.

«Sei nicht albern, Liebster», sagte sie, ihn zurechtweisend. «Ib hat mir gesagt, daß man dich zu einer Patientin außerhalb der Stadt gerufen hat. Du siehst furchtbar müde aus. Setz dich hin und iß.» Plötzlich verspürte er einen Heißhunger. Langsam zog er seinen Tisch an seine Knie heran, schob den Blumenkranz beiseite, der für ihn bereitstand, damit er ihn trage, und winkte Speisen zu sich heran.

«Nun?» sagte Nubnefret auffordernd, als er seinen Salat wegschob. «War der Fall interessant?»

«Das sind sie nur noch ganz selten, nicht wahr, Vater?» fiel Hori ihr ins Wort. «Ich glaube, du hast jede Krankheit und jeden möglichen Unfall in Ägypten schon einmal untersucht.»

«Das ist richtig», sagte Khamwaset zustimmend. «Nein, Nubnefret, der Fall war nicht interessant, bloß eine Fußverletzung, aber die Menschen waren es.» Er konzentrierte sich auf das Essen, kaute gründlich und handhabte seine Schüssel, so daß er einen Vorwand hatte, sie nicht ansehen zu müssen. «Der Mann, seine Schwester und ihr Sohn sind vor kurzem aus Koptos hierhergezogen. Sie sind offenbar von vornehmem Geblüt; sie können ihren Stammbaum tatsächlich bis weit vor die Zeit von Osiris Hatschepsut zurückverfolgen. Die Schwester interessiert sich für Geschichte, und ich habe sie eingeladen, in ein paar Wochen zum Abendessen zu uns zu kommen.» Auf einmal fiel ihm ein, daß Tbubui sich mit ihm und ihrem Bruder unterhalten hatte, ohne das geringste Anzeichen von Schmerzen erkennen zu lassen, die sie nach seinem chirurgischen Eingriff dennoch hätte spüren müssen. Sie hatte gelächelt, ja sogar gelacht. Entweder war sie tatsächlich schmerzunempfindlich, wie sie ihm gesagt hatte, oder sie vermochte es äußerst geschickt zu verbergen, da sie wußte, daß zur Unterhaltung eines Gastes von seiner Abstammung gute Manieren vonnöten waren. Du Narr, dachte er zerknirscht bei sich. Du hättest dich sogleich verabschieden sollen, statt zu bleiben und Wein zu schlürfen, auch wenn er ausgezeichnet war, und höflich zu plaudern. Es lag an dir wegzugehen, nicht an ihnen, dich zu entlassen.

«Zum Abendessen?» ließ Nubnefret sich als Echo vernehmen. «Das sieht dir nicht ähnlich, Khamwaset. Sie müssen wirklich großen Eindruck auf dich gemacht haben, wenn du ihnen eine solche Ehre widerfahren läßt.»

Nun traute er sich aufzublicken. «Ja, das haben sie auch.»

«Sag mir in diesem Fall drei Tage vorher Bescheid. Sheritra, setz dich gerade hin! Dein Rücken ist ja so krumm wie ein Affenrücken.»

Das Mädchen gehorchte unverzüglich. Ihr Blick ruhte auf dem

Vater, und Khamwaset fühlte dessen Schärfe, bevor sie ihn wieder auf ihren Teller richtete.

Hori begann eine Unterhaltung, die sich um die Pläne für sein Grab drehte. Er hatte frühzeitig damit begonnen, es zu entwerfen, wie jeder Ägypter dies tun sollte. Nubnefret wechselte nach einer Weile das Thema und kam auf die Renovierung der Küchen zu sprechen. Khamwaset beteiligte sich gut gelaunt an der Unterhaltung, und das Abendmahl endete vergnügt. Nubnefret entschuldigte sich. Hori machte sich auf die Suche nach Antef. Sheritra, die wenig gesagt hatte, rutschte auf ihren Kissen hin und her, machte jedoch keine Anstalten wegzugehen. Die Diener trugen ihren und Khamwasets Tisch fort, und da er ihre sonderbare Stimmung erkannte, gab er durch ein Zeichen zu verstehen, der Harfenist solle weiterspielen.

«Hattest du einen schönen Tag?» fragte er sie.

«Gewiß, Vater», antwortete sie. «Ich war aber ziemlich faul heute. Bakmut ist in die Stadt gegangen, um einige Gänge für mich zu erledigen, und ich bin im Garten eingeschlafen, danach war ich schwimmen. Wie war deine Patientin heute?»

In seinem Innern verfluchte Khamwaset ihre Frage. Hurtig begann er eine Lüge zurechtzuzimmern, verwarf sie dann aber. «Ich glaube, das kannst du dir denken», antwortete er ruhig.

Sie löste sich aus dem Schneidersitz, arrangierte ihr Leinentuch neu und begann dann, mit ihrem goldenen Ohrring zu spielen, wobei sie den Kopf zur Seite geneigt hielt. «Wirklich?» sagte sie. «Wie erstaunlich! Die Frau, nach der du gesucht hast, wird dir wie ein unerwartetes Geschenk zu Füßen gelegt.»

Die Wahl ihrer Worte berührte Khamwaset unangenehm und verlieh ihm Schuldgefühle. «Es war wirklich ein merkwürdiges Zusammentreffen», antwortete er unbeholfen.

«Und bist du enttäuscht worden?» Den hoffnungsvollen Ton in ihrer Stimme konnte sie nicht verheimlichen.

«Überhaupt nicht», sagte Khamwaset grimmig. «Sie ist schön, anmutig und wohlerzogen.»

«Und kommt zum Abendessen.» Sheritra ließ ihren Ohrring in

Ruhe. «Ist das klug von dir?» Dann, als er nicht sogleich antwortete, brach es aus ihr heraus: «O Vater, ich wünschte, du würdest es nicht tun! Ich wünschte wirklich, du würdest es nicht tun!»

Khamwaset wußte, es würde zu nichts führen, wenn er behauptete, daß er nicht wisse, was sie damit meine, und außerdem hieße es, sie zu beleidigen. Ihr freundliches Gesicht war gerötet, vor lauter Sorge leuchteten ihre Augen in einem unnatürlichen Glanz. «Ich glaube nicht, daß du etwas zu befürchten hast», sagte er bewußt freundlich. «Sheritra, ich will dir gegenüber nicht abstreiten, daß ich mich fast unwiderstehlich von ihr angezogen fühle, doch zwischen einem Wunsch und seiner Erfüllung liegt manche Entscheidung, manch eine Wahl. In den Augen der Götter und innerhalb der Grenzen von Maat habe ich stets das Richtige getan. Und das werde ich zweifellos auch diesmal wieder tun.» Einen Augenblick lang war ihm nicht bewußt, daß er sie in zweifacher Hinsicht belog.

«Ist sie verheiratet?» fragte Sheritra etwas ruhiger, obwohl immer noch hochrot im Gesicht.

«Sie ist Witwe.» Khamwaset fiel es sehr schwer, ihrem Blick standzuhalten. «Du weißt, daß ich ihr einen Heiratsvertrag anbieten könnte, wenn ich dies wollte, meine Liebste, und sie in einer getrennten Wohnung mit ihrem Sohn auf dem Landgut unterbringen, jedoch glaube ich, daß sie zu jenen Frauen gehört, die eine Stellung als Nebenfrau ablehnen. Was auch immer geschieht, das Wohlergehen deiner Mutter geht in meinen Augen vor.»

«So stark empfindest du also für sie?»

Er war sogleich irritiert. «Ich habe sie insgesamt viermal gesehen und nur einmal mit ihr geredet! Woher soll ich das denn nun wissen?»

Sie sah weg, ihre Hände bewegten sich unruhig. «Ich habe dich aus der Fassung gebracht, Vater», sagte sie. «Das tut mir leid.»

Er schwieg. Augenblicklich stand sie auf, warf ihr Haar nach hinten und verließ den Speisesaal mit aller Würde, die sie noch aufbringen konnte. Die Harfenmusik tröpfelte und perlte weiter durch den lampenerhellten Raum.

Drei Tage zuvor hatte er Nubnefret Bescheid gegeben und stand nun mit Ib und Amek rechtzeitig oberhalb der Stufen zum Wasser, um seine Gäste bei deren Eintreffen zu begrüßen. Er fragte sich, ob sie zögernd an Land treten und die Stufen mit dem Widerstreben der vorübergehend Eingeschüchterten hochsteigen würden, doch bald kam ihr kleines Boot in Sicht, wurde von seinen Flußwächtern angerufen und dann festgemacht, und sie tauchten auf und gingen ohne eine Spur von Befangenheit auf ihn zu. Sisenet war einfach gekleidet: Er trug einen gewöhnlichen, weißen Leibrock und Ledersandalen, doch an mehreren goldenen Strähnen baumelten Ankhs; geduckte Paviane in Miniaturausführung lagen auf seiner Brust, und goldene Armreifen umschlossen seine beiden Handgelenke. Er war sorgfältig geschminkt und trug an beiden Zeigefingern einen Ring mit einem aus Gold und Malachit gearbeiteten Skarabäus. Harmin war ähnlich gekleidet wie sein Onkel. Er trug einen goldenen Reif um die Stirn, der zugleich sein glänzendschwarzes Haar bis genau an seine Ohren zurückhielt. Daran hing frei ein einzelnes Ankh aus Gold, das gegen seine Augenbraue fiel und seine mit Kohol geschminkten grauen Augen überraschend betonte.

Doch Khamwasets Blick wurde von Tbubui angezogen. Sie war ebenfalls ganz in Weiß gekleidet. Er hatte sich gefragt, ob sie sich bei diesem Anlaß etwas modischer kleiden würde – etwas mit Volantbesatz und Hunderten von winzigen Plisseefalten, delikat gewirkte Borten und überladene Juwelen – und war wider alle Vernunft erleichtert, als er das enganliegende Leinengewand sah, das sich von der Brust bis an die Knöchel an ihren geschmeidigen Körper schmiegte. Wie Harmin trug auch sie einen Reif, doch der ihre war aus breitem Silber, obwohl das Ankh an der Stirn schlicht gearbeitet war. Ein silbernes Halsband mit einem Anhänger aus rotem Jaspis hing bis in ihren Brustansatz hinunter, und ein lockerer Gürtel in Form eines Silbernetzes mit einer roten Troddel waren ihre einzigen Zugeständnisse an die Förmlichkeit. Khamwaset freute sich, die weißen Sandalen an ihren Füßen zu sehen. Sie war seinem Blick gefolgt und lachte auf. Ihre vollkommenen Zähne stachen gegen ihren mit Henna geschminkten Mund und ihre braune Haut ab.

«Jawohl, Prinz, ich habe meine Lektion gelernt», sagte sie lächelnd. «Auch wenn ich mir sicher bin, daß ich sie vollständig vergessen werde, nachdem die Verletzung ganz ausgeheilt ist. Ich kann einfach nicht bei einer Art der Kleidung bleiben, die mich allzusehr einschränkt.» Khamwaset sah sie im Geiste vor sich, wie sie sich aus dem engen, geschlitzten Gewand herauswand, den Rücken beugte, um es über ihren Kopf zu ziehen, so daß ihre Brüste frei schwangen, sich nackt zu ihm umdrehte, ein Knie leicht eingeknickt, so wie sie dagestanden hatte, während sie mit Amek auf der staubigen Straße am Flußufer gesprochen hatte.

«Wie ich sehe, gibt es keinen Verband mehr», sagte er als Kommentar. «Hast du noch immer Schmerzen?»

Sie schüttelte den Kopf, und sie begannen, den gepflasterten Weg um das Haus herum zum Garten hinaufzusteigen. «Die Fußsohle ist noch etwas empfindlich», entgegnete sie. «Du hast hervorragende Arbeit geleistet, Hoheit. Übrigens, da fällt mir gerade etwas ein.» Sie gab ein Zeichen, und der Diener in ihrem Gefolge kam nach vorn und überreichte Khamwaset einen Krug. «Guter Wein vom Westlichen Fluß, aus dem Jahr eins», sagte Tbubui. «Mein Honorar für deine kostbare Zeit und deine Bemühungen.»

Khamwaset dankte ihr, darauf achtend, daß er nicht allzu überschwenglich wirkte, und reichte den Krug an Ib weiter. Zu diesem Zeitpunkt war die Gruppe vom Weg abgekommen und ging über den federnden Rasen auf die Familie zu. Nubnefret wartete vor dem Haus, Hori und Sheritra hinter ihr. Die Besucher verneigten sich sogleich vor ihnen. Nubnefret bat sie, sich wieder aufzurichten, und Khamwaset machte die Honneurs und wies ihnen Stühle zu. Hori war sogleich mit Harmin in eine Unterhaltung verwickelt, die beiden ließen sich auf einer Schilfmatte und Kissen einander gegenüber nieder. Sheritra suchte wie gewöhnlich hinter Khamwasets Stuhl Zuflucht. Er hatte damit gerechnet, daß Nubnefret mit Tbubui zu plaudern anfinge, während Wein und Köstlichkeiten von einem aufmerksamen Ib und dessen Untergebenen kredenzt wurden, und tatsächlich sah er, wie seine Gemahlin sich zu der Frau hinüberneigte, doch Sisenet kam ihr zuvor, als sie gerade Luft holte.

«Hoheit, vielleicht hat der Prinz dir berichtet, daß meine Schwester und ich erst vor zwei Monaten hierhergezogen sind», setzte er an, «und seitdem haben wir große Mühe gehabt, geeignete Diener einzustellen. Viele unserer Diener haben wir nämlich in Koptos zurückgelassen, damit sie unser dortiges Landgut bewirtschaften, und wir haben versucht, sie zu ersetzen, doch die Diener in Memphis scheinen schlampiger und betrügerischer Natur zu sein. Könntest du uns einen Rat geben?»

Khamwaset bemerkte, daß Nubnefrets grüngeschattete, große Augen aufleuchteten. Sie wandte sich von Tbubui ab und Sisenet zu. «Da hast du recht», sagte sie und schickte Ib mit einem Wink fort. Wenn Gäste eingeladen waren, behielt Nubnefret immer einen klaren Kopf. «Die gewöhnlichen Leute sind nicht ausgebildet und neigen zu Faulheit und Lüge. Ich kann dir die Adresse eines Ehepaars geben, das Diener anwirbt und teilweise auch ausbildet und das für deren Verhalten verantwortlich bleibt, bis sich diese vollständig an die üblichen Verrichtungen in deinem Haushalt gewöhnt haben. Sie sind zwar nicht ganz billig, jedoch dafür...»

Khamwaset spürte, wie eine Hand seinen Arm berührte und sofort zurückgezogen wurde, aber die Berührung war kühl gewesen. «Einige unserer neuen Diener haben uns einfach verlassen», bemerkte Tbubui ihm gegenüber, als er sich zu ihr neigte. «Trotz des guten Lohns, den wir angeboten haben. Ich glaube, sie haben die Stille in unserem Hause nicht ertragen. Vielleicht sind Sklaven ja die bessere Alternative.»

Er beobachtete sie, wie sie einen langsamen, großen Schluck Wein trank, ihre Kehle sich bewegte, ihr Haar nach hinten fiel, und wußte, daß Sheritras Augen aus nächster Nähe hinter seinem Stuhl auf ihm ruhten.

«Ich billige nicht direkt, daß Sklaven im Haushalt wirtschaften», sagte er, «obwohl ich ein paar für die Küchen und die Ställe gekauft habe. Denn die Loyalität von Dienern scheint mit einer würdigen Behandlung einherzugehen.»

«Eine altmodische, aber liebenswürdige Philosophie», sagte Tbubui lächelnd. «Der Pharao ist aber bestimmt nicht deiner Meinung. Der Bevölkerungsanteil an Sklaven, denen man gestattet, sich zu vermehren, und an Fremdländischen, die Ägytern und anderen fremden Vornehmen dienen, ist erschreckend hoch.»

«Warum soll das erschreckend sein?» erkundigte Khamwaset sich neugierig. Er bemerkte, daß Sheritra etwas näher herangerückt war, um besser zuhören zu können.

«Weil den Sklaven eines Tages auffallen könnte, daß sie zahlreicher sind als die Freien und Schritte unternehmen könnten, uns diese Freiheit zu entwinden», entgegnete Tbubui einfach. Ihr Ausdruck war ernst, nüchtern, ganz der eines Erforschers der menschlichen Natur, der mit einem anderen Forscher über das Wesen eben jener menschlichen Natur diskutiert. Sie blickte Khamwaset offen an.

«Ein solcher Wunsch wäre töricht», wandte Khamwaset ein. Persönlich war er davon überzeugt, daß man mit Frauen nicht auf diese Weise reden sollte. Frauen kümmerten sich um den Haushalt und gingen ihren Geschäften nach, praktischen Dingen also, aber sie spielten nicht mit Theorien. Er konnte sich eine solche Art der Unterhaltung mit Nubnefret nicht vorstellen. Wohl aber mit Sheritra... Eine Hand tauchte neben ihm auf, griff nach einem würzigen Gebäck und verschwand wieder. Sie hatte sich also so sehr entspannt, daß sie knabbern konnte. Das war gut so, ein überraschendes Zeichen. «Unsere Armee ist mächtig, schnell und auch gut ausgerüstet», fuhr er fort. «Kein Sklavenaufstand, und sei er noch so gewaltig, könnte den Soldaten meines Vaters standhalten.»

«In der Armee selbst gibt es Tausende ausländischer Söldner.» Überrascht blickte Khamwaset sich um. Es war Sheritras Stimme, die gesprochen hatte. «Stell dir nur mal vor, Vater, sie würden ihre Loyalität von den Blutsbanden, nicht aber von Großvaters Gold abhängig machen!»

«Du hast recht, Sheritra», erwiderte Tbubui und nickte dem Mädchen zu, «und bestimmt ist dein Vater mit uns einer Meinung. Ägypten bedarf einer Säuberung.»

Er stimmte zu und hatte nur um der Diskussion willen Einwände geltend gemacht, doch nun fand er sich aus der Unterhaltung ausgeschlossen. Sheritra hatte aus irgendeinem Grund, den nur sie allein kannte, ihre Schüchternheit vergessen und unterhielt sich ohne die geringste Spur von mangelndem Selbstvertrauen mit ihrem Gast, und Tbubui schenkte ihr ihre ganze Aufmerksamkeit. Die meisten Leute machten sich gewöhnlich nicht die Mühe, etwas aus Sheritra herauszulocken. Kaum hatten sie die obligatorischen Artigkeiten mit ihr ausgetauscht, wandten sie ihre Aufmerksamkeit dem glänzenden Hori und der übrigen Familie zu, und Sheritra zog sich in den Schatten zurück, aß nichts, trank wenig und flüchtete sofort nach dem Abendessen, sobald man es ihr erlaubte.

Aber Tbubui hatte etwas aus dem Mädchen hervorgelockt, ihr die Befangenheit genommen, ohne daß sie es demonstrativ versucht hätte, eine List, die viele Male fehlgeschlagen war, wenn wohlmeinende Gäste sie angewandt hatten. Khamwaset fiel auf, daß er tief in Gedanken versunken war. Er kam gerade noch rechtzeitig wieder zu sich, um Tbubui sagen zu hören: «Aber Prinzessin, bedenke die Kosten, die eine solche Politik nach sich ziehen würde! Welcher Pharao könnte sich das leisten? Selbst Ramses, der Herr aller Könige, würde es nicht vermögen!»

Khamwaset blinzelte. Sheritra saß nun Tbubui zu Füßen, wischte Krümel von ihrem Mund weg. Ihr Gesicht war gerötet, nicht etwa vor Verlegenheit, sondern vor Freude, obwohl Tbubui ihr soeben widersprochen hatte, etwas, das Sheritra ansonsten nur allzu häufig persönlich nahm. «Warum nicht?» erwiderte seine Tochter erregt. «Soll er doch jeden zuerst mit einer Steuer belegen! Die Götter wissen, Tbubui, daß es jede Menge bedürftiger Fellachen in Ägypten gibt, die sich über ein solches Arbeitsangebot freuen würden...» Khamwaset ließ seine Blicke schweifen. Harmin unterhielt sich nun mit Nubnefret. Er stand aufrecht, eine Hand auf seiner abgewinkelten Hüfte, den Kopf über sie geneigt, während er mit der anderen Hand, in der er den Weinbecher hielt, gestikulierte. Versonnen, ihn vielleicht sogar bewundernd, sah sie zu ihm empor. Sisenet saß still da, sein Blick ging zum Brunnen hinüber, sein Gesichtsausdruck war verschlossen.

Widerstrebend erkannte Khamwaset, daß er sich aus Tbubuis

Gegenwart lösen und sich ihrem zurückhaltenden Bruder gegenüber als guter Gastgeber erweisen mußte. Er kehrte gerade rechtzeitig zurück, um zu beobachten, wie sie ein Bein über das andere schlug. Das geschlitzte Gewand fiel herunter und gewährte den Anblick auf einen atemberaubend langen und dunklen Schenkel. Obwohl die Frau ihre Aufmerksamkeit ständig der gestikulierenden Sheritra widmete, ahnte Khamwaset irgendwie, daß Tbubui diese Bewegung ihm zuliebe gemacht hatte, und sie war sich seines Blikkes vollkommen bewußt.

Das Abendessen entpuppte sich als eine fröhliche, lebhafte Veranstaltung. Auf Khamwasets Wunsch hin hatte Nubnefret dafür gesorgt, daß sämtliche Musiker im Sold des Prinzen anwesend waren, desgleichen die jungen Tänzer und Sänger. Gewöhnlich liebte Khamwaset es, in relativer Stille zu speisen, besonders wenn seine Gäste sich in offiziellen Angelegenheiten des Pharaos bei ihm aufhielten und nach dem sechsten Gang ernsthaft miteinander reden wollten, doch dieses Mal hatte er Unterhaltung gewünscht. Überall gab es Frühlingsblumen, in ihrer Reife berauschend, und Weihrauch hing in blauen Schwaden schwer in der Luft. Die Tänzer wirbelten zwischen den kleinen Tischen herum, klickten mit den Fingerzimbeln, schwere Haarschöpfe schwangen durch die Luft, und die Harmonien der Sänger erfüllten die Ohren der Tischgesellschaft mit Wohlgefallen.

Khamwaset hatte darauf geachtet, daß Sheritra in seiner Nähe und unweit der Türen zu sitzen kam, so daß sie sowohl geschützt war, sich aber auch leise zurückziehen konnte, falls sie dies wünschte. Doch er sah, daß Tbubui ihren Platz eingenommen hatte, eine lachende, lebendige, insgesamt bezaubernde Tbubui, die spaßte, in spöttischer Besorgnis an ihrem verletzten Fuß herumfingerte und auf faszinierende Weise Konversation trieb, die sowohl Nubnefret wie ihn selbst einschloß. Hori und Sisenet steckten mit ihren Köpfen gemeinsam über dem Wein und diskutierten mit vertraulicher, unhörbar leiser Stimme.

Harmin saß neben Sheritra, und sie schien nichts dagegen zu haben. Hin und wieder berührte er sie – an der Schulter oder am

Arm –, und einmal sah Khamwaset zufällig, wie er ihr eine weiße Lotosblume hinters Ohr steckte, wobei er ihr Kichern mit einem Lächeln beantwortete. Was ist heute abend bloß mit uns allen los? fragte er sich hoch erfreut. Es ist, als wäre ein Geist der gutgelaunten Unbekümmertheit in unser Haus eingefallen, so daß überraschende, aber gute Dinge uns jeden Augenblick überkommen können.

Erst in der Morgendämmerung brachen die Gäste auf. Als die guten Manieren es verlangten, daß man die Gäste ziehen ließ, versammelte sich die Familie im grauen, flüchtig kalten Zwielicht an den Stufen zum Wasser, als wollten sie auch die letzten Augenblicke ihrer Gesellschaft auskosten. Als Khamwaset sich in der Runde ihrer blaß erleuchteten Gesichter umsah, war er überrascht, daß er Sheritra unter ihnen erblickte, und erstaunt über den Ausdruck der halbhungrigen Begierde, die alle erkennen ließen. Niemand war betrunken, doch alle waren, wenngleich erschöpft, noch immer erheitert. Die Fackeln, welche die ganze Nacht hindurch auf dem Boot der Gäste in Erwartung ihrer Abfahrt gebrannt hatten, waren verloschen. Tbubui, Sisenet und Harmin verneigten sich, bevor sie an Bord gingen, und die Familie sah zu, wie das Boot auf dem öligen, glatten Fluß beidrehte und entschwand. Nubnefret seufzte.

«Das wird ein heißer Tag heute», sagte sie. «Nun, Khamwaset, das waren sehr unterhaltsame Gäste, und ich möchte sie gern noch einmal einladen, auch wenn sie einen provinziellen Akzent haben und ihr Geschmack in sämtlichen Dingen gelinde gesagt kurios ist.»

Eine erneute Einladung seitens seiner Frau ohne einen anderen Grund als den, die Gäste wiederzusehen, bedeutete ein hohes Lob. Khamwaset fühlte sich absurderweise geehrt. Doch pflichtete er ihr nicht bei, daß die Gäste einen provinziellen Akzent hatten. In offiziellen Angelegenheiten war er viel häufiger als Nubnefret unterwegs gewesen und hätte ihn lokaliseren können, sowie er ihn vernommen hätte.

«Interessante Leute», sagte Sheritra ergänzend und fügte eher ungern hinzu: «Ich glaube, die mögen mich wirklich und haben sich nicht nur aus Höflichkeit mit mir unterhalten.» Niemand traute sich, einen Kommentar dazu abzugeben, aus Angst, sie könnte das, was man sagte, in den falschen Hals bekommen, und dann wäre ihr der Abend verdorben gewesen.

«Sisenet ist sehr belesen», sagte Hori. «Schade, daß du dich nicht mehr mit ihm beschäftigt hast, Vater. Ich habe ihm vom Grab erzählt und über deine Probleme bei der Interpretation der Wandgemälde, und er hat uns seine Hilfe angeboten. Hast du etwas dagegen?»

Khamwaset überlegte. Er fühlte sich ein wenig schuldig, daß er so wenig Worte mit dem Mann gewechselt hatte, aber er war davon überzeugt, daß Sisenet sowieso ein Mensch weniger Worte war und sich in seiner Ruhe selbst genügte. «Ich hätte nur etwas dagegen einzuwenden, wenn er nichts anderes wäre als ein sensationslüsterner Laie», erwiderte er, «aber das hättest du ja selbst herausgefunden und ihn dann abgewiesen. Ich vermute, er könnte unseren Vermutungen etwas hinzufügen.»

Nubnefret mußte gewaltig gähnen. «Was für ein charmanter junger Mann, dieser Harmin!» sagte sie und blinzelte dabei wie eine Eule im Tageslicht. Khamwaset konnte trotz seiner großen Müdigkeit die Hintergedanken hinter diesen enorm großen, umschatteten Augen lesen. Oh, bitte sag jetzt nichts mehr, flehte er sie im stillen an. Ich habe auch gesehen, wie Sheritra auf ihn reagiert hat, aber eine zufällige Bemerkung in diesem Augenblick erntet nur ihren Spott, und dann ist alles aus. Nubnefret jedoch sagte weiter nichts mehr. Sie gähnte erneut, wünschte allen einen guten Morgen und ging fort. Sheritras und ihres Vaters Blicke trafen sich.

«Sie waren alle sehr charmant», sagte sie bedächtig. «Ich mag sie wirklich.»

Khamwaset legte einen Arm um ihre knochige Schulter und liebte sie plötzlich mit einer wilden Fürsorge. «Laß uns jetzt schlafen gehen», entgegnete er lediglich, und gemeinsam gingen sie, einander unterhakend, auf das Haus zu.

7. Kapitel

«Ich bin zu dir wie ein Garten,
den ich mit Blumen bepflanzt habe
und mit allerlei süß duftenden Kräutern.»

In den nächsten Tagen suchte Khamwaset nach einem Vorwand, um Tbubui erneut aufzusuchen. Ihr Fuß war gut verheilt, und er wußte, daß er keinen von ihnen bei den gesellschaftlichen und religiösen Anlässen wiedersehen würde, bei denen er in Memphis als Stellvertreter des Pharaos erschien. Auch wenn es sich bei ihnen um Vornehme handelte, so war ihr Blut doch nicht blau genug, als daß es ihnen gestattet gewesen wäre, irgendein größeres Amt innezuhaben; im übrigen schienen sie sich nicht zum Leben bei Hofe oder zu einer Tätigkeit in der undurchschaubaren Regierungsverwaltung hingezogen zu fühlen. In Ägypten gab es viele solcher Familien, die beschaulich auf ihren Domänen lebten, ihre Steuern entrichteten, am Neujahrstag dem Lebendigen Horus das obligatorische Geschenk schickten und in das einfache Leben der Dörfer sowie die prosaischen Interessen ihrer Bewohner eintauchten.

Aber das sind für gewöhnlich nicht solch gebildete Leute, dachte Khamwaset bei mehr als einer Gelegenheit, als er widerwillig an seine gewohnheitsmäßige Arbeit zurückgekehrt war. Die Scholle, mit der sie sich sehr verbunden fühlen, klebt ihnen meist an den Fersen. Weshalb sind diese drei so anders? Was hat sie aus dem tiefsten Koptos nach Memphis geführt? Falls sie sich gelangweilt hatten, warum sind sie dann nicht gleich nach Piramses gezogen? Falls Tbubui etwas für Harmin hätte tun wollen, dann wäre dies eine logische Entscheidung gewesen, denn sie ist beherzt und gebildet, und es wäre ihr nicht schwergefallen, auf sich aufmerksam zu machen. Ich will sie fragen, ob sie möchte, daß ich meinen Vater auf den jungen Mann hinweise, ihm vielleicht einen kleinen Posten bei Hofe verschaffe, auf dem er seine Fähigkeiten unter Beweis stellen und aus eigener Kraft vorwärtskommen kann. Er braucht nur diese erste Beziehung. Aber das war noch etwas verfrüht, befand er. Er wollte nicht gönnerhaft erscheinen. Noch wünschte er, daß Tbubui dachte, er wolle sich selbst lediglich bei ihr lieb Kind machen. Was vermutlich, so überlegte er trübselig, der Wahrheit am nächsten kam.

Eigentlich war es Hori, der sein Dilemma löste. Nachdem eine Woche im Monat Tybi verstrichen war, wandte er sich an seinen Vater. Er hatte abgewartet, bis Khamwaset die täglichen Depeschen bearbeitet hatte, bevor er ihn in dessen Arbeitsraum aufsuchte und sich auf die Ecke des Schreibtisches hockte.

«Heute war ein Brief von deiner Großmutter darunter», berichtete Khamwaset ihm. «Sie schreibt vergnügt, jedoch hat ihr Schreiber aus eigenem Antrieb eine Anmerkung ans Ende der Schriftrolle hinzugefügt. Ihr Gesundheitszustand verschlechtert sich zusehends.»

Hori runzelte die Stirn. «Tut mir leid, das zu hören. Werden wir deshalb nach Norden fahren?»

«Nein, noch nicht. Sie wird gut versorgt, und ich habe nicht den Eindruck, daß ihr Zustand kritisch ist.» Khamwaset betrachtete die Aussichten auf einen mehrwöchigen Aufenthalt im Delta mit dem Entsetzen eines Hasen in der Falle. Im Augenblick wollte er nichts anderes, als sich ohne Unterlaß Sisenet und dessen Schwester zu widmen. Dieser Gedanke war nicht frei von Gewissensbissen, doch er beruhigte sich selbst mit der Vorstellung, daß der Schreiber seiner Mutter ihn nachdrücklicher um seine Anwesenheit gebeten hätte, wenn ihr Gesundheitszustand Anlaß zur Besorgnis geben würde.

Hori seufzte. «So viele Menschen sprechen mit Ehrfurcht von ihr», sagte er gelassen. «Sie muß alles verkörpert haben, was gut und schön in ihrer Zeit war. Alt werden ist so traurig, nicht wahr, Vater?»

«Traurig ist das nur, wenn du die hinter dir liegenden Jahre nutzlos vergeudet hast», erläuterte er trocken, «und ich bezweifle sehr, daß Astnefert ihr Leben als nutzlos ansieht. Und da wir gerade vom Sinn des Lebens reden: Hori, du bist längst neunzehn und wirst bald zwanzig. Du bist rundum ein königlicher Prinz. Glaubst du nicht, es wäre an der Zeit, daß du dich nach einer Frau umsiehst?»

Hori verging das Lächeln. Seine dunklen, federleichten Augenbrauen rutschten vor Überraschung nach oben. «Aber das habe ich doch schon getan, Vater!» sagte er protestierend. «Die jungen Mädchen langweilen mich, und die älteren sind unattraktiv. Was erwartest du von mir?»

«Laß uns, deine Mutter und mich, eine vornehme Frau für dich suchen, und dann stellst du dir dein Frauenhaus zusammen. Das ist mein voller Ernst, Hori. Für einen Prinzen bedeutet die Heirat eine Pflicht.»

Hori schnaubte. «Ja, ich weiß. Aber ich beobachte doch dich und Mutter und sehe, wie ihr angenehm zusammenlebt, wie deine wenigen Konkubinen dahinschmachten, weil du sie so selten aufsuchst, und ich hoffe immer noch, daß auch ich jemanden finde, mit dem ich mein Leben teilen und nicht nur einfach gemeinsam einen Haushalt führen kann. In dieser Beziehung bist du ein schlechtes Vorbild, Vater!»

Khamwaset lächelte gezwungen. Ein Schuldgefühl bedrängte ihn, und er unterdrückte es. «Vielleicht stehe ich Nubnefret nicht so nahe, wie du annimmst», sagte er ruhig.

«Aber es war jedenfalls so», fiel Hori ihm laut ins Wort. «Und sieh dir nur Onkel Si-Montu und Ben-Anath an! Solch eine Beziehung wünsche ich mir, Vater, und wenn ich noch weitere zehn Jahre darauf warten muß!»

«Sehr gut.» Khamwaset war jetzt nicht nach einer Auseinandersetzung zumute. «Ich sehe schon, daß ich dich für den Rest deines Lebens am Hals habe.» Hori grinste gewinnend und rutschte vom Schreibtisch hinunter. «Was wolltest du eigentlich von mir?»

«Ach ja.» Hori schwang sich mit kunstloser Grazie auf den leeren Stuhl an der anderen Seite des Tisches. «Ich habe eine Nachricht von Sisenet erhalten, in der er mir versichert, daß er sein Angebot, uns bei den Problemen mit dem Grab auszuhelfen, keinesfalls nur aus reiner Höflichkeit gemacht habe und gerne wissen möchte, wann uns seine Anwesenheit vor Ort willkommen ist. Ich wollte dich nochmals danach fragen, nur um zu erfahren, ob du damit einverstanden bist.»

«Schick ihm eine Antwort und lade ihn zu morgen mittag ein», entgegnete Khamwaset geschwind. «Ich komme dann mit euch. Auch wenn er nicht viel zu sagen haben sollte, so können wir ihn doch zum Essen einladen.»

«Sehr gut. Ich freue mich schon darauf. Ich meine, ich könnte sie alle einladen. Tbubui scheint eine sehr gebildete Frau zu sein.» Seine Augen wichen Khamwasets Blick aus. «Hast du unsere Horoskope für den Monat Tybi erstellt?»

Khamwaset sah ihn neugierig an. «Nein», sagte er langsam. «Aus irgendeinem Grunde verspüre ich diesen Monat nicht die geringste Lust, diese Arbeit zu erledigen. Im vorigen Monat und im Monat davor sind die Horoskope für mich so katastrophal ausgefallen, für dich etwas weniger übel, und doch ist die Zeit ohne größeres Ereignis verstrichen. Ich frage mich so langsam, ob ich bei meiner Methode nicht irgendeinen grundlegenden Fehler mache.»

«Ich würde nicht gerade behaupten, daß die Zeit ohne großes Ereignis verstrichen ist», sagte Hori nachdenklich, bereits auf dem Weg zur Tür. Dort hielt er an und drehte sich um, die Hände auf dem Rücken. «Vater...»

«Ja, bitte?»

Nach einer Weile schüttelte Hori den Kopf. «Ach, nichts. Ich werde Mutter fragen, ob sie damit einverstanden ist, daß wir sie morgen zum Mittagessen mitbringen. Oder sie könnten sogar uns einladen.»

«Ja, das könnten sie.» Doch Khamwaset hatte zur offenen Tür gesprochen. Hori war längst gegangen.

Khamwaset war mehrere Wochen lang nicht mehr am Grab gewesen, aber dort hatte sich nicht viel verändert. Er stand im Schatten seines Sonnensegels an der obersten Treppenstufe, Berge von Schutt zur Linken wie zur Rechten, Pentawer hielt sich hinter ihm auf, und die Gäste kamen über das sich verändernde Plateau von Sakkâra auf ihn zu. Während er beobachtete, wie Tbubuis Sandalen einsanken, wieder aufstiegen und dabei Sand ausspuckten, fragte er sich flüchtig, ob sie unter der Hitze und dem groben Sand zu leiden und warum Sisenet nicht auf jeden Fall Sänften für sie bestellt habe. Dann wurden seine Gedanken vom rhythmischen Schwingen ihrer Hüften unter dem weißen Gewand gefangengenommen und von ihren huschenden, mit Kohol geschminkten Augen, als sie den Ort betrachtete.

Tbubui, Sisenet und Harmin kamen näher und verbeugten sich in Ehrerbietung, und die wartenden Sonnenschirmträger eilten auf sie zu, wie Khamwaset es ihnen aufgetragen hatte. Im Schatten erweiterten sich Tbubuis Pupillen. Gedankenverloren sah Khamwaset, wie sich die schwarzen Ränder vergrößerten, das Weiße im Auge schimmerte fast blau in seiner Reinheit.

Hori kam aus dem dunklen Durchgang herbeigeeilt und hieß die Gäste willkommen. Khamwaset bemerkte, daß er irgendwie aufgeregt war, aber ansonsten schien er glücklich zu sein.

Nachdem sie sich ein Weilchen über Belanglosigkeiten unterhalten hatten, führte Khamwaset sie die Stufen in die Kühle des kurzen Durchgangs hinunter. Mit einem Kopfnicken gab er Hori die Einwilligung, sich um Sisenet zu kümmern, doch Tbubui ging ebenfalls mit ihnen.

Khamwaset folgte ihr mit den Blicken. Von einem Augenblick auf den anderen hatte er seine Umgebung vergessen, sein ganzes Wesen war gefesselt von ihrem verlockenden Körper, dem Heben und Senken ihrer Fersen, dem geschwungenen Bogen ihres Halses und Nackens, als sie aufblickte, um die herrlichen Wandmalereien zu betrachten.

Als sie an den beiden Statuen angelangt war, blieb sie stehen und verharrte dort lange in tiefer Betrachtung, neigte sich dann vor und fuhr mit ihren graziösen Fingern sanft über die Körper. «Wir Ägypter lieben das Leben so leidenschaftlich», sagte sie. «Wir möchten jeden heißen Wüstenwind festhalten, jeden schweren Duft unserer

Gartenblumen, jede Berührung derer, die wir anbeten. Beim Bau unserer Gräber und dem Einbalsamieren unserer Körper, damit die Götter uns auferstehen lassen, gehen wir mit dem Gold um wie mit Wasser. Wir schreiben Zaubersprüche, wir vollziehen Rituale. Und dennoch, wer kann schon sagen, was der Tod bedeutet? Wer ist jemals von diesem dunklen Ort zurückgekehrt? Glaubst du, Prinz, daß dies eines Tages möglich sein wird? Oder daß bereits jemand von dort zurückgekehrt ist, ohne daß wir es erfahren haben?» Sie schritt auf ihn zu. «Es heißt, daß der sagenhaften Schriftrolle des Gottes Thoth die Macht innewohnt, die Toten zum Leben zu erwekken», fuhr sie fort und sah ihn aufmerksam an. «Glaubst du, daß man sie jemals findet?»

«Nein, das glaube ich kaum», antwortete Khamwaset gequält. «Falls es sie gibt, so wird sie von Thoths mächtigen Zaubersprüchen beschützt.»

Sie trat näher auf ihn zu. «Jeder Magier träumt davon, sie zu finden», sagte sie sanft. «Doch nur wenige könnten sie beherrschen, wenn sie sie fänden. Strebst du nach ihr, großer Prinz, so wie alle anderen Magier auch? Hoffst du bei jeder Graböffnung, daß du über sie stolperst?»

Lag etwa ein spöttischer Unterton in ihrer Stimme? Viele Vornehme betrachteten die Suche der Magier nach der Schriftrolle als naives Spiel, und falls auch sie dazu gehörte, wäre er tief enttäuscht gewesen. Aus ihrem Gesichtsausdruck war zu entnehmen, daß irgend etwas sie belustigte. «Ja, ich strebe nach ihr», antwortete er geradeheraus. «Möchtest du jetzt die Grabkammer sehen?» Sie nickte und lächelte noch immer.

Hori und Sisenet befanden sich bereits dort; ihre leisen Stimmen trieben körperlos am Fackellicht vorbei. Indem er eine gebieterische Hand auf ihren Arm legte, ging Khamwaset neben Tbubui her, und sie betraten den Raum, in dem die beiden Sarkophage standen. Wiederum beobachtete er sie, als sie sich aus seinem Griff befreite, allein weiterging und sich in den Sarkophag des unbekannten Mannes hineinbeugte.

«An der Hand dieses Mannes sind durchschnittene Fäden zu sehen», erklärte sie schließlich, als sie zurücktrat. «Ihm ist etwas gestohlen worden.» Sie sah direkt zu Khamwaset hinüber. Er nickte.

«Da hast du recht», entgegnete er. «An den Körper hatte man eine Schriftrolle genäht, die ich entfernt habe. Ich habe sie mit äußerster Vorsicht behandelt, so wie ich es mit all meinen Funden halte, und sobald sie kopiert ist, kommt sie in den Sarkophag zurück. Ich hoffe, daß sie unserem Wissen über die Alten einiges hinzufügt.»

Sie machte Anstalten, etwas zu sagen, besann sich schließlich aber anders. Hori und Sisenet waren damit beschäftigt, die Wände abzuklopfen. «Hier! Hier ist es», sagte Hori, und Sisenet legte sein Ohr flach auf den Putz.

«Klopf noch einmal», bat er. Hori tat, wie ihm geheißen; darauf richtete Sisenet sich auf. «Es klingt so, als gäbe es dahinter eine weitere Grabkammer», bemerkte er. «Hast du die Möglichkeit in Betracht gezogen, daß es sich bei dieser Wand um eine Scheinwand handeln könnte?»

Khamwaset verkrampfte sich, als Hori nickte. «Ja, das habe ich», sagte er zögernd, «aber wollte man sie erkunden, so hieße dies, man müßte diese Wandmalereien zerstören. Das wäre nun aber wirklicher Wandalismus.» Er blickte zu seinem Vater hinüber. «In jedem Fall ist dies keine Entscheidung, die ich treffen würde. Dafür muß mein Vater die Verantwortung übernehmen.»

Unter keinen Umständen, dachte Khamwaset, wird diese Wand niedergerissen. Ich weiß zwar nicht, aus welchem Grund ich dieses Grab fürchte, jedenfalls fürchte ich es. Etwas in meinem Ka weicht vor ihm zurück. «Darüber reden wir später», sagte er barsch. «Sisenet, mein Sohn hat mir erzählt, daß du selbst ein bewanderter Historiker seist. Ich würde gern hören, was du zu dem vielen Wasser in den Wandmalereien dieses Grabes zu sagen weißt. Es gibt nur wenige Inschriften, und wir stehen vor einem großen Rätsel.»

Sisenet lächelte schwach, blickte erst zu seiner Schwester, dann zu Khamwaset hinüber. Mit kunstloser, vornehmer Grazie zuckte er die Achseln, wobei er seine schwarzen Augenbrauen hob. «Ich kann nur eine Vermutung wagen», sagte er. «Entweder verbrachte diese Familie ihre Freizeit liebend gern mit Angeln, Jagen und Rudern und wollte daher ihre Wonnen und Tüchtigkeit im Umgang mit Rute und Angelschnur erhalten wissen, oder» – hier räusperte er sich –, «oder das Wasser bedeutete irgendeine furchtbare Katastrophe für sie, vielleicht ein Fluch, der sich erfüllt hat, und sie fühlten sich bemüßigt, es in den Malereien über ihren Alltag darstellen zu lassen.» Er schüttelte den Kopf. «Ich bin keine große Hilfe, befürchte ich. Auch kann ich mir keinen Reim darauf machen, aus welchem Grund die Sargdeckel an die Wand gelehnt standen.»

«Dafür gibt es keine Erklärung», sagte Hori mit gedämpfter Stimme, und Khamwaset riß sich zusammen. Er hatte Sisenet beim Reden beobachtet, wobei ihn wiederum dieses merkwürdige Gefühl der Vertrautheit beschlichen hatte. In dieser Umgebung war es stärker, so als wäre Sisenet auf natürliche Weise mit dieser Umgebung eins, wobei seine Selbstgenügsamkeit irgendwie verschmolzen war mit der schwerfälligen Stille, die kein Geräusch oder keine Tätigkeit verscheuchen konnte, und seine Miene mit einem Anflug von arroganter Autorität ein Teil der kalten Würde der Toten geworden. Das kleine Rätsel verärgerte Khamwaset, bis er sich plötzlich, als Sisenet ihn ausdruckslos ansah, der Statue des Thoth erinnerte, welche die dunkle Kammer überschattete. Natürlich, dachte er erleichtert. Der gleichmäßige, starre Blick des Gottes, seine Miene aus geheimer Weisheit und unnachgiebigem Urteil, spiegelte sich in Sisenets unerschütterlicher Ruhe wider. Er lächelte.

«Die Zeit ist weit vorangeschritten, und Nubnefret erwartet uns bestimmt bereits zum Mittagessen», sagte er. «Bitte seid unsere Gäste, und laßt uns diesen modrigen Ort verlassen.»

Sie nahmen seine Einladung an. Draußen im Freien erwarteten sie die mit Sonnenschutz versehenen Sänften und die dösenden Träger, den Rücken an den relativ kühlen, riesigen Stein gelehnt, der zuvor den Grabeingang versperrt hatte. Hori lud Sisenet sogleich ein, mit ihm in seine Sänfte zu steigen, wodurch er Khamwaset widerstrebend dazu zwang, seine Sänfte Tbubui und Harmin anzubieten, der die ganze Zeit über mitten in der größeren Grabkammer gestanden hatte, ohne ein einziges Wort zu sagen. Khamwaset wäre es lieber gewesen, er hätte auf dem Weg nach Memphis neben Tbubui sitzen und ihr langes, dünn bekleidetes Bein neben dem seinen spüren können. Er selbst hatte Ibs Sänfte beschlagnahmt. «Warum bist du nicht mit der Sänfte hergekommen?» fragte er Tbubui, als sie sich auf den Kissen neben ihrem Sohn niederließ, und während sie sich auf einem Ellbogen abstützte, lächelte sie ihn an.

«Wann immer möglich, gehen wir lieber zu Fuß», antwortete sie, ihre mit Kohol geschminkten Augen halb zugekniffen gegen die helle Sonne. «Das Gehen ist ein ständiges Vergnügen und ein Genuß, Prinz. Die Hitze hier ist nichts, verglichen mit jener in Koptos, und Koptos ist übrigens öde. Wir gehen, wir riechen den Fluß, wir genießen die Bewegung des Schattens. Unser Boot ist am Hafenbecken von Peru-nefer vertäut.»

«Wie? Ihr seid den ganzen Weg hierher zu Fuß gegangen?» fragte Khamwaset ungläubig, und sie nickte. «Ich werde einen Diener losschicken. Er soll euer Boot an unseren Anlegeplatz bringen», sagte er, trat von der Sänfte zurück und gab den Trägern einen Wink.

Er verbrachte die Zeit auf dem Nachhauseweg damit, die Augenblicke neben Tbubui in der Grabkammer wieder aufleben zu lassen und über Sisenets Worte über das Wasser nachzusinnen. Jede der beiden Erklärungen wäre befriedigend, überlegte er, seinen leeren Blick auf die geschlossenen und lichtdurchfluteten Vorhänge heftend. Aber die letzte ist mir lieber. Dieses Grab ist keine friedliche Ruhestätte. Irgend etwas Furchtbares schlummert dort, und ich glaube schon, daß es ein Familienschicksal sein könnte.

In diesem Augenblick kam ihm Sisenets Anmerkung über die Sargdeckel in den Sinn, und stirnrunzelnd beugte er sich nach vorne. Woher hatte dieser Mann gewußt, daß sie an die Wand gelehnt standen, als Hori und ich zum erstenmal die innere Grabkammer betreten haben? Das muß Hori ihm gesagt haben. Einerlei, dachte Khamwaset wieder, als die Sänfte schlingerte und in den Lärm der Stadt eintauchte, ich werde mich danach erkundigen.

Das Mittagessen war eine angenehme Angelegenheit und wurde unter einem großen Baldachin im Freien eingenommen. Nach dem Essen gab Khamwaset vor zu dösen, während er mit zusammengekniffenen Augen jede Bewegung Tbubuis verfolgte. Zu seinem Leidwesen richtete sie kaum das Wort an ihn. Sie schenkte ihre ganze Aufmerksamkeit Nubnefret und Hori, der zu ihren Füßen ausgestreckt auf dem Rasen lag, sprach mal flink und ernsthaft zu der einen, mal lachte sie einnehmend zu dem anderen, und Khamwaset, der irgendwie verärgert war, dachte, daß er Hori zuvor noch nie dermaßen angeregt und unterhalten erlebt hatte.

Sisenet saß etwas abseits, hielt seinen Weinbecher mit beiden Händen fest und sah den Kapriolen und dem Geschnatter der Affen beim Teich zu. Er schien ziemlich zufrieden in einer selbstgenügsamen, kühlen Weise, von der Khamwaset langsam begriff, daß sie nur ihm eigen war. Khamwaset hatte sich mit ihm unterhalten, während das Essen aufgetragen wurde, und es geschafft, ihn danach zu befragen, wieso er von den Sargdeckeln gewußt habe. Einen Augenblick lang hatte er verwirrt dreingesehen und dann geantwortet: «Ich kann mich nicht genau erinnern, Prinz. Aber wahrscheinlich hat Hori mir letztes Mal beim Abendessen davon erzählt. Wir beide haben uns ausführlich über das Grab unterhalten.» Khamwaset war zufriedengestellt. Sie unterhielten sich noch ein paar Minuten, doch danach schien Sisenet abgeneigt, ihre Unterhaltung weiter aufrechtzuerhalten, und hatte sich lieber an seinen Wein gehalten, wodurch er seinem Gastgeber die Möglichkeit erschloß, seine ganze, wenngleich heimliche Aufmerksamkeit Tbubui zu widmen.

Sheritra war ohne die geringste Spur von Schüchternheit, die sie häufig verwünschte, zu den Gästen hinausgelaufen. Sie hatte sämtliche Fragen beantwortet, mit großem Appetit gegessen und hockte nun auf einem Berg Kissen unter einer der Sykomoren mit Harmin, beide überflutet vom tiefen Schatten des Baumes. Khamwaset begutachtete eine Weile die ebenmäßige Gestalt des jungen Mannes, sein glänzendes, geradezu schwarzes Haar, seine langen, beringten Finger, bevor er dachte, sehr schön, sehr gut. Es würde mich nicht wundern, bei Harmin schon gar nicht, daß er, wenn er erst in Memphis einmal bekannt ist, sich jede Schönheit aussuchen kann, aber vielleicht ist er ein so seltener Vogel wie Hori und in der

Lage, die verborgenen Qualitäten meiner Tochter zu entdecken. Ich muß den Stammbaum dieser Familie untersuchen. Er richtete seinen verdeckten Blick wieder auf Tbubui. Dann stand er auf und sagte: «Tbubui, ich glaube, du interessierst dich für die Heilkunde.»

Sie sah träge zu ihm hoch, von der Hitze offensichtlich schläfrig geworden. «Ja, Prinz. Da ist richtig. Ich nehme an, Harmin hat dir das erzählt.»

«Möchtest du dir meine Arzneisammlung ansehen?»

Statt einer Antwort erhob sie sich. Nubnefret blickte zu ihnen herüber, doch ihrem abwesenden Gesichtsausdruck konnte Khamwaset entnehmen, daß sie keine Einwände hatte. Er ging auf das Haus zu.

«Behandelst du deine Diener?» fragte er Tbubui, als sie in das willkommene Halbdunkel der Eingangshalle traten und sich auf den Weg in Khamwasets Arbeitszimmer machten. «Oder habt ihr euren eigenen Hausarzt?»

«Ich behandle sie lieber selbst», antwortete sie hinter ihm, und Khamwaset hätte schwören können, daß er ihren warmen Atem zwischen seinen nackten Schulterblättern spürte. «Auf diese Weise lerne ich ständig dazu. Ihnen machen meine Behandlungsfehler anscheinend nichts aus.»

Sie sah sich in dem ordentlichen Arbeitsraum um, der nun von der tiefen, trunkenen Stille des späten Nachmittags erfüllt war. Khamwaset schloß das Archiv auf, ließ ihr den Vortritt und schloß die Tür hinter sich. Unmittelbar darauf öffnete er die Truhe, die seine Kräuter und Zaubertränke enthielt, und wunderte sich nicht darüber, daß er seine für gewöhnlich strenge Regel brach, was die Hände derer betraf, die seine kostbare Sammlung berühren durften, und Tbubui wurde sofort munter und neugierig.

Sie untersuchte sie sorgfältig und befragte ihn ausführlich über Kosten und Anwendung dieser Arzneimittel. Die verführerische, attraktive Frau hatte einer Frau Platz gemacht, deren Intelligenz und Konzentration ihn auf eine neue Weise entflammte.

Er zwang sich, ihre Fragen vernünftig zu beantworten, seine Stimme unter Kontrolle zu halten, doch er zitterte, als ihre schwer beringten Hände seine Töpfe und Krüge streichelten, und ihr Haar fiel vornüber, als sie sich über die Truhe beugte.

Als sie ihm seine Sammlung zurückgab, fuhr sie ihm mit ihren Fingern über die seinen; ihre versehentliche Berührung war kühl, obwohl Schweißperlen sich in der Wölbung ihres Halses angesammelt hatten und die Haut zwischen ihren Brüsten vor Feuchtigkeit glänzte.

Schließlich schloß er die Arzneien wieder weg, drehte sich um und hatte eigentlich vor, sie hinauszuführen. Er sah, daß sie den Kopf zurückgeworfen hatte, die Augen geschlossen hielt und sich mit einer Hand den Nacken massierte. «Es ist so still hier», murmelte sie. «Fast so still wie in meinem Haus. Dieser Raum besitzt eine Atmosphäre, welche die Welt draußen verbannt, als gäbe es sie nicht.»

Khamwaset verlor seine Beherrschung. Indem er seine Hand an ihrem Nacken hinuntergleiten ließ, zwang er sie nach hinten, bis die Wand ihn bremste, dann neigte er sich zu ihr hin und legte seinen Mund auf den ihren. Eine Glut, wie er sie nie zuvor kennengelernt hatte, durchfuhr ihn, während er ihre Lippen spürte und diese nachgaben. Dann war es vorüber. Er zog sich bebend zurück und atmete schwer.

«Was ist denn in dich gefahren, Prinz?» sagte sie mit leiser Stimme; ihre Augenlider waren unversehens schwer geworden, ihre Nasenflügel bebten. «Was soll das?»

Du bist in mich gefahren, wollte er herausplatzen. Du machst mich so krank wie einen liebeshungrigen Jüngling. Dein Mund ist nicht genug, Tbubui. Ich will dich ganz haben, will meine Zunge durch deine Täler führen, deren Vorstellung mir die Sinne raubt, die ich aber noch nicht sehe. Mein Körper will aufhören, dem Geiste untertan zu sein, und einmal nur sein drängendes Bedürfnis spüren. Einmal nur... Er entschuldigte sich nicht.

«Ich habe lange nach dir gesucht», sagte er mit rauher Stimme. «Meine Diener waren ganz erschöpft von der Suche. Ich fand keinen Schlaf mehr, meine Speise war wie der Sand, trocken und geschmacklos. Dieser Kuß war eine Entschädigung für all dies.»

«Und hat diese Entschädigung ausgereicht, Prinz?» fragte sie mit leicht spöttischem Lächeln. «Oder verlangst du eine volle Entschädigung? Das wird nicht leicht sein. Nein, ganz bestimmt nicht. Denn ich bin von vornehmer Geburt und keine gewöhnliche Person.»

Unmittelbar mischte sich ein Drang nach Gewalttätigkeit in seine Begierde. Einen blendenden Augenblick lang haßte er ihre unerschütterliche Gelassenheit. Die Worte des Verlangens erstarben auf seinen Lippen, und mit einer schroffen Geste führte er sie aus dem Raum.

Die Gäste verabschiedeten sich bei Sonnenuntergang, obwohl Nubnefret sie noch zum Abendessen eingeladen hatte. «Wir haben leider noch eine weitere Verabredung», erklärte Sisenet, «aber wir danken euch für eure grenzenlose Freundlichkeit. Denke daran, mir eine Nachricht über diese Wand in der Grabkammer zu schikken», fügte er hinzu, indem er sich an Hori wandte. «Ich bin sehr daran interessiert. Tatsächlich war ja der ganze Tag sehr faszinierend. Ich habe mich riesig wohl gefühlt, als ich lebendig vor den Toten stand.»

Sie gingen fort, und am Fuße der Wasserstufen betrat einer nach dem andern im Schattenlicht die Laufplanke. Ihr Boot wartete regungslos auf dem zu dieser Stunde rotgesprenkelten, spiegelglatten Wasser des Nils.

Plötzlich strauchelte Tbubui. Mit einem Aufschrei rutschte sie zur unbewehrten Seite der Laufplanke hin, wobei ihre Arme nach dem nicht vorhandenen Handlauf griffen, und Khamwaset stürzte los, doch bevor er sie erreichte, hatte Harmin sie zurückgehalten.

«Alles in Ordnung?» rief Khamwaset, während er noch zu ihr hineilte. Sie nickte, am ganzen Körper zitternd, mit kalkweißem Gesicht. Harmin, der einen Arm um ihre Schultern gelegt hatte, drehte sie weg, und sie betrat schwankend das Boot. Sisenet folgte, ohne ein Wort zu sagen, und das winzige Boot legte ab und glitt fort. Khamwaset kehrte zu seiner Familie zurück.

«Sie ist nicht verletzt», antwortete er, als er Nubnefrets stumm hochgezogene Augenbrauen gewahr wurde.

«Sie hat aber ziemlich extrem reagiert, als sie befürchtete, ins Wasser zu fallen», lautete Nubnefrets Kommentar, und Hori schüttelte den Kopf.

«Eigentlich nicht», sagte er. «Ihr Ehemann ist ertrunken, und seither hat sie eine Todesangst vor dem Wasser. Offenbar fiel er während einer Bootsfeier in Koptos ins Wasser. Er hatte zuviel Wein getrunken, und der Nil führte Hochwasser. Seine Leiche wurde vier Tage später stromabwärts geborgen.»

«Woher weißt du das alles?» fragte Khamwaset in scharfem Ton und mit einem Unterton von Unmut.

«Sie hat es mir erzählt», antwortete Hori einfach, «weil ich sie danach gefragt habe.»

Sheritra schauderte. «Wie furchtbar!» rief sie aus. «Arme Tbubui!»

Khamwaset ergriff sanft ihr Handgelenk. «Du willst also morgen mit Harmin in die Stadt gehen», sagte er. Der junge Mann hatte ihn zuvor beiseite genommen und ihn kühl um seine Erlaubnis gebeten. Erfreut hatte Khamwaset sie gegeben. «Du mußt natürlich Amek und einen Soldaten mitnehmen», sagte er nachdrücklich zu Sheritra, «und auch pünktlich wieder zum Abendessen daheim sein.»

«Natürlich bin ich das!» erwiderte sie ungeduldig. «Stell dich nicht so an, Vater. Jetzt will ich vor dem Essen noch schnell mein Leinen wechseln.» Sie befreite sich aus seinem Griff, rief nach Bakmut und ging ins Haus. Hori war bereits zu Antef gegangen, als dieser im hinteren Teil des Gartens aufgetaucht war, um ihn zu treffen. Khamwaset und Nubnefret sahen einander an.

«Der Aufprall wird hart für sie werden», sagte Khamwaset langsam. «Ich weiß nicht, was dieser junge Mann ihr gesagt hat, aber ich finde, sie hat sich verändert.»

«Das sehe ich genauso», sagte Nubnefret zustimmend. «Doch ich mache mir große Sorgen um sie, mein Gemahl. Was sieht er bloß in ihr? Er ist neu in Memphis. Sie ist das erste Mädchen, das er hier getroffen hat. Er wird sie fallenlassen, wenn seine gesellschaftlichen Kontakte abwechslungsreicher werden. Sheritra ist zu sensibel, um mit einer niederschmetternden Zurückweisung fertig zu werden.»

«Wie gewöhnlich traust du ihr gar nichts zu», entgegnete Khamwaset zornig, so als wäre Tbubui selbst von seiner Frau angegriffen worden.

«Warum sollte Harmin an Sheritra nicht ihre verborgenen Qualitäten schätzen? Und weshalb nimmst du sogleich an, daß er lediglich mit ihr schäkern und sie unweigerlich verlassen wird? Begleiten wir die beiden doch wenigstens mit den besten Wünschen!»

«Bei anderen hast du nie Fehler gesehen, nur bei mir!» gab Nubnefret verbittert zurück, drehte sich auf dem Absatz um und entfernte sich über den dunkler werdenden Rasen, ihr Leinentuch schwebte geisterhaft hinter ihr im Dunkeln her.

Als sie schließlich zum letzten Mahl des Tages zusammensaßen, war ihr Zorn einer steifen Förmlichkeit gewichen. Khamwaset machte sich vorsätzlich daran, ihr ein Lächeln abzuringen, und schließlich gelang es ihm auch. Nebeneinander an den Stufen zum Wasser sitzend, welche die Wärme des Tages gespeichert hatten, leerten sie den letzten Becher Wein, ihre Knie berührten einander, als sie das kaum wahrnehmbare Strömen des stillen Wassers betrachteten. Ganz zuletzt lehnte Nubnefret ihren Kopf an seine Schulter.

Eine Weile ließ er ihn dort ruhen, atmete den Duft ihres wirren Haares ein und hielt locker ihre Hand, doch dann erwachte in ihm ein milder Wunsch. «Komm», flüsterte er, und nachdem sie aufgestanden war, führte er sie in das Gewirr aus Strauchwerk neben den Stufen und machte dort Liebe mit ihr.

Doch während er sie noch liebte, keimte durch sein sexuelles Drängen hindurch ein Widerwillen gegen ihre großen, weichen Brüste, den Umfang ihrer stattlichen, nachgiebigen Hüfte und die breiten, vollen Lippen, die sich vor Wonne geöffnet hatten. Nubnefret hatte nichts Hartes, Mageres oder Stürmisches an sich, und als Khamwaset sich endlich von ihr herunterwälzte, in das trokkene Gras fiel und sich Äste in seinen Rücken bohrten, war ihm klargeworden, daß er es vorgezogen hätte, mit Tbubui Liebe zu machen.

Sheritra hielt sich zurück, um nicht auf Harmin zuzulaufen, als sie sah, wie dieser von seinem Aussichtspunkt am Bug seines Bootes ihr zum Gruß herüberlächelte. Einen flüchtigen Augenblick lang kam ihre alte Scheu wieder auf, und sie wünschte von ganzem Herzen, sich wohlbehalten in ihrem Zimmer mit Bakmut zu unterhalten, weit weg von dieser plötzlichen Komplikation ihres Lebens. Doch bald darauf war diese Scheu einem Gefühl der glücklichen Unbekümmertheit gewichen, das für sie neu war. Ihre Schultern zurückwerfend, ging sie mit all der Anmut, deren sie mächtig war, auf ihn zu. Amek und ein Soldat folgten ihr. Harmin verneigte sich, als sie die Laufplanke überwand, und sie entbot ihm einen guten Morgen, wodurch sie ihm zu sprechen erlaubte.

«Guten Morgen, Prinzessin», erwiderte er ernst und gab das Zeichen zum Einholen der Laufplanke an Deck. Amek und der andere Mann bezogen an Bug und Heck Stellung, und Harmin führte Sheritra in die Kajüte.

Das Boot seiner Familie war weder so groß noch so prächtig wie das von Khamwaset, aber es war mit Wimpeln aus Goldtuch behängt, auf die man schwarze Horusaugen gemalt hatte. Die zurückgezogenen Vorhänge waren ebenfalls aus einem mit Silberquasten geschmückten Goldtuch. Sheritra setzte sich auf den gepolsterten Schemel, den Harmin ihr zuwies, und sah ihm heimlich dabei zu, wie er für sich Kissen auf dem Boden aufschichtete, sich dann zu ihr wandte, um ihr Frischwasser und Stückchen kalten Rindfleischs anzubieten, die in Knoblauch und Wein eingelegt waren.

Er war schlicht gekleidet, trug einen einfachen weißen Leibrock, der seine langen Schenkel verhüllte, und feste Ledersandalen an den Füßen, aber sein Gürtel war mit Türkissteinen besetzt wie auch seine dicken Silberarmreifen und das leicht gewirkte Pektoral, das auf seiner braunen Brust lag. Das Amulettgegengewicht, das zwischen seinen angespannten Schulterblättern hing, bestand aus einer Reihe winziger Goldpaviane, den Symbolen des Thoth, die den Träger vor gewissen Zaubersprüchen schützten.

«Ich habe gesehen, wie der Nil genau die Farben deiner Türkise widergespiegelt hat», bemerkte Sheritra zögernd und mit einer

Scheu, die mit der rituellen Annahme von Speise und Trank in Zusammenhang stand. «Das sind sehr alte Steine, nicht wahr? Die Steine, die man heutzutage kaufen kann, sind von minderer Qualität. Sie sind nicht ganz und gar blau, jedenfalls nicht von jener antiken grünlich-blauen Tönung, die Vater so attraktiv findet.»

Harmin kauerte sich in die Kissen und grinste zu ihr hoch, seine mit Kohol geschminkten Augen glitzerten. «Das stimmt. Sie befinden sich seit vielen Hentis in unserem Familienbesitz, und sie sind sehr kostbar. Und ich werde die Steine weitervererben an meinen ältesten Sohn.»

Sheritra spürte, daß ihre Wangen zu glühen begannen. «Ich dachte, daß wir heute spazierengingen», warf sie hastig ein, «obwohl das Schaukeln auf dem Nil auch viel Spaß macht.» Sie trank einen Schluck Wasser, und das Feuer in ihrem Gesicht wich langsam.

«Wir wollen wirklich spazierengehen, und vielleicht wirst du mich am Abend bitten, daß ich dich zum Boot zurückbringe», sagte Harmin neckend. «Aber ich habe beschlossen, daß dir der Staub und die Hitze der Flußuferstraße nach Memphis erspart bleiben sollen. Wenn wir daher im Basar zu viele Menschen sehen oder ihn langweilig finden, dann können wir in Minutenschnelle wieder an Deck gehen. Sieh nur! Wir fahren schon am Kanal zum alten Palast von Tuthmosis I. vorbei. Ich nehme an, du warst schon oft da drin zu den Zeiten, wenn dein Großvater in Memphis residiert.»

«O ja, das war ich», setzte Sheritra ein. Und bevor es ihr klargeworden war, erzählte sie ihm von Ramses und seinem Hof, den politischen Kontakten ihres Vaters und ihrem Leben als Prinzessin. «Es ist nicht so wunderbar, wie du dir das vielleicht vorstellst», sagte sie trübselig. «Mein Tagesablauf und meine Erziehung wurden sehr viel strenger kontrolliert als die einer Tochter von Vornehmen, und nun, da man mich nicht mehr foltert und du vielleicht denkst, ich wäre frei, bleibt mir nur die Aussicht, schließlich mit irgendeinem Erbprinzen vermählt zu werden, um die Familiendynastie von Ramses bewahren zu helfen. Ich habe natürlich nichts gegen eine Heirat, aber ich habe etwas gegen die Gewißheit, daß mein Zukünftiger mich nicht lieben wird. Wie sollte er auch? Ich sehe eher nach einer Bauerntochter als nach einer Prinzessin aus!»

Ihre Stimme war allmählich lauter geworden, und sie hatte sich mehr und mehr erregt, ohne dessen gewahr zu werden, bis Harmin zum Zeichen des Protestes seine Hand hob, und als sie wieder zu sich kam, wurde ihr klar, was sie da gerade gesagt hatte. Sie schlug die Hände vors Gesicht.

«O Harmin!» rief sie. «Es tut mir so leid. Ich weiß nicht, warum ich so zu dir rede.»

«Ich weiß, warum», sagte er ruhig. «Etwas an mir hat dir von Anbeginn an Vertrauen zu mir eingeflößt, nicht wahr, Kleine Sonne?»

«Nur mein Vater nennt mich so», sagte sie matt.

«Hast du etwas dagegen, wenn ich dich auch so nenne?»

Stumm schüttelte sie den Kopf.

«Gut. Denn ich habe das Gefühl, dich seit meiner Schulzeit zu kennen. Ich fühle mich wohl in deiner Nähe, und du in meiner. Ich bin dein Freund, Sheritra, und ich könnte mir nicht wünschen, heute anderswo zu sein als hier mit dir zusammen, mit der Sonne, die das Wasser peitscht, und der Menge, die am Ufer Sand aufwirbelt.»

Sie war stumm; ihr Blick ruhte scheinbar auf den Dingen, die er beschrieb, während ihre Gedanken mit seinen Worten spielten. Der einzige Mann, dem sie bisher vertraut hatte, war ihr Vater, und dies, weil er ihren Respekt verdiente. Die männlichen Gestalten, die in ihrem Leben aufgetaucht und schnell wieder daraus entschwunden waren, hatten nichts als ihren selbstbewußten Zorn herausgefordert wegen deren Schalheit und Weigerung, ihre Intelligenz zu erkennen, sowie wegen deren kaum verhüllter Geringschätzung angesichts ihrer Reizlosigkeit. Sie wußte, daß sie einem solchen Gefühl für Harmin gefährlich nahe kam, daß ihr ganzes Leben davon verschlungen wurde, und sie änderte ihre Haltung. Sie schätzte ihn bereits wegen seiner Offenheit, der natürlichen Art und Weise, in der er ihr Äußeres lässig als unwesentlich abtat und jene Saiten in ihr berührte, die bislang ausschließlich bei Khamwaset ins Schwingen geraten waren.

Aber Freund? Was versteht er darunter? Ist er aufrichtig an einem

Gedankenaustausch interessiert? Nun, ich kann nur hoffen, daß es sich so verhält, sagte sie sich betrübt. Doch seine folgenden Worte brachten ihr Herz zum Pochen.

«Deine Haut hat die Transparenz einer Perle», flüsterte er, und sie drehte sich abrupt zu ihm und sah, daß seine schwarzen Augen sie gebannt anstarrten. «Deine Augen sind voller Leben, Prinzessin, voller Lebenskraft, wenn du deinem Ka durchzuscheinen gestattest. Bitte versteck dich nicht mehr.»

Ich kapituliere, dachte sie in Panik. Meine Urteilskraft verläßt mich sogar jetzt. Aber, o Harmin! Um Hathors willen stehe sicher auf dem Seil! Ich gebäre mein Selbst, das ich mein ganzes Leben lang grimmig beschützt habe, und unter deinem merkwürdigen Blick ist es noch halb blind und hilflos.

«Ich danke dir, Harmin», erwiderte sie mit fester Stimme und grinste ihn auf einmal breit an. «Ich will mich nicht mehr vor dir verstecken. Das übrige Ägypten kann mir gestohlen bleiben.» Er lachte und begann, das kalte Rindfleisch gierig zu verschlingen, indem er es auf einen winzigen Dolch mit einem silbernem Griff aufspießte; hin und wieder hielt er ihr einen Bissen an den Mund, und auf einmal heißhungrig geworden, konnte sie nicht schnell genug essen.

Sie machten an den Kais im Süden am Rande der Fremdenviertel fest, und statt über Peru-nefer zum Stadtkern zurückzugehen, ging Harmin nach Süden. Sheritra spürte ein unruhiges Zittern. Noch nie zuvor war sie in dieses wimmelnde Leben eingetaucht, geschweige denn zu Fuß, und sie war froh, Amek und die beruhigende, weil massige Gestalt des Soldaten in ihrer Nähe zu wissen. Aber Harmin, der sie ab und zu mit einer leichten Berührung am Ellbogen und einem ermutigenden Lächeln taktvoll dirigierte, erlaubte es nicht, daß man sie anrempelte, und bald war ihre Furcht verflogen.

Als sie durch die von Eseln verstopften und lauten Straßen gingen, begann sie im Schutz der Anonymität aufzublühen und verlieh ihrer Freude über das bunte Gemisch aus aller Herren Ländern, das sie umgab, durch kleine Schreie Ausdruck. Hurriter, Kanaaniter, Syrer, Semiten und Siedler an den Küsten des Großen Grün ließen eine verwirrende Vielzahl von Sprachen an ihr Ohr dringen. Der Basar ächzte noch immer unter Tuchen jeglicher Gattung und Pracht, protzigen Juwelen, Statuetten der Götter aller Herren Länder in jedem erdenklichen Holz oder Stein und Haushaltsgeräten, die in die Hunderte gingen.

Harmin und sie durchstreiften all dies, berührten die Waren, lachten und feilschten zum Spaß, bis Sheritra plötzlich auffiel, daß der Menschenstrom sich gelichtet hatte und die Straße, durch die sie wanderten, ganz eingesehen werden konnte, ein kurzer Streifen von einer blendenden Helligkeit, die auf eine Lehmwand und ein offenes Tor ging.

«Was ist das?» fragte sie neugierig. Harmin wischte einen Staubfleck von ihrer Schläfe.

«Das ist der Schrein der kanaanitischen Göttin Astarte. Möchtest du hineingehen?»

Sheritra starrte ihn an. «Darf man das denn?»

Harmin lächelte. «Selbstverständlich. Es handelt sich um einen Schrein, nicht etwa um einen Tempel. Wir dürfen die Anbeter beobachten, ohne daß wir selbst beten müssen. Ich glaube, der Göttin Astarte ist ein mächtiger Tempel mit vielen Priestern und Priesterinnen in Piramses geweiht, doch hier gibt es nur eine kleine Priesterschaft, und die Prozeduren im Schrein sind ziemlich einfach.» Während Harmin ihr dies erklärte, führte er sie vorwärts. Zusammen schritten sie durch das offene Tor und befanden sich dann in einem anheimelnden Außenhof, der nicht gepflastert und von dem noch winzigeren Innenhof durch eine hüfthohe Lehmmauer abgetrennt war.

In beiden Höfen hielten sich viele Menschen auf, die beteten oder sangen, doch als Sheritra sich dem Herzen des Schreins näherte, verstummte das muntere und geschäftige Treiben. In dem respektvollen Raum rund um die Göttinnenstatue tanzte eine einzelne Priesterin, die mit den Fingerzimbeln klickte und deren Haarschmuck klirrte. Sie war nackt und bewegte sich schlangenartig und mit geschlossenen Augen. Genau hinter ihr stand Astarte. Neugierig warf Sheritra einen Blick auf sie, sowohl angezogen wie abgestoßen von den üppigen, emporgeschleuderten Brüsten, den prangenden Rundungen des steinernen Bauches und dem starken Umfang der schamlosen Beine, die jeden einzuladen schienen, der sich zwischen sie traute. Sheritra blickte zu Harmin hinüber und hatte erwartet, daß er seine Augen nicht von der Tänzerin ließ, doch er beobachtete sie. «Astarte spendet die Freuden des orgiastischen Sex», erklärte er ihr. «Aber sie ist auch die Göttin aller Arten der reinen Liebe.»

«Darauf käme man gar nicht, wenn man sie so anschaut!» antwortete Sheritra mit beißendem Spott. «Sie erinnert mich viel eher an die Huren, die den Peru-nefer-Bezirk unsicher machen. Unsere eigene Hathor ist ebenfalls eine Göttin der Liebe, besitzt aber mehr Höflichkeit und irgendwie mehr Menschlichkeit.»

«Da gebe ich dir recht», entgegnete Harmin. «Astarte hat in Ägypten wirklich nichts zu suchen. Die rauhen, eher barbarischen Rassen dienen ihr. Deshalb findet man ihre Schreine in den Fremdenvierteln der Städte. Immerhin ist sie älter als Hathor.»

«Großvater hat viel für die fremden Götter übrig», erzählte sie ihm, als sie das geheiligte Gelände verließen. «Weil er rotes Haar hat, es in unserer Familie vorkommt und wir aus Nome, der Provinz des Gottes Seth, stammen, hat Ramses ihn zu seinem obersten Beschützer gemacht. Er ist natürlich ein Ägypter, aber Großvater verehrt auch das kanaanitische Gegenstück Baal und besucht regelmäßig die Tempel der Fremdländer. Ich finde das nicht richtig.»

«Bin ganz deiner Meinung», sagte Harmin zustimmend in ruhigem Ton. «Ich teile deine Ansichten und die deines Vaters, daß Ägypten wegen des freien Zugangs so vieler fremder Götter und Menschen so langsam seine Wurzeln verliert. Bald wird man Seth selbst mit Baal verwechseln und Hathor mit Astarte. Wenn es erst so weit gekommen ist, sollte Ägyten sich in acht nehmen, denn dann ist sein Untergang nicht mehr fern.»

Impulsiv trat Sheritra vor und küßte ihn auf die Wange. Hinter ihr hüstelte Amek diskret. «Danke für einen der schönsten Tage, die ich je erlebt habe», sagte sie leidenschaftlich.

Als Harmin schließlich mit einem Krug und vier Bechern aus der Bierschenke zurückkam, hatte Sheritra einen kleinen Fleck abgetretenen Rasens im Schatten einer Mauer aufgespürt. Amek und der Soldat verneigten sich zum Zeichen ihres Dankes und kippten ihr Bier schnell im Stehen hinunter, aber Harmin setzte sich neben Sheritra hin, und eine lange Weile tranken und redeten sie. Das Bier war stark und sehr dunkel, ganz anders als das helle Gebräu, das tagtäglich an der Tafel ihres Vaters kredenzt wurde, und bald darauf schwirrte ihr der Kopf, doch dieses Gefühl war ihr höchst angenehm.

Zum Schluß brachte Harmin den Krug mit den Bechern zurück und half ihr beim Aufstehen, und sie gingen zum Boot und zu den schlaftrunkenen Bootsleuten zurück. Die Sonne küßte den Horizont und sickerte gelb und orangenfarben durch die Staubteilchen in der Luft, badete Sheritras Haut in einen Goldton und fing sich in ihren Haaren. Sheritra stieg die Laufplanke hoch, ging fast schwankend in die Kajüte und ließ sich mit einem ungestümen Seufzer auf die Kissen fallen. Sie spürte die wohlige Müdigkeit ihrer Beine, und langsam wurde sie hungrig. Bald war Harmin bei ihr, und das Boot löste sich von der Anlegestelle und drehte nach Norden bei. Sheritra seufzte erneut. Ich fühle mich fast schön, dachte sie glücklich. Ich fühle mich sorglos, federleicht und voller Lachen. Sie wandte sich Harmin zu, der den Staub von seinem Leibrock abklopfte und betrübt seine schmutzigen Füße betrachtete. «Das war ganz wunderbar!» sagte sie.

Er pflichtete ihr bei, halb über ihre untypische Begeisterung lachend, das wußte sie, aber sie faßte es nicht als Beleidigung auf. «Heute haben wir Dinge ganz nach meinem Geschmack gemacht», sagte er. «Morgen muß ich verschiedene Pflichten bei mir zu Hause erledigen, aber übermorgen darfst du bestimmen, wohin wir gehen.»

Sheritras Augen wurden größer. «Möchtest du denn noch einen Tag mit mir verbringen?»

«Sei nicht dumm, Prinzessin», sagte er ermahnend, und sie vernahm einen milde tadelnden Unterton in seiner Stimme. «Wenn ich dich nicht wiedersehen wollte, hätte ich dir diesen Vorschlag nicht gemacht. Sollte dein alter Argwohn etwa wieder die Oberhand gewinnen?»

Sie fühlte sich ernüchtert, jedoch nicht beleidigt. «Nein, Harmin», sagte sie sanftmütig. «Ich glaube nicht, daß du mir etwas vormachst. Nun gut.» Sie faltete geziert ihre Hände und starrte nachdenklich in das vom Sonnenuntergang überströmte Wasser, das gegen die Bootswand plätscherte. «Ich weiß was!» sagte sie endlich. «Wir nehmen Vaters Boot und Amek und Bakmut und fahren nach Süden an der Stadt vorbei, bis zum ersten ruhigen Flußstück, und dann schwimmen wir den ganzen Tag und fangen Frösche, und dann essen wir am Ufer, und danach jagen wir Enten im Sumpfland! Ja?»

Er blickte auf seinen verschmutzten Leibrock nieder. «Leider nein», sagte er traurig. «Ich kann nicht schwimmen, Hoheit. Denn ich bin genauso wasserscheu wie meine Mutter. Es macht mir nichts aus, auf dem Wasser zu sein, aber keine Macht auf Erden könnte mich ins Wasser hineinzwingen.» Er hob sein Gesicht, und Sheritra sah, daß es ganz trübsinnig war. «Ich würde dir aber gerne beim Schwimmen zusehen, und mit den Fröschen und den Enten, nun, das schaffe ich schon.»

Sie streckte ihren Arm aus und strich über sein warmes Haar. «Das tut mir leid», flüsterte sie. «Dann denke ich mir etwas anderes aus, eine Überraschung, und du wirst nicht erfahren, wohin wir gehen, bis ich zu dir komme. Einverstanden?»

Er nickte, schien jedoch noch immer von irgendeinem schrecklichen Gedanken verfolgt zu werden, doch dann lächelte er. «Ich muß dir etwas beichten, Sheritra», sagte Harmin ruhig. «Ich hoffe, daß du deshalb nicht böse wirst.»

Sheritras Blick begegnete dem seinen. Ihre Selbstsicherheit war vergessen, vergessen auch die Erinnerung daran, daß das Gesicht, das er aus nächster Nähe musterte, den meisten anderen Männern leicht abstoßend vorkam und ihr daher ein Anlaß zur Scham war. «Das erfährst du erst, wenn du es mir gestanden hast», antwortete sie und errötete darauf, wohl wissend um die ungewollte Herausforderung, die in ihren Worten lag, doch entweder ignorierte er deren boshaftere Bedeutung, oder er hatte sie einfach nicht wahrgenommen. Mit einer knappen Bewegung ergriff er ihre Hand und strich mit dem Daumen sanft über ihre offene Handfläche.

«Als ich zu deinem Vater gekommen bin, um ihn zu bitten, meine

Mutter zu behandeln, hörte ich dich singen, während ich warten mußte, und auch, als ich wegging.»

Sheritra stieß einen leisen Schrei aus und versuchte, ihre Finger seinem Griff zu entziehen, doch er hinderte sie daran.

«Nein, stoß mich nicht zurück», fuhr er fort. «Nie habe ich einen so wunderbaren Klang gehört. Ich hatte vor, zum Anlegeplatz zu gehen, aber ich war wie festgenagelt. Eine solche Süße erfüllte mich, Sheritra! Ich stand dort, bis dein Vater mich fand, und fragte mich, ob die Schönheit der Sängerin derjenigen ihres Gesanges entsprach.»

«Nun, dann weißt du jetzt, daß dies nicht der Fall ist», sagte Sheritra leicht schnippisch. Doch trotz ihrer scharfen Worte ergründete sie mit einer versteckten Verzweiflung seine Miene und forschte nach dem Aufflackern einer Unaufrichtigkeit, dem wohlbekannten winzigen Zaudern der Falschheit. Sie suchte vergebens. Harmins Augenbrauen sanken mit einem Stirnrunzeln.

«Weshalb bist du dir selbst gegenüber dermaßen ungerecht?» fragte er. «Und woher willst du wissen, was ich schön finde? Ich muß dir dummem Mädchen sagen, daß ich mir diese Sängerin als eine Frau aus Feuer und Geist vorgestellt habe. Das bedeutet für mich Schönheit, und unter deinem schüchternen Äußeren besitzt du beides, oder etwa nicht?»

Sie sah ihn verwundert an. Oh, ja! dachte sie, ja. Feuer und Geist besitze ich, Harmin, doch ich bin noch weit davon entfernt, mich dir zu offenbaren, denn ich bin zu...

«Du bist zu stolz, um dich jemandem außerhalb deiner Familie zu erkennen zu geben, nicht wahr?» Harmin lächelte. «Aus Angst, man würde dich nicht akzeptieren. Singst du mir jetzt das Lied noch einmal?»

«Du verlangst ziemlich viel von mir!»

«Ich weiß genau, worum ich dich bitte», sagte er mit Nachdruck. «Nur Mut. Singst du jetzt für mich?»

Statt einer Antwort setzte sie sich aufrecht hin und zwang sich, nicht zu erröten. Die ersten Töne kamen noch zögernd, und ihre Stimme überschlug sich einmal, doch bald fand sie ihr Selbstvertrauen wieder, und die alten, sinnenfrohen Worte wurden klar und sicher über den Fluß getragen. «Nach deiner Liebe verlange ich wie nach Butter und Honig. Du gehörst zu mir wie die beste Salbung auf den Gliedern der Vornehmen, wie das feinste Leinen...» Sie sang lediglich den weiblichen Part des Liedes, die Antwort des Liebhabers ließ sie dagegen aus, und sie war überrascht, als Harmin sanft in ihren Gesang einstimmte: «Meine Begleitung gilt für alle Tage, bis ins hohe Alter hinein. Bei dir sein will ich jeden Tag, an dem ich dir meine Liebe für immer geben kann.»

Beide waren verstummt, dann stand Harmin vom Schemel auf, ließ sich auf das Kissen neben ihr nieder, und während er ihr Gesicht zwischen seine warmen Hände nahm, küßte er sie sanft auf den Mund. Ihre erste Regung war Panik. Sie wollte sich zur Wehr setzen, ihn von sich stoßen, doch seine Lippen waren so wenig bedrohlich, schmeckten nach Staub und Bier, und der Druck nahm nicht zu, so daß schließlich alle Spannung von ihr wich und sie beide Hände auf seine glatte Schulter legte und seinen Kuß erwiderte. Als sie sich aus der Umarmung gelöst hatten, blickte sie in seine vor Verlangen trunkenen Augen. «Kleine Sonne», murmelte er, «ich sehne mich schon nach übermorgen. Mein Horoskop sagt mir, daß mein Glück in diesem Monat phänomenal groß ist, und – siehe da! – schon bin ich an deiner Seite.»

Sheritra lächelte unsicher und befürchtete, daß er sie wieder küssen wollte, doch sie mußte bald seine fast nachtwandlerisch sichere Eingebung anerkennen, wenn es um ihre Bedürfnisse ging. Er erhob sich, suchte seinen Schemel wieder auf und begann, sie mit Geschichten aus seinem Leben in Koptos zu ergötzen. An den Wasserstufen schließlich bedankte er sich bei ihr mit förmlicher Anmut für ihre Gesellschaft, übergab sie Ameks Fürsorge und verschwand in seiner Kajüte, in der er die Vorhänge hinter sich zuzog. Sheritra blieb noch Zeit genug, zu baden und ihr fraulichstes Kleid anzulegen, bevor sie mit hocherhobenem Kinn zum Abendessen in den Speisesaal rauschte.

8. Kapitel

«Ich bin wie Thoth so stark,
ich bin so mächtig wie Atum,
ich gehe mit den Beinen,
ich spreche mit dem Mund,
um zu suchen meinen Feind.
Er wurde mir gegeben
und soll nicht von mir genommen werden.»

An diesem Morgen hatte Hori ungewöhnlich lange geschlafen. Er hatte vorgehabt, mit Rê aufzustehen und sich mit Antef am Fluß zu treffen, um ein wenig zu angeln, bevor er zur Grabstätte ging. Sein Leibdiener hatte ihn pflichtgemäß eine Stunde vor Sonnenaufgang geweckt, doch noch ehe der Mann das Zimmer verlassen hatte, war Hori in einen bodenlos tiefen Brunnen der Bewußtlosigkeit gefallen, aus dem er vier Stunden später verstimmt und wie gerädert hervorkam.

Er nahm sich die Zeit, im Bett zu essen, ließ den Harfenspieler rufen, damit dieser seine Unruhe besänftige, während er Brot, Butter und Obst in sich hineinstopfte, und als er endlich auf dem erhöhten Stein im Badehaus stand und das parfümierte Wasser über seinen Körper tröpfelte, war er fast völlig wieder zu sich gekommen. Hätte sein Vater die Horoskope erstellt, so wäre er in der Lage gewesen, sein eigenes zu Rate zu ziehen und seinen Tag dementsprechend zu planen, der unbestreitbar schlecht begonnen hatte. So wie die Dinge nun einmal lagen, konnte er lediglich einige vernünftige Vorsichtsmaßnahmen treffen. Heute werde ich kein Bogenschießen üben, dachte er, als der Diener einen Leibrock um seine Hüfte wikkelte und ihm seinen Schmuck hinhielt, damit er auswähle. Es ist besser, wenn ich mich von scharfen Instrumenten fernhalte. Auch werde ich mit Antef später nicht im Streitwagen ausfahren. Ich werde ein paar Briefe diktieren, die neuesten Arbeiten aus dem Grab durchsehen und den übrigen Nachmittag im Gespräch mit Sheritra im Garten verbringen. Geistesabwesend wies er auf ein Pektoral aus Silber und Karneol und ein Paar einfacher Silberreifen, die mit Skarabäen verziert waren, und der Mann streifte sie ihm über seine wenig entgegenkommenden Hände. Ich wünschte, ich könnte mich an meinen Traum erinnern, grübelte er weiter, denn dann könnte ich ihn deuten, und der Tag wäre vielleicht gerettet. Nun, was soll's? In letzter Zeit habe ich meine Gebete vernachlässigt. Antef kann, falls er mir vergeben hat, meinen Schrein öffnen und sich neben mir zu Boden werfen, bevor ich irgend etwas anderes anfange. Doch auf seine Nachfrage teilte sein Leibdiener ihm mit, daß Antef in die Stadt gegangen war, um einige Besorgungen zu erledigen, die seine persönliche Aufmerksamkeit erforderten, und man ihn erst in einigen Stunden zurückerwarte.

Seinen Vorsatz zu beten gab Hori sofort auf. Er setzte sich neben sein Ruhebett und diktierte eine Zeitlang Briefe an verschiedene Freunde im Delta, an seine kränkelnde Großmutter und an seine Priesterkollegen, die ihren Dienst für den Gott Ptah im großen Tempel in Piramses versahen. Dann blätterte er die laufenden Arbeiten der Künstler durch, die mit dem Kopieren der Wandmalereien im Grab beschäftigt waren, aber der bloße Gedanke an das Grab machte ihn gereizt. Was ist mit mir los? fragte er sich zum hundertstenmal. Ich muß mit Vater reden, ihn über Sisenets Theorie ausfragen und herausfinden, ob er jene Wand abreißen will. Doch Khamwaset war mit einem Patienten beschäftigt, und Ib riet Hori, er solle lieber nicht auf seinen Vater warten. Der Unterton verhaltener Enttäuschung, der hinter der üblichen sonnigen Ruhe des jungen Mannes hindurchschimmerte, schwoll zu offener Verärgerung an, und er beorderte ein Ruderboot hinaus. Von einem bewaffneten Begleiter wollte er nichts wissen und war schon die Wasserstufen hinuntergerannt, hatte sich in das hübsche kleine Boot geschwungen und begann, kräftig flußabwärts zu rudern.

Es war ein sehr warmer Tag. Der Sommer näherte sich unerbittlich, und Hori, über die Ruder gebeugt und zwischen den Atemzügen fluchend, war kurz darauf in Schweiß gebadet, der ihm in die Augen tropfte und die Hände auf dem Riemenholz glitschig werden ließ. Der Fluß trocknete langsam aus. Im Vergleich zum Vormonat war der Wasserstand bereits erheblich gesunken, und der Fluß nahm nach und nach die ölige Trägheit an, die er bei Niedrigwasser hatte. Das Wasser strömte widerstrebend in die Richtung, die Hori eingeschlagen hatte; dennoch strengte er jeden einzelnen Muskel an, da er versuchte, seine schlechte Laune abzuarbeiten.

Als er mit dem Rudern aufhörte, um kurz sein Gesicht abzuwischen und das Haar zurückzustreifen, das an seinen Wangen festklebte, stellte er erstaunt fest, daß er fast an der nördlichen Vorstadt vorbeigerudert war. Was nun? fragte er sich. Soll ich umkehren? Er entschloß sich jedoch, noch ein wenig weiterzurudern, und machte sich wieder ans Werk, obwohl seine Schultern schmerzten und seine Beine protestierten. Vater würde es bestimmt nicht gerne sehen, daß ich ohne einen Soldaten oder wenigstens Antef unterwegs bin, sagte er sich selbst. Es ist nicht besonders klug von mir. Ich sollte mindestens die königlichen Farben irgendwo am Boot mitführen, so daß diese verdammten Fellachen, die sich auf dem Fluß drängeln, mich nicht anbrüllen und verfluchen, wenn ich ihnen in die Quere komme. Ich muß zum östlichen Ufer hinüberrudern, dort herrscht kein solch dichter Verkehr.

Er drehte in diese Richtung bei, indem er verbissen ruderte, und hatte gerade beschlossen, daß er umkehren, nach Hause rudern und eine Heket Bier bestellen wollte, um sie im Garten zu leeren, als er unwillkürlich hinter sich blickte und sah, wie Tbubui aus der sehr kleinen Kajüte eines Bootes, das kaum größer war als seines, auftauchte und an Land ging. Sofort begann seine scheußliche Stimmung sich zu heben. Hier war jemand, der ihn von sich selbst ablenken konnte. Flink manövrierte er das Boot ans Ufer, zog die Riemen ein und rief laut: «Tbubui! Ich bin es, Hori, Sohn des Khamwaset! Wohnst du etwa hier?»

Bei diesem Ruf hielt sie inne und drehte sich um, anscheinend keineswegs überrascht, derart angerufen zu werden. Horis Boot stieß gegen ihre schmalen Wasserstufen, und er kletterte heraus und zu ihr hin. Sie trug ein kurzes, lockeres Gewand, das eine Schulter und eine Brust freiließ, ein Schnitt, der seit langem aus der Mode gekommen war, doch nach einem verstohlenen Blick wurde Hori gewahr, daß die unbekleidete Brust hinter einem hüftlangen Umhang aus fleischfarbener Gaze verborgen war. Sie war barfuß. Fußringe aus Gold klingelten leise, als sie zurücktrat, ihn zum Gruße anlächelnd. «Nanu, das ist ja der junge Hori!» rief sie aus. «Wie kommst du dazu, bei dieser Hitze zu rudern? Komm in mein Haus, und ich stelle dir einen Diener zur Verfügung, der dich wäscht. Du bist ja völlig durchgeschwitzt!»

Er grinste, kam sich dumm vor und war irgendwie verärgert, weil sie ihn als «der junge Hori» bezeichnet hatte. Er sah sich selbst ihr gegenüber im Nachteil. «Hab Dank», antwortete er, «aber ich kann ebensogut mein Boot wenden und nach Hause rudern. Ich rudere oft, um meine Arme für das Bogenschießen und meine Beine für das Streitwagenfahren zu stählen.»

Sie ließ einen abschätzenden Blick über seine schweißüberströmten Schenkel und Waden schweifen. «Diese Übung ist offenbar äußerst wirkungsvoll», meinte sie trocken. «Komm doch herein und leiste mir für eine, zwei Stunden Gesellschaft. Mein Bruder ist heute nicht da, und Harmin bummelt mit Sheritra durch die Stadt.»

Richtig, das stimmte ja. Hatte ich ganz vergessen, dachte Hori. Ich bin also allein mit ihr. Irgendwie habe ich nicht den Eindruck, daß es Vater recht wäre, doch die Aussichten auf ein Bad und irgendeine Erfrischung an diesem widerlichen Tag verlockte ihn sehr. Zudem ist sie bestimmt unterhaltsam. Zum Zeichen, daß er ihre Einladung annahm, verneigte er sich, und sie stiegen zusammen die Stufen empor und gingen auf dem kühlen, palmengesäumten Pfad auf das weiße Haus zu, das Khamwaset so sehr bezaubert hatte. Ich muß nach Schweiß stinken, dachte Hori, als er versuchte, trotz seiner Verlegenheit ihrer leichten Unterhaltung zu folgen, und hier schwebt sie neben mir her, ihre Leinentücher in tadellosem Zustand, ihr Parfüm wie eine Wolke um sie dahinschwebend. Myrrhe, glaube ich, und noch irgendwas anderes, irgendwas...

«Willkommen in meinem Hause», sagte sie und trat zurück, um sich förmlich vor ihm zu verneigen, während er hineinging. Die Kühle hüllte ihn ein, und sogleich erwachten seine Geister.

Ein Diener kam auf weichen, leisen Sohlen herbeigetappt, und Tbubui bat Hori, sich ihm anzuvertrauen. «Er ist Harmins Leibdiener», erklärte sie ihm. «Er bedient dich in Harmins Zimmer und holt dir einen Leibrock, während deiner gewaschen wird. Wenn du fertig bist, führt er dich in den Garten.» Sie ging, ohne seinen Dank abzuwarten, und er folgte dem Diener, wobei er sich neugierig die bloßen, weißgetünchten Wände in der Eingangshalle und im Flur ansah.

Er war nicht dermaßen nach Frieden und Stille süchtig wie sein Vater, noch ging er über jede neue Art der Möblierung und Innenausstattung hinweg, doch die reine Sachlichkeit dieses Hauses sprach das Einsame in ihm an. Unbewußt atmete er tiefer durch, als er durch eine schlichte Tür aus Zedernholz schritt und einem Ruhebett gegenüberstand, auf dem an einem Ende eine Kopfstütze aus Elfenbein lag. Daneben stand ein Tischchen mit Elfenbeinintarsien, auf dem eine dicke Alabasterlampe, ein Schmuckkasten und eine hölzerne Weinschale standen, und dazwischen lag ein Fächer aus Straußenfedern mit einem Silbergriff. Eine leere flache Kohlenpfanne kauerte sich in eine Ecke, und drei einfache Kleidertruhen standen aufgereiht an einer Wand. Ein geschlossener Schrein befand sich auf einem Sockel neben dem Weihrauchbehälter.

Das Zimmer war also vollgestellt, und dennoch drängte sich Hori der Eindruck auf, es sei viel Platz vorhanden. An diesem Ort vermochte er nichts zu erkennen, was auf Harmins Persönlichkeit hingedeutet hätte. Schweigend öffnete der Diener eine Kleidertruhe, suchte einen frisch gestärkten Leibrock heraus und einen Ledergürtel, legte beides auf das Ruhebett und ging auf Hori zu. Er nahm ihm das schweißbenetzte Kleidungsstück ab, streifte ihm die Ledersandalen von den Füßen, entfernte den Schmuck und winkte ihm dann zu. Hori nickte und folgte ihm. Zum Badehaus, nehme ich an, dachte Hori, insgeheim erheitert über die wirksame Stummheit des Mannes.

Etwas später trat er wieder erfrischt ins Freie und ging über das kleine Viereck des Rasens direkt auf die Gastgeberin zu, die sich wartend in einem Stuhl zurückgelehnt hatte, eingehüllt in ein üppig wallendes Gewand aus weißem Leinen. Er hatte irgendwie gehofft, sie möge noch das kurze Gewand tragen, jedoch ohne den Faltenumhang. Das Kleidungsstück, das sie nun trug, wurde von einem weißen Band am Nacken zusammengehalten und fiel mit einer ungebändigten Überfülle bis auf den Rasen, ein überraschender Kontrast zu ihrem pechschwarzen Haar und der bronzefarbenen Haut ihres Gesichts und ihrer Hände.

Der Garten selbst war insofern bemerkenswert, als er hinter dem Rasen, dem Miniaturteich und ein paar Blumenrabatten in den ungeordneten Wald aus hohen Palmen überging. Tbubui saß unter einer Palme im Schutze ihres Schattenstreifens. Hori glaubte, wenn er laut riefe, würde seine Stimme zwischen den säulenförmigen Stämmen als Echo zurückgeworfen. Tbubui winkte ihn zu sich.

«So ist es schon besser», bemerkte sie. «Du hast eine Figur wie Harmin. Sein Leibrock steht dir gut. Ich hoffe, er ist dir angenehm, während deiner gewaschen wird.» Sie klopfte leicht auf den leeren Stuhl neben sich. «Setz dich neben mich oder auf die Matte, wenn dir dies lieber ist.» Ihre Art kam Hori etwas herablassend vor, und als er sich auf den Stuhl niederließ, dachte er, ich bin doch nicht dein Sohn. Und längst bin ich kein Kind mehr. Behandle mich deshalb auch nicht so! Sie zog den Feldtisch, der zwischen beiden stand, näher zu sich heran. «Wein oder Bier?» erkundigte sie sich. Hori sah, wie das Gewand zur Seite fiel und ein Stück eines wohlgeformten braunen Arms mit einem sehr breiten, schweren Silberreifen am Armgelenk freigab. Ihre Handfläche war mit Henna in einem hellen Orange gefärbt. Hori, wie alle anderen Vornehmen ebenfalls, färbte seine Handflächen und Fußsohlen mit Henna entweder rot oder orangenfarben, doch bei dieser Frau kam ihm diese Gewohnheit plötzlich barbarisch und exotisch vor.

«Lieber Bier! Danke, Tbubui», sagte er. «Das Rudern auf dem Fluß hat mich schrecklich durstig gemacht!»

Sie schenkte ihm ein, reichte ihm den Becher und bewegte sich auf dem Stuhl hin und her, wobei sie ihre Knie seitlich hochzog. Diese Bewegung war zugleich geschmeidig und mädchenhaft, ohne jedoch affektiert zu wirken. Wie alt bist du? fragte Hori sich, als er den Becher leerte und ihn ihr hinhielt, damit sie ihm erneut einschenke. Manchmal scheinst du nur ein Kind zu sein, und ein andermal ist deine Schönheit zeitlos.

«Du hast eine wunderbare Familie, Prinz», sagte Tbubui gerade. «Die einschüchternde Förmlichkeit im Heim eines Prinzen von Geblüt wird gemildert von der vollkommenen Wärme und dem Humor ihrer Mitglieder. Wir fühlen uns durch die Aufmerksamkeit, die deine Familie uns geschenkt hat, sehr geehrt.»

«Mein Vater ist weniger ein Prinz von Geblüt als vielmehr Historiker und Arzt», antwortete Hori, «und er war darüber erfreut, bei dir und deinem Bruder ähnliche Interessen anzutreffen.»

«Sind dies auch deine Interessen?» erkundigte sie sich. «Ich weiß, daß du an seinen historischen Projekten mitarbeitest, aber hilfst du ihm auch bei seiner Arbeit als Arzt?»

«Nein. Darum kümmere ich mich überhaupt nicht», erwiderte Hori und war irgendwie verlegen, als er ihr in die Augen sah. Sein Blick schweifte an der Linie ihrer Hüfte, ihres Schenkels und Knies unter dem leicht überfließenden Leinengewand entlang. «Ich arbeite gerne bei Vaters Restaurierungsarbeiten mit, denn ich bin mit ihm durch ganz Ägypten gereist, und ich muß gestehen, daß ich bei jedem Öffnen eines Grabes aufgeregt bin, aber ich sehe die Arbeit nicht so besessen wie er. Häufig zieht er sie sogar seinen Verpflichtungen dem Pharao gegenüber vor.» Kaum hatte er die Worte ausgesprochen, war ihm, als hätte er einen Verrat begangen, und er hob eine Hand. «Das war nicht so gemeint», verbesserte er sich geschwind, «natürlich befiehlt der Pharao, und mein Vater gehorcht. Ich meine vielmehr, daß er – obwohl er gehorcht – es manchmal widerstrebend tut, besonders wenn er sich mitten in einer kritischen Passage einer Übersetzung eines alten Textes befindet oder kurz vor dem Öffnen eines Grabes steht.» Am besten hältst du jetzt den Mund, dachte er verzweifelt. Du machst die ganze Angelegenheit nur noch schlimmer. Doch Tbubui lächelte zu ihm herüber. Eine Perle dunkelroten Weins hing glänzend an ihrer Oberlippe, und als er seinen Blick hob, um ihr in die Augen zu sehen, sah er, wie ihre

Zunge herauskam und langsam über die Lippen strich. Währenddessen hatte sie ihn nicht aus den Augen gelassen.

«Und das Grab, das er vor kurzem geöffnet hat», sagte sie, «ist er davon auch wie besessen?»

Hori breitete die Arme aus, das Bier in seiner Hand schwappte gefährlich. «Zuerst war er dabei sehr aufgeregt», sagte er, «später jedoch hat er viele Entschuldigungen vorgebracht, um nicht an der Grabstätte zu erscheinen. Er sah sich nicht einmal die Arbeiten der Künstler an, die in seinem Auftrag die Wandmalereien kopieren. Ich frage mich manchmal, ob er insgeheim diesen Ort etwa fürchtet. Ich habe mich um die ganze Organisation der Arbeiten gekümmert.» Er verzog mißbilligend das Gesicht. «Diese Wand, die dein Bruder und ich abgeklopft haben», fuhr er fort, «hat mich sehr neugierig gemacht, doch dieses Thema möchte ich bei Vater gar nicht erst anschneiden aus Angst, daß er mir nicht erlaubt, eine Öffnung in die Wand zu schlagen.»

«Weshalb ihn dann fragen?» sagte Tbubui, und als Hori die Augenbrauen hochzog, winkte sie abweisend mit der Hand über ihren Vorschlag. «Nein, nein, Prinz! Ich will dich nicht zum Ungehorsam deinem Vater gegenüber verleiten. Aber mir scheint, daß das Projekt mehr Zeit und Mühe kosten könnte, als er willens ist, dafür aufzuwenden, daß er sich zu sehr zwischen seinen Pflichten aufreibt und daß es dir aus diesem Grunde schwerfällt, ihn – wann immer du dies wünschst – an die Grabstätte zu locken. Denk einmal darüber nach. Wenn du mit der Arbeit fortfährst und die Geheimkammer öffnest, von deren Vorhandensein du überzeugt bist, so würdest du ihm die mit einer ärgerlichen Entscheidung verbundene Mühe sowie die Mühen bei der Beaufsichtigung der Arbeiten ersparen.» Sie veränderte ihre Sitzhaltung und streckte langsam ihre Beine aus. Das Gewand folgte ihrer Bewegung nicht. Gebannt starrte Hori auf eine Spanne goldener Haut, die mit einer fast glänzenden Patina aufschien. «Wie du erwähntest», fuhr sie freundlich fort, «erledigst du diesmal die ganze Arbeit, während er alle Entscheidungen trifft. Wer weiß? Vielleicht ist er stolz auf einen Sohn, der gelegentlich die Initiative ergreift, besonders wenn er deinem Urteil vertraut?»

«Oh, meinem Urteil vertraut er», antwortete Hori nachdenklich und wandte mit aller Willenskraft seine Aufmerksamkeit wieder ihrem Gesicht zu. «Ich werde über deine Worte nachdenken, Tbubui. Ich wäre sicher sehr enttäuscht, wenn ich ihn darum bitten würde, jene Wand öffnen zu dürfen, und müßte erleben, daß er es mir abschlägt!»

«Dann frag ihn einfach nicht. Und falls er böse wird, so sagst du ihm, daß ich, Tbubui, die unbefleckte Gehorsamspflicht untergraben habe, die ein Sohn seinem Vater schuldet, und daß sein Zorn über mich kommen müsse!» Sie hatte leichthin gesprochen und dann gelacht, und er fiel in ihr Lachen ein, mit einem Schlag glücklich darüber, in der Hitze eines gleißenden Nachmittags in diesem Garten zu sein und neben einer Frau zu sitzen, deren Klugheit und eigenartige Schönheit ihn so sehr anzog, wie er es noch nie zuvor erlebt hatte.

Er erinnerte sich, wie sehr er sich in Gesellschaft der geschminkten Schönheiten am Hofe seines Großvaters gelangweilt hatte, an die vielen Gelegenheiten, bei denen er kurz davor gewesen war, sich zu verlieben, und dann abgestoßen wurde von der Entdeckung einer Derbheit, einem unangemessenen Sinn für Humor, dem Fehlen eines instinktiven Urteils oder der bis dahin verborgenen Ignoranz seitens der jungen Frau, die ursprünglich seine Aufmerksamkeit gefesselt hatte. Hier jedoch, überlegte er bedächtig, vereinten sich Intelligenz, beste Erziehung, Schönheit und Selbstlosigkeit.

Das Schweigen, das zwischen ihnen eingetreten war, rührte nicht aus einer Verlegenheit her. Tbubui hatte sich entspannt zurückgelehnt, den Kopf nach hinten gelegt, die Augen vorübergehend geschlossen, und Hori schlürfte das übriggebliebene Bier und überließ sich seiner Zufriedenheit.

Kurz darauf sagte Tbubui: «Du bist so ziemlich der hübscheste junge Mann, den ich je gesehen habe. Dein Ruf als schönster Mann Ägyptens war mir längst zu Ohren gekommen, bevor ich dir begegnet bin, Hori, und für mich ist es angenehm, mit der allgemeinen Meinung übereinstimmen zu können.»

Hori schnaubte. «Das weiß ich auch», entgegnete er, «doch

daran verschwende ich kaum einen Gedanken. Daß man für eine solch verrückte, nutzlose Angelegenheit auch noch belobigt wird! Kein Mann und keine Frau kann sich auf sein oder ihr Äußeres etwas zugute halten. Welche Intelligenz kann denn eine vornehme Nase oder ein reizendes Augenpaar hervorrufen? Alles blanker Unsinn!»

«Trotzdem kann sich ein anziehendes Äußeres als sehr nützlich erweisen, wenn es darum geht, zu erlangen, wonach man strebt», widersprach Tbubui ruhig. «Und wenn man diesen Vorteil einsetzt, so ist dies nicht notgedrungen von Übel. Da du königlichen Geblütes bist, brauchst du natürlich deine Schönheit auf keinen Fall in die Waagschale zu werfen. Für dich ist das alles nur ein Ärgernis. Es kann dir zu nichts verhelfen, was du nicht bereits hast.»

Außer deinem Respekt, dachte Hori plötzlich, deinem Widerhall. Ich möchte mehr als nur einen vorübergehenden Eindruck auf dich machen.

Sie betrachtete ihn von der Seite und fragte: «Bist du noch nicht verlobt, Hori? Gibt es keine junge Frau, mit der du gerne leben würdest? Bestimmt mußt du als Prinz von Ägypten in deinem Alter heiraten.»

Hori seufzte. «Du redest genau wie mein Vater!» sagte er scherzhaft. «Khamwaset macht sich regelmäßig Sorgen, weil ich noch unverheiratet bin. Er droht mir, bei den alteingesessenen vornehmen Familien in Ägypten nach einer geeigneten jungen Tochter für mich zu suchen und eine Verlobung zu erzwingen, falls ich mich nicht auf die Hinterbeine stelle und mir selbst eine aussuche. Aber ich muß gestehen», sagte er abschließend, indem er sich zum Tisch hinüberlehnte, «eine solche Angelegenheit ist mir gewöhnlich fremd. Wenn ich einen Ehevertrag unterschreibe, dann nur mit einer Frau, die ich aus ganzem Herzen liebe. Ich möchte dasselbe haben wie meine Eltern.»

«Aha.» Der Ton war unverbindlich. «Was deine Eltern haben. Und was haben die, mein junger Idealist?»

Verspottete sie ihn? Er wußte es nicht. Nachdenklich prüfte er ihre großen Augen, die sich nunmehr warmherzig seinem Blick aussetzten, die dünne Nase und die sinnlichen Umrisse ihres lächelnden Mundes. «Sie haben Respekt füreinander, eine enge Beziehung und eine starke und unerschütterliche Liebe.»

Ihr Lächeln verflüchtigte sich langsam, und sie starrte ihn an. «Diesen Eindruck habe ich nicht», sagte sie flüsternd, «denn die sinnliche Weiblichkeit deiner Mutter lechzt nach Anerkennung, und dein Vater ist noch ein Kind.»

«Du bist unverschämt, Tbubui», sagte er kaltherzig, und zum erstenmal standen sie sich von gleich zu gleich gegenüber. Schließlich nickte sie.

«Ja, Prinz, ich bin unverschämt. Aber ich entschuldige mich nicht dafür, daß ich die Wahrheit gesagt habe.»

«Was für eine Wahrheit?» gab er blitzschnell zurück. «Du hast uns erst vor kurzem kennengelernt. Du setzt zuviel voraus!»

In ihren Mundwinkeln zuckte es. «Ich setze gute Umgangsformen voraus, das ist alles. Falls ich dich beleidigt habe, so tut es mir leid, und ich muß sagen, Prinz, daß mir sehr gefällt, wie du deine Mutter und deinen Vater in Schutz nimmst.»

«Das freut mich zu hören», erwiderte er steif, ihre Worte bereits im Geiste hin und her wendend. Ihm ging auf, daß vom Augenblick ihrer Aufrichtigkeit an irgendwie eine Beziehung zwischen ihnen zu wachsen angefangen und das höfliche Geplänkel der Bekanntschaft überwunden hatte, das der sorglosen Unbewußtheit einer Freundschaft voranging.

Sie stand auf, öffnete ihr Gewand weit, umwickelte sich sodann damit und nahm wieder ihren Sitz ein. Diese flinke Bewegung war dermaßen ungekünstelt und erschien ihm so natürlich, daß sie ihn nicht erzürnt hatte, sondern der Wunsch in ihm wach wurde, ihr über die Hand zu streichen, ihr das Haar zu zerzausen und sie nekkend am schweren silbernen Ohrring zu zupfen, der gegen ihren Hals pendelte.

«Ich möchte dich wieder besuchen», sagte er. «Du bist eine faszinierende Frau, Tbubui, und ich fühle mich in deiner Gesellschaft wohl.»

«Und ich in deiner», entgegnete sie. «Komm her, wann immer es dir beliebt, Hori. Ich mag deine Unterhaltung, aber ich habe es auch genossen, meine Augen an solch unvergleichlichen männlichen Wonnen zu ergötzen! Du hast mir eine Gunst erwiesen.»

Er ließ ein schallendes Gelächter echter Erheiterung vernehmen, und ein Geräusch zwischen den Bäumen zu seiner Linken ersparte eine Entgegnung darauf. Harmin kam auf dem Pfad unter den Palmen, deren Schatten bereits dunkler geworden waren, vom Fluß her auf das Haus zu. Sein Gesicht, das er zuerst dem Haus, alsdann den beiden zuwandte, war blaß und verschlossen; als er jedoch Khamwasets Sohn erkannte, setzte er sofort ein förmliches Lächeln auf und ging zu den beiden hin, küßte seine Mutter auf die angebotene Wange und verneigte sich gegen Hori.

«Sei gegrüßt, Harmin», sagte Hori höflich. «Hat meine Schwester einen angenehmen Tag verbracht?»

«Ich habe jedenfalls mein Bestes getan», antwortete der junge Mann scharf.

«Dann war es ein angenehmer Tag für uns alle», warf Tbubui ein. «Der Prinz ruderte an unseren Wasserstufen vorbei, gerade als ich aus dem Boot stieg, Harmin, so daß ich ihn einlud, meinen Nachmittag in Schwung zu bringen. Aber ich vermute, inzwischen ist es bereits Zeit, ans Abendessen zu denken.»

«Vorher muß ich noch ruhen», sagte Harmin ein wenig verdrossen. «Obwohl der Tag ausgefüllt war und sehr angenehm, habe ich die gewohnte Ruhestunde auf meinem Ruhebett vermißt, und ich muß gestehen, daß ich es kaum ohne sie aushalte, gleich wie verführerisch die Schmeicheleien anderer Beschäftigungen auch sein mögen.» Er schenkte ihnen noch ein mattes Lächeln und ging ins Haus. Hori hatte den Eindruck, daß seine irgendwie gereizt klingenden Worte lediglich die sichtbaren Rauchzeichen eines in seinem Innern schwelenden Feuers waren. Er fragte sich, wie es Sheritra ergangen war, die offenbar heute seine schmeichelnde Beschäftigung gewesen war, und als er verfolgte, wie sein Zwilling in Sachen männlicher Anziehung ins Haus verschwand, befand er ziemlich unvermittelt, daß Harmin ihm nicht sehr sympathisch war. Dieser Gedanke beunruhigte ihn.

Er stand auf und reckte sich. «Ich muß gehen», sagte er, seine schroffen Worte durch ein Lächeln abschwächend. «Ich habe es mehr genossen, hier zu sein, als ich es zu sagen vermag, Tbubui, doch wenn mein Leinen bereit ist, so rudere ich jetzt lieber heim.» Sie pflichtete ihm bei, indem sie sich aus dem Stuhl erhob, und zusammen folgten sie Harmin ins Haus.

Der Abend sickerte bereits in die kahlen Räume, doch bisher waren noch keine Lampen angezündet worden. Hori, der in der Eingangshalle stand, wo er von Wandmalereien umgeben war, aus denen alle Farben herausgesaugt zu sein schienen, und mit Unbehagen auf die dunklen Statuen von Amun und Thoth starrte, dessen gebogener Ibisschnabel und kleine Perlenaugen ihm auf einmal räuberisch vorkamen, wurde zweier Dinge gewahr. Er wollte seine Hände auf Tbubui legen, aber neben diesem Wunsch war eine Woge unheilvoller Einsamkeit vorhanden, die ihm in der bevorstehenden Nacht Schlaflosigkeit bereiten würde. Als ein Diener sich mit Lampen näherte, hätte er fast gellend aufgeschrien, dann lachte er über sich.

Tbubui kam mit seinem Leibrock über dem Arm zurück, und während er sich noch bedankte, ging er in den Flur und legte Harmins Rock ab und den seinen an. Ein trübes gelbes Licht kroch durch den Spalt unter Harmins Schlafzimmertür hindurch, und irgendwo im Haus zupfte jemand eine klagende, traurige kleine Melodie auf einer Laute. Hori schauderte.

Er hastete zur Eingangshalle zurück und verabschiedete sich von Tbubui, trug ihr Grüße an Sisenet auf, der noch nicht nach Hause gekommen war, und ging so schnell wie er konnte durch das anwachsende Dunkel unter den Palmen bis zu den gesegneten Strömen des Flusses. Überraschend traf er Rê noch gerade über dem Horizont an, eine prächtige, glutrote Scheibe aus Rot und Orange, wobei die Ruinen und Pyramiden von Sakkâra als Schattenrisse vor ihm auftauchten. Mühsam kletterte Hori in sein Boot, tauchte die Riemen in das glühende Wasser und ruderte nach Hause.

Als er dort eintraf, war es ziemlich dunkel geworden, und die Fakkel, die gewöhnlich die Stufen zum Wasser erleuchtete, brannte noch nicht. Fluchend stolperte er die Stufen hinauf, doch als er sich auf dem Pfad auf das Haus zubewegte, kehrte seine gewohnt gute Laune wieder. Ein speicheltreibender Geruch aus Rinderbraten und starker Zwiebelsuppe mit Knoblauch, der aus den Küchenfenstern an der Hinterseite zum Gebäudekomplex der Dienerschaft herausströmte, stieg ihm in die Nase, und von der säulenumstandenen Terrasse ergoß sich freundliches Licht durch die offene Tür des Speisesaals auf den Rasen. Ein Diener mit zwei lodernden Fackeln näherte sich. Er hielt an, verneigte sich und murmelte «Einen guten Abend, Prinz», bevor er forteilte, und Hori erwiderte den Gruß und streifte im Geiste das Unbehagen ab, das Tbubui in ihm hervorgerufen hatte.

Er betrat sein Zuhause und begab sich in Sheritras Gemächer. Der Wächter an der Tür ließ ihn ohne Bedenken ein, und er geriet in den blendenden Lichtschein der Lampen. Sheritra saß vor ihrer Schminkkommode, ein Platz, das war Hori bekannt, den sie nur höchst selten einnahm. Sie trug ein weißes, golddurchwirktes Gewand mit vielen Volants, das beim Atmen schillerte. Riemchen aus Gold hielten ihre Sandalen an den Füßen, umwanden wie Schlangen ihre Arme und waren um die hüftlangen Flechten ihrer Perücke gewickelt. Sie hält sich gerade, dachte Hori, während er auf sie zuging. Sheritra drehte sich lächelnd um, und Hori verbarg mit Erfolg seine Verblüffung darüber, daß sie ihr Gesicht in einem modischen Gelb geschminkt hatte. Goldstaub lag auf ihren Augenlidern, und schwarzes Kohol umringte sie schmeichelhaft. Ihre Lippen waren mit Henna dunkelrot eingefärbt. «Du siehst atemberaubend aus», sagte er. «Erwarten wir denn heute abend offizielle Gäste?» Er warf sich auf ihr Ruhebett und verschränkte die Arme hinter dem Kopf, sein Lieblingsplatz während der Stunden, die sie gemeinsam verbrachten, und Sheritra stieß einen schrillen Schrei aus.

«Hori! Meine Bettlaken! Du bist schmutzig und verschwitzt!»

Er nahm ihre Entrüstung nicht zur Kenntnis. «Nun? Gäste?»

Diese vertrauten, in ihrem neuen Schmuck jedoch fremden Lippen schmollten. «Nein. Mir ist einfach so danach, daß ich mir mit meiner Erscheinung heute abend etwas mehr Mühe geben möchte.»

Ein Unterton von Abwehr lag in ihrer Stimme. «Hast du etwas dagegen einzuwenden?»

«Nein, nichts», versicherte er überstürzt. «Ich mag es sogar sehr. Aber warum, Sheritra?» Sogar ihr Vater durfte sich nicht die Freiheit herausnehmen, ihr solche Fragen zu stellen, doch Hori wußte, daß ihr Herz ihm offenstand. Er war ihr älterer Bruder, ihr Freund und Beschützer, dem gegenüber eine Abschirmung überflüssig war.

Sie nahm einen Kupferspiegel in die Hand und betrachtete sich aufmerksam darin. «Meine Augen wirken mit reichlich Kohol gar nicht mal so übel. Das betont sie doch, nicht wahr, Hori? Und meine Lippen? Sehen sie mit Farbe nicht gleich besser aus?»

«Sheritra...»

Der Spiegel wurde auf den Tisch geknallt. Sie schwang herum. «Weil ich mit Harmin einen wundervollen Tag im Fremdenviertel verbracht habe. Dank seiner fühle ich mich schön, Hori. Niemand war in der Lage, mir dieses Gefühl zu vermitteln. Heute möchte ich so aussehen, wie ich mich fühle.»

Hori fiel auf, daß sie eine neue Selbstsicherheit zeigte. Nicht die alte, herausfordernde Arroganz, sondern ein neues Bewußtsein ihrer weiblichen Existenz, das nicht darauf wartete, in Frage gestellt zu werden.

«Dann muß er dir ein Gefühl vermittelt haben, als wärst du die Göttin Hathor selbst», bemerkte Hori langsam. «Und was für ein Gefühl hast du ihm vermittelt, Sheritra?»

Der Anflug eines Errötens verbreitete sich unter der gelben Schminke. «Woher soll ich das wissen?» sagte sie aufbrausend. «Danach mußt du ihn schon selbst fragen.»

«Du könntest mir wenigstens einen Hinweis geben!»

Statt ihm zu antworten, erhob sie sich, huschte zu ihm hin und setzte sich auf eine Ecke des Ruhebetts neben ihn. «Ich glaube tatsächlich, daß er mich sehr mag», gestand sie ihm. «Oh, Hori! Er hat mich geküßt! Was hältst du von ihm?»

«Von Harmin?» sagte Hori neckend, um etwas Zeit für eine Antwort herauszuschinden.

«Von wem denn sonst!» erwiderte Sheritra schnaubend. «Also wirklich, Hori!»

Ich mag ihn nicht, dachte Hori. Und ich habe Angst um dich, meine Kleine. Auch wenn ich mir darüber im klaren bin, daß mein Schuldgefühl wegen meiner plötzlichen Begierde nach seiner Mutter meine Einschätzung seiner Person beeinflußt. Was würde Harmin von mir halten, wenn er davon wüßte? Hori rutschte nervös auf dem Ruhebett hin und her. «Nun?» sagte Sheritra fordernd.

«Ich glaube, daß er ein sehr ungewöhnlicher Mann sein muß, wenn er dein Vertrauen und dein Herz gewinnen kann, Liebes», antwortete er so wahrhaftig, wie er konnte. «Aber sei bitte vorsichtig. Du kennst ihn noch nicht sehr gut.»

«Ich weiß, daß seine Augen vor meinen Augen nicht davonlaufen, wenn er mir Komplimente macht», sagte sie, «oder wenn er mir genau erzählt, was ich denke und fürchte. Ich fühle mich bei ihm so sicher, Hori, so voller Frieden. Ich kann ich selbst sein, und er versteht mich.»

O Amun, dachte Hori. Es hat sie ja noch weitaus schlimmer erwischt, als ich mir vorgestellt habe. «Ich freue mich für dich, Sheritra», sagte er sanft. «Bitte laß mich an deinem Glück teilhaben. Ich mag dich nämlich sehr.»

Sie küßte ihn geschwind, in einem Schwall ungewohnten Parfüms. «Ich laß dich sowieso an allem von mir teilhaben», sagte sie. «Lieber Hori! Was hältst du von Harmins Mutter? Vater scheint von ihr ziemlich eingenommen zu sein.»

Hori setzte sich aufrecht hin und umklammerte seine Knie. Seine Muskeln begannen steif zu werden nach der gewaltigen Übung vom Tage, und versonnen massierte er seine Waden. «Ich habe vergessen, daß du bei ihm warst, als er sie zum erstenmal erblickt hat», sagte er gedankenverloren. «Sie ist eine Schönheit, natürlich auf eigenartige Weise...»

Sheritra blickte ihn durchdringend an. «Sie hat also auch dein Interesse geweckt, oder?» sagte sie. «Ich mag sie, denn sie behandelt mich wie ihresgleichen und nicht wie eine schüchterne Verrückte. Aber wenn ich du oder Vater wäre...» Sie zögerte.

«Was dann?»

«Sie gehört zu der seltenen Art von Frauen, die bei einem Mann Besessenheit hervorrufen können, aber es umgibt sie noch etwas anderes, irgendein Geheimnis, eine nicht so schöne Sache. Wenn ich an deiner oder an Vaters Stelle wäre, so nähme ich mich in acht.» Sie sprach einfach und ernsthaft, und Hori starrte sie an. Ich weiß nicht, wie es um Vater steht, dachte er abfällig, aber was mich betrifft, so ist es bereits um mich geschehen. Ich möchte bei ihr sein und sie nur ansehen. Er stand vom Ruhebett auf.

«Ich nehme an, ich gehe mich lieber vor dem Abendessen noch mal kurz waschen», sagte er. «Reagiere nicht auf irgendeine Bemerkung, die man heute abend über deine Erscheinung macht, Sheritra. Verhalte dich so, als wäre eine solche Aufmachung für dich etwas ziemlich Alltägliches. Mutters Zustimmung wird beleidigend sein. Vater bemerkt es, sagt aber nichts. Es sei denn natürlich, du wolltest beiden deine Gefühle offenbaren. Ich schlage vor, damit wartest du noch ein wenig. Bis später dann beim Abendessen.» Er verließ den behaglichen, warmen Raum und begab sich in seine eigenen Gemächer. Er war nicht nur muskelwund und erschöpft, sondern plötzlich zudem noch seltsam niedergeschlagen.

An diesem Abend lag er auf seinem Ruhebett, die Kopfstütze an Ort und Stelle, um sein schmerzendes Rückgrat zu beschwichtigen, und beobachtete, wie die flackernde Nachtlampe bewegte Schatten auf seine blaubemalte, sternenübersäte Decke warf. Er durchlebte noch einmal die mit Tbubui gemeinsam verbrachte Zeit, und mit einer geistigen wie körperlichen Unruhe, die ihn verstörte und verwunderte, erweckte er in Gedanken ihren braunen Körper und ihr ruhiges Lächeln zum Leben. Tbubui hat nichts von einer koketten Frau an sich, dachte er, und dennoch verströmt sie eine zur Schau gestellte Sexualität in allem, was sie sagt und tut.

Seine Gedanken beschäftigten sich mit dem, was sie über die Grabstätte geäußert hatte. Sie hat recht, befand er. Vater hat das Interesse an diesem Projekt verloren. Er könnte es wenigstens mir überlassen und mir gestatten, die Arbeiten nach meinem Gutdünken fortzuführen. Morgen werde ich Anweisung geben, die Wand einzureißen. Ich bin gespannt, was dahinter auftaucht, und vielleicht lebt Vaters Begeisterung wieder auf, wenn ich auf etwas von Bedeutung stoße.

Er sah seinen Vater kurz an jenem Morgen und wäre mit seinem Vorhaben fast herausgeplatzt. Doch Khamwaset schien in sich gekehrt, und schließlich bestellte Hori eine Sänfte und wurde nach Sakkâra befördert, ohne daß er ihn ins Vertrauen gezogen hatte. Das Schuldgefühl machte ihm auch weiterhin zu schaffen, als er mit gekreuzten Beinen hinter den schützenden Vorhängen saß, aber er erinnerte sich an Tbubuis Worte und konnte es verdrängen. Die Hitze an diesem Tag war unbarmherzig, und das Licht blendete. Der Monat Tybi neigte sich zu Mechir hin, und er dachte mit Sehnsucht an die kühle Dunkelheit des Grabes.

Der Aufseher über die Arbeiten kam ihm entgegen, als er vor dem Zelt abstieg, das inzwischen das gesetzte, leicht zerzauste Aussehen einer beständigen Einrichtung besaß. Hori legte eine Pause ein, um Wasser zu trinken, bevor er mit dem Mann zu den abgebröckelten Stufen ging, die nach unten führten. Am Fuße der Treppe standen die Künstler und Arbeiter in Gruppen zusammen, schwatzten und warteten auf die Tageseinsätze. Sie verneigten sich vor Hori, als er hinunterstieg, und er erwiderte ihre Ehrenbezeigung mit einem abwesenden Lächeln. «Laßt uns aus der Sonne gehen», sagte er.

Drinnen war das Grab fast genauso, wie er es zuerst angetroffen hatte; in Wirklichkeit sah es jedoch sauberer aus, da der Boden ständig gefegt wurde. Hori atmete tief die nunmehr süße, feuchte Luft ein, und seine Stimmung hob sich. Dies war zu seinem zweiten Heim geworden. Er war es gewesen, der hier in fruchtbringendem Frieden gearbeitet, zwischen den Arbeitern den gegenseitigen Respekt durchgesetzt, hier einen Fleck Farbe, dort ein neues Fragment Stein angeordnet hatte, damit diese Ruhestätte für ihre Bewohner wieder in einen angemessenen Zustand versetzt wurde. Die Abneigung seines Vaters, die angefertigten Papyrusrollen zu sichten, die ihm täglich auf den Tisch gelegt wurden, hatte Hori enttäuscht, doch als er langsam die bemalten Wände, den unebenen

Boden und die verhüllten Grabbeigaben inspizierte, akzeptierte er Khamwasets andere Pflichten und versuchte, sich zu beruhigen.

Indem er dem erwartungsvollen Aufseher und dem leitenden Künstler ein Zeichen gab, ging er sogleich in die Grabkammer mit den Sarkophagen. «Diese Wand da!» sagte er und zeigte dabei mit dem Finger darauf. «Gibt es inzwischen vollständige Aufzeichnungen der Malereien und Inschriften?»

«Jawohl, Hoheit», antwortete der leitende Künstler umgehend. «Diese Arbeiten sind seit drei Tagen fertig. Und die Aufzeichnungen des ganzen Grabes werden in drei Tagen abgeschlossen sein.»

«Danke. Aufseher, ist es möglich, einen Teil der Wand zu entfernen, indem man kleinere Blöcke herausschneidet und sie dann später wieder einfügt? Wie stark werden die Malereien dabei in Mitleidenschaft gezogen?»

Der Mann zupfte an seinem dicken Rock. «Falls du dich irrst, Hoheit, und es hinter der Wand keine Kammer geben sollte und die Wand aus verputztem, massivem Stein besteht, so können wir selbstverständlich nicht die Wand durchbrechen. Dann bohren wir eine Serie von Löchern, führen nasse Holzkeile ein und spleißen den Stein so nah wie möglich am Stoß der Blöcke auf. Aber der Stein bricht dort, wo er weich ist. Für eine saubere Arbeit kann ich keine Gewähr übernehmen.»

«Selbst wenn es hinter der Wand eine Kammer gibt und die Wand nur aus Holz und Putz besteht», brachte der leitende Künstler vor, «so werden die herrlichen Malereien dennoch zerstört. Gewiß, Hoheit, könnten wir in diesem Fall die Wand sauber einreißen, aber dabei blättert der Putz unweigerlich ab, und mit ihm zerfällt die Malerei auf der Wand in winzige Bruchteile.»

«Könnte man sie anhand der bereits gefertigten Kopien rekonstruieren?»

Der Mann nickte widerwillig. «Ja, das könnte man, und zwar auf äußerst authentische Weise, Hoheit. Aber es wären nicht mehr die Originale, so genau man sie auch kopierte. Wer weiß schon, welche Gebete und Zaubersprüche über dieses große Werk liebreich gesungen wurden?»

In der Tat, wer weiß das schon, dachte Hori. Aber die Atmosphäre an diesem Ort hat nichts Liebenswertes an sich, so heimisch ich mich hier auch fühle. Die Gebete und Zaubersprüche sind wohl eher Flüche und böse Beschwörungen gewesen. Was tun? Seine Diener waren verstummt und standen ruhig abwartend da, während er mit gerunzelter Stirn den Boden anstarrte. Er war versucht, sich zu fragen, was wohl Khamwaset tun würde. Doch hatte er im übrigen nicht das Recht verwirkt, hier Entscheidungen zu treffen? Sosehr ich ihn liebe, dachte Hori, ich bin in diesem Fall der Lastesel gewesen, und mir gebührt dafür als Belohnung, daß ich die Verantwortung für diese Entscheidung übernehmen darf. Schließlich hob er den Kopf.

«Bohre ein Loch», sagte er zum Aufseher. «Dort, wo der Himmel und die Palme aufeinandertreffen. Falls die Wand aus massivem Stein besteht, so kann man das Loch ohne weiteres dicht machen und darüber streichen. Falls nicht...» Er drehte sich auf dem Absatz um. «Sag mir Bescheid, wenn es soweit ist.»

Er hatte damit gerechnet, daß sein leitender Künstler protestieren werde, doch der Mann sagte nichts, und Hori ging nach draußen in den Sonnenschein. Es ergriff ihn wie eine Explosion; damit einher überfiel ihn die lebhafte Erinnerung an Tbubui, die in die hauchdünnen Falten ihres Leinenkleides gehüllt war, und an die heiße Brise, die ihr schwarzes Haar so wie gestern aufwirbelte, als sie den Weinbecher an die Lippen führte und ihm über dessen Rand hinweg zulächelte.

Hori stapfte mühsam über den Sand zu seinem Zelt und warf sich auf den Stuhl im Schatten des Sonnensegels. Angesichts des grellen Scheins blinzelte er mit zusammengekniffenen Augen in die Leere des hügeligen Sandes und in einen hektisch blauen Himmel und fragte sich, wie er es bloß anstellen solle, seinem Vater zu erklären, daß eine ältere Frau von minder vornehmem Geblüt aus einem Nest wie Koptos eine passende Hauptfrau für einen von Ägyptens herausragendsten Prinzen abgeben würde.

Etwa eine Stunde darauf verneigte sich der Aufseher vor ihm und blinzelte wie eine Eule durch den feinen grauen Staub, der an seinem Gesicht klebte. «Das Loch ist gebohrt, Hoheit», gab er als Antwort auf Horis barsche Nachfrage. «Teilweise geht es durch Holz. Ich bilde mir ein, daß wir es mit einer Geheimtür zu tun haben, die verputzt worden ist.»

Hori erhob sich. «Nimm deine Leute und klopfe sie vorsichtig ab. Wir wollen nicht mehr niederreißen als unbedingt notwendig. Wenn du ausgemessen und angezeichnet hast, so benutze die kleinen Sägen. Öffne die Tür für mich.» Er unterdrückte seinen Drang, ins Grab zu laufen, um die Versuchsbohrung selbst in Augenschein zu nehmen, und im übrigen würden seine geschickten und gut ausgebildeten Leute die Arbeit genausogut ohne ihn ausführen. Der Aufseher verneigte sich kurz, und Hori ließ sich das Essen kommen. Er wünschte, Antef wäre bei ihm, doch Antef hatte ein paar Tage freigenommen, um seine Familie im Delta zu besuchen. Hori vermißte ihn. Was wäre, wenn Vater heute das Grab besuchen würde? dachte Hori auf einmal mit einer stechenden Besorgnis. Was soll ich ihm dann sagen? Die Schuldgefühle wegen des Grabes vermischten sich mit jenen wegen Tbubui, doch er verdrängte sie, dankte dem Mann, der die Speisen vor ihm abstellte, und machte sich ans Essen.

Nachdem er gespeist hatte, ging er ins Zelt, legte sich auf das Feldbett und schlief. Sein Mundschenk weckte ihn zwei Stunden später, wie er verlangt hatte, und wiederum setzte er sich unter das Sonnensegel, stillte seinen Durst mit Bier, während ein Diener sanft den Schweiß seiner Träume von ihm abwusch. Tief in der Ebene japste ein Wüstenhund im dünnen Schatten eines kleinen, halb eingegrabenen Steinblocks, und am feurigen, bronzefarbenen Nachmittagshimmel kreiste träge ein Adler, dessen Schreie die Luft zerschnitten. Heute müssen wir den Durchbruch schaffen, dachte Hori besorgt. Wieso brauchen sie so lange? Er sah zu, wie die kühlen Wassertröpfchen auf seinem nackten Schenkel verdampften.

Eine Stunde später arbeitete sich der Aufseher wieder über den brennenden Sand zu ihm vorwärts. Irgend etwas an seiner Gangart warnte Hori, und er stand mit pochendem Herzen auf. Der Mann verneigte sich linkisch. Hori winkte ihn in den Schatten.

«Nun?» fragte er drängend.

Der Mann war außer Atem. «Es gibt eine Kammer hinter der Wand», brach es aus ihm hervor. «Sehr dunkel, Hoheit, und sehr übelriechend. Wasser ist langsam über den Sturz in die Sargkammer hineingetropft, lange bevor meine Männer mit dem Ausschneiden der Tür fertig waren. Sie fühlten sich unbehaglich. Sowie sie ihre Aufgabe erledigt hatten, sind sie fortgegangen.»

«Fortgegangen?» wiederholte Hori. «Sie sind wohl fortgelaufen?»

Der Aufseher erstarrte. «Die Diener des erlauchten Khamwaset laufen nicht fort», erwiderte er. «Sie waren so sehr um ihr Leben besorgt, Hoheit, daß ich ihnen gesagt habe, sie sollten heimgehen und morgen wiederkommen.»

Hori sagte nichts. Die Aufseher jeder Abteilung waren fähige Anführer, die ihre Untergebenen gut kannten, und es war immer eine Dummheit, sich in ihre Arbeitsweise einzumischen. «Nun gut», sagte Hori nach einer geraumen Weile. «Brennen die Fakkeln? Ich möchte mich selbst einmal umsehen.»

Der Aufseher zögerte. «Hoheit, es wäre vielleicht weise, einen Priester dazuzubitten», sagte er. «Jemand, der Weihrauch brennt und die Götter anruft, damit sie dich und die Bewohner des Grabes beschützen und dir ver...» Er stockte.

«Damit sie was tun?» erkundigte sich Hori interessiert.

«Damit sie dir vergeben.»

«Rede nicht so schwülstig», gab Hori zurück. «Es paßt nicht zu einem Mann, der von Schweiß und Staub bedeckt ist.» Als er die große Verlegenheit seines Dieners bemerkte, gab er nach. «Hab keine Angst», sagte er. «Vater, du und ich beschäftigen uns seit vielen Jahren mit dieser Arbeit. Und bin ich schließlich nicht selbst ein Sem-Priester des mächtigen Ptah? Komm. Ich möchte mir dieses Geheimnis ansehen.»

Die Luft im Grab hatte sich erneut verändert. Hori roch es, sowie er die beengte Passage am Eingang hinter sich gelassen und die erste Grabkammer erreicht hatte. Der widerliche Gestank alten, abgestandenen Wassers drang in seine Nase, und er stellte sich vor, daß er es schleimig an seiner Haut fühlen konnte. Den Aufseher schauderte. Hori ging schnell in die Kammer mit den Sarkophagen weiter, wo zwei Fackelträger, mit dem Rücken an die Wand gelehnt, beisammenstanden. Nervös warteten sie gegenüber einer schwarzen, ungleichförmig engen Öffnung, an deren erhabener Schwelle das Licht sich glitschig widerspiegelte. Kleine Ströme einer anderen Dunkelheit tropften über diesen Sturz und spritzten an den Sockel des Sarkophags. Der Gestank war inzwischen unerträglich geworden, dennoch weckte er in Hori eine Erinnerung, die so schnell verflog, wie sie aufgetaucht war. Er hatte natürlich schon zuvor brackiges Wasser gerochen, doch nie unter solchen Umständen. Nun verband es sich in Gedanken mit etwas anderem, etwas Wunderbarem, dann riß es ab. Hori winkte ungeduldig nach einer Fackel, bahnte sich einen Weg durch das Loch und leuchtete mit ausgestrecktem Arm in die Kammer hinein.

Sie war sehr klein und schien unvollendet zu sein. Die Wände waren aus einfachem Stein gemauert, in die mannshohe Nischen grob hineingeschlagen worden waren, vermutlich für Uschebtis, die jedoch nie, so vermutete Hori, an ihrem Bestimmungsort aufgestellt worden waren. Bänder aus feuchtem Moder schlängelten sich überall. Der Boden war ein einziger Teich aus schwarzem, brackigem Wasser, welches das flackernde Fackellicht nur matt zurückwarf und mit leiser Drohung Horis Füße umspülte. Wie Inseln ragten in der Mitte zwei Sarkophage ohne Deckel aus diesem seichten, geheimnisvollen Teich empor. Hori hielt den Atem an. Er reckte sich, wobei er die Fackel so weit wie möglich von seinem Körper entfernt hielt, und versuchte, die Inhalte zu erahnen, sah jedoch lediglich tanzende Schatten. Mit einem Ächzen zog er den Kopf ein und stapfte behutsam ins Wasser. Hinter ihm stieß der Aufseher einen leisen Schrei aus, den er nicht beachtete. Horis Bewegung wirbelte die dunkle Fläche auf, und von ihm ausgehend küßten die Wellen die ferne Wand mit einem weichen, schmatzenden Geräusch. Hori bekam eine Gänsehaut.

Langsam watete er zu den Sarkophagen. Das Wasser wurde tiefer, jedoch nur unmerklich. Er spürte es bis über seine Knöchel, und weil der seit langem unter Wasser stehende Felsboden unter ihm glitschig war, ging er geduckt vorwärts. Während er fast unbewußt im Flüsterton eine Litanei zu Ptah betete, erreichte er die Sarkophage und blickte hinein. Es waren nur noch große Tröge aus grob ausgehöhltem Stein, und beide waren leer. Während er sorgfältig in ihre ausgehöhlte Tiefe sah, erkannte Hori, daß sie ursprünglich nicht leer gewesen waren. Deutlich zu erkennen waren Spuren von schwarz gewordenen Einbalsamierungssalzen, vermischt mit Körperflüssigkeiten, die im Laufe der Zeit den Stein stets entfärbten.

Aufmerksam durchstreifte er die Kammer und tastete auch mit seinen Füßen den Boden ab. Um nichts auf der Welt hätte er seine Hände in diese Dunkelheit getaucht. Seine Zehen jedoch stießen nicht gegen die Dinge, die er suchte. «Es gibt keine Deckel», sagte er laut; seine Stimme klang flach und gedämpft.

Dann schrie er vor Überraschung auf. Das Fackellicht war auf einen kleinen Bogen gefallen, der am Fuß der Wand zu seiner Rechten eingelassen war, gerade groß genug, daß ein Mensch hindurchkriechen konnte. Er bückte sich, steckte seine Hand hinein und fühlte einen kalten, trockenen und sandigen Stein, der allmählich anstieg. Alles in ihm schreckte zurück, da er wußte, was ihm bevorstand. Der Teufel soll dich holen, Antef, dachte er verärgert. Weshalb mußtest du gerade jetzt nach Hause reisen? Hier hättest du dich ohne Furcht gezeigt. Du hättest mir helfen können. «Aufseher!» rief er. «Komm her!»

Einen Augenblick lang wurde geflüstert. Hori drehte sich nicht um. Er wartete, fühlte sich plötzlich einsam und sehr verletzlich, und die feuchte Kühle des Ortes besorgte ihm erneut eine Gänsehaut. Ich wünschte, ich hätte den Mut aufgebracht, Vater trotz alldem davon zu erzählen, dachte er. Ich wünschte, er wäre hier, stünde neben mir und übernähme die Verantwortung mit der Aura der Autorität und Sicherheit, die auf uns alle, Dienerschaft wie Familienangehörige, gleichermaßen beruhigend wirkt. Denn nichts Schreckliches geschieht in seiner Nähe.

Nach einer Weile vernahm er das Platschen des Aufsehers im Wasser, und dann fühlte er, wie jemand ihn an der Schulter berührte. Der Mann zitterte am ganzen Leib, doch er gehorchte. «Was hältst du davon?» fragte Hori. Der Mann untersuchte die Öffnung und richtete sich dann auf.

«Sieht nach einem Kriechgang irgendeiner Art aus», antwortete er. «Es ist jedenfalls kein natürlicher Spalt im Fels.»

«Das denke ich auch», sagte Hori zustimmend. «Halte die Fackel so tief wie möglich. Ich will nachsehen, wohin er führt.»

Einwände wartete er gar nicht erst ab. Während er dem Aufseher das Fackellicht aufzwang, legte er sich auf den Bauch, Arme und Kopf steckte er in die Öffnung. Sein Leibrock hatte bald stinkendes Wasser aufgesogen, und seine Muskeln zogen sich mit kaltem Abscheu zusammen. Grimmig schob er sich vorwärts. Seine Schultern verfingen sich. Er befreite sich daraus. «Die Luft hier ist reiner!» rief er. «Und ich bin mir sicher, daß ich irgendwo über mir einen Luftzug spüre.» Falls der Aufseher darauf etwas entgegnet hatte, so hörte Hori es jedenfalls nicht. Vor ihm lag eine dichte Schwärze. Auf einer leicht ansteigenden Schräge wand er sich weiter, hielt den Kopf tief gebückt, seine Ellbogen und Knie schrammten bald über den schrundigen Stein. Ein Gefühl der Panik drohte ihn zu lähmen, doch er kämpfte es nieder, indem er an den Mann dachte, der hinter ihm wartete und mutig seine eigenen Ängste im Zaume hielt.

Hori dachte daran, daß die Sonne inzwischen bestimmt untergegangen sein mußte, und es kam ihm vor, als wäre er seit Ewigkeiten vorwärts gekrochen, als hätte er lediglich die Illusion einer Bewegung und würde in Wirklichkeit Bewegungen ausführen, die ihn nirgendwohin führten. Doch unversehens stieß er mit dem Kopf an etwas Hartes und Scharfes, und mit einem Fluch auf den Lippen prallte er zurück, drehte sich auf die Seite und erforschte es mit den Fingern. Ein großer Steinblock versperrte ihm das Weiterkommen, doch als er sich daran abmühte, bewegte sich dieser. Kräftig stieß er zu, indem er sich gegen die Wände des groben Tunnels stemmte. Der Stein geriet ins Wanken. Mit all seiner Kraft wuchtete Hori ihn fort und fühlte, daß seine Kräfte wegen der totalen Dunkelheit nachließen, und wußte doch, daß dies nicht stimmte. Der Stein mahlte und knirschte in mildem Protest, gab dann plötzlich nach und ließ einen großen Strahl blendenden Lichts hereinfallen. Hori wich zurück. Seine Augen tränten. Blinzelnd zwang er sich vorwärts, und in wenigen Minuten war sein Kopf im Freien. Mit stechenden Augen blickte er von einem Abhang, der auf ein Palmenwäldchen zulief. Die in Dunst gehüllte Stadt flimmerte im Hintergrund. Ein Steinbrocken verstellte ihm die Sicht nach rechts. Er machte seine Hände frei, ergriff ihn und zog sich an ihm aus dem Schacht.

Dabei schürfte er sein Knie an etwas auf, das genau am Rand der Dunkelheit lag, die er gerade hinter sich gelassen hatte. Die plötzliche Verletzung ließ ihn aufschreien, und er bückte sich, um zu untersuchen, worum es sich handelte. Seine Finger tasteten in den Schacht und zogen einen einzelnen Ohrring hervor, der dunkelrot glänzte vom Blut, das aus seiner Wunde am Knie floß. Nachdem er das Schmuckstück an seinem Rock abgewischt hatte, sah er es sich mit einem noch immer vor Schmerz verzerrten Gesicht genauer an.

Ein großer blaugrün gesprenkelter Türkis in Form einer Träne war in einem schweren Filigranmuster aus Purpurgold eingefaßt. Er war matt und mit Sand verkrustet, doch Hori erkannte, daß er sehr alt war. Ein Türkis wie dieser war kaum noch anzutreffen und daher sehr teuer. Hori wußte, daß ägyptische Handwerker gegenwärtig Spezialisten in der Fertigung von Purpurgold waren. Die Goldschmiede des Königreichs Mitanni, die längst in andere Reiche abgewandert waren, hatten es viel früher angefertigt und jahrhundertelang an die Vornehmen Ägyptens verkauft, bis die Ägypter sich diese Fertigungsmethode selbst angeeignet hatten. Neueres Purpurgold bestand aus einer etwas ausgewogeneren Legierung, die der kostbaren Substanz lediglich einen Purpurschimmer verlieh. Der Gegenstand, den Hori in seiner verschmutzten Hand hin und her drehte, trug das deutliche Purpurflechtwerk eines alten Handwerkers aus Mitanni.

Erregt umklammerte er den Ohrring und begann, den Abhang hinunterzulaufen. Er wußte, wo er sich befand. Der Schacht war in einem verschwiegenen Winkel eines Teils der inzwischen aufgegebenen äußeren Wand ausgelaufen, die ehedem die herrliche Anlage der Pyramide und der Grabanlage des Pharaos Una umgeben hatte. Jedem müßigen Auge wäre der Steinblock, der den Zugang zum

Schacht versperrte, lediglich als eine kleine Unregelmäßigkeit aufgefallen.

Als Hori unter der heißen Sonne humpelte, wurde er sich einer tiefen Enttäuschung bewußt. Kein Wunder, daß die Siegel am Haupteingang intakt gewesen waren. Der Stein am Ausgang war bei weitem zu locker gewesen. Diebe waren wohl darauf gestoßen und durch den Schacht bis in die Grabkammer hinuntergekrochen. Sämtliche Wertgegenstände in der kurz zuvor geöffneten Grabkammer waren natürlich verschwunden, und die Schurken hatten den Ohrring verloren, als sie überhastet die Flucht ergriffen.

Was war dann mit den Mumien geschehen? grübelte er weiter, während sein Knie unablässig hämmerte. Auf der Jagd nach wertvollen Amuletten rissen Grabräuber die Mumien oft auseinander und ließen die zerstückelten Überreste in der Kammer verstreut herumliegen oder warfen sie wild durcheinander in die Sarkophage zurück. Hatten sich die beiden Mumien im Wasser aufgelöst, so daß er in den verwässerten Einbalsamierungsflüssigkeiten gewatet war? Ihn schauderte.

Inzwischen war er einmal ganz um die verstreuten Ruinen von Unas Grabstätte herumgestolpert und hatte sich dem vertrauten Chaos seiner Ausgrabungen zugewandt. Zwei seiner Diener hockten unter dem Sonnensegel vor seinem Zelt, und die Arbeiter aus der Abteilung des Aufsehers hatten einen Berg durcheinandergewürfelter Werkzeuge am Fuß des Schutthaufens neben den Stufen hinterlassen. Die ganze Szene strahlte unter Rês erbarmungsloser Glut des späten Nachmittags eine stille Melancholie aus.

Als er nahe genug herangekommen war, rief Hori seine Diener. Überrascht hoben sie die Köpfe, und dann kam einer nach dem anderen hinter dem Zelt hervor. Einen Augenblick darauf kämpften sich die Träger mit der Sänfte durch den Sand bis zu Hori vor. Dankbar ließ Hori sich nieder und wurde die letzten Meter bis zu seinem Zelt getragen. Er untersuchte sein Knie. Die klaffende Wunde war knochentief, und er wunderte sich darüber, daß ein so kleiner Gegenstand einen solchen Schaden anrichten konnte. Aber vielleicht hatte er neben einem scharfen Stein eingeklemmt gelegen, dachte er. Die Wunde mußte genäht werden. Da wird Vater sich aber freuen. Er verzerrte das Gesicht.

Die Sänfte hielt an. «Geh ins Grab und bestell den Leuten, sie sollen herauskommen», trug er seinem Kämmerer auf. «Sag ihnen, daß ich hier bin.» Er gestattete den anderen Männern, ihm auf den Stuhl zu helfen, doch verbot er ihnen, die Wunde auszuwaschen. Weil er ein paar Minuten ohne Schutz in der vollen Sonne verweilt hatte, war ihm leicht schwindlig, und er leerte hastig einen Krug Bier und beobachtete, wie der Aufseher und die Fackelträger verwundert und unsicher aus dem Grab herausrückten. «Dieser Schacht führt hoch und hinauf zu den Ruinen von Osiris Una», erläuterte er dem ungläubigen Aufseher. «Wenn du den Außenrand der Mauer erkundest, wirst du darauf stoßen und den Steinblock finden, den ich beiseite geschoben habe. Ersetze den Stein. Postiere die Wachen am Eingang und geh heim.«

Der Mann nickte. «Du bist verletzt, Hoheit.»

Er zwang sich zu einem Lächeln. «Es waren wenige abenteuerliche Minuten. Morgen sehen wir uns wieder.» Er wartete nicht, bis der Mann verschwunden war. Den Ohrring noch immer umklammernd, stemmte er sich aus dem Stuhl hoch, ging zur Sänfte und ordnete an, daß man ihn nach Hause bringe. Es war an der Zeit, ein Wort mit Khamwaset zu reden.

9. Kapitel

«Wie angenehm ist meine Stunde!
Eine Stunde möge währen eine Ewigkeit,
wenn ich mit dir schlafe.
Du hast mein Herz erheitert...
als es Nacht ward.»

Er hätte sich gewünscht, der Heimweg mit der Sänfte wäre länger gewesen. Er fürchtete sich davor, seinem Vater zu erzählen, was er getan hatte, und nun, da die Tat vollzogen war, zweifelte er daran, ob Tbubuis Rat richtig gewesen war. Während er sein Knie abtastete, saß er, dumpf vor sich hinbrütend, tief in den Polstern. Dem Gesumme der Stadt um ihn herum gegenüber taub, kämpfte er gegen das Gefühl an, daß er sich wieder zu einem kleinen Jungen zurückentwickelte.

Seine Hoffnung, das Haus unbemerkt betreten zu können, war vergeblich. Als er am Hintereingang aus der Sänfte stieg, kam Sheritra mit einem Becher Milch in der Hand auf ihn zu und rief aus: «Hori! Was hast du denn angestellt? Du bist verdreckt und von Kopf bis Fuß zerkratzt, und du stinkst fürchterlich!» Sie trat näher an ihn heran. «Und was hast du mit deinem Knie gemacht?»

Statt zu antworten, öffnete er seine Faust. Der Ohrring lag selbstgefällig glänzend auf seiner Handfläche. «Ich habe die Geheimkammer im Grab öffnen lassen», sagte er jämmerlich. «Dabei habe ich einen Schacht entdeckt. Und das hier habe ich dort gefunden, denn daran habe ich mir mein Knie aufgerissen. Nun muß ich es Vater beichten gehen. Wo steckt er?»

«In Mutters Zimmer, sie spielen Sennet.» Sanft fuhr sie mit einem Finger über seine Wunde am Knie. «Er wird böse mit dir sein, Hori, das kannst du dir doch denken, oder?» Dann wurde ihr Blick von dem Schmuckstück gefesselt. Sie nahm es in die Hand und drehte es hin und her. «Ein alter Türkis», sagte sie. «Wenn du Glück hast, könnte ihn das ein wenig beschwichtigen. Es erinnert mich an den Türkis, den Harmin gestern trug. An seinen Handgelenken und am Hals hatte er ein Vermögen an alten Steinen hängen.»

Der Verliebten ist aber auch jeder Vorwand recht, den Namen des Geliebten zu erwähnen, dachte Hori sarkastisch. Laut sagte er: «Wie kommt ein Mitglied einer verarmten vornehmen Familie zu einem Vermögen an Edelsteinen?»

«Sie sind nicht verarmt, nur von bescheidenem Wohlstand», sagte sie, ihn schnell zurechtweisend. «Übrigens hat Harmin mir erzählt, daß er die Steine als Familienerbstücke seinem Sohn vermachen wird.» Sie gab ihm den Ohrring zurück. «Am besten gehst du sofort zu Vater. Ich nehme an, daß du gar nicht die neue Hausschlange bemerkt hast, die sich gerade sonnt?»

Hori schüttelte den Kopf, ließ sie stehen und machte sich über den Flur auf den Weg zu den Gemächern seiner Mutter. Sein Bein war inzwischen steif geworden, und er knickte es gewaltsam ein, während ihm der Schmerzen und des schlechten Gewissens wegen ziemlich jämmerlich zumute war. Er hatte nicht einmal Antef an seiner Seite, der die Aussichten auf den Tag in einem besseren Licht hätte erscheinen lassen.

Khamwaset und Nubnefret saßen auf niedrigen Schemeln genau an den Stufen, die zu der abgeschiedenen Terrasse und dem dahinterliegenden Seitengarten führten. Sie hielten ihre Köpfe über das Sennet-Spielbrett gebeugt, und als Hori auf sie zuging, konnte er das Klappern der Stäbchen und das laute Lachen seiner Mutter hören. Wernuro erhob sich in ihrer Ecke und verneigte sich vor ihm, und er lächelte ihr zu, während er seine Eltern erreichte und selbstbewußt neben ihnen stehenblieb. Du hast die Entscheidung wie ein Erwachsener getroffen. Nun steh auch dazu, du Narr. Sein Vater machte einen Zug, während er sich mit einer Hand über das Kinn strich und über das Spiel nachgrübelte, und es war Nubnefret, die zu ihm aufblickte, als die Brise aus dem Garten ihr scharlachrotes Leinen kurz aufblähte. Ihr Willkommenlächeln verblaßte. «Hori!» sagte sie. «Was hast du angestellt? Wernuro, hol schnell einen Stuhl.»

Khamwaset sah ihn kurz an. «Und auch Wein», sagte er ergänzend. «Hat es im Grab einen Unfall gegeben?»

Der junge Mann ließ sich auf den Stuhl fallen, den Wernuro ehrerbietig hinter ihn gestellt hatte, und bemerkte zugleich die mangelnde Überraschung in seines Vaters Stimme und Verhalten. Es war ihm, als erwartete Khamwaset etwas Widriges. «Vater, hast du vielleicht die Horoskope für Tybi erstellt?» fragte er unvermittelt. Khamwaset schüttelte den Kopf. «Dann die für Mechir? Mechir steht bald vor der Tür.» Wiederum schüttelte Khamwaset den Kopf. Er wartete auf eine Erklärung, und erneut hatte Hori den Eindruck, daß sein Vater sich gegen schlechte Nachrichten wappnete. Es lag ein Anflug von Spannung auf der lebhaften äußeren Erscheinung, eine Spannung in Khamwasets stämmigem, muskulösem Körper. Obwohl Hori spürte, daß er in Schwierigkeiten steckte, betrachtete er seinen Vater zum erstenmal aus einer objektiven Perspektive, so wie jeden anderen erwachsenen Mann, losgelöst von dem nebelhaften Kokon der Vaterschaft, der Autorität und der langen Vertrautheit, die Horis Sichtweise bisher eingetrübt hatte.

Khamwaset ist ein Mann, der Qualen aussteht, dachte Hori überrascht. Wie gut er doch aussieht mit seinen intelligenten Augen und seinen breiten Schultern! Was geht im geheimen Leben seines Kas vor sich? Mit diesen erstaunlichen und irgendwie beruhigenden Gedanken fand Hori sein Selbstvertrauen wieder. Mein Vater ist auch nur ein Mann wie ich, erkannte er. Nicht mehr und nicht weniger.

«Nun ja, ich nehme an, daß wir es einen weiteren Monat ohne Horoskop ertragen», sagte er langsam. «Darauf kommt es nun auch nicht an. Um deine Frage zu beantworten, Vater, im Grab hat es keinen Unfall gegeben. Sondern heute habe ich die Tür in der Scheinwand öffnen lassen.»

Hier entstand ein Schweigen. Als Wernuro Hori Wein einschenkte, wurden ihre diskreten Bewegungen kaum bemerkt. Hori führte den silbernen Becher an den Mund, trank und stellte ihn ab. Khamwaset starrte ihn gespannt an, offensichtlich verärgert, doch ebenfalls, so schien es Hori, verängstigt. Nubnefret hatte sich zur Terrasse hin gedreht und blickte auf die Bäume.

Schließlich sprach Khamwaset mit unnatürlich fester Stimme. «Ich kann mich nicht erinnern, dir die Erlaubnis gegeben zu haben, so etwas zu tun, mein Sohn.» Seine Augen blieben auf Horis Gesicht gerichtet. Hori empfand sich selbst als vollkommen ruhig.

«Ich habe nicht darum gebeten», erwiderte er. «Ich habe diese Entscheidung in eigener Verantwortung getroffen.»

«Und warum das?»

Tbubuis Argumentation spulte in Horis Geist ab, und mit einem Schlag erschienen ihm ihre Gründe unecht und egoistisch. Ich habe mich selbst belogen, dachte er, noch immer mit dieser beherrschten Ruhe. Ich will ihm die Wahrheit sagen.

«Weil ich es so wollte», sagte er. «Du hast dich wenig für das Grab und dessen Funde interessiert, ja, du scheinst dich sogar davor zu ängstigen. In den vergangenen drei Monaten haben diese Arbeiten den größten Teil meiner Zeit beansprucht. Ich habe beschlossen, die Wand nach eigenem Gutdünken niederzureißen, statt darauf zu warten, daß du dies erledigst.»

Khamwaset blinzelte. Seine Hand vagabundierte zum Spielbrett, und er hob einen goldenen Kegel davon ab, wobei er mit dem Daumen dessen glatte Oberfläche versonnen erkundete. «Und was ist mit den Malereien?» sagte er. «Sind sie zerstört worden?» Sein Ärger, soviel bemerkte Hori, war immer noch vorhanden, wenngleich er unter der starren Selbstbeherrschung dieses Mannes schwelte.

«Ja», erwiderte er barsch. «Die Wand besteht zum überwiegenden Teil aus Stein, und ungefähr in der Mitte befindet sich eine Tür aus verputztem Holz. Durch die Freilegung der Tür sind die Wandmalereien auf dem Putz zerbröckelt. Ich habe vor, sie wiederaufbauen und die Malereien später ergänzen zu lassen.»

Verlegene Stille griff um sich. Es war, als sehnte Khamwaset sich danach, die unvermeidliche Frage zu stellen, und als traue er sich bloß nicht. Endlich stellte er den Kegel im Haus des Ebenbildes wieder ab, drehte seine mit Henna bestrichenen Handflächen nach oben und fand den nötigen Mut. «Was befand sich hinter der Tür?»

Hori nippte am Wein und stellte fest, daß er hungrig war. «Dahinter war eine kleine Kammer mit zwei Sarkophagen, die beide leer waren. Sie hatten keine Deckel. Entweder hat es sie nie gegeben, oder sie sind verschwunden. Der Boden der Kammer steht knöcheltief unter Wasser. In den Wänden sind Nischen vorhanden, in denen die Uschebtis stehen sollten, aber auch sie sind leer.»

Khamwaset nickte, seine Augen noch immer auf seine Hände gerichtet. «Keine Inschriften? Keine Wandmalereien?»

«Weder noch. Aber ich meine, daß die Sarkophage ursprünglich nicht leer gewesen sind. Grabräuber sind eingedrungen und haben die Grabbeigaben geplündert und die Körper vermutlich auseinandergerissen. Sie sind durch einen engen Schacht eingedrungen, der die Kammer mit der Wüste verbindet. Mein Knie habe ich verletzt, als ich durch den Schacht gekrochen und über dieses Kleinod gerutscht bin.» Er hielt ihm den Ohrring hin. Sein Vater nahm ihn bedachtsam in die Hand und sah ihn sich genauer an, und Nubnefret erwachte zum Leben.

«Wie hübsch er ist, Khamwaset!» rief sie aus. «Reinige ihn, und schon verschönert er den Hals jeder vornehmen Dame!»

«Ich werde ihn reinigen», sagte er mühsam, «aber er kommt wieder in das Grab zurück.»

«Nein», sprach Hori vernehmlich. «*Ich* werde ihn reinigen und zurückbringen.» Khamwaset warf ihm einen bösen Blick zu, doch zu Horis Überraschung gab er ihm das Juwel zurück und erhob sich.

«Komm, ich möchte deine Wunde versorgen», sagte er. «Nubnefret, wir spielen später weiter.» Sein Ton duldete keinen Widerspruch. Demütig erhob Hori sich und folgte ihm.

Khamwaset reinigte, nähte und verband die Wunde am Knie, ohne ein Wort zu sagen. Als er jedoch seine Kräutertruhe verschloß, sagte er: «Du weißt, daß ich furchtbar böse auf dich bin, nicht wahr, Hori?»

Nichts sehnlicher wünschte sich Hori, als sich hinzulegen und zu schlafen. «Ja, das weiß ich», antwortete er. «Aber ich weiß auch, daß du dich ängstigst. Warum?»

Einen Augenblick stand sein Vater regungslos da, dann seufzte er und ließ sich auf einem der großen Behälter für Schriftrollen nieder. «Irgend etwas hat sich zwischen uns verändert», sagte er. «In Wirklichkeit verändert sich das ganze Gefüge unserer Familie, und ich weiß nicht einmal, ob es zum Guten oder zum Schlechten ist. Die Schriftrolle, die ich, wie du gesehen hast, von der Mumie abgetrennt habe – ich habe sie bei meinem Übersetzungsversuch zum Teil laut vorgelesen. Und seitdem hat es Tbubui und diese zweite Grabkammer gegeben. Manchmal kommt es mir vor, als hätten wir uns für einen Weg entschieden, von dem es kein Zurück mehr gibt.»

Das ist doch nicht alles, dachte Hori, dem das trübe Aussehen seines Vaters auffiel. Was es sonst noch geben könnte, entzieht sich meiner Kenntnis. «Du hast also keine ernsthafte Antwort auf das Geheimnis des Wassers, der Paviane und der Schriftrolle selbst gesucht?» fragte er.

Khamwaset erstarrte. «Natürlich habe ich das!» erwiderte er mit scharfer Stimme. «Aber ich bin mir nicht sicher, ob ich die Antworten erfahren möchte.»

«Warum denn nicht? Können wir die Fragen nicht jetzt gemeinsam durchgehen? Vier Leichname, Vater, zwei davon hinter einer Geheimtür versteckt. Ein Grab entweiht, eine geheime, aber verwüstete Kammer, das ist doch bestimmt eine Herausforderung für ein ganzes Menschenleben!»

«Du solltest nicht davon ausgehen, daß die innere Kammer ausgeraubt wurde», sagte Khamwaset bedächtig. «Ich werde morgen mit dir gehen und sie mir ansehen, aber es klingt mir danach, als wäre der Ort entweder nie fertiggestellt oder bewußt so grob behauen und unbemalt belassen worden.» Er stand auf und bot dem Sohn seinen Arm an. «Wie oft habe ich nicht schon gewünscht, wir hätten diesen verfluchten Ort unberührt gelassen. Laß mich dir bis zu deinem Ruhebett helfen.»

Hori stützte sich dankbar auf ihn. Eine Woge der Zuneigung brachte den jungen Mann in Versuchung, seinen Besuch bei Tbubui und seine wachsende Zuneigung zu ihr auszuplaudern, doch die Berührung mit dem Körper des Vaters verbot es ihm irgendwie. Das hat auch noch Zeit bis später, dachte er schmerzerfüllt und schläfrig. Dies ist ein Kampf, zu dem ich, will ich ihn gewinnen, in gesundem Zustand antreten muß. Ich wünschte, er hätte mir Mohn angeboten, aber vielleicht besteht seine Strafe für meine heutige Eigenmächtigkeit darin, daß er ihn mir vorenthält. So bald wie möglich gehe ich zu Sisenets Haus und berichte Tbubui, was ich getan habe.

In den Fluren zündeten die Diener die Fackeln an, und in seinen Gemächern brannten bereits die Lampen. Khamwaset half ihm auf das Ruhebett, sagte ihm, er könne später essen, und empfahl ihm, sich auszuruhen. Noch bevor sein Vater den Raum verlassen hatte, war Hori in Schlaf gefallen.

Zum Abendessen wachte er nicht auf. Ein Diener trug ihm Speisen auf, die nach einer Weile kalt wurden, aber Hori schlummerte weiter. Einmal kam er zu sich, und an der tiefen Stille, die sich im Haus ausbreitete, spürte er, daß die Stunde bereits weit vorgerückt war. Seine Nachtlampe war erloschen, und sein Leibdiener lag leise schnarchend hinter der Tür seines Schlafraums. Sein Knie pochte in einem unnachgiebigen Rhythmus, doch wußte er, daß er nicht durch den Schmerz aufgewacht war. Er hatte etwas Beunruhigendes geträumt, etwas, das einem Alptraum ziemlich nahe kam, aber er konnte sich nicht mehr daran erinnern, was es gewesen war. Nachdem er sich mühsam aufgerichtet hatte, schenkte er sich Wasser ein und trank in großen Schlucken, legte sich dann wieder hin und starrte in die Dunkelheit.

Als er seinen nächsten bewußten Gedanken faßte, wurde das Frühstück zu seinen Füßen abgestellt und die Türen seines privaten Schreins geöffnet. Heute wird es schwierig werden, dachte er, indem er sich lustlos von den Speisen nahm. Vater wird nach wie vor schlecht gelaunt sein, und meine Wunde wird mich noch ärger schmerzen. Nun, wenigstens kommt Antef bald heim. Doch der Gedanke an seinen zurückkehrenden Diener und besten Freund brachte ihm nicht die erhoffte Vorfreude. Antef erwartete stets, daß Hori einen Jagdausflug, einen Angelnachmittag, einen Bummel über die Märkte oder eine Bootsfahrt mit den anderen Freunden vorschlug. Sie hatten sich immer nahegestanden. Antef hatte nie die flüchtige und manchmal komplizierte Linie der Ehrerbietung überschritten, die ihn auf ewig von seinem königlichen Gefährten trennte. Dennoch pflegten sie einen herzlichen und geselligen Umgang miteinander. Die Klatschmäuler in Memphis hatten einmal schadenfroh das Gerücht verbreitet, Antef sei in Wirklichkeit Khamwasets Sohn mit einer Konkubine oder noch besser mit einer Dienerin, doch diese Geschichte war bald darauf verstummt. Der Prinz war ein viel zu rechtschaffener Mann, als daß er einen Sprößling verleugnet hätte, und in Memphis kursierten weitaus pikantere Geschichten.

In Antef hatte Hori einen Gleichgesinnten gefunden, der Ansichten, Geschmack und körperliche Betätigungen mit ihm teilte, und Antef konnte ein königliches Geheimnis so gut für sich behalten wie irgendein gutausgebildeter Diener. Dennoch dachte Hori, als er den Weihrauch vor Ptah entzündete und seine Morgengebete herunterhaspelte, ich weiß nicht, ob ich ihm mein Interesse für Tbubui enthüllen soll. Eine Frau kann eine Freundschaft zerstören, und Tbubui beeinflußt in der Tat bereits meine Gefühle für Antef. Ich möchte nicht mit ihm auf die Jagd gehen oder auf den Märkten herumstrolchen. Ich möchte meine Freizeit nicht im Garten mit Biertrinken vertun und damit, daß wir uns gegenseitig über unseren letzten Ringkampf aufziehen. Als ich jünger war, haben wir uns Lügen über unsere sexuellen Heldentaten aufgetischt, aber ich kann Tbubui nicht auf diese Weise betrügen. Wenn ich mich ihm anvertraue, kann er dann begreifen, daß ich am liebsten meine ganze Zeit mit ihr verbringen möchte? Mit einem Gefühl der Schuld zwang er sich dazu, seine Gedanken auf den lächelnden goldenen Gott mit seiner glänzendblauen Haube aus Lapislazuli zu konzentrieren, dem er diente, und beendete seine Verbeugungen mit der angemessenen Aufmerksamkeit. Dann bestellte er seine Sänfte, ließ sich von seinem Leibdiener schminken und humpelte aus dem Haus.

Zwei Stunden darauf stand er mit Khamwaset inmitten des Schutts, der beim Öffnen der Geheimtür angefallen war, und starrte auf die beiden neu freigelegten Sarkophage. Zu beiden Seiten der Türöffnung waren Fackeln befestigt worden, die ein flackerndes Licht in die Kammer warfen, aber nichts dazu beitrugen, ihre unheilvolle Atmosphäre zu zerstreuen. Nach einer Weile zog sich Hori auf einen Feldhocker zurück, den sein Diener ihm gebracht hatte, streckte sein inzwischen steifes Bein weit von sich und beobachtete, wie sein Vater eine Lampe nahm und planschend zu den Sarkophagen tappte. Wie Hori am Vortag, so verzog auch Khamwaset seine Miene, als er den widerlichen Gestank wahrnahm. Nach einer sorgfältigen Untersuchung der Sarkophage watete er zu seinem Sohn zurück.

«Du hast recht», sagte er lebhaft. «Ursprünglich waren sie beide belegt. Wenn aber die Leichname von den Grabräubern bei ihrer Suche nach Wertsachen auseinandergerissen und ins Wasser geworfen wurden, so müßte es irgendeine Spur davon geben. Die Wikkel aus Leinen und das einbalsamierte Fleisch der Körper können sich aufgelöst haben, nicht aber die Knochen. Bist du sicher, daß nichts auf dem Boden im Wasser herumliegt?»

«Nichts», antwortete Hori mit Bestimmtheit. «Es hat mich zwar angewidert, doch ich habe jeden Zoll des Bodens mit den Zehen abgetastet. Da gibt es nur glitschigen Stein, weiter nichts. Vater, wäre es denkbar, daß die Prinzessin Ahurê und ihr Gemahl zuerst hier in der kleinen Kammer bestattet worden sind und später, nachdem man das Grab inspiziert und festgestellt hatte, daß Wasser einsickerte, die Sem-Priester für sie die neuen Sarkophage in der größeren Kammer haben anfertigen lassen?»

«Schon möglich», sagte Khamwaset zustimmend. «Aber warum ist dann dieser erste Bestattungsraum so schmucklos? Hatten diese Leute drei Kammern statt der üblichen zwei – eine für die Güter und eine für die Leichname – und wenn ja, warum? Vielleicht für ein Kind oder für mehrere Kinder? Und wenn dies der Fall ist, wenn also das Grab später von Mitgliedern der Familie geöffnet wurde, warum dann die List mit der Geheimwand? Was sollte verborgen werden, Hori? In dieser Kammer ist nichts zu finden. Grabräuber halten Ausschau nach Schätzen und auch kleinen Gegenständen und zerstören vielleicht, aber letztendlich lassen sie alles liegen, was nicht leicht zu transportieren ist. Dennoch gibt es unter dem Wasser keine Spur von zersplitterten Möbeln, Teilen von Schreinen, Statuen, rein gar nichts. Und wäre diese Kammer für andere Familienmitglieder vorbereitet worden, so hätte man sie bestimmt so verschwenderisch ausgemalt wie die beiden übrigen Grabkammern.»

Er steckte seine Füße in die Sandalen, und Kasa kniete vor ihm nieder, um die Riemchen festzubinden. «Lediglich ein Kind, ein Sohn, ist auf diesen Wänden dargestellt», fuhr er fort. «Ich gestehe, daß mir das alles vollkommen schleierhaft ist. Ich glaube nicht, daß es uns je gelingen wird, eine Antwort auf all diese Fragen zu finden.»

«Und was ist mit der Schriftrolle?» sagte Hori. «Kannst du sie dir nicht noch einmal vornehmen, Vater? Vielleicht spricht sie diesmal deutlicher zu dir? Sie könnte einen Hinweis enthalten, der uns weiterhilft.»

«Ja, das wäre immerhin möglich», sagte Khamwaset unschlüssig. «Und ich weiß, daß wir auf immer unbefriedigt bleiben werden, wenn wir diesen Ort restaurieren und erneut versiegeln, ohne daß wir sämtliche Wege der Spekulation erkundet haben.»

«Bist du nicht hin und wieder erstaunt darüber?» fragte Hori schüchtern, als er das Unbehagen seines Vaters spürte. Khamwaset sah sich langsam um, während er mit einer Hand das Pektoral mit dem Auge des Horus auf seiner Brust fest umklammert hielt. Er schüttelte heftig den Kopf.

«Ich glaube, ich habe diesen Ort von jenem Augenblick an gehaßt, als Pentawer mit der Nachricht von dessen Entdeckung zu uns gekommen ist», sagte er mit leiser Stimme. «Ich weiß nicht, warum. Die Arbeiter sollen die Tür wieder herrichten, Hori. Wir gewinnen überhaupt nichts dabei, wenn wir die Grabkammer offen lassen. Ich kann den Geruch dieses Wassers einfach nicht ertragen, und außerdem ist es auf meinen Rock gespritzt.»

Hori sah zu, wie er einen grauen Flecken auszureiben suchte, während er auf den Sonnenschein zueilte, der durch den Durchgang hereinfiel. Dann war er fort. Der Aufseher über die Arbeiten und Khamwasets Maurermeister warteten höflich mit gesenktem Blick auf weitere Anweisungen. Hori erhob sich von seinem Hocker. «Fangt am besten gleich mit der Wiederherstellung an», sagte er ihnen. «Ich kann heute nicht hierbleiben, aber ich übertrage euch die Verantwortung. Trefft alle notwendigen Entscheidungen im Zusammenhang mit dieser Wand. Morgen früh komme ich dann wieder.»

Ich hoffe, daß Vater sich dazu durchringen kann, sich die Schriftrolle noch einmal vorzunehmen, dachte er, als er mit der umsichtigen Unterstützung seines Dieners die Stufen überwand und sich mit einem Fluch über sein geschwollenes Knie auf den Lippen in seine Sänfte fallen ließ. Ich habe die Schriftrolle als Umstand kaum in Erwägung gezogen, als ich die kniffligen Probleme des Wassers und der Paviane und nun der Geheimkammer hin und her gewälzt habe, doch nun beginne ich zu glauben, daß sie den Schlüssel zu dieser ärgerlichen Ausgrabung enthält. Nichts anderes kommt dafür in Frage. Die Inschriften und Wandmalereien, die Pentawers Helfer so gewissenhaft kopiert haben, sind zwar hübsch, jedoch wertlos. «Zu den Wasserstufen», befahl er mit prickelndem Vergnügen. Der Ohrring lag verpackt unter einem kleinen Kissen. Er beabsichtigte, Tbubui einen Besuch abzustatten, sich selbst und seine Abenteuer vom Vortage als Vorwand benutzend. Hatte sie ihn schließlich nicht gebeten, ihr zu berichten, was geschehen war? Sie würde ihn wegen seines Knies bedauern. Sie würde ihn dazu nötigen, guten Wein zu trinken, es ihm angenehm machen, wobei ihre Sympathie ihm aus diesen großen schwarzen Augen entgegenstrahlte. Nun, da die oberflächliche Untersuchung der Ausgrabungen durch seinen Vater mit so gut wie keinem bösen Wort an ihm vorübergegangen war, lag der Rest des Tages mit seinen geheimnisvollen Versprechungen noch vor ihm. Er schloß die Augen und lächelte.

Obgleich es ihm lieber gewesen wäre, wenn er hätte zu Fuß gehen können, wurde er vom Boot aus über den gewundenen Pfad unter den großen Palmen getragen. Das Haus lag da, wie er es in Erinnerung hatte, weitläufig und still. Ihm war, als hätte er es seit Jahren nicht mehr gesehen. Der Vordergarten war menschenleer, und zum erstenmal fragte Hori sich, ob sein Besuch willkommen sei, doch als er aus der Sänfte stieg und seinen Trägern sagte, sie sollten unter den Bäumen am Ufer auf ihn warten, kam ein Diener aus dem Haus geeilt, verneigte sich und wartete gleichmütig. Er war ein dunkelhäutiger Nubier mit kräftigen Schultern und erinnerte Hori an die Uschebtis im Grab, jene Statuen aus schwarzem Ebenholz mit Goldkragen, jede von ihnen taub und stumm bis zu jenem Augenblick, da ihr Herr sie rufen würde, damit sie ihre Aufgaben in der anderen Welt verrichteten. «Sag deiner Herrin Tbubui, daß Prinz Hori da ist und sie zu sprechen wünscht», sagte er in einem befehlenden Ton. Der Mann verneigte sich erneut und hielt seinen Kopf gesenkt, um anzuzeigen, daß Hori ihm in die Eingangshalle vorausgehen möge, dann verschwand er. Hori setzte sich auf einen Stuhl. Trotz seines schnellen Herzschlags und seiner Vorfreude färbte allmählich der lähmende Frieden des Hauses auf ihn ab.

Er brauchte nicht lange zu warten. Tbubui selbst kam auf ihn zu und verneigte sich unterdessen mehrere Male, ein Willkommenlächeln erhellte ihre Züge. Wie üblich ging sie barfuß, ein goldenes Fußkettchen klingelte leicht bei jedem Schritt, zwei schwere, schlichte Armreifen aus Gold umschlossen ihre Handgelenke. Unter ihrem dünnen weißen Leinengewand, das sich an ihren Körper schmiegte, war ihre braune Haut zu erkennen, und diesmal bemühte Hori sich gar nicht erst, seinen Blick von den makellosen Rundungen ihrer Hüften, von ihren Schenkeln und dem leichten Beben ihrer Brüste zu lösen. Ihr Haar war in ein Dutzend Flechten eingezwängt und gab den Blick auf den stattlichen Bogen ihres vornehmen Halses und auf ihr makelloses Kinn frei. Die grüne Schminke verlieh den Augen einen glänzenden Schein, und ihr Mund war mit Henna orangenfarben gefärbt.

«Hoheit!» rief sie aus, als sie auf ihn zuging. «Dein Knie! Was hast du bloß damit angestellt?»

So könnte sie auch mit einem Kind sprechen, dachte Hori etwas trotzig. Genauso sieht sie mich auch. Als ein Kind, zu dem man sich herablassen und das man verwöhnen muß. Ihm war aufgefallen, daß sie nicht erst abgewartet hatte, bis er das Wort an sie richtete, wie es eigentlich schicklich gewesen wäre, und er erhob sich mühsam.

«Sei gegrüßt, Tbubui», sagte er kühl. «Ich habe deinen Rat befolgt und habe gestern die Scheinwand im Grab geöffnet. Heute komme ich, um dir davon zu berichten, was vorgefallen ist.»

Ihr Lächeln wurde breiter. «Wunderbar! Aber du siehst abgespannt aus, Prinz. Hast du Schmerzen? Möchtest du etwas Wein?

Ich schlage vor, daß wir heute nicht in den Garten gehen. Draußen ist es zu warm. Laß uns meine Gemächer aufsuchen, dort gibt es einen bequemen Stuhl und ein paar Kissen.»

Horis Augenblick des Aufruhrs schmolz dahin. Verlegen folgte er ihr in den hinteren Flur. Sie trat in einen Raum und hielt ihm die Tür auf. In einer Ecke stand eine Dienerin auf und verneigte sich.

«Hoheit, du solltest dich auf den Stuhl neben dem Ruhebett setzen», sagte Tbubui. «Ich kann dir versichern, daß er sehr bequem ist, denn ich habe viel Zeit darauf verbracht, als mein Fuß verletzt war.» Und an die Dienerin gewandt, sagte sie: «Bring eine Fußbank und Kissen sowie einen Krug Wein.» Das junge Mädchen senkte den Kopf und eilte davon. Ist es hier allen Dienern verboten, den Mund aufzumachen? fragte Hori sich, als er sich auf den Stuhl niederließ. Ich habe nicht einen von ihnen sprechen hören.

Die Fußbank wurde herbeigebracht und mit Kissen ausgepolstert. Das stumme Mädchen hob sein Bein mit einer federleichten Berührung hoch und ließ es in die Kissen sinken, ging fort und kam mit dem Wein zurück, schenkte ein und war dann entlassen. Tbubui setzte sich auf eine Ecke des Ruhebetts. Aus den Augenwinkeln sah Hori zu einer Kleidertruhe hinüber, deren Deckel offenstand und über deren Kante ein scharlachrotes Gewand hing. Neben der Truhe stand ein Kosmetiktisch mit ordentlich aufgereihten Behältern und Krügen, und auf dem Boden lag, wie hingeworfen, ein Fächer aus Straußenfedern.

«Es ist wirklich wohltuend kühl hier», sagte er langsam und ergriff den silbernen Weinbecher. «Auf dich, Tbubui! Auf dein Leben, auf Wohlstand und Glück!»

«Ich danke dir, Prinz», sagte sie lächelnd. «Ein alter Trinkspruch und ein sehr willkommener dazu. Nun erzähl mir bitte, wie es dir gestern ergangen ist und was Khamwaset dazu sagte, als du ihm von deinen Taten erzählt hast.»

Das Ruhebett hinter ihr war ordentlich bezogen, das Leinen schimmerte gedämpft im Halblicht. Eine Kopfstütze aus Elfenbein lag darunter. Mit leicht geöffnetem Mund sah sie ihn erwartungsvoll an und beugte sich zu ihm vor. Es wäre leicht, dieses Ruhebett zu zerwühlen, dachte Hori. Ein Satz, und ich hätte sie überwältigt. Ob sie wohl schreien würde? Das glaube ich eigentlich nicht. Oder keuchen? Vielleicht. Auf jeden Fall könnte ich meine Lippen auf die ihren pressen, bevor sie ihre Fassung wiedergewönne. Die Wildheit und Lebhaftigkeit der Szene, die in seine Gedanken einbrach, entsetzte ihn, und er atmete tief durch. «Vater war sehr böse auf mich», sagte er mühsam, «aber er hat es gut verborgen. Heute hat er sich das angesehen, was ich angerichtet habe, aber er hat sich nicht dazu geäußert.»

Sie nickte, und er fuhr fort, die Ereignisse vom Vortag zu beschreiben – von seiner Spannung und wie beklommen und aufgeregt ihm zumute gewesen war. Sie hörte ihm aufmerksam zu, aber als Hori von dem Schacht zu berichten anfing, fühlte er eine Unruhe bei ihr wachsen, obwohl sie sich nicht rührte. Sie schien ganz Ohr, aufmerksam und auf der Hut. «Ach, wie geheimnisvoll!» sagte sie, ihn unterbrechend. «Hast du diesen Ort erkundet?»

«Ja», sagte er triumphierend. «Das habe ich. Und dabei habe ich das hier gefunden.» Er zog den Ohrring aus dem Beutel an seinem Gürtel und reichte ihn ihr. «Das war's, was mein Knie aufgeschlitzt hat, aber es hat sich gelohnt, meinst du nicht auch? Ein solch herrlicher Türkis und mit einer solch filigranen Goldfassung.» Wie ein Tropfen klaren Nilwassers, blau und grün, lag er nun auf ihrer mit Henna gefärbten Handfläche, und Hori, der ihr Gesicht nach einem Zeichen der Zustimmung erforschte, sah, wie ein höchst eigentümlicher Ausdruck darüber huschte. War es Gier, Befriedigung oder Zorn? Er konnte es nicht ausmachen. «Leg ihn an», sagte er auffordernd, und sie lächelte zögernd.

«Werde ich denn nicht das Ka der Dame, der er einst gehörte, gegen mich aufbringen?»

«Das Ka der Dame müßte wissen, daß ich beabsichtige, ihn unversehrt ins Grab zurückzulegen», erklärte er, «und wie könnte die Dame im übrigen gekränkt sein, wenn sie sieht, daß ihr kostbarer Schmuck eine solche Schönheit ziert?»

Statt einer Antwort warf sie eine Haarflechte hinter ihr Ohr zurück und schraubte den Ohrring an ihrem Ohrläppchen fest. Er pendelte am langen Bogen ihres Halses anmutig hin und her und sah tatsächlich aus, als wäre er eigens für sie angefertigt worden. «Hori, gib mir einen Spiegel», sagte sie, dann lachte sie. «Ach, ich habe ja dein armes Knie ganz vergessen. Ich hole ihn mir schon selbst.» Sie glitt von ihrem Ruhebett hinunter und zu ihrem Kosmetiktisch hin, und für Hori lag in ihrer Bewegung etwas Traumhaftes, etwas Unbefangenes, so als hätte sie einen Augenblick lang geglaubt, allein zu sein.

Sie nahm den Kupferspiegel in die Hand, der mit dem Gesicht nach unten auf dem Tisch lag, und hielt ihn wie eine Votivkerze mit beiden Händen vor ihr Antlitz, das Kinn erhoben, die Augen halb geschlossen, und wiegte ihren glänzenden Kopf hin und her und murmelte sanft. Hori konnte nicht verstehen, was sie sagte. Dann legte sie den Spiegel mit einem Knall ab und kam zu ihm zurück. «Zu gerne möchte ich wissen, was aus seinem Zwilling geworden ist», sagte sie. «Vielleicht haben sich die Grabräuber damit aus dem Staub gemacht, wie du vermutest. Schade!» Träge ließ sie sich auf das Ruhebett sinken. Einen Fuß hatte sie auf dem Boden abgestellt, das weiße Gewand öffnete sich am Schlitz und entblößte die langen braunen Schenkel. «Gestattest du, daß ich ihn eine kleine Weile lang anbehalte?» fragte sie ihn, und bei ihrem artig respektvollen Tonfall begann Horis Herz wiederum zu pochen. Er nickte nur, da er sich nicht zutraute, ihr mit fester Stimme zu antworten.

Ihre Bewegungen hatten die Luft aufgewirbelt, und ihr Parfüm stieg ihm in die Nase. Ein Hauch von Sinnlichkeit und Bewunderung und jenem anderen Duft, der schwer faßbar und unbestimmt war. Sie streichelte mit den Fingern der feingliedrigen, hennagefärbten Hand den Ohrring. «Hoheit, du hast mir von deiner Eskapade gestern und von Khamwasets Reaktion darauf erzählt», fuhr sie fort. «Aber du hast mir nichts über irgendwelche Folgerungen gesagt, die aus der neuen Entdeckung zu ziehen sind. Wirft die kleine Kammer irgendein Licht auf das übrige Grab oder dessen Bewohner?»

«Eigentlich nicht», bekannte Hori. «Nachdem du, Tbubui, und

dein Bruder das Grab besichtigt habt, wißt ihr darüber soviel wie wir. Eine beschämende Feststellung! Vater und ich gelten immerhin als die Historiker.»

«Aber Sisenet doch auch», fügte sie hinzu. «Er und ich haben uns oft über die Bewandtnis des Wassers, der Paviane und der Sargdeckel unterhalten, wenngleich ohne Ergebnis. Sage mir», fuhr sie fort, wobei ihre Finger noch immer wie abwesend an dem Ohrring herumspielten, «was geschah mit der Schriftrolle, die Khamwaset von der Hand des Toten abtrennte? Du hast sie überhaupt nicht erwähnt.»

«Vater hält sie noch immer unter Verschluß», antwortete Hori. «Er sieht sie nicht mehr an. Er hat versucht, sie zu entschlüsseln, wie du weißt, aber ohne Erfolg. Merkwürdig, daß du sie erwähnst, Tbubui, denn heute ist es mir deutlich in den Sinn gekommen, daß sie womöglich den Schlüssel zu all den verwirrenden Geheimnissen jenes Ortes enthalten könnte. Ich habe vor, Vater zu fragen, ob ich sie mir ansehen darf.» Sie warf ihm ein Lächeln von übermäßiger Süße zu, als wollte sie sagen: «Wenn der größte Historiker Ägyptens sie nicht entschlüsseln kann, wieso solltest du es dann schaffen?» Hori war verdrossen. «Natürlich kann eine solche Inspektion meinerseits nur oberflächlich sein», beeilte er sich hinzuzufügen, «doch wer weiß? Ich könnte ihn veranlassen, einen neuen Übersetzungsversuch zu wagen. Meine Arbeiter versiegeln gerade jetzt die zweite Grabkammer, und bald ist das ganze Grab verschlossen. Die Zeit rennt uns davon.»

Sie löste ihre Hand von ihrem Ohrläppchen und legte sie auf ihren Schenkel. Horis Blick folgte ihr. «Ich würde sie mir gerne auch einmal ansehen», sagte sie mit einer charmanten Schüchternheit, ihre Überlegenheit hatte sich verflüchtigt. «Aber dein erhabener Vater wird mein Interesse überhaupt nicht ernst nehmen. Mein Bruder besitzt jedoch einiges Geschick im Übersetzen alter Schriften. Er könnte vielleicht dabei von Nutzen sein.»

Nun war Hori an der Reihe, sie insgeheim zu verspotten. «Ich bitte um Vergebung, Tbubui, aber dein Bruder ist doch gewiß nicht mehr als ein geschickter Laie», entgegnete er hochmütig. «Die

Schriftrolle ist brüchig und unersetzlich, und ungeübte Hände könnten sie allzu leicht beschädigen.»

«Oh, ich glaube, in dieser Hinsicht hast du nichts zu befürchten», konterte sie sanft. In dem trüben Licht des Zimmers erschienen ihre Augen riesengroß. «Sisenet ist an den Umgang mit wertvollen Schriftrollen gewöhnt. Er hat sämtliche Aufzeichnungen entschlüsselt, die der Aufseher über die Karawanen von Osiris Hatschepsut hinterlassen hat, der – wie du dich vielleicht erinnerst – ein Vorfahre von uns ist.»

«Nein, das wußte ich nicht», erwiderte Hori. «Wenn du willst, werde ich die Erlaubnis meines Vaters einholen, damit er sich die Schriftrolle ansehen kann. Ist er denn daran interessiert?»

«O ja», sagte Tbubui zwar langsam, aber eindringlich. «Er ist wirklich sehr interessiert daran. Noch etwas Wein, Prinz?»

Als er nickte, erhob sie sich mit einer fließenden Bewegung vom Ruhebett, griff nach dem Krug und beugte sich beim Einschenken zu ihm hin. Hori hatte den Eindruck, als rückte sie ihm näher als unbedingt erforderlich. Er atmete den Schwall von Parfüm und Wärme ein, der aus ihrem Brustansatz hochstieg, und da ihre Haarflechten vornüberfielen, schob er sie sanft zurück. Ihre seidenweiche und schimmernde Schulter war nur Zentimeter von seinem Mund entfernt. Unfähig, sich länger zu beherrschen, neigte er sich gegen sie, schloß die Augen und preßte seine Lippen auf ihr Fleisch. Es war kühl und schmeckte nach Lotoswasser. Noch immer mit fest geschlossenen Augen fuhr er mit seiner Zunge an ihrem Hals entlang, nach der wonnigen Grube ihres Schlüsselbeins suchend, dann aufwärts, bis zu ihrem Kinn und darüber hinweg. Schließlich begegnete er ihrem leicht geöffneten Mund, ihren weichen und nachgebenden Lippen. Sie hatte sich nicht gerührt. Er küßte sie leidenschaftlich. Seine Hände fahndeten blind nach ihren Brüsten, die voller, schwerer waren, als er anfänglich vermutet hatte, und bettete sie in die Schale seiner Hände. Doch als er sich wie betäubt und atemlos löste, schien es ihm, als wäre seine Begierde noch stärker als zuvor.

«Nun, junger Prinz», murmelte sie. «Das war schmeichelhaft.»

«Schmeichelhaft?» brach es aus ihm heraus. «Ich bin von dir berauscht, Tbubui! Ich kann nicht essen noch schlafen vor lauter Verlangen nach dir. Nun weiß ich endlich, warum die prachtvollen kleinen Mädchen am Hofe meines Großvaters mich einsam zurückgelassen haben und den Wunsch nach etwas keimen ließen, das ich erst jetzt erkenne. Ich war zurückhaltend und selbstgenügsam. Ich habe geschlafen!» Seine Stimme war heiser und rauh, sein Gesichtsausdruck unnatürlich. «Laß mich dir den Hof machen, und dich überzeugen, daß ich kein Junge mehr bin. Dir könnte Übleres widerfahren, als in die mächtigste Familie Ägyptens einzuheiraten!»

Sie legte die Stirn in Falten. «Aber mein lieber Hori, du kennst mich doch überhaupt nicht. Wie kann ich dir etwas anderes sein als ein Körper, an dem sich deine Phantasien entzünden? Erkunde meinen Charakter, und du wirst womöglich enttäuscht sein.» Sie strich ihm mit einer sanften, mütterlichen Bewegung über sein Haar. «Das ist nichts weiter als eine Schwärmerei.»

Er stieß ihre Hand weg, schnappte sie dann und bedeckte sie inbrünstig mit Küssen. «Ich war nie ein junger Mann mit einem leichtfertigen Herzen», äußerte er unter Stöhnen. «Das ist keine vorübergehende Schwärmerei von mir, Tbubui. Das wird dauern.»

Sie machte Anstalten, ihm ihre Hand zu entziehen. «Du würdest zur Zielscheibe des Spottes eines jedes Vornehmen in Ägypten», sagte sie warnend. «Ich bin vielleicht von vornehmer Geburt, jedoch nicht von einer solchen Vornehmheit, daß sie für die Gemahlin eines Prinzen ausreichen würde. Und außerdem bin ich viel zu alt für dich.»

Er preßte ihre Finger zwischen seinen beiden Handflächen und bemühte sich, schwach zu lächeln.

«Wie alt bist du denn?»

Es entstand ein Schweigen. Dann kicherte sie. «Die Götter haben mir fünfunddreißig Jahre geschenkt.»

«Das ist mir einerlei!»

«Mir aber nicht. Ich kann mich nicht mit einem so jungen Mann verbinden.» Sie befreite sich aus seinem Griff, und er lehnte sich zurück. Sein Kopf hämmerte, und er fühlte sich ein wenig krank.

Mit einem Schlag waren auch wieder die Schmerzen in seinem Knie da.

«Empfindest du denn gar nichts für mich?» fragte er.

«Was würde dein Vater denn dazu sagen?» widersprach sie ihm. «Hori, du bist ein attraktiver Mann, und ich bin deiner Anziehungskraft gegenüber nicht unempfänglich. Niemand in Ägypten ist dagegen immun. Aber ich muß dich als teuren, jungen Freund betrachten. Du magst mich besuchen, wann immer du dies wünschst, vorausgesetzt, du vermagst deine Gefühle vor deiner Familie und deinen Freunden geheimzuhalten. Kann ich mit deinem Einverständnis rechnen?»

«Einverstanden», sagte er flüsternd. Er hatte seine innere Ausgeglichenheit verloren; das Bedürfnis, sich selbst zu beweisen, daß er ein Mann war, hatte sich an dessen Stelle geschoben und war von ihrer vielleicht unbewußt gönnerhaften Haltung ihm gegenüber noch verstärkt worden. «Meine Frage hast du damit aber noch nicht beantwortet.»

«Ja, Prinz», sagte sie spitz. «Ich habe etwas empfunden. Möchtest du nun etwas essen? Oder einen frischen Verband für deine Wunde?»

Kein Verband vermag meine Wunde zu heilen, hätte er am liebsten herausgeschrien. Alles in ihm lechzte danach, die Unterhaltung fortzusetzen, und danach, daß sie ebenfalls ihre Begierde eingestand, aber eine neue Weisheit riet ihm zu einem vorläufigen Rückzug. Ein Frontalangriff würde ihm nichts einbringen. Er mußte Tbubui durch Ausdauer und Geduld gewinnen.

«Danke, nein», antwortete er schroff. «Ich muß heimgehen. Ich habe noch etwas zu erledigen. Deine Gastfreundschaft war wie immer grenzenlos, Tbubui.» Er bemühte sich, so gut er konnte, seinen Sarkasmus nicht durchscheinen zu lassen. Sie stand auf, schraubte den Ohrring los und gab ihn ihm mit offensichtlichem Widerstreben zurück.

«In unserer Familie verehren wir antike Steine», sagte sie. «Dieser Türkis ist von unvergleichlicher Feinheit und Schönheit, und ich werde vielleicht versuchen, ihn kopieren zu lassen. Ich danke dir dafür, daß du mir erlaubt hast, ihn zu tragen, Prinz.» Hori wickelte ihn ein und verstaute ihn in seinem Beutel. Unbeholfen hievte er sich aus dem Stuhl, und ohne ein Wort zu sagen, folgte sie ihm in den Flur.

Der Nachmittag war weit fortgeschritten, und die Glut des Tages und das gleißende Licht versetzten ihm nach der Kühle ihres Schlafraums einen Schock. Er verabschiedete sich mit seiner gewohnten Würde, und sie lächelte ihn gequält an und lud ihn ein, wiederzukommen, sobald es ihm möglich sei. Seine Sänfte wartete. Brummend ließ er sich auf die Kissen nieder, erteilte seine Befehle und zog die Vorhänge vor.

Einige Augenblicke später veranlaßte ihn irgend etwas, die Abschirmung hochzuheben und zum Haus zurückzublicken. Tbubui stand im schattigen Eingang, sah ihm ausdruckslos hinterher und war nicht allein. Ihr Bruder stand an ihrer Seite und hatte einen Arm um ihre Schulter gelegt. Sein düsteres Gesicht war so leer wie das ihre. Schnell zog Hori sich zurück und ließ den Vorhang fallen.

Khamwasets Stimmung war nach wie vor launenhaft, als die übrige Familie sich nach Sonnenuntergang zum Abendessen versammelte. Da Sheritra an einen Vater mit ausgeglichenem Naturell gewöhnt war, plapperte sie während der beiden ersten Gänge ohne Unterlaß über Harmin und verstummte schockiert, als Khamwaset ihr sagte, sie solle den Mund halten. Ausnahmsweise einmal nahm Nubnefret sie in Schutz, indem sie sagte: «Wirklich, Khamwaset, du hast keinen Grund, sie so grob anzufahren!» Doch er reagierte nicht darauf, sondern aß lustlos von den Speisen und nahm die wohlgefällige Musik nicht wahr, die durch den Speiseraum schwebte. Ihm fiel Horis ungewöhnliche Zurückhaltung auf sowie dessen einsilbige Antworten auf die gelegentlichen Fragen, die seine Mutter an ihn richtete, und im Geiste vermerkte er, daß er am nächsten Tag das Knie seines Sohnes untersuchen wollte.

Khamwasets Gedanken kreisten um die Angelegenheiten des Tages: Nachdem er von der Grabstätte kommend in seinem Arbeitsraum eingetroffen war, hatte Pentawer ihm aus einer Schriftrolle von Wennufer vorgelesen, seinem Freund und Priesterkollegen, der zu einer Erwiderung auf eine schon vor Monaten geführte Diskussion ansetzte, in der sie sich um den tatsächlichen Bestattungsort des Kopfes von Osiris freundschaftlich gestritten hatten. Khamwaset hatte bemerkt, wie fürchterlich ihn die ganze Auseinandersetzung langweilte. Von Bürgermeister Hui aus Memphis war eine Einladung zu einem Abendessen an ihn ergangen, und er hatte Pentawer gebeten, in seinem Namen abzusagen. Si-Montu hatte ihm in seiner eigenen hieratischen Klaue geschrieben, um seinem Bruder mitzuteilen, daß die Reben sich von ihrem Mehltau erholten und rasch größer wurden. Die Erwähnung dieser Krankheit erinnerte ihn an den Zusatz des Schreibers seiner Mutter in deren Nachricht, aber er schob die Gewissensbisse wegen seiner Untätigkeit im Zusammenhang mit ihrem schlechten Gesundheitszustand ganz weit von sich fort. Er nahm sich vor, bald einen freundlichen Brief an sie zu diktieren. Aus dem Delta stammten die Berichte der Männer, die abgeordnet worden waren, das ständige Fallen des Nilwasserstands zu messen, und die Stimme seines Schreibers, der mit monotonem Singsang die Liste mit Zahlenwerten herunterleierte, hatte Khamwaset einen plötzlichen stechenden Schmerz in seinen Eingeweiden verursacht.

Begierde nach Tbubui entbrannte in ihm. Er hätte die lebendigen Visionen ihres Körpers, ihres Lachens und ihrer Gesten nicht aus seinen Gedanken verbannen können, selbst wenn er dies gewollt hätte. Nahm jemand seine Zeit und Aufmerksamkeit in Anspruch, so machte ihn das wütend, und Horis abrupte Offenbarung vom Vortag war eine Ablenkung von gewaltigen Ausmaßen.

Sobald das Abendessen beendet war, stand Khamwaset auf, verließ den Speisesaal und ging in die äußerste Ecke des Gartens, wo er stehenblieb, ohne sich zu rühren, und das Aufgehen eines fahlen, matten Mondes beobachtete. Am Morgen hatte er nicht zum Grab gehen wollen. Das Grab war eine einzige Katastrophe in einem Ozean der Verwirrungen. Er hatte bleiben wollen, wo er sich befand, falls Tbubui aus irgendeinem Grunde nach ihm rufen sollte. Er plante, sie in einigen Tagen unter dem Vorwand zu besuchen, ihr eine Kräuterarznei zu bringen. In Wirklichkeit, das wußte er, brauchte er nicht einmal einen Vorwand. Sie war eine Witwe, und er war ein Prinz, dem so viele Gemahlinnen und Konkubinen zustanden, wie er wollte, aber in seinem Herzen fühlte er sich besudelt, schuldig geworden an seiner Leidenschaft. Ihre Macht hatte ihn bereits hinweggetragen, so daß seine Arbeit, seine Familie und seine Stellung ihm nichts mehr bedeuteten. Er hatte bereits entschieden, daß nichts zwischen ihm und dem Objekt seiner Begierde stehen sollte. Überlegt begann er, seinen Eroberungsfeldzug zu planen.

Seufzend ließ er die sinnliche Schönheit der Nacht – die wohlduftende, sporadische Brise, die mit sondierenden Fingern über seine nackte Haut strich, der sanftschwarze Himmel mit seinem Sternengeflecht – in diesen bereits von der Besessenheit aufgewühlten Ort einschleichen. Seine Gedanken schweiften ab zu dem Ohrring aus Türkis, den Hori mit einer Mischung aus Stolz und Scham vorgezeigt hatte, doch sogleich sah er ihn an einem langen, braunen Hals pendeln, verwickelt in schwarzes Haar, das nach Wärme und Myrrhe duftete. Der Ohrring würde ihr prächtig stehen. «Ach, Thoth», sagte er leise stöhnend, die Arme hebend, um seinen Schmerz zu wiegen, «so hilf mir doch, wenn du mich liebst. Hilf mir doch!» Das Symbol des Gottes stand nunmehr klein und deutlich gezeichnet über dem Haus, sein Licht ein gleichgültiges, fremdes Ding.

Khamwaset ließ sich auf den Rasen sinken, seinen Rücken lehnte er gegen einen Baumstamm. Eine lange Zeit über verfolgte er, wie der anheimelnde Glanz der Lampen im Haus sich von Zimmer zu Zimmer ausbreitete und letztendlich erlosch. Von jenseits der Gartenmauer, wo sich die Unterkünfte der Dienerschaft mit den Getreidespeichern und den riesigen Küchen befanden, wehten die zeitweiligen Geräusche von Gelächter und dem Klappern der Würfel zu ihm herüber, doch bald wurden sie von der vorrückenden Stunde ausgeblendet.

Eine Lampe tauchte auf, schwebte genau hinter dem Strauchwerk, und Kasas Stimme war zu vernehmen. «Prinz, bist du hier?»

«Ja», rief Khamwaset zurück, ohne sich zu erheben. «Ich bin zu unruhig, um schon einschlafen zu können, Kasa. Schlag die Laken auf meinem Ruhebett zurück und stell mir Wasser in den Vorraum, damit ich mich vor dem Zubettgehen noch waschen kann. Dann kannst du in deine eigene Unterkunft gehen.»

«Du willst dich selbst waschen, Hoheit?» Kasas Empörung war deutlich, wenn Khamwaset ihn auch nicht sehen konnte. «Wirklich, ich...»

«Gute Nacht, Kasa», unterbrach ihn Khamwaset mit fester Stimme, und die Lampe schlug einen aufgeregten Bogen und verschwand hinter den unsichtbaren Säulen. In Wirklichkeit brannten Khamwaset die Augen, und sein Kopf schmerzte vor Müdigkeit, doch jenseits aller körperlichen Symptome war er unerklärlicherweise hellwach.

Als die letzte Lampe im Hause erloschen war, stand er auf und hatte vor, einmal um seinen Besitz herumzugehen und vielleicht ein Weilchen am Fluß zu stehen, doch statt dessen führten ihn seine Beine zu den Wasserstufen, wo er das kleine Boot losmachte, hineinstieg und die Riemen ins Wasser tauchte. Das ist Wahnsinn, sagte sein gesunder Menschenverstand protestierend, aber sein getriebenes, träumendes Ich legte einen Ruderschlag vor, nahm die verschleierten, verlassenen Ufer und den leeren Streifen des mondbeschienenen Flusses wahr und sprach Tbubuis Namen bei jedem Ruderschlag.

Die nördlichen Vororte, in Schweigen versunken, glitten an ihm vorbei. Einmal überholte Khamwaset ein großes, mit Lampen geschmücktes Floß mit Nachtschwärmern, aber ihr Lärm wurde bald immer schwächer. Er hielt auf das östliche Ufer zu und war sich kaum bewußt, daß seine Schenkel und Schultern schmerzten. Das hätte ich nicht tun sollen, ging es ihm durch den Kopf. Wenn mich jemand sieht, so muß er denken, daß der große Prinz den Verstand verloren hat. Vielleicht ist das auch der Fall. Vielleicht befinde ich mich im Bann eines mächtigen Zauberspruchs, vielleicht liege ich sogar zu Hause auf meinem Ruhebett und schwebe, unter der Wirkung eines Zaubers des Mondes von Thoth, in der Illusion der Absicht und der Bewegung. Nun denn, falls dies so ist, so möge der

Zauber ruhig weiterwirken. Soll er mich fester binden, soll die Nacht Zeit und Wirklichkeit auflösen, so daß ich unsichtbar und ohne Bürden vor ihrem Haus zu stehen vermag wie ein verliebter Jüngling. Das Wasser tröpfelte silbern von den Riemenblättern, und die Wasseroberfläche schlug Wellen, die sich im Schatten an den Ufern ruhig verloren.

Es war nicht schwer, die winzigen Wasserstufen zu ihrem Haus zu verpassen, da sie wegen des ansteigenden Wasserstands überflutet waren, doch Khamwaset manövrierte das Boot so tadellos, daß es leicht dagegen stieß. Er trat ans Land, vertäute sein Boot und stieg den Pfad hinan. Seine Schritte verursachten auf dem sandigen Boden, auf dem spröde Palmblätter lagen, kein Geräusch. Die Bäume selbst standen in der Dunkelheit zu beiden Seiten Spalier wie die Pylonen in einem Tempel, und in der Höhe bildeten ihre ausufernden Blätter einen Baldachin. Khamwaset empfand nun noch viel stärker, daß er in einem Traum gefangen war. Noch eine Biegung des Pfades, und das Haus würde vor ihm stehen, mit weißen Wänden, die in ein geheimnisvolles Grau getaucht, und mit winzigen Fenstern, die blind waren. Leise tappte er weiter.

Auf einmal fiel ihm eine huschende Bewegung zu seiner Linken auf, und etwas vom Zauber der Unwirklichkeit glitt von ihm ab. Er blieb stehen. Irgend jemand verfolgte ihn. Ich hätte wenigstens Amek mitnehmen sollen, dachte er, ich bin ein Narr. Alle seine Sinne waren auf einen Schlag hellwach. Gespannt wartete er darauf, daß sich etwas rührte. Da bemerkte er eine Bewegung zwischen den Stämmen, und dann kam Tbubui auf ihn zu, barfuß ausschreitend, die Umrisse ihres Gesichts und ihres Körpers verschwammen im Halbdunkel. Sie trug ihr Haar gelöst und zerzaust, eine schwarze Wolke, die sie einrahmte, und mit einem inneren Ruck wurde Khamwaset gewahr, daß sie nackt war bis auf einen hauchdünnen Schlafrock, den sie um ihre Hüften gebunden hatte. Sie kam geradewegs auf ihn zu und blieb ohne das geringste Anzeichen von Überraschung vor ihm stehen.

«Prinz Khamwaset», sagte sie. «Ich hätte schwören können, daß du es bist. Die Luft heute abend strahlt deine Nähe aus.»

Sie hatte ihn noch nicht gefragt, was er hier suche. Mit frischem und ungeschminktem Gesicht und ohne Schmuck sah sie eher nach einer Sechzehnjährigen aus. Ich bin ein verliebter Jüngling, dachte Khamwaset beglückt. Oh, Tbubui! «Der Gedanke an dich verleitet mich dazu, unerhörte Dinge zu tun», entgegnete er. «Eigentlich wollte ich nur wie ein verliebter Jüngling eine Runde um dein Haus drehen und dann heimgehen. Vergib mir mein ausgefallenes Benehmen.»

«Es ist nicht ausgefallener als meines», widersprach sie ihm mit einem leichten Lächeln. «Wenn ich nachts nicht einschlafen kann, gehe ich gerne unter den Palmen spazieren. Und der Schlaf sucht mich oft sehr spät heim.»

«Wieso denn das?» fragte er schnell, während sich seine Kehle zusammenschnürte. Sie blickte mit dunklen Augen zu ihm auf.

«Genau weiß ich es auch nicht», flüsterte sie, «aber ich weiß, daß ich einsam bin, Prinz. Die Ruhe findet nur schwer den Weg zu den Unzufriedenen.» Mit einer ungekünstelten, jugendlichen Geste verschränkte sie die Hände unter ihrem Kinn. «Mein Bruder ist kein sehr gesprächiger Mann, obwohl er mich liebt, und Harmin...» Sie zuckte die Achseln. «Harmin ist ein junger Mann, der sich um seine eigenen Angelegenheiten kümmert.»

Sie begann wegzugehen, nicht auf das Haus zu, sondern in die andere Richtung, tiefer in den Palmenhain hinein. Khamwaset hielt mit ihr Schritt. Er nahm ihre Hand in die seine, und das war die natürlichste, einfachste Sache der Welt. Ihre Finger verschränkten sich mit seinen. In einem dichten Schatten blieb sie stehen, und er zog ihr Gesicht zu sich heran, während er nach ihrer anderen Hand griff.

«Ich liebe dich», sagte er drängend. «Ich glaube, ich habe dich geliebt seit jenem ersten Augenblick, da ich dich im Staub der Uferstraße gehen sah. Ich habe mich noch nie verliebt, Tbubui, nicht mit meinem Körper, meinem Geist und meinem Ka, die alle laut schreien.» Er ließ ihre Hände los und packte sie an den Schultern, umfaßte ihren Hals, berührte ihre geschwungenen Ohren und fuhr ihr in einer Art Ekstase über die Augen. «Ich möchte, daß wir uns jetzt lieben», sagte er zischend. «Hier, unter den Palmen.»

«Ich sehne mich danach, in deinen Armen zu liegen», gab sie mit leiser Stimme zurück. «So viele Male habe ich mich gefragt, wie das wohl sein würde, und dann habe ich dir in die Augen geschaut und sah mein Verlangen darin widergespiegelt...» Sie rieb ihre Wange an seinen suchenden Fingern. «Aber ich verschenke mich nicht leichtfertig, Khamwaset, so wie viele andere Frauen. Ich lebe streng, wie die Vorfahren lebten, und die moralische Verworfenheit unserer Tage ist mir zuwider.»

Khamwaset sank auf den Sand nieder und zog sie zu sich herab. Ihre Worte hatten seinen Geist lediglich gestreift, und er klammerte sich nur an das Eingeständnis ihrer Lippen, daß sie sich danach gesehnt habe, in seinen Armen zu liegen. Indem er sie sanft auf den Rücken legte, vergrub er sein Gesicht zwischen ihren Brüsten, während seine Hände über ihre Schenkel glitten. Da er den sanften Kuß des Leinens dort fühlte, lockerte er es und hob den Kopf. Sie lag nackt unter ihm, ihr hohlrunder Bauch hob und senkte sich, und das Spiel ihrer splitternackten Hüften war der verzückte Kampf des Vergnügens mit sich selbst.

Langsam fuhr er mit seiner Zunge über die samtene Haut ihres Leibes, doch sie nahm seinen Kopf in beide Hände und zog ihn hoch, wobei ihr Mund den seinen suchte. Diesmal küßte sie ihn, das Stöhnen der Wonne kam von ihr, und sie warf sich so drängend gegen ihn, daß er augenblicklich schwach wurde. Er riß sich los und setzte sich rittlings auf sie, doch plötzlich befreite sie sich aus seiner Umklammerung, rollte sich weg und blieb mit dem Gesicht am Boden keuchend liegen. Khamwaset streckte eine Hand nach ihr aus, doch sie krümmte sich weg, darauf setzte sie sich hin und zog die Knie bis unter ihr Kinn.

«Ich kann nicht», sagte sie murmelnd. «Vergib mir, Prinz.»

In seiner Enttäuschung hätte er sie am liebsten durchgeschüttelt. Er wollte sie noch einmal auf den Rücken zwingen und sie niederdrücken, in sie eindringen und seine aufgestaute Lust freigeben, jedoch er tat es nicht. Mit einer langen, zärtlichen Geste strich er ihr über das Haar, dann zog er die Hand zurück. «Ich besitze ein herrliches Haus auf meinem Landgut», sagte er mit fester Stimme. «Es ist groß und luftig und steckt voller Kostbarkeiten. Der Garten ist vollendet, mit Fischteich und Springbrunnen. Ich bin schon lange nicht mehr dort gewesen. Meine sehr wenigen Konkubinen leben dort.» Er lächelte gequält, doch er hatte den Eindruck, daß sie seine Miene wegen der tiefen Dunkelheit nicht sehen konnte. «In den vergangenen Jahren habe ich sie nur selten aufgesucht. Nubnefret war mir genug, doch inzwischen...» Er hielt inne, aber sie sah nicht zu ihm auf. Ihre Stirn ruhte auf ihren Knien. «Inzwischen möchte ich, daß du bei mir bist», fuhr er fort. «Ziehe in dieses Haus ein, Tbubui. Betrete es als ein bevorzugtes Mitglied meines Haushalts. All deine Wünsche werden erfüllt, deine und die deines Sohnes sowie die deines Bruders. Erlaube, daß ich mich um dich kümmere.»

Langsam hob sie ihren Kopf und wandte sich ihm zu. Khamwaset konnte das kalte Glitzern in ihren Augen erkennen. «Prinzessinnen mögen sich vielleicht glücklich schätzen, in das Frauenhaus eines Königs aufgenommen zu werden», sagte sie kühl, «aber ich will niemandes Konkubine werden und mir schmachtend die langen Stunden vertreiben, während ich auf einen Mann warte, dessen Betörung unter dem Ansturm frischer Schönheit schwindet und der mich am Ende überhaupt nicht mehr zu sich ruft. Dennoch bleibe ich sein Eigentum und darf keinen Anspruch auf meine Freiheit erheben.»

«Tbubui, ich bin es, Khamwaset, der dir dieses Angebot macht!» rief er erstaunt aus. «Ich bin von Natur aus kein lasterhafter Mann. Bis ans Ende meiner Tage würde ich dich mit meinem Körper beehren!»

«Du warst kein lasterhafter Mann», widersprach sie, und nunmehr schien ihre Stimme körperlos und eiseskalt, «doch in dir sind Kräfte erwacht, die nicht zu beschwichtigen sind, o Prinz. Mit mir oder ohne mich kann deine geduldige Nubnefret dich nicht mehr befriedigen, ob du es weißt oder nicht.»

«Du hast jene Kräfte entfesselt!» rief Khamwaset aus. «Du hast mich verändert! Du bist es, auf die sie gerichtet sind, und du wirst sie ewig beherrschen. Ich liebe dich!»

«Ja, du liebst mich», sagte sie bestätigend, noch immer in einem flachen, fernen Tonfall. «Aber es tut mir leid, Prinz. Ich kann dein Angebot nicht annehmen. Und ich kann dir meinen Körper nicht geben, wann immer du dies wünschst, wie eine gewöhnliche Hure dies tun würde. So etwas würde mich zerstören.»

Khamwaset fiel auf, daß er sich auf die Lippen biß und seine Hände zu Fäusten geballt waren. Mit letzter Willenskraft streckte er seine Finger, entspannte seinen Kiefer und legte sich mit geschlossenen Augen hin. Es entstand ein langes Schweigen. Keiner von beiden rührte sich. Der Palmenhain um sie herum stimmte in ihr Schweigen ein.

Dann setzte sich Khamwaset aufrecht hin und stand ohne Eile auf. Mit den Händen in die Hüften gestemmt blickte er auf sie nieder. «Steh auf, Tbubui», sagte er in befehlendem Ton. Sie stand auf, klopfte sich Gesäß, Knie und Ellbogen ab wie ein Kind, dem man geraten hatte, seinen neuen Rock nur ja nicht schmutzig zu machen, dann stand sie mit gesenktem Blick vor ihm. «Deine Worte waren streng», sagte er, «aber sie bestätigen in mir das Wissen um deine gute Erziehung und gesunde Moral. Solche Frauen trifft man selten. Wegen deiner Haltung liebe ich dich noch mehr, nicht etwa weniger, meine liebe Schwester.» Es war das erste Mal, daß er sie mit dem Namen für die Geliebte anredete, und sie gab ein kleines, kehliges Wimmern von sich. «Dem Gesetz zufolge bin ich berechtigt, mir eine weitere Frau zu nehmen», fuhr er beherzt fort, obwohl sein anderes Ich, jenes verhaltene, nüchterne Ich, das nichts sehnlicher wünschte, als zu seiner friedlichen alten Existenz zurückzukehren, ihm mit Entsetzen zuhörte. «Bisher war dies nicht mein Wunsch, aber ich muß dich haben, Tbubui, zweifle daran nicht, und falls es durch Heirat sein muß, so biete ich sie dir gerne an.» Indem er sie unters Kinn faßte, zwang er sie, ihn anzusehen. Ihre Miene war verständnislos, sogar mürrisch, und ihre Augen waren umflort. «Ich werde einen Ehevertrag zwischen uns aufsetzen lassen, und du wirst in meinem Haus leben, und zwar in Gemächern, die ich eigens für dich bauen lasse. Ist dir dies angenehm?» Ihre Augenlider zwinkerten, als erwachte sie aus einer tiefen Trance.

«Lieber Khamwaset, lieber Prinz», sagte sie sanft. «Ich liebe dich auch, doch glaube ja nicht, daß ich mich geweigert habe, mich dir hinzugeben, nur weil ich hoffte, auf diese Weise erreichen zu können, daß du mich heiratest. Die Verehelichung eines Prinzen von Geblüt ist eine ernsthafte Angelegenheit. Gönnen wir uns etwas Bedenkzeit, um gut darüber nachzudenken.»

Er bat sie drängend. «Aber du willst darüber nachdenken?»

«O ja», sagte sie lächelnd. «Das werde ich wirklich tun.»

Mit einem Schlag wünschte er nichts sehnlicher, als zu Hause auf seinem Ruhebett zu liegen und nachzudenken. «Komm und besuche uns morgen nachmittag», sagte er bittend. «Verbringe etwas Zeit mit Nubnefret. Sie hält bereits eine Menge von dir und genießt deine Gesellschaft. Es spricht vieles für das Leben einer Prinzessin, Tbubui.»

«Das glaube ich gerne», erwiderte sie ernst.

Er zog sie zu sich heran und küßte sie, diesmal mit einer fast gewaltsamen Heftigkeit, dann stieß er sie von sich weg, drehte sich um und machte sich abrupt auf den Weg zu den Wasserstufen. Er blickte nicht mehr zurück. Sie hatte seinen Kuß nicht mit derselben Leidenschaft erwidert, doch hatte er den deutlichen Eindruck gewonnen, daß seine Wildheit sie erregt hatte. Wenn ich ihr einen Ehevertrag anbiete, wenn sie in die königliche Familie einheiratet, muß ich eine gründliche Untersuchung ihrer Herkunft veranlassen, dachte er, während er die Augen auf den Boden heftete. Ihr Blut muß edel sein, ihr Stammbaum untadelig, ihre Vorfahren frei von Verrat oder einem anderen Vergehen Ägypten gegenüber. Das kann Pentawer erledigen. Ebenso kann er den Vertrag aufsetzen, aber diskret. Ihm fiel sein Bruder Si-Montu ein, der unbeschwerten Herzens eine Gemeine geheiratet hatte, die überdies noch aus fremden Landen stammte, und er fragte sich, ob sein Bedürfnis, Tbubuis Familiengeschichte durchleuchten zu lassen, aus einem kleinen warnenden Teil seines Selbst stammte, der ausschließlich seiner Selbsterhaltung diente. Ich bin verrückt, beglückt und benommen, ging es ihm durch den Kopf. Mein Verlangen fordert sein Recht. Es wird mir schwerfallen, es meiner Familie zu eröffnen, allerdings beanspruche ich nicht mehr, als mir zusteht. Vater, der immer schon über meinen nüchternen Geschmack in allen Dingen belustigt war, dürfte seine Zustimmung geben. Khamwaset fühlte sich wie auf einer Wolke schwebend und beschwipst, und tatsächlich strauchelte er auch zweimal, bevor er die Stufen zum Wasser und sein Boot erreichte, das noch immer an dem Pfahl vertäut war. Ihm kam es vor, als hätte er sich vor einem Dutzend Hentis von seinem Boot getrennt.

Plötzlich hatte er das unabweisliche Gefühl, daß er beobachtet wurde. Er hielt inne, blickte um sich und versuchte, die dichte Dunkelheit unter den Bäumen zu durchdringen. «Tbubui, bist du es?» rief er, aber es gab nicht einmal einen geflüsterten Hauch zur Antwort. Khamwaset hielt inne, ohne sich zu rühren, und atmete flach. Obgleich er nichts erkennen konnte, war er mehr denn je davon überzeugt, daß eine unerkannte Gegenwart ihn aus allernächster Nähe mit forschenden Augen belauerte. Hätte er sich in einem weniger aufgewühlten inneren Aufruhr befunden, so wäre er vom Pfad abgewichen und hätte verärgert nach der Person gefahndet; stattdessen eilte er die Stufen hinunter und kletterte in das schaukelnde Boot. Die Nacht bot nicht mehr die kleine Ewigkeit romantischer Abenteuer. Sie war ein Schleier, der vergängliche, namenlose Dinge barg, die menschliche Wesen neidisch verfolgen. Er konnte nicht schnell genug von den Wasserstufen wegkommen.

10. Kapitel

«Laß Sorgen in dein Herz nicht hinein,
denn der Jahre sind nur wenige.»

Als Khamwaset auf sein Ruhebett sank, waren es bis zur Morgenröte nur noch drei Stunden. Seine Nachtlampe brannte schwach und tropfte. Er blies das Licht aus und glaubte, er werde am nächsten Morgen unweigerlich sehr spät aufstehen, doch zu seiner Überraschung wachte er erfrischt zur gewohnten Stunde auf. Er wußte sich nicht zu erinnern, ob er geträumt hatte oder nicht, und fühlte sich voller Energie.

Nachdem er gebadet und angekleidet worden war und er den Schrein in seinem Gemach geöffnet hatte, um die Morgengebete zu sprechen, ließ er die Geschehnisse der vergangenen Nacht noch einmal an sich vorbeiziehen. Vielleicht sind sie Teil eines Traums gewesen, den ich geträumt habe, dachte er. Im vollen Licht des frühen Morgens betrachtet, erscheinen sie so unwirklich. Doch er wußte um den Unterschied zwischen einer Vision und der Wirklichkeit.

Nachdem er seine Morgengebete beendet und den brennenden Weihrauch erstickt hatte, kündigte man ihm Hori an. Khamwaset übergab Ib das lange Weihrauchgefäß und drehte sich um, um seinen Sohn zu begrüßen. Aber seine Freude, die er heute mit jedem, dem er begegnete, zu teilen vorgehabt hatte, wurde gedämpft, als er den jungen Mann nahen sah. Hori humpelte natürlich noch, doch war es sein Gesicht, das Khamwaset nachdenklich stimmte. Er war bleich, ja sogar abgespannt, mit schwarzen Ringen unter den Augen. Aus Sorge um seine Gesundheit schweifte Khamwasets Blick zum Knie, da er eine Entzündung befürchtete, doch die klaffende Wunde hatte sich gut geschlossen, und die Nähte waren deutlich sichtbar. «Hori, was fehlt dir denn?» fragte er.

Hori sah überrascht auf und zuckte dann mit den Achseln. «Sehe ich wirklich so krank aus?» sagte er und versuchte zu grinsen. «Mein Knie schmerzt, Vater, aber ich nehme an, daß du die Fäden jetzt noch nicht ziehen möchtest, weil die Wunde sonst aufplatzen könnte. Darf ich mich hinsetzen?»

«Selbstverständlich.»

«Ich habe schlecht geschlafen», fuhr Hori fort, indem er sich auf dem Stuhl neben Khamwasets Ruhebett niederließ. «Ich kann mich nicht an meinen Traum erinnern, aber er war schrecklich, dunkel und voller Vorahnungen und Bedrohnisse, und als ich aufwachte, fühlte ich mich krank. Aber inzwischen geht es mir besser.»

Khamwaset setzte sich auf sein Ruhebett und beobachtete ihn sorgfältig. «Du solltest drei oder vier Tage lang streng fasten», sagte er. «Vertraue auf die Selbstheilungskräfte deines Körpers, und dein Ka beruhigt sich wieder.»

«Vermutlich hast du recht», sagte Hori zustimmend. «Ich wünschte, du hättest unsere Horoskope erstellt, Vater. Der Monat Phamenoth steht vor der Tür, und ich mag nicht wie ein Blinder durch die Tage stolpern und meine Unglücksstunden nicht kennen. Es ist mir unmöglich, finde ich, wohlerwogene Entscheidungen zu treffen.» Während er dies sprach, sah er seinem Vater nicht offen in die Augen. Vielmehr schweifte sein Blick im Zimmer umher, und seine Hände hielt er fest ineinander verschränkt.

«Irgend etwas anderes verstört dich», sagte Khamwaset mit Nachdruck. «Ich werde die Horoskope für Phamenoth erstellen, das verspreche ich dir. Aber willst du nicht mit mir reden, Hori? Laß mich dir doch helfen.»

Nun erst ruhte Horis Blick auf seinem Vater, und er lächelte. «Es ist alles in Ordnung, glaube es mir, Prinz. Ich will deinen Rat befolgen und fasten. Ich glaube, Antef und ich haben den Getränken zu großzügig zugesprochen, uns den Magen zu unbekümmert vollgeschlagen und sind zu oft erst in der Morgendämmerung zu Bett gegangen.»

«Kommt Antef heute zurück?»

«Ja.» Hori setzte sich etwas gerader hin. Er war noch ungeschminkt, und Khamwaset fühlte sich erleichtert, als er sah, daß in seine Wangen etwas Farbe zurückgekehrt war und seine Augen ihren durchscheinenden Glanz wiedergewannen. «Vater, hast du dir inzwischen noch einmal die Schriftrolle vorgenommen?»

Khamwaset brauchte nicht zu fragen, welche Schriftrolle er denn meine. In den vergangenen drei Monaten hatte sich alles ausschließlich um die eine Schriftrolle gedreht. «Nein, das habe ich nicht», antwortete er. «Weshalb fragst du danach?»

Hori wich erneut seinem Blick aus und fixierte einen Punkt an der weit entfernten Wand gegenüber. «Weil ich gestern Tbubui besucht habe. Ich hatte erwartet, Sisenet anzutreffen, doch er war nicht zu Hause. Er ist ein gelehrter Mann, und ich dachte, ich könnte mit ihm wieder über das Grab diskutieren.»

Eine unbestimmbare Angst ergriff Khamwaset. Und Eifersucht. «Du warst bei Tbubui?» fragte er in einem scharfen Ton. «Und du bist zu ihr gegangen, ohne mir etwas davon zu sagen? Warst du allein mit ihr?»

Hori blinzelte. «Ja. Wir glauben, daß Sisenet zum Entschlüsseln der Schriftrolle beitragen könnte. Sie hat die Hilfe ihres Bruders angeboten. Sie erzählte mir, daß er mit einigem Erfolg alte Schriften übersetzt habe, und mit deiner Erlaubnis möchte ich ihn zu uns einladen, damit er sie sich ansieht.»

«Sie kommt heute nachmittag, um Nubnefret einen Besuch abzustatten», sagte Khamwaset seltsam widerstrebend. «Dann werde ich es mit ihr bereden. Ich nehme an, daß Sisenet der Schriftrolle keinen Schaden zufügt.» Aber wird sie ihm einen Schaden zufügen? Dieser Gedanke kam ihm ganz unvermutet.

«Heute kommt sie?» rief Hori aus. «Woher weißt du das? Mir gegenüber hat sie gestern davon nichts erwähnt.»

Irgend etwas belastet Hori, dachte Khamwaset. «Deine Mutter hat den Wunsch geäußert, sie wiederzusehen, und ich habe ihr am Abend eine Einladung ins Haus geschickt», erwiderte Khamwaset zur Erläuterung. «Sie hat nicht darauf geantwortet, das heißt also, daß sie die Einladung angenommen hat.» Noch nie zuvor habe ich meinen Sohn belogen, dachte er trübsinnig, aber ich werde das Gefühl nicht los, daß dies nicht zum letztenmal der Fall sein wird. Belügt er mich, durch sein bewußtes Schweigen, indem er mir etwas verheimlicht?

«Ach so», antwortete Hori nur. «In diesem Fall will ich heute nicht ausgehen. Die Schriftrolle interessiert mich wirklich sehr.» Mühsam erhob er sich aus dem Stuhl, küßte seinen Vater mit einer für ihn untypischen, flinken Geste und hüpfte aus dem Zimmer.

Tbubui traf kurz nach dem Mittagsschlaf ein, als die größte Tageshitze sich immer noch im Hause verbreitete. Khamwaset hatte einer erfreuten Nubnefret berichtet, daß Tbubui eigens kommen wolle, nur um eine oder zwei Stunden lang mit ihr zu plaudern; aus diesem Grunde empfing Wernuro, Nubnefrets Dienerin und Gefährtin, Tbubui an den Stufen zum Wasser und geleitete sie ins Haus.

Als ihr Gast angekündigt wurde, war Nubnefret noch nicht lange aufgestanden. Sie saß an ihrem Kosmetiktisch, hielt einen Spiegel in der Hand, und der Kosmetiker frischte ihr das Kohol auf, doch auf ein Wort von ihr verschwand er geschwind. Nubnefret beeilte sich, ihren Gast zu umarmen.

«Tbubui, wie schön, daß du dich entschlossen hast, mich zu besuchen», rief sie aus und hüllte die andere Frau in eine Wolke aus Moschus ein. «Wußte ich es doch, daß wir noch Freundinnen werden. Es ist wichtig, Freundinnen zu haben, nicht wahr, wenn man mit einem Mann verheiratet ist, der seinerseits mit seinen vielen Pflichten verheiratet ist. Komm, setz dich. Verzeih die Unordnung hier, aber ich bin eben erst aufgestanden.» Sie seufzte. «Die Hitze wird unerträglich, und davon sind meine Augenlider immer so geschwollen. Ich muß sagen, daß du sehr frisch ausschaust!»

Tbubui hatte sich nicht auf den Stuhl gesetzt. Sie hatte sich vielmehr mit gekreuzten Beinen auf das Ruhebett niedergelassen und sich Kissen in den Rücken geschoben. Nubnefret bemerkte, daß sie heute, anders als bei ihrer ersten Begegnung, kein altmodisches, enganliegendes Gewand trug, sondern ein entzückendes knöchellanges weißes Kleid, das in einer bestickten gelben Passe an ihrem

Hals zusammengerafft war. Das Kleid war ärmellos und sah angenehm luftig aus. Ein Goldreif umklammerte ihren Oberarm, und lange, goldene Tropfen baumelten an ihren Ohren. Obwohl sie erlesen geschminkt war, war ihr Haar hochgesteckt und völlig schlicht belassen. Sie rutschte in eine bequeme Sitzposition und lächelte Nubnefret strahlend an.

«Ich mag die Hitze», sagte sie. «Es macht mir nichts aus, bei Hitze zu schlafen, Hoheit, obwohl ich nicht so dumm bin, während dieser Jahreszeit in der prallen Sonne spazierenzugehen. Willst du nicht zu mir auf dein Ruhebett kommen, Hoheit?» Nubnefret ließ sich mit einem Seufzer neben sie fallen und legte sich auf die Seite, den Kopf mit dem Lockenwirrwarr in eine Hand gestützt.

«Wernuro bringt gleich Erfrischungsgetränke und kleine Häppchen», sagte sie. «Ich habe beschlossen, daß wir im Haus bleiben. Mein Schlafzimmer ist etwas kühler als der Garten, der einem Backofen gleicht. Nicht einmal ein Lüftchen regt sich. Tbubui, hast du eigentlich schon die Bekanntschaft unserer Vornehmen hier in Memphis gemacht? Wie gefällt dir das Leben hier bei uns?»

Tbubui lachte. Es war ein spontanes, freies Lachen. «Wir erhalten zahlreiche Einladungen von den Bewohnern der nördlichen Vorstadt», sagte sie. «Ich bin sicher, daß sie in einer freundlichen Weise neugierig auf uns sind. Aber wir nehmen nur wenige davon an. Wir lieben es nämlich, in ruhigen und wohlgeordneten Bahnen zu leben. Memphis ist schön und aufregend, aber es reicht uns zu wissen, daß die Annehmlichkeiten, die diese Stadt bietet, uns wie Speisen auf einem Tablett serviert werden und wir uns nur zu bedienen brauchen, wenn uns danach verlangt.»

«Findest du denn das Leben nicht langweilig?» fragte Nubnefret. «Der Haushalt kann dich doch nicht viel von deiner Zeit kosten.»

«Das tut er auch nicht», sagte Tbubui zustimmend. «Doch im Augenblick diktiere ich eine Geschichte der Beziehungen Ägytens zur übrigen Welt zur Zeit der Osiris Hatschepsut, die meinen Vorfahren die Aufsicht über die Karawanenstraße von Koptos bis ans Östliche Meer gab, und wenn ich nicht damit beschäftigt bin, so gehe ich in die Stadt. Ich gehe gern spazieren.»

Ich weiß nicht, was ich mit dir anfangen soll, dachte Nubnefret mit zwickendem Neid. Im Gegensatz zu mir hast du weniger Verantwortung. Du kannst tun und lassen, was du willst. Deine Wurzeln liegen in Koptos. Warum bist du dann aber hier in Memphis?

«Das ist eine eigentümliche Beschäftigung für eine Frau», sagte sie, einen Ton schärfer als beabsichtigt. «Die Geschichtsschreibung, meine ich. Was das Spazierengehen betrifft, so kann ich sehen, daß es deiner schlanken Linie sehr gut bekommt. Du bist schlank gebaut, Tbubui!»

«Hoheit, du solltest deine eigene Schönheit nicht unter den Scheffel stellen», sagte Tbubui protestierend, und Nubnefret stellte fest, daß diese Frau die milde Bitterkeit ihrer eigenen Worte korrekt interpretiert hatte. «Männer mögen nicht immer dünne und muskulöse Frauen. Deine vollen Brüste verkörpern zweifelsohne das Wesen der Fraulichkeit. Dein Körper zeigt sich mit gefälligen Rundungen, und deine Lenden erzählen den Männern von Fruchtbarkeit und Sinnlichkeit. Du bist wie geschaffen für die Liebe.»

Tbubuis Offenheit verblüffte Nubnefret, die sich daher um so unwohler fühlte, als diese ihr mit der Hand die Wade entlangfuhr, aber diese Berührung war beruhigend, eine Geste der Sympathie. «Ich wünschte, Khamwaset wäre deiner Meinung», sagte sie lachend. «Ich habe nicht den Eindruck, daß er mich noch aufsucht. Für ihn bin ich die Mutter seiner Kinder, die Gastgeberin seiner zahlreichen offiziellen Gäste und diejenige, die ihm seinen Haushalt führt.» Sie verzog kurz die Miene. «Meine Zeit ist überladen mit solcherart Pflichten, so daß ich mir häufig sogar geschlechtslos vorkomme. Aber so ist eben das Leben, nicht wahr, Tbubui? Die romantischen Gefühle taugen für die frühe Jugend, nicht aber für den Alltag einer langen Ehe.»

«Das muß aber nicht so sein», antwortete die andere Frau freundlich. «Geht Khamwaset manchmal zu seinen Konkubinen?»

Nubnefret dachte insgeheim über diese Frage nach. Übertrat ihr Gast damit nicht die Grenzen des guten Geschmacks, oder war sie mit der natürlichen Neugier zu erklären, die eine erwachsene Frau einer anderen gegenüber hegt? Als sie den offenen, warmherzigen

Ausdruck ihres Gastes beobachtete, entschied sie, es müsse sich um letzteres handeln. Sie schüttelte den Kopf und strich ihr Haar zurück, das wegen der Wärme an der Stirn klebte. «Er sucht sie nie auf. Ich selbst habe sie seit langem nicht mehr gesehen. Sie gehen in ihrem Haus ein und aus, besuchen ihre Verwandten, gehen mit Erlaubnis auf Reisen und kommen manchmal her, um Würdenträger zu unterhalten. Es sind liebenswerte Frauen, doch natürlich nicht von jener Art, mit denen man sich anfreundet. Nein, Tbubui. Wenn Khamwaset einen Körper braucht, kommt er zu mir.»

«Ich weiß, daß er dich sehr liebt», sagte Tbubui. «Vielleicht weiß er gar nicht mehr, was er an dir hat, aber er schätzt dich sehr.»

«Mag sein», sagte Nubnefret, erneut seufzend, «aber seine Liebe gilt einer Gefährtin, einer Freundin. Sie entspricht nicht der Wonne, die man bei einer Geliebten empfindet. Dennoch kann ich mich nicht beklagen. Ich bin auch so glücklich.» Plötzlich und zum erstenmal kamen ihr die Worte, die sie so oft zu sich sprach, hohl vor. Bin ich wirklich glücklich? fragte sie sich. Bin ich das? «Und du?» entgegnete sie. «Dein Gemahl ist seit langem tot. Fühlst du dich nicht einsam?»

«Doch, das bin ich», antwortete Tbubui frei heraus. «Aber ich bleibe lieber Witwe, als daß ich bloß heirate, um meine Einsamkeit zu lindern. Ich brauche kein weiteres Vermögen mehr, und der liebe Sisenet kümmert sich um mich. Ich suche nach Liebe, Hoheit, doch nicht um jeden Preis. Sie muß meinen Erwartungen entsprechen.»

Nubnefret stellte fest, daß sie Tbubui sehr mochte. «Überall in Ägypten kennen wir großartige Männer», sagte sie. «Möchtest du gerne den einen oder anderen kennenlernen? Als Heiratsvermittlerin bin ich unübertrefflich, meine Liebe!» Beide brachen in ein schallendes Gelächter aus. Nubnefret setzte sich aufrecht hin und wischte sich mit ihrem Hüftleinen die Tränen aus den Augen, und in diesem Augenblick kam Wernuro herein und machte sich daran, Wasser, Wein und Bier aufzutragen sowie kleine Häppchen und Bonbons.

«Danke für dein Angebot, Hoheit», sagte Tbubui schwer atmend, «aber ich glaube, mir ist es lieber, wenn ich mich selbst langweile, statt daß mich andere langweilen. Ich möchte gerne Wein», fuhr sie fort, als Antwort auf Nubnefrets stumme Einladung. Wernuro zog sich schweigend zurück.

«Und was ist mit Harmin?» fragte Nubnefret mit Nachdruck. Bei ihrem hochentwickelten Sinn für die Prioritäten der gesellschaftlichen Stellung konnte sie sich nicht vorstellen, daß eine Familie von vornehmer Geburt nicht aufsteigen wollte. «Strebt er denn kein Amt bei Hofe oder wenigstens einen Dienst als Priester an?»

«Das glaube ich nicht», antwortete Tbubui und nippte an ihrem Wein. «Er erbt selbstverständlich mein eigenes Anwesen, wenn es auch klein ist, und er verfügt bereits über das Vermögen seines Vaters. Er verachtet natürlich das angenehme Leben nicht, aber er ist nicht geneigt, mit den Einflußreichen und Mächtigen zu verkehren.»

Solches hörte Nubnefret gern. Sheritras offenkundiges Interesse an dem jungen Mann hatte bei ihrer Mutter die Befürchtung ausgelöst, diese könnte lediglich daran interessiert sein, näher an den Sitz der Macht in Ägypten heranzurücken. «Ich hoffe, Sheritra und er verbringen heute einen schönen Tag miteinander», sagte sie bedächtig. «Sie sind den Fluß hochgefahren, glaube ich, um das Leben der Tiere im Sumpfland zu beobachten und ein Krokodil zu sichten, falls sie Glück haben. Ich beneide sie nicht bei dieser Hitze.»

Tbubui hielt ihren Weinbecher mit beiden Händen. «Ich wollte mit dir schon über die Prinzessin sprechen», begann sie zögernd. «Ich glaube, sie ist sehr schüchtern und Menschen gegenüber mißtrauisch.»

«Ja, das stimmt», sagte Nubnefret. Sie war sehr durstig gewesen und hatte bereits die Hälfte von ihrem Wein getrunken. Eine wohlige innere Wärme ermattete sie. «Sheritra hat überhaupt kein Selbstvertrauen. Sie ist ein intelligentes Mädchen und natürlich eine erstklassige Wahl für jeden jungen Mann aus vornehmem Geschlecht, aber sie beachtet keinen einzigen von ihnen. Ich war sehr überrascht, daß sie dir so rasch zugetan war.»

«Sie spürt vielleicht, daß ich ihre Gesellschaft mag.» Tbubui löste ihre Beine aus dem Schneidersitz, streckte sie aus und lehnte sich tiefer in die Kissen. «Ich möchte dich um einen Gefallen bitten, Prinzessin.»

Wie schade, dachte Nubnefret träge. Ich freue mich immer, wenn ich einer meiner alten Freundinnen oder Frauen meines eigenen Standes einen Gefallen tun kann, aber diese Frau ist keines von beidem. Und dabei hatte ich gerade angefangen, sie zu mögen. Sie wartete.

«Erlaube Sheritra, zu mir zu kommen und eine Weile in meinem Haus zu wohnen. Da ich mit zwei Männern zusammenlebe, habe ich oft das Gefühl, daß es mir an weiblicher Gesellschaft mangelt, und sie und ich könnten uns womöglich einander viel zu sagen haben. Ich glaube, ich könnte ihr bei ihrer äußeren Erscheinung und ihrem Selbstvertrauen helfen, und sie könnte mich zum Lachen bringen.»

Zum Lachen bringen? dachte Nubnefret. Wieso konnte Sheritra irgend jemanden zum Lachen bringen? Ich denke, die Einladung ist nicht so töricht. Khamwaset hat vor einiger Zeit davon gesprochen, daß er Sheritra in den Faijum zu Suneros Familie zu schicken beabsichtigt, wenn ich nicht damit aufhöre, an dem Mädchen herumzunörgeln. Nun ja, man muß einfach an ihr herumnörgeln. Das vertraute Gefühl milder Wut, das Sheritra ständig heraufbeschwor, begann an Nubnefret zu zerren. «Aber Tbubui, was ist mit der aufkeimenden Beziehung zwischen meiner Tochter und deinem Sohn?» widersprach sie. «Es gehört sich nicht, daß sie unter ein und demselben Dach leben.»

«Es ist mein Dach, Hoheit», entgegnete Tbubui, «und ich stelle hohe moralische Ansprüche. Die Prinzessin würde selbstverständlich ihre eigenen Diener mitbringen und solche Wächter, die Khamwaset als geeignet erachtet. Wir sind ein etwas gesetzter Haushalt», sagte sie lächelnd zum Schluß. «Etwas Schwung könnten wir gut gebrauchen.» Nubnefret kapitulierte mit einer vom Wein beförderten Schnelligkeit. Ein Monat oder auch zwei ohne Sheritra würde ein friedliches Leben bedeuten, und vielleicht könnten sie und Khamwaset zu einer neuen Nähe finden.

«Sie ist nicht irgendeine Prinzessin», sagte sie der anderen Frau deutlich. «Das Blut der Götter fließt in ihren Adern, und als solche muß sie mit Ehrerbietung behandelt und zu allen Zeiten gut behütet werden. Aber...» Sie lächelte. «Wir werden sie fragen, wenn sie nach Hause kommt, und dann meinen Gemahl um eine abschließende Entscheidung in dieser Angelegenheit bitten. Götter! Welche Hitze! Möchtest du ein Bad nehmen?»

Tbubui nickte und dankte ihrer Gastgeberin. Nubnefret rief ihre schwitzenden Dienerinnen, und die beiden Frauen standen kurz darauf nackt nebeneinander auf den Badesteinen, benetzt vom kühlen Lotoswasser, die Weinbecher in der Hand und munter darüber redend, wie man neuerdings das Haar schön weich und wellig bekommen konnte.

Als Sheritra bei Sonnenuntergang zurückkehrte, von den Erlebnissen des Tages errötet und ermuntert, traf sie die beiden immer noch tief in ihre Unterhaltung versunken an, diesmal allerdings auf Schilfmatten am Becken liegend. Die größte Tageshitze war vorüber, und der Rasen, die Blumenbeete, ihre Mutter und der Gast waren von den letzten Strahlen der Sonne wie in Kupfer getaucht. Beide Frauen blickten lächelnd zu ihr auf, als sie quer über das trockene Gras auf sie zuschritt, und Nubnefret klopfte einladend auf die Matte neben sich.

«Hattest du einen schönen Tag?» fragte sie, und Sheritra, die sich in den dunkler werdenden Schatten unter dem blau-weiß gestreiften Sonnensegel neben sie niederließ, bemerkte die beiden leeren Weinkrüge zwischen den beiden und das angenehm nuschelnde Sprechen ihrer Mutter. Sie war verblüfft, denn selten hatte sie Nubnefret vom Wein trunken erlebt, doch insgeheim war sie auch belustigt. Der Ausdruck im Gesicht ihrer Mutter, der bereits im Alter von fünfunddreißig eine unübersehbare Härte und Strenge angenommen hatte, war entspannt, und in ihren strahlenden Augen lag eine zufriedene Trägheit.

«Ja, das war wirklich ein schöner Tag», antwortete Sheritra, die Tbubuis halbe Ehrerbietung mit einem Kopfnicken erwiderte. «Harmin und ich haben eine kleine Bucht am Westufer entdeckt, von der Stadt etwa acht Kilometer flußaufwärts, wo ein verwilderter alter Kanal in den Nil mündet. Dort gab es Hochwasser und Nester und wildlebende Tier und wildwachsende Pflanzen, und wir haben eine

Ewigkeit lang darin herumgestöbert. Aber ein Krokodil ist uns nicht begegnet. Wegen der Hitze haben wir in der Kajüte auf dem Boot gegessen. Harmin ist nach Hause gegangen.» Sie wandte sich an Tbubui. «Ich bitte um Entschuldigung, Tbubui. Hätte ich gewußt, daß du hier bist, hätte ich Harmin zu uns eingeladen, und ihr hättet gemeinsam nach Hause gehen können.»

«Aber das macht doch nichts, Prinzessin», entgegnete Tbubui. «Deine Mutter und ich haben einen herrlichen Nachmittag ohne jede männliche Gesellschaft verbracht, und ich weiß genau, daß Harmins Anwesenheit uns nur den Spaß verdorben hätte.»

Sheritra sah beide neugierig an. Die beiden schienen das Wesen träger Weiblichkeit zu verströmen, eine Aura ausschließlich von Frauen geteilter Vertraulichkeiten, die Sheritra nicht ganz geheuer war. Sie selbst hatte keine enge Freundin. Sie hatte sich immer über die frivolen Unterhaltungen der Töchter der Bekannten ihres Vaters geärgert, dumm kichernde Mädchen, die nichts anderes im Kopf hatten als Kleider und Kosmetik, und sich nur darüber unterhielten, welche Frisuren im Delta der letzte Schrei waren und welche jungen Männer den attraktivsten Körper besaßen. Während ihr Blick vom schlaftrunkenen, gedankenverlorenen Gesicht ihrer Mutter zu Tbubuis sinnlich ausgestreckten Gliedern wanderte, spürte sie, daß die beiden all diese Themen heute gründlich durchgehechelt hatten. Nubnefret bestätigte ihre Vermutung.

«Heute haben wir den ganzen Tag über nichts anders getan, als Wein zu schlürfen und über vollkommen belanglose Dinge zu reden», sagte sie zur Erklärung. «Das hat mir gutgetan.»

«Ich habe es ebenfalls genossen», sagte Tbubui ergänzend. «Ich habe keine weibliche Gesellschaft, und mit meinen Dienern rede ich nicht.» Sie blickte zu Nubnefret hinüber, als würde sie auf noch etwas warten, und Nubnefret räusperte sich.

«Tbubui hat dich freundlicherweise auf eine Zeitlang zu sich nach Hause eingeladen», sagte sie. «Ich glaube, eine solche Abwechslung könnte dir guttun, Sheritra, wenn du dies wünschst. Was hältst du von ihrem Vorschlag?»

Sheritra las im Gesicht ihrer Mutter und analysierte ihren Ton.

Manchmal lag in einer ähnlichen Frage bereits die Antwort, und das Mädchen wußte, daß ihr eigentlich gar keine Wahl blieb. Doch diesmal konnte sie keinen unausgesprochenen Zwang heraushören, noch konnte ihre Überempfindlichkeit die Begierde erkennen, sie aus dem Weg zu haben. Nubnefret lächelte ihr mit vom Kohol verschmierten Augen zu, die sie wegen des Sonnenlichts zusammenkniff. Eine Zeit mit Harmin, dachte Sheritra. Stunde für Stunde in seiner Gesellschaft, reden, ihn mit meinen Augen trinken, ihn vielleicht küssen, vielleicht... Doch es war keine völlig schickliche, eigentlich keine zugelassene Angelegenheit. Sie grübelte, unbewußt die Stirn in Falten legend, und ihre Mutter fügte hinzu: «Selbstverständlich nimmst du Bakmut mit und einen Schreiber und deine Leibdienerin. Dein Vater wird dir die passenden Wächter besorgen.» Und jemand, der ihm über jede meiner kleinsten Bewegungen berichtet, dachte Sheritra betrübt. Doch so mußte es wohl sein. «Was meint Vater dazu?» fragte sie.

«Ich habe es noch nicht mit ihm besprochen», gestand Nubnefret. «Ich wollte erst sehen, was du davon hältst. Nun?»

«Sag doch ja, Prinzessin!» sprach Tbubui drängend. «Ich würde mich über deine Gesellschaft sehr geehrt fühlen und hätte jemand, mit dem ich mich unterhalten kann. Harmin wäre ebenfalls überglücklich, das weiß ich bestimmt.» Sie warf Nubnefret einen Blick von der Seite zu, der schlicht besagte: «Bin ich etwa zu weit gegangen?» Doch Nubnefret massierte ihre Finger mit Lotosöl ein und nickte nur.

«Das will ich gerne glauben», kommentierte sie trocken. «Im Grunde habe ich nichts dagegen einzuwenden, wenn er nur nie mit meiner Tochter allein ist.» Unvermittelt hob sie den Kopf. «Du mußt nicht annehmen, Sheritra.»

Aber du möchtest, daß ich annehme, dachte Sheritra verärgert. Das kann ich doch sehen. Wenn ich dir eins auswischen wollte, so würde ich die Einladung einfach ausschlagen, aber du weißt doch, Mutter, daß ich mir diese Gelegenheit, mit Harmin zusammenzusein, nicht entgehen lasse. «Ganz im Gegenteil», sagte sie. «Ich nehme gern an. Sei bedankt, Tbubui.»

Die Frau lächelte warmherzig. «Gut! Ich werde ein Zimmer für dich herrichten lassen, am besten sogar überlasse ich dir mein Schlafzimmer, denn es ist das größte im Haus. Wir haben noch mehrere leerstehende Räume.» Sheritra protestierte nicht. Als Prinzessin war es ihr gutes Recht, das schönste Zimmer zu erhalten. «Wann möchtest du denn kommen?» fragte sie drängend.

Sheritra sah ruhig ihre Mutter an. «Morgen», antwortete sie.

Tbubui setzte sich hin. «Gut!» wiederholte sie.

In diesem Augenblick traten Khamwaset und Hori aus dem Schatten der Terrasse heraus und auf sie zu, wobei Hori unbeholfen humpelte. Tbubui erhob sich und verneigte sich mit einer Anmut vor ihnen, die Sheritra mit einem stechenden Neid erfüllte. Vor einem Monat hätte mich dies nicht weiter berührt, und selbst wenn es mich berührt hätte, so jedenfalls nicht so heftig. Ich hätte sie höhnisch angegrinst, doch inzwischen wünsche ich mir eine solche unbewußte Selbstsicherheit um Harmins willen. Sie selbst stand schwerfällig auf, um ihren Vater zu küssen. Hori schenkte ihr ein gequältes Grinsen und ließ sich auf einem Stuhl nieder, den ein Diener schnell herbeigetragen hatte.

«So», begann Khamwaset seine Rede, auf Tbubui blickend, nachdem er seine Frau flüchtig, wenngleich warmherzig begrüßt hatte, «wir Männer stören eine offensichtliche Idylle. Ihr seht alle sehr selbstzufrieden aus. Habt ihr die ägyptischen Angelegenheiten unter euch geregelt?»

Es sieht Vater nicht ähnlich, sich so herablassend zu verhalten, dachte Sheritra. Er scheint sich unwohl zu fühlen. Und warum starrt Hori so verbissen auf den Boden? Nun, ich lasse es nicht zu, daß einer von beiden mir den Tag noch verdirbt. Ihre Mutter erwähnte Tbubuis Einladung, und Sheritra hörte zu, als sie und Khamwaset ihre Entscheidung untereinander besprachen. Ihr Vater widersprach eigentlich nicht. Es schien dem Mädchen, als würde hinter seinen obligatorischen, formalen Einwänden der gleiche Wunsch wie bei ihrer Mutter durchscheinen, sie möge die Einladung annehmen. Verwirrt und leicht gekränkt suchte sie seinen Blick, suchte sie nach Selbstsicherheit, doch es gelang ihr nicht.

Tbubui beobachtete alle, ihre Augen, die sie ebenfalls angesichts des Sonnenlichts zusammengekniffen hielt, wanderten von einem zum anderen. Sie machte keine Anstalten, irgend jemanden zu unterbrechen, und Sheritra dachte, daß ihr Schweigen etwas Selbstgefälliges an sich hatte. Schließlich wandte sich ihr Vater an sie.

«Ich werde dich vermissen, Kleine Sonne», sagte er fröhlich. «Aber selbstverständlich werden deine Mutter und ich dich oft besuchen, bis du bereit bist, wieder nach Hause zu kommen.»

Mutter wird nicht kommen, dachte Sheritra aufsässig, und du, lieber Vater... Schlagartig kam ihr ein Gedanke, und sie atmete ruhig aus. War das möglich? Khamwaset gerierte sich jetzt jovial und lebhaft. Sheritra wandte ihre Aufmerksamkeit unauffällig Tbubui zu, die still in sich hineinlächelte und mit einer Hand über die Grashalme hin und her fächelte. Sheritra betrachtete erneut die blitzenden Augen ihres Vaters und seine lebhaften Gesten, und ihre innere Unruhe stieg. Das war es also. Wenn ich erst in Tbubuis Haus wohne, so liefere ich Vater einen Vorwand, mich zu besuchen, wann immer er es wünscht. Und ich bin auf einmal davon überzeugt, daß er mich recht häufig besuchen kommt.

Sheritra war nicht klar, warum die Gewißheit, daß Khamwaset sich für die andere Frau interessierte, ihr Sorgen bereitete. Vielleicht täte ihm eine solche Veränderung gut und würde eine Weile wie ein Jungbrunnen wirken. Doch das Mädchen, das sich an die seltsame und peinliche Unterredung mit ihm vor gar nicht langer Zeit erinnerte, war sicher, daß es sich nicht so verhielt. Sie selbst mochte und bewunderte Tbubui, aber sie war ja kein Mann. Tbubui war für Männer gefährlich, das sagte ihr der Instinkt.

Unter gesenkten Augenlidern musterte sie verstohlen ihren Bruder. Hori hielt seinen glänzenden schwarzen Kopf gesenkt und die Augen mit leerem Blick auf sein Knie gerichtet. O Hathor, nein, dachte Sheritra mit einem Gefühl, das dem Entsetzen nahekam. Nicht alle beide! Weiß Tbubui das?

Khamwaset und Tbubui sprachen über die Schriftrolle. «Ich habe mich entschieden, sie Sisenet zu zeigen», sagte Khamwaset widerstrebend. «Aber dazu muß er hierherkommen. Ich bin vor den

Göttern und vor dem Ka des Mannes, dem sie gehört, für ihren guten Erhalt verantwortlich. Ich bin wirklich an einem Punkt, Tbubui, wo mir jede Hilfe bei ihrer Entschlüsselung höchst willkommen ist.» Tbubui gab sogleich eine intelligente Erwiderung darauf, und Sheritra sah zu ihrer Mutter hinüber.

Nubnefret hatte sich aus dem Gespräch herausgehalten. Sie lag mit geschlossenen Augen lang ausgestreckt auf der Seite, und etwas in der Steifheit ihrer Haltung sagte Sheritra, daß für ihre Mutter der Nachmittag nicht so erfreulich zu Ende ging, wie er begonnen hatte.

Ohne irgendein warnendes Vorzeichen fühlte Sheritra sich fiebrig. Ein Wirbel der Gefühle tobte in ihrem Innern – das Einverständnis ihrer Mutter, Horis Schmollen, die ungewohnte Lebhaftigkeit ihres Vaters – und inmitten all des Trubels Tbubui, die vor kurzem noch eine träge, schwüle Frau war und die sich nun im Ernst zu einer gewissenhaften Studentin der Geschichte gemausert hatte. Weiß sie es? dachte Sheritra erneut. Wenn sie irgend etwas vermuten würde, so hätte sie mich doch bestimmt nicht eingeladen! Oder etwa doch? Sie stand auf, und das Gespräch brach ab.

«Vater, bitte erlaube, daß ich ins Haus gehe», sagte sie. «Ich war den ganzen Tag lang in der Sonne und bin sehr müde. Und ich möchte vor dem Abendessen noch baden.» Sie wußte, daß ihre Worte gespreizt klangen, daß sie krumm dastand und sich unwohl fühlte, daß sie erneut die Familie in Verlegenheit brachte, aber sie konnte es nicht ändern. Khamwaset nickte überrascht.

«Natürlich», sagte er.

Sheritra zwang sich, sich Tbubui zuzuwenden. «Ich werde morgen nachmittag bei dir sein», sagte sie.

«Bis dann, Prinzessin», lautete die höfliche Antwort.

Sheritra verließ sie und eilte – von mangelndem Selbstbewußtsein gequält – am Teich, am gluckernden Springbrunnen und an den Blumenbeeten vorbei, wobei sie das Gefühl nicht loswurde, daß alle hinter ihr herstarrten. Sie erreichte den Hauseingang und stürzte mit großer Erleichterung hinein. Vielleicht sollte ich doch nicht gehen, dachte sie düster und bemerkte nicht, daß die Wächter salutierten, als sie das Haus betrat. Vielleicht benutzt Tbubui mich als Vorwand, damit Vater sie unauffällig besuchen kann. Und vielleicht bist du nur eine überempfindliche Närrin, die mehr Phantasie besitzt, als ihr guttut, hörte sie eine andere Stimme spöttisch sagen. Sei doch einmal egoistisch, Sheritra. Zieh in die Nähe Harmins, und kümmre dich nicht um den Rest.

Erst vor der Tür zu ihren eigenen Gemächern blickte sie auf, und sie stieß auf ihr Spiegelbild, ein krummes, verklemmtes und einfaches Mädchen, dem sogar das glatt getriebene Kupfer des Reliefs, das vom Boden bis zur Decke reichte, nicht die Illusion von Schönheit vorzuspiegeln vermochte. Ich kann mich selbst nicht ändern, dachte sie mit einem Entsetzen, das an Panik grenzte. Es steht nur in seiner Macht, mich zu ändern, und ich bin entschlossen, ihm diese Macht zu verleihen. Einmal in meinem Leben will ich mich nicht um die anderen kümmern. Sie wandte sich von dem beängstigenden Kupferbild ab und betrat ihre Gemächer.

Das Abendessen an diesem Tag kam ihr endlos vor. Ihre Mutter, offensichtlich an Kopfschmerzen leidend, hatte ihr Bestes gegeben, um zwei Herolde des Pharaos zu unterhalten, die auf dem Weg ins südliche Nubien unerwartet eingetroffen waren. Später ging Sheritra zu Hori. Verdrossen saß er vor dem Haupteingang des Hauses; seinen Fuß auf einem Schemel abgestützt, starrte er in die lähmend heiße Dunkelheit hinaus, die ihre atemlose Hitze von den orangenfarbenen Fackeln zu beziehen schien, die nun den Vorhof und den gepflasterten Pfad zu den Wasserstufen beleuchteten. Er blickte auf, als sie sich auf der obersten Eingangsstufe zu seinen Füßen niederließ, wobei sie erst ihr Leinen faltete und sich dann daraufsetzte. Statt eines Lächelns schenkte er ihr sein übliches einnehmendes Grinsen, doch sie war darüber nicht enttäuscht.

«Du bist unglücklich, Hori, stimmt's?» sagte sie ohne Umschweife. «Ich habe auch nicht den Eindruck, daß es wegen deines Knies ist.»

Er rührte sich, fluchte leise, dann kicherte er. «Du bist immer von einer beängstigenden Auffassungsgabe», erwiderte er. «Ja, es ist nicht wegen meines Knies. Vater zieht mir morgen die Fäden.»

Sie wartete darauf, daß er weiterredete, aber vergebens. Sie fragte sich, ob sie auch besser schweigen solle, doch sie hatte Angst vor der Distanz, die sich in der Familie einstellte, vor der unmerklichen Kluft zwischen den Eltern, zwischen Vater und ihr, zwischen Vater und Hori. Sie verspürte ein verzweifeltes Bedürfnis, ihrem herrlichen Bruder, den sie so sehr liebte, nahe zu bleiben. Ohne ihn, soviel war ihr klar, blieb ihr niemand mehr. Denn obgleich sie Harmin leidenschaftlich liebte, vertraute sie ihm noch nicht grenzenlos. «Du bist in Tbubui verliebt, stimmt's?» sagte sie murmelnd. Einen Augenblick lang befürchtete sie, daß er ihr darauf nicht antworten oder, schlimmer noch, sie belügen werde, doch schließlich rutschte er nach vorn, und seine Wange berührte ihr Haar.

«Ja», sagte er bestätigend, und seine Stimme brach bei diesem einen Wort.

«Und weiß sie es?»

Er seufzte. «Ja. Ich habe ihr alles gestanden, als ich sie gestern besuchte. Sie schlug vor, daß ich sie besuchen könne, wann immer ich wolle, aber daß wir nur Freunde sein könnten.»

Ihr Herz schlug ihm entgegen. Was er sagte, klang konfus und hoffnungslos. «Bist du darauf eingegangen?»

Er richtete sich auf. «Natürlich nicht!» sagte er schneidend. «Ich finde schon noch Mittel und Wege, um sie für mich zu gewinnen. Schließlich bin ich einer der begehrtesten Junggesellen in ganz Ägypten und mit Sicherheit der schönste. Sie kann mir nicht widerstehen.»

Sheritra war über seinen zynischen Ton entsetzt. «Aber Hori, du hast nie... Deine Kräfte haben...»

«Nun, womöglich habe ich mich bisher einfach nicht genug darum gekümmert, mein gutes Aussehen als Waffe einzusetzen, denn das ist es ja auch», sagte er knirschend. «Sie hat keinen Mann. Würde sie für jemand anders Zuneigung empfinden, so hätte sie es mir gesagt. Nein, Sheritra. Sie zerfrißt meine Eingeweide, aber eines Tages, eines Tages werde ich ihre zerfressen.»

Sie war schockiert, sowohl über seine rohe Sprache wie auch über seine rauhe Stimme. Verzweifelt suchte sie nach dem Bruder, dessen freundliche, stete Selbstlosigkeit ihn bei so vielen beliebt gemacht hatte. «Hast du schon mit Vater darüber gesprochen?» fragte sie.

«Nein. Erst wenn sie sich mir ergibt, will ich damit zu ihm gehen, aber bis dahin geht es ihn nichts an.»

Daher war Hori, in seine eigenen Qualen verstrickt, blind für die Qualen Khamwasets. Dabei waren die einen so übel wie die anderen. Die Verwicklungen der Situation wurden Sheritra mit Entsetzen klar. Was bedeutete die Auseinandersetzung, die sich zwischen Hori und Khamwaset ergeben mußte, für die Zukunft? Würde Hori sie gewinnen, so würde er selbstverständlich einen neuen Flügel ans Haus anbauen lassen, und Khamwaset hätte Tbubui jederzeit vor Augen. Doch wäre eine solche Lösung gewiß noch besser als jene, sie als Khamwasets Nebenfrau im Haus zu haben, mit all der Autorität, die eine solche Stellung mit sich brachte. Tbubui beim Abendessen, Tbubui als Befehlshaberin über die Barke, Tbubui mit Khamwaset auf seinem Ruhebett, während Nubnefret allein dalag... Und Tbubui und ich, dachte Sheritra mutlos. Tbubui und Hori. O Götter! Laßt mich bei Vater im Irrtum sein! Laßt Horis Schwärmerei so schnell zu Ende gehen, wie sie begonnen hat.

Hori beugte sich erneut tief zu ihr hinunter, bis sie seinen vom Wein sauren Atem riechen konnte. «Du ziehst morgen zu ihr», flüsterte er ihr ins Ohr. «Sie mag dich, Sheritra. Erzähle ihr von mir. Bringe sie dazu, daß sie es sich überlegt. Willst du das für mich tun?»

Sie rückte von ihm ab. «Ich kann's versuchen, Hori», rief sie aus, «aber nichts ist so, wie es scheint. Oh, warum nur mußte sie in unser Leben treten! Ich habe Angst!»

Er antwortete nicht, versuchte auch nicht, sie zu trösten, und sie stand auf und ließ ihn allein, ging durch das murmelnde Haus in ihre eigenen Gemächer, wo ihre Dienerinnen beim Packen waren. Ihr Kopf sagte ihr, sie sollte die Sachen wieder in ihre Kleidertruhen zurücklegen lassen, doch ihr Herz sehnte sich nach Harmin. Heute hatte er sie wieder geküßt, als sie beide, verborgen vor den Augen der Diener und Soldaten auf der Barke, im hohen Gras beim Ufer lagerten. Die Sonne war eine träumende, schwüle Wächterin, die sie gefügig vor Verlangen hatte werden lassen, und Harmins schwarzes Haar war auf ihren Nacken gefallen, seine Zunge kühl an den Windungen ihres Ohres entlanggefahren. Ich kann nichts tun, dachte sie, als sie den Vorraum betrat, wo Bakmut sich irgendwie bedrängt verneigte. Ich kann mich nicht gegen die beunruhigende Flut der mächtigen Veränderung stemmen, die über unsere Familie hinwegschwappt. Ich stehe nicht mehr länger abseits, denn sie ergreift mich und wirft auch mich um. Jeder von uns ist sich selbst der Nächste.

Am darauffolgenden Vormittag verließ sie die Wasserstufen mit Bakmut, ihren sämtlichen persönlichen Dienerinnen und vier Wachsoldaten, die Amek mit der Zustimmung ihres Vaters ausgesucht hatte. Nubnefret hatte sich leichthin von ihr verabschiedet, indem sie sie kurz umarmt und ihr versichert hatte, daß sie heimkehren solle, sobald sie dies wünsche. Aber Khamwaset hatte sie beiseite genommen und ihr ein Stück Papyrus in die Hand gedrückt. «Dein Horoskop für den Monat Phamenoth», hatte er schroff gesagt. «Ich habe sie alle am Vorabend erstellt. Kleine Sonne, mir gefällt es nicht. Lies es selbst, und denke daran, daß ich nur so weit entfernt bin wie der Mund einer deiner Wächter. Ich komme dich binnen einer Woche besuchen.» Plötzlich hängte sie sich an ihn, als würde sie wegen irgendeines gräßlichen Verbrechens ins Delta verbannt, denn sie würde ihn sehr vermissen. Trotz der plötzlichen Anwandlung von Heimweh war sie fest entschlossen, und im übrigen war ihr der Unterton von Eifer in seiner Stimme nicht entgangen. Sie küßte ihn auf die Wange, drehte sich um und betrat die Barke. Hori war überhaupt nicht aufgetaucht. Sie winkte ihren Eltern einmal zu und verschwand dann in die Kajüte.

Die Ruderer benötigten weniger als eine Stunde, um mit der Barke an Tbubuis Wasserstufen vorzufahren, obwohl der im Sommer vorherrschende Nordwind einsetzte und das Wasser im Fluß so niedrig stand, daß die Strömung zu gering war, um die Barke vorwärts zu treiben. Sheritra saß in der Kajüte, die schweigende Bakmut zu ihren Füßen, und hielt das immer noch ungelesene Horoskop in der Hand. Sie war unruhig und fühlte sich erschüttert, als würde sie, statt einige Wochen mit einer neuen Freundin zu verbringen, mit unbekanntem Bestimmungsort zu einer Fahrt über das Große Grün ansetzen. Dieser Eindruck wurde noch durch das Wissen verschärft, daß ihre Eltern, wenngleich aus unterschiedlichen Gründen, froh waren, daß sie wegging, und auch Hori hatte dies gewünscht, damit sie ihn bei seinen Plänen unterstützte. Sheritra wußte, daß es nicht stimmte, dennoch hatte sie ein Gefühl, als habe er sie betrogen.

Trotz der hellen, vertrauten Stimmen ihrer Dienerinnen, die an Deck unter dem Sonnensegel zusammenhockten, trotz Ameks stämmiger, zuverlässiger Soldaten, denen sie ohne weiteres ihr Leben anvertrauen konnte, fühlte sie sich schutzlos und sehr einsam. Ich sollte nach Piramses gehen, dachte sie gequält. Großvater würde mich in einer Zimmerflucht seines Palastes unterbringen. Tante Bint-Anath würde sich um mich kümmern. Inzwischen hasse ich Memphis. Zum erstenmal wurde ihr bewußt, wie weit sie das zerbrechliche, schüchterne Mädchen, das sie noch vor kurzem gewesen war, hinter sich gelassen hatte. Ich bin noch immer zerbrechlich, dachte sie grimmig, oh, so sehr zerbechlich, aber nicht auf dieselbe Weise. Damals lag ein Hauch von Unschuld über mir, die ich erst jetzt erkenne, aber soll ich mich über diese Veränderung nun freuen oder traurig sein? Ich weiß es nicht.

Harmin erwartete sie, an der obersten Stufe der Treppe zum Wasser stehend und stromaufwärts blickend, als sie nach dem Warnruf des Schiffsführers aus der Kajüte heraustrat. Sheritra konnte erkennen, wie sein grübelndes Gesicht von einem Lächeln aufgehellt wurde, nachdem er sie erblickt hatte, und er verneigte sich einige Male, als ihr Schreiber ihr ehrerbietig auf die Stufe neben ihm half. Auf ein Wort von ihr setzte sich ihr übriges Gefolge auf dem Sandpfad zum Haus hin in Bewegung, aber die Wächter und Bakmut blieben bei ihr.

«Harmin», sagte sie, und nun war ihm erlaubt, sie anzureden.

«Willkommen bei mir zu Hause», entgegnete er rauh. «Ich kann dir nicht sagen, wie sehr ich mich darüber freue, daß du die Einladung meiner Mutter angenommen hast. Ich bin dein bescheidener Diener, und ich verspreche, dir jeden Wunsch zu erfüllen, den du während deines Aufenthaltes bei uns äußerst.»

Sie begegnete seinem Blick, und wie nie zuvor spürte sie das starke, regelmäßige Klopfen ihres Herzens.

«Ich habe hier eine Sänfte für dich», fuhr er fort. «Der Pfad ist zwar nicht lang, aber heute ist es heiß.»

«Ich danke dir, aber ich habe meine eigene mitgebracht», antwortete sie. «Aber ich brauche sie heute eigentlich nicht, Harmin. Ich gehe lieber zu Fuß. Was für einen schönen Schatten die Palmen spenden! Gehen wir? Ich bin selbst darauf gespannt, das Haus zu sehen. Vater und Hori haben es als einzigartig beschrieben. Bakmut, reich mir eine Fliegenpeitsche.» Sie ging los, und Harmin verfiel in den Gleichschritt mit ihr. Im Sommer wurden die Fliegen mit jedem Tag fetter, eine Geißel aus schwarzen, salzsuchenden Geschöpfen, die sich mit einer rasend machenden Ausdauer um die Augen, den Mund und auf schweißnasser Haut niederließen. Sheritra kamen sie hier unter den Palmen aggressiver und zahlreicher vor als bei sich zu Hause. Mit geistesabwesender Präzision traktierte sie ihre nackte Haut mit der Peitsche aus schwarzem Pferdehaar, während Harmin von der Fruchtbarkeit der Bäume, der bevorstehenden Dattelernte und dem Bericht seiner Verwalter über den Fortgang der Ernte in Koptos sprach.

«Mein Vater hat sich nur wenig um seine Domäne gekümmert», erklärte er, «und verließ sich ganz auf seine Verwalter, aber ich ging gern an den Kanälen spazieren und sah zu, wie das Getreide und das Gemüse frisch und grün sprossen.»

«Du redest, als würdest du es sehr vermissen», bemerkte Sheritra, und er pflichtete ihr bei.

«Manchmal schon», sagte er sanft, «doch Koptos selbst vermisse ich überhaupt nicht. Meine frühesten Erinnerungen an die Stadt gehören nicht zu meinen glücklichsten. Sieh nur, Hoheit!» Er deutete mit der Hand voraus. «Unser Haus!»

Sheritras erster Eindruck von dem Gebäude unterschied sich von der Khamwasets oder Horis. Trotz des frischen Putzes und der weißen Tünche, trotz des einsamen Gärtners, der sich im kleinen Garten abrackerte, machte das Anwesen auf sie einen hoffnungslosen, vernachlässigten Eindruck. Die Wände schienen eher ausgebleicht als ungefärbt, der Rasen eher eine Anstrengung, um die Palmen zurückzuhalten, als eine angenehme Lichtung, die stille Zurückgezogenheit eine Atmosphäre der Vernachlässigung.

Doch dieser Eindruck schwand bald. Sie grüßte Tbubui und Sisenet, die sich verneigten, und betrat neugierig die schlichte Eingangshalle. «Ich kann erkennen, wie erfreut mein Vater über euer Haus war», sagte sie, nachdem sie sich umgesehen hatte. «Es sieht so aus, als wäre es vor hundert Hentis erbaut und ausgestattet worden!» Da sie befürchtete, sie könnte sie damit beleidigt haben, fügte sie schnell hinzu: «Ein solcher Geschmack und diese Einfachheit sind wunderbar, Tbubui. Wenn man von überbordender Unordnung umgeben ist, kann man nicht denken oder beten.» Sie konnte ihre Dienerinnen und das Poltern von Truhen irgendwo hinter dem Querflur im hinteren Flur hören. Ihre Soldaten, die etwas zu deutlich die Autorität des Prinzen repräsentierten, beachteten die Familie nicht und verschwanden ins Haus, und ihr Schreiber folgte ihr mit der Palette in der Hand. Nirgendwo gab es ein Lebenszeichen von der hauseigenen Dienerschaft.

«Komm, Hoheit», sagte Tbubui, als Sisenet sich erneut verneigte und entschuldigte. «Dies ist der Weg zum Zimmer, das ich für dich vorgesehen habe. Bitte befiehl deinen Dienerinnen, den Dienst im Hause so einzurichten, als wäre es dein eigenes. Unsere Diener werden dich dabei nicht stören.» Lammfromm folgte Sheritra Tbubuis gelb verhülltem Rücken und spürte Harmin hinter sich. «An diesem Ende führt der Flur direkt in den Garten», sagte Tbubui. «Es gibt zwar eine Tür, doch ist diese nur geschlossen, wenn der Chamsin weht, damit der Wüstensand nicht ins Haus gelangt. Mein Bruder, Harmin und ich schlafen am anderen Ende. Ich bedaure, daß für deine Dienerinnen kein Raum im Hause selbst vorhanden ist, dafür steht ihnen viel Raum im Hof zur Verfügung.»

«Bakmut schläft immer auf dem Boden in meinem Zimmer», sagte Sheritra und schwenkte zur Tür hin, neben der Tbubui stehengeblieben war. Das Zimmer war zwar nicht groß, jedoch – wie es beim übrigen Haus der Fall war – kam es einem groß vor. Sheritra begutachtete flink das Ruhebett, den Tisch, den Stuhl, den Schemel und den Kosmetiktisch und nickte Bakmut zu. «Laß meine Sachen hereinbringen.»

«Ich habe meine eigenen Kleidertruhen entfernen lassen», sagte Tbubui, «wenn du sie aber brauchst, Hoheit, stelle ich sie dir natürlich zur Verfügung.»

Sheritra lächelte und berührte sie kurz. «Ich danke dir, Tbubui. Du hast dich sehr bemüht, es mir angenehm einzurichten.» Die Frau und ihr Sohn verstanden die Entlassung. Als die Tür hinter Tbubui geschlossen war, ließ Sheritra sich mit einem Seufzer auf das Ruhebett fallen. Sie hätte gern mehr Licht im Zimmer gehabt, denn es war sehr schummrig, doch mehr Licht hätte auch eine größere Hitze bedeutet, und die süße Kühle war ihr sehr willkommen. «Hier brauche ich die Fächer nicht», bemerkte sie zu Bakmut. «Sieh zu, daß das Ruhebett mit meinen eigenen Leinenlaken bezogen wird, und schicke den Schreiber zu mir, sobald die Soldaten ihren Wachplan ausgearbeitet haben. Glaubst du, daß wir bald zu essen bekommen, Bakmut? Ich bin nämlich sehr hungrig.»

«Ich kann mich erkundigen, Hoheit», sagte das Mädchen und verließ das Zimmer. Sheritra blieb sitzen und lauschte in die Stille hinein, mit den Augen fixierte sie auf der gegenüberliegenden Wand zwei hohe Vierecke aus weißem Licht, das durch die Fenster fiel. Der Gedanke, daß Harmin irgendwo in ihrer Nähe war, verursachte eine freudige Erregung in ihr. Ich werde meinen Aufenthalt voll und ganz genießen, sagte sie sich; ihre früheren Befürchtungen waren längst vergessen.

Mit gekreuzten Beinen auf einem Kissen sitzend, nahm sie ein einfach und exquisit zubereitetes Mahl in der Halle ein, das ihr eigener Kämmerer ihr auf einem niedrigen vergoldeten Tisch aus Zedernholz servierte, nachdem er jede Speise vorgekostet hatte. In Khamwasets Diensten standen zwar Mundschenke, doch wurden sie selten gesehen. Die Speisen zu Hause waren ausgesprochen sicher, wenn sie im Speisesaal aufgetragen wurden, und die hier vor ihren Augen zelebrierte Höflichkeit, ein Hinweis auf ihre erhabene Stellung, regte sie auf eine angenehme Weise an. Viele Vornehme besaßen einen Mundschenk, besonders jene, die dem Pharao nahestanden und die Mißgunst ihrer Untergebenen besonders zu fürchten hatten, aber es war offensichtlich, daß Sisenet sich nicht darum scherte, einen zu besitzen. Er, seine Schwester und sein Neffe aßen mit Appetit und unterhielten sich mit Sheritra mit einer so leichten Anmut, daß sie sich bald ganz wie zu Hause fühlte.

Nach dem Essen zogen sie sich zurück, um schlafend abzuwarten, daß die ärgste Nachmittagshitze vorüberzog, und Sheritra schlüpfte frisch gewaschen und zufrieden zwischen ihre Laken in Tbubuis Schlafzimmer. Bakmut hatte ihre Schlafmatte an der Wand hinter der Tür ausgebreitet, doch nachdem Sheritra sie entlassen hatte, blieb sie, offensichtlich beunruhigt, neben dem Ruhebett stehen.

«Was gibt es, Bakmut?» fragte Sheritra.

Das Mädchen verschränkte die Hände und schlug die Augen nieder. «Vergib mir, Hoheit», sagte sie, «aber ich mag dieses Haus nicht.»

Sheritra setzte sich aufrecht hin. «Was meinst du damit?»

Bakmut biß sich auf die Lippen. «Ich bin mir nicht ganz sicher», erwiderte sie zögerlich, «aber die Dienerschaft in diesem Haus redet nicht.»

«Willst du sagen, daß die Diener nicht mit dir reden? Behandeln sie dich etwa grob?»

Bakmut schüttelte den Kopf. «Nein, Hoheit. Ich will sagen, daß sie überhaupt nicht reden. Sie sind nicht taub, denn sie reagieren, wenn man sie anspricht, und ich habe auch nicht den Eindruck, daß sie stumm sind, denn ich habe beobachtet, wie einer von ihnen die Lippen bewegte. Aber sie sagen kein einziges Wort.»

«Vielleicht hat die Herrin des Hauses sie so erzogen», sagte Sheritra als Erklärungsvorschlag. «Jeder Haushalt ist da anders, das weißt du, Bakmut, und das Verhalten der Dienerschaft hängt von der Lebensweise ihrer Herrschaft ab.» Überrascht und besorgt bemerkte sie, daß sie sich bemühte, ihre Stimme nicht schrill klingen zu lassen, da sie doch Bakmut dafür zurechtweisen wollte, daß sie versuchte, ihre eigenen vagen Ängste zur Sprache zu bringen. «Diese Familie verlangt mehr Stille, als das bei uns der Fall ist», fuhr sie fort, «und vermutlich hat man den Dienern befohlen, nur dann zu reden, wenn ihnen ihre Arbeitsanweisungen unverständlich sind. Also nichts von Bedeutung!»

Bakmut zögerte immer noch. «Aber die Stille ist nicht gut, Hoheit. Sie belastet mich.»

«Du bist einfach nicht daran gewöhnt», sagte Sheritra entschieden, legte sich wieder hin und rückte sich die elfenbeinerne Kopfstütze bequem zurecht. Sie verkniff sich die Regung, dem Mädchen aufzutragen, sie möge ihr auch weiterhin ihre Gefühle und Eindrücke mitteilen, und schloß die Augen. Als Bakmut zu ihrer Schlafmatte bei der Tür ging, war das klatschende Geräusch ihrer Füße deutlich zu vernehmen, und ihre kleinen Seufzer, als sie sich richtig hinlegte, gaben Sheritra ein Gefühl der Sicherheit. Mein Wächter steht draußen im Flur, dachte sie. Mein Gefolge ist in das Haus eingefallen. Harmin hält sich in Rufreichweite auf, und ich habe mein kleines Abenteuer ganz allein angetreten. Was ist das für ein Unbehagen, das der Angst nahekommt? Ich mag diese Stille ebenfalls nicht. Es ist keine Ruhe, keine friedliche Aura, die uns alle umgibt. Sie ist vielmehr wie ein unsichtbarer Schleier, der uns voneinander trennt und zugleich Ereignisse verbirgt, auf die wir keinen Einfluß haben. Mit immer noch geschlossenen Augen lächelte sie über ihre ausgefallene Diagnose. Und dabei habe ich gedacht, daß unser Haus still sei! Du bist noch immer ein schüchternes Kind, Sheritra. Werde endlich erwachsen! Sie spürte die unversöhnliche Kraft der frühen Nachmittagshitze, welche die dicken Lehmmauern versengte. Bakmut stöhnte in ihrem Traum kurz auf. Die Laken rutschten zärtlich an Sheritras Kinn, und sie fiel in Schlaf.

11. Kapitel

«Vom Bösewicht gleitet fort der Kai.
Das überflutete Land trägt ihn hinweg.»

Khamwaset saß an seinem Schreibtisch – sein Kopf schwebte in der stickigen Luft seines Arbeitsraums – und starrte auf die ungeordneten Papiere in seinen Händen. Der Monat Phamenoth hatte soeben begonnen. Sheritra hatte erst vor drei Tagen das Haus verlassen, und Khamwaset vermißte sie schon und war überrascht, daß sie eine solche Leere hinterlassen hatte. Ihm war noch nie aufgefallen, wie sehr er jene Augenblicke als selbstverständlich hingenommen hatte, da er um eine Ecke bog und ihr mit einem Glas Milch für die Hausschlangen begegnete, oder wenn er von seinem Teller aufblickte und zu ihr hinübersah, wo sie gebeugt saß, mit aufgestelltem Knie, die Leinentücher verrutscht, und über ihrer Speise grübelte, während Ebbe und Flut der Familienunterhaltung sie anscheinend unbeachtet umspülten. Der unter der sengenden Sonne verdorrende und sich wehrende Garten kam ihm ohne ihre Gegenwart wie ausgestorben vor. Er hatte sich an das Spiel von Nubnefrets schroffen Zurechtweisungen und seiner eigenen unwillkürlichen Abfuhr zur Verteidigung seiner Tochter so sehr gewöhnt, daß er es kaum wahrgenommen hatte, und wenn er nunmehr mit seiner Frau und Hori im Speisesaal saß, wo sie sich die Abendstunden vertrieben, so sah er sich danach um, was wohl nicht in Ordnung sein mochte, und entdeckte, daß eine ihm vertraute Gestalt nicht anwesend war.

Hori war ungewöhnlich beschäftigt und wenig mitteilsam. Vielleicht vermißte er sie ebenfalls. Vom Sonnenaufgang bis zum Abendessen war er ständig unterwegs und nicht mehr begierig darauf, seinem Vater von seinem Tagesablauf zu erzählen. Khamwaset nahm an, daß er noch immer mit den Arbeiten am Grab beschäftigt war und in seiner Freizeit mit Antef durch die Stadt streifte, und es beunruhigte ihn, Antef bei mehreren Gelegenheiten allein und niedergeschlagen über die Pfade des Anwesens streifen zu sehen. Khamwaset hatte die Fäden an Horis Knie gezogen, und seitdem humpelte der Junge nicht mehr. Die Wunde war gut verheilt, auch wenn eine große Narbe zurückgeblieben war. Khamwaset hatte seinen Sohn fragen wollen, was er mit dem Ohrring gemacht hatte und was die Ursache seines Kummers war, hatte ihn aber nicht danach zu fragen vermocht. Zwischen ihnen war eine Wand aufgetaucht, die ständig höher wuchs. Hori hatte sich isoliert, und Khamwaset verspürte nicht den Drang, dessen fast mürrische Schale zu durchbrechen. Er litt unter seinen eigenen Qualen.

Zwei Tage nach Sheritras Abreise hatte er Pentawer zu sich bestellt und seinem Oberschreiber befohlen, einen Ehevertrag zwischen Tbubui und sich aufzusetzen. Mit achtunggebietender Zurückhaltung hatte Pentawer seinen Herrn nur ganz kurz angeschaut, war kaum wahrnehmbar unter seiner tief olivfarbenen Haut erblaßt und hatte sich mit gekreuzten Beinen auf dem Boden niedergelassen, indem er seine Palette in der Haltung vorbereitete, die Generationen von Schreibern vertraut war. «Welchen Titel soll diese Dame verliehen bekommen?» fragte er gekünstelt mit erhobenem Pinsel.

«Wenn sie das Dokument unterzeichnet, wird sie selbstverständlich sofort in den Stand einer Prinzessin erhoben», sagte Khamwaset und erkannte kaum seine eigene Stimme wieder, «aber ihre offizielle Stellung im Hause wird die einer Nebenfrau sein. Betone in dem Vertrag, daß Nubnefret die Hauptfrau und oberste Prinzessin bleibt.» Pentawer machte sich Notizen.

«Bist du über ihre Vermögenswerte unterrichtet?» fragte er sodann. «Wünschst du eine Klausel, die dir das Verfügungsrecht über einen Teil oder deren Gesamtheit zugesteht?»

«Nein.» Khamwaset fand die Regelung der Angelegenheit schwieriger als erwartet. Schuldgefühl und Ehrfurcht machten ihn unwirsch, doch hatte er inzwischen mit diesen negativen Gefühlsregungen zu leben gelernt, so daß er in der Lage war, sie beiseite zu schieben. Das Gefühl einer brüchigen Illusion, das alles begleitete, was er tat, war sehr stark. «Ich weiß nichts von ihren Vermögenswerten, außer daß sie selbst irgendein Anwesen besitzt. Den Besitz ihres verstorbenen Gemahls hat Harmin geerbt. Ich habe nicht die Absicht, mich in ihre geschäftlichen Angelegenheiten einzumischen.»

«Sehr gut.» Pentawer senkte erneut den Kopf. «Und was ist mit ihrem Sohn?» erkundigte er sich. «Soll er zugleich mit Hori und deiner Tochter im Falle deines vorzeitigen Ablebens erbberechtigt sein?»

«Nein.» Khamwasets Antwort war schroff, und er war sich sicher, daß der Schreiber erleichtert seine Haltung lockerte. «Harmin benötigt nichts von mir. Noch erhält er den Titel eines Prinzen, es sei denn, er würde Sheritra heirateten. Das braucht er aber nicht zu erfahren, Pentawer.»

«Selbstverständlich», sagte Pentawer säuselnd und notierte emsig. «Wie verhält es sich aber mit den eventuellen Nachkommen aus dieser Verbindung, Prinz?»

Khamwaset zuckte heftig zusammen. «Falls Tbubui mir Kinder schenkt, so sollen sie zu gleichen Teilen an meinem Wohlstand teilhaben wie Hori und Sheritra. Du schließt die üblichen Klauseln ein, Pentawer. Ich werde für den Unterhalt von Tbubui aufkommen, sie respektvoll und zuvorkommend behandeln und meinen Pflichten ohne Fehl und Tadel nachkommen, wie ein Gemahl es seiner Gemahlin schuldet. Und bevor du mich danach befragst, ihr Bruder soll in diesem Ehevertrag gar nicht erwähnt werden. In diesem Abkommen ist er von untergeordneter Bedeutung.»

Pentawer steckte seinen Pinsel vorsichtig in den Köcher seiner Palette zurück und blickte zum erstenmal zu seinem Herrn hoch. «Prinz, du erinnerst dich, daß du als Mitglied der königlichen Familie bei der Wahl deines Weibes der Zustimmung des Pharaos bedarfst», sagte er mit gespitzten Lippen und ausdruckslosem Gesicht. «Falls die Dame sich von zu geringem Rang erweist und du dieses Vorhaben weiterverfolgst, so läufst du Gefahr, von der Liste der Prinzen, die als Thronfolger in Frage kommen, gestrichen zu werden.»

Es gehörte zwar zu Pentawers Aufgaben, solche Dinge vorzutragen, dennoch war Khamwaset verärgert. Das ist mir einerlei, dachte er wütend. Gegen jeden Widerstand, den meines Vaters eingeschlossen, will ich sie haben. «Merenptah wäre entzückt, wenn man meinen Namen von dieser Liste streichen würde», sagte er und kicherte gekünstelt. «Was den edlen Rang der Dame betrifft, so möchte ich, daß du nach Koptos gehst und Nachforschungen anstellst. Füge dem Vertrag eine Klausel hinzu, der zufolge der Vertrag auch nach ihrer Unterschrift nur dann Gültigkeit erlangt, wenn sich ihr edler Rang bestätigt. Dies befreit mich von jedem Druck des Gesetzes für den Fall, daß sie mich angelogen hat oder mein Vater nicht in die Heirat einwilligt.» Aber es hat nichts zu bedeuten, dachte er bei sich. Der ganze Vertrag bedeutet in Wahrheit nichts. Er bietet mir lediglich die Möglichkeit, sie hierherzulocken und von ihr Besitz zu ergreifen, für immer und ewig.

Pentawer lächelte matt. «Koptos», sagte er resignierend. «Koptos im Sommer.»

Khamwaset stand auf. «Ein unangenehmer Auftrag, das weiß ich», sagte er anerkennend, «aber ich traue es niemandem sonst zu, die Aufgabe so gründlich zu erledigen, nur dir, alter Freund. Bereite das Dokument für morgen unterschriftsreif vor, und, Pentawer...» Der Schreiber sah ihn fragend an. Es entstand eine Pause, während Khamwaset, äußerlich gefaßt, sich die folgenden Worte abrang: «Nubnefret weiß nichts davon. Noch Hori oder Sheritra. Behalte diese Absicht für dich. Du reist morgen nachmittag nach Koptos ab.»

Pentawer hatte genickt, sich erhoben, verneigt und den Raum verlassen. Khamwaset kam sich seltsam schmutzig vor. Ich gebe nichts darum, was mein Diener von meinem Tun hält, sagte er sich mit Entschiedenheit, denn was ist er anderes als ein Werkzeug, ein Instrument zu meinem Nutzen? Dennoch war Pentawer seit langen Jahren schon sein Ratgeber, und Khamwaset mußte den Wunsch zurückhalten, diesen Mann nach seiner Meinung zu befragen. Er hätte sie nicht hören wollen.

Von der Hitze des Tages ermattet, saß er nun vor dem fertiggestellten Papyrus, der mit Pentawers gestochener, fehlerloser Schrift bedeckt war. Er hatte ihn gelesen und versiegelt, und er wartete nun auf Tbubuis Zustimmung.

Daneben lag eine andere Schriftrolle. Wenn Khamwaset sie ansah, so wurde er von Widerwillen erfüllt und an jene unheilvolle Nacht erinnert, in der er flugs einen Zauberspruch zu seinem Schutz aufgesagt, den er jedoch bald darauf selbst gebrochen hatte. Ich kann sie mir jetzt nicht ansehen, dachte er, während seine Finger unruhig die Notizen befingerten, die er damals angefertigt hatte. Pentawer ist nach Koptos unterwegs, und während seiner Abwesenheit muß ich mit Nubnefret reden. Welchen Sinn soll es haben, sie aus der Fassung zu bringen, bevor Pentawer mit dem Ergebnis seiner Untersuchung zurückgekehrt ist? Die letzte Klausel befreit dich von jeglicher Verpflichtung, falls notwendig, deshalb gib Tbubui das Dokument, laß sie es unterschreiben und versiegeln, warte ab, was Pentawer herausgefunden hat und rede dann erst mit Nubnefret. Ein Grund zur Eile liegt nicht vor. Arbeite lieber an diesem geheimnisvollen Stück Geschichte, um das du bisher einen Bogen gemacht hast. Bestell Sisenet zu dir, dann verbanne es aus deinen Gedanken und vergiß es. Hat Nubnefret erst einmal die Situation mit Tbubui akzeptiert, so sieht die Zukunft gleich rosiger aus, als du es dir je hast träumen lassen. Leg diese Schriftrolle erst einmal beiseite. Überwinde deine Feigheit und nimm dir jetzt die andere vor.

Widerstrebend rollte er den Vertrag auf, schob ihn beiseite und breitete das alte Schriftstück und seine Notizen dazu auf dem Schreibtisch aus. Er rief den Diener zu sich, der stumpfsinnig in der Ecke stand, und bestellte Bier, worin er seine alte Verzögerungstaktik erkannte, und mit verzerrter Miene begab er sich ans Werk. Morgen werde ich Sheritra besuchen, Tbubui den Vertrag zur Einsicht geben und Sisenet einladen, mir zu assistieren, beschloß er. Es wird Zeit, in die Wirklichkeit zurückzukehren. Mit einem unbewußten Seufzer beugte er sich über das Rätsel vom Schatz des toten Mannes.

Den folgenden Vormittag verbrachte er damit, sich ungeduldig den Bericht seines Verwalters über die Fortschritte der Landarbeit und den Gesundheitszustand des Viehs anzuhören. In zwei Monaten sollte die Ernte beginnen, und alle beteten darum, daß die Ähren gesund und ohne Mehltau reiften. Khamwasets Vieh war fett und gesund, seine Felder standen vollreif, hoch und grün.

Nachdem er seinen Verwaltern knapp gedankt hatte, las er eine Depesche aus dem Palast. Seine Mutter lag sehr krank danieder, und ihr Oberkämmerer hatte aus eigenem Antrieb bei Khamwaset angefragt, ob dieser ins Delta reisen könne, um sie zu behandeln. Die höfliche, feinsinnige Anfrage machte ihn zornig. Sie weiß, daß sie stirbt, dachte er. Sie weiß, daß ich nichts mehr für sie tun kann. Es sind die Leute um sie herum, ihre strohdummen Gefolgsleute, die noch immer glauben, ich sei vermittels irgendeiner Zauberei in der Lage, ihr ihre Gesundheit zurückzugeben. Ihr Gemahl ist da, um sie zu trösten, und welche Fehler auch immer der große Pharao hat, er liebt sie und versäumt es nicht, sie zu besuchen. Gewiß möchte sie doch, daß ihr Gemahl bei ihr ist, wenn sie stirbt, und nicht ihr Sohn, den sie selten trifft. Markig diktierte er einen Brief an den Kämmerer, worin er diesem mitteilte, daß er nach Piramses kommen werde, sobald er abkömmlich sei, was sich aber noch eine geraume Weile hinziehen könnte, und daß die Ärzte des Pharaos genauso fähig und zuverlässig seien wie er.

Es lag ebenfalls eine kurze Mitteilung von Amunmoses vor, dem Vorsteher des Frauenhauses vom Pharao in Memphis, der sich darüber beschwerte, daß der von Khamwaset selbst eingestellte Arzt, der die Frauen medizinisch zu versorgen hatte, unfähig sei und er ihn daher entlassen habe. Ob der Mächtige Prinz einen Nachfolger vorschlagen könne? Bald, bald, dachte Khamwaset mit nörgelnder Verwirrung. Morgen, ich kümmere mich morgen darum.

Auf dem Weg zu Nubnefrets Gemächern begegnete er Antef. Der junge Mann war nur dürftig mit einem Lendenschurz bekleidet. Ein Köcher mit Pfeilen hing an seiner Schulter, und sein Bogen baumelte nachlässig an seiner Hand. Khamwaset ging dicht an ihm vorüber, hielt inne und kehrte um.

«Gehst du zum Bogenschießen, Antef?» Antef nickte. Er sah unglücklich und müde aus. «Kommt Hori mit dir?»

«Nein, Hoheit», erwiderte Antef. «Ich habe den Prinzen heute noch nicht gesehen. Er hat sich verschlafen und ist dann aus dem Haus geeilt.» Er vermied es, Khamwaset offen in die Augen zu sehen, und Khamwaset fühlte eine Welle der Sympathie, die der tiefen Traurigkeit des liebenswürdigen Jungen galt.

«In letzter Zeit hast du dich nicht oft mit meinem Sohn getroffen, nicht wahr?» sagte er freundlich. Jämmerlich schüttelte Antef den Kopf. «Kannst du mir sagen, was ihn quält, Antef? Natürlich ohne daß du sein Vertrauen mißbrauchst.»

«Ich würde es dir gern sagen, Hoheit, wenn ich es wüßte», stieß Antef hervor, «aber Hori vertraut mir nichts mehr an. Es ist, als hätte ich ihn irgendwie verstimmt, aber bei Seth, ich weiß nicht wodurch!»

«Das weiß ich nun auch nicht», sagte Khamwaset freundlich. «Es tut mir leid, Antef. Bitte verlier nicht die Geduld mit ihm.»

«Das habe ich nicht vor, Hoheit.» Antef lächelte matt. «Ich glaube, am Ende erzählt er es mir doch.»

Khamwaset nickte und ging weiter. Er verspürte keine Lust, über Horis geheimnisvolle Veränderung im Verhalten nachzudenken, sondern zog es vor zu glauben, daß sein Sohn bald wieder zur Vernunft kommen werde.

Als Khamwaset angekündigt wurde, stand Nubnefret gerade in ihrem Schlafzimmer, die Hände in die Hüften gestemmt, inmitten eines Chaos aus Kleidern und Umhängen. Wernuro sowie zwei Leibdienerinnen wühlten in dem glänzenden Haufen aus perlenverzierten Leinenkleidern, und ein entnervt dreinblickender Schreiber saß zu Füßen seiner Herrin, flink mit dem Pinsel notierend. «Leg das beiseite», sagte Nubnefret gerade. «Es kann für Sheritra abgeändert werden. Und auch die Gewänder, die zwei verschlissene Stellen haben. Die kann man etwas kürzer machen. So ein Jammer», sagte sie lächelnd und wandte sich Khamwaset zu, der sie pflichtschuldig küßte. «Es sind nämlich meine Lieblingsgewänder. Ich bestelle neue Gewänder, lieber Bruder. Das aus dem Flachs der letzten Ernte gewebte Leinen ist besonders dünn, und ich habe eine große Menge davon angefordert.»

«Du bist also den ganzen Tag über beschäftigt?» fragte Khamwaset hoffnungsvoll. Sie verzog ihr Gesicht zu einer betrübten Miene.

«Ja. Die Schneiderin kommt. Weshalb möchtest du das wissen?»

«Ich will Sheritra besuchen gehen», sagte er vorsichtig, «und zugleich möchte ich Sisenet einladen, hierherzukommen und die Schriftrolle sorgfältig zu prüfen. Ich dachte mir, du möchtest vielleicht auch deine Tochter sehen und ein paar Stunden mit Tbubui verbringen.»

Trotz der erzwungenen Festigkeit seiner Stimme sah sie ihn eigentümlich an. «Sheritra ist doch erst seit drei Tagen aus dem Haus», sagte sie abwehrend. «Und du kannst ebensogut einen Herold zu Sisenet schicken. Du hast Patienten, die du vernachlässigst, Khamwaset, und obwohl Pentawer dir treu ergeben ist und sich nie beschwert, weiß ich, daß sich die offiziellen Depeschen auf deinem Schreibtisch stapeln. Eine solche Verantwortungslosigkeit sieht dir doch sonst nicht ähnlich.»

Vor dir brauche ich mich jedenfalls nicht zu verantworten, dachte er verärgert. Manchmal verfällst du mir gegenüber in den Tonfall einer Mutter, und das kann ich nicht ertragen. «Diese Angelegenheiten gehen dich nichts an», entgegnete er, sie freundlich zurechtweisend, wie er hoffte. «Kümmere du dich um den Haushalt und überlaß mir meine Geschäfte. Ich bin in letzter Zeit sehr erschöpft gewesen und sehe nichts Übles darin, wenn ich mich einen Nachmittag lang mit meiner Tochter und ihrer Gastgeberin unterhalte.»

Bei einer Auseinandersetzung kniff sie für gewöhnlich an einer solchen Stelle. Ihre Leidenschaft für das Organisieren verleitete sie gelegentlich dazu, sich in Khamwasets Angelegenheiten einzumischen, doch meist genügte eine sanfte Zurechtweisung, und schon lachte sie über sich selbst und steckte zurück. Doch diesmal wich sie nicht aus. «Es geht hier nicht nur um einen einzigen Nachmittag», widersprach sie hartnäckig. «Seit Wochen schon hältst du dich bei der Arbeit zurück und bist bei jedermann kurz angebunden. Ich wundere mich, daß du noch keinen bissigen Brief von Ramses erhalten hast, in dem er sich nach den vernachlässigten Angelegenheiten Ägyptens erkundigt.» Sie betrachtete ihn in einer Art, die einer verwunderten Verwirrung ähnelte, und Khamwaset fragte sich flüchtig, ob sie etwa scharfsinniger war, als er annahm. Er müßte bald einmal ernsthaft mit ihr reden, aber nicht ausgerechnet heute, nicht heute! Er beeilte sich, sie versöhnlich zu stimmen, während die Dienerinnen in ihrer angelernten Unbeweglichkeit verharrten.

«Es stimmt, daß ich mich meinen Pflichten nicht mit jener Aufmerksamkeit gewidmet habe, die sie verdienen», sagte er einlenkend, «aber ich brauche eben Erholung, Nubnefret.»

«Dann laß uns für eine oder zwei Wochen nach Norden reisen. Vielleicht hilft dir ein bißchen Luftveränderung.»

Er lachte schrill auf. «Ich kann Piramses nicht ausstehen», sagte er kategorisch. «Das weißt du doch.»

Sie ging direkt auf ihn zu, indem sie einen Weg zwischen den ausrangierten Kleidern bahnte. «Etwas ist wahrhaftig nicht in Ordnung, mein Gemahl», sagte sie mit leiser Stimme und sah ihn mit festem Blick an, «und beleidige mich nicht dadurch, daß du es abstreitest. Bitte sag mir, was es ist. Ich möchte dir nur helfen und dich unterstützen.»

Khamwaset unterdrückte ein absurdes Verlangen, etwas aus sich herauszuschreien. Am liebsten hätte er sich auf das Ruhebett niedergelassen und wie ein Kind sein Herz in ihre verständigen Ohren ausgeschüttet. Doch er erkannte, daß sich in diesem Drang nur der Wunsch äußerte, in einen Kindheitszustand zurückzukehren.

«Du hast recht», sagte er schließlich, «und ich will es dir bestimmt erzählen, aber nicht jetzt. Ich wünsche dir einen schönen Nachmittag, Nubnefret.»

Sie zuckte die Achseln, senkte den Blick und drehte sich um, doch bevor er die Tür erreicht hatte, rief sie ihm hinterher: «Ich kann Pentawer nicht finden. Schick ihn doch später zu mir,

Khamwaset. Das Leinen muß genau ausgemessen und abgerechnet werden.» Ihr eigener Schreiber hätte diese geringfügige Aufgabe erledigen können, und beide wußten dies. Entweder macht sie ihre Autorität geltend oder gibt mir durch die Blume zu verstehen, sie vermute, daß ich Pentawer weggeschickt habe, dachte Khamwaset, als er durch den Flur schritt, während er geistesabwesend zur Kenntnis nahm, daß seine Wächter salutierten. Ist es möglich, daß Nubnefret, meine ruhige, beständige Nubnefret, ihre Selbstbeherrschung verliert? Die Vorstellung von einer heftigen Auseinandersetzung zwischen ihm und seiner Frau stürzte ihn in eine trübe Stimmung, und beklommen beorderte er die Bootsmannschaft hinaus.

Der herrliche, heiße Tag und sein angenehmer Ausflug hoben seine Laune, und er ging an Land, wartete darauf, daß man seinen Sonnenschirm öffne, und schritt mit tiefer Zufriedenheit über den Pfad auf Tbubuis Haus zu. Das Zwitschern der irisierenden Vögel fing sich in den Palmen, und zufrieden setzte er seine Füße auf den leichten Sand. Er erinnerte sich an das letzte Mal, da er hier gegangen war, an die traumhafte Stimmung der Nacht und seine Begegnung mit Tbubui, und war versucht, ein Lied anzustimmen. Als er um die letzte, inzwischen herzlich vertraute Ecke bog, sah er Sheritra im Schatten der Vorderfront vor dem Haus stehen, in den Armen viele Wasserlilien, deren Wassertropfen ihr glänzendes Gewand benetzten. Nun erkannte sie ihn, machte einen Schritt auf ihn zu, blieb dann aber stehen und wartete mit feierlichem Gesicht auf ihn. Seltsam, dachte er, sonst lief sie doch immer auf mich zu, um mich zu begrüßen. Dann ging ihm mit einem stechenden Schmerz auf, daß es schon lange hergewesen war, daß sie so leidenschaftlich auf ihn zugestürzt kam. Er lächelte, als er bei ihr war, und umarmte sie. Die feuchten Lilien drückten sich kalt gegen seinen Bauch. Seine Diener verneigten sich vor ihm und zogen sich unter die Bäume zurück. Sie löste sich aus der Umarmung.

«Vater, wie schön, daß du da bist!» sagte sie, und ohne Zweifel war die Freude aus ihrer Stimme herauszuhören, obwohl Khamwaset, der ihr in die Augen schaute, den Eindruck hatte, daß sie eigenartig beherrscht war. «Wie geht es zu Hause?»

«Wie üblich», antwortete er. «Ich habe Hori die Fäden gezogen, und heute ordnet deine Mutter ihre Kleidertruhen, sonst wäre sie mitgekommen.»

«Hmm», war ihre Antwort. «Komm ins Haus. Tbubui ist hinten, in der Küche, wo sie ihrem Koch zu erklären versucht, wie man ein bestimmtes Gericht kocht, und Sisenet hockt wie gewöhnlich auf seinem Zimmer. Harmin ist draußen in der Wüste, wo er sich im Speerwerfen übt.» Sie hakten sich unter und gingen zur Tür. «Ich fühle mich, als wäre ich schon ewig fort», setzte sie hinzu, und Khamwaset drückte ihren dünnen Unterarm.

«Das kommt mir auch so vor», sagte er einfach. Wir gehen unbeholfen miteinander um, dachte er düster. In einer Zeitspanne von nur drei Tagen sind wir uns noch fremder geworden. Bakmut erwies ihm ihre Reverenz in der Eingangshalle, wobei ihr grobes Leinen im Durchzug flatterte, und Khamwaset sah erleichtert, daß einer seiner Soldaten an der fernen Wand zum hinteren Flur strammstand.

«Setz dich, wenn du möchtest», sagte Sheritra einladend zu ihm, und nachdem sie in die Hände geklatscht hatte, sagte sie kurz angebunden zu dem schwarzen Diener des Hauses, der herbeigeeilt war: «Bring Wein und Brot mit Butter. Und bestell deiner Herrin, daß Prinz Khamwaset eingetroffen ist.»

«Fühlst du dich hier wohl?» fragte Khamwaset behutsam. Sie lächelte verschmitzt, doch jenseits allen Humors war eine schwache Anspannung zu spüren.

«Ich fange gerade an, mich daran zu gewöhnen», erwiderte sie. «Es ist sehr still hier, und bisher gab es keine Gäste und kaum Musik beim Abendessen. Aber hier bin ich nicht schüchtern, Vater. Nur Sisenet beunruhigt mich noch etwas, und das liegt daran, daß ich ihn seltener als die anderen sehe.» Sie errötete, und erleichtert erkannte Khamwaset in der schleichenden Röte und der augenblicklich nervösen Verschränkung ihrer Hände jene Sheritra wieder, die ihm vertraut war. «Nach dem Mittagsschlaf verbringen Harmin und ich die Nachmittage zusammen. Tbubui geht dann auf ihr Zimmer. Harmin, Bakmut, ein Wächter und ich gehen dann in den Garten und schlendern unter den Palmen. Schon zweimal war ich auf dem Fluß staken, aber keiner von ihnen wollte mit mir gehen. Am Abend unterhalten wir uns, oder Sisenet liest uns etwas vor.»

«Und vormittags?» fragte Khamwaset, als ihnen der dunkelrote Wein und ein Silbertablett mit Brot, Butter, Knoblauch und Honig serviert wurden. Der Diener war so leise wie eine Katze gewesen. Khamwaset hatte nicht einmal das Rascheln des gestärkten Leinens vernommen.

«Morgens leiste ich Tbubui Gesellschaft, und dann reden wir von vollkommen eitlen und albernen Frauenangelegenheiten.» Sheritra lachte. «Kannst du dir das vorstellen, Vater? Ich und eitle und alberne Frauenangelegenheiten?»

Sie redet zu schnell, dachte Khamwaset, als er seinen Becher an den Mund führte. Dies steht auch zwischen uns, ihre Erregung oder Angst, was von beidem es ist, vermag ich nicht zu sagen, und sie wird mir nicht aufrichtig sagen, wie sie sich fühlt. «Ich bin sicher, daß es dir gut bekommt», antwortete er. «Gegen ein wenig Frivolität ist nichts einzuwenden, meine Liebe, besonders nicht in deinem Fall. Du bist immer schon viel zu ernst gewesen.»

«Das meinst aber auch nur du!» sagte sie, erneut lachend. «Oh, da kommt Tbubui.»

Als königliche Hoheit hätte Khamwaset sich nicht zu erheben brauchen, dennoch tat er es. Als sie auf ihn zukam, ergriff er ihre Hände und neigte sich vor, um sie auf die Wange zu küssen. Sogleich wurde ihm bewußt, daß seine Geste vor Sheritras Augen zu vertraulich war, und er zog sich zurück und setzte sich wieder hin. Kühl und in ein halbdurchlässiges weißes Gewand gehüllt, das mit einer silbernen Borte gesäumt war, ließ Tbubui sich in einer gewohnheitsmäßigen Bewegung auf ein großes Kissen ihm gegenüber nieder. «Ich wollte nachsehen, ob meine Kleine Sonne bereits Heimweh hat», setzte er an, «und auch ein Wort mit deinem Bruder reden, Tbubui. Doch Sheritra ist gar nicht heimwehkrank; in Wirklichkeit sieht sie wie das blendende Leben aus. Dafür bin ich dankbar.»

Als er sie ansah, fühlte er, wie alles in ihm, die straffen Bauchmuskeln, die gespannte Haltung seiner Schultern, die Züge in seinem Gesicht, sich langsam entspannte. Oh, Tbubui, sagte er still zu der breiten Stirn, über die ein dünnes Silberband lief, das ihr dickes Haar zurückhielt; ihre schwarzen, mit Kohol bestäubten Augen sahen ihn warmherzig an, ihre Arme ruhten anmutig träge und matt auf ihren Knien. Ihre kaum sichtbaren Brüste hoben und senkten sich leicht und schnell. Sie spürt es also auch, dachte er beglückt. Ich weiß, daß sie es spürt.

«Ich bin diejenige, die dankbar sein muß», antwortete sie lächelnd. Sie hatte ihre Lippen mit roter Henna geschminkt, und ihr Mund erinnerte Khamwaset an die riesengroße Statue der Göttin Hathor, die im Tempel im südlichen Bezirk von Memphis stand. Hathors mattes, sinnliches Lächeln war ebenfalls rot, von einem glänzenden, feuchten Rot... «Sheritra ist eine entzückende Gesellschafterin. Durch sie fühle ich mich wieder wie ein junges Mädchen. Ich hoffe jedoch, daß wir sie hier nicht langweilen.» Sie wandte sich mit Zuneigung an das Mädchen, und Sheritra lächelte zurück. Wie schön, sie sind ja wie Schwestern zueinander, dachte Khamwaset, während eine Woge des Wohlgefühls durch seinen Körper strömte. Sie werden also nicht zu Feindinnen, wenn Tbubui bei uns einzieht.

«Mich langweilen?» sagte Sheritra im Ton eines Protestes. «Bestimmt nicht!»

«Du möchtest also nicht nach Hause zurück?» sagte Khamwaset neckend. «Und die lenkende Hand deiner Mutter vermißt du überhaupt nicht?»

Ein Schatten huschte über Sheritras gerötetes Antlitz, und Khamwaset erkannte die Treulosigkeit in seinen Worten. War etwas in dem Wein? fragte er sich. «Auch ein ausgezeichneter Wein», beeilte er sich zu sagen, indem er seinen Becher hochhielt, und Tbubui neigte ihren Kopf.

«Ich danke dir, Prinz. Wir geben nicht soviel auf auffällige Kleidung oder ständige Zerstreuungen, aber wenn es um den Wein geht, dann sind wir wählerisch.»

Khamwaset hatte das unangenehme Gefühl, daß seine Tochter in das «wir» eingeschlossen war, und eine flüchtige Sekunde lang schien es ihm, als gehörte sie überhaupt nicht mehr zu ihm, sondern zu Tbubui, ja als hätte sie durch irgendeine unbekannte Alchimie immer schon zu Tbubui gehört. Harmins Erscheinen erlöste ihn von der Verpflichtung, einen weiteren Kommentar abzugeben. Der junge Mann trat ein, übergab seinen Speer dem erstbesten Diener und kam weiter ins Haus herein. Er war schweißüberströmt, und in seinem Haar, an seinen Nasenlöchern und seinen Waden klebte Sand. Schwach lächelnd verneigte er sich vor Khamwaset, doch er hatte nur Augen für Sheritra. Gut, ja, um so besser, dachte Khamwaset. «Sei gegrüßt, Harmin», sagte er. «Ich hoffe, daß Hitze und Schmutz das Erreichen deines Übungsziels wert waren.»

Harmin hob die Augenbrauen und fuhr sich mit einer Hand durch das verklebte Haar. «Ich glaube, ich werfe geradliniger und weiter», sagte er, «aber sicher nicht heute. Entschuldige mich bitte, Prinz, ich möchte baden. Sheritra, geh Bakmut holen und kommt mit mir. Du kannst schon das Sonnensegel im Garten aufstellen lassen, während ich gewaschen werde. Falls du nichts dagegen hast, Prinz. Falls du deinen Besuch bei der Prinzessin beendet hast.»

Khamwaset war verblüfft, sowohl über die arrogante Vertraulichkeit, mit der Harmin sich an Sheritra gewandt hatte, wie auch über die Annahme, daß sein Besuch nicht so wichtig war wie Harmins Wünsche. Auch war ihm nicht der kurze Blick entgangen, den Mutter und Sohn gewechselt hatten, während Harmin sprach, und er fragte sich, welche Bewandtnis damit wohl verbunden war. Sheritra war aufgestanden. «Wirst du noch lange bleiben, Vater?» erkundigte sie sich. «Denn falls du bald fortgehst, so möchte ich noch bei dir sitzen und mit dir reden.»

«Aber im Augenblick möchtest du lieber etwas anderes tun», ergänzte er ihren Satz. «Ich bin nicht beleidigt, Kleine Sonne, ich bin ja noch den ganzen Nachmittag über hier.» Harmin verschwand bereits in den dunklen Flur, und mit einem entschuldigenden Lächeln für ihren Vater folgte Sheritra ihm.

Khamwaset beobachtete sie mit Wohlgefallen. Ihr ganzes Aussehen hatte sich verändert. In den Schultern hielt sie sich nicht mehr so krumm, ihre Körperhaltung verriet insgesamt mehr Selbstsicherheit. Es lag sogar die Andeutung eines leicht verführerisch wirkenden Schwungs in ihren knochigen Hüften. «Du hast ihr gutgetan», sagte er leise. Tbubui rührte sich auf ihrem Kissen, ihre Hand rutschte an ihrer schimmernden Wade bis zum silbernen Fußkettchen mit den Paviananhängern hinunter.

«Ich glaube, daß sie Harmin liebt», entgegnete sie freimütig, «und die Liebe macht aus einem Mädchen eine Frau, ein gehemmtes, linkisches Kind zu einem Wesen von der Anziehungskraft einer Astarte selbst.»

«Und wie steht es mit Harmin?»

«Über dieses Thema habe ich mich mit ihm noch nicht offen unterhalten», sagte Tbubui mit gedämpfter Stimme, «aber es ist offensichtlich, daß ihm sehr viel an ihr gelegen ist. Mach dir keine Sorgen, Prinz», fuhr sie schnell fort, da sie seine Miene sah. «Sie sind nie allein zusammen, und Bakmut schläft nach wie vor auf dem Fußboden im Zimmer der Prinzessin.»

Er lachte, um die Phase seiner schwachen Abneigung Harmin gegenüber zu überbrücken. «Ich kann mir nur vorstellen, daß sie sich freuen würde, wenn du in unsere Familie aufgenommen würdest», sagte er eher bombastisch aus dem Augenblick der Verwirrung heraus. «Ich liebe dich, Tbubui.»

«Ich liebe dich auch, lieber Prinz», erwiderte sie, wobei sie ihn ruhig ansah. «Ich bin ebenfalls erleichtert, daß die Prinzessin und ich soviel Zuneigung füreinander empfinden. Sei versichert, daß ich mein Bestes tun will, um die Achtung von Nubnefret zu gewinnen, sowie die des jungen Hori.»

Das wird eine schwierige Aufgabe werden, dachte Khamwaset mit Ungeduld. Und laut sprach er: «Ich bin das Gesetz, unter meinem eigenen Dach bin ich Maat. Sie werden dich akzeptieren, gleich ob sie dich lieben oder nicht.» Indem er in seine Hände klatschte, rief er «Ib!», und einen Augenblick darauf kam sein Haushofmeister durch den Garten und verneigte sich. «Gib mir das Dokument.» Ib zog eine Schriftrolle aus seinem Gürtel, reichte sie Khamwaset und entfernte sich leise. Khamwaset übergab sie Tbubui.

«Der Ehevertrag», sagte er, den Triumph in seiner Stimme vermochte er nicht zu verbergen. «Lies ihn ohne Hast, und teile mir mit, ob er dir genehm ist. Ich habe eine Klausel hinzugefügt, die ein wenig unüblich ist, zu deinem Schutz wie auch zu meinem.» Sie hatte den Papyrus neben sich abgelegt und sah ihn ausdruckslos an. «Der Pharao muß der Wahl meiner Frau zustimmen, falls ich weiterhin als Thronfolger für Ägypten in Frage kommen will», erklärte er. «Aus diesem Grund möchte ich dich bitten, der Schriftrolle dein Siegel aufzudrücken, wodurch du dein Einverständnis damit erklärst, daß das Dokument erst dann rechtskräftig wird, wenn Pentawer mit dem Nachweis deines vornehmen Standes aus Koptos zurückkehrt.» Er hatte sich innerlich darauf vorbereitet, ihr diese Worte zu sagen, da er ungewiß war, wie sie darauf reagieren würde, und nun, da sie ihn weiterhin anstarrte, neigte er sich zu ihr vor und ergriff ihre Hand. Sie lag eiskalt und schlaff in seiner Hand. «Sei nicht gekränkt, ich bitte dich», fuhr er drängend fort. «Es ist nur eine Formalität, weiter nichts.»

«Nach Koptos?» sagte sie tonlos. «Du hast deinen Schreiber nach Koptos geschickt?» Dann erst schien sie sich zu besinnen. «Natürlich verstehe ich das, Prinz», versicherte sie ihm. «Die Liebe darf nicht höher gestellt werden als die Angelegenheiten des Staates, nicht wahr?»

«Das hast du mißverstanden», schrie er, so hilflos wie ein junger Mann mitten in seiner ersten Schwärmerei. «Ich bekomme dich sowieso, Tbubui, so wie mein Bruder Si-Montu Ramses getrotzt hat, um Ben-Anath zu bekommen! Doch um wieviel einfacher wäre es, wieviel weniger Umstände für meine ganze Familie bereitete es, wenn es mir gelingt, dich mit dem Lächeln meines Vaters zu heiraten!»

«Aber dein Bruder», fiel sie ihm ins Wort, wobei sie ihm sanft ihre Hand entzog, «hatte keine Familie, als er um Ben-Anath warb. Du hast einen Sohn, der enterbt werden kann, wenn man ihn von dieser erlauchten Thronfolge ausschließt und dessen eigener Anspruch auf den Thron erlischt.» Sie hob ihr Kinn. «Ich verstehe, Liebster. Ich bin schließlich eine vornehme Dame...»

Und keine gewöhnliche Person, vervollständigte Khamwaset zynisch in Gedanken, und er starrte sie gebannt an.

«...und kann mich den Erfordernissen des Staates gleichmütig beugen.» Sie lächelte nun, ein winziges, humorvolles Zucken um ihren glänzenden roten Mund. «Aber ich bin keine geduldige Frau. Wie bald kehrt Pentawer mit der Antwort zu meinem Glück unter seinem ach so korrekten Arm zurück?»

«Er ist heute morgen abgereist», teilte Khamwaset ihr mit. «In nicht einmal einer Woche erreicht er Koptos, und wer weiß, wie lange er für seine Nachforschungen braucht? Könntest du deine Ungeduld einen Monat lang zügeln, Tbubui?»

Statt zu antworten, ließ sie ihren Blick durch die Eingangshalle schweifen, kniete sich hin, legte beide Hände auf Khamwasets nackte Schenkel und reckte sich, um ihn zu küssen. Ihre Lippen und ihre Zunge waren heiß und feucht. Ihre Nägel gruben sich in sein Fleisch und erregten ihn. «Ich werde den Vertrag heute siegeln», murmelte sie, während sie ihre Lippen gegen die seinen preßte. «Vergib mir die Augenblicke meines Verdrusses, Prinz. Hast du Nubnefret bereits davon unterrichtet?»

Benommen gab er sie preis, und sie sank auf die Kissen zurück. «Noch nicht», brachte er mühsam heraus. «Es hat sich noch keine passende Gelegenheit ergeben.»

«Warte nicht zu lang damit», riet sie ihm, und er schüttelte den Kopf, noch immer schwindelte ihn vor Verlangen.

«Ich plane prächtige Gemächer für dich in einem Anbau ans Haus», sagte er, «aber sie werden nicht sogleich bei deinem Einzug fertiggestellt sein. Wäre dir eine vorübergehende Unterbringung bei den Konkubinen recht?»

Sie nickte kühl. «Vorübergehend», sagte sie zustimmend. «Sisenet beabsichtigt, hierzubleiben oder nach Koptos zurückzugehen. Er hat sich noch nicht entschieden», fuhr sie fort, «und Harmin weiß noch nicht, was er machen will.»

Khamwaset lehnte sich zurück. «Du hast es schon deinem Bruder erzählt?» fragte er verblüfft, und sie blickte ihn gleichmütig, ja fast arrogant an.

«Natürlich», sagte sie. «Ich brauche zwar seine Erlaubnis nicht, dennoch ist er mein nächster Verwandter und älterer Bruder, daher wollte ich, daß er zustimmt.»

«Und hat er zugestimmt?» Khamwaset war verärgert. Er spürte sich sogleich einem Mann gegenüber im Nachteil, der sowohl in sozialer Hinsicht wie auch von Geburt her eindeutig einen geringeren Rang einnahm als er und der in dieser Angelegenheit überhaupt kein Mitspracherecht haben dürfte. Doch dann war er beschämt. Tbubui war eine pflichtgetreue ägyptische Frau, die taktvoll und behutsam auf die Gefühle ihrer liebsten Nächsten einging.

«Ja», erwiderte sie. «Er möchte, daß ich glücklich werde, Khamwaset, und er sagt auch, daß du uns eine große Ehre erweist.»

Khamwaset war besänftigt. «Ich möchte heute mit ihm reden», sagte er. «Mit der Schriftrolle komme ich überhaupt nicht voran. Hori hat mir gesagt, daß die Scheinwand im Grab wiederhergestellt worden ist und die Künstler die Malereien restaurieren. Bald wird das Grab wieder geschlossen sein.»

Tbubui stand auf und strich ihr Leinentuch glatt. Khamwasets Augen folgten der langsamen Bewegung ihrer Hände. «Sisenet ist in seinem Zimmer», sagte sie. «Falls du es wünschst, Hoheit, kann ich ihn rufen.»

«Nein», entgegnete Khamwaset gnädig. «Ich gehe zu ihm.»

Sie neigte ihren Kopf und durchquerte die Halle. Khamwaset folgte ihr und betrat hinter ihr den Flur. Sie wandte sich nach links, und während er ihr folgte, blickte er nach rechts. Sheritras Lachen, das von der heißen Brise durch die ständig offenstehende Tür zum Garten am fernen Ende des Flurs hereingeweht wurde, traf auf sein Ohr. In der Helligkeit des weißen Lichts sah er sie kniend auf einer Schilfmatte unter einem flatternden Schattentuch, Harmin ihr gegenüber, die Köpfe über das Knöchelbein-Spiel gebeugt. Bevor er wegblickte, sah er noch, wie sie die Knöchelbeine auf die Matte warf, und hörte, wie sie einen Freudenschrei ausstieß. Harmin lächelte dazu.

Sisenet blickte erstaunt auf, als Khamwaset eintrat, erhob sich dann von seinem Stuhl und verneigte sich feierlich. Dieser Mann weiß, daß ich mich wahnsinnig in seine Schwester verliebt habe, dachte Khamwaset, als er sich bemühte, dem ruhigen Blick dieses Mannes standzuhalten. Tbubui entschuldigte sich, und Sisenet zeigte auf den Stuhl, von dem er sich soeben erhoben hatte. Khamwaset setzte sich. Auf dem Tisch hinter ihm standen Bier, die Überreste einer kleinen Mahlzeit und mehrere locker aufgerollte Schriftrollen.

«Ich sehe, ich habe dich beim Lesen gestört», bemerkte Khamwaset. «Eine angenehme Beschäftigung an einem aufreibenden Tag.»

Sisenet setzte sich auf die Ecke des Ruhebetts und kreuzte die Beine. Zum erstenmal fiel Khamwaset auf, daß dieser Mann einen gebräunten Körper besaß, feste Waden, einen flachen Bauch ohne den Ansatz einer Falte um die Hüfte, und dies, obwohl sein Rücken wegen seiner Sitzhaltung leicht gekrümmt war. Dabei ist er doch ein Mann, der genausoviel sitzt und studiert wie ich auch, dachte Khamwaset voller Neid. Wie schafft er es bloß, so geschmeidig zu bleiben?

«Diese Schriftrollen sind mir der liebste Zeitvertreib, Prinz», entgegnete Sisenet. «Eine erzählt die Geschichte von Apepa und Seqenenra, und die andere ist eine äußerst seltene und sehr alte Kopie der Rolle von der Himmlischen Kuh. Sie enthält sowohl eine Beschreibung der Rebellion des Menschen gegen Rê, seine Bestrafung und Rês Rückzug in die Binsengefilde des Jenseits wie auch bestimmte Zaubersprüche zum Wohle der Verstorbenen.»

Khamwasets Interesse war geweckt. Indem er sie vorsichtig auseinanderrollte, ließ er seine Augen über die winzigen, gestochen scharf geschriebenen Schriftzeichen gleiten. «Es sind wirkliche Schätze», sagte er bewundernd. «Hast du sie gekauft, Sisenet? Ich kenne viele, die mit alten Dokumenten handeln. Wer hat sie dir verkauft?»

Sisenet lächelte, und Khamwaset bemerkte, wie sein Gesicht das gewöhnlich grimmige Aussehen verlor und plötzlich jungenhaft wirkte. «Ich habe sie nicht gekauft, Hoheit», sagte er. «Sie gehören meiner Familie. Einer meiner Vorfahren war ein bedeutender Historiker und Magier, und er muß überglücklich gewesen sein, als er in dieser wertvollen Schriftrolle sowohl auf die historischen Aufzeichnungen als auch auf Zaubersprüche gestoßen ist.»

«Hast du einen Magier aufgesucht, um diese Zaubersprüche auszuprobieren?» Khamwaset war neugierig geworden.

Sisenet schüttelte den Kopf. «Ich selbst besitze einige Fähigkeiten auf diesem Gebiet», erklärte er. «In Koptos habe ich als Priester des Thoth gedient.»

«Du überraschst mich», sagte Khamwaset und erinnerte sich daran, wie selten er sich intensiv mit diesem Mann unterhalten hatte, wie leichtfertig er ihn als unbedeutend abgetan hatte. «Hat irgendeiner dieser Zaubersprüche gewirkt? Sind sie echt?»

«Hoheit, da sie das Wohlergehen der Verstorbenen betreffen, kann ich es nicht wissen», antwortete Sisenet leichthin, und Khamwaset schlug sich mit der flachen Hand an seine Stirn.

«Natürlich! Wie dumm von mir! Aber sage mir, wer ist der Hohepriester des Thoth in Koptos, und wie sieht der Tempel aus? Ich selbst bin nämlich ein Verehrer dieses Gottes.»

Sie unterhielten sich eine ganze Weile über Angelegenheiten der Religion, und Khamwaset stellte fest, wie er sich immer mehr für Sisenets durchdringenden Geist erwärmte, seine höfliche Art des Diskutierens und seine schön und gleichmäßig gefärbte Stimme, die eine passende Gefährtin seiner klaren Urteilskraft war. Khamwaset schätzte es sehr, eine verwickelte Diskussion über einige Themen der Geschichte, Medizin oder Magie mit jemandem zu führen, der auf diesen Gebieten so kultiviert war wie er selbst, und zu seiner Freude entpuppte sich Sisenet als ein ebensolcher Mann. Die Schriftrolle fiel ihm wieder ein. Vielleicht besteht doch noch eine Hoffnung, sie zu entschlüsseln. Er vermochte nicht zu sagen, ob dieser Gedanke ihn enttäuschte oder beglückte.

«Wann kannst du in mein Haus kommen und dir die Schriftrolle ansehen, die ich aus dem Grab entliehen habe?» fragte er schließlich. «Ich möchte diese Angelegenheit jetzt abschließen. Seit ich sie zum erstenmal sah, beschäftigt sie mich.»

«Ich verfüge nicht über deine Bildung, Hoheit», antwortete Sisenet, «und ich bezweifle, ob ich dir dabei helfen kann, aber dennoch würde ich es mir als eine Ehre anrechnen, es zu versuchen, wann immer du dies wünschst.»

Khamwaset dachte nach. Er mußte noch mit Nubnefret reden und seinen offiziellen Verpflichtungen wenigstens in etwa nachkommen. Dann mußte er still in sich hineinlächeln. Mir widerstrebt es noch immer, mich mit dieser Schriftrolle zu beschäftigen, denn nach wie vor suche ich nach Ausflüchten. «Komm in einer Woche von heute zu mir», sagte er. «Ich werde den Nachmittag für uns freihalten.»

«Sehr gut, Prinz.» Sisenet lächelte ihm kurz zu, und darauf verfielen beide Männer in Schweigen. Er will die Sprache nicht auf das Thema der Heirat bringen, dachte Khamwaset. Es ist an mir, davon anzufangen. Ich glaube, dieser Mann schüchtert mich etwas ein. Auf welche Weise er dennoch davon zu sprechen begann, verdutzte ihn selbst.

«Tbubui erzählte mir», hob er vorsichtig zu sprechen an, «daß du zufrieden bist, daß sie mich heiratet.»

Sisenet stieß ein selten vernommenes, offenes Lachen aus. «Wie taktvoll du bist, Hoheit! Sie braucht meine Zustimmung nicht, und der Gedanke, daß ich deine Entscheidung, die eines königlichen Prinzen, irgendwie beeinflussen könnte, ist einfach lächerlich. Doch wisse, daß ich mich sehr geehrt fühle. Viele Männer haben sie begehrt, und sie hat sie sämtlich verschmäht.»

«Und was hast du vor?» fragte Khamwaset neugierig. «Kehrst du nach Koptos zurück?» Diese Frage schien Sisenet zu erheitern. Seine Augen leuchteten bei irgendeinem verborgenen Gedanken auf.

«Das könnte ich», erwiderte er, «aber das werde ich wohl nicht tun. Hier bin ich glücklich, und das Archiv in Memphis steckt voller Kostbarkeiten.»

«Begehrst du einen Posten in meinem Haushalt?» Khamwaset bemerkte, daß er aus dem eigenartigen Bedürfnis heraus fragte, sich bei diesem Mann einzuschmeicheln. Sogleich bedauerte er sein Anerbieten. Es klang nach einem freundlichen Versuch, ein Entgelt anzubieten, oder nach dem Preis für eine Schuld. Doch Sisenet zeigte sich nicht gekränkt.

«Ich danke dir, Prinz, aber lieber nicht», sagte er ablehnend.

Noch immer in derselben seltsamen Stimmung der Selbstverleugnung, war Khamwaset drauf und dran zu fragen, ob Harmin bei seinem Aufstieg Unterstützung brauche, doch er erinnerte sich, daß Harmin ohnehin ein Titel zustünde, wenn er Sheritra heiratete. Die Verwicklungen der Verbindung, die er in Bewegung gesetzt hatte, waren zu vielfältig, als daß er sie im Augenblick hätte überblicken können, und im übrigen, dachte Khamwaset, machen sie mir angst.

Die Unterhaltung erlahmte. Nach einigen harmlosen Scherzen verabschiedete sich Khamwaset von Sisenet, ging geradewegs zur Eingangshalle und trat in den grellen Schein des Gartens hinaus. Sheritra und Harmin spielten nicht mehr Knöchelbein. Sie unterhielten sich ruhig, während Bakmut damit beschäftigt war, kühles Wasser über Sheritras Glieder zu sprenkeln. Die Hitze war groß. Khamwaset redete kurz mit ihnen und versprach seiner Tochter, daß er sie bald wieder besuchen werde. Darauf rief er seine Leute zusammen und ging zum Fluß. Tbubui traf er nicht mehr. Nun, da sie den Vertrag in Händen hielt und da er einen weiteren Schritt auf eine unwiderrufbare, gewaltige Veränderung in seinem Leben getan hatte, fühlte er sich wie ein General, der seine Kräfte neu ordnet und sich in Erwartung einer neuen Auseinandersetzung ausruht. Er sehnte sich nach der Ruhe seines eigenen Arbeitsraums und dem beruhigenden Anblick Nubnefrets, die ihm gegenüber in der tiefen bronzefarbenen Tönung eines Sommerabends zart in ihren Speisen herumstocherte.

12. Kapitel

«Laßt uns preisen Thoth,
das präzise Lot der Waage,
von dem das Böse weicht,
der annimmt jenen, welcher Böses meidet.»

Am dritten Tage nach seinem ersten Besuch bei Sheritra in Tbubuis Haus wußte Khamwaset, daß er seine Entscheidung im Einvernehmen mit Nubnefret treffen oder vor Schuldgefühl vergehen mußte. Am Morgen war er mit der ihm nunmehr vertrauten Vorahnung aufgewacht, und als er von dem Brot und von dem Obst aß, die Kasa neben seinem Ruhebett abgestellt hatte, betrachtete er kritisch das unaufhörliche Schwinden seiner Willenskraft. Er verstand nicht ganz seine Zögerlichkeit oder das Gefühl, daß er irgend etwas Verwerfliches tue, wenn er Tbubui heirate.

Die Speisen hatte er verzehrt, und er war gebadet und angekleidet worden, bevor er innehielt, um sich darüber klarzuwerden, was er zu tun sich anschickte. Er fand erst zu sich selbst, als Kasa ihn auf den Schemel vor seinem Kosmetiktisch bat und das Siegel eines neuen Krugs mit Kohol erbrach. Das feine Knacken des Wachses brachte Khamwaset wieder zu Sinnen. Das ist nicht annehmbar, sprach er verärgert zu sich, und beobachtete, wie Kasa einen Pinsel in das tiefschwarze Pulver tupfte und sich zu seinem Gesicht vorneigte. Er schloß die Augen und spürte, wie der feuchte Pinsel wohltuend über seine Augenlider strich. «Kasa», sagte er laut und schnell, bevor die Wolke der bösen Ahnungen sich erneut zu einem Tag feiger Verschleppung verdichten konnte, «ich möchte, daß du zum Haus der Konkubinen hinübergehst und dem Hüter der Pforte aufträgst, er möge die größten Gemächer für eine weitere Bewohnerin öffnen und vorbereiten. Denn ich werde wieder heiraten.»

Der Pinsel zitterte kurz an seiner Schläfe und nahm dann wieder seinen regelmäßigen Strich auf. Kasa richtete sich auf und tupfte sein Werkzeug in die Wasserschüssel auf dem Tisch. Er sah seinen Herrn nicht an. «Das ist eine gute Nachricht», sagte er förmlich. «Hoheit, ich wünsche dir ein langes Leben, Gesundheit und Wohlergehen. Bitte sprich jetzt nicht, ich muß deinen Mund schminken.»

Khamwaset war still, bis die kühle und feuchte Henna auf seinen Lippen angetrocknet war, dann sagte er: «Mein Architekt soll heute abend in meinen Arbeitsraum kommen. Ich plane einen Anbau mit Gemächern für die Nebenfrau Tbubui.»

«Sehr wohl, Hoheit. Und ist diese Nachricht nun überall bekannt?» Khamwaset kicherte über den außergewöhnlichen Takt seines Leibdieners. «Ja», antwortete er und saß ohne ein weiteres Wort schweigend da, bis Kasa das Pektoral aus Gold und Lapislazuli und die goldenen Armreifen nahm, die auf dem Ruhebett ausgebreitet waren, und behutsam die Kleidung des Prinzen vervollständigte. «Falls man mich brauchen sollte, ich bin im Gemach der Prinzessin», sagte er dem Mann und ging aus dem Raum. Die Würfel waren gefallen. Nun mußte er Nubnefret einfach alles erzählen.

Amek und Ib verließen ihren Posten vor der Tür und schwenkten hinter ihm ein, als er über die breiten Korridore seines Anwesens schritt. Das morgendliche Ausfegen und Putzen neigte sich dem Ende zu, und Khamwaset bewegte sich zwischen den tiefen Verneigungen seiner Hausdiener und den Staubflöckchen hindurch, die in den einfallenden Sonnenstrahlen tanzten.

Am Eingang zu den Gemächern seiner Gemahlin bat er seine Eskorte zu warten, grüßte Wernuro, wurde angemeldet und trat ein. Nubnefret drehte sich lächelnd zu ihm um. Sie trug ein mit Goldfäden besticktes Gewand in einem kräftigen Gelb, das ihre stattlichen Arme und ihren statuenhaften Nacken freiließ. Ihr langes Haar wurde von Goldfäden in Flechten zusammengehalten, und ein goldenes Diadem, das ein Abbild der Geiergöttin Mut zierte, teilte ihre gebräunte Stirn. Sie war noch barfuß. Khamwaset blieb die Muße, mit einem stechenden Schmerz zu bedenken, wie wahrhaft sinnlich sie mit den Ranken aus feuchtem Haar doch war, die sich aus dem dicken Zopf kräuselten und sich an ihre geschminkte Wange schmiegten, und die Umrisse ihrer großen Brüste zeichneten sich verlockend gegen das dünne, durchsichtige Leinen ab.

«Du bist also auch zeitig aufgestanden, lieber Bruder», äußerte sie beglückt, als sie ihm ihre Wange zum Kuß hinhielt. «Was hast du denn heute vor? Ich hoffe, daß du in deinem Tagesplan eine oder zwei Stunden Schäkern mit mir vorgesehen hast!» Sie hat sich verändert, seit Sheritra nicht mehr im Hause ist, grübelte er, während seine Lippen über ihre duftende Haut strichen. Sie ist weniger ernsthaft, und das Streben nach einem reibungslosen Funktionieren des Haushalts nimmt sie weniger in Anspruch. Vielleicht hält Sheritra ihr ständig ihre Fehler vor Augen oder die Jahre, die für eine Frau so viel schneller vergehen als für einen Mann. Arme Nubnefret.

«Ich möchte dich sprechen», sagte er. «Komm mit auf die Terrasse.»

Sie nickte und folgte ihm durch ihren Raum, von dem aus drei Stufen zwischen Pfeilern zur überdachten und luftigen Arkade führten. Die weiteren Stufen führten in den grellen Schein eines Morgens, der bereits der Hitze wegen schal geworden war. Dichtes Strauchwerk schirmte den Eingang vom Hintergarten ab. Khamwaset deutete auf einen Stuhl, doch sie schüttelte den Kopf. Muts Auge aus Obsidian glänzte Khamwaset dabei haßerfüllt an.

«Ich habe mehr als eine Stunde für die Haare und das Gesicht gebraucht», sagte sie zur Erklärung. «Was gibt es, Khamwaset? Erfahre ich jetzt endlich, was dich die ganze Zeit über gestört hat?»

In seinem Innern seufzte er. «Ich weiß nicht, wie ich es dir beibringen soll», sagte er, «deshalb versuche ich es erst gar nicht. Nubnefret, seit einiger Zeit fühle ich mich zu einer anderen Frau hingezogen. Ich habe diese Verwicklung mit Unbehagen beobachtet, denn ich bin ein Mann mit liebgewonnenen Angewohnheiten, der ein geregeltes Familienleben zu schätzen weiß, doch trotz all meiner Bemühungen, dieses Gefühl nicht zu beachten, ist es gewachsen. Inzwischen liebe ich sie, und ich bin entschlossen, sie zu heiraten.»

Nubnefret stieß einen leisen Schrei aus, doch Khamwaset, der sich traute, ihr einen kurzen Blick zuzuwerfen, hatte nicht den Eindruck, daß der Aufschrei daher rührte, daß sie schockiert oder etwa überrascht gewesen wäre. Es klang mehr nach Verärgerung. «Sprich weiter», sagte sie gelassen. Sie stand vollkommen ruhig da, die Arme mit dem Schmuck lässig an der Seite, und sah ihn an. Er konnte ihr immer noch nicht offen in die Augen blicken.

«Sonst gibt es wenig dazu zu sagen», sprach er verlegen. «Sie zieht in die Unterkunft der Konkubinen ein, bis ich eigene Gemächer für sie im Hause habe entwerfen und bauen lassen, und selbstverständlich wird sie nur die Nebenfrau. Du bleibst in jeder Hinsicht die Herrin im Haushalt.»

«Natürlich», sagte sie, noch immer mit jenem eigenartigen, gelassenen Tonfall. «Es ist dein Vorrecht, dir so viele Frauen zu nehmen, wie es dir beliebt, Khamwaset, und ich bin lediglich überrascht, daß du es nicht schon früher getan hast.» Doch nach wie vor klang sie nicht überrascht, sondern vollkommen gleichgültig. Noch nie hatte er sie so gefaßt gesehen. «Wann wird der Vertrag aufgesetzt?»

Nun zwang er sich dazu, ihr offen ins Gesicht zu sehen. Ihre Augen waren weit geöffnet und ausdruckslos. «Er ist schon aufgesetzt worden. Sie hat ihn unterschrieben und ich ebenfalls.»

«Dann hast du dich in Gedanken damit schon länger beschäftigt und es sorgfältig geplant.» Ein mattes Lächeln zeichnete sich ab und verzog ihre rosafarbenen Lippen. «Ist es möglich, daß du Angst hattest, es mir zu sagen, lieber Bruder? Es tut mir leid, dich zu enttäuschen. Schon seit Wochen habe ich etwas Derartiges vermutet. Wer ist die Glückliche? Bestimmt eine Prinzessin, denn Ramses würde dir eine Gemeine nur als Konkubine, nicht aber als königliche Gemahlin erlauben.»

Khamwaset wurde den unangenehmen Eindruck nicht los, daß sie es bereits wußte. Sie starrte ihn mit einem Ausdruck an, der dem des Gleichmuts ähnelte; ihre Brust hob und senkte sich im Rhythmus ihrer langsamen, tiefen Atemzüge. «Nein, keine Prinzessin», sagte er als erzwungenes Eingeständnis, «jedoch mit Sicherheit eine Frau von edlem Rang. Nubnefret, es ist Tbubui. Tbubui habe ich gewollt, seit ich sie zum erstenmal gesehen habe!» Seine letzten Worte stieß er in dem verzweifelten Versuch hervor, ihre selbstsichere Haltung zu erschüttern, doch sie hob lediglich eine Augenbraue.

«Tbubui! Ich habe mich schon über sie gewundert, Khamwaset. An dem Tag, als sie fast ins Wasser gefallen wäre und in Panik geriet, warst du sehr beflissen, zu ihr zu rennen, noch bevor sie ins Stolpern kam. Nun, ich glaube, ich mag sie ein klein wenig. Wir kennen uns nur oberflächlich, aber sie ist mir im Rang nicht gleich, und ich habe nicht vor, sie wie meinesgleichen zu behandeln, besonders nun, da ich den Verdacht hegen muß, sie habe meine Gesellschaft nur gesucht, um sich heimlich in diesen Haushalt einzuschleichen. Eine solche Falschheit betrachte ich als persönlichen Treuebruch. Das siehst du doch ein, oder?»

«Ja, selbstverständlich.»

«Ich bin mir gewiß, daß sie den Vertrag begierig gesiegelt hat», fuhr Nubnefret fort. «Schließlich bist du nicht irgendein hergelaufener Prinz, der in Ägyptens hinterstem Gau begraben ist. Und was ist mit ihrem Sohn? Soll er ebenfalls hier wohnen? Soll ich Anweisungen für eine große Feier geben, und falls ja, für wann? Was hat dein Vater denn zu deiner Verbindung mit ihr gesagt?» Ihre Fragen waren pflichtgemäß und kühl, doch Khamwaset spürte zuletzt die furchtbare Wut, die er anfangs für Gleichgültigkeit gehalten hatte, eine Wut, die so groß geworden war, daß sie Nubnefret hatte erstarren lassen.

«Der Vertrag wird erst rechtskräftig, nachdem Pentawer mit dem Nachweis ihres edlen Ranges aus Koptos zurückgekommen ist», beeilte er sich, ihr zu versichern. «Er ist vor einigen Tagen abgereist, und bisher ist noch keine Depesche eingegangen, in der er mir von seiner sicheren Ankunft berichtet.»

«Keiner hat mir etwas gesagt.» Einen Augenblick lang sah sie verwundert drein, dann beugte sie sich vor und wurde rot vor Zorn. «Keiner hat mir etwas gesagt! All dies hinter meinem Rücken, Prinz, als hättest du dich geschämt, als hättest du Angst vor mir gehabt! Ich fühle mich tief gekränkt! Wofür mußt du mich halten, Khamwaset, wenn du dich mit so etwas nicht zu mir zu kommen traust? Wie lange schon? Wie lange schon?»

«Es tut mir leid, Nubnefret», gestand er. «Das bedauere ich wirklich. Ich wünschte, ich könnte mich dir verständlich machen.» Er breitete seine Arme vor ihr aus. «Wenn ich mir eine Frau gesucht hätte aus einem Grund, der mit dem Königsgeschlecht zusammenhängt, oder weil mein Vater es für notwendig hielt oder auch nur um einer kleinen Abwechslung willen, dann wäre ich zu dir gekommen und hätte es mit dir besprochen. Aber so...» Er legte seine Hände auf ihre unbeweglichen Schultern. «Nubnefret, ich verzehre mich nach ihr. Ich kann nicht mehr schlafen. Ich kann mich auf nichts mehr konzentrieren. Und daher fühle ich mich vor dir wie ein verrückter Jüngling, wie ein schwärmerisches Kind. Nur deshalb schreckte ich davor zurück, deine Belustigung, deine Herablassung zu erdulden.»

«Bei allen Göttern!» Sie entzog sich seinem zaghaften Griff. «Sie ist eine unbedeutende Person aus dem Süden, Khamwaset! Wenn du sie willst, so nimm sie dir doch! Bringe sie bei den Konkubinen unter, bis du ihrer müde wirst, oder mache Liebe mit ihr in deinem eigenen Haus! Das alles ist belanglos! Nur heirate sie nicht!»

Die äußerste Verachtung in ihrer Stimme ließ Khamwaset zusammenzucken. «Das ist kein oberflächliches Verlangen», sagte er, ihr ins Wort fallend. «Ich weiß, daß ich sie auch noch in fünf, zehn, fünfzehn Jahren begehren werde, und ich will sicherstellen, daß niemand anderer sie haben kann. Ich werde sie heiraten. Das ist mein gutes Recht!»

«Dein Recht!» sagte sie höhnisch, und Khamwaset erkannte, daß sie am ganzen Körper zitterte. Ihre Armreifen klirrten beim Zittern ihrer Arme, und der Saum ihres Kleids flatterte. «Jawohl, es ist dein gutes Recht, aber nicht ihres, Khamwaset! Du hast ja deinen Verstand verloren! Dein Vater wird es dir nie erlauben!»

«Ich denke, doch», sagte Khamwaset, indem er versuchte seiner Stimme einen sanften Klang zu verleihen und sie damit zu beruhigen. «Denn Tbubui ist eine vornehme Frau. Ihr Charakter ist über jeden Zweifel erhaben. Pentawer wird mir die Bestätigung liefern, die Ramses verlangt.»

«Nun, das ist wenigstens etwas», sagte sie schon etwas ruhiger.

Ihre Blicke trafen sich, und nun las er ihr die Spekulation von den Augen ab. Sie fing an, mit den Armreifen zu spielen, schob sie den Arm hinauf und ließ sie hinuntergleiten, aber ihre Augen sahen ihn dabei stets an. «Sag mal», sprach sie, «liebst du mich eigentlich?»

«Oh, Nubnefret!» rief er aus, griff nach ihr, doch sie trat behende zur Seite, und seine Geste ging ins Leere. «Ich liebe dich sehr. Das werde ich immer tun.»

«Aber nicht so sehr, scheint mir, wie einen Emporkömmling aus Koptos», murmelte sie. «Nun gut. Ich verlange, die Vertragsbedingungen einzusehen. Darauf habe ich einen Anspruch. Ich muß meine Rechte und die der Kinder wahren. Davon abgesehen werde ich mich so verhalten, wie meine Stellung als Hauptfrau und Prinzessin es von mir verlangt.» Sie wuchs über sich hinaus. «Hast du es Hori und Sheritra gesagt?»

«Nein, noch nicht, und ich bitte dich, mir diese Aufgabe zu überlassen. Ich will es auf meine Weise tun.»

Nubnefret lächelte sauer. «Warum?» fragte sie. «Schämst du dich etwa, o mein Gemahl?»

Es entstand ein Schweigen, und sie starrten einander an. Die Schwere zwischen ihnen wuchs und zugleich Khamwasets Zorn, bis er schließlich sagte: «Das war alles, Nubnefret, was ich dir sagen wollte.»

Sie verneigte sich mit übertriebener Ehrerbietung, ging um ihn herum und glitt in ihr Zimmer zurück. «Diese Frau ist deiner nicht wert», sagte sie, wobei ihre Stimme zu ihm herauswehte. «Pentawer bringt dir schlechte Nachrichten, Khamwaset. Ich werde meine Pflichten erfüllen, gleich ob du es von mir verlangst oder nicht. Bitte betrete das Haus nicht, indem du durch meine Räume gehst. Ich habe Migräne.»

Mit einem wütenden Ächzen drehte Khamwaset sich auf dem Absatz um und trat in den grell beschienenen Garten hinaus. Er mußte sich darum kümmern, einen neuen Arzt für das Frauenhaus des Pharaos zu ernennen. Er wollte fleißig die Botschaften aus dem Delta beantworten. Nubnefret wird ihren Zorn und ihre Wut bald vergessen und Tbubui akzeptieren, und alles wird so sein, wie es sein sollte. Eigentlich müßte ich erleichtert sein, sagte er sich, als er den Rasen verließ und seinen Fuß auf das heiße Pflaster des Pfads setzte. Nun ist es an den Tag gebracht. Hori und Sheritra werden nichts dagegen einwenden. Sie betrifft es ja auch nicht so sehr. Sheritra mag sogar Gefallen daran finden, denn Harmin wird ihr dann so nahe stehen wie ein Bruder. Wünsche ich mir eine größere Feierlichkeit, eine städtische Feier für meine zweite Heirat nach so vielen Jahren? Mit gerunzelter Stirn und mit einer Mischung aus Glückseligkeit und Angst dachte er darüber nach; er zwang seinen Geist, sich mit allerlei fiebrigen Gedanken zu beschäftigen, damit er nicht nur Nubnefrets Zorn und Wut, sondern auch ihren Schmerz zu verdrängen vermochte.

Einige Tage darauf besuchte Sisenet ihn, um die Schriftrolle zu untersuchen. Ib empfing ihn in der noch kühlen Weite der Empfangshalle, die mit den ausländischen Nippsachen vollgestopft war, die Nubnefret erworben hatte. Der Haushofmeister kredenzte ihm Wein und Gebäck, und bald setzte sich Khamwaset neben ihn.

Die Zwischenzeit war zwar unter Spannungen, jedoch ohne besondere Vorkommnisse verstrichen. Nubnefret verschanzte sich hinter einer förmlichen Höflichkeit, kümmerte sich mit ihrer gewohnten Tüchtigkeit um seine Bedürfnisse und sprach nachsichtig mit ihm, doch der Anflug einer zerbrechlichen Mädchenhaftigkeit war verschwunden. Khamwaset hatte Hori nur selten gesehen. Dies war ein Gottesurteil, dem er sich nur widerwillig unterziehen mochte. Sheritra könnte es bei seinem nächsten Besuch bei Tbubui erfahren, wenn er den gesiegelten Vertrag abholen würde, doch Hori war ein größer werdendes, beunruhigendes Geheimnis. Khamwaset verbannte sie allesamt mit der ganzen Anstrengung seiner Willenskraft aus seinen Gedanken und saß nun neben Sisenet, sich leichthin mit ihm über die zunehmende Sommerhitze und den Wasserstand des Nils unterhaltend. Der Mann entgegnete ihm auf liebenswürdige Art, und sowie die gesellschaftlichen Artigkeiten ausgetauscht waren, erhob sich Khamwaset und führte ihn in seinen Arbeitsraum. Das Zimmer hüllte sie in seine zweckmäßige Atmosphäre der Harmonie ein. Khamwaset wies auf den Stuhl vor dem Schreibtisch, und Sisenet nahm dankend an, indem er sich verneigte, und zog den Stuhl näher zum Tisch hin, auf dem Khamwaset bereits seine Notizen ausgebreitet hatte.

Khamwaset ließ sich auf einen Schemel nieder. Von diesem mageren, stillen Mann, der ihm ein kurzes Lächeln schenkte und seine Hand nach der weichen Rolle ausstreckte, versprach er sich keine wirkliche Hilfe. Khamwaset kannte seine eigene Stellung innerhalb der Gemeinschaft der ägyptischen Gelehrten sehr gut, und ihm kam der Gedanke, daß er sich auf dieses Spiel vermutlich nur eingelassen hatte, um Tbubui einen Gefallen zu tun. Er wollte Sisenet fragen, ob er alles habe, was er brauche – Pinsel, Palette, etwas zu trinken –, doch Sisenets Kopf hatte sich bereits über die glänzende Oberfläche des Schreibtischs gesenkt, und da er sich unmittelbar in die Arbeit vertieft hatte, wollte er ihn nicht stören. Khamwaset zwang seine Aufmerksamkeit auf den Papyrus unter den gebräunten, sehnigen Fingern des Mannes zurück. Sisenet trug mehrere dicke Ringe aus Gold und Türkis, deren Machart Nubnefret abschätzig als plump und unhandlich bezeichnet hätte, aber Khamwaset gefielen sie einigermaßen. Er beobachtete ihre winzigen Bewegungen, während Sisenet las.

Kurz darauf zog der Mann Khamwasets Notizen näher zu sich heran und überflog sie. Sein prüfender Blick kam Khamwaset leicht zornig vor. Dann gestand er sich selbst ein, daß seine Phantasie wiederum am Werk war, was stets dann der Fall war, wenn es mit dieser Schriftrolle in Zusammenhang stand. Seine Befürchtungen nahmen zu. Finde nichts, bat er Sisenet stumm. Erkläre, daß dir die Aufgabe über den Kopf wächst und dein Wissen zu gering ist, damit ich mich guten Gewissens von dieser Zwangsvorstellung befreien kann. Sisenet räusperte sich leise und höflich, und ein schwaches Lächeln leuchtete auf seinen asketischen Lippen auf. Er blickte hoch, indem er die Palette zu sich heranzog, und griff nach einem Pinsel. Dann rollte er erneut die Schriftrolle auseinander. Seinem Umgang mit der Rolle haftete etwas von einem Ritual an, auch wenn er Khamwaset dabei mit sicherem Blick ansah.

«Es handelt sich um die schwer verständliche Form einer altägyptischen Schreibweise», sagte er. «Ich wundere mich nicht, daß sie dich vor ein Rätsel gestellt hat, Prinz. Nur wenige Schriftrollen aus dieser Zeit sind noch erhalten, aber ich hatte den Vorzug, einige davon in Koptos untersuchen zu können, wo das Leben, von der Geschäftigkeit und von der Faszination des Nordens unberührt, von Generation zu Generation beinahe unverändert weitertradiert wurde.»

Khamwaset geriet nicht in Versuchung, über die leicht wunderliche Sprechweise des Mannes zu lächeln. Er mußte wohl oder übel feststellen, daß Sisenets eigentümlicher Akzent sich unterdessen stärker bemerkbar machte und breiter geworden war. Immer noch gelang es ihm nicht, ihn zu orten. Er war so sehr daran gewöhnt, da er auch aus Tbubuis Mund zu vernehmen war, daß er ihm nicht mehr weiter auffiel, doch mit Sisenet hatte er weitaus seltener gesprochen, und nun tönte ein angenehmer, salbungsvoller Zungenschlag in seinen Ohren.

«Willst du mir erzählen, daß du in der Lage bist, diese... dieses Ding zu übersetzen?» Khamwaset stieß mit einem ungeduldigen Finger gegen den glatten beigefarbenen Papyrus, den Sisenet zwischen seinen ruhigen Händen aufgespannt hielt. Sisenet hob seine Brauen.

«Aber selbstverständlich, Hoheit», sagte er. «Einen Augenblick noch, und ich schreibe dir die Übersetzung nieder.»

Ungläubig sah Khamwaset ihm zu, wie er die Palette auf die Schriftrolle legte, damit sie sich nicht aufrollte, und zu schreiben begann, wobei sein Pinsel sicher über das makellose Papier huschte, das Khamwasets zeitweiliger Schreiber bereits ausgebreitet hatte. Das Atmen fiel ihm schwer. Furcht und Aufregung hatten ihn gepackt, und er neigte sich gespannt nach vorn, die Hände zwischen die Knie eingespannt, fasziniert von den Schriftzeichenspalten, die unter Sisenets glattgekämmtem schwarzem Kopf anwuchsen. Ein Augenblick nach dem andern verstrich. Wie kann er dabei so ruhig, so unbeteiligt bleiben? fragte Khamwaset sich erregt. Er erinnerte sich an den eigenartigen und vertrauten Rhythmus der Sätze sowie die leichte, trockene Berührung der bandagierten Hand, von der er die Schriftrolle abgetrennt hatte, und seine Gedanken schweiften ab und versickerten.

Nach einer Weile, die ihm sehr lange vorkam, richtete Sisenet sich auf und legte den Pinsel in den Palettenköcher zurück. Er nahm das Stück Papyrus vom Tisch und überreichte es wortlos Khamwaset, der nicht in der Lage war, das Zittern in seinem Arm zu unterdrükken, als er es entgegennahm. Das Zimmer hatte sich inzwischen erwärmt, die flüchtige Kühle des Morgens war der stickigen Luft gewichen, die bewegungslos im Raum stand. Die Schriftrolle erzitterte nicht mehr, denn der Durchzug blieb aus. Sisenet hatte sie sich zusammenrollen lassen und wartete nun ab; seine Hände ruhten verschränkt auf dem Tisch neben der Rolle.

Khamwaset geriet ins Schwitzen. Er fühlte, daß Sisenet ihn klar und unentwegt beobachtete, während er sich dazu zwang, die Augen über die ersten Schriftzeichen zu führen, und er verfluchte sich selbst, daß er seine innere Erregung dermaßen betrog. Zuerst registrierte sein Geist nicht, was seine Augen ihm zuführten, und er mußte wieder zum Anfang der Spalte zurückgehen und sie erneut entlangfahren, doch dann harmonierten Augen und Geist auf einmal, und wie eine vibrierende Droge durchfuhr der Schock der Erkenntnis Khamwasets Körper.

«O Götter, diese Worte habe ich bar jeden Sinns gesprochen», sagte er krächzend, während Entsetzen und Hochstimmung ihn ergriffen, und obwohl er sich an die Hochstimmung klammerte, wuchs sein Entsetzen. «Götter! Götter! Was habe ich getan?»

«Es war töricht, es zu tun, als du bemerkt hast, so wie es der Fall gewesen sein muß, daß diesen Worten der Rhythmus eines Zauberspruches innewohnt», entgegnete Sisenet. «Doch in diesem Fall handelt es sich um ein harmloses Versehen. Hoheit, bist du krank?»

Khamwaset, der gewahr wurde, daß Sisenet sich auf der anderen Seite des Schreibtischs halb erhoben hatte, gelang es, ihm durch einen Wink zu bedeuten, er solle sich hinsetzen. «Nein! Ich bin nicht krank!»

«Bestimmt glaubst du nicht daran, Prinz?» sagte Sisenet bedächtig. «Ich entschuldige mich, denn ich scheine dich schockiert zu haben. Die Schriftrolle des Gottes Thoth gehört lediglich ins Reich der Mythen und Legenden. Die Geschichte von ihrer Existenz ist nur ein Ausdruck für die Sehnsucht der Menschen, sowohl das Leben wie den Tod zu beherrschen. Nur die Götter besitzen eine solche Macht. Dies hier», und er schnippte mit einem langen Fingernagel geringschätzig gegen die Schriftrolle, «dies ist lediglich ein Spaß. Irgend jemand hat eine Schriftrolle des Thoth aus seinem Bedürfnis oder seinem Wunsch nach Besitz der allerletzten Macht oder auch nur wegen seiner Seelenqualen anfertigen lassen. Vielleicht nachdem ein geliebter Mensch gestorben war oder aus Entsetzen vor der Gerichtshalle nach einem Leben voll böser Taten. Wer weiß?» Sisenet zuckte die Achseln. «Die Schriftrolle existiert nicht. Sie hat nie existiert, und wenn du die Angelegenheit einen Augenblick lang bei Licht betrachtest, Hoheit, so mußt du zugeben, daß sie einfach nicht existieren kann.»

Khamwaset rang um seine Selbstbeherrschung, den Papyrus mit beiden Händen fest umklammert haltend. «Ich bin Magier», erwiderte er, seine Stimme noch immer von der Furcht gehemmt. «Und ich kenne viele Zaubersprüche, die eine gewaltige Macht besitzen. Ich weiß, daß andere Magier seit unzähligen Hentis nach dieser Schriftrolle des Thoth gesucht haben, und zwar in der absoluten Gewißheit, daß ein solcher Gegenstand existiert und die Macht besitzt, den Verstorbenen und den Lebenden ihren Willen aufzuzwingen.»

«Und ich sage dir, Prinz, daß wir die Schriftrolle – obwohl die Magie viele Bereiche unseres Lebens beeinflussen kann, weil der Magier die Götter das zu tun zwingen kann, was verlangt wird – dennoch nicht einsetzen können, um die Verstorbenen zum Leben zu erwecken oder mit den Tieren und Vögeln zu sprechen, wie der legitime Besitzer der Schriftrolle des Gottes Thoth dies angeblich zu tun in der Lage sein soll, gleich wie inständig wir dies wünschen. Diese Schriftrolle ist von großem Wert, aber nur als geschichtliches Beispiel und nicht etwa als ein Wirklichkeit gewordener Mythos. Glaubst du nicht, daß das Grab leer sein müßte, wenn die Schriftrolle eine wirkliche Macht besäße?»

Khamwaset biß die Zähne zusammen. Er wußte, daß er bleich war und zitterte, denn das Gefühl, daß er in Wirklichkeit an einem brennenden Nachmittag auf seinem Ruhebett in den Klauen eines gräßlichen Alptraums schlief, nahm ihn gefangen. Während Sisenet mit diesem aufreizenden, noch nicht identifizierten Akzent sprach und sich in seinem Gesicht Besorgnis und Skeptizismus und noch etwas anderes abzeichneten, etwas, das entfernt nach Belustigung aussah, konnte er nur an jene Nacht zurückdenken, in der er die geheimnisvollen Worte gesprochen und danach nichts Eiligeres zu tun gehabt hatte, als die Macht aufzuheben, deren Wirken er ringsherum spürte.

Er stand auf. «Komm», sagte er, und ohne zu warten, wankte er zur Tür. «Ib!» rief er. «Bestell drei Sänften nach draußen und sag Hori, daß er mich sofort hinter dem Haus treffen soll!»

Seine Knie wurden weich. Er zwang sie, ihm den Dienst nicht zu versagen, und schritt durch das Haus in den Garten hinaus, wobei er Sisenet mehr hinter sich her gleiten spürte, als daß er ihn gehört hätte. Gemeinsam warteten sie schweigend, bis die zwölf Träger mit den Sänften eingetroffen waren, und Hori erschien, verständnislos dreinblickend und zerzaust, um sich ihnen anzuschließen. Er grüßte Sisenet durchaus freundlich, doch trotz seiner Kümmernis fielen Khamwaset die Spuren einer durchzechten Nacht in seinem hübschen Gesicht auf. Nicht jetzt, dachte er grimmig. Er schwang sich in eine Sänfte, und die anderen folgten seinem Beispiel.

«Wo brennt es denn, Vater?» fragte Hori, doch Khamwaset blieb ihm die Antwort schuldig. Schroff wies er die Träger an, sie flugs zur Grabstätte zu bringen, dann ließ er sich in die Kissen zurücksinken und versuchte sich zu beruhigen. Nie zuvor war ihm die Strecke durch die Stadt nach Sakkâra so lang vorgekommen.

Er kam erst wieder zu sich, als er spürte, daß die Sänfte abgesenkt wurde, dann betrat er den Boden, der durch seine Sandalen brannte. Sisenet und Hori waren schon abgestiegen und kamen auf ihn zu, die Augen gegen die feurige Nachmittagssonne zusammengekniffen. Khamwaset riß seinen Kopf zu ihnen herum und eilte die Stufen hinunter, aber am Eingang, an dem zwei bislang dösende, gelangweilte Wächter zu beiden Seiten des Durchgangs hastig in Habtachtstellung salutierten, hielt er inne. Hineinzugehen verlangte von ihm einen bewußten Akt der Überwindung, und als er hineinging, empfand er einen fast körperlichen Widerwillen.

Wie stets war die feuchte Kühle eine Erleichterung, aber das Vergnügen, die stehende Luft auf seiner Haut zu spüren, war flüchtiger Natur. Sisenet und Hori schlossen zu ihm auf und harrten verwirrt der Dinge. Er schritt durch den kurzen Gang und hielt erneut inne. Ein Schauder durchlief seinen Körper. Die herrlichen, delikat ausgeführten Wandmalereien, die beiden Statuen, die Uschebti-Figuren in Reih und Glied und ganz besonders die Sarkophage schienen eine fröhliche Feindseligkeit auszustrahlen, die auf ihn einstürmte und ihn anklagte. Du hast sie gestohlen, schrie schweigend die Kammer. Du hast dich gegen das Gesetz vergangen, du arroganter, achtloser Schänder, und das sollst du büßen.

Ein hoffnungsloser Zorn trieb Khamwaset plötzlich vorwärts. Er schritt auf den Sarkophag zu, in dem der geheimnisvolle Mann lag, lehnte sich über die Gestalt in dem Leichentuch und stieß seine Faust in den zerbrechlichen Körper. Der morsche Brustkorb löste sich in eine Staubwolke und winzige Knochensplitter auf. Die Mumie bebte, und Khamwaset zog seinen Arm zurück.

«Dieser Mann ist ein Niemand», sagte er energisch. «Vollkommen unbedeutend. Vermutlich war er ein Hausdiener, ein Gärtner, ein Träger des Abfalls für den Müllhaufen. Die Schriftrolle war an seiner Hand angenäht, damit ein Narr wie ich das alles unwissentlich lesen sollte und *sie* wieder zum Leben erweckte!» Mit seinem staubbedeckten Arm schlug er gegen die Wand, die Horis Arbeiter unter großen Mühen wiederhergestellt und bemalt hatten. Ihm brach der kalte Schweiß aus. «Deshalb war die Schriftrolle an der Hand einer unbedeutenden Person festgenäht. Deshalb gibt es keine Deckel auf den Särgen in der Geheimkammer. Deshalb gibt es einen Schacht. Der Ohrring, Hori. Der Ohrring! Eine verstorbene Frau hat ihn verloren, während sie nach draußen kroch! Wo stecken sie jetzt, und was haben sie gemacht?» Er begann, unzusammenhängend zu reden, und Hori wandte sich an Sisenet.

«Was geht hier vor?» sagte er flüsternd. «Was stammelt Vater da?»

Im eingeschlossenen Raum drangen seine Worte ohne weiteres bis zu Khamwaset vor, und er lachte hysterisch auf. «Ich habe sie gestohlen und benutzt», schrie er. «Nur der rechtmäßige Besitzer durfte das ungestraft tun. Ich habe mich selbst verdammt!»

«Er nimmt an, daß es sich bei der Schriftrolle, die ihr beide hier gefunden habt, um die sagenumwobene Schriftrolle des Gottes Thoth handelt», antwortete Sisenet dem bestürzten Hori hastig zur Erklärung. «Ich habe sie tatsächlich als zwei ziemlich plumpe Zaubersprüche zur Wiedererweckung und zum Verstehen der Sprache aller Lebewesen übersetzt, aber so etwas gibt es nicht.» Er wandte sich Khamwaset zu. «Die Toten leben wieder», sagte er in vernünftigem Ton, «aber nicht auf dieser Erde, Prinz. Es gibt keinen Bericht über jemanden, der aus seinem Grab zurückgekehrt wäre. Die Schriftrolle des Gottes Thoth ist eine großartige, traurige Legende, und du darfst sie nicht wortwörtlich nehmen.» Khamwaset starrte ihn durchdringend an, und Sisenet bewegte sich vorwärts. «Gib sie mir, Hoheit, und ich werde sie fortbringen und verbrennen», brachte er als Angebot vor, aber Khamwaset faßte sich wieder und schüttelte heftig den Kopf.

«Nein», sagte er bellend. «Ich will sie sofort zurückgeben, und zwar heute noch. Geh heim, Sisenet.»

Der Mann zögerte, öffnete den Mund, schloß ihn sodann wieder, verneigte sich und ging nach draußen. Khamwaset beobachtete, wie der Schatten im Sonnenschein auf der Wand des Durchgangs immer länger wurde, dann zerriß und endlich verschwunden war.

Hori ging schnell auf ihn zu und legte eine Hand auf Khamwasets Arm. «Ich bin mir nicht sicher, ob ich verstehe, was hier soeben vor sich gegangen ist», sagte er betroffen, «aber du bist verwirrt, Vater. Komm heim und ruh dich aus, und dann bringen wir die Schriftrolle zurück und schließen das Grab.»

Khamwaset gab ausnahmsweise dem Druck der beruhigenden Berührung seines Sohnes nach und ließ sich nach draußen führen. Sisenets Sänfte verschwand gerade in Richtung des nördlichen

Stadtviertels. «Ja, nach Hause», murmelte Khamwaset, «aber ich kann so lange nicht ruhen, bis ich getan habe, was getan werden muß. Beeilen wir uns, Hori. Ich möchte nicht mehr hier sein, wenn die Schatten langsam länger werden.»

Sie kehrten nach Hause zurück, und während Hori wartete, suchte Khamwaset seinen Arbeitsraum auf und nahm die Schriftrolle an sich, wobei er bewußt nicht auf die Berührung reagierte oder seinen Gedanken nicht gestattete, in die Vergangenheit zu schweifen. Kasa gab ihm eine Kupfernadel und ein Stück Bindfaden, und Khamwaset kehrte zu Hori zurück, der besorgt auf ihn wartete. «Komm mit mir», sagte er flehend, und Hori nickte. Zusammen legten sie in den Sänften die gleiche Strecke zurück, die sie soeben gekommen waren. Khamwasets Ungeduld hatte einen verzweifelten, hoffnungslosen Gipfel erreicht.

Vor der Grabstätte taumelte Khamwaset aus seiner Sänfte und rannte, nach Hori rufend, die Stufen hinunter und in die Grabkammer hinein. Der Körper, den er verstümmelt hatte, lag noch so im Sarkophag, wie er ihn zurückgelassen hatte, der Brustkasten trokken und weit offen klaffend. «Halte die Hand hoch», sagte Khamwaset kurz. Der junge Mann gehorchte, hob den leichten, steifen Arm an und verdrehte ihn so, daß Khamwaset daran arbeiten konnte.

Die Schriftrolle grob gegen die Leinenwickel gedrückt, begann Khamwaset zu nähen. Der Papyrus leistete Widerstand, und die Hand war dermaßen starr, daß man hätte glauben können, die Schriftrolle und das leblose Glied hätten sich miteinander verschworen, ihn daran zu hindern, die widerwärtige Aufgabe auszuführen. Es ist zu spät, flüsterte es in der Grabkammer mit grausamer Befriedigung. Du hast dich vergangen und bist verflucht, verflucht, verflucht... Die Nadel rutschte aus, und Khamwaset fluchte. Zwei dicke Tropfen seines Bluts fielen auf einen Finger des Leichnams, den er umklammert hielt, breiteten sich aus und wurden vom gierigen Leinengewebe aufgesaugt. Einer der beiden Tropfen verschmierte die Schriftrolle. Schreckliches Entsetzen bemächtigte sich seiner, und diesmal kam er nicht dagegen an. Keuchend machte er einen letzten Stich, zog die Nadel heraus und nickte Hori zu, der den Arm in den modrig riechenden Sarkophag zurückbog. «Den Dekkel», sagte Khamwaset heiser. «Ruf die Wachen und die Sänftenträger zu Hilfe.»

Hori schien die Eile seines Vaters zu begreifen. Er stürzte ins Freie und kam bald darauf mit zehn umsichtigen Männern wieder. Khamwaset zeigte auf den Deckel, der nach wie vor gegen die Wand gelehnt stand, und obgleich er nicht beabsichtigt hatte, ihn zu berühren, so war er dennoch an der Seite seiner Diener und seines Sohnes, als diese die schwere Granitplatte über den Boden trugen, auf dem Sockel abstützten und mit einem letzten Ächzer auf den Sarkophag legten. Mit einem dumpfen Aufschlag und knirschend geriet sie an Ort und Stelle.

Nachdenklich sah Khamwaset den zweiten Sarkophag an, dann nickte er kurz. «Diesen dort ebenfalls», sagte er. Diesmal blieb er im Hintergrund und beobachtete, wie der Deckel aufknallte. Ein winziges Stück Granit splitterte dabei ab und sprang bis vor seine linke Sandale. Er stieß es fort. «Hori, laß diesen verfluchten Ort sofort schließen», sagte er. «Mir ist es einerlei, ob die Maler mit ihrer Arbeit fertig sind oder nicht. Füll die Treppe mit Steinen und Schutt an, und sorg dafür, daß der größte Stein, den du finden kannst, davorgerollt wird. Erledige alles sofort, noch vor Einbruch der Nacht, hast du gehört?» Er war sich im klaren darüber, daß seine Stimme immer schriller wurde und zuletzt einem Kreischen glich, und seine Diener starrten ihn an. Er machte den Mund zu und – während er dem Geheimnis, das ihn so viele Monate lang in Schrecken gehalten und in seinen Bann geschlagen hatte, den Rücken zukehrte – zwang sich, gemessenen Schrittes ins Freie zu gehen. Hori folgte ihm. «Ich werde sofort nach dem Obermaurer schicken, Vater», sagte er, «aber ich bitte dich, Sisenets vernünftige Worte zu bedenken. Er hat recht. Geh heim, schlaf dich aus und laß dir seine Worte durch den Kopf gehen.»

Khamwaset sah in das unglückliche, abgespannte Antlitz seines Sohnes, dann lagen sie sich unversehens in den Armen. «Ich liebe dich», sagte Khamwaset mit erstickter Stimme, den Tränen nahe, beinahe am Ende seiner Kräfte, und Horis gedämpfte Stimme erwiderte: «Ich liebe dich auch, mein Vater.»

Die Sänftenträger richteten sich auf ihre Last ein und bückten sich, Khamwaset sank erschöpft in die Kissen und lehnte sich mit einem Seufzer zurück. Er fühlte sich, als wäre eine große Last von seinem Herzen, ja von seinem Körper genommen worden. Letzten Endes, dachte er, ist in all den vergangenen Wochen, seit ich den sogenannten Zauberspruch gesprochen habe, nichts geschehen. Niemand ist gestorben oder an irgendeinem bösen Leiden erkrankt. Kein Unglück ist plötzlich über die Familie hereingebrochen. Ich habe mich wie ein törichter, unwissender Bauer benommen. Sisenet hatte recht. Dieser Gedanke brachte ihn zum Lächeln, und er fiel in einen heilsamen Schlaf, bis er vor seiner Tür sanft abgesetzt wurde.

In den folgenden Tagen schämte Khamwaset sich zunehmend wegen seines Anfalls in Gegenwart von Sisenet und Hori. Die Argumente des Mannes gegen die Schriftrolle, bei der es sich kaum um mehr als um eine dürftige Fälschung handeln mußte, waren ziemlich vernünftig gewesen, und Khamwaset, der jedes seiner Wörter und jede unausgesprochene Nuance an diesem beunruhigenden Nachmittag noch einmal bedachte, mußte ihm schließlich zustimmen.

Sein ganzes Leben lang hatte er davon geträumt, eines Tages die Schriftrolle des Gottes Thoth zu finden, deren Zaubersprüche ihm das vollkommene Wissen über alle Lebewesen durch Verstehen ihrer Sprache vermitteln würde, und mehr noch, die heimliche, höchste Macht über den Tod, nach der er strebte. Dann wäre er gottgleich. Doch nun erkannte er die Phantasie als solche. In seiner Kindheit wurde diese Sehnsucht geboren, und seine eigene Gier und sein Ehrgeiz hatten sie genährt. Es traf zu, daß alle Magier, die irgendwann in Äygpten gelebt hatten, an die Existenz dieser Schriftrolle glaubten, doch wo immer sie lag, falls sie tatsächlich irgendwo lag, so wäre es an irgendeinem tiefen, exotischen Ort, an dem Zeit und Ewigkeit sich trafen, umgeben von mächtigen Zaubersprüchen und bewacht von Thoth selbst. Und falls je ein menschliches Wesen sie besessen hatte, so mußte diese Person selbst ein Geschöpf mit übermenschlichen Kräften sein. Mit Sicherheit wäre sie nie in einem einfachen Grab in Sakkâra beigesetzt worden.

Er hatte sich unbesonnen verhalten, sagte er sich, als er seine alte Ausgeglichenheit teilweise wiederfand. Er hatte es so weit kommen lassen, daß sein langgehegter Traum sich mit dem Aberglauben verband, der das genaue Gegenteil der freimütigen, zweckmäßigen Magie war, und es war an der Zeit, das schattenlose Licht einer Mittagswirklichkeit in die Finsternis hineinzulassen, die seine Gedanken beherrscht hatte.

Doch erst galt es, die Angelegenheit von Tbubuis Gemächern zu erledigen. Erleichtert beschäftigte er sich mit der Planung eines Anbaus, der Erweiterung seines Hauses um einen neuen Flügel. Gemeinsam mit seinem Architekten entwarf er eine gefällige Zimmerfolge mit großen, luftigen Räumen, einem privaten Durchgang, der den Zugang zum übrigen Haus erlaubte, so daß dieser Frau, die Ruhe und Zurückgezogenheit so sehr schätzte, beides geboten wurde, und eine kleine Terrasse führte unmittelbar in einen Garten mit Springbrunnen. Ein Teil des Grundstücks auf der Nordseite des Hauses mußte zu diesem Zweck aufgegraben, die Blumenbeete untergegraben und der Teich verlegt werden, doch Khamwaset war davon überzeugt, daß alle Arbeiten mit einem Mindestmaß an Belästigung für die übrige Familie zu erledigen waren. Hatte er dem Entwurf für einen Anbau einmal zugestimmt, so war es lediglich eine Frage der Organisation, und dann kämen Fellachenkolonnen und würden damit beginnen, den Boden aufzureißen.

Unterdessen verhielt Nubnefret sich förmlich korrekt. Zweimal suchte Khamwaset sie nachts in ihren Gemächern auf, um sie zu halten und zu beruhigen, sogar um mit ihr Liebe zu machen, wenn sie auch nur ein wenig aufgetaut wäre, doch sie hatte ihn eiskalt und mit guten Manieren abgewiesen und ihn gezwungen, den Rückzug anzutreten.

Schroffe Worte wurden nicht mehr gewechselt, doch die Spannung zwischen ihnen stieg und verbreitete sich im ganzen Haus. Freundliche Diener traten gedämpft auf, und das zuvor von Herzlichkeit und Lebendigkeit erfüllte Alltagsleben wurde zunehmend zu einer Angelegenheit seelenloser Umgangsformen. Khamwaset beobachtete dies zwar, doch kümmerte er sich nicht darum. Tag für Tag vervollständigten sich die Pläne für Tbubuis Anwesen und nahmen Gestalt an. Es würde nicht lange dauern, und sie konnte einziehen.

Aus Koptos erreichte ihn ein Bericht von Pentawer. Zu der Zeit, da er diesen Brief geschrieben hatte, hielt er sich gerade seit zwei Tagen in der Stadt auf und hätte seine Nachforschungen auch schon längst aufgenommen, wäre er nicht von einer plötzlichen Krankheit heimgesucht worden, die ihn davon abhielt. Nach einigen verächtlichen Bemerkungen, welche die krankmachende Hitze betrafen, die Unzahl der Riesenfliegen und das warme, schlammige Wasser, in dem zu baden er gezwungen war, beendete er den Brief mit der Zusicherung, daß er die Aufgabe, um die Khamwaset ihn gebeten hatte, bald abgeschlossen haben würde und er der ehrenwerte und höchst zuverlässige Diener seines Herrn sei. Das bist du wahrlich auch, mein lieber Pentawer, dachte Khamwaset, der den Papyrus mit beiden Händen umklammert hielt, als er zu den Bauarbeiten in der Ecke des Nordgartens hinübersah, den er von seinem Arbeitsraum aus einsehen konnte. Das bist du wahrlich. Pentawers Gesicht erschien vor seinem geistigen Auge, verschlossen, aufmerksam, intelligent, manchmal ein wenig spröde, und eine Woge eigentümlicher Sehnsucht überflutete ihn. Er wünschte Pentawer an seiner Seite, während er den schwachen Wohlgeruch von Lotoswasser ausströmte, der ihn überall zu umgeben schien. Er wünschte sich den Garten zurück. Er wünschte sich Sheritra zurück, die nun so ausgeglichen, doch fern war. Er wünschte sich alles wieder so, wie es einmal war.

13. Kapitel

«Wenn der Bote des Todes klopft an deine Tür,
gib dich ihm als gut vorbereitet zu erkennen.
Wehe! Zum Reden ist die Zeit nicht günstig,
denn wahrlich sein Schrecken wird vor dir stehen.»

Als Sheritra sich einmal an die eigentümlichen Gewohnheiten im Hause gewöhnt hatte, vergaß sie ihre früheren Befürchtungen. Sie fühlte sich glücklich, vielleicht glücklicher, als sie sich jemals zuvor gefühlt hatte. Bakmut fühlte sich weiterhin nicht wohl in ihrer Haut und diente ihrer Herrin mit erhöhter Wachsamkeit, die Sheritra rührend fand, doch die Prinzessin selbst wurde zunehmend zutraulicher.

Allmählich hatte sie sich daran gewöhnt, nicht mehr mit dem geschäftigen Treiben eines großes Anwesens aufzuwachen, sondern in der Stille, die Sisenet und Tbubui wünschten. Ihr Frühstück nahm sie auf ihrem Ruhebett ein, das sich in einem Zustand verwuschelter Unordnung befand. Weitab von der ständigen Spannung der nörgelhaften Urteile ihrer Mutter entspannte sich ihr Körper, und unter Tbubuis Anleitung beschritt ihr Geist neue und freiere Wege.

Diese Frau kam zu ihr, während sie auf dem Badestein stand, grüßte sie leutselig und begleitete sie in ihr Zimmer zurück. Zuerst fühlte Sheritra sich gehemmt. Es war eine Sache, die Augen einer Dienerin auf dem eigenen Körper zu spüren, da Dienerinnen mehr als Haushaltszubehör denn als Menschen galten. Etwas ganz anderes war es, innerlich unterwürfig im Bad zu stehen, während Tbubuis abschätzender Blick über ihre winzigen Brüste, stockdünnen Beine und knochigen Hüften schweifte. Sheritra wußte, sie hätte darauf bestehen können, daß man ihre Privatsphäre respektiere, doch auf eine wunderliche Weise betrachtete sie Tbubuis Untersuchung als letzten Test für ihre Freundschaft. Glühend suchte sie nach dem geringsten Hinweis auf Geringschätzung, Abneigung oder Mitleid in den Augen der Frau oder in ihrem Verhalten und war dankbar dafür, daß sie nichts dergleichen erkennen konnte.

Nach einigen Tagen begrüßte Sheritra den Augenblick, wenn Tbubui frisch und lächelnd auftauchte, sie auf die Wange küßte und mit ihr schwatzte, während das parfümierte Wasser über Sheritras Haut perlte. «Reibe die Prinzessin mit diesem Öl hier ein», sagte Tbubui dann, wobei sie auf einen der Alabasterkrüge zeigte, die auf dem Steinrand im kleinen Badehaus standen. «Darin ist ein Balsam, Sheritra, der deine Haut weich und geschmeidiger macht. Die Sonne schadet nämlich der Haut sehr.» Auch kam sie manchmal mit einem winzigen Topf mit irgendeiner wohlriechenden Salbe oder Creme zum Schutz der Lippen. Mehrere Male hatte sie die Dienerin, die Sheritra wusch, fortgewinkt, und mit den eigenen Händen rieb sie das Mädchen ab, wobei sie ihr den Rücken und die Gesäßbacken kräftig rubbelte und sanfter die Innenseite der Schenkel. «Vergib mir, Hoheit, aber ich kenne mehrere Übungen, die für die Entwicklung der Schenkel und die Dehnung des Rückgrats gut sind. Darf ich sie dir beibringen?» fragte sie bittend. Sheritra war nicht im geringsten gekränkt. Neugierig überließ sie sich dem Öl, das glänzend ihrer Haut schmeichelte und dann ohne eine Spur zu hinterlassen aufgesogen wurde, wonach sie mit den Fingern über ihre Haut strich, die sich weich wie Samt anfühlte.

Ihre Mutter hatte ihr häufiger eine solche Behandlung vorgeschlagen, doch die empörte Sheritra hatte sie immer strikt abgelehnt. Mit Tbubui verhielt es sich anders, hier war es eine enge Gemeinschaft, es war ein Vergnügen, und es gab weder den Verdacht einer Überlegenheit auf der einen oder einer Unangemessenheit auf der anderen Seite. «Es ist nicht in Ordnung, daß sie das Fleisch einer Prinzessin berühren darf», hatte Bakmut ein wenig mißmutig widersprochen, doch Sheritra hatte den Einwurf ihrer Kammerzofe einfach nicht beachtet. Tbubui kannte Hausmittel für alles und jedes – angenehm duftende, dicke Kräuterumschläge, damit das Haar dicker und glänzend wird, eine klebrige Mischung zur Kräftigung der Fingernägel, eine Gesichtsmaske, damit die Haut jung und geschmeidig blieb.

Wäre es lediglich darum gegangen, sich in die Trägheit körperlichen Genießens zurückzuziehen, so hätte Sheritra sich schließlich gelangweilt, doch nach dem Bad redete Tbubui – zwischen Ratschlägen zu Kleidung und Kosmetik, während sie Sheritras zunehmend vollere Haarsträhne kämmte oder sich dicht über sie beugte, um ihr die Augenlider zu schminken – zu ihr über jedes Thema, das ihr gerade einfiel. Freimütig wurden Argumente und Gegenargumente ausgetauscht, doch am meisten mochte Sheritra Tbubuis Geschichten über Ägyptens Vergangenheit, deren alte Helden, die Sitten, Bräuche und Lebensweisen vor vielen Hentis. Die Vormittage vergingen wie im Fluge. Nur sehr selten erschien Tbubui mit ihren geschickten, talentierten Händen morgens nicht im Badehaus, und wenn dies der Fall war, fühlte Sheritra unbewußt, daß sie ihre Berührung vermißte.

Nachmittags verschwand Tbubui meistens, und Sheritra – gewaschen und parfümiert, das Haar in Blumenspangen aus Gold und Email eingefangen oder lose unter einem Band aus Silber wallend, das Gesicht, das sie selbst kaum wiedererkannte, erlesen geschminkt, den zunehmend attraktiven Körper in ein weißes, scharlachrotes oder gelbes Gewand gehüllt – eilte an jenen Ort im Garten, wo Harmin auf sie wartete, oder suchte die Kühle der Eingangshalle auf. Dann redeten sie miteinander, neckten einander, unterhielten sich mit Brettspielen und sahen sich an, während der Weinkrug geleert wurde und die atemlosen, müßigen Stunden übergingen in einen kupferfarbenen Sonnenuntergang und den sich ausdehnenden Schatten des warmen Zwielichts.

Die Abende waren mit ruhigen Abendessen im Kreise der Familie ausgefüllt. Der Harfenist spielte verhalten, und die kleinen Tische waren mit duftenden Blumen aus dem Garten beladen, und Blüten lagen in pastellfarbenen Girlanden auf den Bodenfliesen. Die Lampen wurden angezündet, und sie saßen in der leichten Brise, die durch die offene Tür aus der Nacht hereinwehte, während Sisenet ihnen etwas aus seinen alten Schriftrollen vorlas. Seine Stimme war tief und gleichmäßig, die Geschichten ähnelten den Anekdoten, die Tbubui ihr morgens beim Baden erzählt hatte, doch am Abend war ihnen etwas Hypnotisches zu eigen, so daß ihr Geist sich mit prächtigen Bildern füllte. Nachdem er geendet hatte, tranken sie gewöhnlich noch etwas von seinem herrlichen Wein und tratschten noch ein wenig. Sie erzählte ihnen von ihrer eigenen Familie, vom Pharao, von ihren Eindrücken und Träumen, und dann hörten sie ihr zu und fragten sie, lächelten und nickten. Erst später fiel ihr auf, daß trotz der vielen auf eine solche Weise verbrachten Abende sie fast gar nichts über sie in Erfahrung gebracht hatte. Schließlich begleiteten Bakmut und ein Soldat sie in ihr Zimmer, wo sie ausgekleidet und gewaschen wurde, auf ihrem Ruhebett lag, wobei sie die freundlichen Schatten verfolgte, die ihre Nachtlampe an die Decke warf, und ohne Mühen in die Bewußtlosigkeit hinüberglitt. Sie glaubte nicht, daß sie je nach Hause zurück wollte.

Ihr Vater besuchte sie in den drei folgenden Wochen zweimal, doch Sheritra sah und hörte ihn wie aus weiter Ferne an. Er war offensichtlich über ihre Zufriedenheit erfreut, bewunderte ihren aufblühenden Körper und umarmte sie mit der gewohnten Zuneigung, doch irgend etwas in der Berührung seines Armes ließ sie nun zurückschrecken.

Bei seinem zweiten Besuch sah sie, daß Tbubui ihm beim Abschied eine Schriftrolle reichte, und nahm an, es handle sich um ein Exemplar aus Sisenets Sammlung. Seine Hand umklammerte dabei kurz Tbubuis Hand, und durch dieses Bild stieg blitzartig ihre alte Angst in ihr hoch. Doch Ereignisse außerhalb Sisenets Haus erschienen ihr inzwischen weniger wichtig, und mit einem Achselzukken zog Sheritra sich in ihre Schicksalsgläubigkeit zurück. Die Schwärmerei ihres Vaters würde ihm zweifelsohne von selbst versiegen und ging sie in jedem Fall ohnehin nichts an. Ihr war aufgefallen, daß er abgespannt und blaß aussah. «Gibt es irgendwelche Neuigkeiten?» fragte Tbubui ihn, und er hatte den Kopf geschüttelt. «Noch nicht», hatte er geantwortet, und dann hatten beide sich Sheritra zugewandt und ihr wie zur Entschuldigung zugelächelt.

Nubnefret hatte mehrere freundliche Botschaften geschickt, war selbst aber nicht gekommen. Sheritra war froh. Die Anwesenheit ihrer Mutter hätte der friedvollen Harmonie in Sisenets Haus einen Mißton verliehen. Sheritra vermißte ihre Mutter nicht.

Doch ein Mißton kam aus dem Hause selbst. Am Abend von Khamwasets zweitem Besuch hatte Sheritra sich entschlossen, vor dem Schlafengehen noch auf einen kurzen Spaziergang aus dem Haus zu gehen. Die Luft war immer noch warm, und sie war unerklärlicherweise unruhig. Sie ging eine Weile mit einer willfährigen Bakmut und einem ihrer allgegenwärtigen Wächter erst unter den Palmen umher und dann an den Fluß. Das Wasser stand sehr niedrig, floß mit kaum wahrnehmbarer Geschwindigkeit und schien silbern im Licht des Neumonds. Eine Zeitlang blieb sie auf den Wasserstufen sitzen und ließ die stille Dunkelheit auf sich wirken und sich von ihr beruhigen, dann kehrte sie zum Haus zurück.

Als sie auf es zuging und sich der Seitentür näherte, wobei sie und ihre Begleiter in der Dunkelheit fast unsichtbar waren, sah sie, noch bevor sie die Tür erreicht hatte, zwei Gestalten genau im Flur stehen. Ihre Stimmen vernahm sie nur schwach, und es lag etwas so Privates, so Exklusives in ihrer Haltung, daß sie unweigerlich innehielt. Nun konnte sie die Worte hören. Es waren Tbubui und ihr Bruder.

«... und du weißt, daß es höchste Zeit ist», sagte Tbubui gerade barsch. «Weshalb zögerst du noch?»

«Ja, ich weiß, daß die Zeit drängt», erwiderte Sisenets Stimme, «aber es widerstrebt mir. Eine solche Sache ist unter unserer Würde. Früher hätten wir so etwas als verwerflich betrachtet.»

«Das war vor langer, langer Zeit, als wir noch unschuldig waren», entgegnete Tbubui heftig. «Nun ist es unabwendbar. Im übrigen, was schert uns ein gemeiner Diener? Was ist denn sein ...» sagte sie und brach in jenem Augenblick ab, da Sheritra, die sie nicht bewußt belauschen wollte, den Flur betrat. Für einen kurzen Augenblick sah Sheritra Tbubuis Gesicht, als sie es zum Eingang drehte, verzerrt und wutentbrannt – dann erhellte sich ihre Miene. «Prinzessin», sagte sie. Sisenet hatte sich verneigt und war bereits gegangen.

«Ich wollte vor dem Schlafengehen noch etwas an die frische

Luft», sagte Sheritra zur Erklärung. «Die Nacht ist so schön, und im übrigen habe ich beim Abendessen zuviel gegessen!»

Tbubui erwiderte das Lächeln und trat beiseite. «Schlaf wohl, Prinzessin», sagte sie freundlich, und Sheritra nickte und ging an ihr vorbei.

Nachdem sie ihr Schlafzimmer betreten hatte, war sie auf geheimnisvolle Weise erleichtert, als ihr Wächter seinen Posten vor der Tür bezog und Bakmut sie fest verschloß. Sheritra ließ die Dienste des Mädchens über sich ergehen und schlüpfte in zerstreuter Stimmung zwischen ihre Laken. Es waren nicht so sehr die Worte, die sie gehört hatte, als vielmehr die Gefühle, die dahinterstanden – Tbubui kraftvoll, Sisenet kalt. Die Atmosphäre, die diese beiden umgeben hatte, war stürmisch gewesen und so ganz anders als die im Hause ansonsten vorherrschende Stimmung. Worüber in aller Welt hatten sie gesprochen? fragte sie sich. Wer ist jener gemeine Diener, von dem die Rede war? Sie selbst hatte schnell die Angewohnheit im Hause übernommen, den Dienern Befehle zuzurufen, ohne dabei auch nur den so Angeredeten anzusehen, so sehr schienen sie mit den Möbeln verschmolzen, und die Stimmen jener, die sie selbst mitgebracht hatte, wurden doppelt geschätzt, angesichts von Sisenets äußerst sprachlosen Dienern.

Einer plötzlichen Regung folgend, setzte sie sich im Ruhebett aufrecht. «Bakmut, hol mir mein Horoskop für den Monat Phamenoth», sagte sie im Befehlston, und das Mädchen erhob sich von ihrer Matte und ging zu einer der Truhen an der Wand. Ich habe es mir nie angesehen, dachte Sheritra, Vater sagte, es sei kein gutes Horoskop, doch da der Monat sich bald zu Pharmuthi neigt, ist dies weiter nicht von Bedeutung. Dennoch nahm sie das Horoskop von Bakmut entgegen und rollte es beklommen auseinander. Wie Khamwaset gesagt hatte, war es gleichförmig schlecht. «Erhebe dich heute nicht von deinem Ruhebett... Nimm heute abend kein Essen zu dir... Verbringe den Nachmittag im Gebet und schlafe nicht, damit du den Zorn der Götter abwenden kannst... Bedenke, daß der Nil deine Zufluchtsstätte ist... Halte dich von der Liebe fern wie von einer Krankheit...»

Sheritra ließ die Schriftrolle wieder zusammenrollen und reichte sie der Dienerin zurück. «Verstau sie», sagte sie und legte sich wieder hin. Wieso ist der Nil meine Zufluchtsstätte? fragte sie sich, und warum in aller Welt soll ich mich von der Liebe fernhalten? Von wessen Liebe denn? Von Vaters Liebe? Von Tbubuis Liebe? Von Harmins Liebe? Mit diesen Fragen schlief sie ein, noch immer mit jenem Nadelstich des Unbehagens, den Sisenets und Tbubuis Wortwechsel in ihr verursacht hatte, und zum erstenmal hatte sie einen unruhigen Schlaf. In der Nacht wachte sie mehrere Male auf und vermeinte, etwas gehört zu haben, doch jedesmal schien das Haus von einem bodenlosen Frieden erfüllt zu sein.

Am folgenden Vormittag kam Tbubui in ihr Zimmer, um sich zu erkundigen, ob sie krank sei, denn die Sonne stand bereits hoch am Himmel und die Zeit für das Frühstück war längst verstrichen. Sie war wie gewöhnlich anmutig, aufmerksam und freundlich, und Sheritra übersah grimmig ihren Kopfschmerz und erhob sich schwerfällig vom Ruhebett, um ins Badehaus zu gehen.

«Bist du gestern abend spät schlafen gegangen, Prinzessin?» fragte Tbubui sie. Sie kniete zu Sheritras Füßen und massierte die Waden des Mädchens mit Öl ein. «Du siehst aber alles andere als ausgeruht aus, tatsächlich sogar erschöpft, und deine Muskeln sind verhärtet.»

Sheritra antwortete nicht. Sie hielt die Augen geschlossen und nahm mit einem Schlag jede Empfindung auf außergewöhnliche Weise gewahr: das dumpfe Pochen im Kopf, das süße, unangenehme Aroma des Öls, das Gefühl ihrer nassen Haare, die auf ihren Schulterblättern klebten, das Tröpfeln des Wassers, das über den abschüssigen Boden des Badehauses ablief, doch vor allem die feste, aufrührerische Berührung ihrer Haut durch Tbubuis Hände. Etwas höher, Tbubui, dachte sie träge. Streichle meine Schenkel mit deinen langen, forschenden Fingern, und als könnte die Frau ihre Gedanken lesen, fühlte sie, wie die sanfte Bewegung höher stieg. Ihre verstörten Gedanken und ihr Sinn für Verschiebungen lösten sich in reiner Empfindung auf.

Der übrige Vormittag verstrich ereignislos. Tbubui und sie rekelten sich in Sheritras Schlafzimmer und unterhielten sich über dies und das, doch hinter Tbubuis Worten spürte Sheritra, daß sie eigentümlich geistesabwesend war. In Gedanken beschäftigte sich diese Frau mit etwas anderem, obwohl sie es gekonnt verbarg, und sowie das Mittagessen beendet war, entschuldigte sie sich und verschwand in ihr eigenes Zimmer.

Nach dem Mittagsschlaf gingen Harmin, Sheritra, ein Wächter und Bakmut durch das Palmenwäldchen zu einer Stelle, die vom Haus aus nicht einzusehen war. Der Wächter bezog seinen Posten in der Nähe des Pfades, etwas außerhalb der Sicht. Bakmut entrollte eine Matte, legte verschiedene Brettspiele darauf und zog sich in Hörweite zurück.

Sheritra setzte sich bequem hin. Ihre Sinne sandten ihr nach wie vor Botschaften von ausgesuchter Klarheit: jeder Tropfen Schweiß an diesem brennenden Nachmittag, das trockene Rascheln der verstaubten Palmen über ihr, das Knirschen der langen Blätter unter der Matte. Ein Zweig drückte gegen ihr Gesäß. Harmin beugte sich vor, um die Spielbretter aufzustellen, und ein Schwall seines Parfüms machte sie ganz benommen.

Mit einem weißen Band hatte er sein schwarzes Haar zurückgebunden, das nun geriffelt auf seiner nackten Schulter lag, und das Nebeneinander aus dem schwarzen Haar und dem blendenden Weiß des Leinenstreifens verursachte ihr ein leichtes Gefühl des Unwohlseins. Er blickte sie von der Seite an, wobei seine Augen lächelten.

«Was möchtest du heute spielen, Prinzessin?» fragte er. «Oder möchtest du lieber nur hier liegen und die Zeit vertrödeln?»

Belustigt beobachtete sie die Bewegungen seines dünnen Mundes und das Auf und Ab seines Adamsapfels beim Sprechen. «Ich möchte dich küssen», sagte sie. Er kicherte und deutete mit dem Ringfinger auf Bakmut. «Vielleicht Hund und Schakal, Hoheit? Oder Knobeln? Fühlst du dich nicht wohl, Sheritra?»

«Ja. Nein. Ich fühle mich etwas merkwürdig, Harmin. Laß uns Sennet spielen.»

Er zögerte, stellte dann das Spielbrett zwischen ihren Knien auf, öffnete eine Lade und kippte die Rollen und Kegel aus. «Sehr gut. Möchte Hoheit eine Rolle sein?»

«Nein, lieber ein Kegel.» Gemeinsam stellten sie die Spielsteine auf und begannen die Stäbchen zu werfen, um zu sehen, wer zuerst an der Reihe war. «Deine Mutter schien heute morgen irgendwie geistesabwesend», fuhr Sheritra fort. «Ich hoffe, daß es in deiner Familie keine Probleme gibt, Harmin. Sollte ich vielleicht nach Hause zurückgehen?»

Die Frage war nicht ernst gemeint, und er lachte. «Sieh mal, du hast eine Eins geworfen», sagte er. «Wirf noch einmal und fang an. Es gibt keine Probleme in der Familie, das kann ich dir versichern. Vielleicht setzt bloß diese Hitze Mutter etwas zu.»

«Aber sie mag doch sogar die Hitze», widersprach Sheritra. «Oh, Harmin, eine Fünf, eine Fünf und eine Vier! Du hast viel Glück. Nein, ich glaube, meine Phantasie geht mit mir durch. Oder die Hitze setzt mir zu. Ich muß schwimmen gehen. Ich wünschte, ihr hättet ein Schwimmbecken, das groß genug wäre. Denn zu dieser Jahreszeit gefällt mir der Nil überhaupt nicht. Entschuldige bitte.» Sie beugte sich nach vorn und bewegte seinen Spielstein weiter vor. «Halt, du hast dich verzählt.»

«Ich wollte bloß nicht im Haus des Net landen», sagte er dumpf, und Sheritra, die über seinen Tonfall erstaunt war, blickte zu ihm hoch. Er schluckte und starrte auf das Spielbrett, wo der Gott-Fischer sein Netz ausgebreitet hatte. «Es bringt nämlich Unglück.»

«Falschspiel bringt noch mehr Unglück!» sagte sie neckend, doch darauf ging er nicht ein. Sie war an der Reihe, warf vier Einser und eine Zwei, und sie wußte, daß er zum Gott des Hauses, auf dem er landen wollte, mit einer inneren Inbrunst betete, die sie veranlaßte, ihre Zunge im Zaum zu halten. Er suchte die Stäbchen zusammen und warf, ebenfalls eine Eins und eine Zwei.

«Mit diesem Stein kannst du zwei weiter vorrücken», sagte sie, indem sie darauf zeigte, «aber mit diesem Stein mußt du in das Haus des Fischerzubehörs gehen.»

Harmin strich mit einem Finger über seine Oberlippe. Sheritra bemerkte, daß er leicht schwitzte. «Nein», sagte er mit leiser

Stimme. «Ich werde mit einem deiner Steine vorrücken, Sheritra, denn ich mag nicht von einem unglücklichen Haus zum nächsten gehen.»

«Wie du willst», erwiderte sie, «aber dann mußt du mich geradewegs im Haus der Schönheit absetzen, und dann brauch ich nur noch übers Wasser zu springen.»

Er sagte nichts. Geschickt tauschte er seinen Stein gegen ihren aus, und das Spiel ging weiter, doch nun reagierte er murrend auf ihre Spielzüge oder sagte gar nichts. Er erschien irgendwie gespannt, und wenn sie aus purem Glück eine Ziffer warf, die ihr erlaubte, ihn in das Haus des Wassers zu schleudern, schrie er gequält auf. Ihre Hand hielt mitten in ihrer Bewegung inne, den Spielstein fest umklammert, und er preßte seine Hand auf die ihre. Seine Finger waren vom Schweiß kalt und naß. «Nicht ins Wasser», sagte er heiser. «Es ist kalt und dunkel da drin und so hoffnungslos. Bitte, Sheritra.»

«Harmin, das ist doch nur ein Spiel», sagte sie freundlich. «Heute spielen wir es nicht mit Zaubersprüchen, sondern nur so zum Spaß. Wenn ich dich nicht ins Wasser werfe, dann verliere ich.»

Er lächelte gequält. «Und du kannst nur schlecht verlieren. Ich gebe dir den Punkt ab, aber wirf mich dafür nicht ins Wasser.»

Sie zuckte verwirrt und verärgert die Achseln. «Na, dann eben Schluß damit. Leg das Spiel weg, und wir knobeln mit den Würfeln. Um welchen Einsatz wollen wir spielen?»

Bald darauf verließen sie die Matte. Sheritra hatte beim Knobeln gewonnen, und Harmin hatte ihr versprochen, nach dem Abendessen mit ihr auf dem Fluß zu fahren. Sie trennten sich, um ihren Mittagsschlaf zu halten, und Sheritra lag auf ihrem Ruhebett und fragte sich, warum er sich das Spiel so sehr zu Herzen genommen hatte. So manche Stunde hatten sie sich mit Sennetspiel vertrieben, so wie jedermann, doch dies war das erste Mal gewesen, wo es ihn dermaßen aufgeregt hatte.

Das Haus schien heute nicht so ruhig wie sonst zu sein. Viele kleine Flüsterstimmen und Getrippel waren zu vernehmen, ganz so, als wäre eine Mäusearmee eingefallen. Obgleich sie körperlich erschöpft war, da sie in der Nacht zuvor schlecht geschlafen hatte, konnte sie nicht einschlafen.

Sie weckte Bakmut und ließ sich von ihr kühlendes Wasser auf die Haut reiben. Doch verglichen mit Tbubui wirkte Bakmut, die ihre Herrin jahrelang massiert und gewaschen hatte, unbeholfen und unerfahren, und schließlich sagte Sheritra ihr, sie solle sich wieder auf ihre Schlafmatte legen. Heute abend will ich viel Wein trinken, sprach sie verdrießlich zu sich, und den Harfenspieler in mein Zimmer holen, und dann tanze ich zu seiner Musik, ganz allein. Ich möchte nur zu gerne wissen, wie es Hori erging. Weshalb hat er mich nicht besucht? Morgen schreibe ich ihm einen Brief.

Harmin und sie gingen im roten Abendlicht an den Fluß, der viele Meilen weit nach Norden floß. Zufrieden standen sie an der Reling des Bootes und sahen zu, wie die nördlichen Randgebiete bald in die reifenden Felder und die rosafarbenen Spiegel der palmengesäumten Bewässerungskanäle übergingen. Als Fackeln an den Wasserstufen der Anwesen, an denen sie vorbeifuhren, angezündet wurden und die Vegetation an den Ufern des Nil im Dämmer verschwamm, gab Harmin den Befehl umzukehren, und Sheritra und er zogen sich in die kleine Kajüte zurück. Bakmut blieb draußen sitzen, ihren Rücken den schweren Vorhängen zugewandt, die nicht vorgezogen worden waren. Im Dunkel der heraufziehenden Nacht lagen Sheritra und Harmin schweigend auf den Kissen und umarmten sich voller Begierde.

«Oh, Harmin», flüsterte sie. «Ich hätte mir nie träumen lassen, daß ich mich so glücklich fühlen kann. Und wie sehr habe ich mich früher über die Liebe lustig gemacht! Wie sehr habe ich all jene bedauert, die sie gefunden hatten, nur weil ich mich geweigert habe zuzugeben, daß ich mich ebenfalls danach sehne!»

Er legte seine Finger auf ihre Lippen. «Psst», sagte er flüsternd. «Sieh nicht zurück, liebste Schwester! Diese Sheritra gibt es nicht mehr. Ich liebe dich, und die Zukunft schenkt uns noch viele Nächte wie diese.»

«Nein, nicht wie diese», sagte sie und erhob sich schwerfällig, indem sie ihr Haar zurückwarf, «denn dies ist eine Qual. Ich habe dich und habe dich doch nicht...» Ihre Stimme verlor sich, und sie war sehr froh, daß die Dunkelheit ihre plötzliche Schüchternheit verbarg.

«Du bekommst mich noch früh genug», erwiderte er. «Wir werden heiraten, Sheritra. Zweifelst du daran?»

«Nein», antwortete sie, noch immer so leise, daß Bakmut nichts hören konnte. «Aber wann denn, Harmin? Ich bin eine Prinzessin, und bei einer Prinzessin dauern solche Dinge sehr lange.»

Er schwieg. Sie konnte fühlen, wie er nachdachte, und während die Augenblicke vergingen, begann sie abzukühlen und dann vor Entsetzen zu zittern. Er braucht Zeit, um zu antworten, dachte sie unglücklich. Er bedenkt, wie er es am besten sagt. Doch als er schließlich den Mund öffnete, überraschte er sie.

«Ich weiß, daß es lange dauert», sagte er, «und falls es nur eine Angelegenheit des königlichen Protokolls ist, so würde ich denen die Zunge zeigen und mit dir weglaufen.» Sie lächelte erleichtert in der Dunkelheit. «Aber da ist noch etwas anderes», fuhr er fort. «Bist du dir im klaren darüber, Sheritra, daß dein Vater meine Mutter heiraten möchte?»

Der Schock machte sie sprachlos, dennoch wußte sie insgeheim, daß dieses Ereignis unvermeidbar sein werde. Ihr Vater war vollkommen in Tbubui vernarrt, soviel stand fest. Sheritra hatte es bemerkt und darüber gegrübelt, hatte sich jedoch geweigert, das natürliche Resultat seiner Besessenheit zu betrachten. Vor vielen Wochen habe ich ihn davor gewarnt, dachte sie. Tbubui wird Männern gefährlich. Das spüre ich. Trotzdem hat er das Anrecht, sich so viele Frauen zu nehmen, wie er will. Diese Heirat macht ihn zu einem glücklichen Mann. O Hori, mein lieber, lieber Hori. Was sagst du denn dazu? Und Mutter? Dennoch reizte sie diese Vorstellung, warum dies so war, vermochte sie nicht zu sagen. Es schien Öl in das Feuer ihrer Begierde nach Harmin zu gießen.

«Nein», sagte sie atemlos, «das wußte ich nicht. Bist du sicher? Woher weißt du das?»

«Ich habe mir ein paar Schriftrollen auf dem Schreibtisch meines

Onkels angesehen, als ich nach jener mit der Geschichte suchte, die er uns am Abend zuvor vorgelesen hatte», sagte Harmin zur Erläuterung. «Der Heiratsvertrag lag darunter, und ich habe ihn unwissentlich auseinandergerollt. Dein Vater hatte ihn bereits gesiegelt und meine Mutter ebenfalls.»

«Hast du sie daraufhin angesprochen?» Und hat Vater Mutter und Hori angesprochen? Falls er dies getan hatte, weshalb hatte er dann noch nicht mit ihr gesprochen?

«Nein», antwortete Harmin. «Sie wird mir zur gegebenen Zeit davon erzählen, nehme ich an. Es tut mir leid, Sheritra. Wenn die Dinge bereits so weit gediehen sind, so habe ich mir gedacht, wird er wohl bereits alle davon unterrichtet haben. Ich habe darauf gewartet, daß du es erwähntest, aber du hast nichts davon gesagt.»

Einen blinden Augenblick lang zitterte Sheritra aus reinem Zorn. Bis zu dem Zeitpunkt, da Tbubui in den neuen Flügel einziehen würde, den Khamwaset zweifellos für sie bauen lassen würde, bis zu dem Zeitpunkt, da alle rechtlichen Angelegenheiten im Zusammenhang mit der Heirat geregelt sein würden, müßten Harmin und sie Freunde bleiben. Er bringt mein Glück in Gefahr, jenes Glück, das ihm angeblich immer so wichtig war, schrie sie in Gedanken heraus. Verdammt sollst du sein, Vater, du und deine dämliche Schwärmerei. Weshalb konntest du nicht einfach mit ihr schlafen, bis dein Feuer erloschen ist?

Die Stärke ihres Gefühls erschreckte sie, und sie mußte irgendein Geräusch verursacht haben, denn sie hörte, daß Harmin die Lampe anzündete, und sofort war die Kajüte mit gedämpftem gelbem Licht gefüllt.

«Alles in Ordnung mit dir?» fragte er scharf. «Du bist bleich geworden, Hoheit.»

Sheritra schluckte schwer. «Unsere Pläne müssen warten», brachte sie gerade noch heraus. «Ich bin wütend, Harmin, das ist alles. Vater tut nichts Unrechtes.»

Ein Bootsmann rief ihnen eine höfliche Warnung zu, und Harmin stand mühsam auf, indem er sie mit sich hochzog. «Wir sind zu Hause», sagte er. «Es tut mir leid, daß ich dich schockiert habe.

Vergib mir. Sag bitte deiner Familie nichts, ich bitte dich darum. Ich habe einen großen Fehler begangen.»

Nein, das hast du nicht, dachte sie verbissen, als sie vor ihm die Kajüte verließ. Dies ist jetzt mein Zuhause, neben dir. Ich werde dich heiraten und hier leben und nie mehr in meine Gemächer im Haus meines Vaters ziehen. Ich sehne mich danach, mit Hori zu reden. Oh, warum bloß ist er nicht gekommen?

In dieser Nacht schlief sie wiederum schlecht. Sie träumte vom Haus des Wassers als einem großen, dunklen See, an dessen Ufern sie stand. Es war dämmerig, die trübselige weite Fläche eines farblosen Himmels traf auf der glatten Wasseroberfläche auf und nebelte sie ein. Genau unter der Oberfläche gab es Dinge, die hinausstoßen wollten, und sie wollte nicht nach ihnen sehen, war andererseits aber nicht in der Lage, sich davon zu lösen. Die Formen trieben näher heran, als würden sie von ihr angezogen.

In der Morgendämmerung wachte sie mit pochendem Herzen und schmerzenden Gliedern auf; einige Minuten lang lag sie erleichtert da und lauschte dem Klang der Morgengesänge, welche die Vögel in den Palmen anstimmten. Dann schlief sie erneut ein und erwachte erst wieder zu Bewußtsein, als Bakmut sich verneigte und das Tablett mit dem Frühstück auf ihrem Schoß absetzte.

Sie war unsäglich erleichtert, Tbubui zu sehen, so sprühend und reizend wie immer, wie sie ins Badehaus kam und barfuß im Wasser stand, das von Sheritras Körper hinabwirbelte und in den Abfluß hineinstürzte. «Letzte Nacht hatte ich einen schrecklichen Traum», platzte sie heraus, und Tbubui lächelte.

«Vielleicht hat Hoheit spät am Abend noch zu schwer gegessen», sagte sie freundlich. «Es tut mir leid, daß du noch gelitten hast.» Mit kritischem Auge musterte sie Sheritras Nacktheit. «Du bist vom Hals bis zu den Knien verspannt», fuhr sie mißbilligend fort. «Komm in mein Zimmer, und dann gebe ich dir eine Vollmassage.» Sie griff nach einem hohen Alabasterkrug und ging weg. Sheritra folgte ihr, während sie das Wasser aus ihren Haaren wrang, und Bakmut trottete hinter ihr her.

Vor Tbubuis Zimmer wachte kein Soldat, und als sie eintrat,

fragte Sheritra sich sogleich, ob sie denjenigen herbeirufen sollte, der vor ihrer Tür Wache stand. Dann verwarf sie diesen Gedanken. Es gab hier für sie keinerlei Gefahr, und das Haus war so klein, daß ein Schrei von ihr genügte, damit spornstreichs ein Soldat herbeigelaufen kam.

Bakmut glitt hinter ihr ins Zimmer, schloß die Tür und hockte sich vor einer Wand hin. Tbubui deutete auf das Ruhebett. «Dies ist das Öl, mit dem ich mich gerne massiere, wenn ich verspannt bin», sagte sie, indem sie den Pfropfen aus dem Alabasterkrug herauszog. Sheritra legte sich seufzend auf den Bauch. «Hoheit, im Handumdrehen fühlst du dich besser.»

Obwohl Sheritra den Kopf weggedreht hatte, konnte sie Bakmuts Mißfallen förmlich spüren. «Ich danke dir, Tbubui», sagte sie. «Massieren ist eine sehr ermüdende Arbeit. Bist du sicher, daß du diese Arbeit nicht lieber meiner Kammerzofe überlassen möchtest?»

«Unsinn, Hoheit», sagte Tbubui barsch. «Ich müßte neben ihr stehen und ihr genaue Anweisungen geben, was sie tun soll, und das wäre langweilig. Nun schließ deine Augen und schieb deine Ellbogen etwas nach unten, damit die Schultern ganz entspannt sind.»

Sheritra tat, worum sie gebeten wurde. Das Zimmer atmete immer noch den Schlaf der Nacht, und in dem plötzlich aufblühenden Aroma des Öls, das auf ihrem Rücken aufgetragen wurde, machte sie zugleich einen schwachen Hauch von der gelöschten Nachtlampe aus.

Tbubuis Hände rieben in trägen Kreisen auf ihrer Haut und begannen dann, sich fest den Rücken hinauf und in einem wohltuenden Rhythmus über die Schultern zu bewegen. «Du hast das Öl mit deinem eigenen Parfüm versetzt», sagte Sheritra als Kommentar, während sie sich auf dem Ruhebett bereits entspannte. «Es riecht gut.» Es roch wirklich gut. Die Myrrhe war schwer und übersättigt, und darunter vermischt lag ein schwacher, wenngleich durchdringender Duft, den weder Sheritra noch Khamwaset identifizieren konnten. Sheritra spürte, wie ihr Alptraum sich verflüchtigte, und der Schwung von Tbubuis tüchtigen Händen rief eine angenehme Mattigkeit hervor.

Eine längere Zeit widmete sich die Frau Sheritras Rücken, Schultern und Oberarmen, dann ging sie zu den Gesäßbacken und den Schenkeln über, mit einer hypnotischen, langsamen Bewegung fuhr sie die kleinen, festen Hügel hinauf und darüber hinweg.

Sheritras Fleisch begann zu glühen. Ihre Schenkel öffneten sich, als Tbubuis Finger der Kluft zwischen den Beinen immer näher kam. Sie ächzte leise, ohne es zu wissen, und Tbubui fragte fast murmelnd: «Tu ich dir weh, Hoheit?»

«Nein», flüsterte Sheritra, die Augen noch immer geschlossen, eine süße Wärme prickelte in den Brüsten und im Bauch.

«Es ist herrlich, nicht wahr, zugleich so entspannt und angeregt zu werden?» sagte Tbubui kommentierend mit rauher Stimme. «Genießt du es auch, Hoheit?»

Doch Sheritra konnte nicht antworten. Mit geöffnetem Mund klammerte sie sich an die Laken, während sie darauf wartete und sich danach sehnte, daß ihre Gastgeberin endlich die verbotene Stelle berührte.

Eine kurze Weile verließen Tbubuis Hände sie, doch dann waren sie wieder da. Nun fühlten sie sich etwas härter an als zuvor, auch beharrlicher waren sie. Sheritra ächzte erneut. Mit einem Mal glitten die Finger der Frau zwischen Sheritras Brüste und das Laken. Sie kneteten, preßten und rieben über ihre hart werdenden Brustwarzen, und erschrocken öffnete Sheritra ihre Augen und drehte sich halb um.

Harmin beugte sich nackt über sie, und während sie ihn in schläfrigem Erstaunen beobachtete, packte er sie an Schulter und Hüften und drehte sie auf den Rücken.

«Deine Mutter...» begann sie, doch er legte sich neben sie und verschloß ihr den Mund mit seinen Küssen.

«Ich kann dich besser behandeln, als sie es kann», sagte er flüsternd, «und mach dir keine Sorgen wegen Bakmut. Sie schläft mindestens noch eine Stunde.»

«Hast du ihr ein Schlafmittel gegeben?» fragte Sheritra hastig flüsternd. «Aber Harmin...» Er legte ihr eine Hand auf den Mund, und diese Geste erfüllte sie mit Aufregung.

«Ich möchte es und du auch», sagte er. «Mach dir keine Sorgen um deine Zofe. Es passiert ihr nichts, und wenn sie aufwacht, wird sie nicht wissen, daß sie geschlafen hat.»

Eigentlich müßte ich mir doch Sorgen machen, sagte Sheritra kleinlaut zu sich. Ich müßte aufstehen und wegrennen. Doch ihre Hand fand seinen Bauch und suchte sich den Weg abwärts, als hätte ihre Hand einen eigenen Willen, und er ächzte und barg sein Gesicht an ihrem Hals.

Sheritra sah keine Spur von Harmin im weiteren Verlauf dieses Tages. «Halte dich von der Liebe fern wie von einer Krankheit», hieß es in ihrem Horoskop, und dennoch hatte sie sich beglückt, ja fast wild dem jungen Mann hingegeben, der nun ihr Herz besaß, und schon sehnte sie sich danach, daß es Abend werde, wenn er bestimmt wieder zu ihr käme und sie sich wieder lieben würden. Seiner Familie ging sie aus dem Weg, lag mit hinter dem Kopf verschränkten Händen auf ihrem Ruhebett und dachte darüber nach, was sie getan hatte, während ihr Körper noch immer jeder Bewegung Harmins nachgab, als sie sich in Gedanken den Liebesrausch vergegenwärtigte.

Hinter der Begierde, die sie erneut überkam, machten sich Gewissensbisse bemerkbar. Eine Prinzessin darf es sich nicht erlauben, einem Gemeinen ein Kind zu schenken. Eine Prinzessin darf einem Gemeinen nicht einmal einen Anflug von Göttlichkeit verleihen. Und eine Prinzessin, dachte sie mit einem stechenden Schmerz der Angst, kann streng bestraft werden, wenn sie leichtfertig ihre Jungfräulichkeit verliert. Andererseits ist es auch nicht so, daß ich mich einem Matrosen hinter einer Bude im Basar hingegeben hätte, sagte sie sich. Harmin und ich sind so gut wie verlobt, und er ist der Sohn eines Vornehmen. Nun gibt es für mich kein Zurück und kein Verstecken mehr. Wenn ich noch einmal von der Süße seines Körpers kosten will, dann muß ich Bakmut ins Vertrauen ziehen, und Vater erfährt es innerhalb von einigen Tagen.

Tbubui hat meine Kapitulation vorbereitet, soviel steht fest, und das schockiert mich am meisten. Verhält sie sich also nicht moralisch so anspruchsvoll, wie sie immer vorgibt? Oder betrachtet sie ihren Sohn und mich bereits als Verlobte? Oder sucht sie meine Unterstützung bei ihren eigenen Verhandlungen mit meinem Vater, eine Unterstützung, die nun den Geruch der Nötigung nicht mehr los wird?

Sie verabscheute, was Tbubui getan hatte, und schauderte vor der Vorstellung, Mutter und Sohn hätten gemeinsam beim Wein im Garten ihren Fall besprochen, so als wäre sie ein Gebrauchsgegenstand, ein Etwas, das keinen eigenen Willen besitze. Nun, was für einen Willen hast du gezeigt? sprach sie bitter zu sich. Du wolltest ihn eindeutig haben, und du wußtest, daß je länger du hierbleiben würdest, dein Sturz um so unvermeidbarer werden würde. In ihrem Plan warst du ein schweigender ergebener Partner, und das hast du dir nur selbst zuzuschreiben. Ich werde mich mit großer Unverfrorenheit behaupten müssen, dachte sie. Vater bleibt nichts anderes übrig, als unsere Verlobung bekanntzugeben. Armer Vater! Ob es ihm etwas ausmacht?

«Bakmut!» rief sie, und die Dienerin stand vom Boden auf, wo sie Schmuck polierte, und trat ans Ruhebett heran. «Bist du diejenige, die Berichte über mich an meinen Vater schickt?»

Bakmut hob ihre Augenbrauen. «Nein, Hoheit, das tu ich nicht», sagte sie mit fester Stimme.

«Wer tut es dann?» fragte Sheritra nachdenklich. «Weißt du es?»

«Ich bin mir nicht sicher, aber ich nehme an, es ist der Schreiber, der hier herumläuft, ohne daß er viel zu tun hat», erwiderte Bakmut scharf. «Je eher wir in das Haus des Prinzen zurückkehren, um so eher können die untätigen Mitglieder deines Gefolges sich ihren Lebensunterhalt verdienen.»

Sheritra löste ihre Hände und setzte sich aufrecht. «Du bist doch meine Freundin, Bakmut, nicht wahr?» begann sie. Das Mädchen verneigte sich. «Du bist seit der Zeit bei mir, als wir uns in der Vorschule mit Fadenspielen amüsiert haben, und du hast mich immer verstanden. Du wirst mich nicht verraten, nicht wahr?»

Bakmut sah sie aufrichtig an. «Ich stehe ausschließlich in deinen Diensten», sagte sie, «und bin niemandem verantwortlich, nur dir, Prinzessin. Natürlich würde ich dich nicht verraten. Doch zugleich mit meiner Treue habe ich das Recht, ohne Zweideutigkeiten das zu äußern, was ich denke.»

Sheritra lachte auf. «Daran hast du es wirklich nie fehlen lassen!» entgegnete sie. Dann wurde sie ernst. «Ich bin bisher nie für mädchenhafte Treue zu haben gewesen», fuhr sie fort. «Auch wenn du nur eine Leibdienerin bist, so betrachte ich dich doch fast wie eine Freundin. Was hältst du von Harmin?»

Bakmut spitzte die Lippen. «Ich weiß, daß Hoheit ihn sehr mag, daher muß er wohl ein wertvoller Mensch sein», antwortete sie.

«Aber du magst ihn nicht.»

«Hoheit, es steht mir nicht zu, über Höherstehende zu urteilen.»

«Das geht nicht an», sagte Sheritra ungeduldig, «aber ich habe dich gefragt, und daher magst du mir frei heraus antworten, ohne mein Mißfallen zu fürchten.»

«Nun gut», sagte Bakmut gleichgültig. «Ich mag ihn nicht, Hoheit. Er ist sehr schön, so wie dein Bruder Prinz Hori, aber es fehlt ihm die Herzensgüte des Prinzen. Ich spüre eine Niedertracht in ihm. Und ich glaube, daß seine Mutter eine verschlagene Frau mit wenigen Skrupeln ist, auch wenn du sie neuerdings Freundin nennst.»

«Ich danke dir für deine freimütige Antwort», sagte Sheritra. «Nunmehr befehle ich dir, Harmin den Zutritt zu meinem Zimmer zu gestatten, wann immer er es möchte, und wenn er kommt, so läßt du uns allein.»

Bakmuts heftige Mißbilligung stand ihr im Gesicht geschrieben. «Hoheit, deine besten Interessen sind in mein Herz eingraviert, und dies ist nicht gut, überhaupt nicht gut», sagte sie zurechtweisend. «Du bist eine königliche Prinzessin. Du ...»

«Das weiß ich alles», sagte Sheritra, ihr das Wort abschneidend. «Ich bitte dich nicht etwa darum, sondern gebe dir einen ausdrücklichen Befehl, so daß du in Zukunft nicht für mein Verhalten verantwortlich zu machen bist. Ist das klar?»

«Jawohl.» Bakmut verneigte sich steif.

«Zudem erwarte ich, daß du nichts von dieser Abmachung zu irgend jemand aus dem Gefolge sagst. Falls man dich fragt, so brauchst du nicht zu lügen, doch solltest du es für dich behalten.»

«Hoheit, ich kann den Mund halten. Wann habe ich schon Zeit zum Klatschen? Prinzessin Nubnefret, deine Mutter, hat es uns übrigens ganz strikt verboten. Und wie sollte ich mit den Dienern dieses Hauses wohl klatschen...» sagte sie spitz lachend. «Die sind doch wie wandelnde Leichen. Ich verachte sie.»

«Gut. Dann haben wir uns ja verstanden.»

«Ich möchte dir nur noch eins sagen», meinte Bakmut störrisch. «Viele der Veränderungen, die dieses Haus bei dir bewirkt hat, liebe Prinzessin, sind wunderbar. Du hast deine Ungeschicktheit und Schüchternheit abgelegt, die dich bisher gequält haben, sowie die Bitterkeit, die du mir gegenüber oft genug geäußert hast. Du blühst auf wie eine Wüstenblume. Aber mit dem Aufblühen geht eine gewisse Verhärtung einher. Ich bitte dich, Hoheit, mir zu vergeben.»

«Ich vergebe dir», sagte Sheritra gleichmütig. «Geh an deine Arbeit zurück, Bakmut.» Die Zofe kehrte zu ihrer Matte zurück und ließ sich darauf nieder, wobei sie ihren Putzlumpen aufhob.

Sheritra erhob sich von ihrem Ruhebett und wanderte im Zimmer herum, gedankenverloren die Wände berührend, das Durcheinander der Kosmetiktöpfchen auf dem Toilettentisch und das Dach ihres tragbaren Schreins des Gottes Thoth. Es gab kein Zurück, das wußte sie. Mit einer Art erheiterten Entsetzens erinnerte sie sich an ihr altes Ich, dennoch hatte Bakmut recht. Hinter all den Veränderungen schien eine Verwegenheit durch, die ihr neu gefundenes Selbstvertrauen in eine derbe und gespielte Tapferkeit zu verwandeln drohte. Nun, mir steht diese Verrücktheit, diese Verwegenheit zu, dachte sie aufsässig. Allzu lange war ich die Gefangene meines kindlichen Ichs. Ich will diese neuen Grenzen, diese neuartigen Gefühle erkunden, selbst wenn ich dabei wie die ungebärdigen Pferde, die einen Streitwagen ziehen, über die weiße Ziellinie hinausschieße und umwenden muß.

Immer noch im eigenen Zimmer, nahm sie ein karges Mittagessen zu sich, doch dann nahm sie all ihren Mut zusammen, um sich zum Abendessen hervorzuwagen, das sie still und zurückhaltend vor ihrem winzigen Tisch einnahm. Sisenet war so höflich und so verschlossen wie stets. Harmin behandelte sie zu ihrer großen Erleichterung mit seiner gewöhnlichen freundlichen Achtung, die mit neckender Warmherzigkeit verbunden war, und nur Tbubui verursachte dem Mädchen etwas Angst. Sie war ungewöhnlich lebhaft, ihre verführerischen, gerissenen Hände huschten und wedelten über die Speisen, zwischen den Blumengirlanden, hielten mit den gezupften Trillern des Harfenspielers Schritt oder unterstrichen etwas, das sie gerade sagte. Dennoch vermeinte Sheritra, daß ihre Augen etwas abschätzten, vielleicht sogar etwas berechneten, und als ihre Blicke sich kreuzten, glaubte sie, eine beleidigende Komplizenschaft in ihnen zu erkennen.

In dieser Nacht kam Harmin zu ihr, wie sie gehofft und befürchtet hatte; er brachte ihr taufrische Blüten mit, mit denen er ihr übers Gesicht strich, sowie ein goldenes Halsamulett. Die gehorsame Bakmut ließ sie allein, und dieses Mal ließ Sheritra ihr Laken auf den Boden gleiten und stand auf, um ihm freimütig entgegenzugehen. Als er sie liebte, geschah dies langsam und zärtlich; seine Leidenschaft war ein glimmendes Feuer, das aufloderte und erstarb, aufloderte und erstarb, während die Stunden verstrichen.

Einige Tage lang wartete sie beklommen darauf, daß ihr Vater ihr eine Nachricht schicke, irgendeinen Schrei der Entrüstung, der verlangte, daß sie sofort nach Hause kam, doch nichts dergleichen traf ein. Vielleicht hatte der Schreiber, der Spion, gar nichts von dem mitbekommen, was zwischen ihr und Harmin vorgefallen war. Vielleicht fühlte er sich hier wohl, da er wenig Arbeit hatte, und belog deshalb seinen Herrn. Doch vielleicht, dachte Sheritra betrübt, ist Vater einfach von seinen eigenen Angelegenheiten zu sehr in Anspruch genommen und schert sich nicht weiter darum, was mit mir geschieht. Diese Vorstellung verursachte ihr eine plötzliche Regung widersprüchlicher Wut. Ich werde heimgehen und untersuchen, warum er schweigt, schwor sie sich. Ich will zu Hori gehen und ihm vorwerfen, daß er sich nicht um mich kümmert. Doch der Zauber der Zeitlosigkeit, der in Sisenets Haus auf die Bewohner einwirkte, hatte auch sie durchtränkt, und sie vertändelte die Zeit und nahm nicht wahr, wie die Tage vorübereilten.

Harmin lud sie ein, in die unechte Kühle der Abende hinauszuziehen, um mit ihm in der Wüste auf die Jagd zu gehen. Dabei wollte er einen Wächter, einen Läufer und den Jagdhund mitnehmen, der tagsüber in der Unterkunft der Diener angekettet war. Manchmal ging er zu Fuß, doch häufiger spannte er ein Pferd vor seinen Wagen und folgte einer der verwehten Spuren, die zu den Dünen führten.

Sheritra überlegte, ob sie seine Einladung annehmen sollte oder nicht. Im Wagen zu stehen konnte gefährlich werden, und sie hatte sich nie sehr für Pferde interessiert. Zudem wäre der Pharao alles andere als erfreut, wenn man ihm melden würde, daß seine Enkelin aus Tollkühnheit verletzt worden oder sogar umgekommen sei.

Doch Sheritra war wie süchtig danach, mit Harmin zusammenzusein, und sie nahm schließlich seine Einladung an, stand in dem schlingernden Fahrzeug zwischen ihm und dem schützenden Wächter, während das Pferd sich abmühte, den Wagen durch den Sand zu ziehen, und der gelbe Hund mit hängender Zunge neben ihnen herlief.

Harmin hoffte stets darauf, einen Löwen zu sichten und zu erlegen. Häufiger jedoch kehrte er mit leeren Händen heim, doch einige Male erlegte er eine Beute.

Einmal war es eine Gazelle, die hinter einem kleinen Steinhaufen hervorgesprungen kam und auf ihren dünnen, hübschen Beinen weglief. Harmin stürzte mit erhobenem Speer hinter ihr her, der Sand spritzte von seinen Fersen hoch, und bevor Sheritra wieder zu Atem kam, hatte er sie erlegt und stand ausgelassen über ihrem zuckenden Körper.

Seine gierige Begeisterung bei diesem Zeitvertreib war sowohl abstoßend wie faszinierend. Dadurch wurde ihr eine Seite von ihm offenbar, die sie nicht in ihm vermutet hatte, und sie hatte Mühe, den zivilisierten, wohlerzogenen Menschen, der ihre geheimsten Gedanken mit großer Leichtigkeit von den Augen abzulesen imstande war, und jenen Harmin, der einer fliehenden Beute wüste Flüche hinterherrief oder in ein wildes Triumphgeheul ausbrach, wenn ein Tier mit seinem Speer in der Schulter zusammenbrach, miteinander in Einklang zu bringen.

An jenen Abenden, da er Beute gemacht hatte, liebte er sie besonders mannhaft und leidenschaftlich, ja sogar etwas brutal, als wäre auch sie eine Beute, die er verfolgen, erlegen und aufspießen müßte. Noch irritierender kam ihr ihre Reaktion vor. Eine primitive Seite in ihr reagierte auf seine milde Wildheit mit einer gleichen Preisgabe, so daß sie auf die Zeit ihrer Jungfräulichkeit noch vor gar nicht so langer Zeit mit Erstaunen zurückblickte. Kennt meine Mutter die Gefühle, die ich kenne? Verlangt mein Vater von ihr je das Verhalten, das Harmin von mir verlangt? Und falls er dies tut, wie geht sie darauf ein? Doch der Gedanke an den Vater beschämte sie, und sie ließ geschwind davon ab.

Eines Abends hatte sie sich mit Harmin hinter der Unterkunft der Diener und der Mauer verabredet, die das kleine Anwesen von der Wüste dahinter abtrennte. Sie kam zu spät, da sie noch einen Brief an Hori diktiert hatte, der ihn zwar nicht verdiente, und daher beschloß sie, eine Abkürzung zu nehmen, die quer durch das Reich der Diener zur hinteren Pforte führte. Der große Hof war leer. Spatzen hüpften auf dem zusammengedrängten Abfall umher, pickten in den Überresten, die vom Haus zur fernen Mauer getragen und darüber in die Wüste gekippt wurden. Sie und ihr Wächter eilten geschwind auf die Pforte zu, und während er sie für Sheritra öffnete, schlüpfte sie hindurch.

Nie zuvor waren ihr die Müllhaufen zu beiden Seiten aufgefallen. Sie blieben nicht lange liegen. Die reinigende Kraft des Sonnenscheins hatte bald jeden Gestank herausgebrannt, und die Schakale und Wüstenhunde schleppten alles weg, was freßbar war. Doch heute erhaschte sie einen Schimmer von einem ungewöhnlichen Gegenstand, der im Sand lag, und hielt inne, um ihn sich etwas genauer anzuschauen. Das Licht glänzte auf einer zerbrochenen Schreibpalette. Sheritra hob sie auf. Ihre abgebrochene Ecke war mit einem Stück groben Leinens umwickelt, das sich bei ihrer Berührung abrollte und dabei zahlreiche Stückchen zerbrochener Keramik ausgoß, die ihr vor die Füße fielen. Irgend etwas anderes blieb im Schlitz stecken, und mit einer Miene des Widerwillens schüttelte sie es aus und ließ das Stück Leinen auf den Abfall flattern.

Es war ein Wachsfigürchen, zwar grob gefertigt, das aber durch die vierschrötigen Schultern und den dicken Hals eine gewisse urzeitliche Kraft ausstrahlte. Beide Arme waren abgebrochen, und ein Fuß fehlte, doch mit Unbehagen erkannte Sheritra, daß der Kopf mehrfach durchstochen worden war. Die winzigen Löcher, die mit Sand verklebt waren, fühlten sich rauh an, als sie mit dem Daumen darüber rieb. Auch die Herzgegend war mit Einstichen übersät. Grobe Schriftzeichen waren in das weiche braune Bienenwachs eingeritzt worden, und sie nahm sie näher in Augenschein, um sie zu entschlüsseln, während ihr Unbehagen zu einer Furcht heranwuchs. Sie war die Tochter eines Magiers, und sie wußte, was sie in den Händen hielt. Es war ein Zauberpüppchen. Jemand hatte es eigens angefertigt, um den Namen seines Feindes darin einzuritzen, und dann hatte er, dabei Sprüche der Verwünschung und des Unglücks murmelnd, Kupfernadeln in Kopf und Herz getrieben. Der Abfall, unter dem es begraben war, hatte es verkratzt und zusammengedrückt, so daß sie die Zeichen nicht mehr erkennen konnte. «Nicht anfassen, Hoheit!» sagte der Wächter zur Warnung, und als sie seine Stimme vernahm, warf sie es mit einem Aufschrei weit von sich.

Die Schreibpalette war ein kunstvoller Gegenstand, mit einer feinen Verzierung aus aufgetragenem Goldgranulat und einer Abbildung des ibisköpfigen Thoth, des Gottes der Schreiber, aus blauem Email und Zellenemail an einer Seite. Sheritra grübelte eine Zeitlang darüber nach. Irgendwo hatte sie die Palette bereits gesehen, doch sosehr sie sich auch bemühte, sie konnte sich nicht daran erinnern, wo oder wann es gewesen war.

Schließlich legte sie sie behutsam im Sand neben dem Müllhaufen ab, und hockend stöberte sie in den kleinen, scharfen Stückchen herum, die offensichtlich die Überreste eines großen Keramiktopfes waren. Sie erkannte auch, wozu man diesen benutzt hatte, und sie konnte sogar einige wenige unzusammenhängende Zeichen eines Zauberspruchs erkennen, die man wahllos auf den Topf geschrieben hatte, bevor der Haß jemandem die Hand mit dem Hammer geführt hatte, durch die er in Stücke geschlagen worden war. «Sein Herz... bricht... Dolche... Schmerzen... täglich... Entsetzen...»

Irgendwer in diesem Haus verbirgt einen furchtbaren Haß, dachte sie. Der Zauberspruch ist in Umlauf gesetzt und das Ritual vollzogen worden, und die Werkzeuge der Zerstörung in den Händen der unbekannten Person waren achtlos auf dem Müll gelandet. Zu gerne möchte ich wissen, ob der Zauberfluch erfolgreich war oder ob das Opfer davon Wind bekam und rechtzeitig einen Gegenspruch ersonnen hat. Ihr schauderte, und sie schrie auf, als ein Schatten auf sie fiel.

«Hoheit, was suchst du da?»

Sheritra stand schwerfällig auf und sah, daß Harmin hinter ihr stand. Sie zeigte auf ihren Fund. «Der Sonnenschein auf der Schreibpalette hat mich darauf aufmerksam gemacht», sagte sie zur Erklärung. Innerlich zitterte sie. «Jemand hat versucht, einen anderen damit umzubringen, Harmin.»

Er zuckte die Achseln. «Die Diener streiten ständig herum, haben immer eine Rechnung zu begleichen und verwickeln sich in kleinliche Eifersüchteleien», erwiderte er. «Die verhalten sich doch überall gleich, oder etwa nicht? Dieser Zauberspruch muß aus ihrer Unterkunft herrühren.»

«Dann können eure Diener also doch reden?» sagte sie, ihn halb neckend, halb ködernd, und er brummte nur.

«Ich nehme an, daß sie ziemlich zungenfertig sind, wenn sie mit ihresgleichen zu tun haben. Denk nicht mehr an sie, Prinzessin. Möchtest du dieses Mal das Pferd lenken?»

Sie nickte gedankenverloren, und sie gingen nebeneinanderher zum bereitstehenden Pferdewagen. Doch das Gefühl der Vertrautheit, das sie beschlichen hatte, als sie nach der Schreibpalette griff, verließ sie nicht. Es tauchte in den folgenden Tagen mehrmals auf, um sie mit einer Erinnerung zu verhöhnen, die außerhalb ihres Gedächtnisses lag. Manchmal fragte sie sich, ob Sisenet selbst, ein emsiger Gelehrter, das Püppchen aus Wachs angefertigt hatte. Manchmal dachte sie an Tbubui, eine Dilettantin der Medizin und vielleicht auch der Magie. Doch sie konnte sich nicht vorstellen, daß Tbubui oder Sisenet insgeheim die Dämonen zwingen würden, ihnen zu Willen zu sein.

Tbubui kam nicht mehr morgens ins Badehaus, um die Haut der Prinzessin zu untersuchen und einzureiben. Womöglich haben die Besuche ihren Zweck erfüllt, dachte Sheritra, doch diese Erkenntnis machte sie nicht trübselig. Ihr war, als ob sie und Harmin bereits einen Ehevertrag unterschrieben hätten und bereits Mann und Frau waren und sie selbst ein ständiges und legitimes Mitglied des Haushalts war.

Nach wie vor verbrachten sie die Vormittage gemeinsam, häufig fuhren sie auf dem Fluß oder bummelten durch die überfüllten Straßen von Memphis, ein Zeitvertreib, dem sie nicht gefrönt hatten, als Harmin noch nicht Sheritras Geliebter war. Die Menschenmenge, der Lärm, sogar die Gerüche bestürzten zunehmend das Mädchen, und sie war erleichtert, wenn sie das Boot besteigen konnte und zurückstaken in die Sicherheit und Stille des abgeschiedenen Hauses.

Eines Tages befand sie sich in Tbubuis Zimmer und saß in einem luftigen Tagesgewand am Kosmetiktisch, ihr Gesicht war bereits geschminkt, doch ihr langes Haar war noch nicht geordnet. Tbubui und sie betrachteten Tbubuis Schmuck, als wären sie beide Schwestern oder als gehörten sie in Ägypten derselben gesellschaftlichen Schicht an. Manchmal irritierte Sheritra dies, doch hatte sie vor ihrer Ratgeberin, die ihre Freundin geworden war, einen zu großen Respekt, als daß sie protestiert und riskiert hätte, sie zu kränken. Sheritra bewunderte die Schmucksammlung, denn sie enthielt viele schwere, schlichte Stücke alter Handwerkskunst von jener Art, die inzwischen nur noch schwer zu bekommen war.

«Meine Mutter war in ihrem Geschmack sehr konservativ», erklärte Tbubui, als Sheritra mit den Fingern in den Ringen, Fußkettchen, Amuletten und Pektoralen wühlte. «Sie besaß viele Stücke, die ihren Vorfahren gehörten, und sie betrachtete sie als Familienandenken, die von Generation zu Generation weitervererbt wurden.

Für mich sind sie das nicht weniger. Mein Gemahl schenkte mir wunderbare Dinge, aber den Schmuck meiner Mutter trage ich fast jeden Tag.» Sie legte einen silbernen Anhänger mit einem Horusauge aus Onyx um Sheritras Hals. «Dies ist ein leichtes und graziöses Schmuckstück, das dir gut steht, Hoheit», sagte sie zustimmend. «Ebenfalls ein mächtiger Schutz gegen das Böse. Magst du es?»

Sheritra wollte gerade ihre Begeisterung kundtun, als ihr Auge auf einen glänzenden Türkis fiel, der rechts am Rand des Ebenholzkastens lag. Tbubui gehörten viele Türkise, doch irgend etwas an der Form des Schmuckstücks, das sie erblickt hatte, fesselte Sheritras Aufmerksamkeit, und sie räumte das andere Zierwerk beiseite und fischte es heraus. Tbubuis Hände ruhten noch immer auf ihrer Schulter. Das Mädchen hielt einen Ohrring aus Gold und Türkis in der Hand. Sanft baumelte er an ihren Fingern, und sie biß sich auf die Lippen, während sie ihn anschaute, dann rief sie aus: «Tbubui, das ist der Ohrring, den Hori in dem Schacht gefunden hat, der aus der Grabkammer ins Freie führte! Den würde ich immer wiedererkennen!» Ihre Finger schlossen sich um ihn, und sie drehte sich auf dem Schemel um. «Was hat der denn in deinem Schmuckkasten verloren? Oh, bitte sage mir, daß Hori die letzte Ruhestätte dieser Frau nicht dadurch geschändet hat, daß er ihn dir schenkte!»

«So beruhige dich doch, Prinzessin», sagte Tbubui mit einem Lächeln. «Selbstverständlich würde dein Bruder so etwas nie tun. Dafür ist er viel zu ehrlich.»

«Aber er ist in dich verliebt!» sprudelte es aus Sheritra heraus. «Sein Urteilsvermögen könnte ihn im Stich gelassen haben. Um der Liebe willen tun wir fragwürdige Sachen, manchmal...» Ihre Stimme brach hier ab, und zum erstenmal seit Wochen errötete sie. «Ich weiß, daß du meinen Vater heiratest», sagte sie matt. «Vergib mir meine Taktlosigkeit, Tbubui.»

«Ich vergebe dir, Sheritra», fiel Tbubui leichthin ein. «Ich bin mir über Horis Schwärmerei für mich im klaren, ich war nett zu ihm; du brauchst nichts zu befürchten, das geht auch wieder vorüber. Was den Ohrring anbelangt...» Sie langte nach unten und entwand das Schmuckstück flink aus Sheritras Griff. «Hori hatte mir das Original gezeigt, und da ich Türkise sehr mag, war ich entschlossen, mir eine Kopie davon anfertigen zu lassen. Ich habe ihn skizziert, sowie Hori fortgegangen war, und mein Juwelier hat mir nach meiner Skizze zwei Stück davon angefertigt.»

«Oh.» Sheritra war nun vollends verwirrt. «Aber wo ist denn der zweite ?»

Tbubui seufzte. «Ich habe ihn verloren. Der Verschluß hielt nicht so gut, wie er hätte halten müssen, aber ich wollte ihn nicht reparieren lassen, um den Ohrring nicht zu entbehren. Ich war zu froh, daß ich ihn tragen konnte. Bevor ich mich von ihm trennen konnte, hat er sich von mir getrennt. Die Diener haben das Haus und den Garten nach ihm durchkämmt, sogar das Ruderboot und die Barke, doch er muß sich irgendwo in der Stadt von meinem Ohr gelöst haben. Eines Tages lasse ich mir noch einen anfertigen.» Sie ließ den Ohrring achtlos in den Schmuckkasten fallen. «Möchtest du etwas Gewürzwein trinken, Hoheit? Und vielleicht ein Häppchen dazu?»

Tbubuis Erläuterung war vollkommen einleuchtend, doch irgend etwas in Sheritras Eingebung zeigte ihr an, daß sie nicht die Wahrheit vernommen hatte. Früher einmal wäre es Hori nicht im Traum eingefallen, ein Grab zu schänden, indem er das Eigentum eines anderen weiterverschenkte, damals war er jedoch noch ein freier, ehrbarer junger Mann. War der launenhafte, reizbare Hori in den Fängen einer unerwiderten Liebe, so daß er wirklich zu einer solchen Tat imstande war? Sheritra hielt es für möglich. Um ein gutgearbeitetes Schmuckstück anfertigen zu lassen, brauchte man andererseits viel Zeit, und dasjenige, das Sheritra hatte baumeln lassen, schien nicht einmal neueren Datums zu sein. Die Goldarbeit wies feine Kratzer sowie hier und da Druckstellen auf. Es war zwar nicht unüblich, daß ein Handwerker ein Schmuck- oder Möbelstück künstlich alt machte, doch Tbubuis Türkis hatte in jener milchig grünen Tönung geschimmert, die nur einer echten Antiquität eigen war, und das Gold besaß eine dunkle Färbung und war mit Purpurpünktchen durchsetzt. Es war durchaus möglich, daß Tbubui einen alten Stein aus ihrer Sammlung zu einem birnenförmigen Stein, ähnlich der Originalvorlage, hatte umarbeiten lassen. Ebensogut war es möglich, daß ihr Juwelier in der Lage war, sich die Zeit zu nehmen, das Purpurgold aus Mitanni nachzuahmen, doch Sheritra wurde das ungute Gefühl nicht los, daß keine ihrer Überlegungen zutraf. Hori hatte der Frau, für die er entbrannt war, den schönen Gegenstand in die Hand gedrückt, und sie hatte sein Geschenk angenommen.

Sheritra fiel noch ein weiterer, unangenehmer Zusammenhang auf. Die weggeworfenen Utensilien des Zauberspruchs – könnte er von Tbubui in dem Bemühen beschworen worden sein, den eifersüchtigen Zorn einer toten Frau von sich abzuwenden? Jedenfalls waren es die Überreste eines Bannfluchs, da bin ich mir sicher, dachte Sheritra sich, als sie auf ihrem Ruhebett keinen Schlaf fand oder im Garten herumspazierte oder sich von Bakmut die Fußsohlen mit Henna bemalen ließ. Man kann nicht den Zorn eines alten Kas abwenden, indem man es erneut beleidigt. Ich muß für einen oder zwei Tage nach Hause gehen. Ich kann es nicht weiter hinausschieben.

Sie erzählte es Harmin am Abend, als sie einander in den Armen lagen, und er liebkoste ihren Hals und sagte: «Ich will dich ziehen lassen, aber nur, wenn du mir versprichst, in zwei Tagen zurückzukehren. Du bringst mir Jagdglück, Kleine Sonne, und zudem hast du aus diesem Haus einen glücklichen Ort gemacht.» Später stimmte auch Tbubui zu, daß Sheritras Entscheidung klug gewesen sei. «Ich kann deine Sorge verstehen», sagte sie mitfühlend. «Schimpfe mit deinem Bruder, daß er uns beide vernachlässigt hat, und lade ihn zum Abendessen ein, wenn du zurückkommst. Bestell deiner erhabenen Mutter die besten Grüße.»

Sheritra ließ die wenigen Sachen packen, die sie benötigte, und verabschiedete sich beiläufig von Harmin und seiner Mutter. Für ein förmliches Abschiednehmen bestand kein Anlaß. Sie beabsichtigte, am folgenden Nachmittag an jenen Ort zurückzukehren, den sie nunmehr als ihr wahres Zuhause betrachtete.

Als sie jedoch das Haus verließ und im fahlen, frühen Sonnenlicht langsam auf die Stufen zum Wasser zuging, bemächtigte sich ihrer eine Mischung aus Niedergeschlagenheit und Widerstreben. Die

Wirklichkeit begleitete sie nicht mehr überallhin. Je weiter sie sich von dem niedrigen, weißen Haus entfernte, desto stärker schien seine Direktheit. Sie betrat die Barke über die Laufplanke in der merkwürdigen Überzeugung, daß weder die Außenwelt noch sie selbst irgendeine Substanz besaßen.

Bakmut war überglücklich. Sogar die Wachen schienen neu aufzuleben. Alle an Bord sind glücklich, nur ich nicht, dachte Sheritra grollend, als das Schiff vom Ufer ablegte. Nun denn, dafür werden sie nicht lange glücklich bleiben, denn was auch immer geschieht, morgen befehle ich, daß sie wieder mit mir zurückfahren müssen. Sie unterdrückte einen Drang, Bakmut anzufahren, die leise vor sich hin summte, und mit einer niedergeschlagenen Entschlossenheit starrte sie vorwärts auf die sich ausbreitende Stadt.

Die Stufen zum Wasser am Haus ihres Vaters kamen ihr nun riesig und neu vor, als die Barke dagegenstieß und die Laufplanke ausgelegt wurde. Die Haltepfosten im Nil waren mit makellosen, blauweißen Flaggen gekrönt, den königlichen Farben. Die Stufen selbst, die täglich gescheuert wurden, schienen verwirrend bis in die Unendlichkeit anzusteigen, und Sheritra ging mit einer Art Entsetzen auf sie zu. Oben begrüßten sie die Diener des Haushalts einer nach dem andern, und ein Herold lief zum Haus, um sie anzumelden. Schnell wurde ein Sonnenschirm geöffnet und eine Eskorte gebildet.

Sheritra ging den Pfad hinauf, der ihr so breit vorkam wie eine Straße in der Stadt. Gezähmtes Strauchwerk und unkrautfreie Beete mit exotischen Blumen glitten langsam zu beiden Seiten an ihr vorbei. Auf ihnen arbeiteten drei Gärtner, die nackten Rücken dem Himmel zugewandt. Die vielfarbenen Säulen am Vordereingang gerieten in Sicht, an jeder ein Soldat postiert, und hinter ihnen saßen genau vor der Doppeltür der Herold, der Verwalter und der Schreiber und harrten der Besucher. Sheritra erwiderte mit einem Kopfnicken ihre Verneigung, als sie auf dem Weg zur Rückseite des Hauses an ihnen vorüberging.

Schon vernahm sie das Rauschen des Springbrunnens und das Lachen der Kammerzofen. War dies immer schon so? fragte sie sich benommen. Wie ein Miniaturpalast, immer murmelnd, immer so üppig? Bin ich immer schon mit so viel distanziertem Respekt behandelt worden und habe dies als gegeben hingenommen?

Doch ihr blieb nicht die Zeit, die Gründe für ihr Erstaunen zu erkunden, denn Ib kam mit einem feierlichen Gesicht auf sie zu. Sie hielt an und wartete, und er verlangsamte seinen Schritt, verbeugte sich tief, wobei er gleichzeitig seine Arme ausstreckte.

«Ib?» sagte sie.

Er richtete sich auf. Hoppla, er ist gar nicht mal so alt, dachte Sheritra verblüfft, und starrte in sein offenes, schön geschminktes Gesicht, das von einer kurzen schwarzen Perücke eingerahmt wurde. Und dazu hat er einen schlanken und muskulösen Körper. Er ist ein attraktiver Mann. «Hoheit, es ist bemerkenswert, daß du dich entschlossen hast, ausgerechnet heute nach Hause zurückzukehren», entgegnete er. «Dein Vater, der Prinz, hat nämlich gerade Anweisungen für deine Anwesenheit erlassen.»

«Warum?» fragte sie schroff. «Was gibt es denn?»

«Ich glaube, das erzählt er dir besser selber», sagte der Haushofmeister. «Er ist bei deiner Mutter. Ich werde dich begleiten.»

Auf seinen barschen Befehl hin blieb ihr Gefolge zurück, und sie, Bakmut und der Sonnenschirmträger gingen weiter – durch den großen Garten, am Springbrunnen und am blauen Fischteich vorbei, zwischen der Sykomorengruppe hindurch – bis an den Hintereingang. Von dort war es nicht mehr weit bis zu Nubnefrets Gemächern, und Sheritra, deren Angst zunahm, kämpfte gegen das Gefühl der Fremdheit an.

Ib gab Bakmut durch ein Zeichen zu verstehen, sie solle auf einem der Schemel im Flur warten, und stieß die Türen auf. Hinter ihr wurden die Türen fest geschlossen. Khamwaset reichte Sheritra eine Hand, und sie ergriff sie. Ihre Mutter saß auf dem Ruhebett. Sie nahm von Sheritras Ankunft kaum Notiz, und das Mädchen wandte sich daher ihrem Vater zu. Er gab ihr einen flüchtigen Kuß.

«Was ist denn geschehen?» fragte sie und bemerkte das leichte Echo ihrer Stimme in der hohen, dunklen Decke. Meine Güte, dieser Raum ist aber hoch, dachte sie. Darin sind wir ja allesamt Zwerge.

«Der Oberherold von Ramses ist heute morgen eingetroffen», eröffnete Khamwaset ihr. «Deine Großmutter ist vor fünf Tagen gestorben.» Er erwähnte nicht die anderen Briefe, böse Briefe, die der Herold von Ramses mitgebracht hatte. «Wir sind von nun an in Trauer, Kleine Sonne.»

Nenn mich nicht so! dachte sie entrüstet. Doch nachdem sie kurz nachgedacht hatte, was das für sie bedeute, geriet sie in Panik. Trauer. Siebzig Tage hier eingeschlossen sein, fern von Harmin, fern von Tbubui, keine Sonnenuntergänge in der Wüste, kein Füttern des gelben Hundes mit honigsüßen Datteln, keine Brettspiele unter den Palmen, kein Harmin in meinem Bett. Dafür immer wieder Mutters Nörgeleien und das ständige Gefühl, es niemandem recht zu machen.

Dann hatte sie den Takt, sich zu schämen. Großmutter ist tot. Mir gegenüber hat sie sich immer geduldig und freundlich gezeigt, und mir fällt nichts anderes ein, als mich bei der Nachricht von ihrem Tod zu ärgern. Das ist egoistisch von mir.

«Oh, Vater, wie schrecklich», sagte sie, «aber es ist zugleich auch gut. Astnefert hat viel leiden müssen und so lange schon, nicht wahr? Nun ist sie bei den Göttern und hat Frieden gefunden. Fahren wir zur Bestattung nach Theben?»

«Natürlich.» Die sachliche Stimme gehörte Nubnefret. «Und ich muß dir gestehen, Sheritra, daß die Aussicht auf eine Reise, gleich wohin und aus welchem Grund auch immer, mich hoch erfreut. Gefällt dir dein Aufenthalt bei Tbubui?»

Die Bemerkungen ihrer Mutter waren so schneidend, daß Sheritra sich erschreckt zu ihr hin drehte. «Ja, mehr als ich sagen kann», antwortete sie, und Nubnefret wandte ihr ein ausdrucksloses Gesicht zu.

«Gut», sagte sie gleichgültig. «Ich will jetzt gehen und anordnen, daß man deine Räume in Ordnung bringt.» Sie stand auf und schwebte hinaus. Wieder einmal fielen die Türen dumpf zu.

«Ist Mutter krank?» erkundigte sich Sheritra, und als sie dies fragte, sackten Khamwasets Schultern zusammen. Er seufzte.

«Das glaube ich nicht, aber sie fühlt sich zutiefst beleidigt. In

Wahrheit ist es so, Sheritra» – hier zögerte er –, «daß ich mich entschlossen habe, eine Nebenfrau zu nehmen. Und das gefällt deiner Mutter nicht, obwohl ich natürlich ein Anrecht darauf habe. Ich habe mit Tbubui einen Vertrag unterschrieben.» Ängstlich suchte er ihren Blick. «Ich hatte nicht vor, es dir so plötzlich mitzuteilen. Das tut mir leid. Bist du überrascht?»

«Nein», antwortete sie, und plötzlich hatte sie das Bedürfnis, sich hinzusetzen. «Vom ersten Augenblick an, da du sie erblickt hast, als wir zusammen in der Sänfte waren, erinnerst du dich, Vater? Von da an habe ich geahnt, daß es soweit kommt.» Sie entschied, sie wolle für sich behalten, daß sie bereits von dem Ehevertrag erfahren hatte. Es spielte jetzt sowieso keine Rolle mehr. «Laß Mutter die Zeit, sich daran zu gewöhnen, und sie wird Tbubui akzeptieren», fuhr sie fort. «Mutter ist schließlich eine Prinzessin und tut, was ihre Pflicht ist.»

«Ich hatte auf mehr als auf die Mindestpflicht gehofft», sagte Khamwaset erbittert. «Ich hätte gewünscht, sie würde Tbubuis Freundin und sie warmherzig in die Familie einführen. Ich schaffe es einfach nicht, die kalte, korrekte Haltung aufzubrechen, die sie einnimmt, seitdem ich ihr dies mitgeteilt habe. Nun, sie wird hinreichend Zeit haben, sich an diese Vorstellung zu gewöhnen.»

«Wieso?» Sheritra ließ sich auf das Ruhebett nieder.

Khamwaset verschränkte die Arme und begann, im Zimmer hin und her zu gehen. «Ich habe Pentawer nach Koptos geschickt, damit er Informationen über Tbubuis Familie einholt», sagte er. «Dies hat mit einer Klausel im Vertrag zu tun. Das brauche ich dir nicht zu erklären. Heute hat das Schicksal gleich zweimal zugeschlagen, Kleine Sonne. Nicht nur meine Mutter ist gestorben, sondern auch mein Freund Pentawer.»

«Was?» Sheritra hatte Mühe, mit solch plötzlichen Entwicklungen nach Wochen gelassener Zuversicht Schritt zu halten. «Der alte Pentawer? Wie ist er denn gestorben?»

«Er war gar nicht mal so alt», erwiderte ihr Vater mit galliger Fröhlichkeit. «Pentawer war so alt wie ich. In dieser Jahreszeit wollte er nicht nach Koptos reisen, doch ich habe ihn trotzdem hingeschickt. Es war seine Pflicht, dorthin zu gehen.» Sie öffnete den Mund, aber er hielt eine Hand hoch, um ihr zuvorzukommen. «Der Herold, der mit den Nachrichten nach Norden reiste, hat berichtet, daß Pentawer kurz nach seiner Ankunft in Koptos krank wurde. Er klagte über Kopfschmerzen und Atemnot, arbeitete aber weiter im Archiv, das dem dortigen Tempel untersteht. Eines Tages ging er hinaus, tat vier Schritte im Sonnenschien und fiel um. Als sein Assistent ihm zu Hilfe kam, war er bereits tot.»

Eine unheilvolle Ahnung beschlich Sheritra, als hätte ihr Vater irgendeinen feierlichen und verhängnisvollen Erlaß verkündet, der auf ewig ihr Schicksal festlegen würde, doch er hatte nur die Ereignisse berichtet, die zum Tod eines Dieners und Freundes geführt hatten. «Dafür kannst du nichts, Vater», sagte sie sanft, seine Schuldgefühle ahnend. «Pentawer hat seine Pflicht getan, wie du gesagt hast. Seine Zeit war abgelaufen. Der Tod hätte ihn überall gefunden, gleich ob in Koptos oder hier zu Hause.» Doch stimmte das wirklich? fragte sie sich, kaum daß sie diese Wort ausgesprochen hatte. Oh, stimmt das denn? Ihr schauderte.

«Das sehe ich ebenfalls so», sagte Khamwaset bedächtig. «Er wird mir fehlen. Er wird natürlich in Koptos einbalsamiert, und sein Körper wird dann zur Bestattung nach Memphis überführt. Wir trauern um zwei Menschen, Sheritra.»

Wäre ich doch bloß nicht hergekommen, dachte Sheritra hitzig. Wenn diese Nachricht mich in Sisenets Haus erreicht hätte, hätte ich vielleicht darauf bestehen können, dort zu trauern. Ich hätte mich der Liebe enthalten. Ich hätte gebetet. Ich hätte dem Ka meiner Großmutter und dem Pentawers Opfer dargebracht... «Vater, wo ist Hori?» fragte sie. «Ich möchte mit ihm reden, und dann möchte ich in meine Gemächer gehen, um über all dies nachzudenken.»

Khamwaset lächelte gequält. «Es war ein Schock für dich, nicht wahr? Und ich befürchte, daß Hori dir einen weiteren Schock bereitet. Er ist nicht ganz bei sich, Sheritra. Niemand scheint den Grund zu kennen. Nach Möglichkeit geht er uns allen aus dem Weg, sogar Antef. Aber vielleicht redet er mit dir.»

Mit mir redet er tatsächlich, dachte Sheritra grimmig, auch wenn ich die Wachen werde rufen müssen, die ihn so lange festhalten, bis er spricht. Welch ein Empfang zu Hause! «Weiß er etwas von dem Ehevertrag?» fragte sie, indem sie sich erhob.

Khamwaset blickte einfältig drein. «Nein, noch nicht. Hundertmal schon stand ich kurz davor, mit ihm darüber zu reden, und hundertmal habe ich es mir anders überlegt. Er ist so unnahbar geworden.»

Sie lächelte ihm schwach zu. «Möchtest du, daß ich es ihm erzähle?» Sie bemühte sich, die plötzliche Geringschätzung zu unterdrücken, die in ihr aufkam, damit sie nicht auf ihre Worte abfärbten. Was ist los mit dir, Vater? fragte sie sich. Der Ausdruck von Scham und Unschlüssigkeit mag sich noch für einen Diener schicken, nicht aber für den Sohn des Pharaos, der von Kindesbeinen an daran gewöhnt ist, Befehle zu erteilen und Entscheidungen zu treffen. Es war ihr, als ob etwas Lebenswichtiges in ihm, etwas Starkes und Edles, so weich geworden wäre wie eine überreife Frucht. Wovor ängstigst du dich? wollte sie hinausschreien. Wo bleibt bloß deine Energie? Es hieß, aus einem servilen Diener werde ein grausamer Herr, und als sie in das verlegene Gesicht ihres Vaters blickte, überkam sie eine blinde Lust, ihn zu ohrfeigen. Nie hatte sie sich einsamer gefühlt.

«Ich danke dir», sagte er erleichtert. «Du stehst ihm näher als ich, und seine Stimmung ist so ungewiß, daß ich mich davor gefürchtet habe, das Thema anzuschneiden. Falls es dir gelingt, mir den Weg zu ebnen, kann ich zu ihm gehen und es ihm zu erklären suchen.»

«Sicher ist jede Erklärung überflüssig», sagte sie scharf. «Es hat nur wenige Prinzen gegeben, die nur eine einzige Frau hatten, Vater. Du bist eine Ausnahme, ein Kuriosum. Wir haben hier in Memphis ein abnormales Leben geführt, wir waren uns selbst genug. Vielleicht sind Mutter, Hori und ich ein wenig arrogant geworden.»

Erst blickte er verständnislos drein, dann musterte er sie durchdringend. «Du hast dich sehr verändert», sagte er langsam. «Du siehst nicht nur anders aus, deine Augen blicken sicherer und kälter.»

Aber ich bin nicht kalt, dachte sie, als sie ihren Kopf neigte und sich zur Tür wandte. Ich bin heiß, lieber Vater, oh, so heiß, und nichts, nicht Großmutters Tod, nicht das Auseinanderbrechen unserer früheren Nähe kann diese unsichtbaren Flammen bändigen. Du bist dünn und so unwirklich, ihr verblaßt allesamt angesichts des seidenweichen Gefühls von Harmins Haut unter meinen Fingern und dem sehnsuchtsvollen Blick aus seinen dunklen Augen, wenn er sich über mich beugt. Sie ballte ihre Hände zu Fäusten, als sie auf dem Flur zu Horis Gemächern unterwegs war, und die merkwürdigen Blicke der geduldigen Soldaten beachtete sie nicht. Sie war wütend.

14. Kapitel

«Hüte dich vor dem Weib aus fremder Gegend,
deren Stadt man nicht kennt...
Sie ist wie der Wirbel im tiefen Gewässer,
dessen Tiefe man nicht weiß.»

Als Khamwaset am folgenden Vormittag seinen Arbeitsraum betrat, um den täglichen Briefwechsel in Angriff zu nehmen, stand er Pentawers Sohn Ptah-Seankh von Angesicht zu Angesicht gegenüber. Die Gesichtszüge des jungen Mannes glichen denen seines Vaters so sehr, daß es Khamwasets Herz zerriß, doch dann erkannte er, daß dieser von Statur etwas dünner und größer war und die Augen etwas enger beieinanderlagen, gleichwohl blickte Pentawers wachsame, fast urteilsfähige Klarheit daraus hervor, und der Mund war etwas weniger versöhnlich. Offensichtlich hatte er um seinen Vater Tränen vergossen, doch Khamwaset bewunderte die Entschlossenheit und Selbstbeherrschung, die ihn hergeführt hatte, mit der Schreibpalette in der Hand und in frisch gestärktem Leibrock, um die Tradition aus Pflicht und Loyalität fortzusetzen, die vor vielen Generationen eingesetzt hatte. Als Khamwaset sich ihm näherte, kniete Ptah-Seankh nieder und warf sich zu Boden.

«Steh auf», sagte Khamwaset freundlich. Der junge Mann stand mit geschmeidiger Anmut auf und begab sich erneut auf den Boden, diesmal jedoch in der Haltung eines Schreibers. Khamwaset zog einen Stuhl heran, plötzlich von Mitgefühl ergriffen.

«Ptah-Seankh, ich habe deinen Vater geliebt, und ich trauere um ihn genauso wie du», sagte er mit belegter Stimme. «Du brauchst nicht zu meinen, daß du hier zur Arbeit bereit sein mußt, wenn dein Herz von der Trauer schwer ist. Geh heim und komm wieder, wenn du soweit bist.»

Ptah-Seankh hob sein störrisches Angesicht. «Mein Vater hat dir lange und treu gedient», sagte er, «und in der Tradition meiner Familie bin ich seit meinen frühesten Lebensjahren erzogen und ausgebildet worden, seinen Platz als Schreiber einzunehmen, wenn er stirbt. Nunmehr bereitet er sich auf seine letzte Reise vor, und er würde gering von mir denken, wenn ich, gerade in dieser Zeit, meiner Pflicht dir gegenüber nicht den Vorzug geben würde vor jeder persönlichen Erwägung. Bist du zur Arbeit bereit, Hoheit?»

«Nein», sagte Khamwaset langsam. «Nein, ich glaube nicht. Mein zeitweiliger Schreiber genügt mir im Moment. Ptah-Seankh, ich möchte, daß du gehst und den Leichnam deines Vaters nach den siebzig Trauertagen von Koptos nach Memphis überführst. Ich will sein Grab mit Gold ausstatten, so daß die Priester jeden Tag für ihn beten und zu seinen Gunsten Opfer dargebracht werden. Ich möchte ebenso sein Begräbnis mit deiner Mutter gemeinsam vorbereiten, so daß deine Gedanken ruhen und bei anderen Dingen verweilen können, denn ich habe eine Aufgabe für dich.» Er neigte sich zu ihm vor, und seine Augen blickten in die des jungen Mannes. Sie hielten seinem Blick stand. «Dein Vater stellte gerade Nachforschungen über die Abstammung derjenigen Frau an, die ich zu heiraten gedenke», erklärte er ihm. «Ihr Geschlecht stammt aus Koptos. Pentawer war nur noch in der Lage, mit der Arbeit anzufangen, und er hat keine Aufzeichnungen hinterlassen. Ich wünsche, daß du nach Koptos reist und seine Nachforschungen zu Ende führst, bevor du deinen Vater nach Hause geleitest.»

«Es ist mir eine Ehre, Prinz», antwortete Ptah-Seankh mit einem matten Lächeln, «und ich danke dir für deinen Takt und deine Zurückhaltung. Doch bevor ich abreise, muß ich alles über diese Person erfahren.»

Khamwaset lachte. Die Antwort des jungen Mannes war schmerzlich, doch eigenartigerweise auch heilsam. «Du bist wahrlich Pentawers Sohn!» rief er aus. «Du sagst, was du denkst, und wirst zweifelsohne im Verlauf unserer Zusammenarbeit mit mir über viele Themen diskutieren. Sehr gut. Sieh nach dem Wohlergehen deiner Mutter, bevor du abreist. Dann bleibt mir noch Zeit, dir genau zu erklären, was ich von dir erwarte. Auch werde ich dir Empfehlungsschreiben mitgeben, die du den Würdenträgern in Koptos überreichst. Hier.» Er griff nach einer Schriftrolle, die er bereits diktiert hatte. Indem er ein Stückchen Wachs über eine Kerze hielt, die eigens zu diesem Zweck immer brannte, ließ er etwas Wachs auf die Schriftrolle tropfen und drückte dann seine Siegelrolle hinein. Dann gab er sie Ptah-Seankh. «Jetzt stehst du offiziell in meinen Diensten», sagte er. «Wende dich mit allem, was du brauchst, an meinen Haushofmeister Ib. Und nun geh heim, Ptah-Seankh. Trauere heute in Frieden.»

Ptah-Seankhs Adamsapfel bewegte sich heftig. Diesmal erhob er sich schwerfällig, verneigte sich und eilte hinaus, jedoch nicht so geschwind, daß Khamwaset nicht doch noch den Glanz der Tränen in seinen Augen bemerkt hätte.

Es gab keinen Grund mehr, im Haus zu verweilen. Khamwaset bestellte eine Sänfte, und zusammen mit Ib und Amek bestieg er sein Ruderboot für die kurze Fahrt bis zu Tbubuis Haus. Sisenet hatte er seit jenem Tag nicht mehr wiedergesehen, an dem dieser die Schriftrolle übersetzt und er seine Beherrschung verloren hatte. Nun befürchtete er, dem höchst selbstsicheren Mann eine Erklärung schuldig zu sein, doch weder von Sisenet noch von dessen Neffen gab es ein Lebenszeichen, als die Sänftenträger sich auf dem engen, gewundenen Pfad dem Haus näherten.

Es lag wie gewöhnlich verlassen da und strahlte die Ruhe eines Wiegenliedes aus, mit dem man ein aufgebrachtes Kind in den Schlaf singt. Khamwaset, der abstieg und auf die offene Tür zur Eingangshalle zuging, wurde plötzlich und störend an die Verse erinnert, die seine Amme Nacht für Nacht leise an seinem Ruhebett zu singen pflegte, um die furchtbare Dämonin der Nacht mit dem rückwärtsgewandten Gesicht davon abzuhalten, ins Zimmer hereingeflogen zu kommen und ihm den Atem zu stehlen. Er lag dann halb entsetzt, halb fasziniert da, seine Augen zutraulich auf das Gesicht der Amme gerichtet, und sie wiegte die Worte, während sich die Dunkelheit im furchteinflößend großen Zimmer zusammenzuziehen schien. *«Soll sie doch wegfliegen, jene, die aus der Dunkelheit kommt, die verstohlen mit der Nase nach hinten hereinkommt, das Gesicht nach hinten gedreht, damit sie nicht erreicht, was sie vorhat. Kamst du, um dieses Kind zu küssen? Ich lasse es nicht zu, daß du es küßt! Kamst du, um ihm Schaden zuzufügen? Ich lasse nicht zu, daß du es verletzt! Kamst du, um es fortzunehmen? Ich lasse nicht zu, daß du es mir wegnimmst!»* Meine Mutter hat mich mit derselben heftigen Zuneigung geliebt wie diese alte Amme, dachte er mit aufrichtiger Zerknirschung. Ihre Aufgaben als Königin haben sie nie davon abgehalten, mir beizustehen, wenn ich krank war oder ängstlich. Dennoch war ich nicht an ihrer Seite, als sie mich brauchte. In ihren letzten Stunden ist mein Platz neben ihrem Bett leer geblieben. Ich habe sie enttäuscht. Auch meinen Vater, denn ich habe sein Vertrauen mißbraucht und seiner Erwartung, ich solle sein Auge und sein Ohr in der Regierung sein, nicht entsprochen. Die offiziellen Schreiben stapeln sich auf meinem Schreibtisch wie das Treibgut des Flusses, denn ich erkenne mich selbst nicht mehr. Der Mann, der die Schande dieses Verrats mit Entsetzen gesehen hätte, ist tot, gemordet vom Gift einer Frau in seinen Adern.

Mit verzogener Miene sprach er zu dem schwarzhäutigen Diener, der aus dem angenehmen Dämmerlicht aufgetaucht und ebenso schweigend wieder dorthin verschwunden war. Dann kam Tbubui leichten Fußes über die weißen Bodenfliesen mit ausgestreckten Armen und einer feierlichen Miene auf ihn zu. Als sie seine Hände ergriff, blickte sie ihn gespannt an.

«Lieber Khamwaset», sagte sie. «Ich habe letzte Nacht eine Nachricht von Sheritra erhalten, die mich bittet, daß ich ihr all ihre persönlichen Dinge nach Hause schicke. Du hast einen doppelten Verlust erlitten. Es tut mir so leid.»

Khamwaset schmolz unter ihrer Anteilnahme. Er zog sie an sich und hielt ihren schlanken, festen Körper gegen seinen gedrückt und legte sein Kinn auf ihren weichen Kopf. Ihm fiel auf, daß sie sich heute nicht parfümiert hatte, und er atmete den warmen, sanften Duft ihres Haars ein. Er spürte, wie er sich langsam löste, eine innere Lockerung, die ihn daran erinnerte, wie gespannt er gewesen war.

«Ich muß gestehen, daß der Tod meiner Mutter mich weniger tief berührt als der Verlust von Pentawer», sagte er murmelnd. «Wir alle haben gewußt, daß sie im Sterben lag, und für sie hielt die Zukunft eine Erlösung bereit. Doch Pentawer hatte gerade erst sein Grab am Rande der Totenstadt in Memphis fertiggestellt. Auf die Dekorationen ist er sehr stolz gewesen.»

«Es ist kein Wunder, daß deine Diener dir treu ergeben sind», entgegnete sie. «Komm, lieber Bruder. Ich habe Wein auf meinem Zimmer, und dort will ich duftende Öle in deine Schultern massieren. Am Zustand deiner Muskeln in deinem Rücken kann ich erkennen, wie bedrückt du bist.» Kaum hatte sie diese Worte gesprochen, wurde ihm sogleich bewußt, daß sie ihn am Rückgrat berührte, eine Hand ruhte zwischen den Schulterblättern, die andere in Höhe seiner Taille gerade oberhalb des Rockgürtels, und wie in einem süßen Wahn stellte er sich vor, daß diese kundigen Hände langsam an seinem Rücken entlangglitten...

«Ist Sisenet im Haus?» fragte er verträumt.

Sie löste sich von ihm und lächelte. «Nein. Mein Bruder und Harmin sind mit einem Zelt in die Wüste gezogen, um drei Tage lang zu jagen. Sie sind schon bei der ersten Morgenröte aus dem Haus gegangen. Harmin war sehr betrübt, daß Sheritra erst nach der Trauerzeit für ihre Großmutter zurückkehren wird.» Sie ergriff seine Hand und zog ihn zur hinteren Halle und zum luftigen Flur dahinter.

«Wir alle müssen nach Theben zu ihrem Begräbnis reisen», sagte Khamwaset und blickte flüchtig auf das grelle Viereck heißen Lichts am Ende des Flurs, bevor sie beiseite trat, um ihn in ihr Schlafzimmer einzulassen. «Bitte komm mit uns, Tbubui. In siebzig Tagen wirst du bestimmt in meinem Anwesen wohnen. Ich möchte, daß mein Vater dich kennenlernt, und eine solche Reise böte dir und Nubnefret Gelegenheit, euch besser kennenzulernen. Die von Pentawer begonnenen Nachforschungsarbeiten in Koptos müssen zu Ende geführt werden, und du wirst Ramses als meine Gemahlin vorgestellt. Wegen der Trauerzeit kann unser Vertrag erst nach dem Begräbnis in Kraft gesetzt werden, aber das kann in Piramses geschehen. Kommst du mit?»

Er hatte den spärlich möblierten Raum durchschritten und beobachtete, wie sie die Tür schloß und ihm ihr Gesicht zuwandte. Er bemerkte, daß sie ein enganliegendes und durchsichtiges Gewand aus weißem Leinen trug, jedoch keine Sandalen oder Schmuck. Er fragte sich, ob dies dasselbe Gewand war, das sie trug, als er sie zum erstenmal erblickt hatte, und bei diesem Gedanken überkam ihn eine plötzliche Begierde.

«Aber wie wird jetzt die Arbeit in Koptos zu Ende geführt, nun, da Pentawer tot ist?» fragte sie besorgt. «Hatte er bereits Fortschritte gemacht, Hoheit? Muß unsere Heirat deswegen verschoben werden?» Wie ein kleines Mädchen trippelte sie auf ihn zu. «Oh, wie egoistisch bin ich! Ich möchte nicht länger als unbedingt nötig darauf warten, bis ich dir gehöre!»

Über ihre Begierde freute er sich. «Pentawers Sohn Ptah-Seankh reist in wenigen Tagen nach Koptos ab und übernimmt den Auftrag seines Vaters. Er wird ihn beendet haben, dessen bin ich mir sicher, bevor er Pentawers Leichnam nach Memphis überführt. Doch so lange wollte ich nicht warten, um dich nach Hause zu bringen, Tbubui. Für dich sind Gemächer im Haus der Konkubinen eingerichtet worden, und deine eigenen Räume nehmen gerade am nördlichen Flügel des Hauses Gestalt an. Ich bin selbstverständlich in Trauer, doch du kannst einziehen, sobald du es möchtest.»

Ihre Augen leuchteten auf, dann legte sie die Stirn in Falten. «Nein, Khamwaset», sagte sie. «Ich will dich nicht in Versuchung führen, ein Sakrileg dadurch zu begehen, daß du solch einen freudigen Augenblick während deiner Trauerzeit feierst. Ich werde deine Rückkehr aus Theben abwarten, aber ich beabsichtige, Nubnefret noch diese Woche einen Besuch abzustatten und ihr zu versichern, daß ich sehr wohl weiß, was die Stellung einer Nebenfrau mit sich bringt.«

«Du begleitest uns also nicht nach Süden?» Khamwaset wollte sich gar nicht erst die endlose Reise ausmalen, wenn er die lange Strecke ohne ihre Begleitung bewältigen mußte, und er ergriff sie, um sie grob an sich zu reißen.

«Nein, ich bleibe hier», sagte sie mit Bestimmtheit. «Es wäre nicht schicklich. Wir haben noch viele Jahre vor uns, mein Lieber.

Was machen diese wenigen Wochen da schon aus? Komm, ich will dir Wein einschenken.»

Aber er wollte sich nicht von ihr lösen. «Ich brauche keinen Wein», sagte er ihr flüsternd ins Ohr. «Und deine Massage brauche ich auch nicht. Das Öl der Liebe wird meine Muskeln lockern, Tbubui. Laß uns den Nachmittag damit verbringen, daß wir das Ruhebett zerwühlen.»

Sie äußerte sich nicht dazu, und er zog sie zu der dämmrigen Fläche der Laken hin, seine Hände zerrten bereits an den Riemchen, die ihr Gewand hielten, das von Schweiß benetzt am Bauch und an den Schenkeln festklebte. Sie hob die Arme mit einem erstickten Schrei, halb lachend und halb seufzend, und lehnte sich dann an ihn, indem sie die vollen Brüste, die er entblößt hatte, mit ihren Händen zu bedecken suchte.

Jede Mäßigung verflüchtigte sich. Er riß ihr die Hände weg und zwang sie zwischen seine Schenkel unter seinen Rock, dorthin, wo seine Begierde ihr bereits entgegenpochte, und als sie damit begann, ihn zu streicheln, bedeckte er ihre Brust mit Küssen. Zusammen sanken sie auf das Ruhebett. Sie stöhnte leise mit geschlossenen Augen und bäumte ihren Körper seiner suchenden Zunge entgegen. Ich träume, dachte er unklar, als ihre Hand ihn fester umklammerte. Ein Obstgarten... eine Frau hinter einem Baum... winkte sie etwa ihm zu? Und ich wachte voller Verlangen auf, voller Saft, so schmerzlich... Er hob seinen Kopf, um sie zu küssen, erkundete ihren schmachtenden Mund, dann hielt er inne, um ihr Gesicht zu betrachten. «Ich liebe dich, Tbubui», sagte er flüsternd. «Du bist meine Schwester, mein Schicksal, die Sehnsucht meines Herzens, die Frucht, nach der mein Körper verlangt. Ich liebe dich.»

Sie murmelte etwas als Entgegnung, doch so leise und durch ihre von der Leidenschaft so erschlafften Lippen, daß er nicht herausfand, was sie hatte sagen wollen. Dann schlug sie mit einemmal ihre schwarzen Augen weit auf, und sie begann zu lächeln. «Liebe mich jetzt, Mächtiger Stier», sagte sie laut. Diesen Titel trugen nur Pharaonen, und er stand Khamwaset nicht zu, doch die bedeutungsreichen Worte, aufgeladen mit Männlichkeit und Macht, hatten ihn so angestachelt, daß er sich beinahe verströmte. Plötzlich war der Anblick des trägen, allwissenden Lächelns unter ihm – vom eigenen Verlangen inzwischen verzerrt – mehr, als er ertragen konnte.

Mit einer Verwünschung packte er sie an den Hüften, warf sie auf den Bauch und drang mit gedankenloser Brutalität von hinten in sie ein. Sein Handeln setzte einen Strom an Wildheit in ihm frei, deren er nicht mehr mächtig wurde.

Als er wieder zu sich kam, lag er keuchend neben ihr, der Schweiß rann ihm vom Körper und sickerte in die zerwühlten Laken. Sie lag auf einen Ellbogen gestützt und lächelte ihm zu, wenn auch matt und gedankenverloren. Er entschuldigte sich nicht für das, was er getan hatte. «Ich werde wiederkommen, und wir werden uns oft lieben», sagte er kurz angebunden, wobei ihm bei diesen Worten einfiel, daß er soeben die Trauervorschriften mißachtet hatte. «Ist dir das recht, Tbubui?»

«Ja», erwiderte sie und sonst gar nichts, doch dieses eine Wort wirkte wie eine Droge auf ihn, und augenblicklich begehrte er sie wieder. Er wußte, daß er nicht aufgehört hatte, sie zu begehren, und daß der Augenblick der Erlösung nicht das Fieber der Begierde in ihm gelindert hatte. Ihm war, als hätte er monatelang ein Aphrodisiakum zu sich genommen, das seinen Geist getrübt und seinen Appetit auf diese Frau geschärft hatte. Auf diese Frau, die zu besitzen nichts mehr mit dem tosenden Verlangen seines Körpers gemein hatte. Mächtiger Stier, dachte er und betrachtete ihr schwarzes Haar, das in nassen Ranken an ihrem Hals klebte, die Rinnsale aus Schweiß rannen in das Tal ihres Brustansatzes, und ihre geschwollenen Lippen glänzten feucht. Mächtiger Stier. Mächtiger Stier. Und eine dunkle Vorahnung seines Schicksals wehte ihn an, ließ ihn laut aufstöhnen, und er schloß die Augen. Sie sprach nicht und bewegte sich auch nicht, und nun rollte er sich vom Ruhebett, wand sein Leinen um die Hüfte und verließ sie.

Viel Zeit verstrich, bevor Sheritra ihren Bruder fand. Sie suchte im Haus und draußen, und je länger sie suchte, um so aufgeregter und verwirrter wurde sie. Viel lieber hätte sie unter einem Baum gesessen, während sie einen Diener nach ihm suchen ließ, doch sie wollte vermeiden, daß Hori den Eindruck gewann, es sei nach ihm geschickt worden.

Schließlich hatte sie eine Idee. Sie befahl Bakmut, in ihre Gemächer zurückzugehen, und machte sich auf den Weg zu den Wasserstufen. Diesmal ging sie am nördlichen Flügel des Hauses entlang, indem sie sich einen Weg durch den Bauschutt bahnte, der ihr neu und beunruhigend vorkam, als sie um eine Ecke bog und beinahe über einen Stapel luftgetrockneter Lehmziegel gestolpert wäre. Die Form des Erweiterungsbaus war nunmehr deutlich zu erkennen. Der Architekt ihres Vaters stand unter einem Sonnendach inmitten dessen, was einst der ausgedehnte und friedvolle nördliche Garten gewesen war, vor ihm ein Tisch, den Kopf über die ausgebreiteten Pläne geneigt. Neben ihm erkannte Sheritra mehrere Handwerksmeister, die wegen einer Besprechung mit ihm anstanden.

Eine Welle reinen Hasses auf Tbubui überkam Sheritra, als sie kurz anhielt, ihre Augen mit der Hand vor der Helligkeit abschirmte und ihren Blick über das gräßliche Durcheinander schweifen ließ. Doch mit einem reumütigen Lächeln und einem Schütteln des Kopfes verscheuchte sie dieses Gefühl. Die Männer unter dem Sonnendach spürten, daß sie vorüberging, und blickten hoch, verneigten sich vor ihr, doch sie beachtete sie nicht und erreichte bald darauf den von Strauchwerk gesäumten Pfad, der zu den Wasserstufen führte.

Kurz bevor sie anlangte, schwenkte sie seitwärts und stieß unter den kräftigen, vom Sommer ausgedörrten Zweigen durch und zu den wuchernden Büschen und kleinen Bäumen am Ufer vor. Sie geriet an Binsenstauden und auf sumpfigen Grund, doch sie ging weiter, denn etwas weiter vorn, außerhalb der Sichtweite der Wasserstufen und des Flusses, öffnete sich eine kleine Lichtung, von wo aus Hori und sie gemeinsam hingekauert die Ankunft und Abfahrt der Gäste beobachteten, oder wo sie sich an trägen Nachmittagen die Zeit vertrieben, ohne daß ihre Wächter und Kindermädchen sie dabei störten. Sie hatten diese Stelle seit Jahren nicht mehr aufgesucht, doch war sie sich sicher, daß die Lichtung nicht überwuchert war und er sich dort aufhielt, mit hochgezogenen Knien, die Augen auf den Abschnitt des Flusses gerichtet, der durch das schützende Schilfrohr hindurch einzusehen war.

Und ob! Als sie sich vorwärts kämpfte, sah sie an einer Stelle etwas Weißes hindurchschimmern. Einen Augenblick darauf ließ sie sich neben ihm nieder. Er saß auf einer Matte, einen Krug Bier und ein angebissenes Stück Brot neben sich. Ameisen hatten sich bereits über das Brot hergemacht, doch offensichtlich hatte Hori sie noch nicht bemerkt. Er sah flüchtig zu ihr hoch, als sie sich hinhockte, und sie war in arger Bedrängnis, sich den Schock, den sein Anblick ihr versetzte, nicht anmerken zu lassen. Er war ausgezehrt, mit tiefdunklen Schatten unter den Augen. Sein Haar war ungekämmt, sein Leinen schmutzig. «Hori», platzte sie gedankenlos heraus, «hast du heute schon gebadet?»

«Willkommen daheim, Sheritra», sagte er spöttisch. «Ich nehme an, man hat dir die Neuigkeit schon erzählt. Nein, ich habe heute noch nicht gebadet. Ich war die ganze Nacht über auf einem Fest im Hause von Huis Sohn. Ich bin in die Küche geschlichen, um mir etwas Brot und Bier zu besorgen, und habe mich hierhin verzogen. Ich glaube, ich habe etwas geschlafen.» Dann lächelte er, ein mattes, schnelles Zucken des Mundes, das Sheritra irgendwie makabrer erschien, als wenn er sie finster angesehen hätte. «Ich vermute, daß ich ins Haus gehen müßte, um mich waschen zu lassen. Ich muß schrecklich aussehen.» Er fuhr sich mit einer müden Handbewegung übers Gesicht.

«Wie hast du von Großmutter und von Pentawer erfahren?» fragte sie neugierig.

«Ich habe ein paar Küchendiener tratschen hören, als ich mir die Viktualien geschnappt habe. Bist du deshalb hergekommen?»

Zögernd berührte sie ihn am Knie. «Nein. Ich habe mir Sorgen um dich gemacht, Hori, und war verärgert darüber, daß du mich nicht besucht oder wenigstens geschrieben hast». Sie hielt inne, dann fuhr sie fort. «Außerdem gibt es da ein paar Dinge, die ich mit dir besprechen muß. Es tut mir weh, dich in einem solchen Schmerz anzutreffen. Ich mag dich nämlich sehr.»

Unbeholfen legte er einen Arm um ihre Schultern und drückte sie fest an sich, dann zog er seinen Arm zurück. «Ich mag dich auch sehr», erwiderte er mit leicht zitternder Stimme. «Ich hasse mich selbst wegen meines feigen Nachgebens, Sheritra, für dieses Preisgeben jeglicher Stärke in mir selbst, doch irgendwie kann ich es nicht ändern. Mich quälen die Gedanken an Tbubui in jedem wachen Augenblick. In Gedanken erlebe ich die Zeit, die ich mit ihr gemeinsam verbracht habe, immer und immer wieder in der entsetzlichsten Klarheit. Ich bin in meinem ganzen bisherigen Leben noch nie so heftig verletzt gewesen wie jetzt.»

«Hast du mit Antef gesprochen?»

Er zuckte vor ihr zurück. «Nein. Ich habe unsere Freundschaft verraten. Antef ist auch verletzt und bestürzt, und das ist allein meine Schuld, die zu allem übrigen hinzukommt. Aber Antef könnte mich sowieso nicht verstehen und auch nicht trösten, das weiß ich. Und mit Vater zu reden kommt überhaupt nicht in Frage.»

Oh, Hori, dachte sie und fürchtete sich vor dem, was sie ihm erzählen mußte. Wie recht du hast! «Weißt du, daß Vater einen Anbau an das Haus errichten läßt?» fragte sie nach einer Weile, und er schüttelte den Kopf.

«Keiner hat mir davon was gesagt, und ich habe niemanden gefragt», sagte er. «Du weißt nicht, wie das ist, Sheritra. Mich schert es nicht, aus welchem Grund das Haus vergrößert wird. Mir ist es gleichgültig. Ich verzehre mich nach Tbubui, und nichts anderes besitzt eine solche Bedeutung für mich.»

Sheritra schauderte. Sie konnte sein Gefühl gut nachempfinden. «Der Anbau ist für Tbubui bestimmt», sagte sie freundlich. «Er will sie heiraten. In Wirklichkeit haben sie bereits einen Ehevertrag unterschrieben. Pentawer hielt sich in Koptos auf, um etwas über ihre Familie auszuforschen, als er starb.»

Er gab ein Geräusch des Wimmerns von sich, wie das eines blinden Kätzchens, das nach seiner Mutter tastet, doch er rührte sich nicht. Sein Blick ging auf den Fluß hinaus, auf dem ein Fischerboot langsam lavierte, dessen Lateinersegel in der leichten Mittagsbrise nur schlaff flatterte. Kein Lufthauch jedoch drang durch den dichten Uferbewuchs, der die beiden umgab, und die Sicht von der Lichtung aus auf den Nil wurde von wirren Zweigen und hochschießendem Schilfrohr beschränkt. Sheritra schlug mit der Hand nach einer Fliege, die vor ihrem Gesicht herumschwebte. Sie wollte reden, kluge und mitfühlende Gedanken äußern, doch die Ungeheuerlichkeit von Horis verworrener Situation und seine trostlosen Aussichten überwältigten sie, und sie schwieg weiter. Als er sich schließlich zu sprechen entschloß, erstaunte sie der Ton seiner Stimme.

«Kein Wunder, daß sie nichts mit mir zu tun haben wollte», sagte er mit krächzender Stimme. «Weshalb das Bürschchen von Sohn in Betracht ziehen, wenn man statt dessen den wohlhabenden, einflußreichen und gutaussehenden Vater gewinnen kann? Da sie meine Gefühle für sie kannte, hätte sie es mir sagen müssen. Sie hätte es mir sagen müssen!» Angesichts des bitteren Untertons in seiner Stimme wurde Sheritra ihre Hilflosigkeit überdeutlich. «Ich komme mir wie ein Narr vor», fuhr er mit leiser Stimme fort. «Wie ein törichter, unwissender und kindischer Narr. Wie muß sie mich ausgelacht haben!»

«Nein!» sagte Sheritra mit Mühe. «So etwas würde sie nie tun. Und wie hätte sie dir etwas sagen können, Hori, wenn sie zu jener Zeit noch über Vaters Gefühle im ungewissen war? Das wäre falsch gewesen.»

«Das mag sein», antwortete er widerwillig. «Aber warum erzählst ausgerechnet du mir das, Kleine Sonne? Hatte Vater etwa nicht den Mut dazu?»

Sheritra mußte an Khamwasets verlegenen, dämlichen Gesichtsausdruck denken und an seine klägliche Bereitschaft, auf ihr Angebot einzugehen, als sie vorschlug, Hori die Nachricht schonend beizubringen. «Ja», antwortete sie, «aber nicht etwa deshalb, weil er vermutet, daß du sie ebenfalls liebst. Er ist so sehr in seine eigenen Gefühle verstrickt, daß ich glaube, er wäre nicht mal in der Lage, sich daraus zu befreien, selbst wenn er es versuchte. Dabei war er immer ein so starker, ruhiger und berechenbarer Mann, Hori, der sich stets in der Hand hatte und mit seinem Leben zufrieden war. Er ist gewaltsam zerrissen worden, und er schämt sich deswegen.»

Nun wandte Hori sich ihr zu, um sie näher in Augenschein zu nehmen. Ein wenig von seinem Schmerz schwand aus seinen Augen. «Du hast dich sehr verändert», sagte er sanft. «Ich höre eine neue Weisheit aus dir sprechen, Sheritra, ein anderes Wissen, das ich früher nicht bemerkt habe. Du bist erwachsen geworden.»

Sheritra atmete tief durch und fühlte, wie das alte, vertraute Erröten an ihrem Hals hochzukriechen begann. «Ich habe mit Harmin geschlafen», sagte sie offen und wartete auf seine Reaktion, aber er reagierte nicht. Hori musterte sie weiterhin. «Ich weiß, was du durchgemacht hast, lieber Bruder, weil mich dieselben Wunden schmerzen. Dennoch bin ich in einer glücklicheren Lage als du. Ich habe den Mann meiner Sehnsucht gewonnen.»

«Du hast wirklich mehr Glück als ich», sagte er langsam, «und dieses Glück wird auch noch größer mit Vaters Heirat.» Er stammelte die Wörter und faßte sich wieder. «Wohnt Tbubui erst einmal hier, zieht Harmin auch ein, oder er wird ein ständiger Besucher. Wogegen ich...» Er schluckte, dann rief er aus: «Vergib mir, Sheritra! Vor ekelerregendem Selbstmitleid fließe ich über.» Dann plötzlich brach er in ein entsetzliches Weinen aus; seine lauten, herben Schluchzer klangen noch gequälter, da er sie zu unterdrücken suchte.

Sheritra kniete nieder, zog seinen Kopf an ihre Brust und redete kein Wort; ihre Augen ließ sie über das umgebende Strauchwerk schweifen, über die einzusehenden Streifen des Flusses und die Parade der Ameisen, die noch immer über das vergessene Brot ausschwärmten. Nun lehnte Hori sich zurück, wobei er sein Gesicht an seinem schmutzigen und schlaff gewordenen Leibrock abwischte. «Ich fühl mich schon besser», sagte er. «Wir haben doch immer einander geholfen, nicht wahr, Sheritra? Vergib mir, daß ich dich in letzter Zeit vernachlässigt habe und nicht einmal einen Herold losgeschickt habe, um mich zu erkundigen, wie es dir geht.»

«Das macht nichts», erwiderte sie. «Hori, was willst du jetzt tun?»

Er zuckte die Achseln. «Ich weiß es nicht. Zusammen mit ihr unter einem Dach zu wohnen ist womöglich mehr, als ich ertragen kann. Vielleicht überlege ich mir, ob ich nach Piramses zu Großvater ziehe und mich um irgendeinen Regierungsposten bemühe. Schließlich bin ich ja ein Prinz von königlichem Geblüt.» Er schenkte ihr ein spitzbübisches Grinsen, das nur noch eine schwache Kopie seines früheren freundlichen Humors war, sie aber dennoch erleichterte. «Oder ich könnte ein ständiger Priester des Ptah werden, statt meine Pflichten dem Gott gegenüber nur drei Monate im Jahr zu erfüllen.»

«Bitte, Hori», sagte sie flehend, «treffe noch keine unwiderruflichen Entscheidungen, wie sehr auch immer du leidest!»

«Kleine Sonne», erwiderte er, während er ihr über das Haar strich. «Ich will warten, wie ich gesagt habe, aber meinen Schmerz möchte ich nicht unbedingt verlängern.»

Dann schwiegen sie. Sheritra döste fast ein. Die Reaktion auf die Ereignisse des Vormittags setzte ein, und sie dachte mit Sehnsucht an ihr Ruhebett. Doch bevor sie sich dort ausstrecken konnte, mußte sie noch die Angelegenheit des Ohrrings klären, ein Stachel des Unbehagens, der sie plagte. Hori hatte sich ausgebreitet und lag auf dem Rücken, seine Hände hinter dem Kopf verschränkt, seine Knöchel über Kreuz. Sie drehte sich so, daß sie auf ihn hinuntersah.

«Hori, erinnerst du dich an den Ohrring, den du im Schacht gefunden hast, der aus der Grabkammer hinausführt?» begann sie. Er nickte. «Du hast ihn Tbubui gezeigt, nicht wahr?»

Ein Schatten huschte über sein Gesicht, und er seufzte. «Was für ein Tag ist das gewesen!» sagte er. «Sie war sehr davon eingenommen.»

«Ich habe genau den gleichen in ihrem Schmuckkasten gesehen. Als ich sie darüber ausfragte, sagte sie, sie habe sich ein Paar Ohrringe anfertigen lassen nach der Vorlage des Ohrrings, den du ihr gezeigt hast, und habe einen davon später verloren. Aber...» Sie kaute auf ihren Lippen und blickte weg, und er vollendete ihren Satz mit seiner üblichen Klugheit.

«Aber du befürchtest, daß sie dich angelogen hat und ich bei meiner leidenschaftlichen Liebe all meine Sinne verloren und ihr das Original geschenkt habe.» Zum Zeichen ihrer Zustimmung zwinkerte Sheritra ihm zu. «Nun, so etwas habe ich bestimmt nicht getan», sagte Hori protestierend. «Ich bin vielleicht in sie vernarrt, aber so wahnsinnig, ein Sakrileg zu begehen, bin ich freilich nicht.»

«Oh.» Sheritra war noch nicht vollkommen besänftigt. «Was ist denn aus ihm geworden? Hast du ihn noch?»

Er antwortete nicht direkt. «Vater hat das Grab geschlossen», sagte er, doch sie beugte sich drängend über ihn.

«Hori! Antworte mir! Du hast ihn noch immer, nicht wahr?»

«Ja!» sagte er laut und setzte sich blitzschnell aufrecht hin. «Ja, ich habe ihn noch. Ich werde ihn auf den Altar des Ptah legen als Entschuldigung dafür, daß ich ihn behalten habe, aber Sheritra, er erinnert mich so sehr an Tbubui, daß ich mich noch nicht von ihm trennen kann. Es ist kein Diebstahl, sondern vielmehr ein höfliches Borgen. Ptah wird dem Ka der Frau sagen, daß ich nichts von Übel im Sinn hatte.»

«Das einzige Übel, das du tust, tust du dir selbst an, indem du dich quälst, jedesmal wenn du ihn dir ansiehst», sagte sie heftig. «Nun, wenigstens warst du so klug, ihn Tbubui nicht zu schenken. Weißt du, Hori, ich hätte schwören mögen, daß derjenige, den ich aus ihrem Schmuckkasten genommen habe, das Original war. Nun gut.» Sie rieb sich den Sand vom Ellbogen, auf den sie sich aufgestützt hatte, und schnippte eine Ameise von ihrer Wade. «Hast du mir gesagt, daß Vater das Grab bereits hat schließen lassen? Warum das? Sind die Arbeiten denn schon beendet worden?»

«Nein.»

Er begann, von Sisenets Besuch zu berichten, daß es diesem gelungen war, die Schriftrolle zu übersetzen, und wie wahnsinnig Khamwaset darauf reagiert hatte, und während er sprach, wobei seine Stimme flach und fast ohne Tonfall in die beengte Lichtung fiel, spürte Sheritra eine böse Vorahnung, die den Tag zu verdunkeln begann.

«Vater dachte also, daß er die Schriftrolle des Gottes Thoth in Händen hielt?» unterbrach sie ihn. «Und Sisenet hat diese Idee ins Lächerliche gezogen und ihn vom Gegenteil überzeugt?»

Er nickte und beendete die Geschichte. «Und das war es. Das Grab ist versiegelt, die Zugangstreppe mit Schutt aufgefüllt und ein riesiger Felsblock vor den Zugang gerollt worden. Vater stimmt mit Sisenet darin überein, daß eine solche Schriftrolle nur in den Legenden besteht. Er ist wohl ein wenig enttäuscht gewesen, als er feststellen mußte, daß sein über lange Jahre hinweg gehegter Traum sich in Luft aufgelöst hat.»

Sheritras böse Vorahnung verband sich mit höchster Besorgnis. «Hori, ich habe dir noch nicht alles erzählt», sagte sie. «In Sisenets Haus hat jemand einen todbringenden Zauberspruch beschworen.» Sein Kopf schwenkte herum, und unter seinem durchdringenden Blick schlug sie die Augen nieder. «Eigentlich finde ich es nicht erwähnenswert», sagte sie stockend, «aber es hat bei mir einen bitteren Nachgeschmack hinterlassen.»

«Erzähl es mir», sagte er nachdrücklich. Sie berichtete ihm, was sie entdeckt hatte, wobei ihre Verlegenheit und ihr Unbehagen anwuchsen, während sie ihm davon erzählte. «Es handelte sich nicht etwa um einen schutzbringenden Zauberspruch», sagte sie zum Schluß. «Den Unterschied zwischen beiden Arten kenne ich. Ich habe mich zuerst gefragt, ob Tbubui womöglich versucht haben könnte, den Zorn der Frau, deren Ohrring sie besitzt – falls du ihn ihr tatsächlich geschenkt hättest –, von sich abzuwenden, doch eine innere Stimme sagte mir, daß dies nicht der Fall war. Jemand hatte einen gewaltsamen Tod für einen Feind beschworen.»

Er schlug nicht sogleich vor, daß es die Diener gewesen sein konnten, wie Harmin dies getan hatte. Er konnte nicht sogleich mit einer annehmbaren Erklärung aufwarten, wie sie es von ihm erwartet hatte. Statt dessen saß er brütend da und strich sich mit seinem langen Finger über einen Nasenflügel. «Es könnte alles mögliche sein», sagte er endlich. «Tbubui etwa, die sich einbildet, sie habe eine Nebenbuhlerin, obwohl ich mir nicht vorstellen kann, daß eine so selbstsichere und unabhängige Frau wie Tbubui sich in einem solchen oder anderen Fällen darüber Sorgen machen würde. Harmin etwa mit ähnlichen Sorgen. Oder Sisenet, der versucht, irgendeinen Feind im fernen Koptos loszuwerden. Wer weiß? Oder diese Dinge waren schon lange im Sand halb begraben, bevor die Haushaltsabfälle darübergekippt worden sind.»

«Nein», sagte Sheritra und verwarf ausdrücklich eine solche Möglichkeit. «Die Überreste ragten aus dem Müllhaufen selbst heraus. Nun gut.» Sie stand schwerfällig auf. «Vermutlich mache ich aus einer Mücke einen Elefanten, weil ich durcheinander bin. Die ganze Trauerzeit über sitze ich zu Hause wie in der Falle, und ich muß ein Entschuldigungsschreiben an Tbubui schicken, damit sie weiß, daß ich eine ganze Zeitlang nicht in ihr Haus zurückkehren kann», sagte sie. «Auch Harmin möchte ich einen Brief schreiben. Bitte geh mit mir ins Haus und mach dich etwas sauber. Und sondere dich nicht so ab. Wir müssen siebzig Tage überleben, also laß sie uns gemeinsam vertreiben, indem wir uns gegenseitig beistehen.»

Widerwillig stand er auf. «Ich will es versuchen», sagte er. «Verlang aber nicht von mir, ich solle Vater gegenübertreten. Ich könnte in Versuchung geraten, ihn umzubringen.»

Sie hätte beinahe gelacht, doch als sie sein Gesicht sah, unterdrückte sie dieses Verlangen. «Hori...» sagte sie flüsternd, doch er wies ungeduldig auf den Pfad, und sie gehorchte. Er folgte ihr, und schweigend gingen sie auf das Haus zu.

Vier Tage darauf, nachdem sie Khamwaset eine Nachricht hatte zukommen lassen, daß sie kommen wolle, betrat Tbubui die Wasserstufen und wurde von einem respektvollen Ib empfangen und in die Gemächer des Prinzen geleitet. Das Gerücht von der nahe bevorstehenden zweiten Heirat der Hoheit hatte sich geschwind unter der Dienerschaft verbreitet, und als Tbubui durch die Gärten schritt und durch das Haus ging, wurde sie mit Verbeugungen und gemurmelten Worten des Respekts gegrüßt.

Jeder Zoll an ihr entsprach einer königlichen Nebenfrau. Ihr weißes Gewand war mit schimmernden Silberfäden durchsetzt, ihre Sandalen mit Silberriemchen versehen. Armreife aus Silber und Gold-Silber-Legierung, reichlich mit Jaspis und Karneol verziert, klirrten bei jeder Bewegung. Ihr glänzendes, glattes schwarzes Haar wurde von einem dreifachen Stirnband aus Silber zusammengehalten, an dem ein Tropfen aus Jaspis an der Stirn baumelte. Ihre

Augenlider glitzerten vom Silberstaub über dem tiefschwarzen Kohol, das ihre Augäpfel einrahmte, und ihr fester Schmollmund mit der aufgetragenen roten Henna leuchtete ebenso auf wie ihre großen Handflächen. Ein Pektoral in Gold-Silber-Legierung mit zwei ineinander verwobenen Ankh-Zeichen bedeckte ihren oberen Busen wie eine exotische Matte, und sein Gegenstück, das zwischen den nackten Schulterblättern ruhte, um jeden übernatürlichen Angriff von hinten abzuwehren, stellte einen großen, hockenden Pavian aus Gold dar. Ib kündigte sie an und zog sich zurück, und Khamwaset ging lächelnd auf sie zu.

«Tbubui, willkommen in deinem baldigen Heim!» sagte er herzlich. Erst verneigte sie sich vor ihm und hielt ihm sodann ihre Wange zum Kuß hin. «Du siehst wunderbar aus, liebe Schwester.»

«Ich danke dir, Khamwaset.» Mit einer Geste ihrer Hand entließ sie die beiden Diener, die sich sogleich aufgestellt hatten, um ausgesuchtes Gebäck und Wein zu reichen. «Ich bin wirklich gekommen, um etwas Zeit mit Nubnefret zu verbringen. Ich sagte dir doch, daß ich das vorhabe, nicht wahr? Das allerletzte, was ich mir wünsche, ist, daß sie sich gekränkt fühlt, und ich weiß, daß wir gute Freundinnen werden.»

Khamwaset war von einer beschützenden Zuneigung erfüllt. «Du bist nicht nur taktvoll und nett, sondern ebenfalls schön», sagte er lobend. «Wie eigenartig ist doch das Leben, Tbubui! Wer hätte gedacht, daß du eines Tages meine Frau werden würdest, als ich dich zum erstenmal auf dem Weg in die Stadt mit solch königlicher Anmut durch die Menge schreiten sah?»

Sie lachte süß. «Das Leben ist tatsächlich bemerkenswert, oder besser gesagt, das Schicksal läßt einen den Atem anhalten und fragen, was wohl als nächstes geschieht», erwiderte sie. «Du hast mich sehr glücklich gemacht, Hoheit.»

Sie lächelten sich eine Weile lang an. Dann senkte Tbubui den Blick. «Khamwaset, bevor ich zu Nubnefret gehe, möchte ich dich um einen Gefallen bitten», sagte sie. «Ich muß eine Reihe sehr ausführlicher Anweisungen für meinen Verwalter in Koptos diktieren, welche die Vorkehrungen für die bevorstehende Ernte und die zu treffenden Abmachungen mit den Steuerschätzern des Pharaos betreffen. Der Schreiber, den Sisenet verpflichtet hat, ist zwar ein guter und einfacher Mann, hat die Tempelschule jedoch erst vor kurzem verlassen. Ich glaube nicht, daß er meine Worte verstehen und eine getreue Wiedergabe davon anfertigen kann. Es wird nicht mehr als eine Stunde beanspruchen.» Hier stockte sie. «Ich möchte natürlich dein freundliches Wesen nicht über Gebühr in Anspruch nehmen...»

Er hob eine Hand hoch. «Aber du möchtest gerne die Dienste meines Schreibers in Anspruch nehmen», sagte er, ihren Satz ergänzend. «Sage nichts mehr.»

«Die Verantwortung beim Niederschreiben meiner Worte ist sehr groß», fuhr sie fort. «Sie müssen genau aufgezeichnet werden...»

«Du möchtest meinen Besten», sagte Khamwaset strahlend und war erfreut, daß er etwas, irgend etwas für sie tun konnte. «Pentawers Sohn Ptah-Seankh hat soeben sein Amt angetreten. Er ist heute vormittag zum Dienst erschienen. Wird er genügen?»

«Ich danke dir, Khamwaset», wiederholte sie ernst. «Das ist ausgezeichnet.»

«Gut.» Er klatschte in die Hände, und Ib kam herbei. «Sage Ptah-Seankh, er möge mir sofort seine Aufwartung machen», sagte er befehlend, dann schickte er mit einer Geste alle anderen Diener hinaus. «Ptah-Seankh ist eine Seele an Verschwiegenheit», sagte er zu Tbubui. «Geschäftliche Abwicklungen sollten die Angelegenheit zwischen einer Frau und ihrem Schreiber sein. Wir möchten nicht, daß die Diener – und seien sie selbst so gut ausgebildet wie die unsrigen – zuhören und die Details über deine Besitztümer verbreiten, meine Liebe. Ich muß mich nun um meine eigenen Geschäfte kümmern, aber schick ruhig nach mir, wenn du noch etwas benötigst.»

Sie küßte ihn sanft auf den Mund. «Du bist ein guter Mann», sagte sie ihm ruhig. Er nickte erfreut und ging fort.

Kaum war Ptah-Seankh angekündigt, durchquerte er auch schon den Raum und verneigte sich mit seiner Palette unter dem Arm. Tbubui bedeutete ihm, er solle sich wieder aufrichten.

«Schreiber, weißt du, wer ich bin?» fragte sie. Er sah sie ausdruckslos an.

«Das weiß ich in der Tat, Einzig Vornehme», erwiderte er. «Du bist die Dame Tbubui, die bald meines Herrn Nebenfrau wird. Wie kann ich dir dienen?»

Sie lächelte kurz, legte ihre roten Handflächen aneinander und begann, langsam hin und her zu gehen. Ptah-Seankh ließ sich auf dem Fußboden nieder, legte seine Palette auf die Knie, schüttelte sie hin und her und entnahm dem Fach eine Binse.

«Ich möchte, daß du ein wichtiges Diktat aufzeichnest. Wenn du damit fertig bist, überläßt du den Papyrus mir. Ich erkläre dir danach alles weitere. Bist du bereit?»

Ptah-Seankh blickte flüchtig auf ihre Knöchel und das wirbelnde Leinen, als sie seine Blickrichtung kreuzte. «Ich bin bereit, Hoheit.»

«Ich bin noch keine Hoheit, Ptah-Seankh», widersprach sie. «Aber bald werde ich es sein. Laß einen Raum frei für den Empfänger. Den schreiben wir ganz zuletzt. Nunmehr beginne.»

Ptah-Seankh tunkte die Binse in das Fach mit der schwarzen Tinte, während sein Herz wie wild zu schlagen begann. Bisher hatte er nämlich noch kein Diktat seines neuen Herrn oder einer anderen Person aus dem Haushalt aufgenommen, und obwohl er sich seiner geistigen Fähigkeiten und seiner Fertigkeiten bewußt war, hatte er Lampenfieber. Wie alle königlichen Schreiber verschmähte er die Gewohnheit, nach einer in Wachs geritzten oder mit Tinte auf Tonscherben gekritzelten Kladde eine Reinschrift anzufertigen, und er beabsichtigte, diesen Auftrag fehlerfrei auf den Papyrus zu schreiben, wo er nicht mehr verbessert werden konnte. Er zwang sich dazu, sich auf die Frau zu konzentrieren.

«Nach einer erschöpfenden Nachforschung über die Abstammung und den Stammbaum der vornehmen Dame Tbubui, ihres Bruders Sisenet und ihres Sohnes Harmin, nach sorgfältiger Durchsicht der alten Schriftrollen aus dem heiligen Archiv in Koptos sowie nach meiner persönlichen Ansicht des Familienbesitzes und der Felder am Ostufer des Nils in Koptos versichere ich, Ptah-Seankh, folgendes an Eides Statt.»

Hier machte sie eine Pause, und diese angespannten Knöchel, deren einer von einem lockeren Goldkettchen umringt war, an dem ein Skarabäus baumelte, kamen ganz nahe bei ihm zum Stehen. Er war sich ihrer bewußt, traute sich jedoch nicht aufzublicken. Sein Herz pochte, und Schweiß perlte auf seiner Oberlippe. Er betete inbrünstig, daß seine Hand ihren Dienst nicht versagen möge. Was ist das? dachte er, unterdrückte jedoch den Drang, das gerade Geschriebene noch einmal zu überfliegen. Von einem Schreiber erwartete man nicht, daß er die Wörter verstand, sondern lediglich, daß er sie mechanisch notiere. Dennoch überflog jeder große Schreiber das Geschriebene für den Fall, daß sein Herr sein Urteil oder seine Meinung dazu einholen wollte. Den Atem zurückhaltend, sagte er: «Einzig Vornehme, wünschst du, daß ich die Zeilen überfliege, während ich schreibe?»

«Aber natürlich», sagte sie sanft, ihre Stimme ein einziges Schnurren. «Ich möchte, daß du genau weißt, was du hier für mich erledigst, Ptah-Seankh.» Die Worte kamen zwar freundlich, doch besaßen sie eine Schärfe, die Ptah-Seankh nicht geheuer war. Er umklammerte seinen Pinsel und wartete. Sie fuhr fort. «Zum Anwesen gehören ein großes Haus mit fünfzehn Zimmern und eine Dienerschaft von sechzig Hausdienern und die üblichen notwendigen Einrichtungen wie Getreidespeicher, Küchen, Unterkünfte für die Diener, Ställe, darin zehn Pferdewagen, und Lagerräume. Das Anwesen selbst, etwa zwölfhundert Hektar fruchtbaren schwarzen Bodens, ist ausreichend bewässert und für die Bepflanzung mit verschiedenen Getreidesorten, Flachs und Gemüse gut geeignet. Zweihundert Hektar davon stehen für die Zucht einer Viehherde zur Verfügung. Kannst du mir folgen, Ptah-Seankh?»

«Ja, Einzig Vornehme», sagte er mühsam, ein furchtbarer Zweifel stieg in ihm hoch. Er wechselte seinen Pinsel in die linke Hand, streifte seine Rechte an einem Stück Leinen ab und war danach bereit weiterzuschreiben. Er wünschte, er wäre wenigstens einen Tag länger bei seiner trauernden Mutter geblieben.

«Dann fahre ich fort», sagte diese honigsüße Stimme mit einem fast unmerklichen Akzent. Die Füße mit ihrem Muskelspiel glitten auch weiterhin in sein Blickfeld hinein und aus ihm heraus, wobei die Silberquasten am Saum ihres Gewandes glitzerten, während sie hin und her ging. «Was die Vorfahren der Dame betrifft, so lassen sie sich bis Amunmosis zurückverfolgen, Haushofmeister der Königin Hatschepsut, dem sowohl Grund und Boden als auch der Titel Erpa-ha und Smer verliehen und dem die Verantwortung für die Organisation der Wüstenkarawanen von Koptos zum Östlichen Meer übertragen wurde. Annehmbare Beweise für eine Abstammung von Amunmosis sind im Archiv zu Koptos erhalten, wo sie bis zum heutigen Tage aufgehoben werden und von denen, so es denn notwendig ist, eine Abschrift angefertigt werden kann. Jedoch erachte ich, Ptah-Seankh, die Abschrift dieses Stammbaums als nicht zweckmäßig, da mein dem Prinzen gegebenes Wort rechtmäßig ist. Dieser Stammbaum liegt ebenfalls im großen Archiv in Piramses vor. Ich habe die Namen der Vorfahren der Einzig Vornehmen mit eigenen Augen gesehen.» Sie machte eine Pause. «Ich denke, das reicht, Ptah-Seankh, nicht wahr? Und, ach, das Schreiben ist an Seine Hoheit Prinz Khamwaset zu richten. Gib acht, daß du seine sämtlichen Titel anführst.»

Ptah-Seankh legte seinen Pinsel nieder. Seine Hand zitterte so sehr, daß das dünne Schreibwerkzeug von der Schreibpalette herunter und auf den Fußboden rollte. Er blickte auf.

«Aber Hoheit», sagte er stockend, «ich bin doch gar nicht in Koptos gewesen, sondern ich fahre erst morgen vormittag ab. Wie kann ich all diese Dinge gesehen haben und niederschreiben, wenn ich sie nicht mit eigenen Augen gesehen habe?»

Sie lächelte ihn von oben herab an, die Arme verschränkt, das schwarze Haar nach vorn baumelnd. Er mochte ihr Lächeln nicht. Es war raubgierig und wild, und ihre kleinen weißen Zähne blitzten ihn an. «Mein lieber Ptah-Seankh», sagte sie im Plauderton. «Du bist neu in diesem Haushalt, ebenso wie ich, dennoch gibt es zwischen uns einen großen Unterschied. Seine Hoheit liebt mich heftig. Er vertraut mir. Er ist sich gewiß, daß er mich kennt. Dich dagegen kennt er nicht. Dein Vater war sein Freund, aber er war auch sein Diener, so wie du nur ein Diener bist. Du kannst aus dem Dienst entlassen und in nur einem Tag ruiniert werden.» Ihr Lächeln war breiter geworden, und ein Zucken der Furcht schoß durch Ptah-Seankh. Es kam ihm vor, als würde er zu einem wilden Tier hochblicken. Ihre Augen hatten einen stechenden Blick, ihre Haltung war geschmeidig und dennoch gespannt. Er schluckte krampfhaft und setzte zum Sprechen an, doch kein Ton entwich seinem Mund. «Bald werde ich in dieses Haus einziehen», fuhr sie fort. «Ich kann eine großzügige Herrin sein, Ptah-Seankh, oder ich kann das Gift des Zweifels in das Ohr deines Herrn träufeln, bis es sein Vertrauen in dich zerfressen hat. Ich weiß sehr gut, daß die Beziehung zwischen einem Prinzen und seinem Oberschreiber nicht nur auf Können, sondern auch auf Verschwiegenheit aufbaut. Sollte ich etwa Khamwaset erzählen, daß du ein loses Mundwerk hast? Und daß du Familiengeheimnisse in der Stadt herumtratschst? Und daß du dir auf deine hohe Stellung und die Macht über deinen Herrn etwas einbildest?» Sie beugte sich tiefer zu ihm, und nunmehr konnte Ptah-Seankh die gelben Flecken in ihren Augen erkennen. «Oder soll ich lieber damit beginnen, ihm gegenüber deine Talente zu rühmen und zu erzählen, wie gefällig und zuverlässig du bist, wie klug deine Kommentare und Ratschläge sind? Denke daran, kleiner Schreiber, in seinen Augen bist du ungeachtet deines Vaters nach wie vor eine unbekannte Größe. Du kannst vernichtet werden.»

Ptah-Seankh fand seine Stimme wieder. «Du willst, daß ich nach Koptos reise und nichts tue?»

«Genau das.» Plötzlich richtete sie sich auf, löste ihre gekreuzten Arme, bückte sich dann, um seinen Pinsel aufzuheben, und reichte ihn ihm mit einer anmutigen Geste. «Setze Khamwasets Namen und Titel ein, siegle das Dokument mit deinem Siegel. Übrigens, was für ein Siegel verwendest du?»

«Das Zeichen von Thoth. Der Pavian, der auf dem Mond sitzt», sagte er stammelnd, und sie nickte.

«Oh, ja, natürlich. Nun, so erledige es, und gib mir die Schriftrolle. Wenn du aus Koptos zurück bist, kommst du zuerst in mein Haus, und dann gebe ich sie dir zurück. Danach übergibst du sie dem Prinzen.»

«Einzig Vornehme, das ist niederträchtig!» Ptah-Seankh brachte es schwerfällig hervor, in Wut und in Furcht, da er nur zu gut wußte, daß alles zutraf, was sie gesagt hatte, und wenn er eine lange und blühende Karriere in den großzügigen Diensten des Prinzen anstrebte, würde er alles tun müssen, was sie von ihm verlangte. Diese Tat würde ihn vergiften, das wußte er. Es wäre ein schmutziges Geheimnis zwischen ihm und dieser skrupellosen Frau, die ihm sein ganzes Leben lang keine Ruhe mehr geben würde.

«Ist es niederträchtig, dem Prinzen das zu geben, wonach er verlangt?» fragte sie mühelos vernünftig. «Bestimmt nicht. Er will mich haben und um jeden Preis heiraten, doch um wieviel glücklicher wird er sein, wenn ihm dies sowohl mit Zustimmung der Geschichte als auch der von Ramses möglich wird.»

Darauf wußte Ptah-Seankh nichts mehr zu sagen. Er nahm den Pinsel und stellte die Schriftrolle fertig, dann reichte er sie ihr. Als sie diese von ihm entgegennahm, gab sie zu verstehen, er könne jetzt aufstehen. Das tat er, wobei er sich bemühte, das Zittern in seinen Knien zu unterdrücken. «Und denke daran», sagte sie, «kein Sterbenswörtchen hiervon zu irgend jemandem, selbst nicht dann, wenn du betrunken bist. Wenn du davon redest und ich es erfahre, fällst du nicht etwa nur in Ungnade, sondern dann bringe ich dich um. Hast du mich verstanden?»

Er hatte sie verstanden. Sowie er diesen unnachgiebigen, entschlossenen Blick wahrgenommen hatte, war er davon überzeugt, daß sie dessen fähig war, was sie androhte. Sie mußte ihrerseits erkannt haben, daß sie mit der Drohung ihre Wirkung nicht verfehlt hatte, denn sie spitzte zufrieden die Lippen. «Gut. Nun bestell dem Herold, der im Flur wartet, er solle zu Prinzessin Nubnefret gehen, um mich anzumelden. Ich muß ihr meine Aufwartung machen.»

Mit all der Würde, deren er noch fähig war, nahm er seine Palette, verneigte sich und verließ den Raum. Jegliche Achtung und Bewunderung, die er für sie hätte hegen können, erstarb, während er die Tür hinter sich sogar noch höflich schloß, und ihm war klargeworden, daß er nach der Pfeife einer Frau würde tanzen müssen, die er für den Rest seines Lebens nur hassen konnte.

Kaum war die Stimme des Herolds an der hohen Decke von Nubnefrets Gemächern verhallt, da ließ Wernuro auch schon Tbubui ein. Nubnefret erhob sich von dem Stuhl an ihrem Arbeitstisch, wo sie offensichtlich die Haushaltsausgaben geprüft hatte. Auf ein Wort von ihr sammelte ihr Verwalter die unordentlich ausgebreiteten Schriftrollen auf dem Tisch ein, hinter dem er gestanden hatte, verneigte sich vor den beiden Frauen und verließ den Raum.

Ohne Lächeln ging Nubnefret auf ihren Gast zu, und Wernuro schloß die Türen und setzte sich in eine Ecke. Eine andere Dienerin hielt sich diskret außer Hörweite auf. Nubnefret winkte Tbubui in den Raum hinein.

«Ich habe deine Nachricht erhalten, daß du kommst», sagte sie kurz angebunden, «und ich bitte um Entschuldigung, daß ich dich dermaßen in Eile begrüße, Tbubui. Heute ist nämlich der Tag, an dem ich gewöhnlich mit meinem Verwalter die Aufwendungen für den Haushalt überprüfe, und wir sind noch nicht ganz damit fertig.» Ihr Blick huschte über die Kleidung der anderen Frau und kehrte zu deren Gesicht zurück. Tbubui verneigte sich.

«Und ich bitte um Entschuldigung dafür, daß ich zu solch ungelegener Zeit komme», entgegnete sie mit derselben Feierlichkeit. «Ich beabsichtige nicht, viel von deiner Zeit in Anspruch zu nehmen, Prinzessin. Ich nehme an, daß der Prinz dir mitgeteilt hat, daß er mich zu seiner Nebenfrau nehmen will.»

Nubnefret nickte, ihre guten Manieren erstarrten zu einer eisigen Förmlichkeit. Ein solch delikates Thema brachte man nicht so abrupt zur Sprache. Der Tradition gehorchend, hatte die zukünftige Nebenfrau darauf zu warten, daß sie von der Hauptfrau offiziell eingeladen wurde, das Haus zu betreten und die für sie vorbereiteten Gemächer in Augenschein zu nehmen. Für den Fall, daß die Hauptfrau diese Pflicht versäumte, hatte sie mehrere Stunden mit oberflächlicher und nichtssagender Konversation zu verbringen, bevor sie es sich erlauben konnte, das Thema der Heirat zögernd und sehr vorsichtig zur Sprache zu bringen. Die kurz auflodernden Flammen eines freundschaftlichen Gefühls, das Nubnefret für Tbubui empfunden hatte, waren längst erloschen.

«Ich wollte so früh wie möglich herkommen», fuhr Tbubui fort, «um dich meines Respekts und meiner Zuneigung zu versichern und um dir zu sagen, daß in deinem Haus nichts anders zu werden braucht.»

Du unverschämte Hexe, dachte Nubnefret bissig. Du schwebst großspurig und ungebeten hier herein, und dann besitzt du noch die Unverschämtheit, mich dermaßen herablassend zu behandeln.

«Bitte setz dich, wenn du magst», sagte sie laut. «Möchtest du ein Erfrischungsgetränk?» Gewöhnlich fragte sie nicht erst, vielmehr wurden ihren Gästen sogleich verschiedene Speisen und Getränke angeboten. Zu ihrer großen Zufriedenheit bemerkte sie, wie die Röte in Tbubuis Wangen hochstieg, obwohl sie die Fassung nicht verlor.

«Sehr freundlich von dir», sagte Tbubui. Nubnefret entging der schwache Hauch von Sarkasmus in ihren freundlichen Worten nicht. «Aber die Hitze nimmt mir ziemlich den Appetit.» Sie hatte sich nicht gesetzt. Sie blieb weiterhin stehen, selbstsicher und mühelos reizend, und Nubnefret hatte einen Augenblick reiner, unverdünnter Eifersucht zu überstehen.

«Es tut mir leid», sagte sie geschwind, bevor sie sich zu helfen wußte. «Ich glaubte, die Hitze mache dir nichts aus.»

Tbubui hob eine unbekleidete Schulter mit Anmut und lachte. «Das stimmt tatsächlich», sagte sie zustimmend, «denn sie zwingt mich, weniger zu essen und mein Gewicht zu halten.»

Vorteil für dich, dachte Nubnefret, während sie den schlanken und makellosen Körper betrachtete. Sie lächelte ohne Wärme, das Lächeln eines Höflings, und wartete mit herausfordernd zur Seite geneigtem Kopf darauf, daß Tbubui fortfuhr. Sie war fest entschlossen, das Thema der Heirat nicht zur Sprache zu bringen, und für eine Weile gab es einen toten Punkt in ihrer Unterhaltung. Ich beherrsche dieses Spiel besser als du, dachte Nubnefret erneut. Ich bin dazu geboren. Deine Schönheit hätte ich dir verzeihen können, denn die ist nicht dein Verdienst. Ich hätte dir verzeihen können, daß du mir Khamwasets Herz gestohlen hast. Aber deine gemeinen, billigen und schlechten Manieren werde dir nie verzeihen.

Wie sie erwartet hatte, gab Tbubui als erste nach.

«Hoheit, einst waren wir Freundinnen», sagte sie, das Schweigen brechend, «doch heute spüre ich, daß du dich zurückhältst.» Sie machte einen Schritt auf Nubnefret zu und breitete ihre Hände mit einer flehenden Geste aus. «Meine Beteuerungen des Respekts und der Zuneigung sind aufrichtig. Ich habe nicht die Absicht, mich in Angelegenheiten einzumischen, die dir unterstellt sind.»

Nubnefret hob die Augenbrauen. «Ich kann nicht sehen, auf welche Weise du dich einmischen könntest, selbst wenn du es wolltest», sagte sie. «Khamwaset und ich leben nun schon seit vielen Jahren zusammen. Ich kenne ihn so, wie du ihn nicht kennst. Im übrigen gehören die Haushaltführung und die Aufsicht über die Lebensführung der anderen Frauen und der Konkubinen zu den Obliegenheiten der Hauptfrau. Ich bestimme über jedwede Änderung. Was nun deinen Respekt und deine Zuneigung angeht, nun» – hier machte sie eine Kunstpause –, «wenn du klug bist, so wirst du dich bei mir um beides bemühen, ansonsten könnte dein Leben etwas unangenehm werden. Wir müssen lernen, miteinander zu leben, Tbubui. Ich schlage deshalb vor, daß wir einen höflichen Frieden schließen. Beginnen wir damit, aufrichtig zu sein.» Sie betonte die letzten Worte. Tbubui beobachtete sie argwöhnisch; der Lack aus Schüchternheit war dahin, und an ihre Stelle war eine kritische Kälte getreten. Ihr Gesicht war zu einer Maske erstarrt. Nubnefret verschränkte die Arme vor ihrer Brust. «Ich glaube nicht, daß du meinem Gemahl gut bekommst», fuhr sie mit einer bewußten Festigkeit fort, die sie eigentlich nicht besaß. «Deinetwegen hat er seine Arbeit und seine Familie vernachlässigt und auch ziemliche Qualen durchgestanden. Vergiß nicht, daß eine gewaltige Schwärmerei sehr schnell in Abscheu umschlagen kann. Deshalb rate ich dir, in meiner Nähe vorsichtig aufzutreten. Khamwaset kümmert sich wenig um unser Anwesen. Das hat er früher schon so gehalten, das wird er auch weiterhin tun. Falls du dich einmischen solltest, falls du mit kleinen Beschwerden zu ihm rennst, wirst du ihn erst langweilen und schließlich verärgern. Wenn du dich hilfsbereit verhältst, so bist du hier willkommen. Ich habe bestimmt anderes zu tun, als mich um deine Bequemlichkeit zu sorgen. Hast du das verstanden?»

Tbubui hatte aufmerksam zugehört. Sie war erbleicht, so daß sie bald nur noch ganz Auge und dünner werdender Mund zu sein schien. Doch als Nubnefret mit ihrer Rede zu Ende war, machte Tbubui noch zwei Schritte auf sie zu, so daß ihr Gesicht nur wenige Zentimeter von Nubnefrets Gesicht entfernt war. Als sie sprach, war ihr Atem kalt und unangenehm.

«Was *du* nicht verstanden hast, Hoheit, ist, daß dein Gemahl für mich tiefe Empfindungen hegt», sagte sie mit tiefer, fester Stimme. «Das ist weit mehr als nur eine Schwärmerei, das verspreche ich dir. Ich wohne in seinem Herzen, nicht etwa du. Falls du versuchen solltest, mich in Verruf zu bringen, so wirst du damit Schiffbruch erleiden. Von nun an kann niemand vor seinem Angesicht etwas Schlechtes über mich sagen, denn ich genieße sein volles Vertrauen. Er gehört mir ganz, sein Körper, sein Geist und sein Ka. Ich habe meine Hand zwischen seinen Schenkeln, Prinzessin, genau dort, wo er es mag. Wenn ich ihn streichle, wird er schnurren. Wenn ich ihn quetsche, wird er gequält aufjaulen. Aber täusche dich nicht, er ist mein, und ich mache mit ihm, was mir gefällt.»

Nubnefret war einer Ohnmacht nahe, so tief war sie getroffen. Selten in ihrem Leben hatte sie eine solche Gehässigkeit erlebt oder solche Worte vernommen. Diese Frau war wild, und ihr mangelte es an menschlichem Bewußtsein oder an Anstand, und einen Atemzug lang wurde Nubnefret von einer Woge des Entsetzens ergriffen. Sie wußte, daß zutraf, was diese Frau sagte. Dann faßte sie sich. «Ich glaube nicht, daß du dir überhaupt etwas aus meinen Gemahl machst», sagte sie kalt. «Du bist nichts als eine gierige Bäuerin mit dem Herzen einer Hure. Du bist entlassen.»

Tbubui ging fort und verneigte sich. Nun lächelte sie, obwohl ihre Haltung ehrerbietig war. «Ich habe nicht etwa das *Herz* einer Hure, Prinzessin», sagte sie, während sie sich entfernte. «Wie es scheint, Hoheit, habe ich dich gekränkt. Ich entschuldige mich dafür.» Wernuro war aufgestanden und hielt ihr die Tür auf. Nach einer abschließenden Verneigung richtete Tbubui sich wieder auf und war verschwunden.

15. Kapitel

«Von großen Dingen spreche ich
und bringe dich dazu, mir zuzuhören.
Einen Gedanken für die Ewigkeit geb' ich dir,
eine Regel für ein Leben in Rechtschaffenheit
und für ein lebenslanges Glück:
Ehre den König, den Ewigen...»

Ein gezähmter und stiller Ptah-Seankh machte sich am folgenden Tag auf den Weg nach Koptos, ausgerüstet mit Khamwasets schriftlichen Anweisungen darüber, wie er vorzugehen habe. Die Familie eröffnete die Trauerperiode. Der Verlust eines nahen Familienangehörigen hatte sie nicht enger zusammengeführt, denn ohne die Geselligkeiten mit Musik, Unterhaltung oder das Bewirten von Gästen begann nun die Entfremdung voneinander offenbar zu werden. Nubnefret hatte sich vollständig von allen zurückgezogen. Auch Hori hatte sich in seine private Hölle vergraben und zeigte sich selbst Sheritra gegenüber unzugänglich, wiewohl sie viel Zeit miteinander verbrachten.

Khamwaset schien dagegen alles nicht zu beachten. Meistens verschwand er nachmittags, von allen unbemerkt, außer von Nubnefret, die dazu schwieg, und zum Abendessen fand er sich wieder gedankenverloren und einsilbig ein. Nubnefret hatte ihn im Verdacht, seine Zeit auf Tbubuis Ruhebett zu verbringen, und der Bruch von Trauerregeln war ihr ein Greuel, doch aus Stolz sagte sie kein Wort dazu. Khamwaset hätte am liebsten befohlen, daß die Arbeiten am Anbau fortgeführt wurden, doch gegen diese Vorschrift traute er sich nicht zu verstoßen. Die Bauarbeiter waren in ihre Dörfer zurückgekehrt, und die halbfertigen, unbemalten Wände erhoben sich inmitten wartender Ziegel und üppig wachsendem Gras und glühten in der Sommersonne.

Sheritra hatte an Harmin einen Brief geschickt, in dem sie ihn ihrer Liebe versichert und um Entschuldigung gebeten hatte, und er hatte ihr mit einem kurzen Brief darauf geantwortet. «Ich versichere dich meiner tiefsten Zuneigung, Kleine Sonne», hatte es darin geheißen. «Komm mich besuchen, sobald du kannst.» Den Brief hatte sie, in ihrem Gürtel verstaut, tagelang mit sich herumgetragen, und wenn die Hoffnungslosigkeit, die im Haus die vorherrschende Stimmung war, sie zu überwältigen drohte, dann zog sie ihn heraus, las ihn und führte ihn an ihre Lippen. Bei diesen Gelegenheiten fühlte sie, wie jener Zorn wieder in ihr hochkam, der sie an dem Morgen gepackt hatte, als sie in ihrer ganzen Unwissenheit zurückgekommen war, um Hori zu suchen.

Die siebzigtägige Trauerzeit schleppte sich ihrem Ende entgegen, und Nubnefret machte allmählich Pläne für die bevorstehende Reise nach Theben. Sie blieb in ihrer frostigen Korrektheit verschlossen, und Khamwaset ließ sie gewähren. Bevor er und die übrige Familie über die Laufplanke die geräumige Barke betraten, hatte er eine Nachricht von Ptah-Seankh aus Koptos erhalten, in der dieser ihn wissen ließ, daß seine Arbeit zufriedenstellende Fortschritte mache, sein Vater mit aller gebotenen Sorgfalt und Achtung einbalsamiert werde und er ohne Verzug mit der Information, die sein Herr von ihm erwarte, nach Memphis zurückkehren werde. Khamwaset war erleichtert. Aus unerfindlichen Gründen hatte er befürchtet, daß auch Ptah-Seankh ein Unglück zustoßen werde und das Schicksal ihm verwehre, Tbubui unter Erfüllung sämtlicher Vertragsklauseln in seinem Haus willkommen heißen zu können, doch dieses Mal verlief alles zu seiner vollen Zufriedenheit.

Trotzdem stand er an Deck seiner Barke und beobachtete mit großer Verstimmung, wie die Stufen zum Wasser vor ihm zurückwichen. Es widerstrebte ihm wegzufahren, und so war er überrascht, sein Gefühl von einer blassen und übellaunigen Sheritra, die sich neben ihm auf die Reling stützte, in Worte gekleidet zu vernehmen. «Eigentlich müßte ich froh sein, Großmutter diese letzte Ehre zu erweisen», sagte sie, «aber ich tue es äußerst ungern. Furchtbar ungern! Ich möchte einfach nur, daß es schon vorbei ist und ich wieder nach Hause kommen kann.» In ihren Worten lag nichts Verschämtes, und aus ihrem Tonfall war auch nicht der leiseste Anflug von Egoismus herauszuhören. Sie äußerte sich lediglich offen über eine Tatsache. Er blickte zum Heck hin, wo Si-Montus Barke ihnen folgte. Si-Montu und Ben-Anath standen nebeneinander am Bug. Als sie sahen, daß er zu ihnen hinüberblickte, winkten sie ihm zu, und gezwungenermaßen winkte er zurück. Si-Montu kam ihm nun wie eine fremde Person vor. All seine Verwandten waren Fremde für ihn. Habe ich diese Menschen je kennengelernt? fragte er sich, als das Ufer an seinem leeren Blick vorüberglitt. Habe ich sie je als vertraute Verwandte begrüßt, gar als Freunde? Wann habe ich zum letztenmal mit Si-Montu gesprochen? Dann erinnerte er sich, und ein Gefühl des Erstickens überkam ihn. Die Familie ist auseinandergebrochen, dachte er. Si-Montu und Ramses glauben vielleicht, daß sie keine Nachrichten von mir erhalten haben, weil ich gräßlich beschäftigt war. Sie ahnen nicht, daß sich alles verändert hat, daß alles auseinandergebrochen ist. Und daß die Stücke sich nicht wieder zusammenschweißen lassen, weil ich ein Stück bin, Nubnefret ein anderes, Hori und Sheritra wiederum andere, alle scharfkantig, zerklüftet und sich aneinander reibend. Er hörte, wie Hori laut auf einen der Bootsleute fluchte, und dann war es an Deck wieder still. Sheritra neben ihm seufzte und machte sich daran, Blättchen von der Goldfarbe auf der Reling abzuzupfen. Ich kümmere mich nicht darum, dachte Khamwaset träge. Ich kümmere mich nicht darum.

Benommen und ermattet suchten sie ihre beengten Unterkünfte im Palast auf, denn die königliche Residenz in Theben war kleiner, viel zu klein, um all jene Gäste unterzubringen, die gekommen waren, um Astnefert die letzte Ehre zu erweisen. «Mir ist, als hätte man mir ein Betäubungsmittel beigemischt», lautete Sheritras Kommentar, als ihre Sandalen auf dem glänzenden Boden einen Widerhall verursachten. Khamwaset beobachtete, wie Bakmut ihr folgte und die Tür hinter ihnen schloß. «Welch ein Unsinn!» sagte Nubnefret zischend, bevor auch sie verschwand. Hori hatte sich bereits davongestohlen.

Khamwaset stand eine Weile dort und lauschte dem Rauschen des Wüstenwindes. Wie betäubt, dachte er. Ja, genauso ist es. Der

Palast vibrierte um ihn herum. Fetzen von Musik, vorschriftsmäßige Befehlsrufe der Soldaten bei der Wachablösung und das schrille Gelächter junger Mädchen drangen an sein Ohr. Das Aroma von Speisen und Blumen schmeichelte seinen Sinnen. Ja, das war der Puls des Lebens. Er selbst hatte den Eindruck, als wäre er krank gewesen und seine Gesundheit noch immer fragil. Seine verirrten Sinne wurden von so viel Vitalität, von so viel sorgloser Energie bestürmt, und er verspürte den Drang, in Tränen auszubrechen. Doch er unterdrückte diese Schwäche und – nachdem er einen Herold beauftragt hatte, seinen Vater zu unterrichten, daß er und seine Familie eingetroffen seien – machte sich auf, nach Si-Montu zu suchen. Seinen Bruder vermochte er jedoch nirgendwo zu finden, und Ben-Anath, die sich in Gesellschaft ihrer Freunde befand, grüßte Khamwaset zwar freundlich, doch zerstreut. Tieftraurig schlenderte Khamwaset zu seinen Gemächern zurück und begegnete dabei vielen Menschen, die ihn erkannten, ihm Platz machten und sich vor ihm verneigten. Er nahm von ihnen kaum Notiz. Tbubuis Gesicht war nicht darunter, deshalb existierten sie alle nicht für ihn.

Als er seine Gemächer betrat, war er nicht überrascht, eine Aufforderung seines Vaters vorzufinden, der ihn bereits erwartete. Der Pharao befahl seine unverzügliche Anwesenheit. Khamwaset hatte sich wenig um Ramses' laufende Heiratsverhandlungen gesorgt, doch deren umständliche Verwicklungen kamen ihm wieder zu Bewußtsein, und während er sich unwillig durch das erstickende Gedränge der Höflinge vorwärts kämpfte, ergriff eine andere Erinnerung von ihm Besitz und stand ihm lebhaft vor Augen. Ein alter Mann, der höflich hüstelte und mit vertrockneter Hand das Amulett von Thoth umklammerte, das vor seinem eingefallenen Brustkorb hing, während er ihm eine Schriftrolle anbot. Für ein solch dünnes Stück Papyrus war sie seltsam schwer gewesen, daran erinnerte Khamwaset sich. Unvermittelt blickte er auf seine Hand hinunter, da er wiederum ihre zerbrechliche Zartheit spürte. Er hatte die Schriftrolle verloren. Daran erinnerte er sich ebenfalls. Und zwar irgendwo zwischen den brennenden Fackeln vor dem Nordtor des Palastes in Piramses und seinen eigenen Gemächern war dieser unglückliche Gegenstand verlorengegangen. Auch beim besten Willen konnte er sich diesen Verlust nicht erklären; seine Gedanken wandten sich aus eigenem Antrieb der unechten Schriftrolle des Gottes Thoth zu, die er erneut an die Hand eines unbekannten Mannes genäht hatte, der verdorrt in seinem Sarkophag lag. Mit einem Aufschrei zwang Khamwaset sich, zum Hier und Jetzt zurückzukehren, und Ib fragte höflich an: «Hast du etwas gesagt, Hoheit?»

«Nein», sagte Khamwaset kurz. «Nein, nichts. Wir sind da, Ib. Hol dir einen Schemel und warte vor der Tür auf mich.»

Der Herold hatte soeben die Aufzählung seiner Titel beendet und bat Khamwaset durch eine Verbeugung in den Raum. Khamwaset trat ein.

Genau dort, wo der Boden in eine glänzende Unendlichkeit wegzugleiten schien, wurde dessen Fluß von einem mächtigen Schreibtisch aus Zedernholz unterbrochen. Dahinter saß Ramses, die mit Gold behängten Arme vor seinem leicht eingefallenen, gleichmäßig mit Schmuck verzierten Brustkorb verschränkt, während die Flügel seines blau-weiß gestreiften Leinenhelms das heikle, leicht hochmütige Gesicht einrahmten. Die Hakennase und die dunklen, glänzenden Augen seines Vaters hatten Khamwaset stets an einen wachsamen Horus erinnert, doch heute hatte die vogelähnliche Umsicht etwas von einem räuberischen Lebewesen an sich. Khamwaset, der neben den Schreibtisch getreten war und sich niedergekniet hatte, um die königlichen Füße zu küssen, dachte, daß Ramses' Ausdruck mehr gemein hatte mit einem Geier, der vom Stirnband des Helms auf ihn hinabstarrte, als mit dem Falkensohn des Osiris.

Der Königliche Schreiber Tehuti-Emheb, der auf einem Kissen genau hinter dem Pharao saß, hatte sich erhoben und verneigte sich vor Khamwaset zugleich mit dem runzligen und noch immer unergründlichen Ashahebsed, der einen Wasserkrug aus Silber delikat in beiden Händen wiegte. Plötzlich wedelte der Pharao mit einer Hand nach ihnen, und sie richteten sich auf, der Schreiber, um seinen Platz wieder einzunehmen, und Ashahebsed, um einen

Strom dunkelroten Weins in den Becher aus getriebenem Gold zur Rechten Ramses' einzuschenken. Sein Blick kreuzte kurz den Khamwasets, und Khamwaset las in Ashahebseds wäßrigen Augen dieselbe überhebliche Abneigung, die sie immer schon füreinander empfunden hatten.

Doch ihm blieb keine Zeit für eine Erwiderung, denn Ramses lehnte sich zurück, schlug leicht seine Beine übereinander und hakte mit lässiger, aber dennoch einstudierter Eleganz einen Arm über seine Rückenlehne. Er lud seinen Sohn nicht ein, sich auf den Schemel zu setzen, der neben ihm stand. Statt dessen wies er mit einer anmutigen Handbewegung auf den Stapel Schriftrollen zu seiner Linken. Seine mit Henna rotgeschminkten Lippen lächelten nicht.

«Sei gegrüßt, Khamwaset», sagte er schwungvoll. «Ich kann mich nicht erinnern, dich je so ungesund aussehend angetroffen zu haben.» Die königliche Nase rümpfte sich etwas. Die königlichen Augen blieben fest auf Khamwasets Gesicht geheftet. «Du bist gelb im Gesicht und siehst abgehärmt aus», fuhr der Pharao fort, «so daß ich fast geneigt bin, dich zu bemitleiden statt dich so zu bestrafen, wie du es verdientest.» Nun hatte sich sein Mund zu einem frostigen Bogen verzogen. «Fast, sagte ich. Diese Schriftrollen enthalten Beschwerden meiner Minister, denen du deine Aufmerksamkeit schuldest. Unbeantwortete Briefe, nicht abgezeichnete Schätzungen, vakante Stellungen in den kleineren Ministerien noch immer unbesetzt, und dies alles nur, weil du, Prinz, deine Pflichten auf sträfliche Weise vernachlässigst.» Er löste seinen Arm von der Rükkenlehne, legte seine Ellbogen auf den Tisch und starrte Khamwaset mit berechnender Abscheu an, während er sein Kinn auf die Türme seiner mannigfach beringten Hände stützte. Khamwaset traute sich nicht, seinen Blick abzuwenden, um zu Ashahebsed hinüberzusehen, doch er spürte die verborgene Schadenfreude des Mannes. Gegen Tehuti-Emhebs Anwesenheit hatte er nichts einzuwenden, denn es gehörte zu dessen Aufgaben, den Wortwechsel sowie dessen Ergebnisse zu protokollieren, wie immer dieser auch ausfallen mochte, doch Khamwaset war plötzlich über seinen Vater verärgert, daß er den alten Mundschenk nicht entließ. Da er Ramses nun einmal kannte, war er sich sicher, daß die Anwesenheit Ashahebseds kein Versehen war. Khamwaset ließ sich nicht aus der Fassung bringen. Keiner der Männer würde Gerüchte verbreiten, und in Wahrheit verdiente er ja auch das Mißfallen des Mächtigen Stiers. Dennoch stieß ihm der Zorn bitter auf. «Aber diese Angelegenheiten, wiewohl rätselhaft und ärgerlich, verdienen nicht mein umfassendes göttliches Mißfallen», fuhr Ramses fort. «Zweimal hat der Verwalter deiner Mutter dir eine Nachricht über ihren sich verschlechternden Gesundheitszustand zukommen lassen, und trotzdem starb sie ohne die Tröstung deiner Anwesenheit. Ich möchte erfahren, warum, Khamwaset.»

Wilde Entschuldigungen schossen durch Khamwasets Kopf. Ich habe die Nachrichten nicht erhalten. Mein Schreiber hat sie mir zwar vorgelesen, die hieratische Klaue aber falsch gedeutet. Ich wollte ja kommen, doch dann bin ich krank geworden. Du kannst noch erkennen, Großer Horus, daß ich sehr krank gewesen bin. Ich habe mich hoffnungslos in eine schöne Frau verliebt, so daß nichts mehr und niemand anderer für mich existiert, und selbst das Leiden meiner sterbenden Mutter bedeutete mir nur eine lästige Unannehmlichkeit. Er breitete die Arme aus.

«Ich kann es dir nicht erklären, Einzig Göttlicher», sagte er.

Hier entstand ein Augenblick überraschten Schweigens. Ungläubig starrte Ramses ihn an. «Du forderst mich heraus!» schrie er, seine beherrschte, verbindliche Stimme hatte der Gewalt seines Zorns nachgegeben, und Khamwaset ging nunmehr auf, daß sein Vater aufrichtig, vielleicht sogar gefährlich wütend auf ihn war. Schweigend wartete er ab.

Ramses begann den langen Ohrring aus Gold und Karneol, der auf seinem Hals lag, zwischen Zeigefinger und Daumen zu reiben. Er runzelte die Stirn. Dann gab er dem Spielzeug plötzlich einen Klaps und schnippte mit den Fingern. «Ashahebsed, Tehuti-Emheb, ihr seid entlassen», sagte er mit schneidender Stimme. Beide Männer verneigten sich sogleich, der Schreiber balancierte seine Schreibpalette auf beiden Handflächen, während er sich erhob, und dann gingen sie quer durch den großen Raum auf die Tür zu. Ramses schenkte ihnen weiter keine Aufmerksamkeit mehr. «Du darfst dich hinsetzen, Khamwaset», sagte er einladend, seine Stimme hatte sich inzwischen beruhigt.

«Ich danke dir, Vater», entgegnete Khamwaset, nachdem er sich gesetzt hatte.

«Nun kannst du reden», fuhr Ramses fort. Dies war kein Vorschlag, das begriff Khamwaset sofort, sondern es war ein Befehl. Die Doppeltüren fielen dröhnend zu. Er war allein mit diesem Mann, diesem Gott, der das Schicksal eines jeden Ägypters in den Händen hielt und der die Macht besaß, dessen Nachlässigkeit nach Gutdünken zu bestrafen. Der Pharao wartete mit leicht geneigtem Haupt, mit hochgezogenen Augenbrauen und mit grob ungeduldigen und allwissenden Augen, die dick mit Kohol umrandet waren. Ich war immer sein Liebling, dachte Khamwaset mit beißender Besorgnis, doch was bedeutet es schon, der Liebling eines intelligenten, verschlagenen und skrupellosen Gottes zu sein? Er atmete einmal tief durch.

«Ich habe eine Erklärung, Vater», begann er, «jedoch keine Entschuldigung. Ich habe alle Pflichten Ägypten, dir und den Göttern gegenüber sträflich vernachlässigt, und mein Verhalten Mutter gegenüber ist nichts weniger als verwerflich, da ich sogar genau wußte, daß sie jeden Augenblick sterben konnte. Sie erhielt dieses warnende Vorzeichen und teilte es mir mit, doch ich schenkte ihm keinerlei Aufmerksamkeit.» Er schluckte schwer, noch immer verärgert und wohl wissend, daß er von Scham sprach, ohne sie zu fühlen; er hoffte allerdings, daß sein Vater mit seinen übernatürlich beobachtenden alten Augen nicht bis zur Wahrheit vorstieß.

«Das ist uns allen bekannt», sagte Ramses, ihm lakonisch das Wort abschneidend. «Fasse dich lieber kurz, Khamwaset. In drei Tagen empfange ich eine Delegation aus Alashia zur Audienz, so daß du dich besser etwas beeilst.»

«Nun gut», sagte er einfach. «Ich habe mich schrecklich verliebt, so daß ich nunmehr seit Monaten schon unfähig bin, mich auf irgend etwas anderes zu konzentrieren. Ich habe dieser Frau einen Ehevertrag angeboten, und zwar mit Erfolg, und nur eine Bestätigung ihres vornehmen Ranges trennt uns noch. Das ist alles.»

Ramses starrte ihn sprachlos an. Plötzlich aber fing er an zu lachen, lauthals, ein volles, kräftiges Lachen, das ihn zehn Jahre jünger erscheinen ließ. «Khamwaset und verliebt? Das gibt es nicht!» sagte er, nach Luft schnappend. «Der Mächtige Prinz der Schicklichkeit in eine Frau vernarrt? Köstlich! Erzähl mir von dieser bemerkenswerten Person, Khamwaset. Vielleicht kann ich mich dazu entschließen, dir deine fürchterlichen Fehler doch noch zu verzeihen.»

Gehorsam setzte Khamwaset dazu an, seinem Vater Tbubui zu beschreiben, und während er sie ihm beschrieb, überkam ihn ein Gefühl des Heimwehs, vermischt mit einem eigenartigen Eindruck innerer Verdrehung, ganz so, als befände er sich in Wirklichkeit nicht hier in diesem prächtigen Arbeitsraum und lauschte einer Stimme, die er kaum als die seine erkannte, während er zögernd und unbeholfen Worte herausbrachte, die wenig mit der Feinheit seiner Gefühle zu tun hatten. Die pfiffigen Augen des Mannes, der ihm gegenüber über den Schreibtisch gebeugt saß, leuchteten wohlgefällig auf. Khamwasets Erzählung mündete in ein Schweigen ein, und Ramses setzte sich gerade hin.

«Ich erwarte, daß du mir diese Frau bei Gelegenheit deines nächsten Besuchs in Piramses vorstellst», sagte er. «Falls sie nur halb so unwiderstehlich ist, wie du behauptest, so erkläre ich die Heirat für null und nichtig und stecke sie in mein Frauenhaus. Ich glaube allerdings, daß es sich um eine dieser sehnigen, ernsthaften Frauen ohne Sex handelt, die lieber eine Schriftrolle öffnen als ihre Beine. Deinen Geschmack kenne ich nämlich, mein Sohn. Ich habe mich immer gewundert, daß du dich entschlossen hast, eine solch üppige Frau wie Nubnefret zu heiraten.» Mit drei anspruchsvollen Fingern hob er den goldenen Becher und nippte am Wein, wobei er Khamwaset über den Rand listig musterte. «Und da wir gerade von Nubnefret sprechen», sagte er, indem er mit seiner Zunge sorgfältig über seine roten Lippen fuhr, «was hatte sie denn über deine zukünftige Nebenfrau anzumerken?»

Khamwaset grinste matt, noch immer in den Klauen jener unangenehmen Verdrehung. «Sie ist nicht glücklich, Einzig Göttlicher.»

«Und das nur, weil sie allzu lange allein über deinen Hühnerstall geherrscht hat», antwortete Ramses schnell. «Sie muß lernen, bescheidener zu werden. Die Arroganz ist bei einer Frau ein höchst widerwärtiger Zug.»

Khamwaset blinzelte. Das Frauenhaus seines Vaters war voller zänkischer, hitziger und eingebildeter Frauen, die dem Pharao jene Herausforderung zu liefern vermochten, die er so sehr liebte.

«Und was sagen deine Kinder dazu?» fragte Ramses weiter. «Hori und Sheritra? Was ist deren Meinung?»

«Ich habe sie noch nicht danach gefragt, Vater.»

«Oh.» Mit einem Schlag schien Ramses das Interesse an dieser Unterhaltung zu verlieren. Indem er eine Hand flach auf seinen eingefallenen Brustkorb legte, erhob er sich, und Khamwaset stand sofort auf. «Morgen wird deine Mutter in ihrem Grab beigesetzt», sagte Ramses. «Dein Verhalten ist mir ein Greuel, mein Sohn. Alles in deinem Leben hast du ins Chaos abgleiten lassen, während du dieses Geschöpf verfolgt hast. Aber ich verstehe es, und daher werde ich dich nicht bestrafen, vorausgesetzt, Ägypten kann sich wieder darauf verlassen, daß du deine Pflichten gewissenhaft erfüllst.»

Khamwaset verneigte sich. «Ich bin deiner Milde nicht würdig», sagte er, und Ramses stimmte ihm zu.

«Ja, das bist du auch nicht, aber ich kann niemand anderen mit den Aufgaben betrauen, die ich dir auftrage, Khamwaset. Merenptah ist ein hochtrabender Narr, und mein Sohn Ramses ist ein betrunkener Säufer.»

Diplomatisch geschickt wechselte Khamwaset das Thema, als die beiden begannen, auf die Türen zuzugehen. «Ich habe keine Nachricht betreffend deiner eigenen Heiratsverhandlungen erhalten, Majestät», sagte er vorsichtig. «Ich gehe davon aus, daß alles gut verläuft.»

Ramses schnaubte verächtlich. «Die Prinzessin der Khatti befindet sich auf dem Weg hierher», sagte er. «Sie trifft in etwa einem Monat ein, falls sie vorher nicht von einem wilden Tier aufgefressen oder von Räubern auf dem Weg durch die Wüste vergewaltigt und ermordet wird. Ehrlich gesagt, Khamwaset, habe ich schon genug von ihr, obwohl ich ihr noch nicht begegnet bin. Ihre Mitgift regt meinen Appetit an, nicht etwa ihre sanfte, königliche Haut. Du wirst selbstverständlich dabeisein, wenn sie die Mitgift vor mir aufstapelt und ihre hoffentlich hübschen kleinen Knie beugt.» Er schenkte Khamwaset einen wütenden Blick. «Das ist deine letzte Möglichkeit, Khamwaset. Wenn du mich dabei enttäuschst, so findest du dich in der westlichen Wüste wieder, wo du für den Rest deines Lebens mit den Medjay auf Streife gehen darfst. Das ist mein heiliger Ernst.»

Ramses hielt sich nicht lange an der Tür auf. Nachdem er Khamwaset einen flüchtigen Kuß auf die Wange gedrückt hatte, schritt er königlich davon, wobei sein rüpelhaftes Gefolge auftauchte und ihn in die Mitte nahm, wogegen der Prinz Ib auflas und sich mit ihm zu seinen Gemächern aufmachte. Khamwaset stellte plötzlich fest, daß er sehr erschöpft war. So etwas darf mir nicht wieder passieren, dachte er, seine Augen fest auf Ibs robustes, gespanntes Rückgrat gerichtet. Ich muß einfach meine Aufgaben erledigen, ich muß an irgendeinem Ziel festhalten. Doch schon füllte Tbubuis Gesicht seine innere Vorstellungswelt aus, während das seines Vaters zu einer Nichtigkeit zusammenschrumpfte, und er brannte vor Verlangen, wieder mit ihr zusammenzusein.

Astneferts Begräbnis am nächsten Tag führte dazu, daß sich der Palast leerte. Ihr Trauerzug zog sich über mehr als fünf Kilometer hin, vom äußeren Rand des königlichen Anwesens über den Nil hinweg, auf dem stundenlang die Fähren Trauernde und Höflinge übersetzten, bis hin zu der felsigen Einsamkeit des Tals, in dem seit Jahrhunderten alle Königinnen beigesetzt worden waren. Für die nächsten Familienangehörigen sowie für die Sem-Priester und die Hohenpriester, welche die Zeremonie vollzogen, waren Zelte aufgeschlagen worden. Die übrigen Menschen sorgten für sich selbst, indem sie in dem bißchen Schatten, der vorhanden war, Unterstände errichteten und sich die Zeit mit Schlafen oder Tratschen vertrieben, während Astneferts leinenumwickelter Leichnam in seinem schweren Sarkophag aus Quarz mit Zaubersprüchen versehen und für seine letzte Reise in die dunkle Grabesstille vorbereitet wurde.

Drei Tage lang stand oder saß Khamwasets Familie, warf sich zu Boden oder vollführte die vom Begräbnisritual vorgeschriebenen Tänze, während die brütende thebanische Sonne ihre Haut austrocknete und der Sand in würgenden Wirbeln blies, an ihrem Schweiß klebenblieb und unter die Kleider rieselte. Dann war es vorüber. Khamwaset betrat mit seinem Vater das Grab, um Blumenkränze auf den Sarkophag zu legen, in dem Astnefert nun für immer ruhte. Die Diener fegten hinter ihnen die Fußabdrücke weg, nachdem sie in den Sonnenschein hinausgetreten waren, und die Sem-Priester fädelten das verknotete Seil durch die Türsiegel und standen bereit für das Versiegeln mit dem Abdruck des Schakals und den neun Gefangenen, den Insignien des Todes.

Ramses wandte sich wortlos ab und schüttelte den Sand von seinen Füßen, als er seine Sänfte bestieg. Khamwaset und seine Familie taten es ihm gleich und wurden zum träge fließenden Fluß und dem Floß und schließlich zum verhältnismäßig kühlen Palast zurückbefördert. Sobald sie in ihren privaten Räumen eingetroffen waren, wandte Khamwaset sich an seinen Haushofmeister.

«Ib», sagte er, «laß unsere Sachen packen. Wir kehren morgen früh nach Memphis zurück.» Ib nickte und ging fort. Nubnefret hatte in der Nähe gestanden und ging auf Khamwaset zu. Einen Augenblick lang sahen sie einander an. Khamwaset bemerkte, daß ihre Hand zitterte, als wäre sie drauf und dran gewesen, sie auszustrecken, um ihn zu berühren, und hätte sich dann anders besonnen. Ihre Miene verfinsterte sich.

«Khamwaset», sagte sie ruhig. «Ich möchte mit Ramses nach Norden gehen, wenn er ins Delta zurückkehrt. Ich habe Erholung nötig. Ich brauche Abstand von dem ständigen Staub und Lärm der Bauarbeiten zu Hause. Es wird nicht für lange sein. Vielleicht nur für einen Monat.»

Khamwaset betrachtete sie. Ihre Miene war höflich neutral, und ihre Augen waren ausdruckslos. Sie möchte sich von mir entfernen, dachte er. Von mir.

«Es tut mir leid, Nubnefret», erwiderte er entschieden. «Du mußt dich um dein Anwesen kümmern, und Tbubui zieht in das Haus der

Konkubinen ein, sobald wir ausgepackt haben. Wenn du nicht anwesend bist, um sie offiziell willkommen zu heißen und ihr den Umzug zu erleichtern, so mißachtest du die guten Sitten, und was übrigens sollen die Leute dazu sagen?»

«Sie würden sagen, daß Nubnefret, die Hauptfrau von Prinz Khamwaset, die von seiner Hoheit als Nebenfrau Auserwählte nicht mag und durch eine zeitweilige Abwesenheit ihrem Mißfallen Ausdruck verleiht», gab sie schnippisch zurück. «Nimmst du so wenig Rücksicht auf meine Gefühle, Khamwaset? Kümmert es dich nicht, daß ich mir Sorgen um dich mache, daß dein Vater sich Sorgen um dich macht, daß Tbubui uns ruinieren wird?» Sie sah ihn mit einem vernichtenden Blick an, brummte verächtlich und ging fort.

Ich habe dieses ganze Durcheinander reichlich satt, dachte Khamwaset, während er ihr nachsah. In mir und um mich herum nur ein ständiger Wirbel aus Konflikten, Schmerzen, Verlangen, Reue und Schuld. «Ib!» rief er lauter als nötig. «Mach dich auf die Suche nach Amek! Wir setzen über den Fluß zu den Tempelruinen der Königin Hatschepsut. Dort gibt es Wandinschriften, die ich mir genauer ansehen will, bevor wir abreisen!» Arbeiten lautet die Devise, sagte er sich. Die Arbeit hilft einem dabei, daß die Zeit schneller verstreicht. Später wird die Barke mich heimbringen, und dann ist sie da, auf meinem Anwesen, und alles wird wieder licht und klar. Er verließ die Gemächer, indem er die Türen krachend hinter sich zuwarf.

Hori hatte in Theben seinen eigenen Jammer ertragen, war seinen vielen Verwandten aus dem Weg gegangen und hatte sich selbst zermürbt, indem er in Bauernleinen gekleidet den Fluß entlangbummelte, über die Märkte schlenderte oder stundenlang im Amun-Tempel hinter einer Säule im Vorhof stand, den aus dem Innenhof aufsteigenden Weihrauch beobachtete, der als kaum wahrnehmbare Rauchfähnchen zum blauen Himmel emporstieg, und zu beten versuchte. Doch Beten war ihm nicht möglich. Nur Worte der Bitterkeit kamen über seine Lippen.

Es war bei einem dieser Spaziergänge, als er gerade den Tempel verlassen hatte und sich mitten auf der belebten Uferstraße befand, daß sein Name gerufen wurde. Er hielt inne und drehte sich um, indem er mit einer Hand seine Augen abschirmte. Kaum zehn Schritt von ihm entfernt war eine Sänfte auf dem Boden abgesetzt und ein Vorhang zurückgezogen worden. Hori erblickte ein braunes Bein, dessen Wade mit glitzernden Kettchen aus Gold behängt war, und eine Fülle schneeweißen Leinens. Einen kurzen Augenblick lang machte sein Herz einen Ruck, und er begann, auf Tbubui zuzulaufen, doch dann beugte sich ein Gesicht heraus, das kürzer und jünger als das des Geschöpfes in seiner Vorstellung war, und Nefert-khay, die Tochter des Obersten Architekten des Pharaos, lächelte ihm zu. Er erinnerte sich verschwommen an sie, ein hübsches und munteres Mädchen, das während seines letzten Aufenthaltes im Delta auf einem der Feste neben ihm gesessen und später ihr Bestes getan hatte, damit er sie küsse. Sie verneigte sich, als er sich der Sänfte näherte.

«Nefert-khay», sagte er keuchend.

«Ich habe also richtig gesehen», sagte sie fröhlich, «es ist wirklich Prinz Hori. Ich wußte, daß du zum Begräbnis deiner Großmutter nach Theben kommen würdest, aber ich habe nicht damit gerechnet, daß du dich an mich erinnerst. Ich fühle mich geschmeichelt, Hoheit!»

«Wieso sollte ich mich nicht an dich erinnern?» sagte er neckend mit aller Leichtigkeit, deren er fähig war. «Du bist kaum die bescheidenste und zurückhaltendste Dame bei Hofe! Schön, dich wiederzusehen, Nefert-khay. Wohin bist du unterwegs?»

Sie lachte und zeigte dabei ihre ebenmäßig weißen Zähne. «Ich bin gerade auf dem Weg, meine Gebete zu sprechen, doch ehrlich gesagt, Prinz, wollte ich eigentlich nur raus aus dem Palast. Wir sind in der verfügbaren Unterkunft zusammengepfercht wie Fische in einer Bratpfanne, so daß ich kaum atmen kann. Und du?»

«Ich habe soeben meine Gebete beendet», antwortete Hori ernst. «Ich wollte ein wenig am Fluß spazierengehen.» Irgendwie tat es ihm gut, mit ihr zu reden. Sie besaß ein frisches Gesicht, war unkompliziert, ein gesundes junges Wesen mit ihren vier dicken, glänzenden Zöpfen, die gegen die makellose Haut ihrer fast nackten Brüste pendelten, sie strahlte Zuversicht und Energie aus und hatte strahlend klare Augen. Hori spürte, daß er etwas weniger verbittert war.

In spöttischem Entsetzen verzog sie ihre Miene. «Ganz allein unterwegs, Hoheit? Ohne Freunde, ohne Wächter? Ich habe einen guten Vorschlag zu machen. Laß uns ein abgeschiedenes Plätzchen am Fluß suchen und schwimmen gehen. Meine Gebete kann ich noch heute abend aufsagen. Amun hat sicher nichts dagegen.»

In einer ersten Eingebung wollte er eine Entschuldigung vorbringen, doch dann ertappte er sich dabei, wie er sie fast gegen seine ursprüngliche Absicht angrinste. «Ja, gern», sagte er. «Ich kann mir nichts Angenehmeres vorstellen. Kennst du eine solche Stelle?»

«Nein, aber wir können die Sänftenträger hierhin und dorthin marschieren lassen, bis wir eine gefunden haben. Theben ist schließlich nur eine Stadt.» Sie rückte etwas zur Seite und klopfte mit der flachen Hand einladend auf die Kuhle, die ihr Körper in den Kissen hinterlassen hatte. «Setzt du dich neben mich, Prinz?»

Erneut hatte er beabsichtigt, dankend abzulehnen und neben ihrer Sänfte herzugehen, doch dann ertappte er sich dabei, wie er an ihre Seite glitt. Die Sänfte wurde angehoben und begann zu schaukeln. «Bitte zu einem ruhigen Plätzchen am Fluß, Simut!» rief sie dem Hauptsänftenträger zu, ließ den Vorhang fallen und wandte sich Hori zu, ihr makelloses kleines Gesicht nur Zentimeter von dem seinen entfernt. Auf einmal fiel ihm sein schmutziger Leibrock ein, sein wirres, schmutziges Haar, seine Haut, die mit Grus überzogen war. «Wärst du zehn Jahre jünger, so würde ich sagen, du bist ein ungezogener kleiner Junge, der von zu Hause ausgerissen ist», sagte sie offenherzig, nachdem sie ihn eine Weile gemustert hatte. «Du siehst aus, als hättest du bereits viele haarsträubende Abenteuer hinter dir. Weiß dein königlicher Vater, wo du dich aufhältst?»

Seine Bewunderung für sie veranlaßte ihn zu lächeln. «Ich entschuldige mich, Nefert-khay», sagte er demütig. «In meinem Kopf setze ich mich mit einem schwierigen Problem auseinander, und daher ist mir alles andere gleichgültig geworden.» Mit einer Hand fuhr er sich unbeholfen über seine Locken. «Daß ich dich getroffen habe, kommt mir gelegen...»

«Weil du weißt, daß du ganz dringend ein Bad brauchst», sagte sie, indem sie kichernd den Satz vervollständigte. «Hoheit, du bist ein unangenehmer, frustrierender, insgesamt unnahbarer Mann. Bei Hof tauchst du immer scheinbar aus dem Nichts auf. Du wanderst ziellos über die Flure und durch den Garten, die Nase in der Luft, die Gedanken in der Ferne, dann verschwindest du wieder. Meine Freundinnen klatschen über dich und zerfetzen sich die Mäuler, wenn bei Hofe die Themen langweilig geworden sind. Irgendeine sagt: ‹Ich glaube, ich habe gestern Prinz Hori bei den Springbrunnen gesehen, aber sicher bin ich mir nicht. Ist er denn wieder am Hof?›, und niemand weiß es genau, und dann fangen wir an, über dein Geheimnis zu diskutieren, und dann schelten wir dich wegen unserer Langeweile und unseres Unglücks.» Sie kicherte wieder, ein sich windendes, lebensprühendes, wohlriechend parfümiertes Beispiel für die besten unter Ägyptens vornehmen Frauen.

Hori wurde von dem Drang überwältigt, ihr sein Herz auszuschütten. Am liebsten hätte er ihr alles in diese zierlichen, muschelähnlichen Ohren gekippt und beobachtet, wie sie die Stirn runzelte und feierlich wurde, doch er gab dieser Regung nicht nach. Es ist besser für mich, wenn sie so bleibt, wie sie ist, dachte er, lustig, schwingend, und wenn sie mich einen Nachmittag lang selbstvergessen macht. «Ich wußte gar nicht, daß ich so viele Wirbel in meinem Sog verursache», sagte er in aufrichtigem Protest. Sie wandte sich nun von ihm ab, zog die Knie an und begann, eine gänzlich verwelkte rosafarbene Lotosblume in ihren Fingern zu drehen.

«Vermutlich übertreibe ich», sagte sie einlenkend, doch unbußfertig. «Du bist wahrscheinlich überhaupt nicht geheimnisvoll. Meine Freundinnen und ich halten womöglich eine bloß geistesabwesende Miene für etwas Aufregendes und Exotisches. Frauen sind so lächerlich romantisch, nicht wahr, Hoheit?»

Manche schon, dachte er grimmig. Und manche sind grausam, und manche geben nichts auf Romantik, sondern nur auf Wohlstand und Position, und manche benutzen ihre Verführungskunst, um zu verletzen. «Gegen Romantik ist an sich nichts einzuwenden», sagte er mit Bestimmtheit. «Die Liebe ist wunderbar, Nefert-khay.»

Sie seufzte ungestüm. «Ist sie das wirklich, Prinz? Bist du verliebt? Träumen die Männer auch so lächerlich viel und starren verträumt mit einem blöden Gesichtsausdruck ins Leere? Und stibitzen sie dem Gegenstand ihrer Träume einen Armreif oder sogar ein Stück Papyrus, damit sie es küssen und es an ihren Busen drücken können, wenn keiner zusieht?» Sie rollte ihren Kopf herum und sah ihn mit spöttischer Ernsthaftigkeit an. «Ist das so?»

Wie unschuldig du doch bist, dachte er, während er auf sie hinuntersah. Trotz all deines höfischen Raffinements, deines Geplappers und deiner Weltlichkeit bist du so gesegnet unschuldig. Einen solchen Gesichtsausdruck sehe ich bei Sheritra nicht, jedenfalls nicht mehr.

«Wie alt bist du, Nefert-khay?» fragte er unvermittelt.

Sie schmollte. «Ach, du meine Güte», sagte sie. «Jetzt bekomme ich aber einen nachsichtigen Vortrag zu hören. Siebzehn Jahre bin ich alt. Mein Vater hat sich im vergangenen Jahr nach einem Ehemann für mich umgesehen, aber er hat sich nicht weit genug in die Ferne vorgewagt.» Sie setzte sich aufrecht hin. «Ich schlage dich als Kandidaten vor, Hoheit. Ich bin bestimmt von vornehmem Blut, obgleich natürlich nicht von königlichem Geblüt. Aber mein Vater sagt, daß du zuerst eine Frau von königlichem Geblüt heiraten mußt und dir alsdann eine vornehme Dame als Nebenfrau nehmen darfst.» Ihre Miene hellte sich auf. «Deshalb beeilst du dich am besten, Prinz Hori, und heiratest irgendein langweiliges Blaublut, so daß du mir dann deine Aufmerksamkeit schenken kannst. Oder noch besser, ich bewerbe mich als erste Kandidatin für dein Frauenhaus. Nimm mich zur Konkubine, heiraten kannst du mich dann später immer noch.»

Hori brach in sein erstes spontanes Lachen seit vielen Wochen aus. Als er hilflos vor Lachen wieherte und ihm die Tränen die Wangen hinunterliefen, wobei sie sich als Rinnsale einen Weg durch den Schmutz auf seiner Haut bahnten, fühlte er, wie ein winziges Stück der Finsternis, die sein Herz umhüllte, ihn freigab. Nefert-khay blickte eindeutig gereizt drein.

«Mein liebes Mädchen!» sagte er keuchend. «Weiß irgend jemand, wann du ernsthaft redest? Wenn ich zur Heirat bereit bin, so verspreche ich dir, daß ich meinem Vater deinen Namen als zweiten vorschlagen werde.»

«Als zweiten?»

«Nach jenem der langweiligen Blaublütigen natürlich!»

Die Sänfte wurde mit einem leichten Rumpeln auf der Erde abgesetzt. Nefert-khay zog den Vorhang zur Seite und lehnte sich hinaus. «Diese Stelle paßt mir sehr gut», rief sie aus. «Gut gemacht, Simut! Komm, Hoheit. Ich will dir den Mund mit Schlamm verstopfen, weil du mir nicht sofort zu Füßen gefallen bist, um dich mir zu ergeben.»

Sie kletterten aus der Sänfte. Nicht weit entfernt strömte der Fluß mit kaum wahrnehmbarer Geschwindigkeit an einer Stelle mit sauberem Sand und zwei knorrigen Bäumen vorüber, die über der Wasseroberfläche hingen. Die Uferstraße war nicht zu sehen und lag jenseits einer leichten Anhöhe, doch Hori konnte hinter sich Stimmen und das gedämpfte Stampfen von Eselhufen hören.

Eine jubelnde Unbekümmertheit packte ihn. Mit einer schnellen Bewegung streifte er seinen Leibrock ab, ließ ihn neben die Sänfte fallen, während er mehr ahnte als sah, daß Nefert-khay ihr Gewand ablegte, wobei ihre Fußkettchen klingelten. Dann rannte er zum Wasser hin und war bald der Länge nach im Nil. Das kühle Naß hüllte ihn ein und löste den Schmutz auf seiner Haut. Wache oder träume ich? fragte er sich konfus. Wird mir wieder zu leben erlaubt? Sein Körper schaukelte hin und her, als Nefert-khay neben ihm auftauchte und ihr triefendes Haar zurückstrich, während das Wasser an ihrer braunen Haut, die wie Seide glänzte, in Kaskaden hinunterlief. Dann war sie wieder weggetaucht, und er fühlte, wie sie gegen seine Knie stieß. Blitzschnell hatte er nach Luft geschnappt und suchte tastend nach ihr, während er weiter zur Flußmitte hin abgetrieben wurde.

Etwa eine Stunde lang schwammen und spielten sie, ihr Rufen

und Lachen provozierte die Mannschaften vorbeifahrender Schiffe zu spaßigen Zurufen. Dann kraulten sie aus dem Wasser und lagen nackt, keuchend und feixend nebeneinander im heißen Sand unter dem dünnen Schatten der gewundenen Bäume.

«Glaubst du, daß deine vornehme blaublütige Gemahlin je genug auftaut, um Flußschlamm in dein Haar zu reiben?» fragte Nefert-khay ihn, während sie die Augen gegen das helle Licht zusammenkniff. Hori stützte sich auf seinen beiden Ellbogen ab, und mit gespieltem Verdruß schreckte sie vor ihm zurück, als von seinem wehenden Haar Wasser auf ihren Hals tropfte.

«Natürlich nicht», antwortete er umgehend. «Sie setzt sich nie dem direkten Sonnenlicht aus vor lauter Angst, ihre Haut könnte so braun werden wie die einer Bäuerin, und an ihren Körper läßt sie nur gereinigtes und parfümiertes Wasser heran.» Dann küßte er sie, indem er seinen Mund sanft gegen ihre lebhaften Lippen drückte. Sie hob ihre Arme und schlug sie um seinen Nacken, und ihr Körper spannte und preßte sich gegen den seinen. Doch gerade als Hori spürte, daß ihre Zungenspitze gegen seine stieß, wußte er, daß dies nicht das Richtige war. Der Geschmack ihrer Zunge stimmte nicht. Die Konturen ihres Gesichts stimmten nicht. Ihr Körper war kürzer und ihre Brüste kleiner; es war nicht der Körper, nach dem er sich sehnte. Ich bin untreu, dieser Gedanke ging ihm klar und kalt durch den Kopf. Mach dich nicht lächerlich, beruhigte er sich selbst. Kein Band bindet dich an Tbubui, nur jenes, das du dir selbst schaffst. Er versuchte, seine Gedanken zu beschwichtigen, indem er die Augen fester schloß und Nefert-khay intensiver küßte, doch das Gefühl, daß er Tbubui betrog, hielt vor und nahm an Intensität sogar noch zu, bis er sich schließlich von dem Mädchen löste und aufstand. «Der Nachmittag ist schon weit fortgeschritten», sagte er schroff. «Wir müssen uns anziehen und gehen.»

Einen Augenblick später stand auch sie auf, ihr Blick war tränenblind. Zögernd berührte sie seine Wange. «Was habe ich falsch gemacht, Hoheit?» fragte sie stockend. «Habe ich dich durch meine abscheulich impulsive Rede gekränkt?»

Sowohl sich selbst wie auch sie bedauernd, ergriff er ihre Hand und führte sie an seinen Mund, bevor er sie losließ. «Nein», antwortete er heftig, «Nefert-khay, du bist schön und unterhaltsam und intelligent, und von ganzem Herzen hoffe ich, daß dein Vater dich mit einem Mann verlobt, der solch eine seltene Perle verdient.»

Ihr Blick umwölkte sich. «Aber du wirst es nicht sein, Hori.»

«Nein, ich werde es nicht sein. Es tut mir leid.»

Sie lächelte mühsam. «Es tut mir auch leid. Gibt es eine andere?» Er nickte, und sie seufzte. «Das hätte ich mir denken können. Es war naiv von mir anzunehmen, daß der bestaussehende Mann in Ägypten noch keine Verbindung eingegangen ist. Nun, dann wollen wir einen großzügigen Berg Sand und Schlamm auf die Kissen in meiner Sänfte ablagern, damit meine Sklaven heute abend etwas zu tun haben.» Sie ging den Abhang zu dem unordentlichen Leinenhaufen hinauf, und er folgte ihr verlegen, wobei er mit einer Art milder Verzweiflung bemerkte, wie sich die Muskeln ihrer vollkommenen Gesäßbacken spannten und was für einen gutgebauten Rücken sie besaß.

Sie zogen sich hastig an und weckten die Sänftenträger, die in der Nähe ein Nickerchen machten. Nefert-khay befahl, sie in den Palast zurückzubefördern. In dem beengten Raum der mit Vorhängen versehenen Kabine machte sie sich emsig daran, den Grus von ihren Schenkeln abzureiben und sich die Haare hochzustecken, während sie ohne Unterlaß über dies und jenes plapperte.

Hori wurde am Haupteingang abgesetzt, bedankte sich feierlich für einen wunderbaren Nachmittag und ging fort, ohne sich umzublicken. Nie zuvor in seinem Leben war er sich so widerwärtig vorgekommen, und er konnte beinahe die Stäbe des Käfigs sehen, die ihn umgaben. Er hatte ihn selbst gebaut, das wußte er, doch er konnte sich nicht mehr daran erinnern, wie es dazu gekommen war. Es gab keinen Ausweg.

16. Kapitel

*«Behandle deine Angehörigen, so gut du kannst;
denn dies ist die Pflicht derer, die der Gott
gesegnet hat.»*

Vier Tage nachdem die Familie aus Theben zurückgekehrt war, meldete man Khamwaset seinen Schreiber Ptah-Seankh. Khamwaset war gerade im Begriff, das Ramses gegebene Versprechen zu erfüllen, indem er endlich den Rückstand an offizieller Korrespondenz abarbeitete, an deren Beantwortung er es in letzter Zeit hatte fehlen lassen. Erleichtert blickte er von einem weiteren Protestschreiben eines weiteren unwichtigen Ministers auf, der seinerseits im Gewirr der eigenen Bürokratie unterzugehen drohte. Khamwaset entließ seinen zweiten Schreiber und durchquerte den Arbeitsraum, um den jungen Mann willkommen zu heißen.

Ptah-Seankh trat ein und verneigte sich. Er war tiefbraun, fast schwarz gebrannt, das Weiß seiner Augen hob sich bläulich von der überraschenden Tönung seiner Haut ab, und seine Lippen schälten sich. Khamwaset kam er müde und erschöpft vor, und zuallererst dachte er an die riesenlange Strecke, die er mit dem toten Pentawer und in Gesellschaft von ein paar Wächtern und Dienern zurückgelegt hatte. Er umarmte Ptah-Seankh.

«Willkommen daheim!» rief er aus, indem er seinen Schreiber zum Schreibtisch zog und ihm einen Becher Bier in die Hand drückte. «Ich hoffe, daß mit der Einbalsamierung deines Vaters alles glatt abgelaufen ist, Ptah-Seankh. Die Sem-Priester und der Hohepriester des Ptah selbst warten darauf, ihn mit allen Ehren zu bestatten.»

Ptah-Seankh goß das Bier in großen Schlucken hinunter und

stellte den Becher vorsichtig auf dem Schreibtisch ab. «Ich danke dir, Hoheit», sagte er. «Der Leichnam meines Vaters ruht nun im Haus der Toten. Ich selbst habe die Einbalsamierungsarbeiten inspiziert und bin zufrieden.»

Das muß hart gewesen sein, dachte Khamwaset mitfühlend. Er winkte Ptah-Seankh zu einem Stuhl, doch der Mann zögerte. «Was den Auftrag betrifft, den du mir gegeben hast», fuhr er schüchtern fort, «so habe ich ihn ausgeführt. Hier ist das Ergebnis meiner Arbeit.» Er hielt ihm eine Schriftrolle hin. Khamwaset nahm sie begierig und sah darauf den Schreiber an, der ihm mit gesenktem Blick gegenüberstand.

«Was bringst du mir?» fragte er ungeduldig, mit einem Stich der Besorgnis. «Enthält die Schriftrolle schlechte Nachrichten für mich», sagte er, indem er mit dem Papyrus leicht gegen seinen Schenkel klopfte, «oder hat die lange Reise dich krank gemacht?»

Ptah-Seankh schien sich zusammenzureißen. Er hob den Kopf und begegnete Khamwasets musterndem Blick mit einem Lächeln. «Von der Reise bin ich noch ganz benommen», sagte er. «Das ist alles.»

Khamwaset hatte schon das persönliche Siegel Ptah-Seankhs erbrochen und entrollte gerade die Schriftrolle. «Dann gehst du am besten für den Rest des Tages in deine Unterkunft und schläfst dich einmal aus. Ich schicke den Priestern eine Nachricht, daß Pentawers Begräbnis in drei Tagen stattfinden kann. Bist du damit einverstanden?»

Ptah-Seankh verneigte sich zum Zeichen seines Einverständnisses. Zeitweilig vergaß Khamwaset, daß er noch da war. Dann hellte sich sein Gesicht zunehmend auf, bis er strahlte. «Das hast du gut gemacht, Ptah-Seankh», sagte er. «Sehr gut sogar. Du kannst gehen.»

Als er allein war, ließ Khamwaset sich auf den Stuhl hinter seinem Schreibtisch sinken und schloß die Augen. Das letzte Hindernis vor seiner Heirat war aus dem Weg geräumt, und er fühlte deutlich, wie sehr er sich innerlich entspannte. Tbubui hatte die Wahrheit gesagt. Nicht etwa, daß er an ihren Worten gezweifelt hätte, doch hatte er den leichten, wirklich sehr leichten Verdacht gehegt, daß sie bei der Angabe über das Alter ihres Stammbaums übertrieben haben könnte. Doch hier stand es, schwarz und nachdrücklich in Ptah-Seankhs gestochener Handschrift auf sandfarbenem Papyrus. Ein kleines, aber einigermaßen blühendes Anwesen. Ein geringer, aber rechtmäßig zustehender edler Rang. Ein kleines, aber funktionierendes Haus, das er und sie während des Winters nutzen konnten, wenn Koptos lediglich ein Feuer und kein glühendheißer Backofen mehr war und er sie vor Nubnefrets anklagendem Blick schützen wollte. Keine Aufgaben, die auf ihn warteten, keine Beanspruchung seiner Zeit, nur er mit ihr gemeinsam in diesem zeitlosen Landstrich im Süden. Sie gehörte dorthin, wo sie so in der Landschaft aufgehen konnte, wie es ihr im geschäftigen Memphis nicht möglich war. Er erinnerte sich sehr gut an den Süden: an die Stille, an die plötzlichen, keineswegs unangenehmen Augenblicke der Einsamkeit, die der Wüstenwind hervorzaubern konnte, wenn er über den Sand, der für nackte Füße viel zu heiß war, peitschte und fauchte und an den Nil, der durch eine gleichgültige, elementare Landschaft aus weitem blauem Himmel und schimmernden Dünen wanderte. «Tbubui», flüsterte er, «jetzt kannst du kommen.»

Er stand auf, fühlte sich leicht und leer und rief nach einem Schreiber. Nachdem der Mann eingetroffen war, diktierte Khamwaset ihm eine kurze Notiz an Tbubui; danach machte er sich auf die Suche nach Nubnefret. Pentawers Begräbnis fand in drei Tagen statt, Tbubui konnte am vierten Tag einziehen. Dann kam der Monat Pachon, der Erntemonat, der Beginn der Überschwemmungen. Der Beginn, so dachte er glücklich, meines neuen Lebens.

Sein alter Freund, der Mann, der sein ständiger Begleiter gewesen war, sein Berater und manchmal auch sein verstimmter Richter, wurde mit stiller Würde im Grab beigesetzt, das er auf dem Plateau von Sakkâra in emsiger Arbeit für sich selbst hatte errichten lassen. Die Wände seiner Ruhestätte waren in leuchtenden Farben mit den beliebtesten Szenen aus seinem Leben ausgemalt. Hier sitzt er aufrecht, den Kopf über seine Schreibpalette geneigt, während sein

Herr ihm diktiert. Dort steht er in seinem Jagdboot mit Ptah-Seankh als Knabe, noch immer mit der Jugendlocke geschmückt, neben ihm kniend, wie er das Wurfholz hebt und nach einem Schwarm Sumpfenten zielt, die auf ewig in ihrem Flug über seinem Kopf erstarrt sind. Dort bringt er Thoth, seinem Schutzherrn, Opfergaben dar, wobei er ihm ein qualmendes Weihrauchgefäß hinhält, während der Gott ihm mit wohlwollender Zustimmung seinen scharfen Ibisschnabel zuwendet. Als er diese Szenen betrachtete, empfand Khamwaset eine Harmonie und fröhliche Zufriedenheit, die von den Malereien und von Pentawers persönlichen Grabbeigaben ausging. Hinter dem Mann lag ein fruchtbares Leben. Regelrecht stolz war er auf seine Leistungen. Er war aufrichtig gewesen und brauchte das Wiegen seines Herzens in der Halle des Gerichts nicht zu fürchten. Es stimmte, daß er ziemlich jung gestorben und nicht viel älter als Khamwaset selbst gewesen war, und die Umstände seines Todes waren äußerst unglücklich gewesen, doch Khamwaset war zuversichtlich, daß Pentawer bei seinem Tod nichts zu bereuen hatte und auch nichts, das er hätte ändern müssen.

Nach dem Trauermahl unter den blau-weiß gestreiften Schattentüchern von Khamwasets Gefolge, nach den Tänzen, dem Wein und den Trauerbekundungen beobachtete Khamwaset, wie die Sem-Priester das Grab versiegelten und die Arbeiter der Totenstadt Sand und Kies über den Eingang schaufelten. Er hatte bereits die Wächter bezahlt, die dort zur Abwehr von Grabräubern aufgestellt wurden. Sie sollten vier Monate lang ihre Wache aufrechterhalten. Khamwaset wußte um die Ironie seiner Handlung, denn brach er nicht selbst in Gräber ein? Er konnte den Gedanken nicht festhalten, und er segelte auf einer kaum spürbaren Brise an einem drückenden Sommernachmittag auf und davon. Mögest du ewig leben, alter Freund, sagte er flüsternd. Ich habe nicht den Eindruck, daß du noch gerne in meinem Haushalt arbeiten würdest. Du hast zu einer Haushaltsordnung gehört, die längst dahin ist, und die Treue deines Sohns wird nicht so schwankend sein, wie deine sein konnte. Er rührte sich nicht eher, bis die letzte Ladung

Erde festgestampft war und die Arbeiter entlassen wurden. Dann stand er auf, ging zu seiner Sänfte und wurde langsam nach Hause befördert.

Am folgenden Morgen fand sich der gesamte Haushalt an den Stufen zum Wasser ein, um Tbubui zu empfangen und sie in ihrem neuen Heim willkommen zu heißen. Nubnefret, Hori und Sheritra bildeten eine niedergeschlagene Versammlung. Lediglich ihre gegenseitige körperliche Nähe vermittelte die Illusion eines Zusammenhalts, auch wenn Sheritras Hand verstohlen nach der Khamwasets griff, als die munter mit Bändern geschmückte Barke Sisenets in Sicht kam. Gewaschen, sorgfältig geschminkt und schwer mit Schmuck behängt, beobachtete Hori mit ausdrucksloser Miene, wie das Boot beidrehte und sich den Stufen näherte. Eine königliche, doch gleichermaßen verschlossene Nubnefret nickte einmal dem wartenden Priester kurz zu, der sogleich die Stufen hinabstieg und die Worte des Segens und der Läuterung anstimmte, während sein Gehilfe Milch und Stierblut über die warmen Steine sprenkelte.

Tbubui trat am Arm ihres Sohns aus der Kajüte heraus. Harmin warf Sheritra einen kurzen Blick zu und sah dann weg, wandte sich Sisenet zu, um ihm etwas zu sagen, bevor er seiner Mutter über die Laufplanke auf die Stufen hinüber half.

Die Familie wartete. Nubnefret hatte sich in der Mitte des Pfads aufgestellt, und vor ihr, so wie es die Bräuche vorschrieben, warf Tbubui sich auf den Boden nieder. Nubnefret war eine Prinzessin wie auch die Gebieterin über alles, was in ihrem Hause vor sich ging. Für Khamwaset stand außer Zweifel, daß die gute Erziehung seiner Frau an diesem entscheidenden Tag den Sieg davontragen würde. Nubnefret würde sich mit beispielhafter Korrektheit verhalten, selbst dann, wenn eine Horde wilder Khatti-Krieger ihr Haus brandschatzen würde und ihr nur noch wenige Augenblicke zum Leben übrigließe. Dieser Gedanke veranlaßte ihn zu einem Lächeln, ohne daß er es wollte. Sheritra ließ seine Hand los. Auch sie war gespannt, bemerkte er, und ihr freundliches Gesicht war blaß.

«Tbubui, ich heiße dich in diesem Haus willkommen im Namen meines und deines Gemahls, des Prinzen Khamwaset, Sem-Priester des Ptah, Priester des Rê und Herr über dein und mein Leben», sagte Nubnefret deutlich. «Stehe auf und erweise ihm die Ehre.»

Tbubui erhob sich mit jener schwungvollen Anmut, die Khamwasets Mund hatte trocken werden lassen, als er sie zum erstenmal erblickt hatte. Sie drehte sich um, wobei die Sonne über das einfache Band aus Silber strich, das ihre Stirn krönte, und trat wieder zu der Stufe hin, diesmal genau vor Khamwaset. Mit einem Schlag, der die Röte in sein Gesicht aufsteigen ließ, spürte er, wie sie ihre Lippen verstohlen auf den Spann seines Fußes drückte, dann richtete sie sich vor ihm auf, ihre mit Kohol geschminkten Augen glitzerten unter der Auflage von goldener Lidschminke.

«Tbubui, ein Ehevertrag besteht zwischen uns», hob Khamwaset an, während er darum betete, daß ihm unter dem Ansturm dieses leicht geöffneten, orangenfarbenen Mundes und dieser riesigen, wissenden Augen nicht die Worte des Rituals entfielen. «Ich schwöre vor Thoth, Seth und Amun, den Schutzpatronen dieses Hauses, daß ich ihn aufrichtig und gerecht mit dir ausgehandelt habe, und meine Unterschrift unter diesem Vertrag bestätigt diese Aufrichtigkeit. Schwörst du es auch?»

«Höchst edler Prinz», entgegnete sie, während sie ihre Stimme laut und deutlich hob, «ich schwöre vor Thoth und Osiris, den Schutzpatronen des Hauses, das ich einst bewohnte, daß ich keinen anderen lebenden Gemahl besitze, daß ich über meinen weltlichen Besitz wahre Angaben gemacht und daß ich meine Unterschrift in all meiner Aufrichtigkeit unter den Vertrag gesetzt habe. Dies schwöre ich.» Hinter ihr rührte sich Sisenet, indem er verstohlen das Gewicht von einem Bein auf das andere verlagerte, und Harmin grinste offen zu Sheritra hinüber. Die drei, Sisenet, Tbubui und Harmin, erschienen auf eine seltsame Weise frivol, so als könnten sie jeden Moment in ein lautes Gelächter ausbrechen.

Natürlich sind sie glücklich, dachte Khamwaset, als er eine Hand ausstreckte, damit Tbubui sie ergriff. Auch ich bin glücklich. Ich möchte auch lachen. Ich möchte sie auf eine für einen Prinzen höchst unpassende Weise kitzeln. Bei diesem Gedanken lächelte er, und sie antwortete ihm, indem sie seine Hand mit ihren kühlen Fingern drückte.

Seine Dienerschaft stand Spalier zu beiden Seiten des breiten Wegs, der zum Haus führte. Nubnefret ging an der Spitze des kleinen Zuges und gab dem Priester einen Wink, der daraufhin zu singen begann. Sein Gehilfe ging ihm voraus, und die weiße Milch und das dunkelrote Blut spritzten und bildeten, nachdem sie sich vermischt hatten, rosafarbene Rinnsale, die auf den heißen Steinstufen verdampften und ins Gras rannen. Als Nubnefret auf der Höhe der Diener anlangte, warfen sich diese zu Boden, um ihrer neuen Herrin die Ehre zu erweisen, die am Arm des Prinzen an ihnen vorüberschritt, gefolgt von ihren Verwandten.

Langsam zog die feierliche Prozession am Haupteingang vorbei, wo der Pfad einschwenkte, und weiter durch den nördlichen Garten, indem sie um die immer noch chaotische Baustelle herumging. Khamwaset bemerkte, daß Tbubui den Kopf drehte und das Durcheinander geschwind abschätzte, bevor sie wieder feierlich geradeaus blickte.

Hinter dem Haus schloß sich ihnen Khamwasets Harfenspieler an und begann zu spielen, sein angenehmer Tenor vermischte sich mit den perlenden Tönen des Instruments und dem Tirilieren der mehreren Dutzend Vögel, die ständig zum Springbrunnen kamen, um zu trinken und zu baden.

Hinter dem Haus befanden sich noch die riesigen Nebengebäude mit den Unterkünften der Diener, den Küchen, den Lagerhäusern und Getreidespeichern, doch abseits zur Rechten, von buschigen Bäumen lieblich umgeben, lag das Haus der Konkubinen. Hier standen Khamwasets andere Frauen vor dem Haus in Reih und Glied, in ihre besten Leinentücher gewandet. Er sprach kurz und ungezwungen zu ihnen, erinnerte sie daran, daß Tbubui Vorrang vor ihnen und ihr Wort Gewicht habe, solange sie mit ihnen zusammen wohne. Er war versucht, ihnen zu sagen, daß Tbubuis Wort Gesetzeskraft habe, doch er verbiß sich solche Worte, da er sich daran erinnerte, daß Nubnefret als Hauptfrau über die Konkubinen herrschte, so wie sie über das gesamte Anwesen regierte. Beiseitetretend nickte er ihr zu. Sie näherte sich königlich, nahm Tbubui bei der Hand und führte sie ins Haus, während die anderen ihnen folgten.

«Du stehst nun unter dem Schutz des Herrn über dieses Haus», begann sie feierlich. «So wie du von ihm Freundlichkeit und Beistand erwartest, so erwartet er von dir die Treue deines Körpers, Geistes und Ka. Stimmst du dem zu?»

«Ja, das tue ich», erwiderte Tbubui. Es gab ein erstaunliches Gepolter, als der Priester zwei Tonkrüge, welche die Milch und das Blut enthalten hatten, zum Zeichen für die beginnenden Freuden und Belohnungen in der Ehe vor Tbubuis Füßen auf dem Boden zerschmetterte. Darauf klatschten alle. Khamwaset ging an Nubnefret vorbei und nahm Tbubui in seine Arme. «Wenn deine Gemächer fertiggestellt sind, dann will ich diese höchst erfreuliche Zeremonie wiederholen», sagte er ihr lächelnd. «Doch im Augenblick mußt du dich leider mit diesen beiden Räumen begnügen. Willkommen daheim, liebste Schwester.» Er küßte sie inmitten des fröhlichen Lärms, dann zogen sich alle außer Tbubui zurück.

«Der Trupp nubischer Tänzer, den du für heute abend verpflichtet hast, ist bereits eingetroffen», sagte Nubnefret zu Khamwaset, als sie zum Haus zurückgingen. «Ich weiß nicht, wohin mit ihnen, aber ich nehme an, ich kann sie in ein paar Zelten im südlichen Garten unterbringen. Auf jeden Fall muß ich mich mit Ib besprechen, wie die Tische anzuordnen sind.» Sie sah ihn mit einem kühlen, heiteren Blick an. Du bist ein närrischer Mann, der sich scheinbar einer zweiten Jugendzeit erfreut, besagte dieser Blick, aber ich habe wichtige Sachen zu erledigen.

Sie ging fort, indem sie die aufgeregten Diener vor sich her scheuchte. Sheritra rieb den Arm ihres Vaters. Er wandte sich zu ihr, um ihr seine volle Aufmerksamkeit zu schenken, und bemerkte, daß Milch und Blut an den Sohlen seiner Sandalen klebten, und das Aroma dieser Mischung stieg in der Hitze hoch, eine unangenehme, ekelerregend süße Ausdünstung.

«Harmin hat mir gerade gesagt, daß er weiter bei seinem Onkel wohnen bleibt», sagte Sheritra. «Ich dachte, er würde gemeinsam mit seiner Mutter zu uns ziehen. Können wir denn nicht eine kleine Ecke finden, um auch ihn hier unterzubringen, Vater? Bitte!»

Khamwaset blickte in diese klaren, flehenden Augen. Heute hatte sie ihr Haar in der Mitte geteilt und ließ es in glänzenden Flechten bis auf ihre Schulter hinunterhängen, und auf ihrem Kopf trug sie die Krone einer Prinzessin, ein schmales Band aus Gold, an dem die Göttin Mut wachsam auf ihrer glatten Stirn thronte, und zwei dünne, goldene Federn des Amun, die am Hinterkopf baumelten. Ihr golddurchwebtes Leinen war halb durchlässig, ein leichtes, weiches Material, das ihre winzigen Brüste und knabenhafte Hüfte verriet. Khamwaset dachte daran, daß sie bisher eine solche Fülle an Leinen um sich drapiert hatte, daß allein das Gewicht in der Sommerhitze unangenehm sein mußte und ihre Schultern über ihrem Brustkorb beschützend gepolstert waren. Er war sich nicht sicher, doch er vermutete, daß sie sich die Brustwarzen angemalt hatte – unter dem Gewand glaubte er dunkle Splitter gedämpften Goldlichts zu erkennen. Ein Beben der Besorgnis erschütterte ihn, und er hob mit einem Finger ihr Kinn.

«Du weißt doch, daß es für Harmin keinen Platz im Haus gibt, solange der Anbau noch nicht fertig ist», sagte er erläuternd und tippte mit dem Finger auf ihre Nase. «Es dauert nicht mehr lange, Kleine Sonne. Aber ich glaube, Harmin zieht es vor, bei seinem Onkel zu bleiben. Das Leben verläuft hier etwas hektischer.»

Sie löste sich schmollend von ihm. «Wenn er nicht hier ist, dann muß ich ihn besuchen», sagte sie verärgert, «und ich kann nicht ohne Anstandsdamen gehen und muß schicklich im Garten oder in der Empfangshalle sitzen und kann mit ihm über nichts reden. So etwas hasse ich!»

«Da übertreibst du aber», widersprach er mild. «Bestimmt kommt Harmin fast jeden Tag her, um seine Mutter zu besuchen, bis er sich entschließt, selbst hier einzuziehen.»

«Aber ich möchte ihn treffen können, wann immer ich es wünsche!» rief sie ihm fast zu. «Du hast dein Glück, Vater. Ich will das meine!»

«Sheritra, weißt du, ich bin mir nicht sicher, ob ich alle deine Veränderungen mag», sagte er in ruhigem Tonfall. «Du bist egoistisch und eigensinnig geworden und grob dazu.» Er hatte damit gerechnet, daß sie stocken, erröten und den Blick senken würde, doch sie starrte ihn nach wie vor an, ihr erlesen geschminktes, ungewöhnliches Gesicht ihm zugewandt.

«Und keiner von uns mag deine Veränderungen, Vater. Du hast dich eine lange Zeit nicht im geringsten um mein Wohlergehen gekümmert, daher brauche ich mich nicht zu wundern, daß du nun keine Sympathie oder kein Verständnis für mich zeigst, nehme ich an. Ich möchte mich mit Harmin verloben. Wirst du dich in dieser Angelegenheit an Sisenet wenden?»

«Jetzt ist nicht die rechte Zeit dafür», antwortete Khamwaset starr. «Komm nächste Woche damit zu mir, wenn diese Feierlichkeiten vorüber sind und Tbubui sich hier eingewöhnt hat. Ich möchte sie damit noch nicht belasten.»

Sheritra spitzte die Lippen. «Allerdings, das wirst du nicht tun», entgegnete sie, schwang sich dann auf dem Absatz herum und ging auf den jungen Mann zu, der im Schatten des Hauses wartete. Gemeinsam machten sie sich auf den Weg in den südlichen Garten, während ihre Diener hinter ihnen hereilten.

Sie fällt einfach von einem Extrem ins andere, dachte Khamwaset, als er davonging. Tbubui hat bei ihr ein Wunder bewirkt, und ihre Liebe für deren Sohn hat dies nur bestätigt. Sie spürt die Stärke ihrer Verwandlung, die sich derzeit als Grobheit und Arroganz ausdrückte. Ich kann sie verstehen, doch ich vermisse meine alte Sheritra.

«Willst du dich noch schlafen legen, Hoheit, bevor du dein Leinen zum Abendessen wechselst?» fragte Kasa ihn höflich, und Khamwaset folgte ihm, innerlich seufzend, in den hinteren Korridor. Er hatte all seine Verwandten zu dem Fest eingeladen, das er am Abend für Tbubui gab. Sein Vater hatte ihm eine kurze Entschuldigung mit Glückwünschen zukommen lassen, und auf ähnliche Weise hatte Merenptah seinem Bruder zwar in der Handschrift seines Schreibers, jedoch in seinem eigenen blumigen Stil alles Gute gewünscht. Doch die übrige Familie wollte kommen, zugleich mit gewissen Würdenträgern aus Memphis und einem Heer von Musikern, Tänzern und anderen Unterhaltern. Eine Atmosphäre spannungsgeladener Aufgeregtheit lag über dem Haus. Der unangenehm süß-schwere Duft der einige tausend Blüten, am Morgen herbeigebracht, erinnerte ihn an Tbubui, exotisch, rätselhaft, die gerade jetzt ihr kleines Reich erkundete und vielleicht von ihm und von der kommenden Nacht tagträumte. Er glaubte nicht, daß er in der Lage war auszuruhen.

«Nein, Kasa», sagte er seinem Leibdiener. «Ich flüchte in meinen Arbeitsraum, um ein wenig zu lesen. Schick nach mir, wenn die Gäste einzutreffen beginnen.» Doch sobald Khamwaset in seinem Arbeitsraum stand, wo er hinter den geschlossenen Türen sicher abgeschirmt war, die Geräusche leiser wurden und Ptah-Seankh emsig ein Manuskript kopierte, während er darauf wartete, von seinem Herrn gerufen zu werden, bemerkte er, daß seine Unruhe noch immer nicht verflogen war. Der schwere Duft der Blumen war hinter ihm hereingeschwebt. Er steckte in seinen Kleidern, in seinem Haar, und plötzlich erinnerte Khamwaset sich an die beiden Begräbnisse, die er soeben überstanden hatte. Ihm hob sich der Magen. Er setzte sich an seinen Schreibtisch, ließ seinen Kopf in die Hände fallen, schloß die Augen und wartete.

Das Fest am Abend war das aufwendigste, das Memphis seit langem gesehen hatte. Prächtig gekleidete Gäste drängten sich in Khamwasets großer Empfangshalle und trieben in den Garten hinaus, wo Fackeln brannten und Tische aufgestellt worden waren, die unter Delikatessen aller Arten ächzten. Truppen nackter Tänzer, schwarze Akrobaten aus Nubien und ägyptische Schönheiten beiderlei Geschlechts wiegten und bewegten sich hüpfend zwischen den Festgästen zur Musik der Leiern, Harfen und Trommeln. Nubnefret hatte die üblichen Geschenke für jedermann sorgfältig ausgesucht – Halsbänder waren mit Perlen aus Malachit und Jaspis statt aus bemaltem Ton besetzt, die kleinen Dosen waren aus libanesischem Zedernholz, die Fächer aus winzigen roten Straußenfedern, die von einem Griff aus Gold-Silber-Legierung zusammengehalten wurden. Der Wein stammte aus dem Delta und war verstaubt und beschmutzt von seinem Strohbett auferstanden, auf dem die Krüge zehn Jahre lang gestapelt lagen. Die Diener konnten sich die ganze folgende Woche über von den Speiseresten ernähren.

Tbubui saß auf dem Ehrenplatz zur Rechten Khamwasets, über die Menge erhoben durch ein kleines Podest, und lächelte jene anmutig an, die zu ihr kamen, um ihr alles Gute zu wünschen. Alle Voraussetzungen für eine erfolgreiche Nacht waren vorhanden, dennoch vermochte Khamwaset nicht, ein Gefühl der Wehmut abzuschütteln. Sheritra und Harmin lachten. Den ganzen Abend über waren sie unzertrennlich. Hori speiste gemeinsam mit Antef, zum erstenmal seit Wochen tauchte ab und an ein frostiges, seltenes Lächeln in seinem Gesicht auf, als sein Freund über etwas sprach, das Khamwaset im allgemeinen Gewühl entging. Nubnefret und Sisenet waren auf ähnliche Weise in eine Unterhaltung vertieft, und Khamwaset selbst brauchte seinen Kopf nur ganz wenig zu drehen, seine Hand fast unmerklich zu bewegen, um mit jener Frau in Kontakt zu treten, die er über alles anbetete.

Trotz all des Frohsinns schien die Halle dennoch ein bedrückender Ort zu sein. Irgend etwas fehlte. Oder vielleicht, dachte er traurig, während Ib sich zu ihm vorbeugte, um Wein in seinen Becher einzuschenken, und ein Getöse aus Rufen und Pfiffen losbrach, als eine der nubischen Tänzerinnen sich nach hinten bog, bis ihr Gesicht zwischen den Beinen des Bürgermeisters von Memphis ruhte, vielleicht habe ich so viel durchgemacht, um diesen Fang zu machen, daß ich mich nun, da ich ihn besitze, eine Weile lang ohne Entschlußkraft fühle.

Sisenet kreuzte seinen unkonzentrierten Blick und hob die Hand zum Gruß. Khamwaset erwiderte seine Geste. Tbubui lehnte sich an ihn und steckte ihm ein Stück einer reifen Feige in den Mund.

Erst später am Abend – die Gäste kreischten und torkelten noch immer durch das Haus und den Garten, die erschöpften Musiker spielten noch immer auf – stahlen Khamwaset und Tbubui sich fort und gingen über den dürren Sommerrasen schwankend in das Haus der Konkubinen und seinen düsteren Frieden. Es war menschenleer. Alle Frauen feierten noch, und nur der Hüter des Hauses, der das Paar respektvoll grüßte, sah sie hineingehen.

Nachdem Khamwaset die Tür hinter sich geschlossen und die Nachtlampe angezündet hatte, griff er nach seinem Fang. Bisher hatten sie sich sehr oft geliebt, und doch war ihr Geheimnis nicht geringer geworden. Er begehrte sie mit derselben hoffnungslosen Sehnsucht, die sie Monate zuvor in ihm wachgerufen hatte, und allmählich hatte er sich an den Gedanken gewöhnt, daß seine Begierde mit dem Liebesakt nicht zu stillen war; sie wurde lediglich stärker. Heute abend war es nicht anders, und dabei war die Traurigkeit, die ihn in der Empfangshalle befallen hatte, eine verdeckte Strömung der Wehmut, die ihn beim heftigen Vollzug seiner Heirat und bis in seine erschöpften Träume hinein verfolgte.

Der Monat Pachon war angebrochen, und die Hitze hielt an, eine beharrliche, zermürbende Abfolge atemloser Tage und erstickender Nächte, als die Frauen in Khamwasets Haushalt ihre Schlafmatten auf die flachen Dächer der Gebäude schleppten und sich die Stunden der Dunkelheit mit Schlafen, Spielen oder Reden vertrieben. Auf den Feldern hatte die Ernte begonnen, und Khamwaset wartete besorgt auf die ersten Berichte der Männer, die den Wasserstand des Nils maßen. Gegen Ende des Monats rechnete man damit, daß der Pegel des Flusses anstieg. Bis dahin mußte die Ernte vor der langsam ansteigenden Überschwemmung in Sicherheit gebracht sein. Dann ging das Dreschen und Worfeln auf den Höfen weiter, und die Trauben wurden aufgetreten. Si-Montu meldete eine Rekordlese in Pharaos Weingarten. Khamwasets eigene Verwalter schickten ihm begeisterte Briefe voller Details über seine eigenen, reichlich fruchtbaren Felder, und in seinem Haushalt herrschte ein prekärer Friede.

Die Arbeiten an Tbubuis Anbau waren fast beendet. Sie hatte sich angewöhnt, jeden Morgen auf der Baustelle zu erscheinen und unter einem Sonnenschirm bis zum Mittagessen zu ruhen, während sie zusah, wie die Fellachen in der unerträglichen Hitze schwitzten, als sie die letzten Ziegel setzten und das Dach verstärkten. Khamwaset gesellte sich gern zu ihr. Statt die Berichte vom Tage durchzusehen, suchte er sie auf und besprach mit ihr die Innenausstattung und Möblierung ihrer neuen Räume, Harmins andauernde Romanze mit Sheritra, die ihn nun fast täglich sah, wenn er eine oder zwei Stunden in Gesellschaft seiner Mutter zubrachte, und darüber, ob Sisenet die Stellung des Obersten Schreibers im Haus des Lebens in Memphis, dem Archiv der seltenen Schriftrollen, annehmen wollte oder nicht.

Die Familie nahm das Mittagessen gemeinsam ein, doch war dies keine angenehme Vereinbarung, obwohl Tbubui unbekümmert über Nichtigkeiten plauderte und sich bemühte, Nubnefret und Hori, falls er anwesend war, in ihre Plaudereien einzubeziehen. Doch Nubnefret reagierte nur, wenn eine Frage an sie persönlich gerichtet war, und Hori aß für gewöhnlich schnell und bat dann darum, weggehen zu dürfen. Khamwaset war wütend und von ihnen allen enttäuscht, sogar von Sheritra, die es sich angelegen sein ließ, das Thema ihrer Verlobung bei jeder Gelegenheit zur Sprache zu bringen. Von den Menschen, mit denen er so viele Jahre zusammengewesen war, hatte er mehr erwartet, doch ihr mangelhaftes Benehmen, das man beinahe als grob hätte bezeichnen können, erschien ihm für eine Zurechtweisung nicht schwerwiegend genug.

Daher flüchtete er erleichtert aus der Halle, um die heißesten Stunden des Tages, so wie die andern Personen dies ebenfalls taten, auf dem Ruhebett zu verbringen. Doch häufig konnte er nicht einschlummern. Unter dem einschläfernden Steigen und Fallen der von seinen Dienern geschwenkten Fächer wälzte er sich hin und her und fragte sich, ob je der Tag käme, an dem die Spannung im Haus nachließe.

Die Spätnachmittage und Abende waren erquicklicher. Dann erschien Harmin, und nachdem er eine Weile mit seiner Mutter im Garten gesessen hatte, verschwand er zu irgendeiner verlassenen Stelle auf dem Anwesen in Gesellschaft von Sheritra, Bakmut und einem Wächter. Nun konnten Khamwaset und Tbubui sich in das Haus der Konkubinen zurückziehen und sich in ihrer ruhigen Schlafkammer lieben, wo das durch die geschlossenen Fensterläden gefilterte und in ein mattes Gold verwandelte Sonnenlicht auf ihre schweißnassen Körper tröpfelte, und für eine Weile war es ihm möglich, seine widerspenstige Familie zu vergessen. Danach badeten sie beide zusammen, nebeneinander auf dem Badestein stehend, während die Diener sie wuschen. Oftmals liebte Khamwaset es, Tbubuis Haare zu waschen, indem er den Zopf aus dicken, nassen Flechten mit bewußter sinnlicher Ekstase durch seine Hände gleiten ließ.

Beim Abendessen waren gewöhnlich offizielle Gäste zugegen, und Tbubui bezauberte sie mit ihrer Intelligenz und ihrem Esprit. Khamwaset beobachtete besorgt Nubnefret, da er wußte, daß es ihr zustand, Tbubui den Zugang zu solchen Festen zu untersagen, falls sie dies wollte. Doch seine Hauptfrau erörterte das Thema nicht einmal, und die Gäste verabschiedeten sich, indem sie Khamwaset um seine beiden so verschiedenen und doch so vollendeten Frauen beneideten, die sein Leben mit ihm teilten.

Der Pulsschlag von Khamwasets Leben war daher unsteter, wenn auch nicht unangenehmer geworden. Er hatte bereits die Überzeugung gewonnen, daß alles seine schönste Ordnung hatte, als eines Tages Tbubui die Fliegenpeitsche beiseite legte, mit der sie in der vergeblichen Hoffnung, die Wolken der fliegenden Plage zu verjagen, um sich geschlagen hatte, und sich feierlich ihm zuwandte. Sie lagen nebeneinander auf einer Matte und den verstreuten Kissen im Schatten der Baumreihe, die den nördlichen Garten abschloß. Der Anbau war fertiggestellt und der Bauschutt entfernt, und Gärtner waren damit beschäftigt, entlang der glatten weißen Mauer der neuen Gemächer Blumenbeete auszuheben. Die Räume standen noch leer, doch ein Trupp Handwerker und Künstler sollte am Tag darauf eintreffen, um Tbubuis Wünsche für ihren ständigen Wohnsitz entgegenzunehmen. Khamwaset hatte ihr gesagt, sie könne sich bestellen, was immer sie sich wünsche, darauf vertrauend, daß der einfache gute Geschmack, den sie bei der Möblierung ihres alten Hauses hatte erkennen lassen, hier ebenfalls offenkundig werden würde. Kokett und lachend hatte sie ihn darauf hingewiesen, daß er das Einfache nicht mit dem Billigen verwechseln dürfe. Doch er hatte gutmütig die Achseln gezuckt und ihr Zögern mit einer Handbewegung weggewischt. Nun legte er die halb abgepflückte Dolde blauer Trauben hin, mit denen er sie gefüttert hatte, und richtete sich auf eine weitere Besprechung über ihr Vorhaben ein. «Sag es mir nicht!» sagte er lächelnd. «Ich kenne deine Miene, liebe Schwester. Du möchtest doch lieber ein Ruhebett aus Akazienholz und nicht aus Zedernholz.»

Sie streichelte kurz seinen nackten Schenkel. «Nein, Khamwaset, es hat nichts mit meiner Einrichtung zu tun. Ich bringe dieses Thema nur ungern zur Sprache. Es fällt mir schwer einzugestehen, daß ich unfähig bin, es selbst zu lösen, aber ich bin verwirrt und ein wenig verletzt...» Ihre Stimme verlor sich, und sie senkte den Blick. Sofort war sein Interesse geweckt.

«Erzähl es mir», sagte er mit Nachdruck. «Für dich tue ich alles, Tbubui, das weißt du doch! Bist du nicht glücklich?»

«Natürlich bin ich glücklich!» antwortete sie geschwind. «Ich bin die glücklichste, die am meisten geliebte Frau in ganz Ägypten. Es handelt sich um meine Diener, Hoheit.»

Verwirrt runzelte er die Stirn. «Deine Diener? Sind sie faul? Oder gar grob zu dir? Ich kann mir nicht vorstellen, daß irgendein Diener, den Nubnefret ausgebildet hat, das eine oder das andere sein könnte!»

Sie suchte offenkundig nach den passenden Worten, ihre vollen Lippen waren leicht geöffnet, ihre Augen unruhig. «Sie sind ausgezeichnet ausgebildet», begann sie, «doch mir kommen sie laut und geschwätzig vor. Meine Kosmetikerin plappert einfach weiter, während sie mich schminkt. Meine Zofen erlauben sich Bemerkungen über die Kleider, die ich anziehe, und den Schmuck, den ich aus meinem Schmuckkasten holen lasse. Mein Kämmerer fragt mich, was ich zu essen oder zu trinken wünsche.»

Khamwasets Verblüffung wuchs. «Liebling, willst du damit sagen, daß sie unhöflich sind?»

Sie bewegte ungeduldig ihre goldberingten Finger. «Nein, nein! Aber ich bin an Diener gewöhnt, die überhaupt nicht reden, sondern ausführen, was man ihnen aufgegeben hat und nichts anderes. Ich vermisse meine eigenen Leute, Khamwaset!»

«Dann frag Nubnefret, ob du ihre Diener entlassen und nach denen schicken darfst, die du dir wünschst», sagte Khamwaset nachdrücklich. «Das ist doch eine Lappalie, es lohnt sich nicht, darüber ein Wort zu verlieren.»

Sie kaute auf ihren Lippen; ihre Hände hatte sie in ihren weißen Schoß fallen lassen, wo sie sie verschränkt hielt. «Ich habe bereits Nubnefret deswegen angesprochen», sagte sie mit leiser Stimme. «Die Prinzessin hat meine Bitte ohne Begründung abgelehnt. Sie hat nur darauf hingewiesen, daß diese Haushaltsdiener die besten im ganzen Land seien und ich sie womöglich nicht korrekt behandle. Es tut mir leid, Khamwaset. Ich weiß, daß ich dich nicht mit etwas belasten sollte, das eigentlich Nubnefret und ich untereinander lösen müßten. Ich möchte sie nicht kränken, indem ich mich an dich als letzte Autorität wende oder indem ich in dieser Angelegenheit einfach die Initiative ergreife, doch ich meine, daß ich Anspruch darauf habe, mich mit meinen eigenen Leuten zu umgeben.»

«Natürlich hast du das.» Khamwaset nahm Nubnefrets Weigerung äußerst überrascht zur Kenntnis. Trotz ihrer Gefühle Tbubui gegenüber gehörte eine solche Kleinlichkeit nicht zu ihrem Wesen, und es war auch ihm ein Rätsel. «Ich werde heute mit ihr darüber reden.»

Tbubui streckte eine Hand aus und flehte ihn an: «Oh, nicht doch, mein Liebster. Bitte! Der Weg zum Frieden in diesem Haushalt kann nicht durch die Dornen der Untreue führen. Nubnefret darf nicht den Eindruck gewinnen, ich könnte ihre Autorität untergraben, wann immer mir danach zumute ist. Dafür respektiere ich sie zu sehr. Rate mir einfach, wie ich das Thema bei ihr erneut anschneiden kann.»

«Du bist klug, taktvoll und nett», sagte Khamwaset, «aber ich denke, das hier solltest du mir überlassen. Ich kenne sie. Ich kann nachforschen, welchen Grund sie hatte, ohne daß sie ahnt, daß du dich bei mir über sie beschwert hast. Ich entschuldige mich für sie, Tbubui.»

«Dazu besteht kein Anlaß, Hoheit», sagte sie protestierend. «Und ich danke dir.»

Die Unterhaltung wandte sich anderen Themen zu, bevor sie unter dem Ansturm einer stark zunehmenden Hitze versandete. Tbubuis Kopf wurde immer schwerer, bis sie schließlich eingeschlafen war. Khamwaset saß lange da und betrachtete sie. Ihr Mund stand ein wenig offen. Ihre dunklen Augenwimpern bewegten sich auf ihren braunen Wangen. Ihrer Bewegungslosigkeit haftete etwas so Wächsernes, so dem Tode Ähnliches an, daß ein Stich der Furcht durch seinen Körper fuhr, doch dann bewegte sich ein Rinnsal aus Schweiß sehr langsam zwischen ihren locker bedeckten Brüsten, und er neigte sich nach vorn und trocknete es mit seiner Zunge. Welch eine Wonne, dachte er, diese Geste schließlich frei ausführen zu können. Ich würde für dich alles tun, mein Herz, überhaupt alles, und durch die Tatsache, daß du zögerst, etwas von mir zu verlangen, fühle ich mich veranlaßt, dir noch mehr zu gefallen. Vorsichtig, um sie nicht aufzuwecken, senkte er den Kopf, bis sein Gesicht und ihres sich auf derselben Höhe befanden. Er schloß die Augen und atmete ihr Parfüm und ihren Atem ein, die Myrrhe und diesen anderen Duft, der unbeschreiblich und dennoch unwiderstehlich war, und als seine Phantasie abschweifte, sagte er sich, daß er der glücklichste Mann in ganz Ägypten war.

Am Abend ging er zu Nubnefrets Gemächern und ließ sich von Wernuro anmelden. Nubnefret ging ziemlich ausgeglichen auf ihn zu, bot ihm einen Stuhl an und kehrte dann an ihren Platz neben dem Ruhebett zurück, wo ihre Dienerinnen sie gerade entkleideten. Eine Dienerin wartete mit einem geplätteten blauen Leinen über dem Arm. Nubnefret trat aus ihrem Gewand mit den grünen Perlen heraus, das sie beim Abendessen getragen hatte, und schnippte ohne Hemmungen mit den Fingern. Ihr Körper besteht überall aus weichen Rundungen, dachte Khamwaset, als er beobachtete, wie das blaue Gewand um sie gewickelt und mit einem breiten Band festgezurrt wurde. Sie ist noch immer eine Schönheit, nur in meinen Augen nicht. Ich wünschte, es wäre nicht so! Ich gräme mich wegen ihr, wegen meiner stolzen, unglücklichen Nubnefret, aber daran kann ich nun einmal nichts ändern.

«Kann ich dir irgendwie helfen, Khamwaset?» fragte sie und

hielt die Arme ausgestreckt, damit die Armreifen mit blauem Lapislazuli ihr über die Hände gestreift werden konnten. «Hast du einen besonderen Anlaß?»

«Eigentlich nicht», sagte er verlegen. «In letzter Zeit haben wir nicht viel miteinander geredet, und heute hast du mir gefehlt.»

Sie warf ihm einen Blick aus klugen Augen zu. «Geht es um Sheritras Schwärmerei für diesen Jungen?»

Khamwaset seufzte in seinem Innern. «Nein, obwohl ich annehme, daß wir bald etwas in dieser Angelegenheit unternehmen müssen. Hast du Nachrichten von deinen Gutsverwaltern bekommen, Nubnefret? Haben sie auf deinen Domänen im Delta schon mit der Ernte begonnen?»

Sie ging zu ihrem Kosmetiktisch hinüber und setzte sich, wobei sie einen Spiegel in die Hand nahm. «Meine Lippen sind ganz ausgetrocknet», sagte sie zu ihrer Kosmetikerin, «leg keine Henna mehr auf. Reibe sie lieber mit ein wenig Olivenöl ein.» Und auf seine Frage antwortend, fuhr sie ohne Unterbrechung fort: «Gestern habe ich eine Schriftrolle mit Angaben über meine wenigen Reben erhalten. Ich glaube, in diesem Jahr lasse ich die Trauben trocknen und einlagern. Letztes Jahr sind uns die Rosinen ausgegangen, und wir brauchen bestimmt nicht noch mehr Wein, als wir schon haben.»

Er stimmte ihr zu, und dann unterhielten sie sich über dieses und jenes. Sie verlor etwas von ihrer Steifheit, und sie begann, ihn mit ihrer alten Fröhlichkeit anzugrinsen, als er sich darüber beschwerte, daß die Vögel versuchten, den Fischen im Teich das Futter zu stehlen. Doch sie igelte sich schnell ein, als er sich schließlich zu sagen traute: «Ich habe den Eindruck, daß Tbubui ihre Diener vermißt, meine Liebe. Sie hat es nicht so offen ausgedrückt, aber es dürfte ihr doch schwerfallen, denn sie muß sich nicht nur in einen fremden Haushalt eingewöhnen, sondern sich auch noch fremden Dienern anpassen. Weshalb schlägst du ihr nicht vor, daß sie die entläßt, die sie hat, und sich bekannte Gesichter holt?»

Nubnefret wurde sehr ruhig, dann winkte sie ihre Kosmetikerin mit einer wilden, gebieterischen Handbewegung fort und stand auf.

«Mir ist zuwider, was aus dir geworden ist, Prinz», sagte sie kalt und bestimmt. «Du bist so leicht zu beeinflussen, so begierig zu gefallen, so falsch auf eine kleinliche, ganz und gar verwerfliche Weise. Früher hättest du mich im Vollbesitz deines königlichen Selbstvertrauens aufgesucht und mir gesagt: ‹Tbubui möchte wissen, warum du ihr Begehren zurückgewiesen hast, und ich möchte ebenfalls wissen, warum.› Meine Verachtung hast du dir bald verdient, mein Gemahl.»

Khamwaset verließ den Stuhl. «Ich wußte nicht, daß sie dich angesprochen hat», sagte er, sie verzweifelt und dreist anlügend, und sie lachte höhnisch auf.

«Wirklich nicht? Nun, dann weißt du es jetzt. Sie möchte ihre eigenen Diener haben. Meine Diener sind ihr nicht gut genug. Ich habe es abgelehnt.»

«Aber warum denn?» fragte er und hielt vor ihren blitzenden Augen inne. «Das Begehren war vernünftig, Nubnefret. Es hätte dich nichts gekostet, ihm stattzugeben. Macht deine Eifersucht dich so grausam?»

«Nein», sagte sie barsch. «Du magst mir glauben oder nicht, Khamwaset, aber auf Tbubui bin ich nicht eifersüchtig. Ich kann sie bloß nicht ausstehen, weil sie eine plumpe, gewöhnliche Frau ohne ein Fünkchen jener Moral ist, die aus Ägypten eine große Nation gemacht hat und seine Herrscher und Vornehmen vor den Exzessen und den katastrophalen Schwächen fremder Königreiche bewahrt hat. Sie ist eine Schwindlerin. Die Kinder spüren das, glaube ich, aber du bist blind. Dafür rüge ich dich nicht.» Sie lächelte ohne Warmherzigkeit. «Ich rüge dich dafür, daß du ihr gestattest, Oberhand über dich zu gewinnen.»

Die Flut des Zorns stieg in Khamwaset so schnell, daß sein Gesicht brannte und seine Kehle kratzte, bevor Nubnefret auch nur zur Hälfte ihre Rede beendet hatte. Er verschränkte seine Hände fest hinter seinem Rücken, damit er sie damit nicht durcheinanderrütteln konnte. «Die Angelegenheit der Diener», preßte er, ihr zur Erinnerung, zwischen den Zähnen hindurch. Sie wandte sich von ihm ab und warf sich wieder auf den Stuhl. Die Kosmetikerin begann, ihr das Haar zu flechten. «Ich mag sie nicht», sagte sie ganz leise. «Sie entnerven mich, und den Gedanken, sie ständig in meinem Haus um mich herum zu haben, kann ich nicht ertragen. Der Schiffsführer ihrer Barke, die persönliche Zofe, die immer um sie herumscharwenzelt, diejenigen, die sie und Sisenet begleitet haben – in ihren Bewegungen und ihrem strikten Schweigen und in der Art, daß sie nie Augen zu haben scheinen, liegt etwas Bedrohliches.» Mit einem heftigen Ruck wandte sie plötzlich ihren Kopf von den fürsorgenden Händen des Mädchens weg. «Sie scheinen dir nie wirklich in die Augen zu sehen, Khamwaset! Und wenn sie mit dir in einem Raum sind, so ist es, als wären sie nicht nur unsichtbar, sondern überhaupt nicht vorhanden.» Sie schnappte nach dem blauen Leinen, das ihr über das Knie rieb, und fing an, unbewußt daran zu zupfen. Mit äußerstem Erstaunen nahm Khamwaset wahr, daß sie den Tränen nahe war. «Diener hast du immer um dich. Du machst etwas, denkst etwas, und du brauchst etwas, und du bist dir im klaren darüber, daß Ib in der Nähe der Tür steht und Kasa in jener Ecke sitzt; du bist dir jedenfalls *im klaren*, Khamwaset. Bei Tbubuis Dienern dagegen vergißt du nicht nur, daß sie da sind, es ist vielmehr, als wären sie nicht eigentlich da. Dasselbe Gefühl beschleicht mich bei Sisenet. Ich will sie nicht hier haben, Khamwaset! Es ist mein Vorrecht, Tbubuis Wunsch zurückzuweisen, und ich tue es für meinen eigenen Seelenfrieden. Ich will sie nicht hier haben!»

Ihm war nicht klargeworden – und es war ihm nicht viel daran gelegen, es sich bewußt zu machen –, wie sehr seine zweite Heirat sie getroffen hatte. So wie sie sich anhörte, befand sie sich gefährlich kurz davor, die Selbstbeherrschung zu verlieren, und in Nubnefrets Augen war dies das größte Versagen, das sie sich vorstellen konnte. Er eilte auf sie zu und zog ihren Kopf an sich, indem er sie sanft streichelte. «Oh, Nubnefret», murmelte er, «oh, meine arme Schwester. Tbubuis Diener sind tatsächlich eigenartig, und sie hat sie so ausgebildet, damit sie ihren etwas eigenartigen Bedürfnissen gerecht werden, aber es bleiben doch eben nur Diener.»

Sie hielt krampfhaft seinen Leibrock fest. «Versprich mir, daß du meine Entscheidung in dieser Angelegenheit nicht umstoßen wirst!» schrie sie. «Das mußt du mir versprechen, Khamwaset!»

Er hockte sich hin, und indem er ihr feuchtes Gesicht zwischen seine Hände nahm, küßte er sie sanft, da seine Anteilnahme ihn überwältigte. «Ich verspreche es dir», sagte er. «Sage Tbubui, sie könne sich nach ihrem Gutdünken Diener aus unserem Haushalt aussuchen. Wenn du dich etwas besser fühlst, kannst du vielleicht deine Entscheidung revidieren, aber ich schwöre dir, daß ich diese Entscheidung nicht erzwingen werde.»

Sie lehnte sich zurück und gewann allmählich ihre Fassung wieder. «Ich danke dir, Hoheit», sagte sie förmlich. «Ich mag dir töricht erscheinen, aber es ist mein Haus, und ich kann nicht zulassen, daß ich mich in meinem eigenen Haus wie eine Ausgestoßene fühle.»

Aus ihrem Munde war dies eine höchst merkwürdige Äußerung. Nach einer Weile wechselte Khamwaset das Thema, und beide unterhielten sich freundlich, während ihre Kosmetikerin sich wieder daranmachte, ihr das Haar zu flechten. Da er jedoch wußte, daß er bald Tbubui gegenübertreten und ihr gestehen mußte, daß er Nubnefret unterstütze, fühlte er ein wachsendes Unbehagen, und kurz darauf entschuldigte er sich. Nachdem er sich in seine Räume zurückgezogen hatte, bestellte er Wein. Er lag auf dem Ruhebett und trank verdrossen, bis der Alkohol zu wirken begann. Dann ließ er den Becher auf den Boden rollen und schlief ein.

Dank einer kurzen Rückkehr zu seiner früheren Entscheidungskraft erzählte er am nächsten Tag Tbubui von seiner Abmachung mit Nubnefret, ihre Entscheidung nicht umzustoßen. Tbubui reagierte kaum. Sie starrte ihn eine lange Weile an, spitzte die Lippen und begann dann, sich über die Ernte auszulassen, mit der auf Sisenets Anwesen begonnen worden war. Khamwaset hörte erleichtert zu. Frauen in einem Haushalt, und dies galt in einem weit größeren Ausmaß für jene in einem großen Frauenhaus, nehmen Zuflucht zu ihren eigenen geheimnisvollen Methoden, Probleme der Rangordnung zu lösen. Dann gab es Tränen und Schmollen. Dann gab es die tückischen Machenschaften, Ränke und Unternehmungen, die dazu führten, daß die stärksten Frauen schließlich die führenden und mächtigen Positionen innehatten. Gelegentlich kam es in den königlichen Frauenhäusern, in denen Hunderte von Frauen aus jedem Königreich um die Gunst des Pharaos und noch häufiger um jene der Männer wetteiferten, die sie beaufsichtigten, zu tätlichen Auseinandersetzungen und sogar zu Mord. Khamwaset waren diese Vorkommnisse sicher nicht unbekannt, doch seine eigene Einrichtung war von solcherart Turbulenzen bisher verschont geblieben.

Ein schwacher Abklatsch des Chaos, das in einem Haus von Konkubinen vorkommen konnte, geschah vor seinen Augen, sagte er sich nun, während er Tbubuis phlegmatisches Verhalten studierte. Der Gedanke beruhigte ihn, in Wahrheit fühlte er sich gar geschmeichelt. Tbubui war keine Mimose, aber Nubnefret auf ihre Weise auch nicht. Sie würden sich schon noch zu einem Kompromiß durchringen, vielleicht sogar zu einer Position gegenseitigen Respekts, und er hatte nicht den Eindruck, daß er noch einmal würde gezwungen sein, sich einzumischen. Tbubui würde sich weniger unsicher fühlen, sobald sie den ihr rechtmäßig zustehenden Platz im Haushalt eingenommen hatte, und Nubnefret würde die unglücklichen Ergebnisse ihres freundlichen Schikanierens der Hausbewohner verstehen und sich auf die Zunge beißen. Khamwaset glaubte, daß der kleine Sturm bald vorüber war.

Doch ein noch größerer braute sich zusammen. Eine Woche verging ohne einen einzigen Zwischenfall. Tbubui hatte tatsächlich die Diener entlassen, die Nubnefret ihr abgestellt hatte, und sich aus der Dienerschaft dafür andere ausgesucht. Mehr um ihres Stolzes willen denn aus Notwendigkeit, so nahm Khamwaset an. Zweimal war sie zu ihrem alten Haus zurückgekehrt und hatte Kinkerlitzchen und Zierat mitgebracht, den sie beim Umzug vergessen hatte. Sie verbrachte mehrere Stunden mit den Handwerkern und Künstlern und gab ihnen Anweisungen für die neuen Gemächer. Doch mit der Nachricht, mit der sie Khamwaset eines Abends während der wenigen noch verbleibenden Tage des Monats Pachon begrüßte, hatte er überhaupt nicht gerechnet.

Heiter gestimmt von der eingetroffenen Nachricht, daß seine Ernte eingefahren und überreich ausgefallen sei, hatte er sie spät aufgesucht. Er wollte seine Hochstimmung mit ihr teilen und Liebe mit ihr machen und rechnete damit, sie auf ihrem Ruhebett, jedoch noch nicht schlafend, anzutreffen. Er hatte sich angewöhnt, sie alle paar Abende zu dieser Stunde zu besuchen. Dann trat er in ihren Raum, der vom sanften Flackern von vier Nachtlampen erleuchtet wurde und nach ihrem Parfüm duftete, das noch frisch in der Luft hing und sich mit dem Duft der Blumen vermischte, die sie sich gerade zur Dekoration der Wände hatte kommen lassen. Sie pflegte gewöhnlich auf dem Ruhebett zu liegen, das Leinen lose über ihren Körper drapiert. Doch an jenem Abend traf er sie nicht auf dem Ruhebett an. Sie saß schlaff vornübergebeugt auf einem gegen die Wand gelehnten Stuhl, mit wirrem Haar, und starrte in die Dunkelheit, die nur von einer Alabasterlampe erhellt wurde. Betroffen und enttäuscht ging Khamwaset geradewegs auf sie zu.

«Tbubui!» rief er aus und ergriff ihre kalte Hand. «Was ist denn mit dir los?»

Sie blickte ihn an und schenkte ihm ein mattes Lächeln. Beunruhigt stellte er fest, daß sie fahl ausschaute und Tränensäcke unter den Augen hatte. Zum erstenmal bemerkte er, daß sich winzige Linien um ihren Mund herum zogen und bis über die Schläfen hin ausbreiteten. Sie war nicht geschminkt.

«Vergib mir, Khamwaset», sagte sie erschöpft. «Es ist so heiß, und sogar das Trinkwasser schmeckt zu dieser Jahreszeit brackig. Ich konnte heute nachmittag nicht schlafen.» Sie zuckte die Achseln. «Ich bin heute abend einfach nicht auf der Höhe.»

Er küßte sie zärtlich. «Dann bleiben wir ruhig sitzen und reden und spielen Hund und Schakal. Möchtest du das? Ja?» Er beauftragte eine Dienerin, das Spielbrett zu holen, führte Tbubui zum Ruhebett und sorgte dafür, daß sie sich gegen die Kissen lehnte, die er hastig aufbaute. Er selbst ließ sich mit gekreuzten Beinen vor ihr nieder. Sie saß schweigend da, bis das Mädchen zurückkam, das Spielbrett zwischen beide hinlegte und wieder verschwand. Khamwaset wurde das Gefühl nicht los, daß Tbubui mit sich zu Rate ging, ob sie etwas sagen solle oder nicht. Dann holte sie tief Luft, sah ihn an, dann blickte sie weg. Er kippte die Elfenbeinsteine auf den Boden. «Wir brauchen mehr Licht», sagte er, doch sie schüttelte den Kopf. Khamwaset lehnte sich über das Ruhebett und zog die Nachtlampe näher heran. Deren sprunghaftes Flackern warf bewegliche Schatten auf ihr Gesicht, das Leben darin aufsaugend, und Khamwaset dachte, daß man ihr das Alter nun ansehe, ja sie sehe sogar noch älter und sehr müde aus. Sie hatte fast jedes Gefühl in ihm hervorgerufen, das er besaß, doch an diesem Abend berührte sie eines, von dem er nicht wußte, daß es in ihre Sphäre gehörte. Er empfand Mitleid für sie. Sie versuchte nicht einmal, ihre Hunde zum Spiel aufzustellen. Sie rollte einen Stein mit dem Kopf nach unten zwischen ihren Fingern hin und her.

«Ich habe lauter gute Neuigkeiten heute abend», sagte er. «Meine Felder sind alle abgeerntet, und ich bin etwas reicher als im letzten Jahr. Aber, Tbubui, ich...»

Sie schnitt ihm das Wort ab, ein bitteres Lächeln erschien um ihren Mund. «Ich habe ebenfalls ähnliche Neuigkeiten», sagte sie mit rauher Stimme. «Mein Gemahl, du hast die Saat einer anderen Art ausgesät. Ich bete darum, daß diese Ernte dir ebenso große Freude bereitet.»

Einen Augenblick lang blickte er sie verständnislos an, dann stieg ein dämmerndes Glücksgefühl in ihm auf, und er streckte seine Arme nach ihr aus. «Tbubui! Du bist schwanger! Und das so rasch!»

Sie zuckte von ihm weg. «Vielleicht doch nicht so rasch», sagte sie bitter. «Wir haben uns in den beiden letzten Monaten häufig geliebt, Khamwaset. Es sollte dich nicht überraschen.»

Er ließ seine Hände in den Schoß fallen. «Aber das ist doch wunderbar!» sagte er beteuernd. «Ich bin wirklich entzückt. Weshalb also bist du nicht auch glücklich? Hast du Angst? Dabei weißt du doch, daß ich der beste Arzt in ganz Ägypten bin.»

Erneut spielte dieses zynische Lächeln um ihren Mund. «Nein, ich habe keine Angst. Nein... es ist nur...»

Seine Freude verflüchtigte sich allmählich. «Du solltest es mir lieber sagen», äußerte er feierlich.

Statt zu antworten, glitt sie vom Ruhebett und huschte an ihm vorbei. Die Flamme in der Lampe tanzte wie wild, als sie vorüberging, und die Schatten wirbelten an den Wänden. Khamwaset drehte sich, um ihr mit den Augen zu folgen.

«In diesem Haushalt mag man mich nicht», sagte sie bedächtig. «Nein, ganz und gar nicht. Nubnefret hat nur Verachtung für mich übrig. Hori spricht nicht mit mir. Er macht ein finsteres Gesicht, wenn er sich von mir unbeobachtet glaubt, und sein starrer Blick jagt mir einen kalten Schauder den Rücken hinunter. Sheritra war froh, meine Ratschläge und meine Freundschaft anzunehmen, bis ich hierherzog. Jetzt macht sie einen Bogen um mich.» Ruckartig wandte sie ihm ihr Gesicht zu, im Halblicht des Raums einer Geistermaske nicht unähnlich, mit geschwollenen und riesengroßen Augen, ihr Mund zitterte. «Ich fühle mich einsam hier», sagte sie flüsternd. «Nur dein Wohlwollen steht zwischen mir und der Feindseligkeit deiner Familie.»

Er war schockiert. «Aber, Tbubui, ich glaube, du übertreibst!» sagte er zum Protest. «Bedenke, wie stabil, wie gleichmäßig unser Leben hier war. Die Anpassung an ein neues Mitglied im Haushalt braucht ihre Zeit. Du mußt ihnen die Zeit lassen!»

Sie machte einen Schritt auf ihn zu. Ihr zerwühltes Haar schien mit der Dunkelheit zu verschmelzen, und ihre Augen hatten dieselbe Schattierung. «Es ist keine Frage der Zeit. Ich habe getan, was ich konnte, Khamwaset, aber ihre oberflächliche Höflichkeit verdeckt nur eine tiefer sitzende Unversöhnlichkeit. Sie verbergen sie vor dir und warten darauf, daß ich meinen Schutz verliere, um wie wilde Bestien über mich herfallen zu können.»

Khamwaset öffnete den Mund, um scharf zu widersprechen, doch dann fielen ihm Nubnefrets boshafte Worte ein, und er schwieg. Gespannt beobachtete er Tbubui, dann sagte er: «Ich kann mir nicht vorstellen, daß irgendein Mitglied der Familie dir schaden möchte. Du redest von großzügigen, verständigen Menschen und nicht von Wüstenräubern, die kaum besser als Tiere sind.»

«Du siehst nicht, was ich sehe!» schrie sie in ihrer Angst. «Die haßerfüllten Blicke hinter deinem Rücken, die kleinen Demütigungen, die bewußte Zurückhaltung!» Sie legte ihre weißen Hände auf ihren Bauch. «Um mich selbst sorge ich mich nicht. Ich liebe dich, und ich möchte dich nur glücklich machen, Khamwaset. Aber bald wird unser Kind dasein. Ich ängstige mich um mein Kind.» Sie geriet zunehmend außer sich, wobei ihre Stimme hysterisch anstieg, ihre Hände krallten sich zu Klauen über ihrem Unterleib. Das Leinentuch fiel zu Boden, und sie stand in all ihrer panischen, ungehemmten Schönheit vor ihm; ihre reine Wildheit rief ein pochendes Verlangen in ihm hervor. Er versuchte, sie zu beruhigen.

«Tbubui, schwangere Frauen können unvernünftig werden, das solltest du wissen», sagte er. «Bedenke doch, was du da sagst. Du befindest dich in meinem Haushalt und nicht etwa im Konkubinenhaus irgendeines skrupellosen ausländischen Königs. Du bist meine Gemahlin. Ich freue mich sehr auf die Geburt des Kindes, und meine Familie wird sich gleichfalls freuen.»

Sie ging näher auf ihn zu. «Nein, das wird sie bestimmt nicht», sagte sie nachdrücklich. «Du bist ein Prinz von Geblüt, Khamwaset, und deine Nachkommen gehören Ägypten. Alle, bis auf diesen einen», hier hielt sie ihren Bauch krampfhaft fest, «stehen in der Erbfolge für den Horusthron. Für Hori steht mehr auf dem Spiel als für den Sohn eines Händlers, dessen Nebenfrau schwanger ist. Er und alle anderen werden nichts unversucht lassen, mein Kind zu enterben, falls dir etwas zustieße. Ein Kind von mir würde ihre Zukunft bedrohen. Oh, siehst du das denn nicht?»

Langsam erkannte er, was sie meinte, und fand keinen Gefallen daran. Stimmt das wirklich? fragte er sich. Ich weiß zwar, daß Tbubui hier nicht gerade beliebt ist, aber ich glaubte, daß dieser Riß sich noch beizeiten kitten läßt. Doch mit dieser Schwangerschaft ist den Wunden, an denen meine Familie bereits leidet, ein weiterer Grund zur Klage hinzugefügt worden. Er stellte sich vor, welche Situation sich ergäbe, wenn er sterben sollte, und diese Vorstellung ließ ihn frösteln. Tbubui wäre tatsächlich wehrlos, doch wogegen müßte sie sich denn wehren? Mit einem Schlag schlossen sich Nubnefrets Verachtung, Horis Düsterkeit und sogar Sheritras jüngstes hitziges Aufbrausen in seinen Gedanken zu einem neuen Muster zusammen. Er hatte nichts zu entgegnen. Was Tbubui sagte, schien der Wahrheit zu entsprechen. Nun stand sie genau vor ihm, sie atmete schnell und kurz, ihre Wangen waren tränenüberströmt.

«Liebst du mich, Khamwaset?» fragte sie mit erstickter Stimme. «Wirklich?»

«Tbubui! Mehr als alles auf der Welt!» sagte er.

«Dann hilf mir bitte. Ich bin deine Gemahlin, und du schuldest mir deinen Schutz. Unserem ungeborenen Sohn schuldest du sogar noch mehr. Streiche Hori und Sheritra aus deinem Testament zugunsten dieses neuen Kindes. Tu es, bevor irgendein böses Schicksal es überfällt. Entziehe ihnen diese Macht, damit ich hier in Frieden leben und mich darauf vorbereiten kann, die Frucht unserer Liebe zur Welt zu bringen. Andernfalls...» Sie beugte sich zu ihm hinunter, legte beide Hände auf ihre Knie und starrte Khamwaset mit einer heftigen Eindringlichkeit ins Gesicht. «Andernfalls muß ich mich von dir scheiden lassen und fortgehen.»

Ihm war zumute, als hätte sie ihn geschlagen. Sein Brustkorb schmerzte, und er konnte nicht richtig atmen. «Götter, Tbubui...» sagte er krächzend. «Das meinst du doch nicht im Ernst... Für eine solch einschneidende Maßnahme besteht nicht der geringste Anlaß... Du glaubst doch nicht...»

Sie weinte. «Glaube mir, lieber Bruder, ich habe nichts anderes getan, als darüber nachzudenken, seit mir klarwurde, daß ich schwanger bin», sagte sie. «Nubnefret wird mich nie akzeptieren. Sie sagte mir ins Gesicht, daß ich das Herz einer Hure besitze. Und Hori...»

«Wie?» fragte er schneidend. Sie schüttelte den Kopf.

«Ach, nichts. Aber ich dränge dich, ich flehe dich an, das zu tun, was ich wünsche. Du bist ein guter Mann, du riechst nicht das Übel, das direkt unter deiner Nase zum Himmel stinkt. Der Pharao wird sich um Hori kümmern, und Sheritra wird zweifelsohne irgendeinen wohlhabenden Vornehmen heiraten. Sie haben nichts zu leiden! Nur mein Sohn hat zu leiden, wenn du nicht sofort handelst!»

«Nubnefret, meine Nubnefret, hat dich eine Hure geschimpft?» sagte er langsam, und sie nickte.

«Ja. Bei allen Göttern schwöre ich dir, daß ich dir nichts als die reine Wahrheit sage. Ändere dein Testament, Prinz. Wenn die Götter dir gnädig sind, so wirst du leben, um zu erleben, wie unser Sohn erwachsen wird, und dann spielt es keine Rolle. Aber falls nicht...» Sie spreizte ihre Hände. «Ich bete dich an. Das habe ich immer getan. Zwing mich nicht, mir mein Herz aus dem Leibe zu reißen und dich zu verlassen.»

Khamwaset konnte keinen klaren Gedanken mehr fassen. Er wollte einen kühlen Kopf behalten, um vernünftig mit ihr zu diskutieren, doch seine Gedanken wirbelten wild durcheinander, und er hatte Angst, eine sehr große Angst, daß sie recht hatte und auch ihre Drohung in die Tat umsetzte. Ohne sie kann ich nicht leben, dachte er. Und zu meiner früheren Lebensweise kann ich nicht zurückkehren. Das würde Trostlosigkeit und Einsamkeit bedeuten, es wäre mein Tod. Sie hat mich verändert. Von Anfang an hat sie in mir gewirkt. Ich bin nicht mehr Nubnefrets Khamwaset, Horis Vater, Ramses' rechte Hand. Ich bin Tbubuis Geliebter und sonst gar nichts. Mit einer raschen Armbewegung zog er sie zum Ruhebett herunter und stieß sie grob auf die Matte, als er auf sie rollte. «Sehr gut», brachte er mühsam hervor, bereits halb wahnsinnig vor fiebrigem Verlangen. «Sehr gut. Ich werde die Kinder, die ich mit Nubnefret habe, vom Erbrecht ausschließen und es auf unser Kind übertragen. Aber ich werde es ihnen nicht sagen. Denn sonst würden sie dich nur noch mehr hassen.»

«Es besteht kein Anlaß, es ihnen mitzuteilen, es sei denn, sie stellen eine Gefahr dar», erwiderte sie. «Ich danke dir, Khamwaset.»

Er reagierte nicht, in Wirklichkeit hatte er sie gar nicht gehört. Die Flut der Begierde war in ihm angestiegen und hatte sämtliche Gedanken ertränkt, und es dauerte lange, bevor er erneut seine Umgebung wahrnehmen konnte. Zu jenem Zeitpunkt war die Lampe bereits erloschen, und er konnte die Schakale hören, die weit draußen in der Wüste jenseits von Sakkâra heulten. Die Stadt hatte sich in das Schweigen der tiefsten Nacht gehüllt.

17. Kapitel

«Willst du fortgehen, weil dich dürstet?
Nimm zu dir meine Brust;
was sie hat, strömet über für dich.»

Die Morgenröte deutete sich schwach in der Dunkelheit an, als Khamwaset aus dem Haus der Konkubinen schlüpfte und seine Unterkunft betrat, wo ihn, kaum auf seinem Ruhebett hingestreckt, sogleich seine Träume umfingen. Drei Stunden später wachte er beim sanften Klimpern seines Harfenspielers und beim Wohlgeruch frischen Brotes und reifer Feigen und Trauben auf. Kasa zog die Vorhänge hoch, um die kostbare frühe Sonne hereinzulassen, die zwei Stunden später strikt ausgesperrt werden würde.

Khamwaset aß mit großem Appetit, in Gedanken mit Tbubuis Worten vom Vorabend beschäftigt, aber es war, als hätte er die Entscheidung bereits getroffen, wobei die Verästelungen ihres Flehens und seine Einsprüche kaum zusammenhängend im Hintergrund schwebten. Sie hat ja so recht, sagte er sich, während er einen Traubenkern in seine Hand spuckte und dumpf darauf hinabsah. Ich hätte diese Möglichkeit in Betracht ziehen müssen, habe aber meinen Kopf in den Sand gesteckt. Die Wirklichkeit hat uns alle eingeholt, und sie ist kalt, ein gnadenloses und grausames Ding. Es muß sofort etwas unternommen werden, heute noch, oder ich verliere sie. «Kasa», rief er. «Bestell Ptah-Seankh, er solle in meinem Arbeitsraum auf mich warten. Hast du mein Kleid für heute vormittag ausgesucht?»

Er beendete sein Frühstück, entließ den Harfenspieler mit einem Wink und verrichtete seine Gebete vor dem Schrein Thoths. Sie würden mich hassen, wenn sie wüßten, was ich beabsichtige, dachte er insgeheim, während sein Mund die alten Worte der Fürbitte und der Anbetung sprach. Frevel, Verrat, Verbitterung, keiner von ihnen würde es verstehen. Aber Tbubui ist mein Leben, meine Jugend, mein letztes Amulett gegen das fortschreitende Alter und die lange Dunkelheit. Vaters Reichtum liegt jenseits der Träume gewöhnlicher Menschen. Soll er doch die Stücke zusammensuchen, falls ich sterbe. Er ist mir so vieles schuldig.

Nachdem er den Weihrauch eingeatmet und den Schrein verschlossen hatte, ging er in seinen Arbeitsraum. Einer seiner Diener ließ bereits die Vorhänge gegen die unnachgiebig stark scheinende Sonne herunter, und er konnte die Gärtner draußen bei der Arbeit hören. Ptah-Seankh saß auf einem Schemel und las, seine Palette lag auf dem Boden neben ihm. Er stand auf und verneigte sich, als Khamwaset näher trat.

«Sei gegrüßt, Ptah-Seankh», sagte Khamwaset. «Einen Augenblick bitte.» Während er einen kleinen Schlüssel aus seinem Gürtel nahm, ging er in den inneren Raum, schloß eine Truhe auf, entnahm ihr eine Schriftrolle und kehrte ins Arbeitszimmer zurück. Nachdem er seinem Schreiber diese Schriftrolle ausgehändigt hatte, nahm er an seinem Schreibtisch Platz. «Dies ist mein Letzter Wille», sagte er zur Erklärung. «Ich möchte, daß du ihn sorgsam liest. Er enthält drei Klauseln, die sich mit der Übertragung meiner persönlichen Besitztümer und der vererbbaren Anwesen beschäftigen. Achte darauf, zwischen meinen persönlichen Besitztümern und jenen Vermögenswerten zu unterscheiden, die mir als Prinz zufallen. Hori erbt automatisch dieses Vermögen, und daran kann ich nichts ändern. Doch ich wünsche, ihn von meinem persönlichen Erbe auszuschließen, ebenso wie meine Tochter Sheritra. Laß Nubnefrets Anteile unberührt davon...»

Ptah-Seankh umklammerte die Schriftrolle und starrte ihn mit entgeisterter Miene an. «Aber Hoheit», sagte er stammelnd, «was hat Prinz Hori getan? Hast du dir gut überlegt, was du da von mir verlangst?»

«Natürlich», sagte Khamwaset unwirsch. «Meine Gemahlin Tbubui ist schwanger, und diese Tatsache erfordert, daß ich meinen

Letzten Willen ändere. Eine Kopie des Dokuments ist im Haus des Lebens in Memphis hinterlegt. Nimm mein Siegel als Zeichen der Vollmacht, hole diese Kopie und nimm dieselben Veränderungen vor. Du wirst Tbubuis ungeborenes Kind zu meinem einzigen Erben machen.»

Ptah-Seankh trat auf ihn zu. «Hoheit, ich bitte dich, es dir reiflich zu überlegen», sagte er vorwurfsvoll. «Falls du Sheritra vom Erbe ausnimmst, so läßt du sie ohne Mitgift, falls du vor ihrer Heirat sterben solltest. Und Prinz Hori...»

«Wenn ich deine Meinung hören möchte, so werde ich dich danach fragen», stieß Khamwaset wütend zwischen den Zähnen hervor. «Muß ich meine Anweisungen wiederholen?»

«Ja», sagte Ptah-Seankh mit fester Stimme und bleichem Gesicht. «Ich glaube, daß Hoheit die Worte am besten noch einmal wiederholt.»

Er hofft wohl, deren Klang möge mir so unheilvoll erscheinen, daß ich mich selbst erschrecke und anderen Sinnes werde, dachte Khamwaset. Ich bin ja schon erschrocken, aber ich werde nichts an meinem Vorhaben ändern. Er wiederholte seine Worte, langsam und überdeutlich, während er den unerschütterlichen, ungläubigen Blick des Schreibers wahrnahm. Danach entließ er den Mann. Ptah-Seankh verneigte sich, hielt inne, so als wollte er wieder diskutieren, verließ schließlich aber den Raum. Die Tür schloß sich mit einem höflichen Klicken hinter ihm. Es ist vollbracht, dachte Khamwaset, legte seine Arme quer über die glatte Oberfläche seines Schreibtischs und lauschte den gedämpften Geräuschen, die vom Garten zu ihm herübergetragen wurden. In der Zeitspanne weniger Stunden habe ich meine Kinder verraten und mich selbst erniedrigt, aber ich habe Tbubui behalten. Später werde ich mich mit dem Verstoß gegen Maat beschäftigen müssen, doch jetzt will ich zu ihr gehen und beobachten, wie die Angst aus ihrem Antlitz weicht, wenn ich ihr mitteile, daß sie und unser Kind sich in Sicherheit befinden. Ihre Augen werden langsam aufleuchten, und sie wird mein Gesicht mit den Spitzen ihrer Finger berühren, und ich werde wissen, daß ich das Richtige, das einzig Richtige getan habe.

Dennoch blieb er sitzen. Die Stimmen der Gärtner verblaßten langsam und machten denen der streitenden Vögel Platz, ein Diener summte, als er vorüberging, er vernahm die schrillen Töne von Nubnefrets persönlicher Leibdienerin Wernuro, die irgendwelche unglücklichen Sklaven ausschalt. Das Richtige, dachte er ungerührt. Das einzig Richtige. Er konnte sich nicht erheben.

Ptah-Seankh stand vor der geschlossenen Tür zum Arbeitsraum, die Schriftrolle fest umklammert in der Hand, und versuchte, mit dem ins reine zu kommen, was soeben vorgefallen war. Er war sich im klaren, daß die Augen des Wachsoldaten ihn mit unverhohlener Neugier betrachteten, und wußte, daß er weitergehen mußte, doch einen Augenblick lang war ihm dies unmöglich. Der Prinz ist wahnsinnig, dachte er. Er hat seinen Verstand verloren. Was soll ich bloß machen? Meine erste Pflicht ist es, meinem Herrn in allem zu gehorchen, aber darin kann ich nicht einwilligen. Vater, was hättest du an meiner Stelle getan? Ich bin hier noch ein Lehrling, wenngleich ein privilegierter. Ich bin sicher nicht so klug wie mein Herr, aber kann ich denn wirklich eine solche Anweisung ausführen? Soll ich zur Prinzessin gehen und ihr alles gestehen? Ich sollte einfach tun, wie mir geheißen wurde, und mich nur um meine eigenen Angelegenheiten kümmern. In diesem Haus bin ich ein Neuankömmling. Ich existiere nur durch den Ruf, den Vater sich erworben hat, meinen eigenen muß ich mir erst noch erarbeiten. Doch er erinnerte sich an die furchtbare Sache, zu der ihn die Nebenfrau des Prinzen gezwungen, und an die Schuld, die er auf sich geladen hatte. Vielleicht verschaffen mir die Götter diese Gelegenheit, um den Schaden, den ich angerichtet habe, wieder zu richten, dachte er. Zugleich könnte ich mein Gewissen reinwaschen. Er hatte nicht den geringsten Zweifel daran, daß das, was er getan hatte, von Übel war. Der Prinz hatte das Recht, irgendwelche Details in seinen Letzten Willen aufzunehmen, ganz so wie es ihm beliebte, doch an diesen Abänderungen hing ein verderbter Gestank. O Thoth, weiser Führer der Hand und des Geistes der Schreiber, so betete Ptah-Seankh, noch immer unter den interessierten Augen des Soldaten, sag mir, was ich tun soll.

Langsam setzte er sich in Gang, und am anderen Ende des Korridors begegnete ihm Antef, der Leibdiener und Freund des Prinzen Hori. Dieses Zusammentreffen betrachtete er als ein Mahnzeichen. Er verneigte sich und erkundigte sich nach dem Aufenthalt des Prinzen, doch Antef antwortete kurz angebunden, er wisse es nicht. Ptah-Seankh begab sich auf die Suche nach ihm. Eine Stunde später hatte er Hori immer noch nicht gefunden, dafür traf er Prinzessin Sheritra mit einer Schüssel Milch in den Händen an.

«Sei gegrüßt, Ptah-Seankh», sagte sie. «Ich hoffe, daß du dich hier gut einlebst und daß Vater dich nicht zur Raserei treibt.»

Er verneigte sich. «Ich bin sehr glücklich, mit diesem erhabenen Haushalt verbunden zu sein, Hoheit», entgegnete er. «Darf ich fragen, ob du deinen Bruder gesehen hast? Ich habe überall im ganzen Haus nach ihm gesucht, und ich muß ihn sofort sprechen.»

Sie blickte nachdenklich drein. «Wenn er nicht im Haus ist, dann muß er unten bei den Stufen zum Wasser sein», erwiderte sie. «Ich weiß auch genau, wo. Ist es wichtig, Ptah-Seankh?» Er nickte. «Dann schicke ich ihn zu dir. Geh in seine Gemächer und warte dort. Zuerst müssen allerdings die Hausschlangen ihr Essen bekommen.» Sie lächelte und ging weiter, und er machte sich auf in Richtung der Prinzengemächer. Die Schriftrolle hielt er noch immer fest in seiner Hand.

Er wartete lange, aber er brachte Geduld auf. Die Stunde des Nachmittagsschlafs kam, und sehnsüchtig dachte er an sein eigenes ordentliches Ruhebett, doch er stand pflichtbewußt im Vorraum des Prinzen unter den Augen des Kämmerers, bis Hori kam.

Hori ging lächelnd auf Ptah-Seankh zu. Sein Leibrock hing schlaff an ihm herunter und war mit etwas beschmiert, das nach Flußschlamm aussah, und er trug nicht ein einziges Schmuckstück, nicht einmal ein Amulett. Auch in diesem Aufzug, dachte Ptah-Seankh, konnte nichts Horis außergewöhnlicher Schönheit Abbruch tun.

«Du wolltest mich sprechen?» fragte Hori barsch.

Ptah-Seankh verneigte sich, während er den Kämmerer beäugte. «Ja, Hoheit, aber ich würde es vorziehen, mit dir unter vier Augen zu sprechen.» Mit einem Wink schickte Hori seinen Kämmerer weg, und als die Türen sich hinter diesem geschlossen hatten, bot er dem

Schreiber von dem Wein an, der offen auf dem Tisch stand. Ptah-Seankh lehnte ab. «Der letzte Rest eines großartigen Jahrgangs», sagte Hori und hielt seinen Becher in die Höhe, so daß das Licht sich auf der Oberfläche des Weins spiegelte. «Mein Onkel mag zwar in den Rang eines minderen Vornehmen verwiesen worden sein, aber die Reben, die er anbaut, liefern den königlichsten aller Weine Ägyptens. Was hast du auf dem Herzen, Ptah-Seankh?»

Der junge Mann kam näher heran. «Prinz», sagte er, «vielleicht gefährde ich meine ganze Karriere durch eine Tat, die in den Augen deiner Hoheit womöglich als Verrat gilt, aber ich bin verwirrt und gequält und weiß nicht, was ich sonst tun sollte.»

Hori setzte sich aufrecht auf dem Stuhl hin. Seine durchscheinenden, glitzernden Augen nahmen einen ebenso wachsamen wie neugierigen Ausdruck an, und er blinzelte mehrmals. Ptah-Seankh dachte flüchtig daran, daß jede Frau dem Prinzen dessen lange schwarze Augenwimpern neiden würde.

«Du liegst im Widerstreit mit deinen Loyalitäten», sagte der Prinz langsam. «Überleg dir gut, Ptah-Seankh, ob du reden willst, bevor du den Mund aufmachst. Denn du bist meines Vaters Diener und nicht meiner.»

«Ich bin mir darüber voll im klaren, Hoheit», sagte Ptah-Seankh bestätigend. «Dennoch hat mich dein Vater mit einer Aufgabe betraut, die ich in aller Aufrichtigkeit ohne deine Beratung nicht ausführen kann. Ich liebe deinen Vater», fuhr er offen fort. «Er war lange Jahre über der Wohltäter meiner Familie. Sein Vertrauen mißbrauche ich nicht leichtfertig.»

Nun hielt Hori die Augen zusammengekniffen, ein Anzeichen für sein gesteigertes Interesse. Vergessen war der Wein auf dem Tisch, wenngleich seine Finger über den Becher strichen. «Sprich», sagte er in einem befehlenden Ton.

Ptah-Seankh schluckte schwer und hielt die Schriftrolle hoch. «Dies ist Prinz Khamwasets Letzter Wille. Heute vormittag hat er mir befohlen, ihn zu ändern. Du und deine Schwester, Prinzessin Sheritra, sollt vom Erbrecht ausgeschlossen werden, und dafür soll das ungeborene Kind der Dame Tbubui an eurer Statt erben.»

Die Finger des Prinzen hielten plötzlich inne. Seine Augen nahmen einen so glasharten Ausdruck an wie Achatsteine. «Tbubui ist schwanger?» flüsterte er. «Weißt du das genau?»

«Seine Hoheit hat es gesagt», sagte Ptah-Seankh zur Erläuterung, «und die Änderungen in seinem Testament bestätigen dies. Oh, vergib mir, Prinz, vergib mir! Ich konnte einfach nicht schweigen! Ihr seid enterbt worden! Ich weiß nicht, was ich tun soll!»

Hori verfiel in ein Schweigen. Dann reckte er langsam seine Glieder. Er streckte seine Beine aus und schlug die Füße übereinander. Er sackte auf dem Stuhl zusammen. Seine Hand fand wieder den Weinbecher, und mit sinnlicher Geste strichen seine Finger darüber, auf und ab, auf und ab, bis Ptah-Seankh von dieser unwiderstehlichen Bewegung wie hypnotisiert wurde.

«Enterbt», sagte er versonnen. «Das hätte ich mir fast denken können. Mein Vater ist vollständig in sie vernarrt. Er ist blind, taub und verrückt geworden.» Er lachte rauh, und Ptah-Seankh vernahm mehr als nur die Qual des Verrats in diesem Ton. «Und nun zu dir, Schreiber», fuhr Hori fort. «Ständest du in meinen Diensten, so würde ich dich auf der Stelle entlassen. Du bist charakterlos und nicht vertrauenswürdig.»

«Hoheit», begann Ptah-Seankh, obwohl seine Kehle so gut wie zugeschnürt war und er kaum glaubte, daß er seine Stimme wiederfinden werde, «wenn es nur um die Sache des Letzten Willens meines Herrn ginge, so hätte ich meine Meinung für mich behalten und ausgeführt, worum man mich gebeten hat. Aber da ist noch etwas.» Er schluckte und sank zum eigenen Erstaunen auf die Knie. «Ich habe eine schwere Freveltat begangen.»

Nun neigte Hori sich nach vorn, eine aufrichtige Neugier stand in seiner Miene geschrieben. Indem er ihm den Wein hinhielt, veranlaßte er den Schreiber zum Trinken. Der Becher klapperte gegen Ptah-Seankhs Zähne, doch die tiefrote Flüssigkeit machte ihn mutiger. «Ich glaube, du erzählst mir am besten alles», sagte der Prinz auffordernd, und das tat Ptah-Seankh alsdann. Es war wie beim Öffnen eines Geschwürs.

«Am Tag vor meiner Abreise nach Koptos», sagte er, «suchte die

Dame Tbubui mich auf. Sie diktierte mir einen Brief, der für deinen Vater bestimmt war. Er enthielt sämtliche Angaben, die ich erst noch während meiner Nachforschungen über ihre Abstammung in Koptos herausfinden sollte, dieselben Nachforschungen übrigens, mit denen mein Vater beschäftigt war, als er starb. Es waren alles Lügen, Prinz! Lauter Lügen! Ich habe protestiert, aber sie drohte mir, sie werde mich in Verruf bringen und dafür sorgen, daß man mich entlassen wird, wenn ich nicht tue, was sie verlangt.» Er fand endlich den Mut, seinen Blick auf Hori zu richten, der ihn aufmerksam betrachtete. «Mein Vater hat viele Jahre lang im Dienst des Prinzen gestanden», fuhr er fort. «Ihm hätte man Glauben geschenkt, oder wenigstens wären seine Worte von Gewicht gewesen. Ich aber bin ein neuer Schreiber, unerprobt und ein Niemand. Ich tat, was sie von mir verlangte.»

Das Gesicht des Prinzen kam näher. Mit einer stechenden Angst sah Ptah-Seankh, daß dessen Mund durch die äußerste Gefühlsbewegung weit offenstand und sein Gesichtsausdruck fast unmenschliche Züge angenommen hatte. «Willst du mir etwa weismachen», sagte er mit erstickter Stimme, «daß Tbubui dir das Ergebnis deiner Nachforschungen diktiert hat? Und daß sie dir eingab, was mein Vater lesen sollte, nachdem du von deinen vorgeblichen Nachforschungen aus Koptos zurückgekehrt bist?» Ptah-Seankh nickte jämmerlich. «Du hast überhaupt nicht im Archiv in Koptos gearbeitet? Sondern lediglich deine Zeit abgewartet und bist dann zurückgekommen?»

«Ja, ich schäme mich dafür, Hoheit, aber ich war in furchtbaren Ängsten. Ich hatte gehofft, es mache nichts aus. Dein Vater ist der Dame sehr zugetan...»

Hori brachte ihn mit einer wilden Gebärde zum Schweigen. Er rührte sich nicht. Sein Gesicht war demjenigen Ptah-Seankhs so nahe gekommen, daß sein Atem seinem Gegenüber über den Mund fuhr. Nach und nach wich die animalische Wildheit aus seiner Miene. «Warum?» fragte er schwer atmend. «Warum, warum, warum? Falls sie keine vornehme Dame mit einem alten Stammbaum ist, wer ist sie dann? Keine Bäuerin oder gemeine Hure oder sogar Tänzerin könnte sich je die Bildung und gesellschaftlichen Fertigkeiten aneignen, die sie besitzt. Was hat sie zu verbergen?» Plötzlich lehnte er sich zurück, kippte den Wein mit einem Zug hinunter und stand auf. «Komm, Ptah-Seankh», sagte er. «Wir gehen zu meinem Vater.» Er schnappte sich die Schriftrolle aus der Hand des Schreibers.

Ptah-Seankh brach in Protest aus, als er auf die Füße kam. «Hoheit, nein! Bitte! Ich habe mich im Vertrauen an dich gewandt, um meine Schuld abzuladen und um deinen Rat zu suchen! Der Prinz wird mich sofort verbannen, wenn er erfährt, was ich getan habe!»

«Du mußt diese Chance schon wahren», entgegnete Hori grimmig. «Wiederhole die Geschichte vor ihm, und liefere dich seiner Gnade oder Ungnade aus. Ich werde nicht schweigend danebenstehen und zulassen, daß mein Geburtsrecht und die Mitgift Sheritras einfach verschleudert werden. Im übrigen», fügte er hinzu, «wirst du dich nicht wohler fühlen, nachdem du ihm die Wahrheit gesagt hast?» Er ging zur Tür, und Ptah-Seankh folgte ihm mutlos.

Hori holte Khamwaset ein, als dieser sich mit Tbubui am Arm auf dem Weg zur Empfangshalle befand, um dort das Mittagessen einzunehmen. Khamwaset grüßte seinen Sohn freundlich, doch seine Augen schossen zu Ptah-Seankh und der Schriftrolle hinüber, die Hori in der Hand hielt, und sein Lächeln erstarb. «Was gibt es?» sagte er brüsk.

«Ich muß sofort mit dir reden, und zwar allein», sagte Hori. «Komm mit hinaus in den Garten.»

«Hat das nicht Zeit bis nach dem Essen?» widersprach Khamwaset. «Tbubui ist hungrig.»

«Dann kann Tbubui gehen und essen», sagte Hori laut. «Das hier duldet keinen Aufschub.» Er bemerkte den flinken, besorgten Blick, den beide wechselten, bevor Khamwaset ihr einen Kuß gab und sie ihren Arm zurückzog. «Bitte Nubnefret darum, mir das Essen aufzuheben», sagte Khamwaset, und sie erreichte den Schatten der Pfeiler am Eingang und war bald darauf außer Sicht.

Khamwaset ging an Hori vorbei, der ihm mit Ptah-Seankh im Kielwasser folgte, bis sie eine abgeschiedene Stelle in der Nähe des dichten Strauchwerks erreichten, das den Pfad zu den Wasserstufen abschirmte. «Nun denn», sagte er bellend. «Um was geht es denn?»

Statt einer Antwort hielt Hori ihm die Schriftrolle unter das Kinn. «Erkennst du sie?» fragte er ihn mit vor Zorn bebender Stimme. «Erkläre mir, wieso du in der Lage bist, mein Leben und Sheritras Zukunft zu zerstören, und dir dabei überhaupt nicht der Appetit vergeht!»

Khamwaset wandte sich langsam dem Schreiber zu. «Du bist meines Vertrauens nicht würdig», sagte er kalt. «Du bist entlassen.»

Ptah-Seankh erbleichte. Er verneigte sich, sprachlos, und wollte weggehen, doch Hori hielt ihn am Arm zurück.

«Nicht so schnell», sagte er. «Du könntest anderen Sinnes werden, Vater, wenn du alles gehört hast, was dein Schreiber dir zu sagen hat. Es ist nicht etwa Ptah-Seankh, der deines Vertrauens nicht würdig ist, sondern deine teure Tbubui. Los, Ptah-Seankh, erzähl es ihm!»

Der Mann fiel jämmerlich auf die Knie. Stockend und zwischendurch häufig zu Horis finster dreinblickendem Gesicht und der zuerst wütenden und dann ungläubigen Miene des Prinzen hochblikkend, erzählte er die Geschichte seiner eigenen Verfehlung. Als er damit geendet hatte, durchbohrte der Prinz ihn nicht mehr mit seinem unbarmherzigen Blick. Er beobachtete seinen Sohn.

Ptah-Seankh fiel in Schweigen. Khamwaset starrte weiterhin auf Hori. Dann begann er seine Fäuste zu ballen und zu öffnen, wobei die Muskeln seines Unterarms sich unheilvoll anspannten.

«Das ist die grausamste aller erdachten Geschichten, die mir je zu Ohren gekommen ist», sagte er mit schwerer Stimme. «Jedoch möchte ich sie gern noch einmal hören, diesmal allerdings in Gegenwart von Tbubui. Du da!» rief er über das Strauchwerk einem der Wachsoldaten zu, die stets dort standen. «Geh die Dame Tbubui holen! Sie ist in der Empfangshalle beim Essen.» Seine Aufmerksamkeit richtete sich nun wieder auf die beiden jungen Männer. «Ich wußte zwar, daß du sie nicht magst», sagte er zu Hori, «aber nie hätte ich mir träumen lassen, daß du zu solcher Abgefeimtheit in der Lage wärst. Und du...» Indessen hatte er sich vornübergeneigt, und mit einer schockierenden Plötzlichkeit klatschte seine flache Hand auf Ptah-Seankhs Wange. «Die Geschichte, die du nun noch einmal erzählst, sind deine letzten Worte in diesem Haus.»

«Du hast uns also schon vorverurteilt, Vater, nicht wahr?» flüsterte Hori. Er war wie betäubt, aller Spott war verflogen. «Dir ist es unmöglich, uns Glauben zu schenken. Du nimmst an, ich hätte Ptah-Seankh zur Lüge verleitet, und wir beide hätten uns gegen Tbubui verschworen. Du stehst vollkommen unter ihrer Fuchtel.»

«Sei still!» brüllte Khamwaset, und Hori gehorchte. Er warf dem Schreiber einen mitfühlenden Blick zu, dann starrte er auf den Boden.

Kurz darauf raschelte es in den Büschen, und Tbubui tauchte lächelnd daraus hervor, ihr rotes Leinentuch klebte eng an ihren schwingenden Hüften, die heiße Sonne glänzte in der glatten Schwärze ihres Haars. Sie ging direkt auf ihren Gemahl zu und verneigte sich. «Du hast nach mir geschickt, Khamwaset?» sagte sie lächelnd. Statt einer Antwort zeigte er mit einem starren Finger auf Ptah-Seankh, der noch immer vor ihm kniete. «Sag es!» befahl er ihm. Ptah-Seankh tat, wie ihm befohlen war, seine Stimme klang nun erstickt, er war totenbleich. Hori, der Tbubui genau beobachtete, mußte ihrer vollkommenen Beherrschung Achtung zollen. Von höflichem Interesse wechselte ihr Ausdruck zu Unverständnis, dann zu Betroffenheit. Sie begann die Lippen zu spitzen, und als Ptah-Seankh zuletzt schwieg, glitzerten Tränen auf ihren Wangen.

«Oh, Hori, wie konntest du nur?» sagte sie weinend, sich flehentlich an ihn wendend. «Ich hätte doch nichts weitererzählt. Ich wäre deine Freundin geblieben. Konntest du denn deine Eifersucht nicht zügeln und deinen Vater und mich erfreuen? Du bist mir so teuer wie mein eigener Sohn. Weshalb wolltest du mich so bösartig verletzen?» Ihr Gesicht sank in die Fächer ihrer Handflächen, und Khamwaset hüllte sie in seine Umarmung ein.

Mitten in seiner Erstarrung ertappte Hori sich dabei, wie er die größte darstellerische Leistung bewunderte, die er je in seinem Leben gesehen hatte. Am liebsten hätte er applaudiert. Wie ein naives Kind hatte er ihr genau in die Hände gespielt, und das hatte er sich ganz allein zuzuschreiben. Khamwaset hatte sie losgelassen und runzelte die Stirn. «Was meinst du damit, du hättest nichts weitererzählt?» fragte er gebieterisch nach, indem er ihr Kinn hochdrückte. Die Tränen rollten ihren Hals hinunter und leuchteten an der gesunden Bräune ihres Schlüsselbeins auf.

«Oh, nein, mein Liebster!» sagte sie schluchzend. «Nein! Damit habe ich gar nichts gemeint, das schwöre ich dir! Bitte bestraf Hori nicht! Er ist nur...» Sie stockte, und Khamwaset fiel ergänzend ein: «Er ist nur was denn? Was geht hier eigentlich vor? Ich befehle dir, mir zu antworten, Tbubui!»

Sie legte eine Hand über ihren Mund und zog sie dann weg, indem sie sich Hori zuwandte, die Augen voll des Mitleids und Bedauerns für ihn. Einen blendenden Augenblick lang zweifelte er selbst, zweifelte an Ptah-Seankh, doch dann erinnerte er sich, daß die Erzählung des Schreibers unverkennbar wahrhaftig klang und wie sein Vater, sein eigener Vater, feige und insgeheim versucht hatte, ihn zu enterben. «Du Miststück», sagte er murmelnd, und er hätte schwören können, daß er einen Augenblick lang einen Widerschein des Spotts in ihren Augen als Antwort darauf hatte aufleuchten sehen. Dann gehorchte sie Khamwaset, wobei sie ihren Widerwillen zur Schau stellte.

«Hori ist auf dich eifersüchtig, mein Liebster», sagte sie mit zitternder Stimme. «Ich wußte seit langem schon, daß er mich für sich selbst wünschte. Das hat er mir jedenfalls in jenen Tagen gebeichtet, bevor du mir den Ehevertrag angeboten hast, aber ich hatte mich bereits in dich verliebt, und das habe ich ihm so schonend wie möglich beigebracht. Die Heftigkeit seiner jugendlichen Schwärmerei hat sich in Haß verwandelt, und er hat versucht, mich in Verruf zu bringen.» Sie drehte sich zu Khamwaset hin, ihre Finger gefällig gespreizt. «Oh, ich bin ihm nicht böse deswegen, Khamwaset! Wir beide wissen, daß ein solches Feuer heftig brennt und oft den gesunden Menschenverstand verzehrt! Um meinetwillen bestrafe ihn bitte nicht!»

Khamwaset hatte äußerst erstaunt zugehört, sein Gesicht war dabei immer grimmiger geworden, und als sie zu Ende gesprochen hatte, löste er sich von ihren flehenden Händen und tat einen Schritt auf Hori zu. Einen Augenblick lang glaubte Hori, daß sein Vater ihn tatsächlich verprügeln wolle, und daher fuhr er unwillkürlich zurück, doch Khamwaset gewann seine Beherrschung wieder.

«Du bösartiger Schnösel!» schrie er, wobei er Hori Speichel ins Gesicht sprühte. «Das ist also der Grund für die geheimen Besuche – du hast deines Vaters Verlobte begehrt. Durch dein angenehmes Äußeres wolltest du sie verführen! Hätte sie mich nicht um Milde für dich angefleht, so würde ich dich sofort aus dem Haus jagen! So wie die Dinge liegen, schließe ich dich von der gemeinschaftlichen Einnahme des Essens aus, und den Klang deiner Stimme möchte ich nicht mehr vernehmen! Hast du mich verstanden?»

Hinter dem wütenden Gesicht seines Vaters konnte Hori Tbubui sehen. Sie grinste ihn offen an. Dann wurde ihm bewußt, daß der Schreiber weggegangen war. «Oh, ja, ich verstehe», sagte er langsam. «Ich verstehe nur zu gut. Aber wenn du denkst, daß ich ruhig abwarte und zulasse, daß du mir mein Erstgeburtsrecht wegnimmst, um es dem ungeborenen Balg im Schoß dieser bösen Frau zuzuschanzen, so hast du dich geirrt, Vater.» Er trat zur Seite und verneigte sich vor Tbubui. «Ich beglückwünsche dich zu deiner Fruchtbarkeit», sagte er trocken. «Ich wünsche euch beiden viel Freude damit.» Dann schleuderte er die Schriftrolle auf den Boden, drehte sich auf dem Absatz um und eilte fort.

Er hielt seinen Rücken gerade und seinen Kopf in die Höhe, bis er wußte, daß er aus ihrer Sicht war, dann stolperte er in das dichte Strauchwerk hinein, fiel auf die Erde und verbarg seinen Kopf zwischen den Knien. Er wollte weinen, doch es kamen keine Tränen. Eine Weile kauerte er einfach da wie betäubt, während die Details der unvergleichlichen Darstellung Tbubuis unablässig in seinem Kopf abspulten, weitaus lebhafter als etwa das vom Wahnsinn verzerrte Gesicht seines Vaters. Er lechzte nach Wein, Wein und noch mehr Wein, und schließlich stand er auf, kämpfte sich bis zum Haus vor und betrat es behutsam durch den Haupteingang, der wie gewohnt weit offenstand. Die drei ständig dort stationierten Diener standen auf und verneigten sich vor ihm, und er schritt an ihnen vorbei in die willkommene Düsterheit.

Die Überreste des Mittagessens wurden gerade abgeräumt, und außer den Dienern hielt sich niemand mehr in der Halle auf. Der Geruch der Speisen erfüllte ihn mit Ekel. Hori strich so lange herum, bis er einen ungeöffneten Weinkrug fand, erbrach das Siegel und tat einen langen Schluck. Dann drückte er den Krug an seine Brust und ging nach draußen. Die Stunde für einen schläfrigen Rückzug vor der Sonne war gekommen, und das Haus und die Umgebung hatten sich in eine schlaftrunkene Stille zurückgezogen. Hori ging den Weg zu den Wasserstufen hinunter, schwenkte ab und ruhte bald an seinem und Sheritras geheimem Platz. Ich will mich betrinken, sagte er sich, und dann will ich mich noch mehr betrinken. Ich hasse dich, Vater, aber diese skrupellose, intrigierende Hure, die du geheiratet hast, hasse ich noch viel mehr.

Er trank, wartete und trank weiter, doch der Nachmittag schleppte sich dahin und neigte sich dem Sonnenuntergang entgegen, und er war noch genauso nüchtern wie am Anfang. Es war ihm, als hätte der Wein seinen Mund benetzt, sich im Körper ausgebreitet, ihn dann durch die Poren der Haut wieder verlassen und als wäre dabei seine Wirkung verflüchtigt. Hori blieb vollkommen klar im Kopf, und irgendwann, lange bevor er den leeren Krug in die Büsche geworfen hatte und auf den Pfad zurückgekrochen war, hatte er beschlossen, was er tun würde.

Das Haus der Konkubinen lag verlassen da, doch Hori wußte, daß dies nicht mehr lange so sein würde. Der Nachmittagsschlaf ging zu Ende. Einige der Frauen kamen dann heraus, um zum Baden, andere wiederum, um zu den Märkten in der Stadt zu gehen. Er nahm an, daß sein Vater die Zeit mit Tbubui verbracht, sie aber inzwischen verlassen hatte, um seine Nachmittagspflichten zu erledigen. Hori ging auf die Tür zu, grüßte freundlich den Hüter und bat darum, vorgelassen zu werden. Der Mann erkundigte sich nach seinem Begehren, und als Hori ihm sagte, daß die Nebenfrau Tbubui ihn zuvor am Tag eingeladen hatte, sie zu besuchen und einige Zeit gemeinsam mit ihr – wie die Dinge lagen, der Stiefsohn mit der

Stiefmutter – zu verbringen, verneigte sich dieser und trat beiseite. «Sorge dafür, daß wir ungestört bleiben», sagte Hori befehlend, bevor er weiterging. «Die Dame war in letzter Zeit so beschäftigt, daß wir kaum Zeit hatten, einander kennenzulernen, und ich bin ihr dankbar dafür, daß sie mir diese Stunde gewährt.» Wenn sie Vater erzählt, daß der Hüter mich vorgelassen hat, wird er ihn vermutlich entlassen, dachte Hori, während er auf Tbubuis Tür zuging. Nun, daran kann ich nichts ändern. Mit einer Gebärde bedeutete er dem Diener vor dem Eingang, er solle still sein, klopfte selber an und ging hinein.

Der Raum glühte im goldenen Halbdämmer der Tageszeit, und der Windfang stand offen, während winzige Windstrudel umherwirbelten. Trotzdem konnte Hori den Schweiß seines Vaters riechen, als er sich dem unordentlichen Ruhebett näherte. Tbubui lag dort so, wie er sie vermutlich verlassen hatte, dachte Hori, ein zusammengeknülltes Laken lag quer über ihren Lenden, ihr Haar war verklebt und wirr, ihre Haut feucht. Sie beobachtete ihn ohne Erstaunen, die Augen mit den schweren Lidern verfolgten gleichgültig sein Kommen. Er hielt inne, und sie lächelte träge.

«Gut, Hori», sagte sie. «Was wünschst du?» Sie zog das Laken ohne Hast bis über ihre Brüste hoch.

«Ich möchte gerne wissen, warum. Warum hast du meinen Vater geheiratet, den du meiner Meinung nach überhaupt nicht liebst, wenn du mich doch hättest haben können? Irgendwie denke ich mir, daß du junges Fleisch einem alten Mann vorziehst, der gegen das Vordringen der Zeit ankämpft, Tbubui.»

«Ich würde Khamwaset nicht gerade alt nennen», widersprach sie ihm, noch immer mit jenem trägen Lächeln um ihren Mund, «und seine Gemahlin zu sein bringt mancherlei Vorteil mit sich. Wohlstand, Einfluß, Titel...»

«Das ist es nicht», sagte Hori nachdenklich, «nicht alles jedenfalls. Diese Dinge hätte ich dir zu gegebener Zeit ebenfalls bieten können, und das weißt du. Wie auch immer, warum hast du ihm falsche Informationen durch Ptah-Seankh geliefert? Vielleicht gibt es in Koptos überhaupt nichts zu entdecken?»

«Und vielleicht gibt es in Koptos mehr zu entdecken, als du womöglich träumen kannst», unterbrach sie ihn sanft und kniff dabei ihre Augen zusammen. «Bedenkst du das, süßer Hori? Mehr, als dein Geist erfassen kann. Oh, ich konnte es nicht wagen, den lieben Khamwaset die Wahrheit hören zu lassen, jedenfalls noch nicht jetzt.» Mit einer anmutigen, spöttischen Bewegung setzte sie sich aufrecht hin.

«Aber er wird sie erfahren», sagte Hori. Er stand noch immer am Ruhebett. «Ich selbst werde nach Koptos gehen. Ich habe vor, morgen abzureisen. Ich werde dich ruinieren, bevor du ihn zerstören kannst.»

Sie lachte herablassend. «Wie reizend du aussiehst, wenn du wütend bist!» sagte sie. «Und glaubst du wirklich, daß er dir irgend etwas von dem glaubt, was du ihm nach dem heutigen Zwischenfall auftischst? Ich kann ihm erzählen, was ich will. Du kannst in Koptos herumgraben, soviel du möchtest. Allem gegenüber ist er blind, und du vergeudest nur deine Zeit, Hoheit.»

Am liebsten würde ich sie umbringen, dachte Hori haßerfüllt, ich möchte meine Hände um ihren hübschen kleinen Hals legen und zudrücken, bis sie mit dem Lachen aufhört, bis sie aufhört, so hochmütig, überlegen und höhnisch zu lächeln...

Tbubui schwang ihre Beine über das Ruhebett. Ihr Lächeln war breiter geworden. «Du kannst mich trotzdem nicht umbringen, nicht wahr, Hori, mein Liebling? Oh, ja, dein Wunsch steht dir im Gesicht geschrieben. Würdest du statt dessen nicht viel lieber mit mir Liebe machen?» Sie ließ das Laken fallen und breitete ihre Arme aus. «Möchtest du auch haben, was dein Vater jeden Tag bekommt? Ich denke oft an dich, wenn er sich auf mir krümmt und ächzt.»

«Du bist abscheulich», brachte er gerade noch heraus. Entsetzen und Wut machten seine Glieder butterweich, doch ihre Worte hatten ebenso seine Begierde geweckt, die ihm vertrauter war als die Wut, ein alter Freund, mit dem er seit langer Zeit schon zusammengelebt hatte.

Sie neigte ihren Kopf zur Seite, schloß ihre Augen halb und krümmte ihren Rücken.

«Komm, junger Hori», hauchte sie. «Mach Liebe mit mir.»

Mit einem Aufschrei stürzte er nach vorn und zielte darauf, sie auf den Boden zu schleudern und das Leben aus ihr herauszuquetschen, doch statt dessen ertappte er sich dabei, wie er sie küßte. Sie begann tief in der Kehle zu lachen, schlug ihre Arme um seinen Nacken, seine Hüfte, tiefer, tiefer. Verzweifelt versuchte er, sich freizukämpfen und sie wegzustoßen, umfaßte dennoch mit einer Hand ihre Brust, und die andere hielt ihren Schenkel. Zusammen kippten sie auf das Ruhebett. Er konnte sein Verlangen nach ihr so wenig beherrschen, wie er das Atmen einstellen konnte, dennoch verachtete er sie, und er verachtete sich selbst.

Während er die Finger einer Hand in ihren Nacken grub und die anderen, zur Faust geballt, auf die Matte hämmerte, rammte er in sie hinein, und kurz darauf ejakulierte er mit einem großen Schaudern und lag mit zuckenden Muskeln zusammengefallen auf ihr. «So mag ich es», flüsterte sie in sein Ohr, «ja, genauso», und er zog sich mit einem Schrei zurück und rollte vom Ruhebett hinunter. «Oh, ganz wunderbar, heißes, junges Blut», fuhr sie fort. «Komm und wärme mich bald wieder, Hoheit, ich glaube nicht, daß du mir das abschlagen kannst. Kommst du wieder?»

Er stolperte zur Tür. Der Raum erstickte ihn und drückte so auf seine Brust, daß ihm das Atmen schwerfiel. Von Panik ergriffen tastete er nach dem Türriegel, schob ihn auf und rannte an dem verblüfften Diener vorbei den Flur entlang. Nach wenigen Schritten befand er sich draußen vor der Tür. Vom Schatten des Säulengangs geriet er ins blendende Sonnenlicht und taumelte keuchend. Der Hüter kam hinter ihm hergelaufen. «Hoheit, bist du krank?» rief der Mann ihm zu, doch Hori achtete nicht auf ihn. Das Sonnenlicht war schließlich nicht mehr so blendend. Rê wanderte nach Westen, und sein Sterben tauchte den Garten in ein saftiges Rosa.

Als Hori sich zum Weitergehen zwang, brachte er nur einen wankenden Gang zustande. Gleichmäßig legte er den Weg zwischen dem Haus der Konkubinen und dem Hauptgebäude zurück, schwenkte nach rechts, nahm eine Abkürzung über die Rückseite und betrat den Hof. Die riesigen Küchen spien den Rauch der Kochfeuer und das strenge Aroma des Mahls aus, das seine Mutter zum Abendessen bestellt hatte. Vor Ekel zog sich Horis Magen zusammen, doch er ging geradewegs hinein. Ein Proviantmeister stellte die Servierbretter zusammen, die mit Speisen und Blumen überladen in die Halle getragen wurden. Auf den ersten Blick erkannte er Hori nicht, doch dann verneigte er sich unbeholfen, da er überrumpelt worden war. Hori nahm eine Schüssel und ging von Tisch zu Tisch, um Brot, Granatäpfel, frischen Lauch, Datteln und Äpfel hineinzulegen. Der Proviantmeister beobachtete ihn mit offenem Mund. Hori nickte ihm auf seinem Weg nach draußen zu.

Auf dem langen Weg in seine Gemächer balancierte er vorsichtig die gefüllte Schale. Der Sturm des Abscheus und des Ekels in seinem Innern flaute ab, und er fing an, wieder klar zu denken. Antef saß auf dem Boden in Horis Zimmer, den Rücken gegen die Wand gelehnt, und spielte planlos mit den Würfeln. Als Hori hereinkam, stand er auf und sah seinen Freund unsicher an. Hori winkte ihn in den Innenraum. «Schließ die Tür», sagte er in einem befehlenden Ton. Während Antef die Tür schloß, stellte Hori seine Schale mit den Speisen behutsam neben dem Ruhebett ab. Der Gedanke an das Essen drehte ihm im Augenblick den Magen um, doch er glaubte, er könne den Vorrat später gebrauchen. «Bring mir die Palette», sagte er, wobei er auf das Handwerkszeug der Schreiber auf dem Boden neben seinem großen Tisch zeigte, wo Hori für gewöhnlich arbeitete. Eine Sekunde lang widmete Hori einen Gedanken dem angenehmen, sorglosen jungen Mann, der er gewesen war, doch dieser Vorstellung mangelte es in der Wirklichkeit an einer Grundlage. «Kannst du eine Nachricht niederschreiben, Antef?»

«Klar doch, natürlich», antwortete der junge Mann, ließ sich auf dem Boden nieder und legte die Palette quer über seine Knie. «Dort ist bereits abgerollter Papyrus, und ich glaube, die Tinte ist noch ziemlich frisch.» Er schüttelte einen Pinsel aus dem Palettenköcher. «An wen soll ich sie richten?»

«An meinen Großvater Ramses. Schreib seine sämtlichen Titel nieder – darauf legt er großen Wert. Sodann schreibe: ‹Von Deinem treu ergebenen und gehorsamen Enkel Prinz Hori, sei gegrüßt. Ich bitte Dich, lieber Großvater, Dich um eine Familienangelegenheit zu kümmern, die mir und Deiner Enkelin Prinzessin Sheritra viel Kummer bereitet. Es ist uns zu Ohren gekommen, daß unser Vater Prinz Khamwaset vor kurzem und insgeheim sowohl meine Schwester wie auch mich von seinem Erbe ausgeschlossen hat, und zwar zugunsten des ungeborenen Kindes seiner Nebenfrau, der Dame Tbubui. Ich habe guten Grund zu der Annahme, daß die Dame Tbubui meinen Vater angelogen hat, was ihren Stammbaum angeht, und sie daher nicht das Recht hat, mit einem königlichen Prinzen vermählt zu sein. Ich bin in großer Sorge, Einzig Allmächtiger, und bitte Dich um eine Untersuchung dieser Angelegenheit. Der Pharao lebe, sei heil und gesund. Ich befehle mich Dir an.» Er gestikulierte ungeduldig zu Antef, der ihn hilflos anstarrte.

«Schreibe es nieder, und ich siegele es sodann», sagte er. Antef gewann seine Fassung wieder. Der Pinsel fuhr über den Papyrus, und schließlich stand er auf, legte die Schriftrolle auf den Tisch und reichte Hori den Pinsel. Hori drückte seine Siegelrolle in das warme Wachs, das Antef vorbereitet hatte. Langsam fand er sein Gleichgewicht wieder.

«Stimmt das?» fragte Antef. «Hat der Prinz dir das wirklich angetan?»

«Ja», antwortete Hori einsilbig.

«Die Dame Tbubui – das ist jene, die du liebst, nicht wahr?» sagte Antef entsetzt.

Hori entschuldigte sich nicht wegen der Art und Weise, in der er Antef in den letzten Monaten behandelt hatte. Er hielt ihm lediglich seine Hand hin. Nach einer Weile ergriff Antef sie. «Ich liebe sie, doch sie ist der Zuneigung von niemand im Haushalt würdig», sagte Hori mit Ingrimm. «Antef, ich erzähle dir alles auf unserer Fahrt nach Koptos.»

Antef wich zurück. «Koptos?»

«Ja. Bestell den Dienern, sie sollen ein paar Sachen einpacken. Ich brauche unbedingt Schlaf. Wir reisen morgen ab.»

Antef war eindeutig bestürzt. «Weiß dein Vater, wohin wir fahren?»

«Nein, und ich habe auch nicht die Absicht, es ihm auf die Nase zu binden. Er möchte mich sowieso nie mehr wiedersehen. Tu, wie ich dir aufgetragen habe, und ich treffe dich dann eine Stunde nach Sonnenaufgang an den Stufen zum Wasser. Oh, und Antef...» Er hielt ihm die Schriftrolle hin. «Gib sie einem der Herolde und sag ihm, er solle sich damit sofort auf den Weg nach Piramses machen. Nimm einen Diener aus dem Haushalt, keinen von Vaters persönlichen Kurieren. Geh jetzt!» Antef zuckte die Achseln, lächelte Hori versuchsweise zu und ging fort.

Das ist der Anfang, dachte Hori, und plötzlich war er hungrig. Er nahm die Schüssel und begann, sich die Speisen in den Mund zu stopfen. Wenn ich mit dem Beweis für Tbubuis Falschheit aus Koptos zurückkomme, so wird sie wünschen, sie wäre nie geboren. Der süße Geschmack der Rache vermischte sich mit der Würze des Lauchs, als er hineinbiß, doch noch ein anderes Aroma drängte sich auf einmal vor. Es war jenes der vom Schweiß salzigen Haut Tbubuis, und er schloß die Augen und wimmerte.

Zum Abendessen in der Eingangshalle erschien er nicht. Er schritt in seinem Raum hin und her, nahm die Musikfetzen wahr, die durch die Flure schwebten, und dann und wann auch Tbubuis Lachen. Er hielt sein Gesicht an den Windfang gedrückt, um die geringfügig kühlere Nachtluft einzusaugen, und dann rief er nach seinem Leibdiener und spielte einige Partien Sennet mit ihm, die er sämtlich gewann.

Nach und nach wurde es im Haus stiller, und schließlich verließ Hori seine Gemächer und machte sich zu Sheritra auf den Weg. Er hätte es vorgezogen, wenn ihn keiner gesehen hätte, doch an jedem Flurende wachte ein Soldat, an dem man vorbeigehen mußte.

Er pochte an Sheritras Tür und wurde von Bakmut eingelassen. Sheritra selbst, in ihr weißes Nachtgewand gehüllt, kam ihm sofort aus ihrem inneren Schlafraum entgegen. Mit ihrem losen Haar und ihrem gewaschenen Gesicht sieht sie wie zwölf aus, dachte Hori, als er sie küßte. Ihre Augen verrieten ihm ihre Angst.

«Hori!» sagte sie. «Ich habe von dem furchtbaren Streit gehört, den du mit Vater hattest. Worum ging es da? Er hat Mutter heute abend gesagt, daß er dich von allen Familienzusammenkünften, die

Feste einbegriffen, ausgeschlossen hat. Was in aller Welt hast du angestellt?»

«Die Antwort auf diese Frage wird dir nicht gefallen», sagte er zur Vorwarnung. «Können wir in den Schlafraum gehen?»

Statt einer Antwort gab sie Bakmut durch einen Wink zu verstehen, sie solle sich auf den Schemel nahe der Tür setzen, und führte Hori in den Raum, während sie auf das Ruhebett stieg. Hori hockte sich neben sie hin, so wie er das in früheren, glücklicheren Zeiten zu tun pflegte.

Er fing zu erzählen an, beginnend mit Ptah-Seankhs Geständnis und endend mit seinem Entschluß, nach Koptos zu reisen. Sheritra war ganz Ohr, während ihre Miene immer trübsinniger wurde. Als er ihr von seinem Besuch im Haus der Konkubinen berichtete, wobei er nichts ausließ, schnappte sie nach Luft und tastete nach seiner Hand, schwieg jedoch so lange, bis er fertig war. Dann schüttelte sie den Kopf.

«Würde mir irgendein anderer solche Sachen erzählen, so würde ich es ihm nicht abnehmen», sagte sie. «Nichts davon ergibt irgendeinen Sinn. Hätte sie Vater wegen seiner Titel und seines Wohlstands geheiratet, weshalb riskiert sie dann, daß man entdecken könnte, daß sie dich verführt und verspottet? Und Vater ist absolut wahnsinnig in sie verliebt und war es übrigens immer schon. Er hätte sie sogar geheiratet, wenn sie die berühmteste Hure in ganz Memphis wäre. Warum all die Geheimniskrämerei? Warum hat sie ihm nicht von Anfang an die Wahrheit gesagt?»

«Welche Wahrheit?» sagte Hori matt. «Ich habe das Gefühl, daß sie genau das ist, was sie behauptet, nämlich eine vornehme Frau mit einem guten Stammbaum. Aber sie verheimlicht irgend etwas, und das muß sehr schlimm sein. Ich werde herausbekommen, was das ist. Ich möchte, daß du Vater mitteilst, wohin ich gegangen bin, aber sag es ihm erst, nachdem ich schon eine Woche fort bin.»

Sie willigte ein. «Weiß Harmin, was seine Mutter in Wirklichkeit ist?» fragte sie laut. «Oh, Hori, ich möchte mich jetzt verloben, bevor du mit üblen Nachrichten für uns alle aus Koptos zurückkehrst!»

Hori nahm ihre Hände und schüttelte sie leicht. «Hör mir zu», sagte er mit Nachdruck, «du darfst wegen deiner Verlobung nicht drängen, solange ich noch nicht von der Reise zurück bin. Bitte, Sheritra, in deinem eigenen Interesse, hör eine kurze Weile auf, Vater mit deiner Verlobung zuzusetzen. Wer weiß, was ich noch über sie alle herausfinde?»

Sheritra entzog ihm ihre Hände. «Ich will Harmin haben!» sagte sie verärgert und mit Bestimmtheit. «Ich habe gewartet und gewartet. Ich verdiene ihn. Im übrigen» – und hier gelang es ihr, ein mattes Lächeln zu zeigen – «heirate ich ihn am besten, solange Vater noch lebt und meine Mitgift intakt ist.» Dann begann sie unversehens zu weinen. «Oh, Hori!» sagte sie schluchzend. «Das hätte er uns nie angetan, wenn er uns lieben würde. Das tut so weh!»

«Ich weiß, daß es weh tut, Kleine Sonne», sagte er mit leiser Stimme, «aber es stimmt nicht, daß er uns nicht liebt. Tbubui hat ihm den Kopf verdreht, aber früher hat er sich mehr um uns gekümmert als um irgendwen sonst auf der Welt. Sie ist dabei, ihn zu zerstören, und wir müssen ihn davor bewahren. Komm, weine nicht mehr. Du mußt tapfer sein für mich. Ich habe Großvater in unserer Angelegenheit geschrieben, und vielleicht sieht er nach dem Rechten. Jedenfalls mußt du hier auf meine Rückkehr warten, denn ich komme zuallererst zu dir. Bete für mich, solange ich unterwegs bin.»

Sie umarmte ihn und küßte ihn auf den Hals und den Mund. «Ich wünschte, ich könnte mehr für dich tun, als nur zu beten, Hori!» rief sie aus. «Das ist alles so furchtbar.»

«Halte Ausschau nach dem Brief von Großvater», sagte er ermahnend, wobei er sich von ihr löste. «Und nimm kein Blatt vor den Mund, wenn Vater über mich redet. Sorge dafür, daß Tbubui ihn nicht weiter gegen mich aufhetzen kann.»

«Mögen die Sohlen deiner Füße fest sein», flüsterte sie, indem sie sich förmlich von ihm verabschiedete. Er lächelte ihr mit einem Vertrauen zu, von dem er mehr denn je entfernt war, dann erlaubte er Bakmut, ihn zur Tür zu geleiten und hinauszulassen. Er kehrte zu seinem eigenen Ruhebett zurück und ließ sich mit einem Stöhnen der Erleichterung darauf nieder.

Antef weckte ihn eine Stunde nach der Morgendämmerung. «Ich nahm an, daß du vergessen würdest, deinem Leibdiener Bescheid zu geben», sagte er grinsend, als Hori seine Beine vom Ruhebett schwang, und Hori lächelte zurück.

«Das vergesse ich doch nie, oder?» antwortete er. Mit einemmal war er dankbar dafür, daß Antef so treu war und ihm beistand, obwohl er ihn viele Monate über vernachlässigt hatte. «Ich danke dir, mein Freund.»

«Alles ist klar», sagte Antef, der sich zurückzog. «Deine eigene Barke ist beladen, und ich vermute, ich muß dein Koch, Kämmerer und Leibdiener in einem sein, bis wir zurückkehren.»

«Und mein Schreiber», sagte Hori ergänzend. «Laß mich jetzt allein, Antef. Ich bin gleich an den Stufen zum Wasser.»

Sein Leibdiener war nun wach und wartete darauf, ihn baden zu können. Hori trabte noch schläfrig und sehr durstig hinter dem Mann her, und indessen ging ihm zum erstenmal die Ungeheuerlichkeit des Unternehmens auf, das er plante. Zugleich mit dieser Erkenntnis beschlich ihn ein warnendes Vorgefühl, das seine Schritte verlangsamte und ihn veranlaßte, seine geliebte familiäre Umgebung in einem Anfall der Zuneigung und des Heimwehs zu betrachten. Das Leben war schön, sagte er sich betrübt, und mit diesem Gedanken kam die Erinnerung an die kecke und lebhafte Nefert-khay zurück. Ich wünschte, ich hätte mit ihr Liebe gemacht, dachte er mit Bedauern. Es wäre der einzig heilsame, rettende Akt gewesen, den ich auf diese gefährliche Reise hätte mitnehmen können. «Hoheit?» sagte sein Diener höflich, und Hori kam wieder zu sich und stieg auf den Badestein. Ich darf nicht zurückblicken, sagte er sich mit Bestimmtheit. Das nützt überhaupt nichts.

Eine Stunde später, frisch gewaschen und in sauberes Leinen gekleidet, mit seinem Lieblingspektoral auf der Brust und dem mächtigsten Amulett, das er finden konnte, als Gegenstück auf dem Rükken zwischen den Schulterblättern, ging Hori aus dem Haus und durchquerte auf dem Weg zu den Wasserstufen ruhig den nördlichen Garten. Die Diener waren schon auf den Beinen und mit den ersten Reinigungsarbeiten sowie dem Zubereiten des Frühstücks beschäftigt, aber Hori wußte, daß die Mitglieder der Familie noch immer auf ihren Ruhebetten lagen und sich im Geiste mit den Tagesverrichtungen beschäftigten, während sie darauf warteten, daß man ihnen das Frühstück brachte. Von den Gärtnern war nichts zu sehen. Der Anbau ragte in die Fläche hinaus, die einst ein angenehmer Ort mit einem Springbrunnen gewesen war, und warf einen frühen, kühlen Schatten über die noch immer nackten Blumenbeete. Mehrere Wächter salutierten und grüßten ihn, als er an ihnen vorbeiging.

Er hatte fast den Rand der derzeitigen Baustelle erreicht, als sich jemand aus dem Schutz der Mauer löste und auf seinen Pfad hinaustrat. Hori ging weiter, darauf vertrauend, daß es sich um eine Dienerin handelte, die ihm aus dem Weg gehen wollte, doch dann drehte sich diese Person um, und es war Tbubui, die sich bis zum Kinn in ein weißes Leinentuch gehüllt hatte, so wie ein Leichnam in ein Leichentuch gewickelt ist. Sie hatte sich offenbar gerade erst von ihrem Ruhebett erhoben und hielt ihr Haar einfach mit einem hauchdünnen Leinentuch verhüllt. Verärgert wich er ihrem Blick aus und schickte sich gerade an, einen Bogen um sie herum zu machen, als eine Hand aus all diesem weißen Stoff auftauchte und nach ihm griff. Mit einem wütenden Zucken schüttelte er sie ab, hielt jedoch inne und sah sie an.

«Was willst du?» sagte er barsch.

«Ich meine, du solltest lieber nicht nach Koptos gehen», erwiderte sie.

Er lächelte zynisch. «Ja, das kann ich mir gut vorstellen, da du dir ausmalen kannst, daß ich mit Beweisen zurückkomme, die dich ruinieren werden», entgegnete er gleichmütig.

«Wie auch immer», sagte sie freundlich einwendend, «ich mache mir Sorgen wegen deines Wohlergehens, Hori. Koptos ist kein gesunder Ort. Dort werden die Menschen krank. Sie sterben dort.»

Nun blickte er sie offen an. «Was willst du damit sagen?» verlangte er zu wissen.

«Erinnere dich, was mit Pentawer, dem Schreiber deines Vaters, geschehen ist», sagte sie fast flüsternd. «Gib acht, daß dir nicht dasselbe widerfährt.»

Er starrte sie an. «Was weißt du darüber?» fragte er und drang auf sie ein. Sie sah ihn weiterhin mit jenen schwarzen, unergründlichen Augen an, und plötzlich durchfuhr ihn ein Schauder der Gewißheit. Er hörte Sheritras zögernde, aber feste Stimme sagen: «Irgendwer in Sisenets Haus hat einen unheilbringenden Fluch beschworen ...», und dann war ihm alles klar. Jetzt wußte er es.

«Du bist das gewesen», sagte er stockend, vor Entsetzen ganz schwach geworden, und sie hob die Augenbrauen.

«Was bin ich gewesen, Hoheit?»

«Du hast über Pentawer einen Bann gesprochen! Du wußtest, daß man ihn weder bestechen noch bedrohen konnte, daß ihn nichts davon abhalten würde, den Auftrag auszuführen, den mein Vater ihm gegeben hatte, und aus diesem Grund hast du zur bösen Zauberei gegriffen, um sein Leben zu zerstören!» Horis Mund war ganz trocken geworden. Er fuhr mit der Zunge über die Lippen. «Was hast du gegen ihn benutzt, Tbubui? Was hast du von ihm geraubt?»

Ihre Augen begannen mit einer unnatürlichen Heiterkeit aufzuleuchten. «Seine Schreibpalette», antwortete sie. «Ein besonders geeigneter persönlicher Gegenstand, meinst du nicht auch? Sisenet nahm sie eines Tages an sich, als Pentawer deinen Vater zu unserem Haus begleitete.»

Hori wäre am liebsten weggerannt. Plötzlich erschien ihm sogar der Boden, auf dem er stand, bösartig. «Gut, aber bei mir kommst du nicht zum Zuge», sagte er mit einer so festen Stimme, wie ihm dies möglich war. «Mein Vater ist der größte Magier in ganz Ägypten. Seine Zaubersprüche sind die mächtigsten, und ich habe oft genug mit ihm zusammengearbeitet, um viele schützende Sprüche zu lernen. Gewarnt sein heißt gewappnet sein, Tbubui. Vor dir habe ich keine Angst.»

«Tatsächlich», sagte sie schnurrend. «Daran hätte ich nicht gedacht. Wenn du daher gesund und munter aus Koptos zurückkehrst, denke ich, bleibt mir nichts anderes übrig, als deinen Vater davon zu überzeugen, daß er dich umbringen muß.» Sie neigte sich so weit zu ihm vor, daß ihr Mund den seinen fast berührte. «Du glaubst, das so etwas unmöglich ist, stolzer Hori? Bedenke es gut, denn worum ich Khamwaset auch bitte, er tut alles für mich. Viel

Vergnügen auf deiner Reise.» Sie verneigte sich, zog das Leinentuch enger um sich und ging fort.

Hori stand wie betäubt; die Sonne schien bereits wärmer auf seinen Kopf, als ihm angenehm war. Nie! dachte er benommen. Vater würde nie eine so fürchterliche Sache tun. Dadurch würde er ein günstiges Urteil der Götter gefährden! Aber er hat dich enterbt, flüsterte ihm eine andere, kältere Stimme zu. An deiner Stelle wäre ich nicht so vertrauensselig, mein lieber Hori. Er schwang herum. Tbubui war wie vom Erdboden verschluckt.

Er glaubte nicht, daß er in der Lage wäre, seine Beine zu bewegen, doch sie bewegten sich schwerfällig und widerstrebend, trugen ihn bis an die Stufen zum Wasser und zu seiner Barke, die unmerklich auf dem öligen Fluß schaukelte. Antef verneigte sich und winkte, und irgendwie gelang es Hori, den Gruß zu erwidern und über die Laufplanke zu gehen. Der Schiffsführer rief einen Befehl, die Laufplanke wurde mit einem knirschenden Geräusch eingezogen, und Hori ließ sich auf die Kissen an Deck neben seinem Freund nieder. «Wie blaß du bist, Hoheit!» bemerkte Antef. «Hast du heute morgen schon etwas getrunken?» Hori schüttelte den Kopf, sein Magen drehte sich, dann begann er zu sprechen. Er redete eine Stunde lang, und Antef unterbrach ihn nicht ein einziges Mal. Er war sprachlos.

18. Kapitel

«Siehe die Behausungen der Toten!
Ihre Mauern zerfallen;
und ihr Platz ist nicht mehr;
es ist, als hätten sie nie gelebt.»

Für Hori wurde die Reise nach Koptos zu einem Alptraum. Tag für Tag saß er zusammengekauert und gespannt unter dem Sonnensegel an Deck; er spürte den Wind des Entsetzens, der von achtern wehte, und wartete verzweifelt darauf, daß sie ankamen. Die Einsamkeit und ein Gefühl seiner eigenen Unzulänglichkeit setzten ihm zu. Er war sich darüber lebhaft im klaren, daß die Erlösung seiner Familie womöglich einzig und allein auf seinen Schultern ruhte. Sein Vater war nicht mehr der ruhige, freundliche Mann von früher, zudem hatte er die Verwaltung des Landes in ein Chaos abgleiten lassen, das sie alle ruinieren könnte. Seine Mutter war eine Gefangene in einem eisigen Elend. Auf seine Enthüllungen, Tbubui betreffend, hatte Sheritra sogleich egoistisch reagiert und Harmin in Schutz genommen, und offensichtlich war ihre Welt auf die Umrisse seines Körpers zusammengeschrumpft. Doch alles konnte noch verändert, wenn auch vielleicht nicht umgekehrt, so doch geheilt werden, und er hatte es in seiner Hand, diese Veränderungen zu bewirken oder nicht. Niemand sonst war in der Lage zu handeln, und die furchteinflößende Verantwortung, die zu tragen er sich entschieden hatte, war ihm beinahe eine zu große Last.

Für die ausgedörrte, braune Schönheit Ägyptens, die an ihnen vorüberzog, hatte er keine Augen. Antef brachte viel Zeit an der Reling zu, brach in Ausrufe aus über die Wolken aus Spreu, die von einer Gruppe Worfler am Ufer hochgewirbelt wurden, oder über die Stapel aus Lehmziegel, die von nackten Knaben bewacht wurden, die neugierig die Barke anstarrten, oder über das schlagartig auftauchende grüne Gelände im Anwesen eines Vornehmen, das von den Sklaven dadurch grün gehalten wurde, daß sie ständig den Schadûf betätigten. Hori hatte für all dieses kein Auge, dennoch nahm er, je mehr sie nach Süden gelangten, das dunkler werdende Blau des Himmels und das leichte Ansteigen des Nils wahr. Weit entfernt an der Quelle des Flusses hatten die Überschwemmungen eingesetzt. Bald würde der Strom an Masse zunehmen und schwerer werden, und die breiter werdenden Fluten würden übertreten und sich über die Felder ergießen, sie völlig unter Wasser setzen, die Tempel isolieren und Schlamm und abgestorbene Äste und Aas auf die ägyptische Erde spülen.

In verwirrter Stimmung sah Hori, wie die Flut in ihm selbst ebenfalls anstieg, eine unerbittliche Überschwemmung aus Furcht und Gefahr, die ihn womöglich ertränkte. Seine an Tbubui gerichteten Worte waren nichts als Aufschneiderei gewesen. Er selbst hatte sich nie sehr mit der Magie seines Vaters auseinandergesetzt, und er wußte nicht, wie er es anstellen sollte, sich selbst vor den in der Dunkelheit gemurmelten Worten zu schützen, während gleichzeitig die schimmernden Kupfernadeln in sein anderes Ich in Gestalt der kleinen Wachsfigur hineingestoßen wurden. Die persönlichen Gegenstände, die er zu Hause gelassen hatte, waren jedermann zugänglich. Wer wollte, konnte ohne weiteres einen seiner Ringe, einen Leibrock aus Leinen oder sogar ein Töpfchen mit Kohol stehlen, das er berührt hatte. Ein Teil seiner selbst war in allem enthalten, was er trug und für gewöhnlich berührte, und dieser Teil würde dazu benutzt werden, ihn umzubringen.

Furcht befiel ihn in unregelmäßigen Abständen, und er wollte aufstehen und seinem Schiffsführer zurufen: «Beeilung! Schneller, bitte!» Aber die Bootsmannschaft bemühte sich bereits, gegen die ersten Vorboten der alljährlichen Überschwemmungen anzukämpfen, und konnte nicht mehr ausrichten. Auch hätte es nicht geholfen, an den Tempeln und Schreinen auf der Reisestrecke anzuhalten. Kostbare Zeit wäre vergeudet worden, und Hori wurde das verzweifelte Gefühl nicht los, daß die Götter seiner Familie die Gunst entzogen hatten; der Grund dafür war ihm schleierhaft. Er wußte lediglich, daß die Worte, die er mit geschlossenen Augen flüsterte, als er angesichts der weißen Unendlichkeit des südlichen Lichts die Augen zusammenkniff, in seinen Mund, ja bis tief in seine Kehle zurückgestoßen wurden, so als würden sie von den tauben Ohren der Unsterblichen abprallen.

Schließlich kam der Tag, an dem die Barke schwerfällig gegen das Ostufer beidrehte, die Laufplanke ausgefahren wurde, Hori festen Boden betrat und Koptos zu seinen Füßen lag. Viel zu sehen gab es nicht. Der Verkehr durch die Wüste begann und endete noch immer hier, und auf den Märkten, in den Lagerhäusern und Basaren herrschte eine emsige Geschäftigkeit, doch jenseits der Wüstenstraßen, die ans Östliche Meer führten, lag die verträumte Stadt selbst, winzig, ruhig und über die Jahre hinweg unverändert, bestanden von dünnen Palmenanpflanzungen und durchzogen von engen, stillen Kanälen. Dort muß ihr Haus liegen, dachte Hori. Meine Augen huschen gerade jetzt vielleicht darüber. «Antef», sagte er, «geh zum Markt und erkundige dich, wo sich das Haus des Bürgermeisters befindet. Geh in dieses Haus und sag ihm, er soll mir eine Sänfte schicken.»

Er ging auf die Barke zurück, setzte sich an Deck hin und lauschte dem Treiben am Ufer, doch allmählich nahm er einen anderen Klang wahr, oder genauer das Fehlen eines Geräuschs. Ihm war, als hätte Koptos sich mit dem tieferen, brennenden Schweigen der Wüste verbündet. Der Lärm menschlicher Geschäftigkeit reichte nicht weit, sondern wurde gedämpft und verkürzt – ein Plärren gegen die unerbittliche Lautlosigkeit – und bald fortgerissen.

Bald darauf sah er, wie Antef zurückkam, vier Träger mit einer zusammengelegten Sänfte im Schlepptau. «Der Bürgermeister ist entsetzt, daß du gekommen bist!» rief der junge Mann ihm zu. «Deinetwegen stellt er seinen ganzen Haushalt auf den Kopf!» Hori lachte, und für einen Augenblick schwand seine Furcht.

Er bestieg die Sänfte, und mit Antef und zwei Wachen, die neben ihm hergingen, wurde er an der Hütte des Pförtners vorbei und durch den kleinen Garten des Anwesens getragen. Der Bürgermeister erwartete ihn im Schatten seines Vordereingangs, ein großer Mann mit jener friedfertigen Haltung, die den vollkommen Zufriedenen anhaftet. Doch seine Verneigung war angestrengt, und seine Stirn lag in Falten, als Hori vor ihn trat und ihn grüßte.

«Hoheit, du kommst höchst unerwartet!» sagte er. «Hättest du mich vorher irgendwie benachrichtigt, so hätte ich dich begrüßen können, wie es dir gebührt. Wie viele gehören zu deinem Gefolge? Die Unterbringung...»

«Ich bin ohne Gefolge gekommen», teilte ihm Hori mit, «nur mein Diener Antef und zwei Wächter sind bei mir. Ich bin hier, um für meinen Vater Nachforschungen anzustellen.»

«Das verstehe ich aber nicht», sagte der Bürgermeister. «Vom neuen Schreiber deines Vaters erfuhr ich, der Prinz habe seine Absicht geändert und wünsche keine weiteren Informationen mehr. Es tut mir ja so leid um den Vater dieses jungen Mannes.»

«Ja, wirklich», sagte Hori zustimmend. «Und der Prinz ist wieder anderen Sinnes geworden, Einzig Vornehmer. Kein Grund zur Beunruhigung für dich, ich werde dir nicht lange zur Last fallen.»

Einige Zeit lang war es ihm nicht möglich, allein zu sein. Man zeigte ihm seine Unterkunft – einen kleinen Raum mit einem Ausgang zum Garten –, und hier stellte er einen Wächter auf. Dann war er verpflichtet, einige Erfrischungen mit dem Bürgermeister und dessen Familie zu sich zu nehmen. Entsprechend den Gepflogenheiten höflicher Konversation erkundigte er sich beim Bürgermeister, ob dieser sämtliche vornehmen Familien in der Umgebung kenne.

Der Bürgermeister nickte. «Der Einzige Osiris Pentawer hat mir dieselbe Frage gestellt», erwiderte er. «Koptos ist eine kleine Stadt, und unsere vornehmen Familien, obgleich sämtlich von niedrigerem Rang, reisen nicht viel umher, noch heiraten sie zu weit weg. Deren Stammbaum reicht von vier Generationen bis hin zu Vorfahren in direkter Linie, die sich in den Tiefen vergangener Zeiten verlieren, aber ich kenne sie alle.» Er warf Hori einen verblümten Blick zu. «Von den drei Leuten, deren Geschichte du suchst, habe ich nie gehört, Hoheit. Noch gibt es hier ein Anwesen, das von einem Verwalter geführt wird, dessen Herr nach Memphis verzogen wäre. Ich kann dir nur anraten, dich beim Archivar im Haus des Lebens in Koptos zu erkundigen.»

«Bist du sicher, daß alle Anwesen von ihren Besitzern bewohnt werden?»

«Ja. Die Wüste dringt hier schnell vor, Prinz, und die unbewohnten Plätze liegen alle beisammen am Ufer. Nur ein einziges Anwesen ist unbewohnt, aber das ist schon seit vielen Hentis der Fall. Von diesem Haus ist wenig mehr als die zerfallenen Mauern im Sand übriggeblieben, und außer einigen Stücken vom Steinbrunnen ist der Garten vollkommen verwildert. Ich glaube, daß die Familie ausgestorben ist und das Eigentum an den Pharao zurückfiel. Ich nehme an, er hat überhaupt kein persönliches Interesse daran und schreckt davor zurück, ein solch ärmliches Eigentum an irgendeinen verdienten Minister zu verleihen.» Er lächelte, und Hori fühlte, daß er sich für den Mann zu erwärmen begann.

«Gleichviel, ein Mann kann hier seinen Seelenfrieden finden», sagte Hori langsam. «Ich möchte jenes verlassene Anwesen näher in Augenschein nehmen. Wo befindet es sich?»

«Im Norden, jenseits des letzten Bewässerungskanals», sagte der Bürgermeister. «Aber ich schlage in aller Demut vor, daß Hoheit die Kühle des Abends abwartet, bevor er es inspiziert.»

Hori stand auf, die ganze Familie ebenfalls, und verneigte sich. «Das werde ich tun», sagte er feierlich. «Nun muß ich ruhen.»

Antef und er flüchteten, Hori auf sein Ruhebett und Antef auf eine Matte auf dem Fußboden des kleinen Raums. Antef war sogleich eingeschlafen, doch Hori lag da und lauschte der faszinierenden Stille. Sie schien ihm vertraut. Er hörte draußen im Garten Schritte und dann Stimmen, und an ihrer Stimme erkannte er die Tochter des Hauses.

«Er ist sehr hübsch und überhaupt nicht arrogant», sagte sie gerade zu irgendeinem Unbekannten. «Natürlich darf man ihn nicht berühren, weil er der Enkel des Pharaos ist, dabei möchte ich das so gerne tun...»

Hori lächelte, drehte sich auf die Seite und schlief ein.

Mehrere Stunden später, als Rê bereits als Halbrund aus glänzendem Rot über dem Horizont stand, standen Antef und er vor den Überresten der ehemaligen Stufen zum Wasser und blickten vom Fluß weg zur östlichen Wüste hinüber. Zwischen ihnen und der flachen, sandfarbenen Ebene, die an einen scharlachroten Himmel stieß, lagen die Überreste dessen, was einst das Haus eines Vornehmen gewesen war.

Von dem ursprünglich aus Lehmziegeln erbauten Haus standen nur noch die vagen Umrisse der Grundmauern im Sand. Die Stufen zum Wasser bestanden aus unregelmäßigen Sandsteinquadern, welche die Spuren der Zeit nicht verleugnen konnten. Von der obersten Stufe aus erahnten sie eher einen verschütteten Pfad, als daß sie ihn sahen, der dorthin führte, wo einst die Eingangshalle gewesen sein mußte. Als sie sich zaghaft vorwärts wagten, fanden ihre Füße den festen Untergrund des Steins, und Antef kniete kurz hin, um die eingedrungenen Körnchen wegzubürsten, und entdeckte dabei, daß der weiche Stein darunter lag. Hori war stehengeblieben, und Antef schloß zu ihm auf. «Die Eingangshalle, ein hinterer Flur und mindestens zwei Schlafzimmer», sagte Hori, indem er darauf zeigte. «Der Hof mit den Vorratshütten und den Küchen und den Unterkünften für die Diener ist vollständig von der Wüste zurückerobert worden. Na, wo ist denn der Brunnen, von dem der Bürgermeister gesprochen hat?»

Sie bahnten sich behutsam einen Weg um die kleinen Hügel und Rinnen herum, Überbleibsel der einst stämmigen Mauern, vermutlich in einem blendenden Weiß gestrichen; nun, da die Sonne jenseits des Flusses tiefer sank, zeichnete sie ein verschlungenes Muster kleiner Schatten darauf.

Unweit des nördlichsten Punktes stießen sie auf den Gegenstand, nach dem sie suchten. Der Springbrunnen lag in vier graue Teile zerfallen da, das Becken geborsten und voller Sand, die figurenbekrönte Brunnensäule, einst eine gefällige Ähnlichkeit mit Hapi aufweisend, dem zweigeschlechtlichen, vielbrüstigen Gott des Nils, lag zerbrochen und verstreut herum. Fünf oder sechs verkrüppelte Sykomoren mühten sich ab, ihre Existenz aus dem Boden dort herauszusaugen, wo offenbar die Garteneinfriedung gewesen war, und ein paar klägliche Palmen erhoben ihre verkümmerten Arme vor ihnen. Antef schauderte. «Welch ein trauriger, verlassener Ort!» rief er aus. «Dieses Anwesen ist nicht von seinen Geistern gesäubert worden, Hoheit. Ich würde mich nicht trauen und versuchen, diesen Ort wiederaufzubauen!»

Hori brachte ihn mit einer Handbewegung zum Schweigen und konzentrierte sich. All seine Sinne waren hellwach. Ihm kam es nämlich vor, als wäre er bereits früher einmal hier gewesen, obwohl er sich sagen mußte, daß dies ein Ding der Unmöglichkeit war. Der Grundriß der ehemaligen Räume, nunmehr bloß noch Klumpen im Boden, die Anlage des Gartens mit seinen Sykomoren, die zuvor einmal von einer blühenden grünen Pracht gewesen sein mußten, der Palmenhain dahinter...

Das ist nicht möglich, dachte er, während er es zuließ, daß die Melancholie der Stunde ihn ergriff. Diese Empfindung der Vertrautheit ist keine Frage des Körperlichen. Es ist vielmehr die Atmosphäre der Ruinen, herausfordernd und doch ruhig, traumlos und dennoch irgend etwas fordernd... irgend etwas...

Dann fiel es ihm ein, was es war. Tbubuis Haus in Memphis, gedrängt, leicht verfallen, isoliert, besaß dieselbe Eigenschaft, bot das Gefühl unermeßlichen Schweigens und lauernder Einladung. O Thoth, hab Erbarmen, dachte er. Ist es das? Ist dies, war dies ihr Heim? Hapis entstelltes Gesicht lächelte leer und blöde aus dem Sand zu ihm empor. Die knorrigen Sykomoren warfen verschlungene Schatten, die auf ihn zukrochen, als Rê erzitterte, noch einmal aufglühte und unter den westlichen Horizont glitt, um sich auf seine Reise in die Unterwelt zu begeben. «Antef!» rief Hori mit einer zitternden Hysterie in der Stimme. «Ich habe genug gesehen. Gehen wir.»

Sie machten sich behutsam auf den Rückweg zu den zerfallenen Wasserstufen, und Hori selbst übernahm die Riemen im Boot des Bürgermeisters. Noch bevor Antef sich hingesetzt hatte, zog er frenetisch daran, weg von jenem traurigen und zerfallenen Ort.

«Das kann nicht stimmen, Hoheit», sagte Antef. «Wir müssen weiter nachforschen.»

«Das ist deine Aufgabe», entgegnete Hori. «Ich möchte, daß du jede vornehme Familie in Koptos aufsuchst und sie nach ihrer Familiengeschichte befragst. Ich werde ins Archiv gehen.» Doch tief in seinem Herzen wußte er, daß es *stimmte*, daß dieser einsame Ort Tbubui gehörte hatte und sonst niemandem.

Antef und er verbrachten einige angenehme Stunden beim Abendessen in Gesellschaft des Bürgermeisters. Der Mann war stolz auf seinen Posten und ließ es sich angelegen sein, die Geschichte der Stadt nachzuerzählen, angefangen von jenen Tagen, da die große Königin Hatschepsut die alten Handelswege nach Punt wiederentdeckt hatte, welche die Stadt bis in die Gegenwart hinein wiederbelebt hatten, da die Karawanenrouten fest eingerichtet und ganz alltäglich waren.

«Welche Familie besaß das Monopol zur Steuererhebung bei den Karawanen?» fragte Hori. «Oder gehören die Steuereinkünfte der Stadt insgesamt?»

Der Bürgermeister, froh darüber, einen interessierten Zuhörer gefunden zu haben, lächelte. «In den Tagen der großen Königin, als die Route zum erstenmal wiedereröffnet wurde», begann er seine Ausführung, «erhielt ein gewisser Nenefer-ka-Ptah die Konzession als Dank für einen Dienst, der im Dunkel der vorgeschichtlichen Zeit liegt. Die mächtige Königin, die Leute mit Unternehmungsgeist schätzte, ernannte ihn zum Prinzen. Unter seiner Führung blühten die Karawanen auf, und sie war mit ihm recht zufrieden. Es heißt, daß er einen großen Wohlstand anhäufte und aus ihm ein berühmter Zauberer und Magier wie auch ein gerissener Geschäftsmann wurde, doch es ist nicht meine Sache, darüber zu befinden. Sein Geschlecht überlebte nicht lange. Das Handelsmonopol mit Punt fiel an den Horusthron zurück, und so ist es bis zum heutigen Tage.» Er nippte mit großer Wonne an seinem Wein. Seine Tochter und seine Frau, offenbar an seine Lieblingsbeschäftigung gewöhnt, beobachteten ihn dabei lächelnd. «Der Pharao, dein Großvater, gewährt der Stadt stets einen großzügigen Nachlaß bei den Steuerabgaben für die Krone», fuhr er fort, «und wir leben natürlich in der Hoffnung, daß dieses Monopol nicht schließlich an eine einzelne

Familie fällt. Koptos, so wie wir es heute kennen, ist friedlich und erfolgreich.»

«Weshalb dauerte Nenefer-ka-Ptahs Geschlecht nicht fort?» fragte Hori. «Ist die Nachkommenschaft des Prinzen bei dem Einzig Göttlichen in Ungnade gefallen?»

«Oh, nein», versicherte der Bürgermeister ihm. «Das Geschlecht ist buchstäblich ausgestorben. Nenefer-ka-Ptah und seine Frau sind ertrunken, glaube ich, wie auch übrigens ihr einziger Sohn Merhuh.» Er zuckte die Achseln. «Dies war wohl Götterwille.»

Ihr Mann ist ertrunken, dachte Hori, dann verdrängte er diesen Gedanken. «Ein solches Unglück könnte als eine Strafe der Götter angesehen werden», sagte er. «Ihre Strafe für eine Familie, die gegen Maat verstoßen hatte.»

Der Bürgermeister zuckte die Achseln. «Wer weiß? Es geschah vor vielen Hentis und hat wenig mit den Gründen zu tun, die dich hierhergeführt haben, Hoheit. Ich wünschte, ich könnte dir mehr behilflich sein.»

«Deine Gastfreundschaft ist ausreichend», versicherte Hori ihm. «Morgen beginne ich mit meinen Nachforschungen im Haus des Lebens. Ich werde dir nicht lange zur Last fallen, Einzig Vornehmer.»

Unter gegenseitigen Respektbezeigungen zog sich Hori darauf zurück. Antef und er brachten in ihrer Unterkunft noch ein wenig Zeit mit Reden zu, während es Nacht wurde, doch Hori fiel es schwer, seine Gedanken auf die Unterhaltung zu konzentrieren, und kurz darauf war ihr Gespräch versickert. Antef streckte sich auf seiner Matte aus und atmete bald ruhig und gleichmäßig im Schlaf.

Hori griff nach dem kleinen Lederbeutel, den an seinem Gürtel festgezurrt zu tragen er sich angewöhnt hatte, und öffnete ihn. Er entnahm ihm jenen Ohrring, auf den er in dem Grabschacht gestoßen war. Sie mochte ihn sehr, dachte er traurig. Sie hat ihn angelegt und gelacht, und er baumelte gegen ihren langen Hals. Was mag sie jetzt wohl tun? Kauert sie jetzt in der Dunkelheit mit den grausamen Nadeln in der Hand, damit beschäftigt, meinen Untergang zu beschwören? Was hat sie mir von meinen persönlichen Dingen gestohlen? Tbubui, Tbubui, wer auch immer du bist, ich hätte dich ernährt und dich beschützt. Er wollte nicht weinen, dennoch liefen Tränen an seinen Wangen hinunter.

Früh am nächsten Morgen machte Antef sich mit einer Schriftrolle, die Horis Siegel trug, als Einführungsschreiben zu den vornehmen Familien in Koptos auf den Weg, um sie höflich zu befragen, und Hori ging zum Haus des Lebens, das dem Tempel des Amun angeschlossen war. Das Archiv entpuppte sich als ein angenehmer Ort mit vier ineinander übergehenden Räumen, wobei die äußeren Mauern mit Säulen versehen waren, so daß jede Brise Einlaß fand. Jeder Raum enthielt winzige Nischen, die mit Schriftrollen jeglicher Größe und Beschreibung vollgestopft waren, und bevor er sich an die Arbeit machte, wurde Hori von dem Priester und Archivar durch das Gebäude geführt.

«Ich hatte gerade Dienst, als der Schreiber deines Vaters auf den Stufen starb, Hoheit», bemerkte er Hori gegenüber, als sie in einer Nische saßen. «Vier Tage lang war er regelmäßig ins Archiv gekommen, bevor er zusammenbrach. An jenem unheilvollen Morgen sagte er mir noch, daß er gerade darangehen wolle, seinem Assistenten die Ergebnisse zu diktieren.»

«In welcher Stimmung war er?» fragte Hori, und der Archivar runzelte die Stirn.

«Er schien verängstigt. Ein merkwürdiges Wort, um ihn zu schildern, doch diesen Eindruck machte er auf mich. Er war offensichtlich krank, doch zusätzlich zu seinem körperlichen Unwohlsein schien er in Gedanken mit einer schwerwiegenden Sache beschäftigt gewesen zu sein. Er war ein gewissenhafter Forscher.»

«Ja, er war wirklich gut», sagte Hori zustimmend, eine Welle der Furcht überspülte ihn ebenfalls, als wäre es ein Zeichen des Mitgefühls für den toten Pentawer. «Ich möchte, daß du mir sämtliche Schriftrollen bringst, die er sich angesehen hat, doch zuerst erzähle mir etwas über den Mann, dem während der Regierung von Königin Hatschepsut das Monopol über die Karawanen übertragen wurde.»

Das Antlitz des Archivars hellte sich auf. «Ah, Hoheit! Wie

schön, mit jemandem zu reden, der sogar den Namen dieser Einzigen Osiris kennt! In unserem Archiv haben wir sogar ihr Siegel auf einem Dokument, welches das Monopol auf den Mann persönlich überträgt, den du erwähnt hast. Osiris Pentawer hat es auch sehen wollen.»

«Und hat er es gesehen?» fragte Hori nachdenklich. «Was ist mit dem Geschlecht dieses Mannes? Wo leben seine Nachkommen?»

Der Archivar schüttelte den Kopf. «Er hatte keine Nachkommen. Die Einwohner von Koptos glauben, daß man diesen Mann verzaubert hatte. Ich weiß nicht, aus welchem Grund. Bedenke, Hoheit, daß wir über Ereignisse sprechen, die vor vielen Hentis stattgefunden haben. Doch er, seine Frau und sein Sohn ertranken, der Prinz und seine Frau im Fluß in Memphis und der Sohn ein paar Tage darauf hier in Koptos. Es steht in den Berichten. Der Sohn Merhuh wurde hier beigesetzt.»

«Und seine Eltern?» Hori konnte spüren, wie seine Muskeln sich verhärteten. Ich mag es nicht hören, dachte er mit Grauen. Der Bürgermeister wußte nur wenig, dieser Mann hier weiß alles. Amun, ich möchte es überhaupt nicht erfahren!

«Sie bewohnen ein Grab auf dem Plateau in Sakkâra bei Memphis», sagte der Archivar freundlich. «Die Überreste ihres Anwesens befinden sich genau nördlich von Koptos und bestehen nur noch aus Ruinen. Niemand aus der Stadt geht gerne dorthin. Alle sagen, an diesem Ort spuke es.»

Horis Brustkorb fühlte sich an, als würde ein Band ihn einzwängen. «Ich war gestern dort», konnte er gerade noch herausbringen. «Und wie hießen diese Leute?»

«Der Prinz Nenefer-ka-Ptah, die Prinzessin Ahurê und seine Hoheit Merhuh.» Als der Archivar Horis Gesicht sah, brachte er ihm flink einen Becher mit Wasser. Hori setzte ihn an seine Lippen und zwang sich zu trinken. «Hoheit, was ist geschehen?» wollte der Mann wissen.

«Ich bin in ihrem Grab gewesen», sagte Hori flüsternd. «Die Prinzessin Ahurê. Es ist die einzig noch bestehende Identifikation in jenem Grab. Mein Vater hat dort Ausgrabungen gemacht.»

«Der mächtige Khamwaset hat viele alte Gebäude restauriert», sagte der Archivar. «Aber wie interessant! Ebendasselbe Grab! Und so ganz zufällig?»

Wirklich zufällig? dachte Hori mit Schaudern. Wer weiß? O Götter, wer weiß?

«Ja», antwortete er. «Doch bevor du danach fragst, mein Freund, will ich dir sagen, daß wir nichts entdeckt haben, was unsere Kenntnis dieser Epoche befördert hätte. Wo liegt der Sohn begraben?»

«In der Nekropolis von Koptos», erwiderte der Archivar prompt. «Das Grab wurde vor Hentis geplündert, und nichts von Wert ist mehr darin vorhanden, aber seine Hoheit liegt noch immer dort. Wenigstens war dies zuletzt der Fall, als ich eine Inspektion der vornehmen Gräber für den Mächtigen Stier vornahm. Der Deckel war vom Sarkophag gewuchtet und stand gegen die Wand gelehnt, aber der Leichnam des jungen Mannes war korrekt mumifiziert worden und befand sich darin.»

«Der junge Mann?» Hori mußte mehrmals ansetzen, um diese Worte herauszubringen.

«Ja. Merhuh war erst achtzehn Jahre als, als er ertrank», fügte der Archivar behutsam hinzu. «Hoheit, bist du sicher, daß du dich wohl fühlst?»

Hori vernahm diese Frage kaum. «Ich möchte dieses Grab besuchen», sagte er. «Es ist erforderlich, daß ich diesen Leichnam sehe.»

Der Archivar sah ihn neugierig an. «Deine hohe Stellung befreit dich davon, um die erforderliche Erlaubnis nachzusuchen, Hoheit», sagte er. «Das Grab ist versiegelt und der Eingang mit Schutt gefüllt, aber einen Tag lang graben reicht, und der Zugang ist frei.»

«Wollte Pentawer die Grabkammer sehen?»

«Ja, das hatte er vor», sagte der Archivar widerstrebend. «An jenem Morgen starb er. Hoheit, bitte sei nicht gekränkt, wenn ich nachfrage. Aber wonach suchst du eigentlich?»

Ich suche nach der Wahrheit, und ich finde etwas Entsetzlicheres, als ich mir je habe vorstellen können, dachte Hori. Und laut sagte er: «Ich bin nicht gekränkt, aber ich kann es dir nicht sagen. Denke genau nach. Es gab keine Erben? Und keine Nachkommenschaft?»

«Nein, keine», sagte der Archivar mit sicherer Stimme.

«Sehr gut.» Hori stand auf und setzte sich an einen Tisch. «Bring mir die Schriftrollen, und während ich sie studiere, schickst du nach den Arbeitern in der Arbeitersiedlung von Koptos. Ich möchte, daß das Grab heute abend freigeschaufelt ist. Kommst du mit mir zum Grab und versiegelst es wieder, nachdem ich meine Arbeit dort erledigt habe? Denn weißt du...» Hier machte er eine Pause, da er auf einmal den Ohrring in seinem Lederbeutel fühlte, der gegen seinen Schenkel drückte. «Eine gewisse Dame behauptet, von jenem Nenefer abzustammen und daher von vornehmem Blut zu sein.»

Der Archivar schüttelte bereits heftig den Kopf. «Unmöglich, Hoheit. Vollkommen unmöglich. Sie ist eine Schwindlerin. Die alten Aufzeichnungen hier sind vollständig vorhanden. Nenefer-ka-Ptahs Geschlecht starb mit dem Tod seines Sohnes Merhuh aus.»

Hori entließ ihn und wartete. Kurz darauf kam der Archivar mit einem Armvoll Schriftrollen wieder, die er vor dem Prinzen auf den Tisch legte. «Meine Eintragungen besagen, daß Pentawer all diese hier eingesehen hat», sagte er. «Sie umfassen die Periode zehn Jahre vor und fünfzig Jahre nach den Lebensdaten derjenigen Leute, über die du Nachforschungen anstellst. Möchtest du ein Erfrischungsgetränk, Hoheit?» Hori nickte geistesabwesend und begann damit, die erste Schriftrolle abzurollen. Als der Archivar mit einem Sklaven zurückkehrte, der Wasser, Wein und Häppchen auftrug, nahm er ihn nicht wahr, obwohl er einige Zeit später unbewußt davon aß und trank.

Er las zwar geschwind, jedoch sorgfältig, und während der Lektüre nahm seine Besorgnis zu. Der Großvater von Prinz Nenefer-ka-Ptah war während der Regierungszeit von Osiris Tuthmosis I., dem Vater der Königin Hatschepsut, als Inspektor der Denkmäler nach Koptos gekommen. Sein Vater hatte in dieser Stellung weitergewirkt, und darauf war Nenefer-ka-Ptah selbst, nach dem frühzeitigen Tod seines Vaters, in diesem Amt bestätigt worden. Die Daten und kurze, sachliche Eintragungen spulten unter Horis verblüfftem Blick ab. Nenefer-ka-Ptah war irgendwie an der waghalsigen Expedition der großen Königin nach Punt beteiligt, einem Land, über das man bis zu jener Zeit nicht viel wußte, und seine Dienste waren mit einem Erbtitel und dem Karawanenmonopol belohnt worden, als der regelmäßige Handel mit Punt, es ging um Myrrhe und andere exotische Bedürfnisse, aufgenommen wurde. Fünf Jahre danach waren alle drei tot. Die Daten ihres Todes waren peinlich genau aufgezeichnet. Ebenso das Datum, an dem ihr Besitz an den Horusthron zurückfiel. Das Symbol für «Ende» stand hinter jener Eintragung, die den Tod durch Ertrinken verzeichnete, was nichts anderes bedeutete, als daß mit ihnen das Geschlecht ausgestorben war.

Etwas schneller überflog Hori nun die anderen Schriftrollen. Keine Nachkommen, keine Erben, nicht einmal irgendwelche nahe Verwandte, die Anspruch auf den Besitz erhoben. Diese Familie war aus dem Nichts aufgetaucht und wieder in Vergessenheit geraten. Pentawer hatte ebenfalls in mehreren Schriftrollen nachgelesen, die sich mit den örtlichen Bräuchen beschäftigten, und mit einem Aufseufzen nippte Hori an dem Wein und zog sie näher zu sich heran. Der Nachmittag war fortgeschritten, und die Hitze hatte zugenommen, doch mit ihr war eine heiße Brise aufgekommen, die durch sein Haar zauste und seinen Leibrock lüpfte, und daher war sie halbwegs erträglich. Er begann zu lesen.

Er war mit der Lektüre der zweiten Schriftrolle noch nicht weit fortgeschritten, als er den Grund dafür herausfand, warum die Bewohner von Koptos annahmen, der Prinz sei verzaubert worden und auf seinem Besitz spuke es. «Es hieß», las er, «daß dieser Prinz im Besitz der magischen Schriftrolle des Gottes Thoth sei. Wie er in ihren Besitz gelangte, bleibt ungewiß, doch war er bereits ein gerissener Magier, als er sie fand, und dank ihrer wurde er unbezwingbar. Doch Thoth, über dessen Arroganz in Zorn entbrannt, beschloß, daß er verflucht sein sollte, daß er den Tod durch Ertrinken und sein Ka keine Ruhe finden sollte.»

«Ich sehe, daß du dich zum Gebiet der Mythen und Bräuche vorgearbeitet hast.» Eine Stimme neben ihm sprach, und Hori zuckte zusammen, doch es war nur der Archivar. «Geschichten solcher Art schießen bei tragischen und geheimnisumwitterten Familienvorkommnissen aus dem Boden, und an heißen Sommerabenden gibt es hier nicht viel Besseres zu tun, als sich Legenden zu erzählen. Wenigstens unter den gemeinen Menschen.» Hori starrte verwirrt zu ihm empor. Das ist doch nicht möglich, sagten seine Gedanken ihm immer wieder. Das ist doch nicht möglich, nicht möglich, nicht möglich... Doch in seiner Phantasie sah er, wie sein Vater das Messer hob und gefühllos eine Schriftrolle von der Hand eines toten Mannes abschnitt... und sah, wie Khamwasets Blut auf die vertrocknete Hand tropfte und wie sogar ein Tropfen die Schriftrolle selbst verschmierte, als er – von Panik ergriffen – hastig die Nadel führte und seine Finger zitterten. Es *muß* nicht der Fall sein, dachte Hori, denn wenn es der Fall ist, so haben wir in das Reich des Alptraums Einlaß gefunden, in dem wir mehr als machtlos sind und in dem der Tod nicht eingedämmt werden kann, sondern sich unter uns als Leben verkleidet, und wir sind besudelt und verdorben jenseits der Macht irgendeines Gottes, der uns helfen könnte.

«Die Arbeiter sind bereits an Ort und Stelle», sagte der Archivar gerade. «Ich habe zwei Tempelwachen abgeordnet, um sie zu beaufsichtigen, und habe ihnen eine großzügige Menge an Speisen und Bier für ihre Arbeit versprochen. Ich vertraue darauf, daß Hoheit dafür einsteht.»

Hori stand auf. Die Aktion schien lange Zeit in Anspruch zu nehmen. «Selbstredend», sagte er, erstaunt darüber, daß seine Stimme so normal klang. «Ich habe alles gelesen, was ich brauchte. Ich möchte diese Schriftrollen nach Memphis mitnehmen.»

Doch der Archivar verneigte sich und lehnte dies ab. «Es tut mir sehr leid, Hoheit. Ein solches Vorhaben ist ganz und gar untersagt. Hole deinen Schreiber und beauftrage ihn damit, sie während deines Aufenthalts zu kopieren.»

Das wird kaum reichen, dachte Hori. Ich möchte meinem Vater nichts Geschriebenes zeigen, das Antefs Handschrift verrät. Er würde es mir nicht glauben. Ich finde es ja selbst kaum glaubhaft. Doch ein Blick in das freundliche, aber unnachgiebige Gesicht des Archivars belehrte ihn darüber, daß dieser Mann weder bestechlich noch zu überzeugen war. Er verhält sich korrekt, dachte Hori.

Mein Vater würde eine solche Sache auch nie durchgehen lassen. «In diesem Fall kommt mein Schreiber morgen, um diese Aufgabe in Angriff zu nehmen», sagte er. «Ich danke dir für deine Unterstützung hier und für das Versiegeln des Grabs, nachdem ich meine Arbeit erledigt habe. Ich treffe dich hier bei Sonnenuntergang, und dann führst du mich dorthin.»

Er verweilte noch einige Augenblicke im Gespräch mit dem Mann, doch später vermochte er sich nicht mehr daran zu erinnern, worüber sie sich unterhalten hatten. Dann verließ er das Haus des Lebens und trat in den blendenden Nachmittag hinaus. Wie lange hast du dafür gebraucht, um zu der Schlußfolgerung zu kommen, die nun meine eigene Vernunft bedroht? fragte er Pentawer in Gedanken, als er zur Sänfte ging, die auf ihn wartete. Du hattest die Aufgabe fast vollbracht, und ich fahre die Ernte deiner akribischen Suche ein. Was hast du gedacht, kleiner Schreiber? Warst du ebenso ungläubig und entsetzt, wie ich es bin?

Er versuchte ein Lächeln, und in diesem Augenblick schlug der erste Schmerz ohne Vorwarnung zu, schlitzte seinen Unterleib auf, so daß er sich keuchend über die Kissen krümmte, während ihm der Schweiß auf die Stirn trat. Nein! preßte er flüsternd heraus, die Knie bis unter sein Kinn gedrückt, die Fäuste gegen seinen Bauch gepreßt. Hab Erbarmen, Thoth, dieses Leiden kann ich nicht ertragen, hilf mir, hilf mir! Dann ließ der Krampf nach, und er erschlaffte, lag mit geschlossenen Augen hinter den vorgezogenen Vorhängen und atmete schwer. Tbubui, schrie er ohne einen Laut heraus, hab Mitleid mit mir. Wenn du mich treffen mußt, so warte damit. Stich mit einem Messer zu, reiche mir vergifteten Wein, laß mich in meinem Bett erdrosseln, aber unterwirf mich nicht dieser unflätigen, bösen Qual.

Eine weitere Woge des Schmerzes überfiel ihn, und er konnte nicht anders, als sich zu spannen, bis seine Muskeln selbst die Quelle von zitternder und verkrallter Angst wurden. Sie braucht mich nicht umzubringen, dachte er mit zusammengebissenen Zähnen, die Lippen von zügellosem Schmerz verzerrt. Es spielt keine Rolle, was ich von hier mit nach Hause zurückbringe. Sie wird alles bestreiten, sich eine Geschichte ausdenken, und Vater wird ihr Glauben schenken. Sie *will* mich umbringen. Sie möchte, daß ich sterbe.

Der Schmerz ließ etwas nach, ging jedoch nicht vorüber. Die Nadel steckt im Gesicht, dachte er hysterisch. Stich sie mit sicherer Hand hinein, dann bohre sie in das Wachs und laß sie stecken, damit das Opfer geschwächt und verrückt wird. Behutsam streckte er sich, bei jeder Bewegung zuckend, und legte seine Hände über den bebenden Unterleib. Es wird nicht besser, sagte er sich selbst mit Ingrimm. Es wird weiter pochen und hämmern, aber es vergeht nicht. Er tastete nach seinem Amulett, das er manchmal als Gegenstück zu seinem Pektoral trug und manchmal an einem Armreif befestigte, doch seine suchenden Finger fanden statt dessen den Ohrring, und er hatte nicht die Kraft, ihn loszulassen.

Er ging schnurstracks in sein Zimmer im Haus des Bürgermeisters, und nachdem er sich auf das Ruhebett gestürzt hatte, gelang es ihm, in einen unruhigen Schlaf zu fallen. Etwas später wachte er auf und sah, daß Antef sich mit besorgter Miene über ihn beugte. Hori streckte einen Arm aus und ergriff die Hand seines Freundes. «Hol den Arzt des Bürgermeisters, Antef», sagte er flehend. Nach einem Wort des Entsetzens, das Hori nicht verstand, rannte Antef zur Tür hinaus. Während Hori wartete, versank er in einen Halbschlaf und erwachte daraus, sein Bewußtsein bewegte sich mit der Ebbe und Flut des Schmerzes. Als der Arzt sich dem Ruhebett näherte, der Bürgermeister und Antef hinterdrein, setzte Hori sich schwerfällig hin.

«Ich bin Prinz Hori, Sohn des Arztes Prinz Khamwaset», flüsterte er. «Ich brauche nicht untersucht zu werden. Ich leide an einer Krankheit des Unterleibs, die unheilbar ist, aber ich flehe dich an, mir eine starke Mohngabe zuzubereiten, die für einige Wochen ausreicht.»

«Hoheit», widersprach der Arzt, «wenn ich dies tue, ohne dich zu untersuchen, und sie dir zur freien Verfügung überlasse, so könntest du zuviel auf einmal zu dir nehmen und sterben. Diese Verantwortung möchte ich nicht übernehmen.»

Und der Bürgermeister ebenfalls nicht, dachte Hori, als er den

Mann sah, der neben Antef stand. «Dann übergib sie meinem Diener», schlug er vor, indem er all seine Kraft sammelte, um diese Worte auszuspeien. «Hier wartet eine Arbeit auf mich, und wenn ich entkräftet bin, kann ich sie nicht erledigen. Ich werde ein Schreiben diktieren, das dich und den Bürgermeister von jeglicher Verantwortung für mein körperliches Wohlbefinden befreit, falls ihr dies wünscht.»

Beide Männer sahen erst erleichtert, alsdann beschämt drein. «Hoheit, wenn du mir das gesagt hättest, so hätte ich meinen Arzt dazu verpflichtet, Tag und Nacht bei dir zu sein», sagte der Bürgermeister im Tonfall einer Vorhaltung. «Ich habe meine Pflicht zu nachlässig ausgeführt. Ich bitte um Vergebung.»

«Es ist nicht deine Schuld!» rief Hori mit allerletzter Kraft aus. «Tu nur, was ich verlange! Antef, sorge du dafür!» Hori schloß die Augen und wälzte sich auf die andere Seite. Er hörte, wie Antef die beiden hinauskomplimentierte, und dann muß er sein Bewußtsein verloren haben, denn als nächstes erinnerte er sich daran, wie sein Freund seinen Kopf anhob und ihm eine Schale an die Lippen drückte. Der Mohn roch ranzig. So vorsichtig wie möglich nippte er daran, und darauf winkte er Antef heran, damit dieser ihn mit seinem Arm stütze. «Hilf mir, damit ich mich hinsetzen kann», sagte er. Antef half ihm und legte sich dann selbst hin. Hori konnte erkennen, daß er ihn forschend beobachtete.

«Was ist los, Hori?» fragte Antef nüchtern.

Hori hatte nie zuvor gehört, daß Antef ihn mit seinem Namen anredete, und er fühlte eine Welle der Dankbarkeit für Antefs Zuverlässigkeit und seine bedingungslose Treue. «Sie versucht, mich umzubringen», sagte er. «Und es wird ihr gelingen, aber nicht bevor ich nach Hause zurückgekehrt bin. Antef, ich muß nach Hause!»

«Das gelingt dir noch», versprach Antef verbissen. «Sag mir, was es zu tun gibt.»

«Geh gleich heute abend noch in das Haus des Lebens. Laß mir den Mohn. Ich verspreche dir, daß ich nicht alles austrinken werde.» Der Trank begann seine Wirkung zu zeigen und den Schmerz zu dämpfen, doch er dämpfte ebenfalls seine Gedanken, und er kämpfte gegen seine einschläfernde Wirkung an. «Der Archivar hat einige Schriftrollen für mich zurückgelegt. Kopiere sie so schnell, wie es dir möglich ist, und komme erst dann wieder zurück, wenn du damit fertig bist. Ich muß heute abend zum Grab gehen. Hast du heute irgend etwas erfahren?»

«Nein, nur daß niemand von denen, die ich gesprochen habe, je etwas von Tbubui, Sisenet oder Harmin gehört hat.»

«Ich habe nichts anderes erwartet.» Hori richtete sich eigenständig auf und schwang seine Beine auf den Fußboden. «Geh und tu, worum ich dich gebeten habe, Antef. Schick mir einen Wächter her zur Hilfe. Ich dachte, ich könnte meine Nachforschungen geruhsamer durchführen, doch die Zeit wird uns knapp. Wir müssen so schnell wie möglich nach Hause zurück.»

Er schickte einen Diener, um die Einladung des Bürgermeisters zu einem unterhaltsamen Festabend abzulehnen, auch wenn er wußte, daß er den Mann und seine Familie bestürzte und vermutlich enttäuschte. Von der robusten Schulter eines seiner Wächter gestützt, durchquerte er die langen, heißen Strahlen roten Lichts der untergehenden Sonne und begab sich zu seiner Sänfte.

Die kurze Reise zum Archiv verlief ereignislos, und die Wirkung des Mohns hatte ihren Höhepunkt erreicht, doch jeder Ruck des schwankenden Gefährts verursachte ihm einen quälenden Stich im Unterleib. Es gelang ihm, einige Worte mit dem Archivar zu wechseln, und dann lag er dösend in seiner Sänfte und ließ seine Träger hinter derjenigen des Archivars hergehen. Die Zeit schien flüssiger zu werden und weniger meßbar. Es schien ihm, als wäre er stundenlang getragen worden und daß seine Träume mit der Wirklichkeit aus Hitze und Bewegung einer immerwährenden Gegenwart verschmolzen, aber die Sänfte wurde schließlich abgesetzt, und Hori zog die Vorhänge zurück, um den Soldaten zu Hilfe zu bitten.

Die Nekropole von Koptos war eine Miniaturausführung derjenigen von Sakkâra, ein dürres, versandetes Plateau mit kleinen Pyramiden, Grabhügeln, zerborstenen Säulen und halbbegrabenen Dämmen, die nirgendwohin führten. Dem Archivar war es hoch anzurechnen, daß er nicht aufschrie, als er Horis ansichtig wurde. Er bahnte sich den Weg zu einem Haufen dunkler, feuchter Erde und zu den lediglich drei Stufen, die zu einer halbverschütteten Steintür führten. Die Schatten des Abends hatten sich bereits darum versammelt, als würden sie um Einlaß bitten, und trotz seiner erzwungenen Selbstversunkenheit schauderte Hori.

Er lehnte sich gegen die Schulter seines Soldaten, während in der Nähe ein Sklave eine brennende Fackel hochhielt, und sah zu, wie der Archivar sich über den eingeprägten Kranz aus Lehm und Wachs beugte, der die verknotete Schnur um die Metallhaken hielt. Dann schrie der Mann etwas und drehte sich zu Hori um. «Das ist mit Sicherheit das Siegel, das ich selbst eingeprägt habe, als ich zuletzt das Grab inspiziert habe», sagte er, «aber es ist erbrochen worden. Sieh nur.»

Hori spähte danach, als es in der Handfläche des Mannes lag. Eine Hälfte war abgefallen, und die Schnur hing bedenklich locker an einem der Haken. Mit einem leichten Ruck löste der Archivar die Schnur vollständig und warf das Siegel auf den Boden zu ihren Füßen. «Jemand hat sich hier gewaltsam Einlaß verschafft», sagte er grob. «Der Aufseher der Arbeiter hat mir gesagt, daß der Sand auffallend locker gewesen sei, überhaupt nicht schwer und festgestampft, und ich habe mir nichts dabei gedacht. Aber jetzt...» Er stemmte sich mit der Schulter gegen die Tür, und sie schwang mit einem leisen Ächzen nach innen auf.

Die Erde auf den Stufen ist kaum knietief, dachte Hori schwach. Könnte ein Mensch (oder ein *Ding*) sich nach oben durchwühlen und dann umdrehen, um sie wieder zuzuziehen? Mein lieber Archivar, ich fürchte, hier hat sich niemand gewaltsam Einlaß, sondern vielmehr gewaltsam Auslaß verschafft. Er unterdrückte seinen Drang, in ein wildes Lachen auszubrechen. Die Gesetze von Maat sind aufgehoben worden, dachte er, und wir bewohnen inzwischen eine Welt, in der alles, überhaupt alles möglich ist. Er folgte dem Archivar und dem Sklaven nach unten in den engen Durchgang.

Das Grab war nicht groß. Es bestand aus einer Kammer mit einem Podest in der Mitte, auf dem der Sarkophag stand. Die Fackel flackerte und beruhigte sich, und benommen von seinen Schmerzen und von der nachlassenden Wirkung des Mohns blickte Hori sich um. Wasser, dachte er sogleich, als das verärgerte rote Licht Details aus den Wandmalereien herauspickte. Wasser und noch viel mehr Wasser. Amun, wo bist du? Thoth, wo ist deine Nachsicht? Oh, meine arme Familie, mein Vater, die kleine Sheritra, meine gute und ehrenwerte Mutter. Was habt ihr euch zuschulden kommen lassen, um so etwas zu verdienen? Die Wände schienen mit dem trägen Kräuseln eines ruhigen Nils an einem heißen, verschlafenen Nachmittag in eine wellenförmige Bewegung zu geraten. Wasser unter den Füßen des jungen Mannes, Wasser unter seinem Ruhebett, Wasser, in dem die vielen dargestellten Paviane herumtollten, Wasser in seiner Schale, das sich in seine weißen Windungen ergoß, aus seinem Mund strömte, aus seinem schwarzen Haar tropfte.

Der Archivar war zum Podest gestürzt und hinaufgestiegen. Er lugte in den Sarkophag hinein, und Hori dachte überdrüssig, bemüh dich nicht, die Gebeine sind nicht da. *Sie* befinden sich in Memphis. Sie lächeln und runzeln die Stirn, sie simulieren den Schlaf und suchen die Sonne, damit diese seinen eiskalten Leichnam wärmt. Sie halten Sheritra in den Armen... machen Liebe mit ihr...

«Es ist entsetzlich!» rief der Archivar lamentierend aus. «Der Leichnam ist verschwunden! Welcher Dämon würde den Leichnam eines Prinzen stehlen? Und aus welchem Grund? Es wird eine Untersuchung geben, das verspreche ich dir, Hoheit!»

Hori stolperte zum Podest hin. Er wollte es nicht, doch wußte er, daß er sich mit eigenen Augen davon überzeugen mußte. Mit einiger Anstrengung bewältigte er die Steinstufe und lehnte sich über den Rand des Sarkophags. Er war tatsächlich leer, und in diesem Augenblick drang eine Feuerlanze durch seinen Kopf. Mit einem Aufschrei fiel er hintenüber. Der Soldat fing ihn auf, und Hori krümmte sich in der Umarmung des Mannes. «Ich möchte nicht sterben!» rief er aus. Der Klang seines Entsetzens hallte von den dunklen Wänden wider und kehrte hundertfach zu ihm zurück.

Der Soldat zögerte nicht. Hori fühlte, daß er nach draußen getragen und vorsichtig in die Sänfte gelegt wurde. Der Archivar kam herübergehastet und sah nach ihm. Er hielt seine Schläfen umklammert und ächzte sanft, aber ein wenig von seiner Beherrschung kehrte zurück, und mit einem von Tränen des Schmerzes blinden Blick sah er zu dem Mann hoch.

«Mein Schreiber bezahlt dich für die Tätigkeit der Arbeiter», sprach er undeutlich, «und ich danke dir für deinen Takt und deine Hilfsbereitschaft. Leb wohl. Versiegle diesen verfluchten Ort, und veranlasse keine Untersuchung. Sie wäre doch nur ergebnislos.» Der offensichtlich bestürzte Mann verneigte sich. Hori übermittelte den Sänftenträgern keuchend einen Befehl, sank dann zurück und gab seinem Elend nach. Ich will nach Hause, gelobte er im Fieberwahn. Vater wird die Beweise sehen, die ich ihm vorlege. Aber ich will nicht sterben! Noch nicht! Mein eigenes Grab ist noch nicht fertiggestellt, und ich bin noch nicht geliebt worden. Thoth, ich bin noch nie geliebt worden!

Er konnte sich nicht mehr daran erinnern, wie er ins Haus des Bürgermeisters zurückgelangt oder in sein Bett gekommen war. Viel später kam er einen Augenblick lang zu sich, und das Zimmer lag im Dunkeln. Neben seinem Ruhebett brannte eine Nachtlampe, doch ihre kleine Flamme drang nicht durch die mitternächtliche Finsternis des Raums. Du hast es getan, Vater, dachte er, nachdem er aufgewacht war. Vollkommen unwissentlich hast du den Zauberspruch in den Mund genommen und diese Scheusale auf uns losgelassen. Die Schriftrolle des Thoth gibt es tatsächlich. Sie ruht in Memphis, angenäht an die Hand irgendeiner Person, der dies vollkommen gleichgültig ist, aber sie hat ihre Aufgabe erfüllt. Er tastete nach dem Becher mit Mohn, der auf dem Tisch neben seinem Kopf stand, und leerte ihn. Jählings tauchte ein merkwürdiges weißes und junges Gesicht schemenhaft über ihm auf. «Wünscht Hoheit etwas?» fragte es, und Hori erkannte einen der Sklaven des Bürgermeisters, der abgeordnet worden war, um ihn zu versorgen.

«Nein», sagte er, seine Augen inzwischen bereits wieder geschlossen. «Weck mich, wenn Antef zurückkommt.»

Der rhythmische Wechsel von Ebbe und Flut in seinen Qualen schaukelte ihn, warf ihn hierhin und dorthin, und es blieb ihm keine andere Wahl, als sich dieser Bewegung zu überlassen. Jenseits davon tauchte ihr Gesicht undeutlich auf und lächelte ihm wissend und unfreundlich zu, so daß der Höhepunkt seiner Schmerzen zugleich mit dem Höhepunkt seiner Begierde zusammenfiel, und Hori gab sich seinem Wahnsinn hin.

Das volle Tageslicht und eine drückende Hitze begrüßten ihn, als er das nächste Mal seine Augen öffnete. Antef war bei ihm und hatte eine Hand auf seine Stirn gelegt. Hori blinzelte und versuchte, klar zu blicken. Antef machte einen erschöpften Eindruck. «Hast du es geschafft?» fragte Hori murmelnd.

Antef nickte. «Ja, Hoheit. Und zwar alles. Ich war zwei Tage fort, aber nun können wir nach Hause.»

Tränen der Erleichterung begannen zu fließen. Hori winkte seinen Freund näher heran. «Das Grab war leer, Antef», sagte er krächzend. «Die Zeit wird mir knapp. Sheritra... Kleine Sonne...»

«Die Barke liegt bereit, Prinz», sagte Antef beruhigend. «Ich habe für dich ein Bett in der Kajüte aufschlagen lassen. Hab keine Angst. Du schaffst es schon bis nach Hause.»

«Ich liebe dich, Antef», sagte Hori, seine Stimme war kaum mehr als ein Luftzug über seinen aufgesprungenen Lippen. «Du bist mein Bruder.»

«Psst, Prinz», sagte Antef ermahnend. «Heb deine Kräfte für später auf. Ich habe mit dem Bürgermeister gesprochen. Alles ist vorbereitet.»

Die Wirkung des Mohns nutzte sich ab. Hori wußte, daß sie allmählich abnahm und er immer mehr davon benötigte, je mehr er sich Memphis näherte. Ich bin nicht stark genug, um die Reise zu überstehen, dachte er, als er sich abmühte aufzustehen und Antef und ein Wächter sich damit schwertaten, ihn zu tragen. Im Grunde bin ich ein Feigling. Seine Gedanken schweiften ab und verflüchtigten sich, als er sich zur Barke tragen und auf das Feldbett in der Kajüte legen ließ. Antef gab ihm mehr Mohn, und er lag benommen da und lauschte der vertrauten Stimme seines Schiffsführers, der die Befehle zum Ablegen gab. «Ich konnte dem Bürgermeister nicht danken», sagte er murmelnd.

«Ich habe ihm in deinem Namen gedankt», sagte Antef ihm zur Beruhigung. «Schlaf, wenn du kannst.»

«Koptos ist eine schreckliche Stadt», flüsterte Hori. «Eine solche Hitze, so ein starkes, unverdünntes Licht. Und die Einsamkeit, Antef. Diese unerträgliche Einsamkeit. Verwundbar, unerträglich...» Tbubui saugte das Wort von seinem Mund ab. Er konnte sehen, wie sie besinnlich darauf herumkaute, es dann hinunterschluckte und ihm mitfühlend zulächelte. «Unerträglich», wiederholte sie. «Mein armer, schöner Hori. Heißes, junges Blut... so heiß. Komm und mach Liebe mit mir. Wärme mich, Hori, wärme mich.» Als er wieder zu sich kam, hatten sie Koptos weit hinter sich gelassen. Kaum hatte er sich gerührt, so war Antef auch schon zur Stelle und hielt ihm einen Becher an die Lippen.

«Mein Kopf ist ganz heiß», sagte Hori, «und meine Eingeweide fühlen sich an, als wären sie zu Asche verbrannt. Was ist das?»

«Suppe», antwortete Antef ihm. «Versuche, sie bei dir zu behalten, Prinz. Du brauchst Nahrung.»

«Wo sind die Schriftrollen?» rief Hori und wollte sich erheben, doch Antef hielt ihn sanft zurück.

«Sie sind in Sicherheit. Trink, Hoheit. Die Überschwemmungen haben eingesetzt, und der Fluß strömt etwas schneller als zuvor. Die Bootsleute an den Riemen finden, daß ihre Arbeit leichter und angenehmer geworden ist. Für die Rückfahrt brauchen wir nicht soviel Zeit wie für die Hinfahrt nach Koptos.»

Gehorsam trank Hori. Sein Magen rebellierte sofort, doch er behielt die Brühe bei sich. Er spürte sie in seinem Innern, erfüllend und beruhigend. «Ich möchte auf dem Stuhl sitzen», sagte er Antef. «Hilf mir hoch.»

Kaum befand sich sein Kopf in einer aufrechten Lage, hörte der Taumel auf. Matt lächelte er seinem Freund zu. «Gegen die Zauberei von Jahrhunderten komme ich nicht an», sagte er mit einer Spur Humor. «Doch königliches Blut muß für irgend etwas gut sein, Antef. Ist noch viel Mohn übrig?»

«Ja, Hoheit», antwortete Antef ernsthaft. «Es ist noch mehr als genug davon da.»

19. Kapitel

«Der Herr der Wahrheit verabscheut die Lüge:
Hüte dich also, einen falschen Eid zu leisten,
denn wer lügt, wird erniedrigt werden.»

Sheritra stieg aus dem Boot, atmete tief durch und ging dann den gewundenen, palmengesäumten Pfad hoch. Der Tag war atemberaubend ruhig, ein erdrückender, später Sommernachmittag, aber sie schenkte der Unbequemlichkeit keine Beachtung. Am Vormittag hatte ihr Vater endlich ihrer Verlobung zugestimmt. Sie hatte ihm keine Ruhe gelassen und ihn bei jeder Gelegenheit daraufhin angesprochen, und ihre Hartnäckigkeit hatte den Sieg davongetragen. Seltsam genug war, daß er gerade in jenem Augenblick, da sie ihm mitgeteilt hatte, wohin Hori unterwegs war, kapituliert hatte. Die Abwesenheit seines Sohnes hatte ihm keine übermäßig großen Sorgen bereitet, so erschien es jedenfalls Sheritra. Da Hori von sämtlichen Familienzusammenkünften ausgeschlossen war, hatte er ihn einige Tage lang nicht einmal vermißt. Am vierten Tag jedoch begann er sich zu erkundigen, und Sheritra hatte mit Herzklopfen abgewartet, eingedenk ihres Hori gegebenen Versprechens, eine volle Woche zu warten, bevor sie seine Pläne offenbarte. Horis Diener hatten kein Licht in sein Verschwinden bringen können. Khamwaset hatte sogar während einer Mittagsmahlzeit bei Tbubui nachgefragt, aber sie hatte ihm keine Auskunft geben können.

Khamwaset war sieben Tage lang ahnungslos gewesen, bis Sheritra mit großer Beklommenheit zu ihm gegangen war, um ihm zu beichten, daß Hori auf dem Weg nach Koptos und zur Wahrheit unterwegs sei.

«Er ist fest entschlossen, ihren Namen in den Schmutz zu ziehen», hatte Khamwaset gebrüllt. «Er hat Ptah-Seankh verdorben, und da er damit nicht erfolgreich war, hat er einen anderen Plan ausgeheckt. Ich verstehe ja, daß eine unerwiderte Liebe ein ansonsten großzügiges Wesen verderben kann, aber eine solche Gehässigkeit...» Er hielt sich nur mühsam zurück, und als er darauf wieder zum Sprechen ansetzte, redete er leiser. «Eine solche Gehässigkeit sieht dem Hori, den ich zu kennen glaubte, überhaupt nicht ähnlich.»

«Vielleicht ist es keine Gehässigkeit», traute Sheritra sich zu entgegnen. «Vielleicht hat Hori sich überhaupt nicht verändert, sondern er versucht nur verzweifelt, dir die Augen zu öffnen, damit du etwas erkennst, was du übersehen möchtest, Vater.»

«Du wendest dich also auch gegen mich, Kleine Sonne?» hatte er betrübt entgegnet, und sie hatte heftig dieser Anschuldigung widersprochen.

«Nein, Vater! Und Hori tut es ebensowenig wie ich. Höre auf ihn, wenn er heimkommt, bitte! Er liebt dich, er möchte dir nicht weh tun, und er leidet furchtbar darunter, daß du uns beide zurückweist.»

«Ach so, davon weißt du also auch schon, nicht wahr?» Khamwaset hatte die Stirn gerunzelt. «Es war nur eine Vorsichtsmaßnahme für den Fall, daß ich vorzeitig sterbe, Sheritra, sonst nichts. Heiratest du, bevor ich sterbe, so erhältst du selbstverständlich deine Mitgift.»

Aber Hori kann sein Erbe nicht beanspruchen, dachte Sheritra, nicht immer jedenfalls. Dies war jedoch nicht der Augenblick, weiter mit dem Vater zu streiten. Daher ergriff sie die Gelegenheit, die er ihr bot, beim Schopf.

«Ich möchte viel früher heiraten», sagte sie geschwind. «Gib meinem inständigen Bitten nach und erlaube, daß ich mich mit Harmin verlobe. Als Prinzessin ist es mein Vorrecht, ihn zu fragen und nicht umgekehrt, und wenn du deine Erlaubnis dazu nicht gibst, müssen wir ewig darauf warten.»

Dieses Mal hatte er ihr keinen Korb gegeben. Er hatte sie einige Augenblicke lang abwägend angesehen, und dann hatte er zu ihrer

Überraschung und großen Freude kurz genickt. «Nun gut. Du kannst zu Harmin gehen und ihm die Heirat antragen. Ich habe einen Sohn verloren, und schon habe ich angefangen, Harmin als Ersatz für Hori anzusehen. Ich mag den jungen Mann, und er steht wenigstens in Treue zu seinen Verwandten.»

Er lächelte dünn. «Die Ungläubigkeit steht dir ins Gesicht geschrieben, Sheritra, aber du kannst mir trauen. Ich meine es aufrichtig. Geh zu Harmin.»

Es war keine Ungläubigkeit gewesen, die er gesehen hatte, dachte sie nunmehr, da das Haus in Sicht kam, es war ein Stich aus kaltem Entsetzen, ihn sich so über Hori äußern zu hören. Niemand kann diesen Schaden reparieren. Ich fühle mich schuldig, weil ich in meinem Vergnügen schwelge, während Hori und auch Mutter auf ihre Weise so unglücklich sind.

Sie brauchte nicht lange zu suchen, um Harmin zu finden. Er lag ausgestreckt unter einem Baum in seinem Garten, einen leeren Bierkrug neben sich, einer der stummen schwarzen Diener stand unweit unter einer Palme. Sheritra gab Bakmut durch eine Geste zu verstehen, sie möge warten, und eilte über das spärliche Gras, ein Lächeln der Vorfreude umspielte ihren Mund. Wie verlockend er aussieht, dachte sie. Wie herrlich, so auf dem Rücken auf seiner Matte hingestreckt, mit seinem schwarzen Haar auf dem Kissen, die Arme auf seinem breiten Brustkorb ruhend, seine starken Schenkel ausgebreitet!

Er erhob sich halb, als sie auf ihn zuging und sich hinkniete, um ihre Lippen auf die seinen zu drücken. Er war von der Hitze des Tages gerötet, und seine Lippen waren ausgetrocknet. Nach einer Weile zog er sich zurück und setzte sich aufrecht hin.

«Oh, Harmin, du hast mir die ganze Zeit so sehr gefehlt!» sagte sie. «Ich weiß, daß wir gestern miteinander gesprochen haben, als du deine Mutter besucht hast, aber die Zeit war so kurz, und du schienst so geistesabwesend. Ich sehne mich immer so sehr danach, ein paar Minuten mit dir ganz allein zu sein.»

«Nun, ich bin doch hier», sagte er, ohne ihr Lächeln zu erwidern. «Ich wünschte, du hättest mich erst heute abend besucht, Sheritra.

Denn letzte Nacht habe ich schlecht geschlafen, und ich versuche gerade, etwas Schlaf nachzuholen.»

Er sieht tatsächlich etwas übermüdet aus, dachte sie. Die Enttäuschung, die seine Worte ihr bereiteten, wandelte sich in Besorgnis. Seine Augen waren trübe, die feinen Lider geschwollen. Zögernd berührte sie sein Gesicht.

«Eigentlich war es nicht meine Absicht, so schnell zu dir zu kommen», sagte sie entschuldigend. «Es ist nur, weil ich gute Nachrichten für uns mitbringe, Harmin. Vater hat schließlich in unsere Verlobung eingewilligt.»

Da lächelte er, doch es war keine freie, glückliche Miene. «Wärest du vor einer Woche mit dieser Botschaft zu mir gekommen, so wäre ich überglücklich gewesen», sagte er verdrossen, indem er nach dem Becher an seinem Ellbogen tastete. «Aber ich bin mir nicht sicher, ob ich mich mit einer Frau verloben möchte, die mir weder traut noch mich liebt.» Er wich ihrem Blick aus. Indem er den Becher hob, leerte er ihn bis zur Neige, und Sheritra beobachtete ihn durch einen Nebel der Bestürzung hindurch.

«Harmin!» sagte sie nach einer Weile. «Was soll das heißen? Du hast mich gelehrt zu vertrauen! Du hast mir beigebracht zu lieben! Ich bete dich von ganzem Herzen an! Was willst du damit sagen?»

Er warf den Becher in die Büsche, und als er ihr antwortete, war sein Tonfall kalt und gehässig. «Willst du etwa bestreiten, daß du dich mit Hori auf die verabscheuungswürdigste Weise verschworen hast, um meine Mutter und mich in Verruf zu bringen?»

«Ich habe mich nicht verschworen, Harmin! Ich...»

Er schnaubte. «Die Schuld steht dir ins Gesicht geschrieben, Hoheit. Meine Mutter hat mir gesagt, daß Hori nach Koptos gereist ist, um sie zu ruinieren. Es war demütigend für mich, daß ich so etwas aus ihrem Munde erfahren habe und nicht aus deinem. Es ist dir nicht in den Sinn gekommen, zu mir zu kommen und es mir zu erzählen, oder? Natürlich nicht! Ich bedeute dir weniger als er.»

Sheritra fühlte sich, als hätte er sie geschlagen. «Woher wußte sie, daß Hori weggefahren ist?»

«Am Morgen seiner Abreise ist sie ihm bei den Stufen zum Wasser begegnet. Er hat ihr gesagt, was er vorhat, und sie hat ihn unter Tränen, jawohl, unter Tränen gebeten, seine rachsüchtige Verfolgung aufzugeben, die so ungerecht und so fruchtlos ist, doch er wollte einfach nicht auf sie hören. Und du!» sagte er höhnisch grinsend. «Du wußtest, daß er abreist und auch warum, dennoch hast du mich nicht ins Vertrauen gezogen.»

«Was bringt dich auf den Gedanken, daß Hori mir alles sagt?» versuchte sie ihn herauszufordern, aber seine Anschuldigung konnte sie nicht zurückweisen, und daher wirkten ihre Worte schwach. Der Versuch, ihm zu erklären, daß, hätte sie ihn ins Vertrauen gezogen, dies bedeutet hätte, ihm zu sagen, was sie von Tbubui hielt, und sie ihn nicht habe verletzen wollen, ein solcher Versuch wäre unfruchtbar gewesen. Und dies war nicht der einzige Grund, dachte sie düster. Hori hatte sie gedrängt, nicht weiter auf eine Verlobung zu dringen, bis er wieder zurück war. Er wußte nicht, ob Harmin an dem Versuch seiner Mutter, Khamwaset zu betrügen, beteiligt war oder nicht und ob er eventuell nicht sogar Sheritra täuschte.

«Er erzählt dir alles», sagte Harmin gereizt. «Du teilst mehr mit ihm als mit mir. Ich bin tief gekränkt, Sheritra, denn erstens hast du beschlossen, mich auszusperren, und zweitens hältst du es für möglich, daß meine Mutter oder ich in der Lage seien, deiner Familie eine solch gewaltige Lüge aufzutischen.»

Aber genau das hat sie doch gemacht, dachte Sheritra verzweifelt, während sie in sein schmollendes, dumpfes Gesicht sah. Ich habe Hori ohne weiteres geglaubt, als er mir Ptah-Seankhs Geschichte erzählt hat. Oh, Harmin, ich bete inbrünstig, daß du gekränkt und verärgert bist, weil du nichts vom wahren Wesen deiner Mutter weißt, und nicht etwa, weil du ihre Entlarvung befürchtest. Unvermutet wurden ihr die Folgerungen aus diesem Gedanken klar, und ihr Mund wurde trocken. Wie kann ich ihm denn mißtrauen? fragte sie sich mit einem Anflug von Zärtlichkeit. Er ist ebenso ein Opfer von Tbubuis Machenschaften wie Vater. Armer Harmin.

«Mein liebster Bruder», sagte sie sanft, indem sie sich ihm näherte und einen Arm um seine Schulter legte. «Ich habe mich dir nicht anvertraut, weil ich dich nicht verletzen wollte. Ich glaube, wie Hori auch, daß deine Mutter Khamwaset angelogen hat. Eine solche Wahrheit ist für einen Sohn schwer zu ertragen. Bitte glaube mir, ich wollte dich nicht leiden sehen!»

Lange Zeit schwieg er. Er lehnte sich nicht entspannt an sie, noch stieß er sie von sich weg. Sein Gesicht hielt er so abgewandt, daß sie seinen Ausdruck nicht sehen konnte. Doch allmählich, obwohl er sich nicht gerührt hatte, spürte sie, wie er sich zurückzog. «Du läßt mich jetzt besser allein, Hoheit», sagte er trübe. «Ich kann nicht in aller Offenheit hier ruhig sitzen und mir anhören, wie meine Mutter verleumdet wird. Es tut mir leid.»

Ihr Arm löste sich. «Harmin...» begann sie, doch er fuhr sie an und schleuderte ihr mit einer solchen Heftigkeit sein «Nein!» entgegen, daß sie zusammenzuckte. Sie richtete sich schwerfällig auf und ging mit hängenden Schultern fort. Ihre kurz zuvor gefundene Selbstsicherheit hatte sie verloren. Während sie Bakmut etwas zurief, ging sie den Pfad zu den Wasserstufen hinunter und hoffte darauf, daß er sie zurückrief. Doch er schwieg. Er wird darüber hinwegkommen, sagte sie sich verängstigt. Dann erinnert er sich daran, daß ich die Verlobung erwähnt habe, und dann kommt er geschwind zu mir, und alles wird wieder gut. Ich werde nicht weinen.

Trotzdem trübte sich ihr Blick, als sie in das Boot stieg. Sie kam sich wie ein dummes Kind vor. In einem Augenblick blendenden Selbstbewußtseins sah sie, wie sie ihn hätte herausfordern müssen, ihm hätte sagen müssen, daß sie ihn liebe, wie auch immer seine Mutter sei, und ihn in der Frage der Verlobung hätte drängen müssen, da sie dies so lange Zeit geplant hatten. Doch er hatte sie von Anfang an beherrscht, sie womöglich sogar beeinflußt, so daß sie nunmehr zu geschwächt war, um es zu wagen, sich seinem Mißfallen auszusetzen. Er muß mich lieben, er muß es! dachte sie hartnäckig und hysterisch, als das Boot in die Mitte des Stroms geriet und sie Bakmuts fragenden Blick auf sich spürte. Ohne ihn kann ich nicht leben! Dann beruhigten sich ihre Gedanken, und ihr schauderte.

Die Nachricht von Horis heimlicher Reise nach Koptos hatte sich bald im Haushalt verbreitet, doch Nubnefret erfuhr nichts davon, bis sie einen Diener nach ihm schickte, um ihn in ihre Gemächer zu bestellen. Khamwaset hatte ihr gesagt, daß er den Sohn von den Familienzusammenkünften ausgeschlossen habe, weil er Tbubui gegenüber unverzeihlich ausfallend geworden sei, und Nubnefret hatte klugerweise nur ihre Lippen gespitzt und sich jeden Kommentars enthalten. Es war nicht die Aufgabe einer Hauptfrau, sich in eine solche Disziplinarmaßnahme einzumischen, besonders wenn es dabei um die Nebenfrau ging, und Nubnefret wollte unbedingt Ärger im Haus vermeiden. Doch sie sorgte sich um ihren Sohn. Schuldbewußt erkannte sie, daß sie allzusehr mit ihrem eigenen Unglück beschäftigt war, um in letzter Zeit mit ihm zusammenzusein, und sie beschloß, die Angelegenheit sogleich ins Lot zu bringen. Sie war sprachlos, als der Diener ihr bekanntgab, daß Hori nach Koptos abgereist sei. Sie unterdrückte ihr Bedürfnis, den Mann nach dem Grund zu fragen, und suchte sogleich nach ihrem Gemahl.

Khamwaset hatte soeben das Badehaus verlassen und befand sich auf dem Rückweg zu seinen Gemächern. Bevor er im Korridor vor Nubnefret stehenblieb und sie ermutigend anlächelte, hatte sie noch genügend Zeit zu beobachten, daß Wasserperlen in seiner Halsgrube hingen und auf seinem Bauch glitzerten. «Was kann ich für dich tun, Nubnefret?» fragte er, und unerklärlicherweise zog sich ihr Magen zusammen. Du kannst mich in deine Arme nehmen, dachte sie fiebrig. Du kannst meinen Kopf in den Nacken werfen, wie du es häufig gemacht hast, und mich küssen, und die feuchte Kühle deines Körpers gegen meinen drücken. «Ich möchte ernsthaft mit dir reden, Prinz», sagte sie.

«Dann komm mit und rede mit mir, während ich mich massieren lasse. Kasa!»

Gehorsam folgte sie ihm und seinem Leibdiener in den Raum, wo er sich auf das Ruhebett legte und ihr bedeutete, sie solle sich an einen Platz neben seinem Kopf hinsetzen, so daß er sie sehen konnte. Kasa träufelte Öl auf Khamwasets Rücken und begann, das feste Fleisch zu kneten, und Nubnefret blickte weg, während sie sich höflich räusperte.

«Khamwaset, wo steckt Hori?» fragte sie ihn direkt.

Er schloß die Augen. «Hori ist in Koptos.»

«Und was tut Hori in Koptos?»

Khamwaset seufzte und rieb seine Wange an seinem Vorderarm. Noch immer hielt er die Augen geschlossen. «Er glaubt, daß Ptah-Seankh den Bericht über Tbubuis Stammbaum gefälscht hat, den ich verlangt habe, bevor der Ehevertrag gültig wird, und er ist nach Koptos gereist, um das herauszufinden, was er für die Wahrheit hält.»

«Hast du ihm erlaubt wegzufahren?»

«Er ist sogar abgereist, ohne daß ich es wußte.» Nun öffnete er die Augen. Er sah Nubnefret argwöhnisch an. «Er verhält sich tadelnswert, ungehorsam und durch und durch rücksichtslos. Ich habe ihn schon einmal bestraft wegen seiner Besessenheit, mit der er Tbubui einer gewissen Doppelzüngigkeit bezichtigt, und ich ahne schon, daß ich ihn erneut bestrafen muß, nachdem er zurückgekommen ist.»

Seine Augen sanken schlaff herab, doch nicht aus Müdigkeit oder wegen des Unwillens, sie anzusehen, soviel bemerkte Nubnefret. Die Massage zeitigte ihre Wirkung. Wie sehr hast du dich verändert, mein Gemahl, dachte sie in hellem Entsetzen. Du bist ein unberechenbares, exotisches Geschöpf geworden, das keiner von uns mehr wiedererkennt. Es ist, als hätte sich irgendein Dämon in der Nacht bei dir eingeschlichen und dir dein Ka gestohlen, wobei er es durch irgend etwas anderes ersetzt hat. Wenn du jetzt mit mir Liebe machen würdest, so würde ich deine Berührung fürchten. «Ich werde fortgehen, Khamwaset», sagte sie gelassen. Nach diesen Worten sah sie, wie seine Rückenmuskeln sich spannten und er seinen Kopf ruckartig anhob. Seine Augen waren wieder ganz aufmerksam.

«Was soll das heißen, du gehst fort?»

«Ich gehe nach Piramses, und ich werde dich nicht um Erlaubnis bitten. Ich habe mit ansehen müssen, wie meine Familie auseinanderbricht, wie mein Haushalt zerfällt und wie meine Autorität langsam untergraben wird, und diese Angelegenheit mit Hori ist der letzte Tropfen, der das Faß zum Überlaufen bringt. Ich bin höchst betrübt darüber, daß meine Diener von seiner Reise früher erfahren haben als ich. Hori unternimmt nichts Unüberlegtes, und das weißt du. Was auch immer ihn dazu veranlaßt hat, diese verzweifelte Tat zu unternehmen, verdient deine Aufmerksamkeit, und sein Gemütszustand sollte dich etwas angehen. Dennoch fällt dir nichts anderes ein als das Wort Strafe. Er ist dein einziger Sohn, dein Erbe. Und du stößt ihn fort.»

Er sah sie fest an, und nun hätte sie schwören können, daß sie die Feindseligkeit in seinem Blick erkannte. «Ich verbiete dir wegzugehen», sagte er. «Was sollte man in Memphis denken, wenn du das tust? Daß ich in meinem eigenen Haus nicht für Ordnung sorgen kann? Nein, Nubnefret. Das kommt nicht in Frage.»

Nubnefret stand auf. «Tbubui kann sich um die Diener kümmern, die Feste vorbereiten und deine Gäste unterhalten.» Sie sagte es in einem ruhigen Ton, aber am liebsten hätte sie ihn angeschrien, mit beiden Fäusten auf ihn eingetrommelt und ihm ins Gesicht gespien. «Ich komme nicht eher zurück, bis daß du mich rufst, und sei dir ganz sicher, Prinz, daß du mich wirklich brauchst, bevor du einem Herold befiehlst, mir eine solche Botschaft zu überbringen. Meine einzige Bitte ist, daß du Tbubui nicht gestattest, in meine Gemächer einzuziehen.»

«Du kannst nicht gehen!» schrie er und versuchte aufzustehen. «Ich erlaube es nicht.»

Sie verneigte sich frostig. «Du hast Soldaten, Khamwaset», sagte sie. «Wenn du dich traust, so befiehl ihnen doch, mich zurückzuhalten. Keine anderen Umstände können mich zum Bleiben bewegen.»

Er preßte die Hände zusammen, und sein Brustkorb hob und senkte sich vor Erregung, doch er sagte nichts mehr. Nach einem Augenblick drehte sie sich auf dem Absatz um und segelte aus dem Raum hinaus. Sie blickte nicht zurück.

Khamwaset stieß sich vom Ruhebett weg und stand auf, unentschlossen darüber, was er tun sollte. In seiner ersten Erregung wollte er nach Amek rufen und ihm befehlen, Nubnefret zu verhaften, doch solch ein radikaler Befehl war nur schwer wieder aufzuheben, nachdem man ihn einmal erteilt hatte. «Zieh mich an!» sagte er kläffend zu Kasa, der sich beeilte, seinem Befehl nachzukommen, wobei seine Finger ungewöhnlich ungeschickt über den Rücken seines Herrn fuhren. Khamwaset erduldete die unbeholfenen Dienstverrichtungen des Mannes ohne Murren, und sobald dieser damit fertig war, verließ er den Raum.

Tbubui diktierte gerade einen Brief in ihrem Zimmer, während einer von Khamwasets untergeordneten Schreibern zu ihren Füßen emsig den Pinsel führte. Sie drehte sich mit einem breiten Lächeln, das er jedoch nicht erwiderte, zu ihm hin. «Geh raus!» Der Mann sammelte sein Schreibwerkzeug ein, deutete eine hastige Verneigung an und entfernte sich. Khamwaset warf die Tür hinter ihm ins Schloß, und dann lehnte er sich schwer atmend dagegen. Tbubui war sogleich an seiner Seite.

«Khamwaset, was ist denn geschehen?» fragte sie, und wie immer, wenn sie ihn mit ihrer Hand berührte und er den Klang ihrer Stimme vernahm, wich die Anspannung von ihm.

«Es ist wegen Nubnefret», gestand er ihr. «Sie verläßt mich und geht nach Piramses. Ihre Diener packen bereits ihre Sachen. Ihr Leben hier ist ihr unerträglich geworden, wie es scheint.» Mit einer Hand fuhr er ihr geistesabwesend durch das Haar. «Tbubui, ich werde zum Gespött im ganzen Land.»

«Nein, mein Liebster», widersprach sie ihm. «Dazu ist dein Ruf zu gefestigt. Die Leute werden sagen, daß ich dich verzaubert und Nubnefret entfremdet habe. Sie werden mir die Schuld daran geben, doch das macht mir nichts aus. Vielleicht stimmt es sogar. Vielleicht war ich nicht so freundlich zu Nubnefret, wie ich hätte sein können.»

«Heute will ich nichts von deinem Takt hören, Tbubui!» sagte er barsch. «Ich möchte nicht, daß du freundlich bist! Schiebe die Schuld auf Nubnefret, die sich dir gegenüber kalt, distanziert und abweisend verhalten hat! Schiebe die Schuld auf Hori, der nach Koptos gerannt ist, um dich zu zerstören! Weshalb bist du immer so furchtbar freundlich?»

«Er versucht, mich zu zerstören?» wiederholte sie, schwebte in die Mitte des Raums und drehte sich dann um, wobei sie ihren argwöhnischen Blick fest auf ihn richtete. «Ich weiß, wohin er gegangen ist, denn ich habe die Diener tratschen hören, aber zu einem bösen Zweck?»

Khamwaset stieß sich von der Tür ab und stolperte fast ins Zimmer. Er ging bis zu ihrem Toilettentisch und ließ sich auf dem Schemel davor nieder. «Nach Koptos», wiederholte er teilnahmslos. «Er hat irgendeine wahnwitzige Vorstellung, daß die Wahrheit über dich dort zu finden sei und er sie finden werde.» Sie sagte eine so lange Weile nichts, daß er vermutete, sie habe ihn nicht gehört. «Tbubui?» sagte er. Sie drehte sich so schnell um, als befürchte sie einen Angriff aus dem Hinterhalt, und er bemerkte, daß sie sehr blaß geworden war. Sie verschränkte ihre Finger und beachtete nicht, daß die Ringe sich in ihr Fleisch gruben.

«Er wird mit irgendeiner gefälschten Information zurückkehren», sagte sie tonlos. «Er gibt nicht eher Ruhe, bis daß ich in Ungnade gefallen bin.»

«Ich verstehe niemanden mehr», sagte Khamwaset verärgert. «Nubnefret kennt ihre Pflichten genau, und dennoch läßt sie mich skrupellos im Stich. Hori ist ein verrückter Fremder geworden. Selbst Sheritra lehnt sich mit einer arroganten, schroffen Widerspenstigkeit gegen mich auf. Die Götter strafen mich, und ich weiß nicht, wofür!»

Ein eigenartiges kleines Halblächeln huschte über ihr Gesicht. «Du bist immer zu nachsichtig mit ihnen umgegangen, Khamwaset», sagte sie. «Du hast sie zum verwöhnten Mittelpunkt deines Lebens gemacht. Während andere Männer ihre Familie den Pflichten Ägypten gegenüber in den Hintergrund stellten, war es dir ein Vergnügen, ihre Wünsche zuerst zu befriedigen, und sie sind aufsässig geworden. In Wirklichkeit hat Hori...» Hier brach ihre Stimme ab, und er bemerkte einen Anflug von Angst in ihren Augen.

«Du weißt mehr, als du mir erzählen willst», sagte Khamwaset, in sie dringend. «Nie habe ich bisher irgendein kritisches Wort über deine sinnlichen Lippen kommen hören, Tbubui, nur dann, wenn ich es fast aus dir herausgepreßt habe. Was weißt du über Hori?»

Sie ging langsam auf ihn zu, wobei ihre Hüften sich unbewußt einladend bewegten, und blieb gerade außerhalb seiner Reichweite stehen. «Ich trage eine abscheuliche Sache über deinen Sohn mit mir herum», sagte sie mit leiser Stimme. «Davon will ich dir jetzt erzählen, doch nur, weil ich zunehmend um meine Sicherheit und um das Leben meines ungeborenen Kindes fürchten muß. Oh, versprich mir, lieber Bruder, daß du mir keine Schuld daran gibst!»

«Tbubui», sagte er aufgebracht, «ich liebe nur dich. Selbst deine dummen kleinen Fehler sind mir lieb. Komm jetzt. Was trägst du mit dir herum?»

«Und du glaubst nichts von allem, was er aus Koptos mit nach Hause bringt, nicht wahr?»

«Nein», sagte Khamwaset zusichernd. «Das werde ich nicht.»

«In seinem Haß ist er dermaßen unversöhnlich», begann sie, so leise, daß er seinen Hals recken mußte, um sie zu hören. «Wenn er es könnte, würde er mich umbringen.» Sie schlug die Augen hoch und sah ihn offen an. «Khamwaset, er hat mich vergewaltigt. Hori hat mich vergewaltigt, als er hörte, daß ich dich heiraten würde. Er war in mein Haus gekommen, um mit mir zu reden, so sagte er, doch er begann, mir den Hof zu machen. Als ich ihn abwies und ihm sagte, daß ich in dich verliebt sei und wir vorhätten zu heiraten, da geriet er in Rage. ‹Ziehst du einem Mann, der gegen das Altern ankämpft, denn nicht das junge Fleisch vor, Tbubui?› sagte er, und dann... dann...» Sie bedeckte ihr Gesicht mit beiden Händen. «Ich schäme mich so!» rief sie aus und begann zu weinen. «Glaube mir, Khamwaset, ich konnte mich nicht wehren! Ich versuchte, meine Diener zu rufen, doch er preßte seine Hand auf meinen Mund. ‹Wenn du schreist, dann bringe ich dich um!› sagte er mir drohend, und das habe ich ihm geglaubt. Er war wahnsinnig, ein wilder Mensch. Ich glaube sogar...»

«Wie?» sagte Khamwaset krächzend. Er blickte verzweifelt um sich, als suchte er einen Halt, aber das Gefühl des Verrats und glühender Zorn überwältigten ihn. Tbubui sank zu Boden, zog ihr Haar nach vorn, um ihr Gesicht zu verbergen, dann schöpfte sie mit ihren Händen imaginäre Erde und häufte sie auf ihr Haupt, die traditionelle Geste des Trauerns.

«Ich weiß nicht einmal, ob das Kind von dir oder von ihm ist!»

platzte sie heraus. «Ich bete darum, daß es deins ist, Khamwaset! Ich bete! Ich bete!»

Schwerfällig stellte Khamwaset sich auf seine Füße. «Du brauchst nichts zu befürchten, Tbubui», sagte er heiser. «Schlaf in Frieden, du und unser ungeborenes Kind. Hori hat jeglichen Anstand mit Füßen getreten und jeden Anspruch auf meine Zuneigung oder meine väterlichen Pflichten, den er hätte haben können, verloren. Ich werde ihn bestrafen.»

Sie blickte mit entstelltem und tränenüberströmtem Gesicht zu ihm hoch. «Du mußt ihn töten, Khamwaset», sagte sie mit zusammengeschnürter Kehle. «Er wird nicht eher ruhen, bis er ausgeführt hat, was er als eine gerechte Rache an mir betrachtet, und ich habe solche Angst! Bring ihn um!»

Irgendwo, tief in Khamwasets Innern, begann ein Teil von ihm, ein winziger Kern der Vernunft, nein zu schreien. Nein! Das ist eine Illusion! Denk an seinen Sinn für Humor, an sein Lächeln, an seine Bereitwilligkeit, dein Partner zu sein. Denk an die gemeinsame Arbeit, die Diskussionen, die durchzechten Nächte und die Nähe, die Liebe und den Stolz in seinen Augen... Doch der überwiegende Teil seines Selbst war jener, mit dem Tbubui über ihn gekommen war.

Er ging auf sie zu, hockte sich neben sie und zog ihren heißen, feuchten Kopf an seine Brust. «Es tut mir ja so leid, daß du im Schoße meiner Familie so viel gelitten hast», sprach er mit geschlossenen Augen in ihr Haar. «Hori verdient nicht zu leben. Dafür werde ich sorgen.»

«Es tut mir ja so entsetzlich leid, Khamwaset», sagte sie, ihre Stimme klang gedämpft an seiner Brust. Und er spürte, wie sich ihre Hand zwischen seine Schenkel zwängte.

Sheritra träumte. Harmin beugte sich über sie, ein scharlachrotes Band in sein Haar gebunden, der Duft seiner Haut ein warmes Parfüm aus Moschus, das ihr in die Nase stieg und sie vor Sehnsucht schwach werden ließ. «Schlag dein Laken zurück und laß mich hinein», flüsterte er. «Ich bin's, Sheritra. Ich bin da. Ich bin da.» Sie blickte zu ihm auf, der von der Nachtlampe kaum beleuchtet wurde, ihr Blick sehnsuchtsvoll und träge vor Verlangen, aber irgend etwas stimmte nicht. Sein Lächeln veränderte sich und wurde wild. Seine Zähne wurden länger und schärfer, sein Gesicht aschgrau, und mit einem Schock des reinen Entsetzens stellte sie fest, daß ein Schakal sich über sie beugte. Mit einem Aufschrei richtete sie sich auf und bemerkte, daß es noch Nacht war und der Frieden und das Schweigen der erstarrten Stunden vor der Morgenröte das Haus beherrschten, und dann war Bakmut da, die sie sanft schüttelte.

«Hoheit, dein Bruder ist da. Er ist hier», sagte das Mädchen gerade, und Sheritra fuhr sich mit ihrer zitternden Hand übers Gesicht.

«Hori?» fragte sie und fühlte, daß sie durchgeschwitzt war. «Er ist zurückgekommen? Führe ihn her, Bakmut, und besorge sofort etwas zu essen und zu trinken.» Das Mädchen nickte und löste sich in der Dunkelheit auf.

Sheritra sah zur Nachtlampe hinüber. Bakmut hatte offenbar vor kurzem den Docht zurechtgestutzt, und sie strahlte einen beruhigenden Schein aus. Sheritra setzte sich aufrecht hin und nahm eine Bewegung jenseits des Lichts wahr. Hori nahm Gestalt an und setzte sich schwerfällig ans Fußende. Sheritra unterdrückte einen Schrei. Er war so ausgemergelt, daß sie seine Rippen sehen konnte, und sein Kopf wackelte. Das Haar, das einst so dick war und vor Gesundheit glänzte, lag glatt an seinem Hals, und seine Augen lagen tief in den Höhlen wie die eines alten Mannes.

«Götter, Hori», stieß sie hervor. «Was ist mit dir geschehen?»

«Ich hätte nie gedacht, daß ich dich wiedersehen würde», sagte er krächzend, und sie konnte sehen, wie die Tränen der Erschöpfung sich sammelten. «Ich sterbe wegen eines Zauberspruchs, Sheritra, an Tbubuis Zauberspruch, ähnlich dem, mit dem sie den armen Pentawer umgebracht hat. Erinnerst du dich?»

Einen verwirrten Augenblick lang konnte sie nicht begreifen, was er sagte. Er klang, als würde er irre reden. Aber dann sah sie vor ihrem geistigen Auge in einem erhellenden Blitz den Abfallhaufen wieder, einen glänzenden Gegenstand, die zerbrochene Palette in ihren verwirrten Händen und das Wachsfigürchen.

«Pentawer!» schrie sie aus. «Aber klar! Wie konnte ich nur so blind sein! Seine Palette war es. Er besaß mehrere davon, und ich nehme an, daß ich sie alle irgendwann einmal gesehen, aber nicht bewußt wahrgenommen habe, sondern mehr unbemerkt aus den Augenwinkeln heraus. Pentawer...»

«Sie hat einen unheilbringenden Zauberspruch über ihm beschworen, damit er keine schlechten Nachrichten aus Koptos bringen konnte», sagte Hori flüsternd. «Sheritra, lies dies hier. Lies sie sofort.» Mehrere Schriftrollen tauchten auf, und er reichte sie ihr. Das Zittern seiner Hände war so stark, daß es sich auf sie übertrug, als sie die Schriftrollen von ihm entgegennahm. Als sie seine Finger berührte, fühlte sich seine Haut heiß und trocken an. Am liebsten hätte sie die Schriftrollen beiseite geschleudert, um ihren Vater in seiner Eigenschaft als Arzt zu rufen, doch hinter Horis Aufforderung spürte sie die Verzweiflung, und sie respektierte ihn, indem sie ihre ganze Aufmerksamkeit den Schriftrollen widmete.

Sie hatte gerade mit dem Lesen begonnen, als Bakmut mit Wein und kalten Scheiben gerösteter Gans und Melone zurückkam. «Bring mehr Licht», sagte sie geistesabwesend, doch als das Mädchen kurz darauf größere Lampen in die Halter stellte, hatte sie es längst vergessen und ihre Aufmerksamkeit ganz und gar auf das gerichtet, was sie las. Hori saß ruhig, manchmal schwankend, und führte gelegentlich ein Fläschchen an seine Lippen. «Was ist das?» fragte sie einmal, ihre Augen noch immer auf die Schriftrolle in ihren Händen gerichtet, und er antwortete: «Mohn, Kleine Sonne.» Sie hatte genickt und war alsbald wieder in ihre Lektüre versunken.

Schließlich ließ sie die letzte Schriftrolle sinken, die sich mit einem höflichen Rascheln aufrollte. Hori wandte sich ihr zu, und sie sahen einander schweigend an.

«Unmöglich», sagte sie zischend. «Nie im Leben.» Eine kalte Wut hatte sie gepackt.

«Doch», sagte er, in sie dringend. «Denk nach, Sheritra. Laß uns mal den Beweis vernunftgemäß untersuchen.»

«Was du vorschlägst, ist alles andere als vernünftig, Hori», sagte sie, und er rückte von ihr weg, wobei sein ganzer Körper bei dieser Bewegung in ein unkontrollierbares Schütteln geriet.

«Ich weiß», sagte er. «Aber ich war in jenem Grab, Sheritra. Der Leichnam ist verschwunden. Der Archivar war entsetzt und stand vor einem Rätsel. Das Wasser in den Wandmalereien...» Mit offensichtlicher Mühe hielt er inne. «Darf ich versuchen, dich zu überzeugen?»

Sheritras Traum tauchte abermals auf, fremd und furchteinflößend. «Schon gut. Aber du solltest versuchen, nicht zu sprechen. Du bist sehr krank. Ich glaube, sie hat dich vergiftet, und falls dies so ist, brauchst du Vaters Hilfe und ein Gegengift.»

Er lachte atemlos und unter Schmerzen. «Er kann mir nicht helfen. Sie hat Pentawer mit einem unheilbringenden Zauberspruch umgebracht und macht mit mir dasselbe. Was ist daran so schwer zu begreifen?»

«Tut mir leid, Hori. Rede weiter.» Insgeheim suchte sie mit den Blicken im Zimmer nach Bakmut. Falls es ihr gelang, das Mädchen zum Vater zu schicken, so könnte Hori gerettet werden, doch sie wollte die Kräfte ihres Bruders nicht erschöpfen, indem sie mit ihm darüber stritt. «Dann iß wenigstens etwas», schlug sie ihm vor.

«Antef hat mir so lange Brühe eingeflößt, bis ich sie nicht mehr bei mir behalten konnte», sagte er, und mit einem Schauer wirklicher Angst hörte Sheritra das Entsetzen in seiner Stimme heraus. «Ich habe keine Zeit zu essen, du kleine Närrin. Wach endlich auf! Ich sterbe! Laß mich dich doch überzeugen!» Sie fuhr zurück, dann ergriff sie seine Hand.

«Ja», sagte sie mit zittriger Stimme.

«Willst du mir zuallererst abnehmen, daß Vater dies verursacht hat? Daß er dieses Unheil freigesetzt hat, als er die Worte der Schriftrolle aus der Grabkammer sprach, ohne zu wissen, was er da sagte?»

«Ich will es versuchen.»

«Gut. Ich will mich hinlegen, Sheritra. Gib mir ein Kissen. Du mußt zuerst begreifen, daß Tbubui Pentawer mit Hilfe der Magie umgebracht hat und daß sie mich jetzt umbringt. Pentawer mußte sterben, weil Vater auf jeden Beweis eingegangen wäre, den er aus Koptos mitgebracht hätte. Er war ein geachteter Schreiber, und Vater wußte, daß er intelligent war. Selbst wenn Pentawers Geschichte unvernünftig geklungen hätte, so wäre doch die Saat des Zweifels in Vaters Kopf ausgesät worden. Was mich betrifft...» Er zuckte schwach mit einer Achsel. «In Vaters Augen habe ich mich schon vollständig in Verruf gebracht. Ich glaube, sie hat einfach an der Macht geschnuppert und sie als süß empfunden. Sie weiß, daß ich ihr nie etwas antun würde. Sie braucht mich eigentlich nicht loszuwerden, sie möchte es nur. Wenn es einen anderen Grund gibt, so vermag ich ihn nicht zu erkennen.»

Er verfiel in Schweigen. Sheritra sah, daß der Schweiß auf seiner Stirn stand, und wußte, daß er mit dem Sprechen innehielt, um seine Kräfte zu sammeln. Sie wartete ab, während er sein Gesicht mit ihrem zerknüllten Laken trocken wischte. Seine nächsten Worte überraschten sie.

«Sheritra», begann er, «an was erinnern dich Tbubuis Diener? Denk mal scharf nach.»

Dunkel, vollkommen stumm, sofort gehorchend – ratlos schüttelte sie den Kopf. «Sie sind merkwürdig», antwortete sie, «aber mich erinnern sie an gar nichts.»

«Nun hast du ja vielleicht nicht so viele Gräber von innen gesehen wie Vater und ich», sagte Hori grimmig. «Kommen sie dir nicht wie Uschebtis vor, Sheritra?»

Uschebtis, dachte sie. Jene Sklaven aus Holz, die mit den vornehmen Toten begraben wurden und von einem magischen Wort ihres Herrn zum Leben erweckt werden konnten. Stumme Wein- und Speisenträger, gehorsame Leinenweber und Brotbäcker mit dunklen, unfehlbaren Händen, die ein Halsband befestigen oder Kohol in die müden Augen stäuben, den dünnen Pinsel so fein und genau in den Farbtopf mit Henna stippen, und das alles stets mit der leeren, ausdruckslosen Miene aus Holz, aus dem sie geschnitzt sind. Sheritras Kopfhaut juckte. «Uschebtis?» sagte sie. «Das ist lächerlich, Hori!»

«Wirklich? Ist ja auch egal. Sieh dir das hier mal an.» Er zog einen kleinen Beutel von seinem Gürtel und öffnete ihn mit zitternden Händen. Der Ohrring lag auf seiner feuchten Hand und glänzte schwach in dem trüben Licht. «Nimm ihn. Wiege ihn gut in deiner Hand. Fühle ihn. Und denk an jenen, den du aus Tbubuis Schmuckkasten herausgefischt hast. Du hattest Zweifel, erinnerst du dich, Sheritra? Eine Kopie eines so alten Stücks kann eine gekonnte Nachahmung sein, wenn sie aus der Werkstatt eines Meisters stammt, aber es gibt immer winzige Hinweise auf das wahre Alter. Das Gold ist vielleicht nicht so deutlich in Scharlachrot geriefelt oder so gezeichnet vom Gebrauch, der Stein hat ein frischeres Aussehen, oder der hintere Verschluß ist noch jungfräulich und nicht von der jahrelangen Berührung mit der menschlichen Haut verunreinigt. Deine erste Reaktion damals war, daß es sich um das Original handelte. Nun, du hattest recht. Tbubui besaß einen Ohrring. Den anderen verlor sie, als sie durch den Schacht ins Leben hinauskroch.»

Sheritra hatte den Ohrring in ihren Fingern herumgedreht. Nun steckte sie ihn wieder Hori zu. «Hör auf damit, Hori!» schrie sie. «Du machst mir angst!»

«Gut!» sagte er brüsk. «Nun will ich dich noch etwas mehr ängstigen. Ich werde versuchen, zusammenhängend zu erzählen, um all dies in die richtige Reihe zu bekommen. Hast du Wasser da?»

Ohne Kommentar neigte sie sich und schenkte ihm welches ein. Er trank gierig, dann brachte er die Mohnflasche an die Lippen und nahm einen großen Schluck zu sich.

«Damit bringst du dich eigenhändig um», sagte sie protestierend, doch dann wurde ihr klar, was sie da gesagt hatte. Er wischte sich den Mund an einem Handrücken ab und warf ihr einen Blick zu.

«Mein Körper hat sich schon daran gewöhnt», sagte er. «Ich brauche immer mehr davon, um die Schmerzen unter Kontrolle zu halten, aber ich glaube nicht, daß ich es noch lange brauche.» Sie öffnete den Mund, um etwas dagegen einzuwenden, doch er kam ihr zuvor. «Keine Lügen, Kleine Sonne. Laß mich fortfahren. Ich habe viel zu erzählen, und mir bleibt wenig Kraft.»

Sie ließ davon ab und beobachtete ihn unter großen Seelenschmerzen. Schatten lagen düster über ihrem Gesicht und tauchten es in Melancholie. Er hat recht, dachte sie augenblicks. Er stirbt. Panik ergriff sie, aber ihre Stimme blieb gefaßt. «Erzähl weiter, Liebster.»

«Vater hat sie zum Leben erweckt, als er die Schriftrolle gestohlen hatte, die ihnen gehörte, und zwar indem er in seiner unwissenden Narrheit den Zauberspruch murmelte», begann er. «Die Deckel der Sarkophage in der Geheimkammer fehlten, erinnerst du dich? Ich wette, daß sie anordneten, man solle die Sarkophage offen lassen, in der Hoffnung, irgendwann einmal werde jemand in das Grab einbrechen, auf die an die Hand eines Dieners genähte Schriftrolle stoßen und neugierig genug sein, um sie laut zu lesen, ohne natürlich zu wissen, daß Nenefer-ka-Ptah und die Prinzessin Ahurê, dies sind ihre wahren Namen, hinter einer Scheinwand in derselben Grabstätte liegen. Sie kämpfen sich nach Memphis vor und halten Ausschau nach einem Ort, an dem sie sich verstecken können, vielleicht um sich zu erholen. Sheritra?»

Sie beantwortete seine Besorgnis mit einem gezwungenen Lächeln. Irgend etwas in ihr antwortete auf seine Darstellung mit einer entsetzten, aber sicheren Bejahung, dennoch gab es da noch Harmin, ihren Schatz, ihre Liebe, und sie wagte nicht, es zu glauben, aus Angst, ihr Leben werde zu Trümmern zerfallen. Ihr kam es so vor, als wäre es im Zimmer kälter geworden, und sie zog das Laken höher bis über ihre Schultern, während sie versuchte, Horis Worten ohne Beteiligung ihrer Vorstellungskraft zu lauschen. Sie wollte vor ihrem geistigen Auge nicht sehen, wie diese alten, vertrockneten Körper durch die stygische Dunkelheit der inneren Grabkammer wankten, ihre Geschmeidigkeit und Kraft wiedererlangten und ihre steifen Glieder den Schacht hinaufschoben.

«Eine köstliche Geistergeschichte», sagte sie mit fester Stimme, «und nichts weiter. Du hast gesehen, wie sie sich nach Memphis durchkämpften, indem sie aus dem Grab durch den Schacht entkamen, vermute ich. Aber der Schachtausgang war mit einem Felsblock versperrt, und bestimmt hat sich im Laufe der Hentis darüber Sand abgelagert. Wie haben sie sich befreit? Auch durch Magie?»

«Schon möglich. Oder durch irgendeine böse Kraft. Zuerst ließen sie den Schacht graben, dessen bin ich sicher, so daß sie im Falle, daß jemand die Schriftrolle las, entkommen konnten. Sie könnten im Innern in der Nähe des Ausgangs sogar Werkzeuge zurückgelassen haben. Wer weiß das schon?» Er bewegte sich gereizt auf dem Kissen. «Auf jeden Fall finden sie ein unbewohntes Anwesen, das jenem Heim stark ähnelt, welches sie einst vor vielen Jahrhunderten in Koptos bewohnt haben. Es ist abgelegen, ruhig, schlicht, und vielleicht beschwichtigt es ihr Heimweh. Denk an jenes Haus, Sheritra, seine eigentümliche Stille, das Gefühl, daß du eine Welt hinter dir zurückläßt, wenn du diesen weichen, gewundenen Pfad hinaufsteigst. Und im Innern die reinste Historie. Eine spärliche Möblierung mit schlichten Möbeln, die einer längst vergangenen Epoche entstammen...» Seine Stimme erstarb zu einem Flüstern, und er hielt inne, wartete ab, erholte sich. Dann sprach er weiter. «Sie sprechen die Worte und beleben die Uschebtis, die mit ihnen in der inneren Grabkammer gewesen sein müssen, und sie beginnen mit der Instandsetzung des Hauses. Dann suchen sie den Mann auf, der ihre Schriftrolle gestohlen hat. Das Grab ist geöffnet worden, Arbeiter schwärmen drum herum. Einige wenige umsichtige Erkundigungen ergeben die Informationen, die sie benötigen, und sie beginnen damit, die Rache zu planen.»

«Warum sollten sie sich denn rächen?» unterbrach Sheritra, die Horis Erzählung so sehr gefesselt hatte und der daher völlig entgangen war, daß von Sisenet und Tbubui die Rede war. «Sie brauchten doch nur die Schriftrolle zurückzustehlen und unauffällig dorthin zurückzukehren, wo sie herkamen. Weshalb sollten sie den Kontakt mit...» Hier stockte sie.

«Den Kontakt mit unserer Familie suchen?» sagte Hori, den Satz für sie vollendend. «Ich weiß es nicht. Aber ich fühle, daß es einen Grund gibt, und das kann kein angenehmer sein. Ich bin nicht in der Lage, darüber zu diskutieren, Sheritra. Meine verdammten Schmerzen.» Seine Stimme war lauter geworden. Sheritra hörte die Hysterie heraus, die er zu verbergen suchte, und streichelte ihm über den Arm. Er glühte. «Ich habe erfahren, daß der Prinz und seine Gemahlin, und dann einige Tage später auch ihr Sohn, durch

Ertrinken den Tod gefunden haben», fuhr er fort. «Erinnerst du dich an Tbubuis übertriebenes Entsetzen, als sie an dem gewissen Tag glaubte, sie werde von der Laufplanke ins Wasser fallen? Ist Harmin je mit dir geschwommen, selbst an den heißesten Nachmittagen?»

«Nein», hauchte sie, denn ihre Stimme war nicht viel mehr als ein zischender Luftstrom. «Aber was hat Harmin in dieser Geschichte zu suchen, Hori? Es waren doch bloß zwei Särge in diesem Grab. Du kannst nicht von ein und derselben Familie reden.»

«Du hörst mir nicht zu!» preßte Hori verzweifelt heraus. «Du hast die Schriftrollen gelesen. Wir haben es hier mit der übelsten Magie zu tun, Sheritra. Wir befinden uns nicht mehr in der Welt der Anständigen und des Vernünftigen. Gib der Vernunft eine Chance! Merhuh, dein Harmin, ist in Koptos ertrunken und auch dort begraben worden. Ich habe sein Grab besichtigt. Auch dort gab es keinen Deckel auf dem Sarkophag, und etwas hatte seinen Weg nach draußen gegraben und das Siegel erbrochen. Vater hat auch ihn zum Leben erweckt, und darauf hat Merhuh sich zu seinen Eltern nach Memphis auf den Weg gemacht.»

«Nein, nein», unterbrach sie ihn, indem sie ihren Kopf heftig schüttelte. «Sisenet ist Harmins Onkel. Das hat Tbubui gesagt.»

Hori starrte sie hilflos an. Die Winkel seines Mundes waren schwarz vom Mohn, und seine Pupillen waren so geweitet, daß keine Iris mehr zu sehen war. «Tbubui und Sisenet sind Mann und Frau», sagte er langsam, indem er jedes Wort so betonte, als spräche er zu einem Kind. «Harmin ist ihr Sohn. Ihr Sohn, Sheritra. Ich weiß, wie entsetzlich es ist, aber ich bitte dich, versuch doch, dich damit auseinanderzusetzen.»

Sheritra rückte von ihm weg. «Tu mir das nicht an, Hori!» sagte sie flehend. «Harmin ist unschuldig, das weiß ich! Er war so verletzt und ärgerlich, als ich versuchte, mit ihm über seine Mutter zu sprechen. Er...»

«Er ist ein glänzender, skrupelloser Schauspieler, wie auch die makabre Person, die sich selbst seine Mutter schimpft.» Hori wollte schreien, doch die Worte kamen aus einer geborstenen Kehle. «Ihr

Fleisch ist mumifiziert und kalt. Wie oft hast du nicht schon Harmin berührt und dich darüber gewundert, wie kalt er sich anfühlte? Nicht vor kurzen vielleicht, denn ich nehme an, daß sie sich jeden Tag ein bißchen mehr an ihr zweites Leben gewöhnen. Tbubui macht die Hitze nichts aus, erinnerst du dich? Aber die Grabkammer, Kleine Sonne... die Schriftrolle war ihnen vom Gott Thoth im Anbeginn hinterlassen worden, und die Verehrung der Familie für diesen Gott wird überall offenbar. Die Paviane, die Tiere des Thoth. Die Monde, seine Symbole.»

«Hori», schnitt Sheritra ihm entschlossen das Wort ab. «Ich glaube nichts von alledem. Gerade ist mir eingefallen, daß Tbubui dich aus demselben Grund verzaubert hat, mit dem sie Vater dazu bewegt hat, uns zu enterben. Sie ist davon überzeugt, daß das Leben ihres ungeborenen Kindes durch dich in Gefahr gerät, wenn du weiterlebst. Ist es erst einmal auf die Welt gekommen, so brauchtest du es nur umzubringen, um wieder Vaters Erbe zu sein.»

Er begann zu lachen, dann krümmte er sich jählings. «Es gibt gar kein Kind in ihrem Schoß», stieß er hervor. «Sie ist tot, erinnerst du dich? Die Toten können kein Leben schenken, sie können es nur nehmen. Vielleicht hat sie ein Kind vorgeschoben, um irgendeine Entscheidung von Vater zu erzwingen. Es scheint mir, daß er langsam, aber sicher in eine Ecke gedrängt worden ist, aus der kein Entkommen mehr ist, daß sie ihn mit Lügen und Verführungen innerlich zerbrochen hat, Sheritra, indem sie seine Seele schwächte und seine Ehre befleckte, bis keine Rechtschaffenheit mehr übrigblieb. Ihr Ziel scheint darin zu bestehen, ihn geistig zu zerstören. Aber warum das? Eine Strafe für den Diebstahl der Schriftrolle ist kein ausreichender Grund dafür.»

Sheritra stieß sich von ihrem Ruhebett ab, und nachdem sie eine Ecke des Leinens in einen Krug Wasser getunkt hatte, fuhr sie damit ihrem Bruder sanft über das Gesicht, die Hände und den Hals. Diese Bewegungen brachten ihr einige Erleichterung. Während sie ihre Finger beschäftigte, brauchte sie nicht zu denken. «Wir müssen das Wachsfigürchen finden, das Tbubui benutzte, um diese Schmerzen hervorzurufen», sagte sie entschlossen, «und sämtliche

Nadeln herausreißen. Ebenfalls müssen wir Vaters Truhe aufbrechen und nach einer Zauberformel suchen, die den Bannfluch wiederaufhebt. Wenn die Nadeln entfernt sind, kannst du leben, aber deine Gesundheit muß wiederhergestellt werden.» Er saß ergeben da, während sie ihn versorgte. Sie konnte erkennen, daß er nicht in der Lage sein würde, etwas für sich zu tun, und daß ihr die Aufgabe zufiel, Tbubuis Gemächer zu durchsuchen. Nachdem sie geschwind ein paar Kissen auf das Ruhebett geworfen hatte, zwang sie ihn sanft, sich hinzulegen. «Schlaf jetzt», sagte sie. «Ich sehe zu, was ich machen kann. Fühlst du dich hier allein wohl?»

Er hatte bereits seine Augen geschlossen. «Antef wartet draußen», murmelte er. «Schick ihn herein. Danke, Kleine Sonne.» Sie küßte ihn auf seine feuchte Stirn. Sein Atem trug den Geruch von Mohn und von irgend etwas anderem, eine süße Bitterkeit, die sie veranlaßte, aus Angst auf ihren Lippen zu kauen. Als sie sich aus dem Zimmer stahl, war Hori bereits in einen unruhigen Halbschlaf gefallen.

20. Kapitel

*«Ach, könnte ich doch mein Antlitz in den Nordwind drehen
am Ufer des Flusses
und ihn anschreien, um zu kühlen den Schmerz
in meinem Herzen!»*

Die Nacht war nicht mehr frisch, und der feuchte Geruch des anschwellenden Flusses, ein brackiger Gestank nach Gemüse, stieg Sheritra in die Nase, als sie durch den Garten schlich, um die Mauer des Hofs herumging und sich dem Haus der Konkubinen näherte. In vier Tagen sollte Tbubui in ihre eigenen Gemächer im Anbau einziehen, wo die strengeren Sicherheitsmaßnahmen des Haupthauses sie einhüllen würden, und als Sheritra sich vorsichtig einen Weg durch das Strauchwerk bahnte, das den Eingang abschirmte, begrüßte sie dankbar diesen kleinen Vorteil.

Während sie sich Gedanken darüber machte, auf welche Weise sie ins Haus gelangen könnte, war sie über das gedämpfte Rascheln und die leisen Stimmen erstaunt. Sie hielt mit klopfendem Herzen inne und bemerkte, daß die Frauen zu hören waren, die auf das Dach hinaufgestiegen waren, um vor der ärgsten Hitze zu flüchten und die Nachtstunden mit Schlafen oder Spielen oder plaudernd zu verbringen. Ob Tbubui auch dort oben ist? fragte sich Sheritra bang. Wenn alle Frauen beschlossen haben, ihr Bett dort oben aufzuschlagen, so werden die Wachen die Treppe auf der anderen Seite des Eingangs überwachen, und ich brauche mich nur um den Hüter der Pforte zu sorgen.

Sie schlich zwischen den Säulen hindurch, huschte auf die Eingangstür zu, hielt dann inne und lauschte. Außer dem fernen, leisen Schnarchen aus dem Raum des Hüters war kein Geräusch zu vernehmen. Beklommen ging Sheritra weiter. Falls Tbubui in ihrem

Zimmer schlief, wachte eine Dienerin draußen vor ihrer Tür. Vorsichtig lauerte Sheritra an der Ecke zum Flur, der an den Unterkünften der Frauen vorbeiführte. Der Gang war menschenleer und wurde nur von einem Strahl dünnen Mondlichts erhellt, der durch ein hoch oben angebrachtes Fenster zwischen Decke und Wand hereinfiel.

Ein Gefühl unbekümmerter Eile ergriff Sheritra. Sie wußte nicht, wie lange sich Tbubui auf dem Dach aufhalten würde, aber gewiß nicht bis nach Morgengrauen. Hori lag im Sterben, und die Nacht war bald vorüber. Sie lief auf Tbubuis Tür zu und öffnete sie ein wenig. Drinnen im Zimmer herrschte Stille. Wagemutig stieß sie die Tür weit auf und trat ins Zimmer hinein. Das Mondlicht erhellte den schwülen Vorraum und offenbarte, daß sich niemand im Zimmer aufhielt. Die wenigen Möbelstücke um sie herum zeigten ihre grauen Umrisse. Obwohl es düster war, reichte ihr das fahle Mondlicht, um sich zurechtzufinden.

Hastig begann Sheritra mit ihrer Suche, hob Kissen hoch, schob ein abgelegtes Leinentuch beiseite, überflog die Blumenvasen, öffnete sogar Tbubuis goldenen Schrein für Thoth, und mit einem Gebet der Entschuldigung auf den Lippen tastete sie die Rückseite der Statue des Gottes ab. Sie hatte nicht damit gerechnet, im Vorraum etwas zu finden, und war deshalb nicht überrascht, daß sie mit leeren Händen dastand.

Geräuschlos drang sie ins innere Zimmer vor. Die Tür stand offen, und das Ruhebett war leer. Tbubuis Parfüm befiel sie sogleich, die schwere und satte Myrrhe, die alles mit einer Aura des Weihrauchs und der körperlichen Liebe durchtränkte. Obwohl das Zimmer nicht sehr groß war, vermittelte die ausgesuchte Verteilung der Möbel Sheritra den Eindruck einer ruhigen Geräumigkeit, die mit dem Bedürfnis dieser Frau nach Schlichtheit in Einklang stand. Sie begann erneut mit ihrer Suche, wobei sie diesmal besonders darauf achtete, keine Ecke auszulassen. Sie klopfte die Matte auf dem Ruhebett ab und wischte mit einer Hand über den Bettrahmen aus duftendem Zedernholz. Sie lüftete die Deckel der Kleidertruhen, der Kosmetikkästen, der Schmuckkassetten; ihre Finger waren zwar gründlich, jedoch hektisch, stießen aber nicht auf das, wonach sie suchte. Einen Augenblick lang stand sie da und dachte angestrengt nach. Wenn ich Tbubui wäre, wo würde ich dann so ein vernichtendes Ding verstecken? fragte sie sich. Dann begann sie zu lächeln. Natürlich! In den neuen Gemächern, die inzwischen bereits möbliert waren und auf den Segensspruch warteten. Seit einer Woche war, außer den Dienern zum Saubermachen, niemand mehr dort gewesen. Sheritra drehte sich auf dem Absatz um und lief aus dem Haus.

Doch ihre umsichtige Jagd erwies sich als ebenso fruchtlos, und sie setzte sich auf einen von Tbubuis Stühlen aus Ebenholz mit Einlegearbeiten und kaute auf ihren Lippen. Sie wußte, daß derartige Figürchen erst nach dem Tod des Opfers weggeworfen und die Nadeln selbst nie entfernt wurden. Tbubui könnte tausend geheime Versteckplätze haben, dachte Sheritra verzweifelt. Ein Brunnen im Garten, ein Loch im Fußboden, sogar etwas, das sie in der Nähe der Stufen zum Wasser in den Fluß versenkt haben könnte.

Die Stufen zum Wasser. Mit einem Schauder der Erregung kam das Mädchen wieder auf die Beine. Tbubui würde es nicht wagen, das Figürchen auf Khamwasets Eigentum zu verstecken, aber Sisenet lebte in dem Haus, in dem sie einst gelebt hatte, und niemand anderer als er war in der Lage, es zu entdecken. Sheritra war felsenfest davon überzeugt, daß sie recht hatte. Nachdem sie die Räume so leise verließ, wie sie sie betreten hatte, ging sie zu ihren eigenen Gemächern zurück. Bakmut ließ sie ein, einen Finger auf den Lippen, und Antef erhob sich von dem Schemel neben ihrem Ruhebett.

«Wie geht es ihm?» fragte sie flüsternd, indem sie sich näherte und auf Hori hinuntersah. Er ähnelte bereits einem Toten. Sein Gesicht war bleich, seine geschlossenen Augen lagen sehr tief, und er atmete in flachen, schnellen Zügen. Er mußte ihre Nähe gespürt haben, denn er rührte sich, dann öffnete er die Augen und richtete sie auf Sheritra. Nach einem besorgten Seitenblick auf Antef neigte sie sich zu ihm hinunter.

«Hast du es gefunden?» hauchte er.

«Es tut mir leid, Hori», erwiderte sie. «Ich glaube, daß sie es im

Haus am Ostufer versteckt hält. Ich werde sofort hingehen und nachsehen.» In Wirklichkeit entsetzte sie ein solches Vorhaben. Sisenet flößte ihr Scheu ein, und Harmin wollte sie nach ihrem letzten schmerzlichen Treffen am liebsten nicht begegnen, und obwohl ihr das Haus selbst ein angenehmer Aufenthaltsort gewesen war, gefiel ihr die Vorstellung dennoch nicht, im Dunkeln darin herumzuirren. Es besaß eine beklemmende Atmosphäre, wenn die Menschen, die es bewohnten, in Schweigen verfielen.

«Es bleibt uns nicht mehr genug Zeit», widersprach er erregt. «Es könnte überall sein. Statt dessen sollten wir Vaters Schriftrollen nach einem Zauberspruch durchsehen. Hilf mir auf.»

«Nein», sagte sie schroff. «Ich mache das, Hori. Du bleibst hier!»

«Meine Liebe», entgegnete er, als Antef seinen Arm um ihn legte und er sich ungeschickt aufrichtete, «ich weiß nicht viel über Magie, doch ich weiß, wonach ich Ausschau halten muß. Du dagegen nicht. Hör also auf, mich zu bemuttern.»

Ernüchtert und alarmiert half sie Antef dabei, Hori aufzurichten, und gemeinsam verließen sie Sheritras Gemächer. Die Nacht hing noch in den Gängen. Langsam machten sie sich zu Khamwasets Arbeitsraum auf. Die Wächter, an denen sie vorüberzogen, sahen sie neugierig kommen, da sie aber Hori und Sheritra erkannten, verzichteten sie darauf, sie anzurufen. Nur an der Tür zum Arbeitsraum wurden sie angehalten. Khamwaset nahm es mit der Kontrolle seiner Arzneien sehr genau.

«Wie du unschwer erkennen kannst», setzte Sheritra dem Soldaten geduldig auseinander, «ist mein Bruder sehr krank. Der Prinz hat uns erlaubt, bestimmte Kräuter aus seiner Truhe zu nehmen.»

Der Soldat verneigte sich zaghaft. «Prinzessin, darf ich die Erlaubnis sehen?» sagte er.

Sheritra schnalzte verärgert mit der Zunge. «Wir sind seine Kinder», widersprach sie. «Er hält es nicht für nötig, uns so förmlich zu behandeln. Ich nehme an, er hat vergessen, daß du hier Wache stehst und deiner Pflicht so eifrig nachkommst.»

Der Mann sah sie weiterhin argwöhnisch an, und Antef und sie blieben stehen, mit einem wankenden Hori in ihrer Mitte. Schließlich trat der Wächter zur Seite.

«Ich glaube nicht, daß der Prinz an seine eigene Familie dachte, als er diesen Befehl ausgab», sagte er. «Ihr könnt vorbei, Hoheiten.»

Er öffnete ihnen die Tür, und sie schlurften an ihm vorüber. Sheritras Arm schmerzte unter Horis Gewicht. «Ich glaube, es ist höchste Zeit, daß Vater seine Wächter entläßt und statt dessen Shardanas anheuert», murmelte sie. «Diese Männer sind sehr nachlässig geworden.»

«Um so besser für uns», sagte Antef kurzatmig. Nun standen sie vor der Tür zum inneren Raum. Sheritra versuchte, sie zu öffnen.

«Verriegelt!» sagte sie bestürzt.

«Brich sie auf», sagte Hori prompt.

Antef brauchte keine weitere Aufforderung mehr. Nachdem er Horis volles Gewicht ganz auf Sheritra übertragen hatte, stemmte er sich gegen die Tür. Mit einem knirschenden Protest gab sie nach und schwang weit auf. Innen herrschte vollkommene Finsternis.

«Antef», rief Sheritra. «Zünde die Lampe auf dem Tisch an und bring sie her. Schnell, ich kann ihn nicht mehr halten.»

Antef tat wie gewünscht, brachte die Lampe und stellte sie auf einem Bord hinter der Tür ab. Sie füllte den winzigen Raum mit warmem und gleichgültig angenehmem Licht. Antef zog einen Stuhl an die Truhen heran, die an der Wand aufgereiht standen, und zusammen mit Sheritra setzte er Hori darauf ab. Hori saß mit schlaffen Armen, doch sein Kopf richtete sich auf, und er bemühte sich, den beiden zuzulächeln.

«Es ist diese», sagte er, darauf deutend. «Die kleine. Die anderen sind mit Kräutern und anderen Arzneien gefüllt. Die ist bestimmt auch verschlossen. Antef, hast du ein Messer dabei?»

Stillschweigend zog Antef eine dünne Klinge hervor. Er kniete sich vor der Truhe hin und machte sich an ihr zu schaffen. Sheritra hockte sich neben ihn.

«Antef, wegen deiner Arbeit heute nacht wirst du aus dem Haus verbannt, das weißt du doch, oder?» sagte sie. «Es wird alles herauskommen, und dann befiehlt Vater dir, das Haus zu verlassen.»

Er warf ihr von der Seite einen Blick zu, seine Hände und seine Aufmerksamkeit waren mit der widerspenstigen Truhe beschäftigt. «Das kann ich mir denken», sagte er nur, «aber ich fühle mich hier sowieso nicht mehr zu Hause, Hoheit. Hori stirbt, und damit entfällt der Grund für meine Anwesenheit. Der Prinz mag ganz nach seinem Gutdünken entscheiden. Es ist mir gleichgültig.» Der Deckel gab endlich nach, und Antef blickte zu Hori hoch.

«Sheritra, gib mir drei oder vier Stück daraus», sagte Hori im Befehlston. «Du und Antef, ihr nehmt dieselbe Anzahl. Ich suche nach einem Zauberspruch für das Aufheben oder Umkehren einer Beschwörung, und falls wir einen solchen nicht finden, dann sucht nach einem heilbringenden, der allen künftigen Schaden von mir abwendet.» Sein Tonfall war geschäftsmäßig und unverbindlich, und Sheritra bewunderte einen Augenblick lang uneingeschränkt seinen Mut. Er selbst dagegen betrachtete sich nicht als mutigen Kerl, das wußte sie, doch seine selbstlos-bewußte Seelenstärke im Angesicht eines beinahe sicheren Todes verlieh ihm ganz sicher einen anonymen Rang unter den Helden Ägyptens. Mit unsicheren Händen entrollte er bereits eine Schriftrolle, er atmete rauh und unregelmäßig. Sheritra verdrängte ihre Unruhe und wandte sich der vor ihr liegenden Aufgabe zu.

Eine geraume Weile herrschte Schweigen. Sheritra saß mit untergeschlagenen Beinen auf dem Fußboden und suchte aus dem Gelesenen klug zu werden. Nicht jede Schriftrolle war mit einem Titel versehen, und ihr schien, daß die Sprache der Magie häufig absichtlich esoterisch war und einer sorgfältigen Übersetzung in eine verständliche Sprache bedurfte. Antef erging es etwas besser; sein angenehmes, offenes Gesicht hing tief über einer Schriftrolle. Hin und wieder brummte er enttäuscht und schleuderte den empfindlichen Papyrus in die Truhe zurück.

Sheritra hatte inzwischen ihre sechste Schriftrolle hinter sich, einen Zauberspruch für einen Patienten mit Rückenschmerzen, der in Verbindung mit einer Salbe anzuwenden war, deren Zutaten zu entziffern sie sich nicht die Mühe machte. Mit einem Seufzer langte sie in die Truhe und zog ein neues Bündel heraus. Die erste Schriftrolle, die sie hervorzog, war fleckig. Ein braunes, unregelmäßiges Muster, das nach Rost aussah, hatte sich über ein Ende ausgebreitet, und sie berührte sie mit Abscheu. Diese Schriftrolle schien sehr alt zu sein. «Hori, sieh dir das mal an», sagte sie, indem sie ihm die Rolle reichte. «Wodurch mag sich dieser Fleck wohl ergeben haben?»

Er nahm sie geistesabwesend entgegen, seine Augen nach wie vor auf diejenige Schriftrolle geheftet, mit der er gerade beschäftigt war, doch kurz darauf stieß er einen Schrei der Überraschung aus und hätte sie beinahe hinfallen lassen. Während er sie behutsam aus seinem Schoß hochhob, untersuchte er sie genau. Sheritra stellte fest, daß jegliche Farbe, die noch in Horis Gesicht gewesen sein mochte, daraus verschwunden war. Beunruhigt stellte er sich auf die Beine, sein ganzer Körper war vor Erregung gespannt. «Nein», sagte er flüsternd. Antef wandte sich ihm zu. Sheritra stand auf und ging zu ihm hin.

«Was ist denn, Hori?» fragte sie erschreckt, und ihre Bestürzung wuchs, als er schlagartig in einem schwachen, hohen Ton zu lachen anfing. Die Schriftrolle in seiner Hand zitterte. Nach dem Lachanfall brach er jählings in Tränen aus. Er setzte sich schwerfällig hin, während er die Schriftrolle wie eine groteske Waffe vor sich hielt.

«Nein», sagte er kurzatmig. «Nein. Jetzt weiß ich erst, daß wir alle verloren sind.»

«Hori, ich bitte dich, hör damit auf», sagte sie flehentlich. «Mir wird angst und bange.»

Statt etwas darauf zu sagen, ergriff er ihre Hand und führte sie zur Schriftrolle. «Fühl mal», sagte er. «Sieh genau hin. Kannst du sie sehen?»

Sheritra tat, wie ihr geheißen, doch ihre ganze Aufmerksamkeit widmete sie ihm. «Ich sehe winzige, kleine Einstiche, denen von Nadelstichen gleich», sagte sie irritiert. «Und hängt da nicht sogar ein Stück Faden am Papyrus?»

«Diese Einstiche stammen von einer Nadel», sagte er benommen. «Ich war dabei, als der Papyrus durchstochen wurde. Der Fleck stammt von Vaters Blut. Er stach sich in den Finger, als er dieses

Ding an die Hand nähte, von der er es abgetrennt hatte. Es ist die Schriftrolle des Gottes Thoth.»

«Jetzt übertreibst du aber mit deinen Phantasien», sagte Sheritra schroff, schroffer, als sie es eigentlich beabsichtigt hatte. Plötzlich wollte sie die Schriftrolle nicht mehr berühren und entzog ihm ihre Hand. Hori strich in einer Ekstase des faszinierten Entsetzens darüber.

«Nein, ich übertreibe nicht», sagte er. «Ich erkenne sie ohne jeden Zweifel wieder, am Fleck von Vaters Blut, an den Nadelstichen und am Faden. Er ordnete an, daß die Deckel auf die Sarkophage zurückgelegt wurden, und ließ das Grab schließen und versiegeln und die Stufen mit Schutt auffüllen. Und dennoch befindet sie sich hier. Hier.» Antef beobachtete ihn, ohne sich zu rühren. Sheritra mochte Horis Miene nicht sehen, dennoch konnte auch sie ihre Augen nicht von ihm lassen. Nie zuvor hatte sie eine solche blanke Angst erblickt. «Keine Menschenhand hätte so etwas tun können», sagte Hori, «nicht einmal die eines Toten. Thoth selbst nahm die Schriftrolle aus dem Grab und legte sie hier ab. Sein göttlicher Fluch liegt auf Vater, und angesichts des Urteils eines Gottes verblaßt mein Bannfluch dagegen zur Bedeutungslosigkeit.» Erneut begann er zu lachen, hilflos und schwächlich, die Schriftrolle fest gegen seinen Brustkorb gedrückt. «Er weiß es nicht einmal! Noch nicht. Er weiß es nicht!»

«Hori», setzte Sheritra zu sprechen an, da sie nicht wußte, was sie machen sollte, doch er sammelte sich wieder und schenkte ihr ein Lächeln.

«Mach die Truhe zu», sagte er. «Wir müssen sofort zu Vater gehen und ihm die Schriftrolle zusammen mit denen zeigen, die Antef in Koptos kopiert hat. Er muß uns einfach anhören!»

«Und was ist mit dir?»

Er strich ihr übers Haar, eine weit ausholende, zärtliche Geste. «Mit mir geht es zu Ende», sagte er einfach, «aber nun ist es mir gleich. Der Gott hat gesprochen, und Vaters Schicksal wird furchtbarer sein als meines. Damit verglichen ist der Tod eine saubere Angelegenheit. Geh und hol die Schriftrollen, Sheritra. Antef und ich warten auf dich. Dann gehen wir zu Vater.»

Obwohl er völlig geschwächt war, konnte sie ihm nichts abschlagen. Sheritra gab seiner Autorität nach und verließ den Raum. Der Wächter verneigte sich, als sie an ihm vorüberrauschte, doch sie nahm ihn kaum wahr. Sie fand die Schriftrollen so vor, wie sie sie hinterlassen hatte, nämlich unordentlich über ihrem Ruhebett verstreut. Bakmut hatte sich wieder auf ihre Matte an der Tür schlafen gelegt und atmete tief. Hurtig raffte sie die Schriftrollen zusammen und bemerkte währenddessen, daß die Dunkelheit sich lichtete. Sowohl drinnen wie draußen herrschte jenes tiefe Schweigen kurz vor der Morgenröte. Sie hastete zu Hori zurück und traf Antef über ihn gebeugt an. Hori war eingeschlafen, die Schriftrolle auf seiner Brust, den Kopf an seinen Freund gelehnt.

«Das sollte er nicht tun!» sagte sie heftig. «Er gehört auf sein Ruhebett, wo er in Würde sterben kann! Es ist der blanke Wahnsinn, Antef, und wir ermutigen ihn noch dazu!»

Beim Klang ihrer Stimme rührte Hori sich und zog sich selbst an Antefs Arm hoch. «Glaubst du, daß Vater bei Tbubui ist?» fragte er.

«Nein», antwortete Sheritra, als sie aus dem Zimmer und auf den Gang hinaus schlurften. «Tbubui schläft auf dem Dach des Hauses der Konkubinen, und Vater liegt auf seinem Ruhebett.» Sie fürchtete sich vor diesem Zusammentreffen, in ihren Augen ein Zeichen für Horis zunehmenden Wahnsinn, aber ihre Loyalität war so groß, daß sie entschlossen war, ihn bis zu seinem Ende zu unterstützen. Während sie durch die Gänge schlingerten, betete sie darum, daß Khamwaset verstehen und sich nachsichtig zeigen möge.

Auf dem Weg zu Khamwasets Gemächern schien Hori mehrmals in Ohnmacht zu fallen, doch schließlich waren sie vor der imponierenden, mit Gold beschlagenen Tür angelangt, hinter der Khamwaset schlief. Nachdem der Wachsoldat einen Blick auf das zerzauste Trio geworfen hatte, klopfte er an, und eine Weile darauf öffnete ein verschlafener Kasa die Tür. Ein Blick auf die drei genügte, um den Schlaf aus seinen Augen zu vertreiben.

«Hoheiten!» rief er aus. «Was ist denn geschehen?»

«Laß uns ein, Kasa», sagte Sheritra fordernd. «Wir müssen mit Vater sprechen.»

Der Leibdiener verneigte sich und verschwand bereitwillig. Nach einem Zeitalter, so schien es ihnen, kam er zurück. «Der Prinz ist wach und will euch empfangen», sagte er und trat zurück, und die drei wankten in den Vorraum und sodann in Khamwasets Schlafgemach.

Er saß aufrecht und blinzelte mit gereizter Miene in das Licht der frisch angezündeten Lampe, die Kasa gebracht hatte. Als er ihrer ansichtig geworden war, schlüpfte er aus den Laken heraus und griff nach einem abgelegten Leibrock, schlug ihn um seine Hüfte und deutete brüsk auf den Stuhl neben seinem Ruhebett. Antef und Sheritra setzten Hori dort ab.

«So, Hori, du bist also heimgekehrt», sprach Khamwaset mit Eiseskälte. «In Wahnsinn und Verschwörung verwickelt, daran besteht kein Zweifel. Was ist mit dir los?»

«Er ist sehr krank», sagte Sheritra flink, bevor Hori antworten konnte, «aber er hat dir etwas zu erzählen, Vater. Bitte, höre ihm zu.»

«Krank?» echote Khamwaset ohne großes Interesse. «Ich wage zu sagen, das ist er wirklich. Krank durch seine eigene Schuld. Ich hatte mehr von dir erwartet, mein Sohn, als eine schwache Maßlosigkeit und ein kleinliches Bedürfnis nach Rache.»

Hori war es gelungen, die Schriftrolle in seinen Händen zu halten. Nun warf er sie Khamwaset vor die Füße. «Erkennst du sie, Vater?» fragte er. «Sheritra und ich haben sie vor kaum einer Stunde in jener verschlossenen Truhe in deinem Arbeitsraum gefunden, wo du auch deine anderen Schriftrollen aufbewahrst. Antef kann schwören, daß ich die Wahrheit sage.»

«Was hattet ihr dort verloren?» sagte Khamwaset wütend. «Habt ihr alle miteinander den Verstand verloren?»

Dann sah er auf die Schriftrolle hinunter. Zuerst ging ihm nicht auf, was er in der Hand hielt, doch als er sie ungeduldig hin und her wendete, erblickte er den Blutflecken. Er starrte darauf, seine Hand begann zu zittern, dann schleuderte er sie mit einem Fluch weit von sich weg. Sie flog an Horis Kopf vorbei und landete in der Finsternis. Ruhig ging Antef in die Tiefe des dunklen Zimmers und hob sie auf.

Sheritra, die ihre ungeteilte Aufmerksamkeit dem Vater gewidmet hatte, sah, daß er totenbleich geworden war.

«Ich merke, daß du sie wiedererkennst», sagte Hori mit einem gequälten Lächeln. «Erinnerst du dich daran, wie du dir mit der Nadel in den Finger gestochen hast, Vater, und ein wenig von deinem Blut auf die Hand des Leichnams getropft ist? Antef, gib sie dem Prinzen zurück. Ich möchte, daß er sie sich genauer ansieht. Ich möchte, daß er sich sicher ist.»

Doch Khamwaset schreckte zurück. «Es ist die Schriftrolle des Gottes Thoth, dieses unheilvolle Ding», sagte er heiser. «Ich will es nicht bestreiten. Was ich mich aber zu weigern glaube, ist deine verrückte Geschichte. Falls ihr wirklich meine Truhe aufgebrochen habt, so werde ich euch alle dafür streng bestrafen.» Er gewann seine Fassung wieder. Sheritra sah, wie seine Gesichtsfarbe durch den Anfall beherrschter Wut, die mit Klugheit gepaart war, in seine Wangen hochgedrückt wurde. Nie zuvor hätte sie ihren Vater der schieren tierischen Verschlagenheit für fähig gehalten, doch man konnte sie von seinem Gesicht ablesen, darüber war kein Zweifel möglich. Er wird nicht zuhören, dachte sie mit ängstlichem Schaudern. Seine ganzes Gerechtigkeitsgefühl und seine Vernunft sind von seinen Bemühungen, Tbubui in Besitz zu nehmen, aufgezehrt worden. Er ähnelt einem in die Enge getriebenen Tier, das von seinem Selbsterhaltungstrieb in das Extrem zeitweiligen Wahnsinns gejagt wird.

Er näherte sich Hori, beugte sich vor, legte seine beiden Hände auf dessen Knie und musterte das schmerzverzerrte Gesicht seines Sohnes ohne jegliches Anzeichen von Besorgnis.

«Du bist ein kleiner Schakal, Hori», sagte er mit belegter Stimme. «Soll ich dir sagen, was ich glaube? Ich glaube, daß du meine Truhe aufgebrochen hast, um die Schriftrolle hineinzulegen, nicht etwa, um sie herauszunehmen. Du hast sie nicht dort gefunden, sondern hast sie aus dem Grab gestohlen und meine Truhe beschädigt, um deine schwache Theorie zu stützen. Nun, wie geht denn deine Geschichte genau, Hori? Welch unglaubliche Täuschung soll ich mir anhören?»

Sheritra eilte mit den Schriftrollen auf ihn zu, die Hori aus Koptos mitgebracht hatte. «Lies diese hier, Vater», sagte sie flehend. «Hori ist zu krank, um zu reden. Die erklären dir alles.»

Khamwaset richtete sich auf und nahm sie mit einem gleichgültigen Blick entgegen. Er entrollte die erste und fing dann an, freundlich zu lächeln. «Oh», sagte er. «Weshalb erstaunt es mich nicht, diese hier in Antefs breiter Handschrift vorzufinden? Mein Sohn hat dich also auch angestiftet, junger Mann?» Antef antwortete nicht darauf, und Khamwasets Blick wanderte zu Sheritra. «Ich bin tief traurig über deine Beteiligung bei dieser arglistigen Täuschung», sagte er im Ton einer Anschuldigung. «Dir hätte ich mehr Verstand zugetraut, Kleine Sonne. Hast du bei diesen Fälschungen mitgearbeitet?»

«Das sind keine Fälschungen», widersprach sie ihm geschwind. «Es sind Kopien von Dokumenten aus dem Archiv in Koptos. Antef hat sie unter Anleitung des Archivars angefertigt. Der Mann schwört bestimmt die Wahrheit. Bitte lies sie doch einfach mal, Vater.»

«Ein Mann beschwört jede Wahrheit, wenn man ihm genug Gold dafür bietet», sagte Khamwaset dunkel. «Weil *du* mich darum bittest, Sheritra, will ich sie trotzdem lesen.»

Er setzte sich auf den Rand des Ruhebettes und begann, mit einer betonten Geringschätzung in einem Papyrus zu lesen. Hori schwankte gefährlich auf dem Stuhl und stöhnte leise, während sein Vater ihm keine Beachtung schenkte. Antef nahm die Flasche mit Mohn aus seinem Gürtel und entfernte den Pfropfen, hielt sie Hori an den Mund, damit er trinken konnte, kniete sich dann hin und zog Horis Kopf auf seine Schulter hinunter. Sheritra stand aufrecht auf den Beinen – müde, gequält und verängstigt –, während allmählich die Gegenstände im Raum zusammenhängende Formen annahmen und das Licht der Lampe sich in ein schmutziges Gelb verwandelte. Der Morgen dämmerte bereits.

Schließlich schleuderte Khamwaset die letzte Schriftrolle hinter sich auf das Ruhebett und sah seiner Tochter direkt in die Augen. «Glaubst du etwa all diesen Unsinn?» fragte er verächtlich. Es war die schlimmste Frage, die er ihr hatte stellen können. Sie zögerte, und er setzte nach. «Das tust du nicht. Und ich auch nicht. Es ist bedauerlich für Hori, daß er soviel Energie daran verschwendet hat, seinen scheußlichen kleinen Schwindel vorzubereiten. Hätte er nur ein wenig davon für sich selbst aufgehoben, wäre er vielleicht nicht krank geworden.»

«Ich bin krank, weil sie mich mit einem Fluch belegt hat», fiel Hori hier mit quälender Langsamkeit ein. «Sie hat es mir ins Gesicht gesagt, daß sie es tun würde. Sie ist ein lebender Leichnam, Vater, genauso wie ihr Gemahl Nenefer-ka-Ptah und ihr Sohn Merhuh, und sie werden uns alle vernichten. Du selbst hast sie über uns gebracht, als du dem ersten Spruch auf der Schriftrolle deine Stimme geliehen hast.» Er versuchte zu lachen. «Nur die Götter wissen, was geschehen wäre, wenn du auch den zweiten gesprochen hättest.»

Khamwaset stand auf und ging zur Tür. Trotz seiner äußerlichen Selbstsicherheit vermeinte Sheritra ein unterschwelliges Unbehagen zu erkennen. «Ich habe genug gehört», sagte er laut. «Tbubui hat mich darauf aufmerksam gemacht, daß du durch hintertriebenes Verlangen so eifersüchtig und so wahnsinnig wärst, tatsächlich zu versuchen, sie und ihr Ungeborenes umzubringen, und ich habe angenommen, ihre Worte rührten von einer Hysterie wegen ihrer Schwangerschaft her. Aber jetzt reicht es mir. Ihr seid eine Bedrohung für beide.» Er zerrte an der Tür. «Wachen!» brüllte er.

«Nicht, Vater!» schrie Sheritra, indem sie quer durch den Raum lief und sich an seine Arme klammerte. «Nicht, das kannst du doch nicht tun! Er stirbt, siehst du das nicht? Hab Mitleid mit ihm!»

«Hatte er denn Mitleid mit Tbubui? Oder mit mir?» sagte er hitzig. Zwei Wachsoldaten kamen in den Raum gestürzt, und Khamwaset nickte kurz in Horis Richtung. «Mein Sohn steht unter strengem Hausarrest», sagte er barsch. «Bringt ihn in seine Gemächer und laßt ihn nicht heraus.» Sheritra schrie erneut, doch er pflückte entschlossen ihre Finger von seinem Arm. Die Soldaten brachten Hori auf die Beine, und Antef drückte ihm hastig die Flasche in die Hand. Hori sah Sheritra an.

«Du weißt, was du nun zu tun hast», sagte er. «Bitte versuch es, Sheritra, ich will jetzt noch nicht sterben.» Halb zogen, halb trugen sie ihn dann quer durch den Raum und zur Tür hinaus. Khamwaset wandte sich brüsk zu Sheritra.

«Und nun zu dir», sagte er verbittert. «Ich schäme mich für dich. Im Augenblick bist du frei, zumindest bis ich eine geeignete Strafe für dich gefunden habe.» Nun wandte er sich an Antef. «Im Grunde bist du ein herzensguter junger Mann», sagte er nunmehr etwas freundlicher, «und ich beliebe zu glauben, daß du das unwissende Werkzeug meines Sohnes gewesen bist. Ich werde auch dich bestrafen und vermutlich aus meinem Haushalt verbannen, doch für heute will ich Milde walten lassen. Du kannst gehen.»

«Ptah-Seankh gegenüber hast du nicht so nachsichtig gehandelt», sagte Sheritra mit zitternder Stimme, nachdem Antef sich verneigt und den Raum verlassen hatte, und Khamwaset pflichtete ihr bereitwillig bei.

«Selbstverständlich nicht», sagte er. «Ptah-Seankh war *mein* Diener. Er schuldete mir und nicht Hori seine Loyalität. Er hat mich verraten. Aber Antef ist Horis Diener, und er hat sich wenigstens daran erinnert, wem er seine Pflichten schuldig war. Dafür bewundere ich ihn.»

«Und wieso kannst du Hori nicht für seine Loyalität dir gegenüber bewundern?» fragte Sheritra mit Nachdruck. «Du kannst doch nicht im Ernst glauben, daß Hori in der Lage gewesen sein soll, sich durch den Schutt am Grabeingang hindurchzuwühlen, die Tür aufzubrechen und den Deckel von diesem Sarkophag zu heben? Lies die Schriftrollen noch einmal durch, Vater. Denn du kannst auch nicht im Ernst glauben, daß Hori sich eine solch verworrene Geschichte aus den Fingern gesogen hat. Bitte, entscheide im Zweifel wenigstens zu seinen Gunsten.»

«Er hätte Arbeiter anheuern können, die diese Aufgabe für ihn erledigten, während er weg war», erwiderte Khamwaset mürrisch. «Ich war nicht wieder am Grab seit... seit...»

«Du bist weit mehr beunruhigt, als du es uns gegenüber zugeben willst, nicht wahr, Vater?» sagte Sheritra. «Irgendwo in deinem Innern befürchtet ein Teil von dir, daß Hori recht hat. In Wahrheit glaubt dieser Teil stärker daran, als ich es tue. Geh selbst nach Koptos und sprich mit dem Archivar.»

Khamwaset schüttelte heftig den Kopf, aber als er sprach, kam seine Stimme schwach und dünn. «Das kann ich nicht», flüsterte er. «Sie ist mein ein und alles, und ich werde alles Erdenkliche tun, um sie nicht zu verlieren. Du bist im Irrtum, Kleine Sonne. Kein vernünftiger Mensch würde annehmen, daß mein Liebling etwas anderes ist als eine schöne, vollendete und begehrenswerte Frau. Aber ich glaube, daß womöglich ihr vornehmer Rang nicht ganz blütenrein ist. Vielleicht besitzt sie ihn überhaupt nicht.»

«Hori würde ihr nichts antun», sagte Sheritra. Ihr Kopf hämmerte, und ihr ganzer Körper lechzte nach Ruhe, nach Vergessen, doch sie spürte, daß noch etwas anderes hinter dem Arrest Horis durch ihren Vater steckte. Es kam ihr vor, als hätte er übereifrig und vorschnell die Gelegenheit beim Schopf ergriffen, Horis Bewegungsfreiheit einzuschränken und ihn an seine Kandare zu legen. Sie ging auf ihn zu, und im grauen, mitleidlosen ersten Licht Rês, das durch die Vorhänge hereinfiel, standen sie einander gegenüber und sahen sich an. «Das allerletzte, was Hori möchte, ist, Tbubui Böses anzutun. Er liebt sie genauso wie du. Dafür haßt er sich, nicht sie und ganz bestimmt nicht dich. Vater, gibt es Zaubersprüche, die einen todbringenden Fluch aufheben?»

Er blickte verständnislos drein. «Ja.»

«Darf ich einen sehen?»

Wieder leuchtete jene tierische Verschlagenheit in seinem Gesicht auf. «Das darfst du nicht. Sie sind vergängliche, gefährliche Gegenstände, die du am besten den Magiern überläßt, welche die Macht und die Autorität besitzen, mit ihnen umzugehen.»

«Wirst du dann einen für Hori beschwören?»

«Nein. Unternehme ich so etwas ohne die Gewißheit, daß er tatsächlich mit einem todbringenden Fluch belegt ist, so würde ich ihm nur schaden.»

«Götter», sagte sie leise und machte einen Schritt zurück. «Du willst, daß er stirbt, nicht wahr? Du bist ein Scheusal geworden,

Vater. Soll ich mich jetzt selbst umbringen und dir damit den Ärger ersparen, es später zu tun, wenn es Tbubui einfällt, daß ihr Leben ohne mich für sie einfacher wird?» Er antwortete nicht. Er stand weiter da, das grausame Morgenlicht deckte erbarmungslos jede Falte in seinem alternden Gesicht auf. Sheritra seufzte enttäuscht und verärgert auf und floh.

Ich muß in seinen Arbeitsraum zurückgehen, bevor er mit dem Baden und Ankleiden fertig wird, dachte sie verzweifelt, als sie dahineilte. Und auch bevor die Wache wechselt. Oh, mir ist so bange! Aber ich darf Antef nicht noch einmal da hineinziehen. Alles, was zu tun ist, muß ich allein tun. Ich wünschte, Harmin wäre bei mir. Fast wäre sie gegen zwei Diener mit Besen und Putzlumpen geprallt, und sie drückte sich an die Wand, indem sie sich entschuldigend verneigte.

Das Haus erwachte. Bald begann die Parade der Musiker und Leibdiener, die sich anschickten, die Familie zu wecken und zu bedienen. Darauf klopften die Kämmerer höflich an und näherten sich den Ruhebetten, begleitet von einem Schwall sanfter Harfenmusik, während sie die Morgenerfrischungen auf silbernen Tabletts balancierten. Aber nicht in Mutters Gemächern, dachte Sheritra mutlos. Diese Räume waren düster und leer. Ich hatte nicht einmal die Zeit, sie zu vermissen, dennoch hat das Herz dieses Hauses zu schlagen aufgehört, seitdem sie nicht mehr da ist. Tbubui wird versuchen, ihren Platz einzunehmen und auszufüllen, jedoch durchdringender und lockerer. Sheritra lenkte ihre Gedanken wieder in die Gegenwart und verlangsamte ihren Schritt, grüßte den schläfrigen Wächter an ihrer Tür und betrat ihren Vorraum. Zu ihrer Überraschung saß Bakmut auf einem Stuhl, wach und lebhaft, mit einer Schriftrolle in der Hand. Als Sheritra näher kam, stand sie auf und verneigte sich.

«Guten Morgen, Bakmut», sagte Sheritra. «Ich sehe, daß du auch nicht zum Schlafen gekommen bist.»

Das Mädchen ging nah auf sie zu und hielt ihr die Schriftrolle hin. Sie war mit dem königlichen Abdruck des Ramses versiegelt. Als Sheritra sie in die Hand nahm, bemerkte sie, daß die Rolle an Hori gerichtet war. «Wie bist du daran gekommen?» fragte sie schneidend.

«Ich habe sie abgefangen», sagte Bakmut freimütig. «Gestern traf ein königlicher Herold damit ein, und glücklicherweise führte ihn seine Suche nach dem Prinzen an deine Tür. Wäre er weiter durchs Haus gegangen oder hätte sich gar verirrt und wäre ins Haus der Konkubinen gelangt, so hätte jemand anders seine Sendung entgegengenommen. Ich habe sie versteckt und vergessen, sie gestern abend weiterzureichen, als dein Bruder an deine Tür gekommen ist.»

«Was willst du damit sagen?» sagte Sheritra stirnrunzelnd.

«Ich sage, daß ich keinem in diesem Irrenhaus mehr über den Weg traue», erwiderte Bakmut kategorisch.

Sheritra nahm die Schriftrolle nachdenklich in Augenschein. «Mein Bruder steht unter Hausarrest», sagte sie. «Soll ich sie nun öffnen oder lieber versuchen, sie zu ihm zu schleusen? Das wird die Antwort auf sein Hilfeersuchen sein.» Das Mädchen schwieg. «Das hast du gut gemacht, Bakmut», sagte Sheritra und gab ihr den Papyrus zurück. «Hebe ihn noch eine Weile sicher auf. Ich habe jetzt nicht die Muße dazu, ihn zu lesen. Ich muß gehen. Wenn jemand an die Tür kommt, so sage ihm, daß ich mich wieder hingelegt habe und nicht gestört zu werden wünsche.» Bakmut nickte stumm mit zusammengepreßten Lippen. Sheritra lächelte ihr zu und verließ den Raum wieder.

Der Wachsoldat vor dem Arbeitsraum ihres Vaters, der sie erst angehalten und dann doch eingelassen hatte, stand noch immer dort, mit rotumrandeten und vor Müdigkeit schweren Augen. Sheritra hatte keine Mühe, ihn zu überreden, sie wieder einzulassen, und als sie die Tür hinter sich geschlossen hatte, hörte sie, wie die Wachablösung den Flur entlangkam und den Kameraden freundlich grüßte. Gut, dachte sie. Wenn das Glück mir hold ist, so erfährt er nicht, daß ich hier drin bin.

Im Arbeitsraum herrschte nicht mehr jene Atmosphäre der Unwirklichkeit und Dringlichkeit vor wie zur Nachtzeit. Rê hatte sich inzwischen vollständig über den Horizont erhoben. Das Licht durchflutete den Raum und lockte keine Phantome hervor. Sheritra kam etwas zur Ruhe. Sie atmete tief durch und durchquerte den Innenraum. Die aufgebrochene Tür stand sperrangelweit offen, der Dekkel der Truhe ebenfalls.

Sie zauderte nicht. Während sie mit gekreuzten Beinen neben der Truhe zu Boden sank, langte sie hinein und zog irgendeine Schriftrolle daraus hervor. Tief in ihrem Herzen wußte sie, daß diese Aufgabe unmöglich zu erfüllen war und – könnte sie gar durch irgendeinen phantastischen Glücksfall auf einen passenden Zauberspruch stoßen – sie nicht in der Lage wäre, die notwendigen Hilfsmittel zusammenzutragen, um ihn zu beschwören. Und dennoch, wenn Hori stürbe und sie nicht alles Menschenmögliche unternommen hätte, so würde sie sich das nie verzeihen.

Sie hielt sich noch nicht lange im Innenraum auf, während sie angestrengt versuchte, sich im Labyrinth geheimnisvoller Schriftzeichen zurechtzufinden, als sie Stimmen auf dem Gang vernahm – die des Wachsoldaten und den unverwechselbaren Baß ihres Vaters. Das Herz schlug ihr bis zum Halse. Hastig warf sie die Schriftrolle in die Truhe zurück und sah sich nach einem Versteck um. Offenbar hatte er sich nicht erst lange damit aufgehalten, zu baden und sich anzukleiden, bevor er den Schaden inspizierte, den Antef und Hori angerichtet hatten. Der Raum war klein, gedrungen und leer, doch mehrere Truhen standen nebeneinander an der Wand, und der Zwischenraum zwischen den Truhen und der Wand war eng. Ohne lange zu überlegen, zwängte sie sich dazwischen, wobei sie sich der Länge nach auf den Fußboden legte, mit dem Gesicht zum Raum hin. Durch einen engen Spalt konnte sie die durchwühlte Truhe und die untere Türhälfte einsehen. Sie versuchte, ihre Atemzüge zu beruhigen, und wartete ab, fast ohnmächtig vor Angst.

Kurz darauf kam ihr Vater herein und hielt in der Tür inne. Sie konnte seinen Aufschrei des Entsetzens hören, als er das Durcheinander erblickte, dann kamen seine nackten Beine näher. Nachdem er in die Hocke gegangen war, begann er in der Truhe zu wühlen; vermutlich zählte er die Schriftrollen, um festzustellen, ob eine fehlte.

Nun konnte Sheritra sein Gesicht sehen, das gespannt und finster war. Sie sah weiterhin zur Seite in der abergläubischen Annahme, daß sich ihre Blicke begegnen würden, wenn er aufsah, und sie dann entdeckt würde. Doch sie sah noch rechtzeitig wieder hin, um zu bemerken, daß er einen Papyrus in die Truhe hineinlegte. Es war die Schriftrolle des Gottes Thoth. Im Tageslicht sah der Blutfleck nach Rost aus. Khamwaset knallte den Deckel zu, beließ die Truhe aber, wo sie stand. Indem er in die Knie ging, schien er die anderen Truhen zu untersuchen.

Nun veränderte sich seine Miene. Sie erschien nicht mehr finster. Dagegen nahm die Spannung zu und wurde fast grimmig entschlossen, und er fing an, sich selbst etwas zuzuflüstern, eine Reihe halb ausgesprochener Worte, deren Sinn Sheritra nicht erfaßte. Sie hatte genau denselben Ausdruck in Harmins Gesicht wahrgenommen, wenn dieser einem Tier hinterherjagte. Khamwaset, der immer noch kniete, ballte seine Hände zu Fäusten und öffnete sie wieder. Er beugte sich vornüber und hob den Deckel der Truhe direkt vor Sheritras Nase. Sie konnte spüren, wie er darin herumstöberte, und die Unterhaltung, die er mit sich selbst führte, nahm an Lautstärke zu, wurde dadurch jedoch um keinen Deut verständlicher. Der Dekkel schlug dumpf auf, und sie zuckte zusammen.

Dann sah sie, daß er wegging und in seiner rechten Hand eine kleine Phiole aus Stein umklammert hielt. Sie bedachte nicht lange, welcher Grund sie eigentlich hergeführt hatte. Sie zwängte sich aus ihrem Versteck heraus und trippelte ihm hinterher. Im Vorraum mußte sie sich eine Weile aufhalten, da er noch einige Worte mit dem Wachsoldaten wechselte, und sie wartete ab, bis er sich im Flur so weit entfernt hatte, daß er den Wachsoldaten nicht mehr hören konnte, falls dieser sie ansprechen würde. Dann trat sie auf den Flur hinaus und ging ihrem Vater hinterher, dessen Sandalen gerade außerhalb der Sichtweite auf dem Fliesenboden klapperten.

Ihren unwiderstehlichen Drang, ihm zu folgen, hätte sie nicht einmal erklären können. Der Anblick der Phiole in seiner Hand hatte bei ihr Wogen der Befürchtung hervorgerufen, die noch nicht zu einem zusammenhängenden Gedanken verschmolzen.

Vorsichtig lugte sie um die nächste Biegung, wohl wissend, daß sie sich nahe bei Horis Tür befand. Ihr Vater war dort und stand mitten im Flur, ohne sich zu rühren, jedoch auf der Hut. Sheritra beobachtete ihn verwundert. In seinem Verhalten lag etwas Verhuschtes, und sie konnte erkennen, daß er ausgiebig ins Schwitzen geraten war. Bisweilen hob er seinen Leibrock, um sich daran sein Gesicht abzuwischen. Er murmelte immer noch vor sich hin. Sheritra wartete weiter.

Kurz darauf hörte sie, daß Schritte aus der anderen Richtung näher kamen, und ihr Vater begann, langsam im Flur hin und her zu gehen. Antef tauchte auf, ein Tablett mit einer dampfenden Schale in beiden Händen haltend. Als er Khamwaset erblickte, hielt er irritiert inne. Khamwaset ging auf ihn zu.

«Was ist das?» fragte er kurz angebunden.

«Weizenschleimsuppe für seine Hoheit», sagte Antef argwöhnisch. «Ich habe sie ihm gekocht, nachdem er krank geworden ist. Seit gestern morgen hat er nichts mehr zu sich genommen, Prinz.»

«Gib sie mir», sagte Khamwaset in einem Befehlston, und Sheritra, die sich versteckte und zuhörte, schloß die Augen und lehnte sich an die Mauer. Oh, bestimmt nicht! dachte sie entgeistert. Vater würde sich zu solch einer abscheulichen Sache nicht herablassen! «Ich möchte mit ihm reden, Antef, deshalb will ich ihm seine Suppe bringen», sagte Khamwaset gerade. «Du bist entlassen.» Einen Augenblick später reichte der junge Mann Khamwaset das Tablett und machte unwillig auf seinem Absatz kehrt.

Als Antef außer Sicht war, setzte Khamwaset das Tablett auf dem Steinboden ab, warf einen Blick nach links und nach rechts den Flur hinunter und entfernte dann den Pfropfen von der Phiole. Sheritra sah, wie ein Strom schwarzer Körnchen in die dünne Suppe rieselte. Er sorgt dafür, daß Hori stirbt, dachte sie entsetzt. Er läßt keine Gelegenheit aus, und falls irgend jemand eine Untersuchung anordnet, Großvater zum Beispiel, dann kann er Antef, der die Mahlzeit von der Küche bis hierher getragen hat, die Schuld in die Schuhe schieben.

Khamwaset rührte, das Gesicht unnachgiebig und versonnen, mit einem zitternden Finger die Weizenschleimsuppe um, und in jenem Augenblick wußte Sheritra, daß ihr Vater den Verstand verloren hatte. Unternimm etwas! schrie ihr Gewissen auf. Hindere ihn daran! Sie stieß sich von der Mauer ab und stolperte fast, dann rannte sie um die Biegung und mit voller Kraft den Flur entlang. Während sie mit ihrem Vater zusammenstieß und strauchelte, tat sie so, als würde sie nach ihm greifen, und dabei kippte das Tablett, die Schale rutschte herunter und zerbrach, und die Schleimsuppe verbreitete sich auf dem Steinboden.

«Sheritra!» schrie er, während er sich dort über die Wade rieb, wo die heiße Suppe ihn verbrannt hatte. Er blickte sie finster an, und Sheritra hätte schwören können, daß eine mörderische Wut in diesen Augen lauerte.

«Vater, es tut mir ja so leid», sagte sie keuchend. «Ich wollte zu Hori. Ich war in Eile, weil Bakmut darauf wartet, mich baden zu können. Ich habe dich nicht gesehen...»

«Das macht nichts», murmelte er. «Ich möchte ihn selber besuchen, aber ich kann warten. Bestell ihm eine neue Weizenschleimsuppe, bitte.» Ihre Antwort wartete er erst gar nicht ab. Wie ein Betrunkener wankte er mit unsicherem Schritt den Flur entlang, und Sheritra sammelte einen Augenblick lang ihre Kräfte, noch geschwächt von der Erleichterung. Vorübergehend befand Hori sich in Sicherheit, aber sie bezweifelte nicht, daß ihr Vater einen weiteren Anschlag auf Horis Leben unternehmen würde. Falls er nicht vorher stirbt, dachte sie. Armer Hori! Falls Tbubui dich nicht umbringt, dann erledigt Vater es. Dann spürte sie die heißen Tränen hinter ihren Augenlidern, und mit einem erstickten Schrei stürzte sie Khamwaset hinterher, vorbei an der kurzen Laibung von Horis Eingangstür, in der ein Soldat Wache schob, in den breiteren Hauptflur hinein, der das ganze Haus entlanglief. Ihr Vater war verschwunden, doch weiter entfernt sah sie Antef, der gerade auf dem Weg in den Garten war.

«Antef!» rief sie, und er hielt inne und wartete, bis sie ihn eingeholt hatte. «Antef», wiederholte sie außer Atem mit zusammengeschnürtem Brustkorb. «Ich wollte dich eigentlich nicht mehr um deine Hilfe bitten, doch mir bleibt einfach nichts anderes übrig. Wir müssen Hori aus dem Haus schaffen und ihn, falls möglich, ins Delta schicken. Es tut mir leid», sagte sie entschuldigend, als sie seine Miene bemerkte, «aber ich habe niemanden sonst, an den ich mich wenden könnte. Hilfst du mir?»

«Ich weiß nicht, wie wir ein solches Unternehmen bewältigen können», sagte er zweifelnd. «Seine Hoheit wird streng bewacht, und offen gesagt, Prinzessin, wenn ich deinen Vater herausfordere, so könnte dies meinen Tod bedeuten.»

«Ich weiß auch nicht, wie wir das anstellen sollen», sagte Sheritra, ihre Ratlosigkeit eingestehend, «aber wir müssen es versuchen. Komm in einer Stunde zu mir. Dann habe ich noch Zeit, gebadet und angekleidet zu werden, und dann hecken wir eine Art Plan aus.» Er verneigte sich und verschwand.

Sheritra kehrte in ihre Gemächer zurück. Erst als sie diese betreten hatte und Bakmut auf sie zugeeilt kam, um sie zu bedienen, stellte sie fest, wie nervös sie war, doch in der vertrauten Ruhe ihrer Zimmer, als sie den Duft ihres eigenen Parfüms wahrnahm und ihre persönlichen Gegenstände erblickte, verlor sie jegliche Beherrschung. Da sie so stark zitterte, daß sie sich kaum bewegen konnte, erlaubte sie Bakmut, sie zu einem Stuhl zu führen. «Wein», sagte sie durch ihre zusammengepreßten Zähne, und Bakmut brachte ihr einen Krug und einen Becher, schenkte ein und bog Sheritras Finger um den unteren Rand des Bechers. Sheritra leerte den Becher bis zur Neige, hielt ihn erneut hin und nippte dann langsam. Das Zittern begann nachzulassen. Ich werde Horis Wächter töten, falls es sein muß, dachte sie eiskalt. Und Tbubui ebenfalls. Ich werde sie alle umbringen, damit Hori leben kann. «Wasch mich», sagte sie befehlend zu Bakmut, «und beeil dich. Ich habe heute noch sehr viel zu erledigen.»

21. Kapitel

«Wer zur ewigen Ruhe gebettet ist, vernimmt deine Klage nicht, und wer im Grab ist, kann dein Weinen nicht hören.»

Die Wachsoldaten hatten Hori auf sein Ruhebett gelegt und waren hinausgegangen, und er war in einen trägen, trunkenen Traum gefallen, in dem Tbubui, in ein reines, weißes Leinentuch gekleidet, im Garten mitten im getüpfelten Schatten eines Sykomorenbaums saß, wobei sie eine runde, bloße Brust offenbarte. An ihrer Brust saugte eine winzige Wachsfigur mit Kupfernadeln in Kopf und Unterleib, deren mißgestalteter, lippenloser Mund sich in einem grotesken Rhythmus bewegte. «Es wird nicht mehr lange dauern, lieber Hori», sagte Tbubui mit süßer Stimme. «Bald hat sie sich vollgesaugt.» Hori wachte mit einem tonlosen Schrei in der Kehle auf; das Hämmern in Kopf und Eingeweide verursachte ihm einen Augenblick der Panik. Er wühlte in den Laken, bis er seine Fassung wiedergewonnen hatte. Dann lag er ruhig da, während er versuchte, den Schmerz anzunehmen und ihn zu dämpfen.

Um ihn herum ging man im Haus den eingeschliffenen Gepflogenheiten nach. Er hörte die Menschen hin und her eilen, seinen Wächter jenseits der Tür zum Vorraum schlurfen, Musikfetzen von irgendwoher im Garten an sein Ohr dringen, und er roch das strenge Aroma der Weizenschleimsuppe. Nachdem er mühsam seinen Kopf zur Seite gedreht hatte, erkannte er, daß jemand zu ihm gekommen war, während er geschlafen hatte. Eine Schale der nunmehr kalten Suppe und ein Teller mit Melonenscheiben in Honig standen auf seinem Nachttisch. Neben dem Obst lag ein Obstmesser, das im Sonnenlicht aufblinkte.

Hori starrte es blöde an. Die Vorkommnisse der Nacht spulten sich langsam mit einer Aura traumhafter Unwirklichkeit in seinem Kopf ab, dennoch wußte er genau, daß sie geschehen waren. Vater hat alles verworfen, was ich ihm zeigen wollte, dachte er schwach. Sheritra steht mir zwar treu zur Seite, doch sie weigert sich, der Wahrheit ins Auge zu sehen. Sie ist zu vernarrt in Harmin, als daß sie die Möglichkeit in Betracht zieht, daß er... daß Tbubui... Was ist noch zu tun? Kein Zauberspruch kann mich mehr retten, und das Figürchen können wir nicht finden. Ich glaube, Sheritra hat recht. Es befindet sich im Haus am Ostufer. Wenn ich doch bloß dorthin gehen könnte! Das Obstmesser lag unschuldig da, seine Spitze steckte im triefenden Honig, und seine Klinge glänzte.

Während Hori es nachdenklich betrachtete, nickte er wieder ein und wußte nicht zu sagen, ob er seine Augen geschlossen hatte oder nicht, denn als er erwachte, starrte er noch immer auf das unschuldige Obstmesser. Die Schmerzen hatte zugenommen und zerrten und rissen an seinen Eingeweiden wie ein rasendes Raubtier, aber niemand war gekommen. Es gibt niemanden, der mich pflegt, dachte er in einem Anfall von Selbstmitleid. Kein Diener, der mich badet und mich beruhigt, kein Arzt, der mir die gesegnete Arznei des Vergessens einflößt. Man will mich ganz bewußt vergessen.

Tränen der Schwäche und Einsamkeit rannen an seinem Gesicht hinunter, und eine Weile lang gab er ihnen nach, zog seine Knie bis ans Kinn hoch und gab sich seinem Schmerz hin. Doch dann kämpfte er sich hoch und griff nach der Flasche mit dem Mohn, die er selbst auf den Tisch gestellt hatte, bevor er wie ein Stein im Brunnen des Vergessens auf den Grund gesackt war. Er schüttelte sie, bevor er einen Schluck zu sich nahm. Es war nicht mehr viel übrig. Merkwürdigerweise fühlte er sich etwas kräftiger und klarer im Kopf, ein Anzeichen, das ihm einen Schock versetzte und ihn in Panik geraten ließ. Sein Vater war Arzt, und Hori wußte, daß ein todkranker Patient kurz vor seinem Ende euphorisch wurde und Klarheit und Energie erkennen ließ, so wie die Flamme einer abgebrannten Kerze kurz vor dem Erlöschen noch einmal aufloderte. Das muß ich ausnutzen, dachte er. Es wird nicht lange vorhalten.

Seine Qualen waren zu einem tauben Schmerz gedämpft, und seine Augen kehrten zu dem kleinen, sauberen Messer zurück, das neben den Melonenstücken wartete. Das Haus am Ostufer, dachte er träge. Ohne Kampf will ich nicht sterben. Wie viele Wachsoldaten stehen wohl vor meiner Tür? Bestimmt nicht mehr als einer zur Zeit. Und der wird nicht allzu wachsam sein, da er glaubt, es mit einem sehr kranken Mann zu tun zu haben. Hori streckte seine Hand aus und umklammerte den Griff des Messers. Heute nacht, sprach er zu sich. Er schlief wieder ein, hielt das Messer aber noch immer in der Hand.

Er erwachte, und es war dunkel. Irgendein leiser, gesichtloser Diener hatte eine Lampe auf seinem Tisch abgestellt, das Tablett vom Morgen aber hatte er stehenlassen. Wenn ich Vater wäre, dachte Hori mit hysterischem Humor, würde ich diesen Menschen zurechtweisen. Seine Finger, die den Griff des Messers umklammert hielten, das sich in seinen Laken verfangen hatte, waren starr geworden. Er machte es frei, bewegte seine Finger und untersuchte sich selbst. Er fühlte sich besser. Ihm war sehr wohl bewußt, daß es die Ruhe vor dem letzten Feuersturm war, aber er verdrängte diesen Gedanken.

Mit unendlicher Vorsicht setzte er sich aufrecht, tastete mit seinem Füßen nach dem Boden und stand vorsichtig auf. Der Raum kreiselte um ihn herum und kam dann zum Stehen. Ihm fiel ein, daß er nackt war, doch der schmutzige Leibrock, den die Wachsoldaten von ihm abgestreift haben mußten, lag zusammengeknüllt auf einem Stuhl. Langsam und immer noch doppelt gebeugt gegen den Schmerz, der in ihm lauerte, torkelte er darauf zu und legte ihn an. Vom Flur jenseits der Tür drang kein Geräusch bis an seine Ohren. Er schlich quer durch den Raum, das Messer locker in seiner Handfläche haltend, und legte sein Ohr auf das warme Zedernholz der Tür. Er konnte seinen Wächter schlurfen hören, aber sonst kaum etwas. Langsam öffnete er die Tür.

Der Mann stand nun zu seiner Rechten und lehnte nachlässig und gelangweilt an der Mauer, der größte Teil von ihm lag im Schatten. Die nächste Fackel brannte weiter entfernt im Flur. Hori atmete tief ein. Ihm war klar, wie klein der Teil seiner ursprünglichen Kraft sein mußte, der ihm noch geblieben war. Wenn er ihn beim ersten Versuch verfehlte, bekäme er keine zweite Gelegenheit mehr. Als er hinter der Tür hervorkam, umklammerte er das Messer in seiner Hand fester, dann, indem er nach vorn und zur Seite torkelte, schnappte er sich den Arm des Wachsoldaten und stieß die Klinge unter dem Kinn des Mannes in dessen Kehle hinein. Der Soldat hustete einmal kurz, griff sich an den Brustkorb und sank dann zu Boden. Seine Augen waren weit geöffnet und blickten unter dem zeitweiligen Flackern der Fackel erschreckt ins Leere. Hori hatte nicht mehr die Kraft, den Körper in den Raum zu schleifen, aber das spielte nun auch keine Rolle mehr. Binnen weniger Minuten würde er das Haus verlassen haben. Er stützte sich mit einer Hand an der Mauer ab, während der menschenleere Flur langsam ins Wanken geriet. Erneute Schmerzen schienen in seinem Unterleib anzuschwellen und schickten Feuerstöße in seine Beine hinein. Er bemühte sich, gleichmäßiger zu atmen, und krümmte sich, stellte einen Fuß auf die Schulter des Soldaten, zog das Obstmesser heraus und wischte es, so gut es ging, am Leibrock des Mannes ab. Dann begab er sich in den Garten.

Alle Eingänge waren bewacht, das wußte er, und mit Sicherheit versperrte ein anderer Posten auch den Hinterausgang. Hori wollte nicht erneut jemanden umbringen. Diese Männer waren unschuldig, taten nur ihre Pflicht und sonst gar nichts. Doch ihm wurde auf einer anschwellenden Woge aus kalter Verzweiflung klar, daß er sich irgendwie bis zu dem Soldaten hinschleppen und ihn wenigstens außer Gefecht setzen mußte. Das war die Lösung.

Während er vorwärts schlich, hob er die Klinge hoch. Der Mann rührte sich und veränderte seine Haltung, und sein Schwert klirrte leise gegen die Beschläge an seinem Gürtel. Hori stieß zu, wobei er auf die Sehnen hinten am Knie zielte. Er fühlte, wie sie nachgaben, als er sie aufschlitzte, und mit einem Aufheulen fiel der Wachsoldat zu Boden, krümmte sich und brüllte los. Ein großer Krug stand genau im Durchgang; er war mit Wasser gefüllt, das von den Brisen gekühlt wurde, die durch die geöffneten Türen an beiden Enden strömten. Mit einem Ächzen stieß Hori ihn um. Das Wasser ergoß sich zu seinen Füßen, wirbelte um den Soldaten herum und strömte mit Blut vermischt ins Gras. Hori hob den geleerten Krug hoch und warf ihn dem Soldaten an den Kopf. Der Krug zerbrach, die Schreie verstummten. Zitternd und schwitzend ging Hori an ihm vorüber und in den Garten hinein.

Es war eine ruhige und schöne Nacht mit einem Vollmond und einem dunklen Himmel voll prangender Sterne, doch Hori war nicht in der Stimmung, sie zu bewundern. Er war unterwegs zu den Stufen zum Wasser, im Zickzack zwar und stolpernd, doch er kam gut voran, wobei er seine ganze Aufmerksamkeit darauf konzentrierte, einen Fuß vor den anderen zu setzen. Trotzdem sagte seine Nase ihm, daß der Fluß im Steigen begriffen war. Seine Dünstung – reichhaltig, dumpfig und leicht feucht – unterlegte die feineren Aromen der blühenden Sträucher. Er hielt sich vom Pfad fern, stapfte still vor sich hin und hielt nach weiteren Wächtern Ausschau. Aber an diesem Abend hatte er Glück. Er nahm an, daß die Wächter an den Begrenzungsmauern um das Anwesen herum aufgestellt worden waren.

Die Fackel, welche die Stufen zum Wasser beleuchtete, flackerte und tanzte in dem Windhauch am Fluß. Was er mit dem Mann machen sollte, der die Boote bewachte, wußte er auch nicht. Vorsichtig bewältigte er die Stufen. Wegen des ständigen Hämmerns in seinem Kopf ließ sein Gleichgewichtssinn ihn teilweise im Stich. Und dort war der Wachsoldat, er saß am Ende, seinen Rücken an den Stein gelehnt, und schlief tief. Noch ein Kandidat für eine strenge Zurechtweisung, dachte Hori, der das Bedürfnis, laut loszukichern, unterdrücken mußte. Wo aber ist das Ruderboot? Er entdeckte es zu seiner Rechten, wo es sanft auf dem Wasser schaukelte und das Haltetau locker um den Pfahl geschlungen war.

Da er Erschütterungen vermeiden wollte, die den Soldaten hätten wecken können, ging er auf Zehenspitzen, hob eine Stake aus ihrem Platz im Schlamm und ging auf das Ruderboot zu. Auf dem Boden des Bootes gab es keine Riemen, aber das war auch nicht wichtig. Er wußte, daß zum Rudern seine Kraft ohnehin nicht reichte. Er mußte sich auf die nun zielbewußte Strömung verlassen, die täglich mit dem Anschwellen des Nils zunahm, um die kurze Strecke nach Norden zurückzulegen. Er stolperte über das Haltetau des Ruderboots, und halb kletterte er, halb fiel er hinein.

Die Stake umklammernd, stieß er sich ab, und das kleine Fahrzeug bewegte sich ruckartig vorwärts und begann, in die Mitte des Stroms zu schwenken. Dort angekommen, brauchte Hori sich nur noch hinzusetzen und sich von der Strömung treiben zu lassen, das wußte er. Ihm drehte sich der Kopf, und er war mit einem Schlag entsetzt bei dem Gedanken, daß er ohnmächtig werden könnte. Das Messer befand sich noch in seiner Hand. Er hatte keinen Gürtel dabei, in den er es hätte stecken können, sondern nur seinen Leibrock, den er locker um die Hüfte gewunden hatte, so daß er das Messer auf den Boden des Bootes legte und einen Fuß darauf stellte. Mit beiden Händen stakte er noch einmal, und das Boot protestierte, doch nach einem Augenblick spürte Hori, daß die Strömung es mitzog, und er entspannte sich mit einem zitternden Seufzer.

Als er das nächste Mal wieder ganz bei sich war, fuhr er in einem fast bedeckten Mondstrahl, die dunkle Stadt zu seiner Linken und die Schatten spindeldürrer Akaziensträucher, die sich ans Ufer klammerten, zu seiner Rechten. Schließlich war er doch ohnmächtig geworden. Wimmernd ohrfeigte er sich zweimal, doch seine Finger strichen nur über die Haut. Der Kräfteschub, der ihn bisher so weit gebracht hatte, ließ schnell nach, und er befürchtete auf einmal, daß er hier im Boot sterben könnte und er den ganzen Weg bis zum Delta mit dem Boot hüpfen und schaukeln würde, bevor man seinen Leichnam fand. Dann wäre es zu spät zum Einbalsamieren, dachte er in Panik. Mein Körper wäre dann bereits zu sehr verwest. O Amun, König der Götter, hab Erbarmen mit mir und bring mich sicher zu den Wasserstufen!

Das Boot glitt weiter, und langsam, aber sicher sah Hori das vertraute dunkle Strauchwerk näher kommen, das sich zum Palmenwäldchen verdichtete, in dem Tbubuis altes Haus eingebettet war. Er begann, das Boot ans Ufer zu steuern, indem er unbeholfen mit der Stake hantierte. Einen Augenblick lang reagierte das Boot überhaupt nicht, und er befürchtete, daß die Strömung über seine elenden Bemühungen die Oberhand gewinnen würde, doch dann drehte es widerstrebend bei und knirschte kurz darauf gegen die beschädigte Stufe. Hori tastete nach dem Messer, fand es und stolperte aus dem Boot auf die Stufen. Das Boot drehte sich sogleich um seine eigene Achse und glitt fort, aber es war ihm einerlei.

Alles schien eine lange Zeit in Anspruch zu nehmen. Auf Händen und Füßen kletterte er zum Pfad, und nachdem er dort angelangt war, blieb er mit dem Gesicht zu Boden im Sand liegen. Ich möchte schlafen, dachte er. Ich möchte auf ewig in der Erde versinken. Und seine Gedanken schweiften tatsächlich ab. Als er wieder seine Augen aufschlug, schien der Mond schwächer.

Mit einem Brummen kam er auf die Beine und blickte dann den Pfad entlang. Unter den Palmen war es sehr dunkel. Wie schwarze Pfeiler standen sie um ihn herum aufgerichtet, sich zur Linken wie zur Rechten von ihm abwendend und in ihr eigenes Geheimnis eingehüllt. Hori versuchte, sich durch sie nicht von der Wirklichkeit trennen zu lassen, doch als er die letzte Biegung hinter sich gebracht hatte und das Haus an einem Ende der Lichtung sah, mußte er gegen ein drängendes Gefühl der Verwirrung ankämpfen. Ihm schien es gerade so, als befände er sich wieder in Koptos am Rande der Ruinen, deren Ruhe und Abgeschiedenheit ihm so vertraut vorgekommen waren. Mit einer großen Anstrengung seiner Willenskraft lenkte er seine Gedanken wieder in die Gegenwart, doch die Ruhe und die Abgeschiedenheit blieben erhalten.

Als Hori über den spärlichen, vertrockneten Rasen stolperte, war er sich sicher, daß unsichtbare Augen sein Vorankommen ganz genau beobachteten. Ich habe nichts mehr zu verlieren, sagte er sich. Kein Schmerz, kein Übel kann größer sein als das, an dem ich jetzt leide. Ich werde geradewegs durch den Haupteingang in jene kalte Halle treten. Alle Diener, die im Schatten stehen, werde ich nicht beachten, denn ich weiß, daß sie mich ihrerseits nicht beachten. Die Uschebtis, die sich während der dunklen Stunden, wenn ihre Dienste nicht gebraucht werden, in ihre Dämmerwelt des Nichtseins zurückziehen, waren blind, taub und hölzern unbeweglich... Ihn schauderte. Eine ungewollte Handlung, die Qualen in seine geschwächten Muskeln goß, und er trat von der luftigen Dunkelheit der Nacht in die dichte, unterirdische Finsternis des Hauses.

Ein Diener stand in einer fernen Ecke, die Füße zusammen, die dunkelhäutigen Arme an den Körper angelegt, die Augen geschlossen. Hori kam näher und ging mit einem schüchternen Blick an ihm vorüber, doch er hatte sich nicht gerührt. Der hintere Flur gähnte weit offen, ein Loch, das ins Nichts führte. Nachdem er eine kurze Zeit innegehalten hatte, um das Messer auf den Boden zu legen und seine feuchte Handfläche an seinem Leibrock abzuwischen, ging er hinein.

Die Finsternis war vollkommen. Hori wußte, daß Tbubuis ehemaliges Zimmer zur Rechten nahe am Ausgang zum Garten lag, und er ging Schritt für Schritt darauf zu, immer an der Wand entlang. Am anderen Ende des Hauses schliefen Sisenet und Harmin oder womit auch immer die Toten nachts beschäftigt waren, dachte er mit einer erneuten Welle der Heiterkeit, die er als Hysterie erkannte. Ich darf sie nicht stören. Mit der Schulter stieß er gegen eine Leiste, und er erregte sich darüber. Hier war die Tür. Sie gab dem Druck seiner Hand nach, schwang lautlos auf, ohne den leisesten Luftzug allerdings, und Hori trat ein.

Hier herrschte dieselbe tiefe Finsternis, und verzweifelt ging Hori auf, daß seine Suche sich auf das Abtasten beschränken mußte. Eine Lampe hatte er nicht mitgebracht; er wäre nicht einmal in der Lage gewesen, sie zu tragen. Seine Symptome waren in dem Augenblick stärker hervorgetreten, da seine Finger die Tür berührt hatten, und nun durchbohrte der Schmerz seine Eingeweide und sein Gehirn. Er versuchte, sich darüber zu erheben, den Schmerz von jenem Ort zu verbannen, an dem Vernunft und Entscheidung den Vorrang vor seiner Seele hatten, aber es fiel ihm schwer.

Langsam und linkisch begann er mit seiner Suche, das Messer hatte er zeitweilig zwischen die Zähne geklemmt. Während er über den Boden schlurfte, stieß er gegen das Ruhebett. Er tastete die Matte und den Zwischenraum unter dem Ruhebett ab und wechselte sodann zur anderen Zimmerseite über, stellte jedoch bald fest, daß sie kahl war. Der Nachttisch fehlte wie auch der Schrein für Thoth. Sie hatte sie in das Haus seines Vaters mitgenommen.

Vor Erschöpfung und Frustration schluchzend, ging Hori zur Tür zurück. Du wirst sterben, triumphierte der Schmerz in ihm. Das Figürchen wirst du nie finden. Sie ist viel zu gerissen für dich. Wer hätte vor sechs Monaten gedacht, als du mit deinem Vater auf dem Plateau von Sakkâra warst und beobachtet hast, wie der Strom abgestandener Luft aus dem Grab eine dünne, graue Wolke bildete, daß du hier in diesem stickigen, kahlen Raum enden würdest, indem du dich vor Schmerzen krümmst und dein Leben aushauchst? Immer mit der Ruhe, sagte er eisern, obwohl er die heißen Tränen auf seinem Hals spürte.

Ein dünner Strahl gedämpften gelben Lichts fiel auf das andere Ende des Flurs. Wie vom Blitz getroffen hielt Hori inne. Er war absolut gewiß, daß dieser enge Raum zuvor vollkommen im Dunkeln gelegen hatte, doch nun hatte jemand eine Lampe angezündet, deren trüber Glanz unter der Tür hervorschien. Wessen Tür ist das? fragte sich Hori, indem er das Messer umklammerte und auf die Tür zuschlurfte. Er kam erneut durch den Eingang zur Halle zu seiner Linken und warf einen Blick auf den bewegungslos verharrenden Diener, der an der Wand stand. Wessen Tür ist das? Es war Sisenets Tür, und sie stand auf einmal angelehnt offen. Eine seltsame Ruhe befiel Hori. Er stieß sie auf und tat einen Schritt nach vorn.

Das erste, was ihm auffiel, war der Geruch. Er war an genug Bestattungsplätzen gewesen, um ihn sogleich zu erkennen – ein modriger, erdiger Geruch nach sonnenhungrigem Gestein und unberührtem Boden mit einem Anflug menschlicher Verwesung –, doch hier überwog der Gestank der Fäulnis. Er spürte ihn sogleich in seinen Lungen und schluckte schwer, während seine Nasenflügel sich zusammenzogen. In diesem Zimmer befand er sich zum erstenmal. Es war klein und nicht ausgemalt, die Wände bestanden aus grauem Lehm, der Fußboden war nicht gefliest. Ein Ruhebett stand an der gegenüberliegenden Wand, nichts anderes als eine Kopfstütze aus Stein lag darauf, und in der Mitte des Zimmers stand ein Tisch, darauf eine Lampe und ein Kasten. Was auf dem Tisch sonst noch liegen mochte, wurde von dem Mann verdeckt, der aufgestanden war und sich ihm mit einem kalten Lächeln zuwandte. Dieses Zimmer erinnert mich an etwas, dachte Hori, der in der Tür stand und sich umsah. Es erinnert mich an... an ein Grab.

Aber es blieb ihm keine Zeit, sich zu fürchten, noch nicht, denn Sisenet verneigte sich kühl. Er war mit einem kurzen Leibrock aus Leinen bekleidet. Ansonsten war der schlanke, kräftige Körper unbekleidet und ebenso staubfarben wie der lehmige Fußboden und der einfache Tisch.

«Es ist also der junge Hori», sagte Sisenet, nach wie vor lächelnd. «Ich hörte jemand den Flur entlangschlurfen. Ich habe mir gedacht, daß du das sein könntest. Du siehst, nicht gut aus, junger Prinz. Man könnte sogar behaupten, daß du vom Tod gezeichnet bist. Nun, warum ist das so?»

Hori betrat erst jetzt das Zimmer. Plötzlich wurde er sich des Messers bewußt, das er locker in seiner Hand hielt. Sisenet bewegte sich etwas vorwärts, wobei er mit seinen trockenen Fingern über den Tisch fuhr, auf dessen Oberfläche er Spuren hinterließ. Hori erwiderte nichts. Er wartete. An Tbubuis sogenannten Bruder hatte er nie viele Gedanken verschwendet. Sisenet war nichts anderes als ein stiller, selbstgenügsamer Mann, der gelegentlich aufgetaucht und darauf wieder verschwunden war und der sich anscheinend mit seinen wissenschaftlichen Arbeiten und der Abgeschiedenheit seines kleinen Zimmers begnügte. Doch als Hori ihn nun aufmerksam beobachtete, fragte er sich, worin diese wissenschaftlichen Arbeiten wohl bestanden hatten. Sisenets Lächeln wurde breiter. Es war kein erfreulicher Anblick, und Hori erkannte mit einem Schlag, daß seine Selbstbeherrschung nichts anderes war als höchste Arroganz und seine Zurückhaltung eine Art belustigten Vertrauens, die einen jeden kühl beobachtete und kalt sezierte. Sisenet war die Macht. Hori lief ein kalter Schauder den Rücken hinunter.

«Du warst es!» schrie er. «Die ganze Zeit über. Du hast Pentawer mit einem unheilbringenden Zauber belegt. Du hast dich mit Tbubui zusammengetan, damit sie meinen Vater verführt. Und du bringst mich um!»

Statt etwas darauf zu sagen, trat der Mann vom Tisch weg, und dort hockte das Figürchen aus Wachs, nach dem Hori suchte, wie irgendein fetter, feindseliger und primitiver Gott. Das flackernde Licht tanzte auf den tödlichen Kupfernadeln, deren eine von einer Schläfe zur anderen quer durch den kaum ausgeformten Kopf ging und deren andere schräg nach unten durch den vierschrötigen Unterleib stach. Daneben entdeckte Hori seine Ohrringe aus Gold und Jaspis. Ohrringe, dachte er, wie passend und wie verflucht richtig.

«Ist es das, wonach du gesucht hast, Hoheit?» fragte Sisenet höflich. «Ja? Das habe ich mir gedacht. Aber es ist zu spät. In zwei Tagen bist du tot.»

Ein Gefühl der Schwäche ergriff Hori, und er stemmte seine Füße auf dem Boden auseinander und kämpfte dagegen an. «Aber warum denn?» sagte er krächzend, während dieser abscheuliche Gestank an Intensität noch zunahm und er den Eindruck hatte, als würde er durch sämtliche Poren in ihn eindringen. «Warum? Es stimmt doch, daß du ihr Gemahl bist, nicht wahr? Du bist der Magier-Prinz Nenefer-ka-Ptah, und sie ist die Prinzessin Ahurê. Vater hat euch alle wiedererweckt, ihr seid allesamt lebende Tote, aber warum denn wir?»

«Armer Hori», sagte Nenefer-ka-Ptah mit spöttischer Anteilnahme. «Vielleicht solltest du dich hinsetzen. Hier, nimm meinen Stuhl. Soll ich einen Diener rufen und dir Wein kommen lassen?» Seine Augen glänzten vor Sarkasmus. Er weiß, was ich denke, sagte sich Hori, und Entsetzen ergriff ihn. Ich bin hier in Gegenwart eines Toten, der mehrere Jahrhunderte lang bereits tot ist, der nicht das Recht hat, zu gehen und zu reden, zu lächeln und zu gestikulieren, der von Rechts wegen in Leinen gewickelt und in der Dunkelheit liegen und verwesen müßte. «Mit einem Wort kann ich meine Diener wecken», fuhr Nenefer-ka-Ptah fort. «Es macht ihnen nichts aus. Sie sind vollkommen gehorsam.»

«Nein, keinen Wein», sagte Hori flüsternd, obwohl er nach etwas lechzte, mit dem er den Leichengeschmack in seinem Mund hätte wegspülen können. Die Ohrringe auf dem Tisch schienen ihm zuzuzwinkern, und das groteske Figürchen grinste sein allwissendes Lächeln.

«Meine Gemahlin war das Stadtgespräch in Koptos und darüber hinaus», sagte Nenefer-ka-Ptah im Plauderton. Er hatte angefangen, in der Art der Müßiggänger im Zimmer herumzuschlendern, doch seine Schritte waren lautlos. «Von hoher Geburt, eine Schönheit und dazu eine verführerische Person, der kein Mann widerstehen konnte. Ihre sexuelle Tüchtigkeit war legendär. Sie klammerte sich an mich, als wir ertranken; wie eine Geliebte hatte sie ihre Beine um die meinen geschlagen, ihr Körper zuckte vor lauter Todesangst. Sie hat ihre Beine auch um dich geschlungen, nicht wahr, Hoheit?» Hori nickte fasziniert und angewidert. «Ich aber hatte keine Angst. Ich dachte an die Schriftrolle, meine Schriftrolle, an den Gegenstand, um dessen Erwerb ich mich lange und intensiv bemüht hatte, und ich war beruhigt. Die Sem-Priester hatten ihre Anweisungen. Sie sollten uns in Särge ohne Deckel und hinter einer Geheimwand bestatten. Die Schriftrolle selbst sollte an den Leichnam eines meiner Diener genäht werden. Zu diesem Zweck habe ich befohlen, zwei von ihnen im Falle meines Todes zu töten, so daß sie in meinem Grab beigesetzt werden konnten. Aber Merhuh...» Er hielt inne und fuhr mit einer Hand über seinen rasierten Schädel. «Merhuh, mein Sohn, die Blüte der Jugend Ägyptens in jenen Tagen. Hübsch, sehr begehrt, vielseitig gebildet, verwöhnt und eigenwillig. Er wußte von der Existenz der Schriftrolle, beide wußten davon. Er stimmte meinen Vorbereitungsarbeiten für seine Grabstätte zu, und das war gut so, denn er selbst ertrank wenige Tage später, nachdem Ahurê und ich einbalsamiert und im Grab beigesetzt worden waren, das dein Vater freundlicherweise entweihte. Wir alle sind im Wasser umgekommen», sagte er. «Das war mit Sicherheit ein gewaltiger Scherz, denn den Nil liebten wir über alle Maßen. Wir sind darin geschwommen und haben darin gefischt, an langen roten Abenden sind wir darauf gefahren, an seinen Ufern haben wir uns häufig geliebt, wobei seine Wellen unsere Füße geküßt haben, an seinem geheimnisvollen Busen haben wir Feste gefeiert und mit ihm gelitten, wenn wir beobachten mußten, wie er sich alle Jahre wieder zurückzog. Wir haben in den Wandmalereien unseres Grabes in Sakkâra Szenen auf dem Wasser darstellen lassen, auch in dem von Merhuh in Koptos, der Stadt, die er liebte, und währenddessen hat der Gott nur darauf gewartet, unser Leben ausgerechnet in jenem Element zu Ende zu bringen, das uns das größte Vergnügen beschert hat. Aus solch interessanten Ironien besteht das Leben.» Er ging auf Hori zu. «Ich wußte, daß der Besitz der Schriftrolle seine eigenen Gefahren mit sich bringen würde», sagte er, «aber ich war ein großer Zauberer, der größte Magier Ägyptens, und ich bin dieses Risiko eingegangen. Die Schriftrolle war mein, ich hatte sie mir verdient. Der Preis, den meine Familie und ich dafür bezahlt haben, war ein frühzeitiger Tod nach fünf Jahren der Macht und des Gedeihens.»

«Du hast meine Frage nicht beantwortet.» Hori stockte, wenngleich er, hätte er nur genug Kraft besessen, in schreiendem Entsetzen von diesem Ort geflohen wäre. Ich habe einen Leichnam geliebt, schoß es ihm durch den Kopf. Mit einem Körper aus totem Fleisch habe ich verkehrt, wie einer jener Wahnsinnigen, die um das Haus der Toten herumlungern. Und was ist mit Vater? Sein Leben ist auf ein einziges Bestreben zusammengeschrumpft, auf die Ekstase nämlich, Tbubui zu besitzen. Sogar Sheritra ist geschändet. Wir alle haben unaussprechliche Vergehen begangen, die niemand in Äygpten verstehen kann. Waren diese drei immer schon so? fragte er sich. Immer schon so räuberisch, so äußerst skrupellos? Oder hat die geheimnisvolle Alchimie der erzwungenen Auferstehung ihnen etwas Menschliches entzogen, irgendeinen Bestandteil, der zu einem untadeligen Leben, einem guten Urteil und letztendlich zum Frieden im Binsengefilde des Osiris notwendig ist? Besteht der Preis für eine solche Auferstehung also in einer Verstoßung seitens der Götter? Sind auch wir, wir alle, verstoßen worden? Nenefer-ka-Ptah hatte wieder damit begonnen, im Zimmer hin und her zu gehen.

«Deine Frage?» sagte er. «Ach, ja. Warum ausgerechnet du. Wir waren deinem Vater zu Dank verpflichtet, weil er uns wiedererweckt hatte, und wäre es nach uns gegangen, so hätten wir uns lediglich die Schriftrolle zurückgeholt und friedlich in Memphis weitergelebt. Doch Thoth...» Er schien nach Worten zu suchen. «Thoth war mein Herr geworden. Die Schriftrolle war seine Schöpfung, und durch deren Aneignung geriet ich unter seine unmittelbare Herrschaft. Es ist kein gutes Ding, in die ungerührte Versunkenheit eines Gottes zu geraten. Dabei wird viel mehr als nur die bloße Verehrung verlangt, o ja, sehr viel mehr. Sein Schnabel ist scharf, junger Hori, sein Leuchten ist unbarmherzig. Man wird zu seinem Sklaven. ‹Khamwaset hat gefehlt›, hat er gesagt. ‹Er dient keinem Gott mehr außer sich selbst. Er muß vernichtet werden. Als Pfand für meine Schriftrolle gehören mir dein Ka sowie das Khamwasets wegen seines arroganten Plünderns und seiner fortgesetzten Schändung geweihter Orte. Kümmre dich um ihn.› Einem Gott ist man nicht ungehorsam, und ich muß gestehen, Prinz, daß es mir ein Vergnügen war, deine selbstgefällige, überhebliche kleine Familie auseinanderzureißen. Das hat uns allen Spaß gemacht. Für mich war es ein gefundenes Fressen, konnte ich doch meine Magie wieder praktizieren, und für Tbubui eine Gelegenheit, jenes Spiel zu treiben, das sie am vollkommensten beherrscht.»

Er sah Hori direkt an, und jählings flammte die Begierde nach Tbubui wieder in Hori auf, heiß und unmittelbar trotz seiner Schmerzen. «Ihr alle seid Scheusale», schrie er. «Gib mir mein Leben wieder!»

«Aber du bist auch befleckt», sagte Nenefer-ka-Ptah grinsend. «Du warst in ihr drin. Für dich gibt es keine Rettung.»

Hori spürte das Messer in seiner Hand, das sich fest und tröstend anfühlte. «Das habe ich nicht verdient!» rief er. «Ich will nicht sterben! Ich will nicht!» Mit einer Raserei, die seinem Arm übermenschliche Kräfte verlieh, stürzte er auf Nenefer-ka-Ptah los, das Messer unten an seinem Körper haltend. Nenefer-ka-Ptah stand mit vollständig offenem Gesicht ungerührt vor ihm. Schreiend rammte Hori dem Mann das Messer in den Hals, und mit einem Brummen stieß er nach, bis der Griff vom Fleisch aufgehalten wurde. Nenefer-ka-Ptah hatte nicht einmal mit der Wimper gezuckt. Hori krümmte sich weinend und zitternd vor ihm, dann blickte er hoch. Nenefer-ka-Ptah beobachtete ihn und gähnte plötzlich. Mit verzweifeltem

Entsetzen sah Hori, wie die Klinge hinten in der Kehle des Mannes steckte, sauber und trocken. Ungeduldig griff Nenefer-ka-Ptah nach dem Messer und zog es heraus, wobei ein leichtes Sauggeräusch zu vernehmen war. Er schleuderte es auf den Tisch. «Ich bin bereits tot», sagte er gleichförmig. «Ich dachte, das hättest du begriffen, Hori. Ich kann kein zweites Mal sterben.»

Hori wurde schwach, kauerte sich auf den Fußboden und weinte vor Ohnmacht und Schmerz. Er wollte sich soeben wieder aufrichten, als er an der offenen Tür eine Bewegung wahrnahm. Mit einem von Tränen der Marter verschwommenen Blick erhaschte Hori einen flüchtigen Blick auf Sheritra, die mit offenem Mund und im Schock erstarrt in der Tür stand. Hinter ihr stand Antef. «Ich habe es gesehen!» schrie sie. «O Götter, Hori, du hattest recht! Ich habe es mit eigenen Augen gesehen!» Hori erhob sich langsam. Er spürte, daß Nenefer-ka-Ptah sich verneigte.

«Da ist ja die köstliche kleine Prinzessin Sheritra», sagte Nenefer-ka-Ptah. «Willkommen, meine Liebe.»

«Hori!» rief Sheritra aus. Er stand nun wieder auf den Beinen, zwar über alle Maßen erschreckt, aber dennoch zusammenhängender Gedanken fähig.

«Raus hier!» befahl er. «Antef...» Aber es war zu spät. Mit einem Aufschrei des Entsetzens hatte Sheritra sich umgedreht und war in den Flur gestürzt. Hori bemühte sich, ihr zu folgen, und als er an der Tür angelangt war, stützte Antef ihn. Zusammen gingen sie in den Flur und sahen noch rechtzeitig, wie eine weitere Tür sich öffnete und noch mehr Licht in die Finsternis fiel und Sheritra mit Merhuh zusammenstieß, der aus seinem Zimmer hatte heraustreten wollen und ihr in die Quere gekommen war. Sheritra warf sich an seinen Hals.

«Sag mir, daß es nicht wahr ist!» schrie sie hysterisch, während sie sich an ihn klammerte, ihr Gesicht an seinem Hals barg und sich mit ihrem Körper steif an ihn drückte. «Sag mir, daß du mich liebst, daß du mich anbetest und wir heiraten wollen, sobald der Vertrag aufgesetzt ist.» Sie hob ein von Entsetzen verzerrtes Gesicht zu ihm empor. «Sag mir, daß du das über deine Mutter und über Sisenet nicht gewußt hast, von alledem nichts! Sag es mir doch, Harmin!»

Sein Vater hatte ebenfalls das Zimmer verlassen und stand wie ein beiläufiger Beobachter im Flur. Hori, der sich schwer auf Antef stützte, sah, wie die beiden blitzartig einen innigen Verschwörerblick austauschten, ein hämischer Augenblick des Triumphes, bevor Merhuh Sheritra grob von sich wegstieß.

«Du?» sagte er laut, während er sie in gespieltem Erstaunen von Kopf bis Fuß musterte. «Und mich heiraten!» Er trat einen Schritt zurück, jede königliche Faser an ihm strotzte vor Verachtung, und Sheritra war wie vor den Kopf geschlagen. «Du warst eine Pflichtaufgabe, die ich zu erfüllen hatte, und nicht einmal eine besonders interessante dazu. Jungfrauen langweilen mich. Es war öde, deinen kantigen Körper zu besitzen, und noch langweiliger zu behaupten, ich würde dich lieben. Mit dir möchte ich nichts mehr zu tun haben. Das Spiel ist schal geworden.»

«Sheritra...» sagte Hori keuchend, aber sie hatte sich auf der Stelle umgedreht und war an ihm vorübergegangen; ihr Gesicht war von einem solchen Schamgefühl und Unglauben gezeichnet, daß ihn der Mut verließ.

Er fing an, hinter ihr herzulaufen, und hinter ihnen brach Nenefer-ka-Ptah in ein lautes Gelächter aus. Der heisere, unmenschliche Klang folgte ihnen im Flur und bis in den Garten hinaus, ein ansteigender Mißklang aus wahnsinnigem Vergnügen, der die Schatten aufweckte und sie wie die schadenfrohen Dämonen aus der Unterwelt verfolgte, bis sie den Pfad erreicht hatten und die Palmen allmählich dieses hysterische Gekreische dämpften.

Sheritra hockte zusammengekauert am Fuße der Wasserstufen; sie atmete in zitternden Stößen, zum Weinen war sie zu schockiert. Als Hori sich ihr hinkend näherte, bemerkte er, daß das Ruderboot verschwunden war, aber das Floß war sicher an einem Pfahl festgezurrt. «Woher wußtest du, daß ich hier bin?» fragte Hori Antef, der ihm auf dem Fuß gefolgt war.

«Die Prinzessin wußte es», antwortete Antef. «Vor zwei Stunden, als man den Wächter vor deiner Tür tot auffand und du nicht im Zimmer warst, hat man Alarm geschlagen. Den größten Teil des Tages hatten wir damit verbracht auszutüfteln, wie man dich herausbekommen könnte. Sie hat gesagt, der einzige Ort, wo du es noch versuchen müßtest, sei Sisenets Haus. Während es all das Geschrei und Gerenne gab, haben wir uns aus dem Staub gemacht, und ich bezweifle, daß man uns vermißt.»

Nunmehr waren sie bei Sheritra angelangt, doch sie gab nicht zu erkennen, daß sie die beiden gesehen hatte. Sie hielt weiterhin ihre Knie umklammert und hatte ihr Gesicht darin vergraben; ihr ganzer Körper zuckte im Rhythmus der unterdrückten Schluchzer.

«Sheritra», sagte Hori mit Nachdruck. «Hier kannst du nicht bleiben. Du mußt heimgehen. Sheritra!» Endlich hob sie den Kopf. Ihr Gesicht war von ihrer Trauer verzerrt, aber es war trocken und von der Wirkung des Schocks und des Verrats gezeichnet. Hori hatte den Eindruck, daß er etwas Schreckliches sah, eine kalte Unversöhnlichkeit, die ihm nicht gefiel. «Antef und ich bringen dich heim», sagte er, «und dann lassen wir uns zum Delta treiben. Ich muß einen Priester des Thoth oder des Seth finden, der diese Beschwörung von mir nimmt.» Mit sichtbarer Anstrengung sammelte sie ihre Kräfte und stand schwankend auf.

«Vergib mir, daß ich dir nicht geglaubt habe, Hori», sagte sie mit ersticktem Flüstern. «Ich habe gesehen, wie du Sisenet erstochen hast. Ich habe das Messer in seiner Kehle stecken sehen. Ich kann immer noch nicht...»

«Ich weiß», warf er schnell ein. «Geh auf das Floß, Sheritra. Antef, du mußt rudern.»

Sie stolperten auf das Floß, und Antef stieß es vom Ufer ab. Hori saß da und hatte einen Arm um Sheritra gelegt, wobei sein Kopf gegen ihre Brust wippte, während Antef keuchend mit der Strömung kämpfte. Hori schloß die Augen. Zwei Tage, dachte er. Mir bleiben noch zwei Tage, falls dieser Dämon mir die Wahrheit gesagt hat. Sheritra bewegte sich, und er hörte ihr Wimmern.

Das Floß legte an, und Antef sagte: «Hoheit, wir sind da. Möchtest du an Land gehen?»

Hori rückte von seiner Schwester weg. Wie von ferne spürte er, daß sie sein Gesicht zwischen ihre Hände nahm, und ihr Kuß fühlte sich an, als bedeckte sie seine Lippen mit dunklen Blüten. «Ich liebe dich, Hori», sagte sie nachdrücklich, während ihre Stimme brach. «Ich werde dich nie verlassen. Gehe in Frieden.»

Sie weiß also, daß ich nicht überleben werde, dachte er düster. Er rieb seine Wange an ihrer, konnte jedoch kein Wort herausbringen. Sein Kraft hatte sich erschöpft, und er wollte nun nichts anderes, als sich auf dem Boden des Floßes zusammenzurollen und ins Unbewußtsein zu versinken. Er spürte, wie sie aufstand, und hörte, wie ihre Schritte quer über das Floß liefen, dann waren nur noch die leisen Sauggeräusche des Flusses und Antefs regelmäßiges Keuchen zu hören. «Bring mich nach Norden, Antef», murmelte er und überließ sich dem gesegneten, schmerzfreien Schlaf.

Sheritra stieg ruhig die Stufen empor. Hinter ihr hörte sie, wie Antef brummte, als er das Floß stakte, doch sie blickte nicht zurück. Sie war kalt und ruhig und gefaßt. Zerstreut grüßte sie den Wachsoldaten am Wasser, erreichte den Pfad und folgte ihm.

Die Morgendämmerung war nicht mehr fern, das fühlte sie. Die Fackeln tropften, und in der Dunkelheit im Garten lag eine gewisse Unruhe. Eine Dienerin ging vorüber und verneigte sich flüchtig vor ihr, und weiter entfernt suchte ein Wachsoldat erfolglos das Strauchwerk ab. Sie werden ihn nicht finden, dachte sie kühl. Er befindet sich bereits in den Händen der Götter. Niemand kann ihn jetzt mehr antasten.

Sie betrat das Haus durch den Haupteingang, schenkte dem hastigen und frenetischen Treiben im Haus keine Beachtung und gelangte ungehindert in ihre Gemächer. Bakmut schlief quer über der Schwelle zum Vorraum liegend, und Sheritra schritt über sie hinweg, um in ihr Schlafgemach zu gelangen. Die Nachtlampe neben ihrem Ruhebett brannte noch und verbreitete ein freundliches, friedliches Licht.

Sie ging zu ihrem Toilettentisch, öffnete einen Kasten und holte die Kupferklinge daraus hervor, mit der Bakmut ihr die Körperhaare entfernte. Sie war sehr scharf, und nachdenklich fuhr sie mit dem Daumen über die Klinge. Wie hatte ihr Vater vor langer Zeit einmal gesagt? Wenn du dir die Pulsadern aufschlitzen möchtest, so zieh die Klinge nicht quer dazu über das Fleisch. Auf diese Weise verletzt du die Arterien nicht genügend. Wenn das Blut reichlich fließen soll, so grabe die Klinge lieber der Länge nach ein... Es ist alles nur ein Spiel, dachte sie düster. Harmin tat so, als verstünde er mich, als liebte er mich, und immer wenn er mit mir Liebe machte, hat er mich ausgelacht und sich selber dazu gezwungen, weil mein Körper abstoßend auf ihn wirkte. Oh, verflucht sei er, verflucht sei er! Und ich verwünsche mich, weil ich auf diesen albernen Schönling hereingefallen bin. Ich hätte wissen müssen, daß ein so schöner junger Mann wie er sich nicht von einem solch schlichten Mädchen wie mir angezogen fühlt.

Sie sehnte sich danach, die harmlose, glänzende Klinge in ihr Fleisch stoßen zu können, den Augenblick des Schmerzes zu fühlen, ihr Blut herausspritzen zu sehen, doch war sie nicht imstande, die notwendige selbstzerstörerische Handbewegung auszuführen. Niemand wird es etwas ausmachen, das ist eine Tatsache, dachte sie kalt. Weder Vater noch Mutter, und Hori kämpft gegen seinen eigenen Tod an. Niemand wird sich von meinem Tod berührt fühlen, und Tbubui könnte sich ein Lächeln nicht verkneifen. Ich habe dies selbst verschuldet. Ich verdiene es nicht, glücklich zu sein, und werde den Rest meines Lebens damit verbringen, mich an diese Tatsache zu erinnern. Diese vier Wände sollen meine Zeugen sein.

«Bakmut!» rief sie, indem sie die Klinge auf das Ruhebett warf. Einen Augenblick darauf erschien ihre Dienerin und blinzelte verschlafen. «Bring mir die Schriftrolle des Pharaos.» Bakmut nickte und schlurfte fort, und kurz darauf kehrte sie zurück, wobei sie die Botschaft fest umklammert hielt. Sheritra nahm sie, und nachdem sie das Siegel erbrochen hatte, entrollte sie sie. «An meinen Enkel Hori, Grüße und zärtliche Glückwünsche», las sie. «Nachdem ich mir Deine Nachricht habe durch den Kopf gehen lassen und mich mit meinem Minister für Erbschaftsangelegenheiten beraten habe, bin ich entschlossen, Deine Anwürfe untersuchen zu lassen. Wisse, daß binnen zwei Wochen eine Autoritätsperson in Memphis eintrifft. Wisse ebenfalls, daß mir die Mätzchen in Deiner Familie mißfallen, und ich werde die notwendigen Schritte unternehmen, damit in Memphis und auf dem Anwesen Deines Vaters wieder Frieden herrsche. Ich bin Dein erhabener Großvater, Ramses II.» und so weiter und so fort. Sheritra ließ den Papyrus los und gab ein ersticktes Lachen von sich. Nichts war von irgendwelcher Bedeutung. «Bakmut», sagte sie zu der geduldig wartenden Dienerin, «von nun an beabsichtige ich, meine Gemächer nicht mehr zu verlassen. Niemand darf hereinkommen. Ich möchte mit niemandem sprechen. Ist das klar?» Das Mädchen nickte argwöhnisch, und Sheritra entließ sie. Sehr gut, dachte sie, als sie sich auf das Ruhebett legte und das Laken bis über die Schultern zog. Bakmut glaubt, es handle sich um eine Grille, die mit der Zeit vergeht, und die Zeit wird vergehen… Sie entspannte sich auf ihrem Kissen und schloß die Augen. Wie einfältig, dachte sie. Kantig. Jungfrauen langweilen mich…

Mit einem gedämpften Schrei kniff sie ihre Augen fest zusammen und zog ihre Knie bis an ihre kleinen Brüste hoch. Niemand wird mich jemals wieder verletzen, schwor sie sich in Anbetracht der quälenden Bilder, die auf sie einstürmten. Niemand. Von ihrem Kummer überwältigt, schlief sie ein.

22. Kapitel

«Sieh mich an wie einen Hund auf der Straße,
ein Zeichen für Götter und Menschen bin ich:
niedergestreckt von seiner Hand,
denn in seinem Angesicht habe ich Böses getan.»

Khamwaset lebte in einem Zustand fortwährender Erschütterungen, als ein Diener nach dem anderen zu ihm kam und gestehen mußte, daß Hori nicht aufzufinden war. Das Anwesen war weitläufig, und es nahm viel Zeit in Anspruch, jeden Winkel zu durchkämmen. Dennoch blieb es Khamwaset ein Rätsel. Als er Hori in seine Gemächer hatte abführen lassen, war dieser ganz offensichtlich einer Ohnmacht nahe gewesen. Khamwaset konnte sich nicht vorstellen, daß dieser schwache, erschöpfte Jüngling in der Lage hatte sein können, einen Soldaten zu töten und einen anderen so übel zuzurichten, daß man nicht mit dessen Überleben rechnete. Khamwaset selbst hatte den Mann versorgt, ihm jedoch nur wenig helfen können, und als er seine ganze Heilkunst anwandte, hatte ihn das Ausmaß des angerichteten Schadens in Erstaunen versetzt. Hori muß verzweifelt gewesen sein, dachte er, doch was war sein Ziel? Er war nicht etwa mit einem Messer in Tbubuis Gemächer eingedrungen und auf den erstbesten Wachsoldaten losgegangen, denn niemand hatte ihn auch nur in der Nähe des Hauses der Konkubinen gesichtet. In Wahrheit hatte ihn niemand erblickt.

Khamwaset war selbst zu Sheritras Gemächern gegangen, nachdem er zu dem Schluß gekommen war, daß Hori sich dort versteckt halten könnte, doch die Leibdienerin des Mädchens hatte ihm versichert, daß seine Tochter schlafe und es kein Lebenszeichen des Prinzen gegeben habe. Antef war ihm ebensowenig eine Hilfe gewesen. Über das Verschwinden seines Freundes schien er aufrichtig erstaunt gewesen zu sein und zeigte sich überaus besorgt, und als Khamwaset ihn eine Stunde darauf befragen wollte, war auch er nicht mehr aufzufinden.

Dann war die Meldung eingetroffen, daß man ein Boot vermißte. Er zitierte den Wachsoldaten an den Wasserstufen zu sich, und der erschreckte Mann gestand ihm, daß er eingeschlafen war, da er vor Antreten der Wache zuviel Wein getrunken hatte. Der Prinz mochte also sehr wohl an ihm vorbeigeschlichen sein. Khamwaset entließ ihn auf der Stelle. Ich kann nicht die ganze Stadt absuchen lassen, dachte er müde. Vielleicht ist Hori zu Nubnefret gereist. Dieser Gedanke erleichterte Khamwaset etwas. Es war eine beruhigende Vorstellung, Hori im Delta sicher aufgehoben zu wissen, wenigstens vorübergehend und so lange, bis Tbubuis Kind geboren ist, dachte er finster. Danach werde ich handeln müssen. Hätte Sheritra sich nicht so ungeschickt angestellt, so wäre das Problem längst aus der Welt, aber dies spielte nun auch keine Rolle mehr. Vaters Hof ist ein bevölkerter Ort voller Intrigen und Aktivitäten. Ein Tod durch Vergiftung würde dort nicht so sehr ins Auge fallen. In der Zwischenzeit kann ich mit meinem Liebling ungestört zusammensein. Die beiden Unruhestifter sind verschwunden. Sheritra wird Harmin heiraten, der dann hierherzieht und in Horis ehemaligen Gemächern wohnen kann. Vielleicht entschließt sich Sisenet ebenfalls, hier einzuziehen, und die Blicke der Leute in meiner Umgebung werden dann nicht mehr diesen feindseligen und anklagenden Ausdruck haben.

Später an diesem Vormittag kam Ib zu ihm, um ihm zu berichten, daß das Floß ebenfalls vermißt werde und diesmal seine Tochter auf dem Pfad von den Wasserstufen zum Haus gesehen worden sei. Gereizt schickte Khamwaset nach ihr. Kurze Zeit später kam Ib mit der Nachricht zurück, die Prinzessin weigere sich, ihre Gemächer zu verlassen. Ib stand lediglich da und wartete höflich ab. Mit einem lauten Fluch verließ Khamwaset den Arbeitsraum, in dem er mit einigen Diktaten beschäftigt gewesen war, und mit einem Wachsoldaten und einem Herold im Schlepptau machte er sich auf den Weg zu Sheritras Gemächern. Auf das beharrliche Klopfen des Herolds hin öffnete Bakmut die Tür.

«Geh mir aus dem Weg», befahl Khamwaset barsch. «Ich muß mit meiner Tochter reden.»

Bakmut verneigte sich, rührte sich jedoch nicht vom Fleck. «Es tut mir leid, Hoheit, aber die Prinzessin will niemanden sehen», sagte sie hartnäckig. Khamwaset wollte keine Zeit mit einer Debatte verschwenden. Er packte sie am Arm, stieß sie zur Seite und ging bis in die Mitte des Vorraums.

«Sheritra!» rief er. «Komm sofort heraus. Ich möchte dir eine Frage stellen.»

Eine Weile kam keine Antwort, und Khamwaset war drauf und dran, die innere Tür aufzusprengen, als er hörte, daß sie sich rührte. Die Tür wurde einen Spalt geöffnet, doch ließ sie sich nicht blicken. Ihre Stimme kam von irgendwo aus der Finsternis dahinter.

«Du kannst mich fragen, und ich werde dir antworten, Vater», sagte sie, «aber das ist das allerletzte Mal. Ich will mit keinem mehr etwas zu tun haben, ganz besonders nicht mit dir.»

«Du bist unhöflich», begann er wütend, aber sie fiel ihm ins Wort. «Stell deine Frage und ermüde mich nicht allzu sehr, denn ich könnte dir ebensogut überhaupt nicht antworten.» In ihrer Stimme lag etwas Abgestorbenes, dies fiel Khamwaset auf. So gleichförmig, so gleichgültig, als wäre ihr alles auf der Welt einerlei. Sein Zorn ebbte ab.

«Nun gut», sagte er mit belegter Stimme. «Warst du gestern abend mit dem Floß unterwegs?»

Sie antwortete sogleich. «Ja, das war ich.»

Er wartete auf eine ausführlichere Antwort, doch als ihr Schweigen andauerte, sah er sich gezwungen weiterzufragen.

«Hast du es zurückgebracht?»

«Ja, das habe ich.»

Wieder herrschte ein Schweigen. Khamwaset fühlte, wie seine Wut von neuem anschwoll.

«Nun, wo ist es denn jetzt?» sagte er knurrend.

Sie seufzte. Er konnte den Hauch ihres Atems vernehmen und glaubte, einen Blick auf ihr Leinen im Schutz des Halbdunkels in ihrem Zimmer zu erhaschen.

«Hori war mit dem Ruderboot zu Sisenet gefahren, um mit ihm über deine Frau zu reden», sagte sie ausdruckslos. «Antef und ich haben das Floß genommen und sind ihm hinterhergefahren. Wir haben ihn nach Hause gebracht. Ich bin vom Floß gegangen, doch Hori ist mit seinem Freund nach Norden gefahren. Du wirst ihn nie wiedersehen.»

«Er kann es einfach nicht auf sich beruhen lassen!» sagte Khamwaset in einem Wutanfall. «Und er hat getötet, weil er einfach nicht aufgeben will! Den wären wir zumindest los! Ich hoffe, er bleibt im Delta, bis er verrottet!»

«Er kommt nicht mal bis ins Delta», sagte sie erneut mit dieser kalten, körperlosen Stimme. «Morgen abend ist er schon tot. Das jedenfalls sagte ihm Sisenet. Sisenet hat die Nadeln gehandhabt, aber du hast ja verfügt, daß Hori sterben soll. Denke morgen abend daran, wenn du dich im Spiegel betrachtest.»

«Und was ist mit dir?» sagte Khamwaset mit Unbehagen, da ihr Tonfall mehr als ihre Worte ihn plötzlich schauderte. «Was für einen Unsinn treibst du, Sheritra? Harmin kommt heute nachmittag her, um seine Mutter zu besuchen. Verwehrst du ihm auch den Zutritt?»

«Ich habe mich entschlossen, Harmin doch nicht zu heiraten», erwiderte sie, und nunmehr bebte ihre Stimme. «Überhaupt habe ich mich entschlossen, unverheiratet zu bleiben. Geh jetzt fort.»

Er wartete einige Augenblicke, nachdem die Tür fest verschlossen worden war, während er ihr Vorhaltungen machte, sie beschwor, sie sogar anflehte, doch von jenseits der Tür drang kein Laut an sein Ohr. Es war ihm, als würde er vor dem versiegelten Eingang irgendeines Grabes stehen, und schließlich wurde ihm angst und bange, und er ging fort.

Am Nachmittag traf Harmin tatsächlich ein, um Tbubui zu besuchen, und die drei, Khamwaset, seine Gemahlin und deren Sohn, saßen im Garten, während Diener ihnen feuchte Tücher auf die Glieder legten und ihnen Obst und Bier auftrugen. Harmin war ungewöhnlich aufmerksam zu Tbubui, streichelte ihr über die Wange, klopfte ihr die Kissen auf und beantwortete ihren Blick mit einem warmherzigen Lächeln, wenn sie sich einen Scherz erzählten. Wie sehr viel anders als Hori er doch ist, dachte Khamwaset wehmütig. Hier erkennt man aufrichtige Besorgnis und Respekt, ein Sohn, der weiß, wo sein Platz ist, und der ihn aus Liebe zu seinen Eltern respektiert. Welcher Dämon reitet Sheritra, diese kleine Närrin, daß sie diesen anmutigen jungen Mann abweist?

Wie zur Antwort auf sein Sinnen stand Harmin auf und verneigte sich. «Mit deiner Erlaubnis, Prinz, würde ich jetzt gerne etwas Zeit mit Sheritra verbringen», sagte er. Khamwaset sah verlegen zu ihm auf.

«Lieber Harmin», sagte er, «ich fürchte, daß Sheritra heute unpäßlich ist und niemand sehen will. Sie läßt sich entschuldigen und bestellt dir natürlich liebe Grüße.»

Mutter und Sohn wechselten einen flinken verständnisinnigen Blick. Harmin machte ein langes Gesicht. «Ich bin überwältigt», sagte er, «aber bestelle ihr bitte, daß sie mein ganzes Mitgefühl besitzt. In diesem Fall gehe ich heim und lege mich etwas hin.» Er beugte sich zu Tbubui vor und küßte sie, verneigte sich wieder vor Khamwaset und verschwand, wobei sein Leibrock gegen seine wohlgeformten Beine schaukelte und sein Haar auf den Schultern hüpfte.

«Er ist ein prächtiger junger Mann», sagte Khamwaset, der insgeheim hoffte, daß Sheritra schnell über ihre Narrheit hinwegkommen werde. «Du hast allen Grund, stolz auf ihn zu sein.» Mit einer Handbewegung lehnte er eine angebotene Platte ab und rückte näher an Tbubui heran. «Ich habe dir noch nichts von Hori erzählt», sagte er leise. «Er ist zum Delta unterwegs, zweifelsohne um seiner Mutter seine erbärmliche Geschichte ins Ohr zu träufeln. Ich schäme mich für meine Familie, Tbubui. Aber für eine Weile sind wir wenigstens vor ihnen sicher.»

Sie lächelte ihm zu, ein langsames, nachdenkliches Kräuseln ihres breiten Mundes, und ihre Augen wurden zu Schlitzen. «Oh, ich glaube, daß ich jetzt in Sicherheit bin», entgegnete sie. «Schade, daß du ihm gestern vormittag nicht die Weizenschleimsuppe hast kredenzen können, aber es ist ja nichts Schlimmes passiert. Ich habe nicht vor, mich jemals wieder vor Hori zu fürchten.»

In einer Gefühlswallung aus jämmerlichster Schuld langte er nach ihr, doch sie lehnte sich zurück, gab einem Fächerträger einen Wink und schloß die Augen. Khamwaset blieb nichts anders übrig, als grübelnd dazusitzen, das Kinn auf die Hand gestützt, während die Hitze des Tages zunahm und der rhythmische und von einem heiseren Triumph geschwängerte Gesang seiner Diener beim Austreten der Trauben vom Hof in Fetzen zu ihm herüberwehte.

Ungeachtet seiner eigenen Annahme, daß Hori zu Nubnefret strebte, um an ihrem breiten Busen seine Rachsucht hinauszuschreien, verbrachte Khamwaset eine unruhige Nacht. Der Abend schien sich mit der Andeutung einer Katastrophe zu neigen, und eingedenk Sheritras zorniger Worte war er unfähig, den Spiegel aus dem vergoldeten Kasten auf dem Kosmetiktisch herauszuholen.

Er legte sich früh auf sein Ruhebett, trank etwas Wein und verwickelte Kasa in eine Unterhaltung. Er dachte daran, in das Haus der Konkubinen zu gehen und mit Tbubui Liebe zu machen, doch er war von einer vagen Vorahnung des Untergangs erfüllt und befürchtete allzusehr, daß er sich selbst in diesem Akt vergessen werde.

Eine Nachtlampe schien nicht genug zu sein. Die Gegenstände bewegten sich in den Schatten gerade außerhalb seines Gesichtskreises, und der schwache Lufthauch wuchs zu merkwürdigen Seufzern und winzigen Schluchzern in seinem Zimmer an. Er rief Kasa zu sich, verlangte nach mehr Licht und fühlte sich sicherer, doch dauerte es noch eine geraume Weile, bis er einschlief. Auch nachdem er in Schlaf gefallen war, wachte er jählings auf und blickte sich um; seine lebhaften und verwirrenden Träume waren längst vergessen, als er sich auf dem Ruhebett aufgesetzt hatte.

Diese Stimmung der Verrückung hielt während des ganzen folgenden Tages an. Jedes an ihn gerichtete Wort schien mit irgendeiner geheimnisvollen Bedeutung beladen, die ihm entging, und jede Handlung nahm das Gewicht eines Rituals an. Im Haus herrschte eine Atmosphäre, die er nicht beschreiben konnte, die ihn aber mit einem bedrohlichen Gefühl erfüllte und anspannte. Er fürchtete sich vor der Nacht. Den Nachmittag verbrachte er in Gesellschaft von Tbubui, doch selbst dies half ihm nicht, sich von seiner unaussprechlichen Furcht zu befreien. Noch weniger vermochte er darüber zu sprechen.

Der Abend kam, und er konnte keinen Bissen herunterbringen. Tbubui und er saßen hinter ihren kleinen Tischen in der geräumigen Empfangshalle; sie wurden bedient von Dienern, die an der Wand aufgestellt warteten, und vom Harfenspieler unterhalten, dessen graziöse Töne an diesem leeren Ort widerhallten und Khamwaset schlagartig an andere Abende erinnerten, an eine strahlende und in Blau und Gold drapierte gutaussehende Nubnefret, die eine entrüstete, sich windende Sheritra zurechtwies, während Hori grinste und zusah und Antef sich hinter ihm aufhielt. Die Nächte damals waren warm gewesen und erinnerungsschwer von der Nähe in der Familie, von der geheiligten Routine und der gepriesenen Berechenbarkeit, und an diesem Abend vermißte er all dies mit einer plötzlich blendenden Sehnsucht. Vielleicht würden Harmin und Sisenet ins Haus einziehen und hinter ihren eigenen blumenübersäten Tischen sitzen, ausgepolstert mit Kissen, angeheitert vom Wein, behutsam mit irgendwelchen offiziellen Gästen reden, welche die Halle mit ihrer Anwesenheit beehrten, doch die Atmosphäre der Trübsal und vergangener guter Zeiten würde nie von diesem angenehmen Ort weichen. Eine Familie ist auseinandergebrochen, aber ich gründe eine neue, dachte er, als Abwehr gegen jene schrecklichen Zuckungen der Einsamkeit. Schließlich ist da ja noch Tbubuis Kind. Sheritra kann bestimmt aus ihrer geheimnisvollen weiblichen Stimmung herausfinden, und Harmin und sie werden das Haus mit dem glücklichen Chaos meiner Enkelkinder füllen. Doch das Gefühl, daß etwas zerbrochen, unwiederbringlich verloren und nicht mehr zu kitten war, ließ sich nicht verscheuchen.

«Khamwaset, ich habe mich jetzt schon dreimal wiederholt», sagte Tbubui, seine Grübeleien unterbrechend, indem sie sich zu ihm vorbeugte, um ihn flüchtig zu küssen. «Wo bist du denn?»

Mit angestrengter Willensbewegung widmete er ihr seine Aufmerksamkeit. «Es tut mir leid, Liebling», sagte er. «Was gibt es?»

«Dein Bruder Si-Montu hat eine Nachricht geschickt und läßt

anfragen, ob er nächste Woche herkommen und zu Abend speisen kann. Ist dir das angenehm?»

Angenehm. Khamwaset packte sie plötzlich am Arm. «Tbubui, schlaf heute abend mit mir in meinen Gemächern, auf meinem Ruhebett», sagte er bittend. «Ich brauche dich dort.»

Ihre Unbeschwertheit verflog, und sie sah ihn mit einem besorgten Stirnrunzeln an. «Natürlich mache ich das», sagte sie zustimmend. «Was ist denn los, Hoheit?»

Doch das konnte er ihr nicht erklären. Der Duft der Blumen, die tiefdunkle malvenfarbene Transparenz des Weins, sogar die Kaskade der Töne, welche die Finger des Harfenspielers verströmten, verschworen sich mit der düsteren Atmosphäre im Haus und jagten ihn in die Vergangenheit, um ihn mit den Qualen der Gegenwart zu foltern. «Die Feigen sind sauer», antwortete er ihr lediglich.

Erst viel später kam sie in seine Gemächer; von einer Wolke ihres Parfüms und in ein locker wogendes, verlockendes Leinentuch eingehüllt, schwebte sie zu seinem Ruhebett. Ohne ein Wort warf sie das Leinen ab, spreizte ihre Beine und ließ sich mit geübten Bewegungen auf ihm nieder, und mit einem Stöhnen überließ er sich den erlesenen Empfindungen, die nur sie allein in ihm hervorzurufen wußte. Doch lange nachdem sie eingeschlafen war und gleichmäßig in der Höhlung seines Arms atmete, lag er hellwach in den Fängen der Vorahnung. Er traute sich nicht, sie anzusehen. Einmal zuvor, nachdem sie in die Bewußtlosigkeit eingetaucht war, hatte er es getan, und etwas in dem Glitzern ihrer Augen bei halbgeschlossenen Lidern sowie der Anblick ihrer kleinen, tierähnlichen Zähne hinter ihren geöffneten Lippen hatten ihn das Fürchten gelehrt.

Er hielt sich an die Geräusche des gesunden Verstandes. Draußen vor der Tür hörte er den Wachsoldaten seufzen. Er hörte Kasa im anderen Zimmer schnarchen. Schakale heulten weit entfernt in der Wüste, und viel näher schrie eine Eule im Garten. Die Lampe spie, und einen Augenblick lang drehten sich die Schatten. Diese Dinge sind wirklich, dachte er. Diese Dinge sind Trost und gesunder Verstand. Halte sie fest, denn sie sind unermeßlich kostbar.

Er war immer noch wach, als er draußen ein Flüstern vernahm.

Er blieb ruhig liegen und wartete ab, bis Ib sich der Tür näherte. Der Mann war nackt und offenbar überstürzt von der Matte im Durchgang aufgestanden. «Sprich», sagte Khamwaset, und bei diesem Wort rührte sich Tbubui an seiner Seite, und ihr kühles Fleisch löste sich von seinem Körper. Sie drehte sich auf die andere Seite.

«Hoheit, ich glaube, du solltest aufstehen», flüsterte Ib. «Antef ist mit dem Floß und deinem Sohn zurückgekommen. Komm bitte.»

Hori ist tot, sagte sich Khamwaset, als er nickte, Ib fortwinkte und vorsichtig vom Ruhebett hinunterglitt. Es ist die Aura der Verlassenheit, die allmählich das Haus gefüllt hat. Nachdem er den Leibrock um seine Hüfte gewunden und nach seinen Sandalen getastet hatte, verließ er den Raum und ging in den Korridor hinaus. Dort wartete mit bleichem Gesicht Antef; insgesamt machte er einen erschöpften Eindruck, doch seine Augen begegneten Khamwasets Blick mit dem klaren, offenen Blick eines reinen Gewissens. «Sprich», sagte Khamwaset wieder, wobei er die Verneigung des jungen Mannes erwiderte.

«Prinz, dein Sohn ist tot», sagte Antef mit schonungsloser Offenheit. «Sein Leichnam liegt auf dem Floß bei den Wasserstufen. Er starb unter furchtbaren Schmerzen, doch er hat weder mit den Göttern noch mit dir gehadert. Seine Beurteilung wird bestimmt gut ausfallen.»

«Ich verstehe dich nicht», sagte Khamwaset zögernd. «Hori war krank, gewiß, als ich ihn verhaften ließ, aber ich dachte, er habe sich in Koptos irgendeine Krankheit zugezogen. Und daß er wieder gesund... er sich wieder erholen würde...»

«Hoheit, er hat dir genau gesagt, was ihm fehlte», sagte Antef frei heraus. «Aber Hoheit hat ihn nicht anhören wollen. Die Reue ist vergebens. Er trug mir auf, dir auszurichten, daß – wenngleich er ein Ende mit Schrecken durchgemacht hat – sein Los bei weitem nicht so furchtbar war wie das Schicksal, das dich erwartet. Und auch, daß er dich liebt.»

Statt einer Entgegnung drehte Khamwaset sich auf seinem Absatz um und begann, den fackelerhellten Korridor hinunterzulaufen. Er rannte durch das ganze Haus, und während er lief, dachte er:

Hori! Mein Sohn! Mein Fleisch! Es war nur ein Spiel, es war eine gefährliche Narrheit, aber ich wollte dir doch nichts antun, ich wollte dich nicht wirklich vergiften, ich liebe dich, o Hori, warum nur? Warum? Er hörte Antef, Ib und Kasa hinter ihm herlaufen. Obwohl er so schnell rannte, wie er konnte, war es ihm unmöglich, eine Distanz zwischen sich und die wachsende Schuld mit seinen Gewissensbissen zu bringen, so daß er – als er die Wasserstufen beinahe hinuntergestürzt wäre und auf das Floß hinabsah – vor lauter Selbstekel weinte.

Hori lag zusammengekrümmt unter einem Laken und schaukelte unmerklich auf dem anschwellenden Nil. Khamwaset trat von der letzten Stufe auf das Floß, kniete nieder und zog das Laken etwas zurück. Er war ein Sem-Priester, und als er den zusammengerollten Körper sah, war sein erster Gedanke, daß die Balsamierer einige Mühe haben würden, ihn zu strecken, denn Hori hatte die Knie bis unters Kinn hochgezogen. Doch dann blickte er auf das verfilzte Haar, das schöne Angesicht, das in ganz Ägypten Gesprächsthema gewesen war und nun im Tode locker und leer aussah, und auf eine Hand, die mit der nach oben gedrehten Handfläche eine Geste des demütigen Flehens ausdrückte, und dann verließen ihn alle Gedanken. Während er sich über den Körper beugte, begann er zu klagen; große Wehklagen der Liebe und des Verlustes hallten von dem fernen, unsichtbaren Flußufer wider und wurden mit einer spöttischen Dumpfheit zurückgeworfen. Mit den Händen strich er sanft und unbeholfen über das kalte Fleisch, die leblosen Locken, die gerade Nase und den teilnahmslosen Mund. Er war sich der kleinen Gruppe bewußt, die hilflos an den Wasserstufen stand, doch es war ihm einerlei. «Ich wollte dir nichts antun!» stöhnte er, während das Wissen, daß dies eine Lüge war, ihm einen weiteren Dolch ins Herz stach. «Ich war irregeleitet und verblendet. Vergib mir, Hori!» Doch Hori rührte sich nicht, lächelte nicht zum Zeichen seiner Vergebung, noch verstand er, und nun war alles zu spät.

Khamwaset stand auf. «Ib», sagte er mit wankender Stimme, «überführe den Leichnam ins Haus der Toten. Mit seiner Einbalsamierung muß sogleich begonnen werden, denn er verwest bereits.» Seine Stimme brach, und er vermochte nichts mehr zu sagen.

Antef löste sich aus der Gruppe. Auf dem Gesicht des jungen Mannes war kein Mitleid zu erkennen, sondern nur Ergebenheit in das Schicksal und Verachtung für Khamwaset. «Ich habe deinen Sohn geliebt», sagte er nüchtern. «Nun, da er tot ist, ist meine Verbindung mit diesem verfluchten Haus gelöst. Ich werde nicht zu Horis Begräbnis kommen. Leb wohl, Hoheit.» Er verneigte sich und war verschwunden. Komm zurück, dachte Khamwaset. Komm zurück, ich möchte erfahren, wie er gestorben ist, was er gesagt und gefühlt hat, oh, und wie die Wahrheit lautet, Hori, wie lautet die Wahrheit? Doch die Worte waren nur in Gedanken gesprochen.

Langsam ging er vom Floß herunter, und sowie er auf der warmen Steinstufe stand, die noch die Wärme vom Vortag gespeichert hatte, tat Ib das Seine. Khamwaset verließ den gekrümmten Leichnam seines Sohns und ging langsam zum Haus zurück. Es ist noch immer Nacht, dachte er benommen. Nichts hat sich verändert. Hori ist tot, und nichts hat sich verändert. Bis auf den Wachsoldaten vor seiner Tür und die flackernden Fackeln war der Korridor vor seinen Gemächern still und leer. Das Haus lag noch im unwissenden Schlummer. Hori ist tot, hätte Khamwaset am liebsten aus vollem Hals herausgeschrien. Statt dessen stolperte er in seine Gemächer und sank auf sein Ruhebett.

«Hori ist tot», sagte er. Tbubui drehte sich und ächzte leise. Einen Augenblick lang dachte er, daß sie wieder eingeschlafen sei, doch dann warf sie das Laken zurück und setzte sich aufrecht hin.

«Wie bitte?» sagte sie.

«Hori ist tot», wiederholte er formelhaft wie in einer Litanei. In seiner äußersten Not begann er zu schwanken.

Sie blickte ihn aus schlafverquollenen Augen teilnahmslos an. «Ja, ich weiß es», sagte sie.

Er erstarrte. «Was willst du damit sagen?» sagte er keuchend. Jählings begann sein Herz in seinem Brustkorb zu galoppieren.

«Genau das, was ich gesagt habe», sagte sie, während sie sich mit einer Hand übers Gesicht fuhr und ausgiebig gähnte. «Nenefer-ka-

Ptah hat ihn mit einem unheilbringenden Zauberspruch belegt. Tatsächlich ist er schon früher damit belegt worden, weil er es gewagt hat, nach Koptos zu reisen. Nicht, daß es mir etwas ausgemacht hätte, denn ich wußte ja, daß du ihm sowieso nichts glauben würdest.»

Khamwaset fühlte, wie der Raum sich allmählich um ihn drehte und zurückwich. «Was sagst du da?» vermochte er noch zu sagen. «Was meinst du damit?»

Sie gähnte erneut und fuhr sich mit ihrer rosafarbenen Zunge über die Lippen. «Ich meine, Khamwaset, daß nun, da Hori tot ist und du dich geweigert hast, ihm zu helfen, deine Erniedrigung vollkommen und meine Aufgabe erledigt ist. Ich bin nicht verpflichtet, noch länger meine Rolle zu spielen. Ich bin durstig», fuhr sie fort. «Ist noch etwas Wein da?» Sie rutschte an den Rand des Ruhebetts und schenkte sich Wein ein. Ungläubig beobachtete Khamwaset sie, als sie den Becher leerte und ihn dann mit einem Klacken auf dem Tisch abstellte. Voller Ungeduld sah sie ihn an. «Hori hatte recht», sagte sie, indem sie ihr Haar in den Nacken warf und vom Ruhebett herunterrutschte. Ihr nackter Körper fing das schwache Licht ein, das ihn zärtlich streichelte, indem es an ihren langen Schenkeln leckte und um ihre schwingenden Brüste herumglitt. «Die Geschichte, die er mitgebracht hat, stimmt. Aber was macht das schon aus? Ich bin ja da. Ich gebe dir, was du brauchst. Ich bin deine Frau.»

«Stimmt?» stammelte er und verstand nicht; alles in seinem Innern wirbelte durcheinander und machte ihn krank, tausend Stimmen, tausend Gefühle, sämtlich uneins miteinander. Er packte das Laken, um die Wogen kranker Benommenheit zu beruhigen, die über ihm zusammenschlugen. «Was für eine Geschichte, Tbubui? Wenn deine Abstammung nicht ganz vornehm ist, so schere ich mich nicht darum.»

«Du erkennst es nicht, oder?» sagte sie höhnisch und reckte sich, und wie stets nahm ihn die Bewegung dieser einladenden Muskeln gefangen. Plötzlich wurde er von Begierde nach ihr verzehrt, als könnte er, wenn er diesen Körper erneut besäße, seine Trauer, seine

Schuld und seine Verwirrung auswischen. Sie fuhr mit einer Hand über ihre Brüste und hinunter bis auf ihren festen Bauch.

«Ich bin ein Leichnam, Khamwaset», sagte sie ruhig. «Sisenet ist nicht mein Bruder, sondern mein lieber Gemahl Nenefer-ka-Ptah. Du selbst hast uns wiedererweckt, so wie wir es uns erhofft hatten, daß es jemand täte. Wir sind die rechtmäßigen Eigentümer der Schriftrolle des Gottes Thoth, insoweit überhaupt irgendein Sterblicher der rechtmäßige Eigentümer solch eines magischen, kostbaren und gefährlichen Gegenstandes sein kann.» Sie schenkte ihm ein gewinnendes Lächeln. «Ich nehme an, daß du durch deinen Diebstahl inzwischen deren Eigentümer geworden bist und sie dir viel Gutes einbringt. Nenefer-ka-Ptah und ich, ja, und Merhuh auch, mein Sohn, den du Harmin nennst, haben teuer für die Beanspruchung der Schriftrolle bezahlt, aber es hat sich gelohnt. Ja, bestimmt.»

Sie ging dicht auf ihn zu, und nun konnte er ihr Parfüm riechen. Es hatte ihn von Anfang an verlockt, jene Mischung aus Myrrhe und irgend etwas anderem, das er nicht benennen konnte. Doch in dem betäubten Entsetzen und der dämmernden Wahrnehmung dessen, was er getan hatte, erkannte er nun den Geruch, der dem stechenden, verwirrenden Wohlgeruch zugrunde lag. Die Myrrhe übertünchte die Gedünstung des Leichenhauses, ein hartnäckiger Gestank nach Tod und Verwesung, den er ein dutzendmal wahrgenommen hatte, wenn er die Deckel der Särge hatte lüften lassen, um auf die vermoderten Überreste des bereits vor langer Zeit Verblichenen zu stoßen. Unter der schweren Myrrhe war Tbubui davon durchtränkt, ihr Körper verbreitete ihn bei jeder Bewegung. Khamwaset überkam ein starker Brechreiz.

Während sie verführerisch auf und ab wandelte, saß er wie erstarrt auf dem Ruhebett, und seine Gedanken waren vorübergehend wie versteinert. Hori hatte recht, dachte er blöde. Hori hatte recht. Die Götter haben Erbarmen. Hori hatte recht. Ich habe einen Leichnam geliebt. «Ja», sagte er mit erstickter Stimme.

«Gut!» sagte sie lächelnd, und er mußte an ihren so rätselhaften Akzent denken. Ein ausländischer Akzent ist es nicht, sagte er sich verzweifelt. Es ist ein ägyptischer, wenn auch einer, der vor mehreren Jahrhunderten gesprochen wurde. Oh, wie konnte ich nur so taub gewesen sein!

«Prinz Khamwaset», fuhr sie fort, «du meisterlicher Arzt, meisterlicher Magier, du in deinem Hochmut über die Gesetze der Götter Erhabener. Jetzt wirst du mich nicht mehr los. Sag, ist das nicht eine passende Strafe?» Sie machte eine Pause und erwartete eigentlich keine Antwort auf ihre Frage. Khamwaset dachte, ja, meine Strafe ist sehr passend und vollkommen unbarmherzig, ich habe mich eines wissenschaftlichen Hochmuts schuldig gemacht, der in Ägypten seinesgleichen sucht. Aber ist das ein Grund, auch meinen Sohn und meine Tochter zu bestrafen und auch meine arme Gemahlin, die seit langem leidet? Fällt das Urteil der Götter dermaßen unbarmherzig aus?

«Ich bin in deinem Herzen, deinen Eingeweiden, deinen Genitalien, und dort bleibe ich», sagte sie schnurrend, während sie ihm so nahe kam, daß ihre Augen aus Obsidian nur wenige Zentimeter von den seinen entfernt aufglänzten und ihr Leichenatem ihm kalt über den Mund strich. «Du stehst unter meiner Gewalt. Du selbst hast mir Schritt für Schritt auf diesem Weg diese Macht über dich zugestanden. Du Narr!» Sie schlug die Augenlider nieder und drehte sich um, und Khamwaset starrte ihr wie hypnotisiert nach, auf ihre gespannten Gesäßbacken und ihr fliegendes Haar. «Nenefer-ka-Ptah und Merhuh werden hier einziehen. Nenefer ist mein rechtmäßiger Gemahl. Aber ich vermute, daß du dies geahnt hast. Nubnefret ist fort. Hori ist tot. Sheritra hat sich hinter ihrem Selbstekel eingemauert. Welch eine glückliche Familie werden wir sein!» Mit gespieltem Erstaunen drehte sie sich zu ihm um, die Stirn gerunzelt und die Augen weit geöffnet. «Oh, übrigens bin ich gar nicht schwanger. Ich habe dir das bloß weisgemacht, um eine jener kleinen Prüfungen einzuführen, die Thoth bestimmt hatte, eine weitere Gelegenheit, um dich selbst zu retten. Aber du hast sie nicht bestanden, Khamwaset, so wie alle übrigen auch nicht. Du hast deine Kinder enterbt und auf diese Weise deine moralische und geistige Zerstörung von unserer Hand noch unterstützt. Aber Schwamm drüber! Ihr beide,

Nenefer und du, könnt mich ja unter euch aufteilen. Das wird bestimmt interessant werden, nicht wahr? Komm.» Sie breitete ihre Arme aus und kreiste langsam und verführerisch mit ihrer Hüfte. «Machen wir Liebe miteinander. Das willst du doch, ich kann es erkennen. In der guten alten Zeit konnte kein Mann mir je widerstehen, Khamwaset. In der guten alten Zeit!» Er hörte ihr Gelächter, und gegen seinen Willen, trotz des betäubenden Schocks, seines Entsetzens, seines Unglaubens, an den er sich nicht mehr länger klammern konnte, war er so hoffnungslos entflammt wie beim erstenmal, als er sie gesehen hatte. Bebend stand er auf. Wie von Sinnen, zerschmettert und krank, war er gezwungen, ihr zu gehorchen.

«Gut», sagte sie, ihn ermutigend. «Gut. Ich brauche deine Wärme, Khamwaset. Mein Fleisch ist so kalt. Wie der Nil so kalt, so dick in meinen Lungen, als ich mich an Nenefer klammerte und schrie in der Hoffnung, gerettet zu werden. Und wir wurden gerettet.» Sie ging auf ihn zu, fuhr ihm mit ihren Händen über den Kopf, an seinem Nacken entlang, strich mit ihren Fingern über seinen Bauch und tiefer hinunter, dorthin, wo er wehrlos war und unwillkürlich geschwollen. «Du hast uns gerettet, Khamwaset», murmelte sie mit ihrem Mund auf seiner Kehle. «Du warst es. Komm in mich, Prinz. Ich möchte Liebe mit dir machen.»

Khamwasets Knie gaben nach, und er fiel rücklings auf das Ruhebett, Tbubui war auf ihm. Hori, dachte er. Hori, Hori... Doch der Name war Schall und Rauch, der Name war belanglos, und mit einem Aufschrei überließ er sich dieser Scheußlichkeit.

Danach lag er neben ihr, steif und von einem tiefen Entsetzen gepackt, seine Glieder erstarrt, mit einer entsetzlichen Angst jede Berührung mit ihr vermeidend, während sie seufzte und kaum wahrnehmbar sich rührte in jenem dunklen Zustand, der für sie als Schlaf galt. Es ist mein Schicksal, dachte er verstört, allmählich zu zwei Zuständen reduziert zu werden – in den einer hilflosen Begierde und den einer gleichermaßen erstarrten Furcht –, die sich im Laufe der Monate und Jahre einander abwechseln, während mein Leben dahinschwindet und sich langsam in der Schattenwelt eines lebenden Toten verliert. Bereits jetzt bin ich so gut wie gelähmt.

Meine Sinne gehorchen nur noch ihr. Meine Fähigkeit zu einem rechtschaffenen Urteil ist zu einem Nichts verkümmert. Meine Fähigkeit zu lieben ist geschwunden. Ich habe meinen Sohn, meine Gemahlin, meine Tochter verloren, und bald habe ich auch noch den letzten Rest dessen verloren, was von mir selbst übriggeblieben ist. Thoth hat mich zu Tbubuis Geschöpf gemacht, und was geschehen ist, kann man nicht wieder rückgängig machen. Ich bleibe ihr Geschöpf bis zu meinem Tod, so lange, bis mein eigener Selbstekel mich umbringt, denn ich glaube nicht, daß irgendeine Macht auf Erden mich von dieser Last zu befreien vermag.

Auf einmal strömte sein Atem wieder ruhig, und er setzte sich aufrecht. Keine Macht auf Erden vielleicht, dachte er mit einem Hoffnungsschimmer, aber wie verhält es sich denn mit der Magie und den unsichtbaren Mächten, die von den Göttern ausgehen? Du Narr! Du bist doch Magier! Es ist die Zeit gekommen, da du all deine Fertigkeiten unter Beweis stellen oder auf ewig im Gefängnis leben kannst.

Es war noch dunkel, als er mit Ib und Kasa im Gefolge seine Gemächer verließ und barfuß den Korridor zu seinem Arbeitsraum entlangging. Er dachte nicht nach, außer daß er sich fragte, ob er nicht am Abgrund des Wahnsinns stehe, denn sobald er nachzudenken versuchte, stand er sofort vor einer Kluft in seinem Kopf, die ihn krank und benommen machte. Er hielt an einem der riesigen Wasserkrüge inne, die neben einem Ausgang in den Garten standen, und tauchte seinen Kopf tief hinein, wobei er nach dem frischen, nassen Schock nach Luft schnappte, bevor er weiterging. An der Tür zu seinem Arbeitsraum drehte er sich zu Ib um.

«Ich möchte, daß du zwei Briefe für mich diktierst», sagte er. «Einen an Nubnefret und einen an den Pharao. Formuliere sie in deinen eigenen Worten, Ib, denn ich habe nicht die Zeit, es selbst zu erledigen. Sage ihnen, daß Hori gestorben ist und die Trauerzeit begonnen hat. Sage Nubnefret» – hier hielt er inne und grübelte –, «nein, vielmehr bitte Nubnefret in meinem Namen darum, sie möge heimkommen.» Ib nickte mit zusammengepreßten Lippen, verneigte sich und verschwand. Khamwaset winkte Kasa zu sich. «Ich werde mich jetzt mit Magie beschäftigen», sagte er. «Dabei benötige ich deine Hilfe, aber du darfst kein Wort sprechen. Hast du das verstanden?» Er öffnete die Tür, und beide Männer gingen hinein.

«Hoheit», sagte Kasa, und Khamwaset konnte die Angst in seiner Stimme erkennen, «ich bin kein Eingeweihter. Ich habe mich nicht gereinigt. Bei einem Zauberspruch kann ich daher nur hinderlich sein.»

Khamwaset befand sich bereits im inneren Raum, schloß die Truhen auf und öffnete die Deckel. «Ich habe mich auch nicht gereinigt», erwiderte er. «Mach dir keine Sorgen. Nun schweig still.» Und Kasa gehorchte.

Eine verschlagene Stimme flüsterte in Khamwasets Kopf. Möchtest du das wirklich machen? Wenigstens hast du jetzt etwas, stolzer Prinz, und wenn du sie vernichtest, so bleibt dir nichts mehr. Übrigens ist Nenefer-ka-Ptah selbst ein Magier. Was ist, wenn er dein Vorhaben spürt und dir einen Strich durch die Rechnung macht? Glaubst du denn, daß die angewandte Zauberei sich seit den Tagen, da er die Macht ausübte, verfeinert hat, oder sind die alten Zaubersprüche noch unverwässert geblieben? Du bist durch deine eigene starke Sinnlichkeit befleckt und geschwächt worden. Kannst du denn die spirituelle Energie aufbringen, die du benötigst? Schließ die Truhen wieder. Kehre zu deinem Ruhebett zurück. Nimm sie in deine Arme, denn eine Sache, die sich nie ändern wird, ist deine verzerrte, perverse Begierde nach ihr, und sicher ist es besser, eine Pein zu lindern als sich von der vielen Pein verzehren zu lassen. Er ächzte leise und stellte diejenigen Gegenstände zusammen, die er brauchte, dann trug er sie in seinen Arbeitsraum. Die Schriftrolle des Gottes Thoth und die Schriftrollen, die Hori ihm zu lesen gegeben hatte, lagen zuoberst. Er legte alles auf den Schreibtisch.

«Hör mir gut zu», sagte er zu Kasa. «Ich brauche eine geringe Menge Natron. Du kannst es aus der Küche holen, doch sieh zu, daß es frisch ist. Ich brauche eine große Schüssel von dem fließendem Überschwemmungswasser aus dem Nil. Hol mir zwei noch ungetragene Leinentücher, einen Krug jungfräuliches Öl und meine weißen Sandalen. Ich habe Weihrauch, eine Maske und die Salbe aus

Myrrhe hier. Versuche, so unauffällig wie möglich zu sein, während du diese Dinge besorgst, Kasa, und zwar so schnell, wie es dir möglich ist. Soll ich die Liste wiederholen?»

Kasa schüttelte den Kopf. «Nein, Hoheit.»

«Gut. Bring auch ein Rasiermesser mit. Mein Körper muß rasiert werden.»

Kasa verneigte sich und verschwand, und die Tür fiel hinter ihm zu. Khamwaset wandte sich der Schriftrolle des Gottes Thoth zu. Er wußte nun, daß Hori nicht verrückt genug gewesen war, das Grab wieder öffnen und sie herausholen zu lassen. Sie war einfach von selbst zurückgekehrt. Sie befand sich nunmehr in seiner Verantwortung, war sein Schicksal, und nichts konnte die Folgen abwenden. Vielleicht war Nenefer-ka-Ptah auf eine solche Weise in ihren Besitz gelangt. Vielleicht gelangte sie von einem korrupten Magier in den Besitz des nächsten, zugleich mit einem Schweif furchtbarer Auswirkungen im Gefolge, ein ererbter Fluch. Khamwaset überwand sich, sie zu entrollen, überflog sie und fand Einlaß in ihr schwarzes Geheimnis. Dann legte er sie beiseite und begann Antefs breite Handschrift zu lesen. Er wollte sich mit jedem Detail vertraut machen, das zu Horis Tod geführt hatte. Seine Gedanken begannen zu seinem Sohn abzuschweifen, doch er befreite sich verzweifelt davon, um sich auf die vor ihm liegende Aufgabe zu konzentrieren, denn nach dem Gedanken kam das Gefühl, und nach dem Gefühl der Mahlstrom des Wahnsinns.

Er hatte die Lektüre beendet und brachte gerade die Schriftrollen in die Truhe zurück, als Kasa wiederkam. Ein junger Diener stolperte mit einer großen Schüssel Wasser auf den Tisch zu, stellte sie ab, verneigte sich und verschwand. Kasa legte die anderen Gegenstände daneben und wartete fragend ab. Äußerlich machte er einen ruhigen Eindruck, doch Khamwaset spürte den Aufruhr unter der Oberfläche. Den Göttern sei Dank für Nubnefrets Ausbildung, dachte er. Kasa wird nicht zusammenbrechen.

«Zuerst mußt du mich rasieren, Kasa», sagte er. «Und zwar ganz, von Kopf bis Fuß. Kein einziges Haar darf dir entwischen. Es kommt jetzt auf äußerste Reinheit an.»

Er legte sich auf den harten Fliesenboden, während sein Leibdiener das Rasiermesser in kurzen Zügen über seinen Schädel führte und in langen, sicheren Bewegungen über den Körper. Khamwaset bemühte sich, seine Gedanken zu beruhigen und sich in die Konzentration zu vertiefen, die er benötigte. Er begann mit den Reinigungsgebeten, während Kasa noch beschäftigt war. Als der Mann sein Werk beendet hatte, stand er auf. «Wasch mich jetzt mit dem Überschwemmungswasser», sagte er befehlend. «Und zwar mit einem der beiden Leinentücher. Wenn mein Körper gereinigt ist, wiederholst du den Vorgang mit den Händen, der Brust und den Füßen. An diesem Punkt werde ich meinen Mund öffnen. Wasch ihn ebenfalls von innen. Ich ermahne dich noch einmal: Sprich kein Wort.»

Kasa tat, wie ihm befohlen war; er führte seine Hände sanft, aber wirksam über Khamwasets Körper. Die Nacht hüllte noch immer das Haus ein, und es gab noch keinen Anflug der Morgenröte, die bestimmt nicht mehr lange auf sich warten ließ. Khamwaset hatte den Eindruck, als wäre ein Zeitalter verstrichen, seit er mit Antef im Flur gesprochen hatte, seit er aus dem Haus und zu den Wasserstufen gerannt war, seit er gesehen hatte, gesehen hatte... Er spürte, daß Kasa ihm mit dem Leinen über den Fuß rubbelte, und begann mechanisch den begleitenden Gesang anzustimmen. «Meine Füße werden auf einem Stein neben dem See des Gottes gewaschen.» Er öffnete den Mund und schloß die Augen; seine Zunge sträubte sich, als Kasa sie abrieb, und dann berührte er den Gaumen und die Zähne. «Die Worte, die aus meinem Mund herausströmen, werden rein sein», sagte er, nachdem Kasa damit fertig war. «Nun, Kasa, füll das Weihrauchgefäß und gib es mir in die Hand.» Der Diener tat, wie von ihm verlangt wurde, und bald darauf füllte sich der Arbeitsraum mit dem aromatischen grauen Rauch.

Bei dem vertrauten, beruhigenden Geruch fühlte Khamwaset, wie sich sein Magen lockerte und entspannte. Ich bin ein Priester, dachte er. Was immer ich getan habe, so kann ich noch immer gereinigt werden und mich den Göttern stellen. «Nimm nun das Öl und gieß es über meinen Kopf», sagte er in einem befehlenden Ton. Die süße, dickliche Flüssigkeit tropfte an seinen Ohren herunter, und nachdem sie die kleine Höhlung am Brustbein gefunden hatte, rann sie an seinem Körper hinunter. Die Worte fielen Khamwaset jetzt leichter ein, und es war ihm möglich, sich ganz in der Gegenwart aufzuhalten und nicht daran zu denken, was noch vor ihm lag. «Öffne den Salbentopf», sagte er, und als Kasa dies auch getan hatte, rieb er sich selbst Stirn, Brust, Bauch, Hände und Füße damit ein. «Natron», sagte er barsch, und schon stand es, in eine kleine Schale aus der Küche gesiebt, vor ihm. Khamwaset nahm eine Prise zwischen Daumen und Zeigefinger und streute es sich hinter die Ohren und auf die Zungenspitze. «Nun wickle mich in das Leinentuch, Kasa.» Als das blendende, massige Tuch um ihn drapiert war, seufzte Khamwaset tief. Er war vollkommen gereinigt. Er war in Sicherheit. «Die Sandalen», sagte er, und Kasa bückte sich, um sie ihm über die Füße zu streifen. «Öffne nun den Topf mit grüner Farbe, den ich auf den Tisch gestellt habe, nimm einen Pinsel und zeichne das Symbol der Maat auf meine Zunge.» Kasas Hand zitterte, als er den Pinsel führte. «Ich befinde mich nun in der Kammer der beiden Maats, den beiden Wahrheiten der kosmischen und der menschlichen Ordnung», sagte Khamwaset, in Gedanken rezitierend. «Ich befinde mich im Gleichgewicht.»

Es war Zeit für den Beginn. Nach Osten gewandt, begann er seine Identifizierung mit den Göttern. «Ich bin der Einzig Große», sang er. «Ich bin die aus einem Gott geborene Saat. Ich bin ein großer Magier und Sohn eines großen Magiers. Man kennt mich unter vielen Namen und vielen Formen, und meine Form ist in jedem Gott.» Er fuhr mit demselben hypnotischen Singsang fort und war sich bewußt, daß er die Aufmerksamkeit der Götter auf sich gezogen hatte. Sie beobachteten ihn sorgfältig und neugierig, und falls seine Zunge ausrutschte oder auch nur ein Wort vergaß, so würden sie sich von ihm abwenden, und seine wachsende Macht über sie ginge verloren.

Er hatte bereits beschlossen, daß er nicht Thoth anrufen würde. Thoth hatte ihn im Stich gelassen. Er hatte ihm nicht die kleinste Gelegenheit zu einer Wiedergutmachung seiner Verfehlung gegeben. Nein, statt dessen würde er Seth wählen, den er unter seinen Willen beugen wollte. Seth, der ihm nichts bedeutet hatte, eine Erinnerung nur an die wilde alte Zeit, als Ägyptens Könige rituell unter den Messern der Priester des Seth geopfert wurden, um die Erde mit ihrem Blut zu tränken. Dessen Zurückhaltung und unvorhersehbare, unbezähmbare Unabhängigkeit war Khamwaset immer schon ein Greuel gewesen. Ihm war sehr wohl bekannt, daß er durch eine solche Tat für immer unter Seths Macht geriet, daß er jenem Gott, den er immer als zerstörerischen Liebhaber des Chaos verachtet hatte, für den Rest seines Lebens zu Dank verpflichtet sein, ihm Opfer darbringen und ohne Einschränkungen dienen müßte. Doch von allen Göttern besäße nur Seth keine Skrupel angesichts der körperlichen und geistigen Zerstörung, die Khamwaset für jene drei plante, die er nunmehr zu seinen Feinden zählte.

Der Vorgang der Identifizierung war abgeschlossen. Die Götter waren gebannt, und er stellte sich ihnen. Er konnte fortfahren. Nachdem er tief eingeatmet hatte, rief er: «An dich wende ich mich, an Seth, den Aufrührer, an Seth, den Sturmbringer, an Seth mit den roten Haaren und dem Wolfsgesicht! Höre mich an und schenke mir Beachtung, denn ich weiß deinen geheimen Namen!» Er hielt inne, und ihm war bewußt, daß es im Raum plötzlich sehr still geworden war. Die Flamme in der Lampe brannte vollkommen gerade, und die winzigen Luftwirbel, die sie umspielt hatten, fehlten nunmehr. Der Schweiß begann an seinem Gesicht herunterzulaufen und kalt an seinem Rückgrat entlang hinunterzutropfen. Der Gott lauschte ihm. Khamwaset sang die Vorsichtsmaßnahme, deren jeder Magier bedurfte, bevor er einem Gott zu drohen suchte. «Ich bin es nicht, der dies spricht», sang er, «noch bin ich es, der es wiederholt, sondern vielmehr die Zauberkraft, die jene drei angreift, mit denen ich mich beschäftige.»

Die Stille vertiefte sich. Sie besaß eine verstörende, empfindungsfähige Eigenschaft. Khamwaset konnte Kasas schnelle, harsche Atemzüge hinter ihm hören. «Wenn du meine Worte nicht anhörst», fuhr Khamwaset fort, während er sich darum bemühte, daß seine Stimme einen vollen und festen Ton behielt, «werde ich ein Nilpferd auf dem Vorhof deines Tempels schlachten und dich in eine Krokodilshaut stecken, denn ich weiß deinen geheimen Namen.» Er hielt inne, bevor er viermal rief: «Dein Name ist ‹Der-Tag-an-dem-eine-Frau-gebar-einen-Sohn›!» Er beherrschte sich sehr, das Leinentuch klebte schon an seiner Haut. Nie zuvor hatte er diese Zaubersprüche jemals anders verwendet als zum Guten, und er war beinahe so verängstigt wie der arme Kasa. «Ich bin Seth, ich bin Seth, ich bin Seth, ich bin Seth!» rief er triumphierend. «Ich bin der, der das geteilt hat, was vereinigt war. Ich bin der, der voller Energie und groß in der Macht ist, Seth Seth Seth!»

Der Weihrauch, der bis dahin in einer dünnen grauen Wolke an der Decke gehangen hatte, wirbelte plötzlich heftig herum. Die Flamme zuckte krampfhaft, und ein stimmhafter Wind kam durchs Fenster hereingeweht. Es war an der Zeit, sich selbst zu befreien. «Kasa», sagte er, «nimm das Wachs aus dem Kasten auf meinem Tisch und knete daraus drei Figürchen. Sie brauchen keine große Ähnlichkeit zu haben, versieh sie nur mit einem Kopf, einem Rumpf und mit Gliedern. Gib zweien davon männliche Genitalien.» Kasa stolperte sofort los, um zu gehorchen; als er in das Licht hinüberkam, wurden seine Augen weit und weiß gerandet. Khamwaset zog ein Blatt frisch gepreßten Papyrus zu sich heran, nahm einen Pinsel und begann, die Namen von Nenefer-ka-Ptah, Ahurê und Merhuh in grüner Tinte zu schreiben. Er schrieb auch den Namen von Nenefers Vorfahr. Eigentlich hätte er auch noch den von Nenefers Eltern hinschreiben müssen, doch deren Namen kannte er nicht. Als er damit fertig war, hatte Kasa die drei Wachsfigürchen fertiggestellt. Sie waren zwar grob gemodelt, aber erkennbar handelte es sich um Menschen.

Khamwaset ging ans ferne Ende des Tisches und holte sein Messer heraus. Es bestand ganz aus Elfenbein und war ausschließlich für ihn aus Anlaß seiner abschließenden Initiation angefertigt und zu seinem alleinigen Gebrauch bestimmt worden, und in seine Klinge war ein Bild von Thoth, seinem Schutzpatron, eingraviert. Mein Schutzpatron bist du nicht mehr, dachte er grimmig. Thoth war auch Nenefers Herr, aber Seth ist mächtiger, Seth ist wilder, Seth wird sie mit seinen scharfen, weißen Klauen zermalmen und ausspeien, wie den anderen Abschaum auch.

Mit der Messerspitze ritzte er ihre Namen in die Köpfe der Wachsfigürchen, einen Namen in jeden Kopf. «Fessele sie getrennt mit diesem schwarzen Faden», sagte er befehlend, und Kasa tat es. Nachdem Khamwaset sie auf den Papyrus gestellt hatte, trat er einen Schritt zurück.

«Ein Zauberspruch, um die Macht über das Schicksal von Nenefer-ka-Ptah, Ahurê und Merhuh zu gewinnen, in dieser und in der nächsten Welt», sang er, wobei er dem Rhythmus und dem Tonfall seiner Worte eine erhöhte Aufmerksamkeit widmete. Viermal wiederholte er sie, dann begann er: «Ich bin der Einzig Große, der Sohn eines Einzig Großen, ich bin eine Flamme, der Sohn einer Flamme, dem sein Kopf wiedergegeben wurde, nachdem man ihn abgeschlagen hatte. Aber die Köpfe jener dort, meiner Feinde, sollen auf ewig abgeschlagen bleiben. Sie sollen nicht wieder angenäht werden, denn ich bin Seth, der Herr ihrer Leiden.» Vor dem nächsten Ansturm hielt er inne, und während er abwartete, konzentrierte er sich vollkommen. Die Macht strömte auf seine Zunge und das Vertrauen in seinen Körper. «Verderben soll über sie kommen, Würmer sollen sie kriegen, aufblähen sollen sie sich, stinken sollen sie. Sie werden zerfallen, sie werden verwesen. Sie werden nicht existieren, sie werden nicht stark sein, ihre Eingeweide werden zerstört, ihre Augen verrotten, ihre Ohren werden nicht hören noch ihre Zungen sprechen, ihr Haar wird abgeschnitten. Ihre Leichen sind nicht beständig. Sie werden umkommen in diesem Land auf ewig, denn ich bin Seth, der Herr der Götter.»

Nunmehr waren die drei in dem Netz der Zauberei gefangen. Obzwar sie noch lebten, waren sie nicht in der Lage, auch wenn sie dies wollten, gegen das Los anzukämpfen, das sie erwartete. Doch die Zerstörung ihrer Körper allein reichte nicht aus. Khamwaset wußte, daß er sich so lange nicht in Sicherheit befand, wie die Möglichkeit offenblieb, daß ihre Kas überlebten. Er mußte sie vollständig auslöschen, und die einzige Möglichkeit bestand darin, ihre Namen zu verändern. Ein Name war ein geheiligtes Ding. Wenn der Name überlebte, so konnten die Götter einen finden, einen wiedererkennen und in ihrer ewigen Gegenwart willkommen heißen, vielleicht sogar das Geschenk der Rückkehr in den eigenen Körper gewähren. Unnachgiebig unterdrückte Khamwaset den Schauder, den dieser Gedanke ihm verursachte. Er durfte jetzt nicht ins Straucheln geraten. Er durfte nicht grübeln, er durfte nicht phantasieren, und vor allem durfte er sich nicht fürchten.

Er warf seinen Kopf in den Nacken und schloß die Augen. «Ich bin Seth, dessen Rache gerecht ist», sagte er krächzend. «Vom Namen Nenefer-ka-Ptah entferne ich den Namen des Gottes Ptah, Schöpfer der Welt, damit seine Macht diesen Feind nicht mit Stärke erfülle. Vom Namen Ahurê entferne ich den Namen des Gottes Rê, die glorreiche Sonne, damit seine Macht diese Feindin nicht mit Stärke erfülle. Vom Namen Merhuh entferne ich den Namen des Gottes Huh, die Göttlichen Worte und die Zunge des Ptah, damit seine Macht diesen Feind nicht mit Macht erfülle. Nun werde ich ihre Namen verändern in Ptah-haßt-ihn, Rê-verbrennt-sie und Huh-verflucht-ihn. Das Positive ist zum Negativen geworden, und das Negative wird zur Vernichtung. Sterbt den zweiten Tod! Sterbt sterbt sterbt!» Er näherte sich den Figürchen und dem Papyrus auf dem Tisch, doch genau in diesem Augenblick klopfte jemand leise an die Tür.

«Khamwaset, ich weiß, daß du da drin bist. Was machst du da?» Es war Tbubuis Stimme.

Khamwaset erstarrte, und Kasa stieß einen leisen Schrei aus. Khamwaset ging grimmig um ihn herum und gab ihm durch seine Grimassen zu verstehen, er solle schweigen, da er befürchtete, der Zauberspruch könnte ausgerechnet im entscheidenden Augenblick gebrochen werden. Kasa schluckte schwer und nickte.

«Du versuchst dich doch an einem Zauberspruch, nicht wahr, mein Liebster?» sagte sie, während ihre Stimme, vom Holz der Tür gedämpft, zu ihnen herüberkam. Khamwaset hörte, wie sie mit den Fingernägeln über die Tür kratzte. «Gib es auf, gib mir die Gelegenheit, dich noch glücklicher zu machen. Ich kann dich befriedigen, wie keine Frau es je schaffen wird, Khamwaset. Wäre das denn so übel? Ich möchte nur leben, ich möchte nur das, was alle anderen auch möchten. Kannst du mich dafür tadeln?» Ihre Stimme war lauter geworden, und Khamwaset, der ihr in einer plötzlichen Qual zuhörte, erkannte die Anfänge einer Hysterie. Er rührte sich nicht vom Fleck. «Ich wußte, was du tust, als ich meine Augen öffnete und du nicht mehr bei mir warst», fuhr sie lauter fort. «Ich habe es gespürt. Ich konnte es fühlen. Du versuchst, uns loszuwerden. Oh, du grausamer Khamwaset! Aber deine Bemühungen sind vergebens. Denn Thoth hat dich verlassen. Deine Worte besitzen keine Macht. Thoth...» Ihre Stimme erstarb, und beide Männer blickten zur Tür und vernahmen ihre verstohlenen Bewegungen, als sie sich am Riegel zu schaffen machte. Mit einem Schlag hörten sie auf. Khamwaset sah sie fast im Geiste vor sich, wie sie überlegte, den Schlafrock lose um sich geschlagen, ihr Haar zerzaust, ihr Körper gekrümmt. «Nicht Thoth», begann sie erneut, doch diesmal schwächer. «Natürlich nicht. Es ist Seth, nicht wahr? Seth, das Wappen deines Vaters. Seth, dessen rotes Haar in deiner Familie liegt. O Götter!» Auf einmal gab es einen Wirbel von hämmernden Schlägen gegen die Tür, und sie begann zu schreien. «Khamwaset, ich liebe dich! Ich bete dich an! Tu mir das nicht an, ich bitte dich! Ich habe solch eine Angst! Laß mich leben!»

Khamwaset fühlte, wie sein Mund trocken wurde, und er drehte sich erneut zum Tisch um, während er versuchte, den Speichel zu sammeln, den er brauchte. Sie fuhr mit dem Schreien und Schluchzen fort, traktierte die stämmige Holztür mit Fäusten und Füßen, und er konnte die Vision von ihr nicht aus seinem Kopf verbannen, wie sie verzweifelt und plötzlich wahnsinnig vor Angst war. Bewußt bespuckte er den Papyrus und die Wachsfiguren, eine nach der anderen. «Anathema!» sagte er. Der Lärm auf dem Flur hörte auf, dann schrie sie gequält auf: «O Götter, nicht! Das tut mir weh, Khamwaset! Bitte hör auf!»

Ganz vorsichtig nahm er die Wachsfiguren und den Papyrus, legte sie auf den Fußboden, hob seinen linken Fuß und zermalmte sie langsam. Diesmal begann sie zu würgen und zu wimmern und sank auf den Fußboden – ein entsetzlicher Gurgellaut, der Kasa veranlaßte, sich die Hände auf die Ohren zu schlagen.

«Ich will nicht für immer tot sein!» schrie sie. «Ich will zurückkommen, du grinsender Schakal, denn der Schriftrolle kann man nicht widerstehen!»

«O doch, das kann man schon», flüsterte er. «Anathema, Tbubui. Anathema.» Er kniete nieder, nahm sein Elfenbeinmesser und stach damit sehr behutsam in die drei weichen Wachsformen, alsdann fuhr er damit kräftig über den Papyrus, der mit einem kleinen, gequälten Geräusch in zwei Teile getrennt wurde. Khamwaset nahm darauf die Schale, die noch etwas Nilwasser enthielt, kippte den Rest Wasser weg, trocknete sie ab, sammelte darin alle verstümmelten Überreste seiner Arbeit, nahm die Lampe und einen Holzspan und zündete alles an. Der Papyrus brannte sogleich lichterloh, und das Wachs begann zu schmelzen.

«Anathema», sagte er keuchend ein letztes Mal.

Tbubui schrie nun in einem hohen, unmenschlichen Ton, und er konnte hören, wie sie sich unten an der Tür wand und wie wahnsinnig mit Fäusten und Fersen auf die Tür trommelte. Das Wachs war indessen auf dem Boden der Schale ineinandergelaufen, und der Papyrus hatte sich gekräuselt, war schwarz geworden und zu leichten Aschenflocken verkohlt. Keine der Wachsfiguren war wiederzuerkennen.

Khamwaset begann zu weinen. Ich habe Glück gehabt, dachte er, die Tränen rannen ihm in die Augen, einmal wegen des Weihrauchs, zum anderen wegen des beißenden Geruchs des verbrannten Papyrus, der ihm in die Nase stach. Mein Zauberspruch hat gewirkt. Seth hat sich meinem Willen unterworfen, aber er wird bereits mächtiger und sieht mich mit seinen schwarzen, grausamen Wolfsaugen an. Ich glaube nicht, daß er jemals seine Augen von mir lassen wird.

Allmählich wurde ihm bewußt, daß sich ein tiefer Frieden herabgesenkt hatte und zugleich die ersten scheuen Andeutungen der Morgendämmerung. Nachdem er sein Gesicht am Leinentuch abgewischt hatte, nahm er es ab und ließ es auf den Boden fallen, danach legte er den zusammengeknüllten Leibrock an, den er zu Beginn getragen hatte. Irgend jemand mußte diese Wahnsinnsschreie gehört haben. Bald würden sich die Wächter im Korridor drängeln, und sie fänden ... ja, was eigentlich? Er blickte sich um. Der Arbeitsraum war ein einziges Tohuwabohu, und es roch nach abgestandenem Weihrauch, Schweiß und der Myrrhe, mit der er sich selbst gesalbt hatte. In diesem Augenblick sprühte die Flamme Funken, zuckte und erlosch, doch Khamwaset konnte immer noch seinen Leibdiener ausmachen, der sich blaß gegen die Wand lehnte.

«Kasa, öffne die Tür», sagte er. Der Mann starrte ihn an.

«Hoheit», sagte er schwer atmend. «Was ist hier vorgegangen? Was hast du getan?»

«Ich habe mich von einem großen Übel befreit», sagte Khamwaset matt, «und nun muß ich lernen, mit einem noch größeren zu leben. Später werde ich mich an die Haushaltsangehörigen wenden, doch im Augenblick nicht. Öffne jetzt die Tür, Kasa.»

Mit unsteten Schritten ging der Mann auf die Tür zu, doch als er den Riegel berührte, hielt er inne. «Hoheit», sagte er, ohne sich umzudrehen. «Der geheime Name von Seth ...»

«Lautet, wie ich gesagt habe», sagte Khamwaset, ihm ins Wort fallend. «Aber verwende ihn lieber nicht, alter Freund. Sogar ein Zauberlehrling erfährt zu seiner eigenen Sicherheit eine solche Sache nicht. Ich beglückwünsche dich zu deinem Mut.»

Kasa öffnete die Tür.

Sie lag gekrümmt auf dem Steinboden, ihr Gesicht zum Raum gedreht, eine Hand hatte den unteren Rahmen der Tür berührt. Ihre Finger, Knie und Füße waren aufgeplatzt, doch das Fleisch darunter war scharlachrot und trocken, und an der Tür war kein Blut zu sehen. Der Gestank von Verwesung im Korridor war überwältigend, und Kasa erbrach sich. Khamwaset beachtete ihn nicht. Er kniete sich nieder und strich ihr die Haare aus dem Gesicht. Ihre Augen waren glasig und ausdruckslos, die Lippen über die kleinen Zähne hochgezogen. Es kam ihm vor, als hätte sich ihr Körper bereits aufgebläht, und da wußte er, daß ihm nicht mehr viel Zeit blieb. Wachsoldaten stürmten auf ihn zu, und irgendwo im Hause hörte er Rufe. Er stand auf. Die Männer hielten vor ihm an und salutierten verblüfft, doch Khamwaset wollte nichts erklären, noch nicht. Es gibt mehr als meine Verdammung für ein Vermächtnis, dachte er, während er in ihre Gesichter blickte, denn nach wie vor liebe ich sie und sehne ich mich nach ihr. Es ist ein widernatürliches Verlangen, ebenso zwanghaft wie schrecklich, und keine mir bekannte Macht wird mich je von dieser Last befreien.

«Bringt sie in den Garten», sagte er markig. «Amek, bist du da?»

Der Oberst seiner Leibwache trat vor und verneigte sich. «Hoheit?»

«Nimm sechs deiner Männer und geh ins Haus von Sisenet am Ostufer. Dort findest du zwei Leichname, die von Sisenet und seinen Sohn. Bring sie her. Errichte einen Scheiterhaufen im Garten, und mach mir dann Meldung.» Die Männer begannen zu tuscheln, doch Amek verneigte sich nur, rief einen knappen Befehl und verschwand.

Khamwaset warf noch einen letzten Blick auf Tbubuis Körper, als die Wächter sich bückten und sie behutsam hochhoben, dann griff er nach Kasas Schulter und begab sich in seine Gemächer, indem er sich an ihn lehnte. Auf dem Weg dahin kam er an dem neuen Eingang vorüber, der zu Tbubuis schönem nördlichem Anbau führte, und er wandte seine Augen ab.

Als er sich in der Geborgenheit seiner eigenen Räume befand, sagte er Kasa, er solle ihn allein lassen und sich ausruhen, und er selbst näherte sich dem Ruhebett. Der Becher, aus dem sie noch vor so kurzer Zeit getrunken hatte, stand auf dem Tisch. Er nahm ihn auf, und die Neige war so dickflüssig wie Öl. Das Ruhebett trug noch den Abdruck ihres Körpers, und das Kissen hatte dort eine Kuhle, wo ihr Kopf geruht hatte. Khamwaset setzte sich schwerfällig hin und nahm das Kissen in seine Arme. So blieb er lange sitzen, wiegte das Kissen und weinte, während das Licht um ihn herum heller und die Luft wärmer wurde und die Vögel zu zwitschern und im Baum am Fenster einander zu jagen begannen.

Drei Stunden später wollte Amek vorgelassen werden, und Khamwaset legte das Kissen in einem Anfall geistiger Erschöpfung beiseite und ging nach draußen, um mit dem Oberst zu sprechen. «Es ist vollbracht», sagte Amek. «Die Leichen waren dort, wie du gesagt hast. Der Mann namens Sisenet lag zusammengesackt auf dem Tisch in seinem Zimmer, und er hatte ein Zauberfigürchen in der einen Hand und die Hülle eines Skorpions in der anderen. Der Junge namens Harmin lag tot auf seinem Ruhebett.» Khamwaset nickte, aber Amek war mit seinem Bericht noch nicht zu Ende. «Hoheit», fuhr er zögernd fort, «in meiner Laufbahn als Soldat habe ich schon so viele Tote gesehen. Diese Menschen scheinen nicht erst vor kurzem gestorben zu sein. Sie sind aufgebläht und stinken, dennoch sind ihre Glieder steif. Ich verstehe das nicht.»

«Ich schon», sagte Khamwaset. «Sie sind vor langer Zeit gestorben, Amek. Leg sie auf den Scheiterhaufen. Versuche, sie nicht allzu lange anzufassen.»

«Aber Hoheit», sagte Amek protestierend und schockiert, «wenn du sie verbrennst, wenn du sie nicht einbalsamieren läßt, so können die Götter sie nicht finden. Nur ihre Namen garantieren ihnen ihre Unsterblichkeit, und die Namen sind für den Einzig Göttlichen ein dürftiger Fingerzeig.»

«Das sind sie tatsächlich», sagte Khamwaset zustimmend; ihm war zum Lachen und zum Heulen zumute. «Aber vertrau mir, Amek. Was ich dich zu tun gebeten habe, ist eine Angelegenheit der Magie. Mach dir keine Sorgen.»

Amek machte eine stille Geste der Ehrerbietung und ging, um den Befehl in die Tat umzusetzen. Khamwaset machte sich zu Sheritra auf den Weg. Diesmal ersuchte er nicht erst um die Erlaubnis, eingelassen zu werden. Nachdem er Bakmut links liegengelassen hatte, ging er in den Vorraum und weiter direkt in Sheritras Schlafzimmer. Sie war zwar wach, aber noch nicht aufgestanden. Die Vorhänge waren noch nicht hochgezogen, und sie blinzelte zu ihm durch die Düsterkeit, dann sprang sie hoch.

«Vater, du bist hier nicht willkommen», sagte sie mit eisiger Stimme, dann bemerkte er, daß sie ihn langsam musterte. Er wußte, was sie sah. Er war mit Öl beschmiert, sein Nacken war von dem Natron bestäubt, als er es hinter seine Ohren verteilt hatte, sein nackter Brustkorb von grauer Salbe verschmiert, seine Handflächen schmutzig, und das ganze Erscheinungsbild wurde durch seinen reichlichen Schweiß noch verschlimmert. Argwöhnisch schwang sie ihre Füße auf den Fußboden.

«Du hast einen Zauberspruch beschworen», sagte sie. «O Vater, was gibt es?»

«Hori ist tot», erwiderte er mit einem Kloß im Hals, und sie nickte.

«Ich weiß es. Wieso bist du so überrascht?» Dann verfinsterte sich ihr Gesicht. «Ich will mit dir nie mehr darüber sprechen. Ich werde jetzt zu trauern beginnen. Ich wenigstens habe ihn geliebt.» Ihre Stimme bebte. «Falls diese Taschenspielerin vorgibt zu trauern, so weiß ich, daß sie es nicht tut. Dann werde ich selbst sie töten.»

Statt etwas zu sagen, hielt er ihr das eigene Gewand hin. «Zieh es an, Sheritra», sagte er. «Das ist ein Befehl, und falls du dich weigerst, bringe ich dich selbst nach draußen. Ich verspreche dir, daß es – ausgenommen bei Horis Begräbnis – das letzte Mal ist, daß du dir mein Gesicht ansehen mußt.»

Sie sah ihn einen Augenblick lang argwöhnisch an, riß ihm das Gewand aus der Hand und zog es sich über.

Er ging mit ihr in den Garten hinaus, der nunmehr von einem milden Morgenlicht erfüllt war. Er wußte, was ihr bevorstand, doch wollte er sie nicht schonen, und daher trat er zur Seite, als sie zwischen den Säulen hindurchschritten, so daß sie eine ungehinderte Sicht genoß. Eine Weile lang konnte sie offenbar nicht begreifen, was sie dort sah. Khamwaset ließ einfach seinen Blick über den Stapel aus trocknen, gewundenen Holzscheiten inmitten der Rasenfläche schweifen, auf dem zuoberst drei starre, verrenkte Leichen lagen. Sheritra hielt den Atem an und bewegte sich wie eine Schlafwandlerin darauf zu. Khamwaset folgte ihr. Zweimal ging sie um den Scheiterhaufen herum und hielt nur inne, um in Merhuhs gelbes, leeres Gesicht zu schauen; dann stellte sie sich vor ihren Vater hin.

«Du hast das getan», sagte sie.

«Ja», sagte er. «Hori hatte die ganze Zeit über recht. Ich befehle dir hierzubleiben und zuzusehen, wie sie verbrannt werden.»

Ihre Miene blieb unverändert, ihr Ausdruck war hart und ausdruckslos. «Nun, für Hori kommt das alles zu spät», entgegnete sie. «Hättest du ihm geglaubt und deine Zauberkraft zu seinen Gunsten eingesetzt, so wäre er jetzt noch am Leben.»

«Wenn ich ihm geglaubt hätte, wenn ich nicht das Grab aufgebrochen hätte, wenn ich den Gegenstand nicht gestohlen hätte, auf den ich keinen Anspruch hatte, wenn ich die geheimnisvolle Tbubui nicht verfolgt hätte, wenn, wenn...» Er gab Amek ein Zeichen. «Verbrennt sie», sagte er.

Khamwaset begrüßte das Unbehagen der hochschießenden Flammen; sein Selbsthaß und seine Abscheu vor den Göttern waren zu tiefgreifend, als daß sie ihm ein zusammenhängendes Denken erlaubt hätten. Die Leichen gaben Zisch- und Knacklaute von sich, sobald die Flammen an ihnen züngelten, doch nach wie vor rührte Sheritra sich nicht und sagte auch nichts. Nur ein einziges Mal reagierte sie, indem sie den Atem anhielt, und zwar als die alten Sehnen sich unter der Hitzeeinwirkung zu spannen begannen und eine Leiche nach der anderen wie in einer grotesken Parodie auf das Leben aufsprang, sich aufrecht hinsetzte und die Knie anzog. Khamwaset und Sheritra blieben stehen, wo sie standen, bis das Feuer zusammenbrach, abstarb und nichts anderes mehr zurückblieb als ein glühendes Herz, in dem sich ein paar verkohlte Knochen sammelten. Danach ging Sheritra zu ihm.

«Vergiß nie, daß du dies alles verursacht hast», sagte sie, und in ihren Augen standen weder Mitleid noch Anklage geschrieben. «Von nun an wirst du meine Einsamkeit respektieren, oder ich verlasse dieses Haus. Du hast die Wahl, Prinz.» Sie wartete nicht erst seine Reaktion ab. Sie entfernte sich, irgendwie mit Würde und sogar königlich, in aufrechter Haltung und mit ihrem schwebenden weißen Leinentuch, und Khamwaset sah ihr nach. Die Diener standen in einer fernen Ecke des Gartens in einer verängstigten Gruppe beieinander und hatten ihre Arbeiten längst vergessen, doch Khamwaset wollte nicht vor sie hintreten, jedenfalls noch nicht.

Er wandte sich dem Haus zu, das im hellen Sonnenschein lag, und er war sich sicher, daß er den Nil mächtig dahinströmen hörte, der sich freudig wand und gurgelte, während er zum Delta hin strebte. Khamwaset hatte sich überlegt, ob er die Schriftrolle des Gottes Thoth mit ins Feuer werfen solle, doch tief in seinem Innern wußte er, daß eine solche Geste sinnlos gewesen wäre. Die Rolle wäre nämlich leicht und harmlos wieder in seiner Truhe aufgetaucht. Letztendlich bin ich der stolze Eigentümer der Schriftrolle des Gottes Thoth, dachte er verbittert, als er in den Schatten der Säulen trat. Mein Kindheitstraum ist wahr geworden. Ich war verflucht vom Tage meiner Geburt an, nur habe ich es nicht gewußt. Mein Sohn ist tot, meine Gemahlin ist mir entfremdet und meine Tochter eine Gefangene ihrer selbst. Was soll ich mit den vielen Jahren anfangen, die noch vor mir liegen? Wie soll ich die erbarmungslosen Abgründe der Empfangshalle füllen, die leeren, fackelerhellten Flure, die weiße Grabstätte meines Ruhebetts? Was soll ich denken, wenn ich allein in der Nacht aufwache und schlaflos in der Stille liege, in dieser grübelnden, anklagenden Stille? Er winkte Kasa zu und überquerte die Schwelle.

Epilog

«Gelobet sei Thoth...
der Wesir, welcher urteilt,
welcher das Verbrechen besiegt,
welcher alles erinnert, was vergessen ist,
das Gedächtnis der Zeit und der Ewigkeit...
dessen Worte währen ewiglich.»

Er drehte mühsam den Kopf, ihn verlangte nach Wasser. Jenseits des winzigen Scheins, den seine Nachtlampe warf, war sein Zimmer sehr dunkel. Irgend jemand im Raum holte keuchend in unregelmäßigen Atemzügen Luft, das Geräusch war urtümlich und beängstigend. Es dauerte eine Weile, bevor ihm bewußt wurde, daß er selbst dieses Geräusch erzeugte. Natürlich, dachte er friedvoll, endlich sterbe ich. Meine Lungen sind verrottet, weil ich soviel alte Luft eingeatmet habe. In der Begeisterung meiner frühen Jahre habe ich zu viele Gräber geöffnet und zu viele verstaubte Sarkophage untersucht. Aber seit zwanzig Jahren habe ich den Toten keine Gewalt mehr angetan. Nicht mehr... nicht mehr seit jenem Grab auf dem Plateau von Sakkâra. Er fühlte, wie sich sein Brustkorb einschnürte, und einen Augenblick lang rang er nach Luft, den Mund weit offen, die Hände um seine Kehle geklammert. Doch der Krampf löste sich, und er hörte, wie seine Atemzüge sich wieder beruhigten. Wo sind sie denn? dachte er verdrießlich. Kasa, Nubnefret sollten mit den Priestern hier sein, mit Wasser und Beruhigungsmitteln, aber der Raum ist dunkel, der Raum ist leer. Ich bin allein. Nubnefret kümmert sich natürlich nicht darum, aber Kasa... Es wäre seine Aufgabe. «Kasa!» krächzte er. «Wasser her! Wasser!»

Niemand antwortete ihm. Einzig die Schatten bewegten sich tief und langsam, wie die Schatten auf dem Grund eines Flusses im kalten Schein des Mondes. Mond, dachte er. Mond, Mond. Der Mond gehört zu Thoth, aber ich nicht. Eine lange Zeit über habe ich Seth gehört, doch wo ist er, jetzt, da meine letzte Stunde angebrochen ist? Einen Augenblick lang konzentrierte er sich auf das Geräusch seines Atems, das an den unsichtbaren Wänden und an der funkelnden Decke, die in Nacht eingehüllt war, widerhallte, doch bald darauf begannen andere Geräusche sich aufzudrängen, und er vergaß seine Lungen und starrte stirnrunzelnd in die Dunkelheit hinaus. Dort gab es Formen, vage und pelzartige Formen von Tieren, gebeugte Tierrücken.

Plötzlich fiel Licht auf ein rundes und verständnisloses Auge, und er wurde gewahr, daß sich Paviane in seinem Zimmer aufhielten, die leise schnatterten. Nun konnte er sie sehen, wie sie sich auf diese idiotische, ernsthafte Weise kratzten, die Pavianen eigen ist, wobei sie sich mit den Pfoten an die Genitalien griffen. Sie spielten mit sich selbst und starrten ihn neugierig an. Er war wütend. Was hatten die Paviane in seinen Gemächern verloren? Weshalb hat Kasa sie nicht fortgejagt? Dann erkannte er, daß sie goldene Halsketten besaßen und daß diese Ketten, die im schwachen Licht stumpf glänzten, sämtlich zum selben Ort hinführten.

Plötzlich wurde Khamwaset von Angst ergriffen. Sein Atem hielt inne und blieb hängen, und er rang nach mehr Luft. «Sie gehören mir, Khamwaset», sagte eine Stimme in der Finsternis. «Sie helfen der Sonne aufzugehen. Sie kündigen das Morgenrot an. Aber für dich wird es keine Morgendämmerung geben. Du wirst heute nacht sterben.» Mit einem Schlag war sein Atem befreit. Er schnappte nach der Luft, der gesegneten, lebenspendenden Luft, und setzte sich aufrecht hin. «Wer bist du?» fragte er scharf. «Zeige dich.» Doch irgend etwas in ihm wünschte nicht, daß der Eigner der zischenden und irgendwie unmenschlichen Stimme sich zeige, und er beobachtete beklommen, wie sich die Schwärze verlagerte und zur Gestalt eines Mannes zusammenschmolz, der aus der Finsternis heraus und auf das Ruhebett zutrat. Mit einem Aufschrei schreckte Khamwaset zurück, denn der Mann hatte einen langen, krummen Schnabel und die winzig kleinen Augen eines Ibis.

«Es wird Zeit, daß du dich erinnerst, Khamwaset», sagte die Gestalt, der Mann, der Gott, als er sich über ihn beugte. «Damit du nicht vergißt, obwohl du dich sehr bemüht hast. Ich habe mich häufig mit Seth über dich unterhalten. Du bist lange genug sein gehorsamer Diener gewesen. Nun ist es an mir, deine Lehenstreue einzufordern.»

«Es ist mir also nicht vergeben worden», sagte Khamwaset dumpf. «Es ist mehr als zwanzig Jahre her, daß ich mich selbst an jenem fürchterlichen Tag in Seths Hände begeben habe. Zwanzig Jahre, und Sheritra streift noch stets wie ein stiller, schüchterner Geist durchs Haus. Nubnefret bewegt sich durch einen Kranz königlicher Pflichten hindurch, der so streng und vielfältig ist, daß ich nicht durchblicke. Sie hat verziehen, kann aber nicht vergessen. Jedes Jahr im Sommer bringen wir aus Anlaß des Totenfestes im Tal der Könige an Horis Grab drei Opfergaben dar und sprechen die Gebete für die Toten, doch selbst dieses traurige Ritual hat uns einander nicht nähergebracht.» Eine Woge der Benommenheit veranlaßte ihn, die Augen zu schließen, und als er sie wieder öffnete, hatte Thoth sich nicht vom Fleck gerührt. Er schien auf etwas zu warten. «Und ich selbst», fuhr Khamwaset in einem rauhen Flüsterton fort, «war lange Jahre über Seths Meisterschüler. Ich habe Gold in seine Schatzkammer gegossen. Ich habe mich tagtäglich in Anbetung vor ihm verneigt. Ich habe ihm die dunklen Opfer dargebracht, nach denen er am meisten verlangte. Seine Gegenwart steckt in meinen Speisen, in meiner Nase, in den Falten meines Leinentuchs wie der Geschmack und der Geruch von irgendeinem verrottenden Aas, das unentdeckt in meinen Mauern liegt. Und dennoch habe ich mich nicht beschwert. Meine Verehrung war verschwenderisch. Tag für Tag habe ich mich gefragt: Ist die Schuld abgetragen? Und jeden Tag wußte ich in meinem Herzen, daß dies nicht der Fall war.» Er sah zum ruhigen Angesicht des Gottes hinüber. «Kann eine solche Schuld je abgetragen werden?»

Ein Ausdruck milder Enttäuschung huschte über Thoths Ibisgesicht. «Willst du wissen, ob dir vergeben ist, weil du Seth angerufen hast, oder weil du die Schriftrolle gestohlen hast, oder weil du solch eine furchtbare Rache an dem Zaubererprinzen und seiner Familie genommen hast?» fragte er.

«Für alles!» schrie Khamwaset fast heraus, während die Anstrengung einen Schwall brennenden Schmerzes in seinen Lungen nach sich zog. «Ich habe Seth angerufen, weil du mich verraten hast. Ich habe die Schriftrolle gestohlen, weil ich ein wenig habgierig war und aus fürchterlicher Unwissenheit, wofür ich aber bestimmt nicht verantwortlich bin! Und meine Rache... meine Rache...» Er erhob sich schwerfällig. «Wozu war meine Rache nütze, wenn die Begierde nach dieser Frau nie erloschen ist? Wenn ich – obwohl ich weiß, daß sie von dieser Welt wie auch von der nächsten verschwunden ist, so als hätte sie nie existiert – Nacht für Nacht in Schweiß ausbreche und ächze und nicht einschlafen kann, weil ich ihre Haut unter meinen Fingern spüren möchte, die Berührung ihres Haars, das mir übers Gesicht streicht, den Klang ihres Lachens, wenn sie sich mir zuwandte? Das ist deine Rache, o Gott der Weisheit! Ich hasse dich!» Er ängstigte sich, dennoch war er voller Zorn. «Mein Leben lang habe ich dich verehrt und dir gedient, und du hast es mir gelohnt, indem du mein Leben wie auch das Leben derjenigen, die mir lieb und teuer sind, auseinandergerissen hast. Ich habe getan, was ich tun mußte, und ich schäme mich nicht dafür!»

«Du sprichst vom Abtragen einer Schuld», entgegnete Thoth anscheinend gelassen. «Von meiner Schuld dir gegenüber für deine Dienste, von deiner Schuld Seth gegenüber, weil er dich von dem Fluch befreit hat, den ich über dich verhängt hatte. Dennoch erkenne ich, daß dein Stolz immer noch ungebrochen ist, Prinz Khamwaset, daß du immer noch unbußfertig bist. Denn unter all diesen Dingen liegt eine größere Verfehlung, deine Verfehlung, und nach all diesen Jahren des Leidens kannst du sie immer noch nicht erkennen noch durch sie gedemütigt werden. Hori wurde ihr geopfert. Ahurê, ihr Ehemann und ihr Sohn waren ihre Faustpfänder.» Er beugte sich über Khamwaset, und unwillkürlich spürte Khamwaset ein Zittern des Schreckens. «Falls du sie benennen kannst, Magier, sogar jetzt noch, so sei dir vergeben.»

Der Gott zog sich zurück. Khamwaset konzentrierte sich auf sein Atmen. Die Luft einatmen, den Atem anhalten, dann ausatmen, während die ganze Zeit über die Paviane in der Dunkelheit herumschnüffelten und hektisch fuchtelten, und Khamwaset suchte panisch nach jener Antwort, die Thoth hören wollte. Welche Verfehlung? Welche Verfehlung? Ich habe gedient, dachte er aufgebracht. Ich habe gelitten. Was kann er da noch von mir erwarten? «Ich kann sie nicht benennen», sagte er schließlich, «denn ich glaube nicht, daß sie besteht. Ich habe dasjenige gegeben, was die Götter gefordert haben, und ich habe mich bemüht, in ihren Augen recht zu tun. Was kann man da mehr verlangen?»

Thoth nickte, sein langer Schnabel bewegte sich nachdenklich über Khamwasets Gesicht, und hinter ihm schnatterten die plötzlich unzufrieden gewordenen Paviane, bevor sie sich der Mattigkeit überließen. «Schulden und offenstehende Rechnungen, geleistete Dienste und beschworene Zaubersprüche», hob der Gott leise an. «Nichts von alledem dringt zum weiten, dunklen See geistigen Stolzes vor, der unberührt im Kern deines Wesens liegt. Die Pflicht hat ihn nicht berührt. Dein Leiden hat nicht einmal das Wasser an seiner Oberfläche gekräuselt. Solange du deinen geistigen Verpflichtungen nachkommst, so glaubst du immer noch, müsse es eine Belohnung geben, sei es das Erlassen einer Schuld, sei es die Beendigung eines Leidens, das du als ungerecht ansiehst. In all den Jahren hast du nichts anderes gelernt, als Unwillen zu hegen, Prinz.»

Hier entstand eine Stille. Khamwaset, noch immer verärgert, starrte in die Finsternis. Dann rührte sich der Gott. «Sag mir, Khamwaset», fuhr er im Plauderton fort, «wenn ich dir die Gelegenheit böte, all die Verwüstungen wiedergutzumachen, deren Urheber du bist, deine Erinnerungen zu verändern und all die geschehenen Dinge aus deiner Vergangenheit fortzuwischen, würdest du sie wahrnehmen? Denk sorgfältig über das Angebot nach. Wirst du die Lektion lernen oder sie wegwischen?»

Khamwaset starrte ihn an. Der Gott wartete geduldig, seine weißen Kammfedern bauschten sich in der Nachtluft, seine winzigen dunklen Augen waren zwar aufmerksam, dennoch voll eines eigenartigen Humors. Das Angebot war nicht so arglos, wie es den Anschein hatte, das wußte Khamwaset. In Thoths festem Blick lag etwas anderes, etwas Mitleidloses. Er lacht mich aus, dachte

Khamwaset voller Verzweiflung. Es gibt hier etwas, das ich eigentlich sehen müßte, etwas, das mich retten könnte, aber ich weiß nicht, was es ist. «Dies ist eine weitere Marter», entgegnete er nach einer Weile. «Du stellst mir wieder eine Falle.» Doch er lehnte sich zurück und schloß die Augen. Zurückgehen ... um jenen Augenblick ungeschehen zu machen, da er das Messer über die Schriftrolle hielt, die an jene namenlose, tote Hand festgenäht war. Um seine Erinnerungen auszulöschen und sie so umzugestalten, daß Hori nunmehr ein mächtiger Prinz war, der sich inzwischen verheiratet und verwirklicht hatte, der sich seiner rechtmäßigen Position unter einem Ramses erfreute, der älter wurde, aber nicht sterben wollte, und so, daß Sheritra einen Mann gefunden hatte, der sie liebte und ihre einzigartigen Eigenschaften zu schätzen wußte, und so, daß Nubnefret und er gemeinsam in gegenseitigem Respekt alt werden konnten... Sein Brustkorb begann sich erneut einzuschnüren, und er nickte. «Ich will hören», sagte er.

Er öffnete die Augen, und nun hielt Thoth die Schriftrolle, den Fluch, den bösen Gegenstand, den er all diese langen Jahre über unberührt in seiner Truhe aufbewahrt hatte, in der Hand.

«Ich schenke dir Kraft für eine Stunde», sagte der Gott. «Nimm die Schriftrolle, Khamwaset, und geh zu der Zeit zurück, da dein jüngeres Ich beim Abendmahl in der großen Halle des Pharaos in Piramses war und sich mit deinem Freund Wennufer unterhielt. Du erinnerst dich doch daran, nicht wahr? Bring sie zurück, und sieh zu, was geschieht. Ich warte auf dich, denn in der obersten Gerichtshalle kennt man die Zeit nicht.»

Khamwaset nahm die Schriftrolle. Es war das erste Mal seit zwanzig Jahren, daß er sie in der Hand hielt, doch sie fühlte sich vertraut an, vertraut und furchtbar. Die Erinnerungen kamen zurück, die Erinnerung an Tbubui, an seine Blindheit und an den Verlust seiner Unbescholtenheit. «Ich fühle mich nicht kräftig genug», sagte er flüsternd. «Mein Körper...» Doch mit einem Schlag vernahm er die Rufe der Trunkenen, den Gesang, das Rasseln der Musik im Tumult der großen Festhalle in Piramses, und seine Nase füllte sich mit den Ausdünstungen des Weines, der heißen Körper und der Blumenbänke. Alles schien weit entfernt und undeutlich, doch als er sich darauf konzentrierte und sich in seiner letzten Stunde an deren Vitalität klammerte, wurde der Lärm lauter und zudringlicher, und plötzlich fand er sich an einer der Pforten im Innern der Halle wieder, die Schriftrolle steckte im Gürtel seines Leibrocks. Eine Stunde, hatte der Gott ihm gesagt.

Unruhig ließ er seinen Blick über die nackten, sich windenden Tänzer schweifen, über die lachenden Nachtschwärmer und über die Diener, die sich mit ihren Tabletts voll dampfender Speisen einen Weg durch die Menge bahnten. Wo bin ich? dachte er. Wo war ich? Was suche ich hier? Plötzlich erblickte er Wennufer am fernen Eingang, sein leicht wichtigtuerisches Gesicht blickte feierlich drein. Er unterhielt sich ernsthaft mit einem gutgebauten, großen, gutaussehenden Mann mit einem arroganten, dunklen Gesicht, der stark geschminkt war und an dem der Schmuck glitzerte. Bin ich das? dachte er verwirrt. Bin ich jemals so achtunggebietend, so gutaussehend gewesen?

Er machte sich auf den Weg durch die Halle. Niemand schien von ihm Notiz zu nehmen, obwohl er wußte, daß er nur mit seinem Leibrock und einem Gürtel bekleidet war. Kurz darauf stand er neben diesem parfümierten, dunklen Fremden. Und in diesem Augenblick – als der Mann seinen Becher nachlässig einem Sklaven hinhielt, damit dieser ihn fülle, und Khamwaset ihn am Arm berührte – erkannte er die Falle, die der Gott für ihn aufgestellt hatte. Er erkannte sie und erschrak, doch sein jüngeres Ich hatte sich bereits abgewendet, und es war zu spät.

KHAMWASETS FAMILIE

Khamwaset: Prinz. Vierter (und dritter überlebender) Sohn von Pharao Ramses II., Sem-Priester des Ptah, Priester des On, Magier und Arzt. Siebenunddreißig Jahre alt.

Nubnefret: Prinzessin und Khamwasets Frau. Fünfunddreißig Jahre alt.

Hori: Prinz und Khamwasets zweiter Sohn. Priester des Ptah. Neunzehn Jahre alt.

Sheritra: Prinzessin. Khamwasets Tochter. Fünfzehn Jahre alt. Ihr Name bedeutet «Kleine Sonne».

KHAMWASETS VERWANDTSCHAFT

Ramses II.: Pharao Ober- und Unterägyptens, Khamwasets Vater. Vierundsechzig Jahre alt.

Astnefert: Gemahlin Ramses' II. und Königin. Neunundfünfzig Jahre alt. Khamwaset ist ihr zweiter Sohn.

Ramses: Kronprinz und rechtmäßiger Erbe. Astneferts erster Sohn und Khamwasets ältester Bruder. Dreiundvierzig Jahre alt.

Si-Montu: Prinz und Khamwasets älterer Bruder. Zweiundvierzig Jahre alt. Wegen seiner Heirat mit Ben-Anath, der Tochter eines syrischen Schiffskapitäns, von der Thronfolge ausgeschlossen. Leiter der Weinberge seines Vaters in Memphis.

Merenptah: weiterer Sohn Astneferts. Khamwasets jüngerer Bruder. Einunddreißig Jahre alt.

Bint-Anath: ebenso wie ihre Mutter Astnefert gleichfalls Königin und Khamwasets jüngere Schwester. Sechsunddreißig Jahre alt.

Merit-Amun: Tochter Nefertaris, der ersten Gemahlin von Ramses II. Rangniedrigere Königin. Fünfundzwanzig Jahre alt.

FREUNDE

Sisenet: ein Vornehmer aus Koptos, der in Memphis lebt. Fünfundvierzig Jahre alt.

Tbubui: eine Vornehme aus Koptos. Fünfunddreißig Jahre alt.

Harmin: Sohn von Tbubui. Achtzehn Jahre alt.

DIENER

Amek: Oberst der Leibgarde Khamwasets

Ib: Khamwasets Haushofmeister

Kasa: Khamwasets Leibdiener

Pentawer: Khamwasets Schreiber

Ptah-Seankh: Pentawers Sohn und sein Nachfolger als Schreiber Khamwasets

Sunero: Khamwasets Vertreter in Ninsu im Faijum (Oberägypten)

Wennufer: Hohepriester in Abydos (Oberägypten) und Khamwasets Freund

Antef: Horis Diener und Vertrauter

Wernuro: Nubnefrets Dienerin

Bakmut: Sheritras Dienerin und Gefährtin

Ashahebsed: Freund und Mundschenk von Ramses II.

Amunmosis: oberster Türhüter im Frauenhaus des Pharaos Ramses II. in Memphis

Glossar

Abydos: alte oberägyptische Stadt mit Königsgräbern seit der 1. Dynastie. Eines der Gräber kam in den Ruf, den Leichnam des Osiris zu enthalten, so daß die Stadt zum Mittelpunkt des Osiris-Kultes wurde.

Amun: auch Amun-Rê genannt. Seit der 11. Dynastie auch in Theben verehrt, wurde er mit dem Aufstieg der Stadt Götterkönig und Reichsgott. Alle Pharaonen seit der 18. Dynastie betrachteten sich als seine Nachkommen.

Ankh: Hieroglyphenzeichen für «Leben», in Ägypten häufig in Form eines Anhängers verwendet als Schutzsymbol für langes Leben

Apis: in Memphis als Symbol der Sonne und des Wesens von Ptah verehrter heiliger Stier

Astarte: in Palästina verehrte Fruchtbarkeits- und Kriegsgöttin. Ihr Heiligtum in Jerusalem bestand bis 622 v. Chr.

Atum: Urgott und Weltschöpfer, der durch Selbstbegattung das erste Götterpaar Schu und Tefnut hervorbrachte

Bastet: Katzengottheit, die das wohltuende und nährende Wesen der Sonne darstellt

Chamsin: [arab. «fünfzig»] trockenheißer, aus Süden oder Südosten wehender Wüstenwind in Ägypten, der besonders in den 50 Tagen nach der Frühlings-Tagundnachtgleiche auftritt

Faijum: tiefe Bodensenke westlich von Mittelägypten, mit dem Niltal durch einen natürlichen Flußarm verbunden. Zur Zeit des Neuen Reichs lag ein ungeheuer großer Binnensee an seinem Nordrand, weshalb er «das Meer» genannt wurde.

Fellache: ackerbautreibender Ägypter, im Gegensatz zu einem nomadisierenden und Viehzucht betreibenden Beduinen

Hathor: ägyptische Himmelsgöttin, kuhköpfig oder mit Kuhhörnern dargestellt. Als Schutzgöttin der Westseite Thebens war sie die Totengöttin und wurde besonders als Göttin fremder Länder verehrt.

Heket: Maßeinheit für Flüssigkeiten

Henna: strauch- oder baumartiges Weiderichgewächs, dessen pulverisierte Blätter einen bräunlichen bis rötlichen, ziemlich dauerhaften Farbstoff ergeben. Im alten Ägypten färbte man sich damit die Haare, Finger- und Zehennägel, Hand- und Fußflächen sowie andere Körperteile.

Henti: Zeiteinheit in Jahrhunderten

hieratische Schrift: ägyptische Schrift, die, ebenso wie die Hieroglyphenschrift, aber weniger bildhaft als diese, für religiöse Texte verwendet wurde

Hieroglyphe: [griech. «heilige Einmeißelungen»] Schriftzeichen mit erkennbar bildhaftem Charakter, insbesondere die altägyptische Schrift.

Horus: in Gestalt eines Falken verehrter Hauptgott, der sich in der Person des jeweils regierenden Königs offenbarte; deshalb ist Horus der Titel des Königs. Im späteren Mythos ist der junge Horus Sohn des Osiris und der Isis.

Huh: die Zunge des Ptah, die alles zum Leben erweckt. Sie war die treibende Kraft hinter jeder Schöpfung.

Hurri: im 2. Jahrtausend v. Chr. Land im Nordwesten Mesopotamiens und in Nordsyrien. Die Hurriter mit einer Oberschicht indoarischen Ursprungs waren ein bedeutendes Kulturvolk des alten Orients.

Isis: Mutter des Horus, Schwester und Gemahlin des Osiris. Nachdem Osiris von Seth ermordet und zerstückelt worden war, sammelte sie seine Leichenteile, belebte sie und empfing von Osiris ihren Sohn Horus, der später den Mörder seines Vaters besiegt.

Kadesch: antike Stadt in Westsyrien, die seit 1500 v. Chr. eine führende Rolle in den Kämpfen gegen das ägyptische Vordringen in Syrien spielte. 1285 v. Chr. fand die Schlacht zwischen Hethitern und Ägyptern unter Ramses II. statt.

Kohol: (auch Kohl) Pulvermischung aus Antimon oder Ruß und anderen Bestandteilen für grüne oder schwarze Augenschminke, die als magischer Schutz für die Augen gilt. Sie wurde und wird überwiegend in Ägypten und anderen arabischen Ländern *auf* die Augen aufgetragen, wodurch sie ihnen einen besonderen Glanz verleiht und die Ränder der Augenlider einfärbt.

Koptos: Stadt in der Nähe von Theben, Ausgangs- und Zielpunkt einer der fünf wichtigsten Wüstenwege, Hauptumschlagplatz für den Handel mit den Ostgebieten.

Maat: die vom Schöpfergott gesetzte Ordnung im alten Ägypten; Maat wurde als Göttin verehrt und mit dem Schriftzeichen der Feder dargestellt.

Menes: ägyptischer König, der um 2900 v. Chr. Ober- und Unterägypten vereinigt und Memphis gegründet haben soll. Seine Identifizierung ist umstritten.

Mitanni: von den Hurritern beherrschter Staat am Euphratbogen, der um 1400 v. Chr. seine größte Macht entfaltete und bald darauf von den Hethitern vernichtet wurde.

Mut: Gemahlin des Amun. Als Göttin im Zusammenhang mit königlichen Frauen in Geiergestalt dargestellt.

Nut: Himmelsgöttin, Gemahlin des Erdgottes Geb. Nach altägyptischem Glauben verschlang sie jeden Abend die Sonne, die nachts durch ihren Leib wanderte und morgens neu von ihr geboren wurde. Auch die übrigen Gestirne galten als «Kinder der Nut».

Osiris: ältester Sohn des Erdgottes Geb und der Himmelsgöttin Nut, der besonders vom Volk als Gott der Fruchtbarkeit in ganz Ägypten verehrt wurde. Herrscher im Totenreich.

Pektoral: meist kostbar verzierte, rechteckige Platten, die an einem Kollier vor der Brust hängen

Pharao: aus ägyptisch Per'o [«großes Haus»] stammende Bezeichnung, bezeichnete ursprünglich den Palast, ging dann aber auf seinen hohen Bewohner über. Die altägyptischen Könige wurden jedoch nicht vor dem 1. Jahrtausend v. Chr. so tituliert, also erst, als Ägypten seine Blütezeit schon hinter sich hatte. Die Bibel (Altes Testament) hat den Titel «Pharao» wie einen Eigennamen übernommen.

Ptah: Ortsgottheit von Memphis, im Neuen Reich der universale Schöpfergott und Bildner der Welt, der diese durch sein schaffendes Wort und das Werk seiner Hände ins Leben ruft; damit zugleich Schutzgottheit der Handwerker und Künstler.

Punt: fern im Südosten Ägyptens liegt das allezeit geheimnisvolle Land an der Somaliküste (?), zu dem die Ägpter seit dem 3. Jahrtausend v. Chr. Handelsfahrten unternahmen und mit dem sie offenbar freundschaftlichen Tauschhandel trieben (Weihrauch, Harze, Edelhölzer, Elfenbein, Augenschminke, Gold und Tiere)

Ramses II.: (1290–1224 v. Chr.), Sohn Sethos' I. Er beendete im 21. Jahr seiner Regierung die Kriege mit den Hethitern nach der Schlacht von Kadesch durch einen Bündnisvertrag, der das nördliche Syrien dem hethitischen Einfluß überließ. Ramses II. gilt als der größte Bauherr Ägyptens.

Rê: Sonnengott, der eigentliche Schöpfergott. Dem Mythos zufolge wiederholt der König Rês Taten auf Erden.

Schadûf: Wasserschöpfer mit Hebebaum

Sem-Priester: Männer, die für die Begräbniszeremonien zuständig waren

Sennet: Brettspiel mit Spielsteinen

Seth: neben Horus Schutzgott des ägyptischen Königs und in ihm gegenwärtig. Als Gott der Wüste und Dürre, der Stürme und des Unwetters Herrscher über die Randgebiete der geordneten Welt und damit Schutzgott der Asiaten und Fremden; im Mythos Mörder des Osiris und so in der Spätzeit als Verkörperung des Bösen verfemt. Während der Herrschaft von Ramses II. wurde er sehr populär.

Schu: Gott der Lüfte, der die Erde vom Himmel trennt

Shardana: Angehöriger einer Gruppe von Söldnerkriegern aus dem östlichen Mittelmeerraum und vermutlich aus Libyen, die zuerst für, später gegen Ägypten kämpften

Sistrum: altägyptische Rassel

Skarabäus: Blatthornkäfer, der im alten Ägypten das Ansehen und die Verehrung eines Urwesens genoß. Erst gab man den Siegeln die Form von Skarabäen, dann den Fingerringen oder Schmuckstücken. Schließlich wurden sie als Amulette sehr beliebt.

Sykomore: in Ägypten und Kleinasien anzutreffender Baum *(Ficus sycomorus)*, der als Schattenspender sehr beliebt ist und eine süße, eßbare Frucht besitzt, die der gewöhnlichen Feige ähnlich, aber minderwertiger ist, und dessen Blätter denen des Maulbeerbaums gleichen – daher heißt die Sykomore auch ägyptischer Maulbeerfeigenbaum

Thoth: Gott der Medizin, der Magie und der Mathematik, Schutzgott der Schreibkunst und Erfinder der Schrift, der auch die Zeit mißt

Unas: letzter Herrscher der 5. Dynastie (Altes Reich ca. 2635–2155 v. Chr.). König Unas war der erste, der in seiner Pyramide in Sakkâra die mythisch-magischen Texte zum königlichen Totenritual an die Wände schreiben ließ, die unter dem Namen «Pyramidentexte» bekannt geworden sind.

Wesir: Titel jenes ägyptischen Beamten, der mit der obersten Vollzugsgewalt ausgestattet ist und im allgemeinen dem Stand der Schreiber entstammt. Er handelt im Auftrag des Königs, hat andererseits aber den König über den Stand der Dinge im Staatswesen auf dem laufenden zu halten. In erster Linie ist er Minister für das Gerichtswesen, aber auch der ganze übrige Verwaltungsapparat steht unter seiner Kontrolle.

Lawrence Durrell

Seine Figuren sind melancholische Diplomaten, mysteriöse Kabbalisten, nubische Huren, Spione, Schauspieler und zynische Schriftsteller.
Lawrence Durrell schildert die Welt des Vorderen Orients, die Bordelle und Paläste, die Cafés und winkligen Gassen als verwirrende Wirklichkeit voller Magie und malvenfarbener Geheimnisse.
1912 als Sohn irischer Eltern am Himalaya geboren, ging er in Canterbury zur Schule. Sein Leben verbrachte Durrell in England, Paris, Athen, auf Korfu, Cypern, Rhodos und in Ägypten. Er starb 1990.

Monsieur oder Der Fürst der Finsternis *Roman*
(rororo 12909)
«Der Roman zeigt eine Raffinesse erzählerischen Könnens, die selbst das Beste von Durrell noch übertrifft.»
Times

Justine *Roman*
(rororo 710)
Ein mittelloser irischer Lehrer verfällt im exotischen Alexandria der schönen und rätselhaften Frau eines koptischen Millionärs.

Balthazar *Roman*
(rororo 724)
Der kabbalistische Arzt Balthazar verstrickt sich in den Netzen seiner Leidenschaft.

Mountolive *Roman*
(rororo 737)
Durrells dritter Alexandria-Roman erzählt vom britischen Diplomaten Mountolive, der die Frau eines reichen Orientalen liebt.

Clea *Roman*
(rororo 746)
Das krönende Werk des Alexandria-Quartetts spielt im vom Krieg heimgesuchten Ägypten.

Bittere Limonen *Erlebtes Cypern*
(rororo 993)

Blühender Mandelbaum *Sizilianisches Karussell*
(rororo 5690)

Leuchtende Orangen *Rhodos – Insel des Helios*
(rororo 1045)

Schwarze Oliven *Korfu – Insel der Phäaken*
(rororo 1102)

Im Rowohlt Verlag sind außerdem erschienen:

Nuncquam *Roman*
Deutsch von Susanne Lepsius
336 Seiten. Gebunden.

Tunc *Roman*
Deutsch von Susanne Lespius
352 Seiten. Gebunden.

rororo Literatur